MIT DEN GÖTTLICHEN AN DAS ENDE DER WELT

Die Vandalen im Breisgau

Ein historischer Roman von Harald Kraus

MIT DEN GÖTTLICHEN AN DAS ENDE DER WELT

Die Vandalen im Breisgau

Ein historischer Roman von Harald Kraus

Rombach Druck- und Verlagshaus
GmbH & Co. KG
Freiburg i.Br.

1. Auflage

Covergestaltung & Karten:
Anya Danylchenko

Satz und Layout:
Petra Hemmerich

Herstellung:
rombach digitale manufaktur
Freiburg im Breisgau
Printed in Germany
ISBN: 978-3-7930-5116-9

Für Doris, Stefanie
und Caroline.

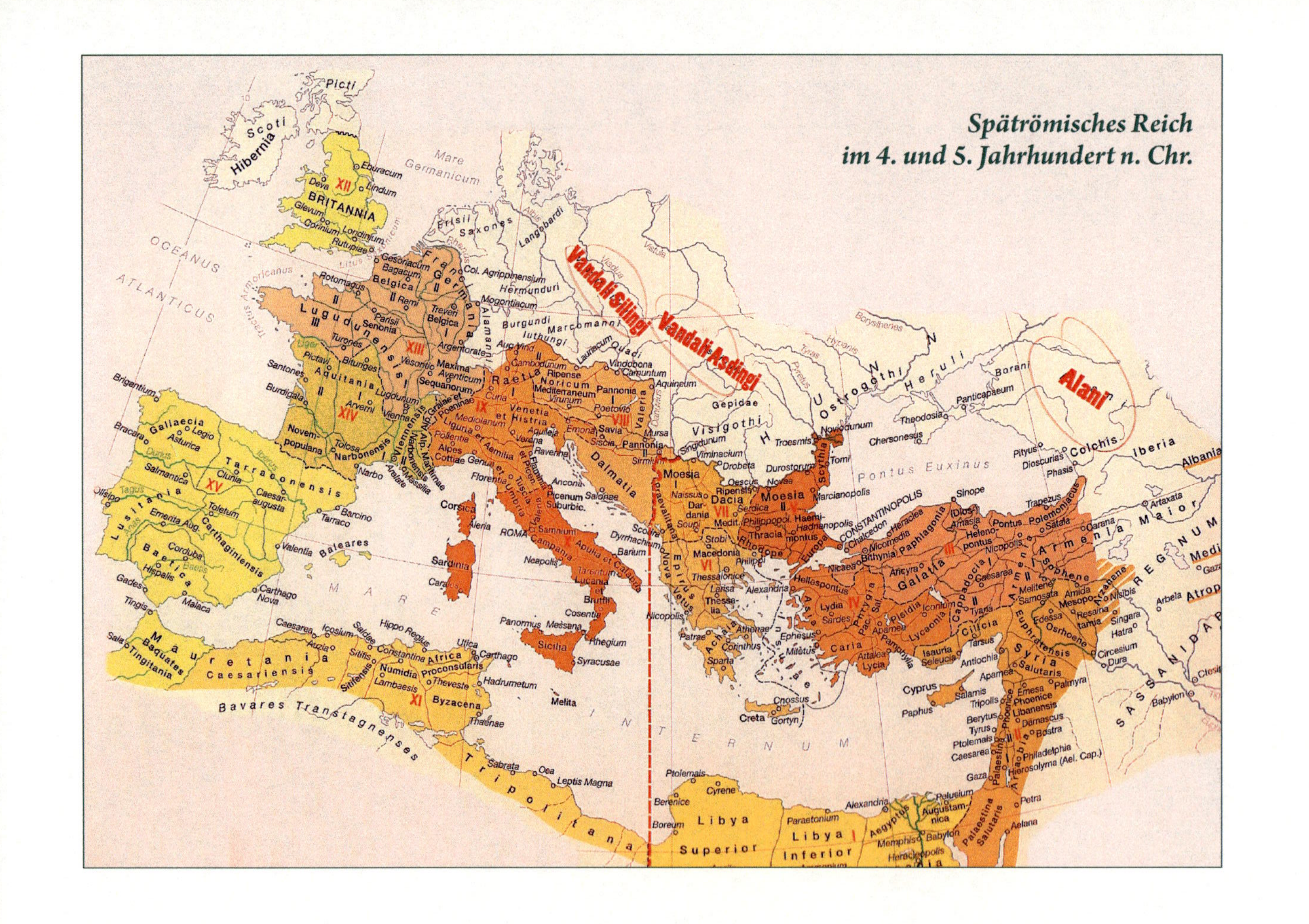
Spätrömisches Reich
im 4. und 5. Jahrhundert n. Chr.
Picti
Scoti
Hibernia
BRITANNIA
Eburacum
Deva
Lindum
Glevum
Corinium
Londinium
Rutupiae
Mare Germanicum
OCEANUS ATLANTICUS
Frisii
Saxones
Langobardi
Vandali Silingi
Vandali Asdingi
Alani
Col. Agrippinensium
Hermunduri
Mogontiacum
Burgundi
Marcomanni
Iuthungi
Alamanni
Quadi
Lauriacum
Vindobona
Carnuntum
Aquincum
Gepidae
Visigothi
Ostrogothi
Heruli
Borani
Borysthenes
Vistula
Gesoriacum
Bagacum
Belgica
Remi
Treveri
Germania
Rotomagus
Lugudunensis
Parisii
Senonia
Turones
Bituriges
Pictavi
Santones
Aquitania
Burdigala
Arverni
Novempopulana
Tolosa
Narbonensis
Narbo
Arelate
Massilia
Viennensis
Lugdunum
Vesontio
Maxima Sequanorum
Aventicum
Argentorate
Augusta Vind.
Cambodunum
Raetia
Noricum
Ripense
Mediterraneum
Virunum
Pannonia
Poetovio
Valeria
Savia
Siscia
Emona
Mursa
Sirmium
Singidunum
Viminacium
Venetia et Histria
Aquileia
Verona
Mediolanum
Liguria
Aemilia
Ravenna
Alpes Cottiae
Genua
Florentia
Tuscia et Umbria
Picenum Suburbic.
Ancona
Salonae
Dalmatia
Corsica
Aleria
Sardinia
Caralis
ROMA
Campania
Samnium
Apulia et Calabria
Neapolis
Lucania
Bruttii
Cosentia
Rhegium
Sicilia
Panormus
Messana
Syracusae
Melita
Brigantium
Gallaecia
Legio
Asturica
Bracara
Salmantica
Tarraconensis
Clunia
Caesaraugusta
Toletum
Olisipo
Lusitania
Emerita Aug.
Carthaginiensis
Barcino
Tarraco
Valentia
Baleares
Corduba
Baetica
Hispalis
Gades
Malaca
Carthago Nova
Tingis
Sala
Mauretania
Baquates
Tingitania
Caesariensis
Caesarea
Icosium
Saldae
Sitifis
Sitifensis
Hippo Regius
Constantina
Africa
Numidia
Proconsularis
Lambaesis
Theveste
Utica
Carthago
Hadrumetum
Byzacena
Thaenae
Bavares Transtagnenses
Sabrata
Oea
Leptis Magna
Tripolitana
MARE INTERNUM
Moesia
Naissus
Dardania
Scupi
Dacia
Ripensis
Serdica
Medit.
Philippopol.
Thracia
Haemimontus
Hadrianopolis
Rhodope
Europa
Marcianopolis
Durostorum
Novae
Oescus
Drobeta
Troesmis
Noviodunum
Scythia
Tomi
Praevalitana
Dyrrhachium
Scodra
Epirus Nova
Epirus Vetus
Nicopolis
Macedonia
Stobi
Philippi
Thessalonice
Larisa
Thessalia
Achaia
Athenae
Corinthus
Patrae
Sparta
Creta
Gortyn
Cnossus
Pontus Euxinus
Chersonesus
Theodosia
Panticapaeum
Pityus
Dioscurias
Phasis
Colchis
Iberia
Albania
CONSTANTINOPOLIS
Chalcedon
Nicomedia
Heraclea
Nicaea
Bithynia
Paphlagonia
Sinope
Amasia
Helenopontus
Pontus Polemoniacus
Trapezus
Satala
Ancyra
Galatia
Cappadocia
Caesarea
Tyana
Hellespontus
Asia
Lydia
Sardes
Ephesus
Miletus
Phrygia
Pisidia
Iconium
Lycaonia
Caria
Lycia
Attalea
Pamphylia
Isauria
Seleucia
Cilicia
Tarsus
Antiochia
Armenia
Melitene
Samosata
Sophene
Amida
Edessa
Osrhoene
Mesopotamia
Resaina
Nisibis
Singara
Hatra
Circesium
Dura
Syria
Salutaris
Euphratensis
Apamea
Emesa
Palmyra
Phoenice
Libanensis
Damascus
Tyrus
Berytus
Tripolis
Ptolemais
Caesarea
Bostra
Arabia
Philadelphia
Hierosolyma (Ael. Cap.)
Gaza
Palaestina
Palaestina Salutaris
Petra
Aelana
Cyprus
Salamis
Paphus
Armenia Maior
Artaxata
REGNUM SASSANIDARUM
Arbela
Babylon
Ctesiphon
Media
Atropatene
Ptolemais
Cyrene
Berenice
Boreum
Libya Superior
Libya Inferior
Paraetonium
Alexandria
Aegyptus
Pelusium
Augustamnica
Memphis
Babylon
Heracleopolis

Inhaltsverzeichnis

Zeittafel

Jahr	
325	Konzil von Nicäa (Edirne/Türkei); Festlegung des christlichen Glaubensbekenntnisses
374	Hunnen besiegen und unterwerfen Alanen
375	Hunnen besiegen und unterwerfen Greutungen (Goten)
376	Hunnen besiegen und unterwerfen Terwingen (Goten); Goten fliehen in das römische Imperium
378	Schlacht bei Argentovaria (Elsass/Frankreich) Römer besiegen Alamannen;
378	Schlacht bei Adrianopel (Edirne/Türkei); Greutungen (Goten) und Alanen besiegen Römer
382	Friedensvertrag zwischen Römern und Goten
394	Schlacht am Frigidus (Slowenien); Ostreich (Konstantinopel) besiegt Westreich (Rom)
395	Endgültige Teilung des Imperiums in ein West- und Ostreich
402	Schlacht bei Pollentia (Norditalien); Römer und Alanen besiegen Westgoten

Zeittafel

402	Schlacht bei Verona (Norditalien); Römer besiegen Westgoten
406	Schlacht bei Faesulae (Norditalien); Römer besiegen Ostgoten
406/ 407	Vandalen, Sueben und Alanen dringen zusammen mit den Alamannen über den Rhein ins römische Imperium (Westreich) ein
409	Vandalen, Sueben und Alanen setzen sich auf der iberischen Halbinsel fest
410	Westgoten erobern und plündern Rom
429	Vandalen und Alanen setzen von der iberischen Halbinsel nach Afrika über
439	Vandalen und Alanen erobern Karthago
442	Das Königreich der Vandalen und Alanen wird von Rom anerkannt
455	Vandalen und Alanen erobern Rom

Vorwort

Farold wächst vierhundert Jahre nach der Geburt von Jesus Christus in einer Sippe germanischer Vandalen auf. Eine Seherin sagt dem Stamm eine lange Wanderung in ein entferntes Land voraus. Auf der Flucht vor den Hunnen brechen die Vandalen aus ihren Gauen zwischen Oder und Weichsel auf. Sie ziehen mit verbündeten Stämmen durch das im Niedergang befindliche römische Reich, bis an das Ende der Welt. Während der weiten und langjährigen Wanderung besteht Farold zahlreiche Abenteuer, lernt eine hochentwickelte Zivilisation kennen und begegnet unterwegs seiner großen Liebe. Leidenschaftlich und mitreißend schildert er seine Erlebnisse zu Beginn des epochalen Zeitraums der Völkerwanderung. Authentisch führt er uns das Leben der Menschen in der Spätantike sowie das eindrucksvolle Schicksal seiner Sippe vor Augen.

Prolog

Ausschließlich als Plünderer, Zerstörer oder Brandstifter bezeichnet zu werden, haben die Vandalen wahrhaftig nicht verdient. Es ist wohl eher so, dass die Bedeutung des Wortes Vandalismus für mutwillige Sachbeschädigung irreführend ist. Als der Bischof von Blois, Henri Baptiste Grégoire, die Zerschlagung von Kulturschätzen durch die Jakobiner während der französischen Revolution als „vandalisme" anprangerte und so einen Begriff prägte, der in sehr vielen Sprachen Verwendung fand, ignorierte er ganz wesentliche historische Tatsachen. Es waren durchweg religiöse und politische Gründe, welche diesen Ausdruck zu dem machten, was er heute noch ist: Der Inbegriff sinnloser, ungehemmter Zerstörungswut!

Die Jakobiner haben unzählige Kirchen und Denkmäler während ihrer Schreckensherrschaft in Frankreich zerstört. Eine ihrer größten Schandtaten war sicherlich die Zerschlagung der Skulpturen von Notre Dame. Aus den Fragmenten errichteten sie tatsächlich revolutionäre Latrinen.

Geradezu tugendhaft hingegen die Vandalen, welche bei der Eroberung Roms im Jahre 455 keine Kulturgüter zerstörten. Sie schätzten sie so sehr, dass man sie mitnahm, in der Heimat aufstellte und bewunderte oder den rechtmäßigen Eigentümern zum Kauf anbot.

Nicht jede siegreiche Macht kann derartiges von sich behaupten. Viele während eines Krieges außer Landes geschaffte Kunstwerke sind heute noch weltweit in Museen ausgestellt, ohne einen Gedanken an ihre Rückgabe zu verlieren.

Die vandalischen Stämme der Hasdingen und Silingen flüchteten um 400 nach Christus aus ihrer Heimat im heutigen Polen, der Slowakei und Ungarn. Die Silingen lebten in Schlesien und gaben dem Land seinen Namen. Das war zu Beginn der Völkerwanderung, welche große Teile Europas erfassen sollte und den Untergang des römischen Imperiums heraufbeschwor. In der Silvesternacht des Jahres 406/407 kamen die Vandalen über den Rhein und drangen in die römischen Provinzen ein. Zusammen mit den Sueben und Alanen wanderten sie durch Gallien, über die Pässe der Pyrenäen auf die iberische Halbinsel. Später bekamen sie es dort mit den Förderaten Roms zu tun. Als absehbar war, dass sie sich nicht mehr halten konnten, gelang ihnen im Jahre 429 eine spektakuläre Flucht. Sie fuhren auf ihren Schiffen durch die Straße von Gibraltar, welche man damals die Säulen des Herakles nannte und landeten mit schätzungsweise einhunderttausend Menschen in Nordafrika. Selbst unter heutiger Betrachtungsweise, eine eindrucksvolle Leistung. Einheimische Berber und Mauren schlossen sich ihnen an. Mit ihrer Unterstützung eroberten sie die wohlhabenden und fruchtbaren Provinzen Roms in Afrika. Die Vandalen waren im Gegensatz zur romanischen, katholischen Bevölkerung Arianer. Sie glaubten nicht an die Dreifaltigkeit von Gott Vater, Sohn und Heiligem Geist, sondern nur an Gott. Deshalb sah die katholische Kirche sie als Ketzer an.

Im Jahre 439 eroberten die Vandalen und Alanen, unter ihrem wohl bedeutendsten König Geiserich, das legendäre Karthago und machten es zur Hauptstadt ihres Reiches. Das erstreckte sich über die Balearen, Sardinien, Korsika, Sizilien und große Teile Nordafrikas. Sie waren ausgezeichnete Seefahrer geworden und beherrschten uneingeschränkt das westliche Mittelmeer. Als es zu Zerwürfnissen mit dem römischen Imperium kam, eroberten die Vandalen Rom. Mit dem Papst verständigte sich König Geiserich darauf, dass die Stadt zwar geplündert, nicht aber zerstört wurde. Es gibt hinsichtlich dieses historischen Ereignisses keinerlei Hinweise auf Gräueltaten seitens der Vandalen. Dennoch trug diese legendäre Tat sicherlich zu ihrem schlechten Ruf bei.

Die Vandalen herrschten in ihrem Reich über drei Millionen Menschen, welche zum größten Teil der katholischen Kirche angehörten. Immer wieder war dies der Grund für Verfolgungen und Verbannungen. Die Römer haben diese Vorgänge aus ihrer Sichtweise festgehalten. Von den Vandalen sind so gut wie keine Aufzeichnungen mehr vorhanden. Insofern kann man der Redewendung, wer schreibt der bleibt, einiges abgewinnen.

Während ihrer annähernd vierzigjährigen Wanderung durch die Mitte Europas in den Norden Afrikas, waren die Vandalen ein zivilisierter Stamm geworden, bauten Kirchen, besuchten Wallfahrtsorte, prägten Münzen und sprachen, neben ihrer Muttersprache, Latein.

Als die Araber, Berber und Mauren zu Beginn des achten Jahrhunderts die iberische Halbinsel im Namen Allahs eroberten, war die Erinnerung an das Vandalenreich noch allgegenwärtig. Sie nannten das Land Al-Andalus, was soviel wie Land der Vandalen bedeutet.

Kapitel I

Die Fremden

Was für ein Wurf, Farold!" Vater sah mich stolz an. Rasch lief ich über die Lichtung auf den spätsommerlichen Laubwald zu. Vor mir lag zuckend ein junger Keiler im Gras. Mit dem Jagdmesser beendete ich sein Leiden.

„Wenn ich es nicht mit meinen eigenen Augen gesehen hätte, ich würde es nicht glauben!", sagte er. „Keine siebzehn Winter alt und wirft den Spieß schon wie ein geübter Jäger."

Er pfiff durch die Finger, worauf sein Pferd aus dem Wald trabte. Aus der Satteltasche nahm ich einen Strick und schnürrte ihn um die Läufe des erlegten Wildschweins. Danach wuchteten wir es gemeinsam auf den Hengst. Vater stieg auf und blinzelte in die tief stehende Abendsonne.

„Wir sollten nach Hirschberg zurückreiten, Farold!", sagte er, stieg auf sein Pferd und streckte mir eine Hand entgegen. Als ich vor ihm auf Tore saß, nahm ich am Waldrand zwei Reiter wahr. Plötzlich riss Vater sein Rundschild hoch und hielt es schützend vor mich. Gleichzeitig hörte ich ein eigenartiges Surren in der Luft und im nächsten Moment einen dumpfen Schlag. Vor Schreck schloss ich die Augen und als ich sie wieder öffnete, sah ich auf die Spitze eines Pfeils. Der hatte das Schild durchschlagen und war unmittelbar vor meiner Brust stecken geblieben. Tore bäumte sich auf und preschte auf den Wald zu, während Vater das Rundschild schützend hinter seinen Rücken hielt. Erneut vernahm ich das unheilvolle Surren und kurz darauf einen zweiten Schlag, worauf er einen Seufzer ausstieß.

„Ein Pfeil muss ihn getroffen haben!", vermutete ich. Inzwischen hatten wir den Waldrand erreicht und Tore lief zwischen den ersten Bäumen hindurch. Vater zügelte den Hengst und wir sprangen ab.

„Nimm einen Speer und versteck dich im Gehölz!", rief er mir außer Atem zu. So schnell ich konnte, rannte ich mit einem Spieß in der Hand in das dichte Unterholz. In einer Hand hielt Vater einen Speer und in der anderen das Schild. Auf einmal vernahm ich Hufschläge und dann sah ich sie auch schon. Ein Pfeil flog durch die Luft und bohrte sich in den Baumstamm, hinter dem Vater Deckung gefunden hatte. Vor dem Waldrand trennten sich die beiden und zogen ihre Schwerter. Der Erste war nur noch wenige Schritte von Vater entfernt. Mit einem Satz sprang der furchtlos vor das Pferd, worauf es sich aufbäumte. In diesem Moment schleuderte Vater den Spieß auf den Recken. Der durchbohrte seine Brust. Der Mann stürzte vom Pferd, überschlug sich mehrfach und blieb regungslos auf dem Waldboden liegen. Sein Gefährte schlug derweil mit dem Schwert ungestüm auf Vater ein. Die Klinge streifte dessen Oberarm und hinterließ dort eine blutende Wunde. Die wuchtig geführten Schläge fing Vater geschickt mit dem Schild ab. Rückwärts wankend, stolperte er über einen Ast und fiel zu Boden. Als der Reiter ihn schutzlos vor sich liegen sah, steckte er das Schwert in die Scheide und griff nach seinem Bogen. In diesem Augenblick sprang ich aus dem Unterholz und rannte auf ihn zu. Als der Fremde mich bemerkte, zog er noch rasch einen Pfeil aus dem Köcher, spannte damit die Sehne seines Bogens und zielte auf mich.

„Bei Wodan!“, schrie ich beschwörend und schleuderte ihm mit all meiner Kraft den Speer entgegen. Er drang tief in seinen Brustkorb ein. Im selben Moment bohrte sich ein Pfeil vor meinen Füßen in den Waldboden. Der Mann fiel vom Pferd und blieb leblos liegen. Erleichtert schaute ich zu Vater hinüber, der alles mit angesehen hatte. Tief atmete ich durch und ging zu ihm. Mit einer Hand hielt er die Wunde an seinem Oberarm bedeckt.

„Wer nur hat diese schrecklichen Kreaturen auf uns losgelassen?“, fragte er, sichtlich benommen.

Einer der Männer lag vor meinen Füßen. Neugierig betrachtete ich seine ungewöhnlichen Schlitzaugen und das runde Gesicht, welches von vielen Narben entstellt war. Die Wangenknochen ragten deutlich hervor und neben dem kahl geschorenen Haupt lag eine eigenartige Pelzmütze. Die Kleider des Fremden waren aus Leder, Wolle und Fellen angefertigt. Den Knauf seines Schwertes hielt er noch immer fest in der Hand. Ich ging auf die Esche zu, hinter der Vater gestanden hatte. Mit einem kräftigen Ruck zog ich den Pfeil aus dem Stamm und betrachtete ihn.

„Kaum zu glauben, mit welcher Wucht er das Schild durchschlagen hat!", murmelte ich und lief zurück.

„Leidest du große Pein?", fragte ich besorgt.

„Nein!", antwortete Vater, kaum vernehmbar. „Vergewissere dich, ob der andere Recke sein Leben auch tatsächlich ausgehaucht hat."

In diesem Augenblick wurde mir bewusst, dass ich allem Anschein nach einen Menschen getötet hatte. Mit dem Jagdmesser in der Hand sah ich nach. Die Speerspitze steckte in seiner Brust. Der Mann lag leblos da und starrte mich mit weit aufgerissenen Augen an. Ich beugte mich über ihn und schloss behutsam seine Augenlider.

„Warum wollte er uns töten?" fragte ich mich. „Wir haben ihm kein Leid angetan!"

Neben dem Toten stand ein kleines, zotteliges Pferd und leckte ihm anhänglich die Hand. Entschlossen zog ich sein Schwert aus der Scheide und strich mit dem Zeigefinger sachte über die scharfe Klinge. Nachdem ich die wunderbar verarbeitete Waffe begutachtet hatte, schaute ich mir die Stute aus der Nähe an. Das Pferd war wesentlich kleiner als die Unsrigen. Der Bogen des Fremden lag neben ihm auf der Erde. Neugierig hob ich ihn auf. Seine geschwungene Form bestand aus hornartigem Material. Vorsichtig spannte ich die Sehne an, was mir mühelos gelang.

„Hast du so etwas schon einmal gesehen?", rief ich Vater zu. Der schüttelte kraftlos den Kopf. Ich ging zu ihm zurück und untersuchte vorsichtig die Verletzungen. Ein Pfeil hatte ihn tatsächlich in den Rücken getroffen. Die abgebrochene Spitze steckte zwischen den Schulterblättern fest. Mit frischem Moos bedeckte ich seine Wunden, zog mein Leinenhemd aus, riss es in Streifen und verband sie damit.

„Wir sollten von hier verschwinden!", meinte er. „Wo sich zwei Schlitzaugen herumtreiben, könnten noch mehr sein."

Nachdem ich die Waffen eingesammelt hatte, verbarg ich die Leichen im Unterholz und schaute mich nach dem zweiten Pferd um. Vergeblich!

Ich half Vater auf Tore und schwang mich auf die kleine, braune Stute.

„Das Pferdchen gehört dir!", sagte er mit schwacher Stimme. Überglücklich umarmte ich den Hals der Stute. Wegen ihres zottigen Felles beschloss ich, sie Zottel zu rufen.

Bei hereinbrechender Dunkelheit erreichten wir Hirschberg. Unser Flecken bestand aus drei Holzhäusern, einigen Schuppen sowie Vorratshütten und lag auf einem Hügel. Ganz in der Nähe floss die Oder vorbei. Die Rauchfahnen über den Häusern verrieten mir, dass die Herdfeuer bereits brannten. Das Bellen der Hunde war schon zu hören, als ich Vater beherzt fragte: „Wenn du wieder einmal an die See der Balten reist, nimmst du mich dann mit?"

Er sah mich an. „Das kann ich dir, nachdem was sich heute zugetragen hat, wohl nicht mehr ausschlagen!", antwortete er und fügte noch hinzu: „Falls es deine Mutter erlaubt und sich Gelegenheit hierzu bietet."

Vor unserem Haus stand Mutter und hielt meine kleine Schwester Marit auf dem Arm. Als die beiden uns kommen sahen, winkten sie ausgelassen. Wir erreichten den Weidezaun, der unseren Flecken eingrenzte. Dort standen ein paar Burschen beisammen und beäugten neugierig den erlegten Keiler. Mein jüngerer Bruder Marc staunte nicht schlecht, als er mich auf Zottel daherreiten sah.

„Farold! Woher hast du das kleine Pferdchen?", wollte er wissen. Ich tat so, als würde ich ihn weder hören noch sehen. Aufgeregt lief er neben mir her und wiederholte ständig seine Frage. In diesem Augenblick musste Mutter die Verbände an ihrem Mann entdeckt haben.

„Mein Gott, Adalhard!", rief sie entsetzt. „Was ist geschehen?"

„Nichts Ernsthaftes, Aurelia!"

„Marc! Lauf zu Kunigunde! Sie soll sofort zu uns herüberkommen!"

Mein Bruder rannte auf der Stelle los, um die Heilerin zu holen. Währenddessen kam die gesamte Sippe aufgeregt aus dem Haus gelaufen. Auf Großvater und mich gestützt, ging Vater hinein. Mutter blieb vor der Tür stehen und stemmte ihre Hände in die Hüften.

„Ihr bleibt allesamt draußen!", sagte sie energisch. „Nur die Heilerin kommt mir über die Schwelle!"

Niemand wagte es ihr zu widersprechen. Kurz darauf löste sie behutsam die Verbände von den Blessuren ihres Mannes und entfernte das blutdurchtränkte Moos. Als Kunigunde in die Stube eintrat, war Mutter gerade dabei die Wunden mit Tresterwasser auszuwaschen. Die Heilerin untersuchte die Verletzungen und reichte Vater ein Stück Holz.

„Beiß kräftig zu!", lautete ihre resolute Anweisung. Danach entfernte sie mit einem spitzen Messer geschickt die abgebrochene Pfeilspitze aus dem Rücken ihres Schwagers. Währenddessen murmelte sie irgendwelche unverständlichen Worte. Vater saß im Schweiß gebadet da, biss beharrlich auf das Holz und gab keinen Laut von sich. Schließlich legte Kunigunde noch ein paar Heilkräuter auf die Wunden und verband sie mit abgekochten Leinenstreifen. Danach setzten sich die Frauen zu Vater an den Eichentisch. Besorgt sah Mutter ihre Schwägerin an.

„Er wird wieder gesund!", lauteten die erlösenden Worte.

Die angespannten Gesichtszüge von Mutter lockerten sich. Erst jetzt erlaubte sie der Sippe wieder in das Haus zu kommen. Die Kinder, Frauen und Männer traten nacheinander ein, schauten ihren Sippschaftsältesten betreten an und setzten sich schweigend zu ihm an den Tisch.

„Mein Ältester hat mir heute das Leben gerettet!", fing Vater mit schwacher Stimme an zu erzählen. „Heute Morgen bin ich mit einem Burschen zur Jagd aufgebrochen und am Abend mit einem Recken heimgekehrt."

Danach berichtete er ausführlich, was sich im Wald zugetragen hatte. Seine Augen waren unterdessen ständig auf mich gerichtet. Verlegen senkte ich den Kopf, während mein Herz heftig pochte. Als er alles zum Besten gegeben hatte, verkündete er kaum vernehmbar: „Morgen Abend werden wir Farold in den Kreis der Recken aufnehmen. Marc! Geh hinüber zu meinen Brüdern und lade sie und ihre Sippen dazu ein."

Als ich mich umschaute, sah ich in viele strahlende Gesichter. Nacheinander kamen alle auf mich zu und schlugen mir anerkennend auf die Schulter oder sprachen ein paar lobende Worte.

Mutter sah ihren Mann besorgt an.

„Du solltest dich hinlegen und etwas ausruhen!"

„Er ist etwas ganz Besonderes!", meinte Vater

„Ich weiß!", antwortete sie. „Ich weiß!"

Ein reges Treiben bestimmte den Ablauf des folgenden Tages. Als der Mond am Himmelszelt emporstieg, saßen alle Hirschberger in unserer Stube zusammen. Zwischen Großvater Lorenz und Großmutter Merlinde hatte ich Platz genommen.

„Füllt die Becher mit Met! Ich will mit euch auf unseren jüngsten Recken anstoßen!“, rief Vater, sichtlich erholt, in die Runde.

Dutzende Becher stießen daraufhin zusammen. Anschließend hielt er eine lange Rede. Zu guter Letzt nahm er mich feierlich im Kreise der Hirschberger Recken auf und schenkte mir den Speer, mit dem ich den Fremden aufgespießt hatte. Auf dem Schaft war mit Runenzeichen mein Name eingeritzt. Mehrfach ließ mich die Sippschaft hochleben.

„Das Lied von der Bernsteinstraße soll erklingen!“, forderte Großvater Lorenz lautstark und schaute dabei seinen Sohn Ottokar, unseren Barden, an.

Großvater war um die siebzig Winter alt und hatte in seinem langen Leben schon sehr viel gesehen und erlebt. Seine spannenden Erzählungen zogen Jung und Alt gleichermaßen in ihren Bann. Zwar war sein Augenlicht nicht mehr das Beste und das Laufen fiel ihm zunehmend schwer, doch der Geist war klar und die Zunge flink. Großmutter Merlinde hingegen erfreute sich bester Gesundheit. Von einem Raubzug hatte Großvater sie vor vielen Wintern aus den Gauen der Alamannen mitgebracht. Sein älterer Bruder Leo fand damals nicht den Weg nach Hirschberg zurück. Lorenz und Merlinde verliebten sich ineinander und schlossen einen Bund fürs Leben. Großmutter schenkte ihrem Mann drei gesunde Söhne: Adalhard, Ottokar und Walfried.

Der Barde stand auf und stimmte die Zupfe. Augenblicklich wurde es still in der Stube. Die Weise von der Bernsteinstraße hatte er selbst gereimt. Mit seiner wunderbaren Stimme trug Ottokar sie einer andächtig lauschenden Zuhörerschaft vor. Dabei strich er mit seinen geschickten Fingern immer wieder sachte über die gedrehten Tierdärme des Instruments und entlockte ihm wunderbare Töne. In Reimen schilderte und pries er die heldenhaften Taten der Vandalen auf ihren abenteuerlichen Reisen an die See der Balten.

Es war üblich, dass die Vandalen römische Händler auf ihrem Weg an die See begleiteten, um sie vor Wegelagerern oder anderen Widrigkeiten zu schützen. Die Römer unternahmen diese beschwerlichen Reisen von der Adria an die See der Balten, um mit den dort lebenden Stämmen Handel zu treiben. Sie tauschten ihre Waren vor allem gegen kostbaren Bernstein ein. Der Sold mit dem man die Vandalen für ihre Dienste entlohnte, war recht großzügig bemessen. Deshalb und aus reiner Abenteuerlust wollte eigentlich jeder vandalische Reck zumindest einmal in seinem Leben mit den Römern an die See reisen.

Nach Ottokars Auftritt setzte eine lautstarke Unterhaltung ein. Währenddessen wurde mein zubereiteter Keiler mit Kohl aufgetischt. Wir aßen mit den Händen aus Holzschüsseln. Hungrig langte ich zu. Plötzlich schlug eine Streitaxt vor mir in die Tischplatte. Erschrocken fuhr ich zusammen, während die Kinder und Frauen aufschrien oder gar anfingen zu weinen. Alle Augen waren auf Großvater gerichtet, der den Stil der Axt in der Hand hielt. Seine listigen, funkelnden Augen schauten sich nach allen Seiten verschlagen um.

„Ottokar! Erzähl uns die Mär über unsere Ahnen!", forderte er seinen Sohn auf. „Schildere, wie unsere Vorfahren einst über das Meer kamen, um eine neue Heimat zu suchen!"

Der Barde ließ sich nicht zweimal bitten, griff nach seiner Zupfe und begann in wunderbaren Reimen vorzutragen. Alle hatten die Geschichte über den Aufbruch und den Fortzug der Vandalen aus ihren einstigen Gauen schon des Öfteren gehört. Jedes vandalische Kind konnte sie auswendig dahersagen. Dennoch berührte es mich jedes Mal aufs Neue, wenn Ottokar sie mit seiner wohlklingenden Stimme zum Besten gab. Zunächst schilderte er, dass alle Germanen vom Urvater Mannus abstammen. Danach erzählte der Barde, wie die Vandalen aus einem Land kamen, welches von drei Meeren umspült wurde. Er beschrieb den Aufbruch des Stammes und die Fahrt über eine stürmische See. Kaum waren sie an einer ihnen unbekannten Küste angelangt, kam es zu Streitereien mit den dort lebenden Winnilern. Dieser Stamm verehrte in ganz besonderem Maße Frigg, das Weib von Wodan. Aus diesem Grund rang sie ihrem Göttergatten ein verhängnisvolles Versprechen ab. Der gab ihr sein Ehrenwort, dass er den Stamm im bevorstehenden Waffengang siegen ließe, dessen Recken er am nächsten Tag als Erste vor sein Angesicht bekäme. Das waren dann, mit gefälliger Hilfe Friggs, die bärtigen Winniler. Nach dem Triumph über die Vandalen nannten sie sich fortan Langobarden. Die Vandalen verließen die Küste und wanderten landeinwärts. Unterwegs teilten sie sich in zwei Stämme auf. Die einen riefen sich Silingen und die anderen Hasdingen.

Letztere zogen über ein Gebirge, welches man seither die Berge der Vandalen nannte und wurden dort sesshaft. Die Silingen hingegen, ließen sich zwischen den Flüssen Oder und Weichsel nieder.

Zum Schluss erinnerte Ottokar seine aufmerksamen Zuhörer an eine uralte Weissagung. Eine legendäre Seherin hatte vor vielen Wintern den Vandalen prophezeit, dass sie zwei lange und weite Wanderungen unternehmen und bestehen werden. Erst die zweite indes führt sie in ein Land, in dem Milch und Honig fließen. Jeder Vandale glaubte vorbehaltlos an die Vorhersage. Als Ottokar seine Zupfe zur Seite gelegt hatte, wurden die Becher mit Met gefüllt. Plötzlich schlug Vater seinen Trinkbecher auf den Tisch. Schlagartig war es still in der Stube.

„Farold!", donnerte er los. „Eines Tages wirst du unsere Sippe in das verheißene Land führen. Darauf wollen wir anstoßen!"

Mit weit aufgerissenen Augen schaute ich ihn ungläubig an. Alle waren aufgesprungen und prosteten mir überschwänglich zu. Ich hatte gerade meinen Becher ausgetrunken, als mir jemand seine Hände auf die Schultern legte. Auf der Stelle drehte ich mich um und sah in die stechend grünen Augen von Bertrada, unserer Seherin. Sie neigte den Kopf zur Seite und schaute Vater herausfordernd an.

„Wir wollen unsere Götter fragen, ob die Ankündigung Adalhards in Erfüllung geht!", verkündete sie mit schriller Stimme.

„Das lasst ihr gefälligst bleiben!", unterbrach sie Mutter. „In meiner Gegenwart versündigt sich niemand an Gott!"

Sie war aufgesprungen und schaute die Seherin entrüstet an.

„Hört mich an!", warf Großvater ein. „Die Götter haben es gestern mit Farold gut gemeint. Lasst Bertrada getrost vorhersagen, was die Zukunft meinem Enkel bringt!"

Beschwörend schaute er seinen Ältesten an.

„Fangt endlich damit an!", forderte Vater die Seherin auf.

Er hatte die Worte kaum ausgesprochen, als Mutter und ein paar Frauen mit ihren Kindern aus der Stube liefen. Mein Herz schlug heftig, als Bertrada einen Lederbeutel über den Tisch hielt.

„Wodan!", rief sie inständig. „Deute und richte!"

Mit diesen Worten öffnete sie den Beutel. Weiße und schwarze Knochen mit eingeritzten Runenzeichen fielen heraus. Erwartungsvoll starrte ich auf das Orakel, welches sich vor mir ausbreitete. Nur das Knistern des brennenden Holzes war noch zu hören. Nach einer Weile, die mir wie eine Ewigkeit vorkam, fing die Seherin an zu deuten.

„Die Sippschaft der Hirschberger wird das Tal der Oder sehr bald schon verlassen, um sich in das verheißene Land der Vandalen aufzumachen. Viele unter uns werden dort niemals ankommen!"

Bertrada sah mich an.

„Farold aber", sie zeigte mit dem ausgestreckten Zeigefinger auf vier weiße Knochen, „wird mit seiner Sippe an jenen Ort gelangen."

Mein Herz schlug heftig.

„Viele Winter später", Bertradas Hand zitterte, als sie auf einen schwarzen Knochen an der Tischkante deutete, „geschieht ein großes Unglück!"

Das Gesicht der Seherin war zu einer Maske erstarrt. In diesem Augenblick fiel der schwarze Knochen vom Tisch. Fassungslos sah sie ihn an. Schließlich nahm sie kreidebleich die vier weißen Knochen aus der Mitte des Orakels, legte sie schweigend in den Lederbeutel zurück, schnürte ihn zu und reichte ihn mir mit den Worten: „Pass gut darauf auf, Sohn des Adalhard! Dieser Talisman wird dich dein Leben lang beschützen!"

Kapitel II

Der Besuch

Mitten in Hirschberg stand das Haus meiner Sippe. Es bestand aus einer geräumigen Stube und dem Stall. Außerdem gab es in der Siedlung ein paar Schuppen und Vorratsspeicher. Sämtliche Gebäude waren aus Holz gebaut und die Dächer mit Reet eingedeckt. In unserem Flecken lebten die drei Sippen von Großvaters Söhnen zusammen. Die Sippschaft zählte fünfzig Häupter. Neben den Freien gab es Halbfreie und Unfreie. Die Halbfreien waren Knechte, Mägde oder ehemalige Unfreie. Zu jenen gehörte auch Großmutter Merlinde. Man brachte die Unfreien von Raubzügen mit oder tauschte sie auf einem Markt ein. Sie hatten keinerlei Rechte und mussten die niedrigsten Arbeiten verrichten. Jede Sippe betrieb für sich Viehzucht und Ackerbau. Außerdem ging man der Jagd und dem Fischfang nach. Allen freien Männern brachte Walfried den Umgang mit den Waffen sowie das Reiten und Raufen bei. Nach dem Verzicht von Großvater Lorenz berief man Vater zum Ältesten der Hirschberger. Im Rat wurde über alle Angelegenheiten gesprochen und entschieden. Hierzu gehörte die Aufteilung der Äcker und Wiesen, die Einteilung der Hand- und Spanndienste oder die Schlichtung von Fehden. Die Arbeitsabläufe bestimmten das tägliche Leben in Hirschberg. Lediglich die Jahreszeiten brachten eine gewisse Abwechslung mit sich. So ging alles seinen gewohnten Gang, falls sich nicht etwas Außergewöhnliches ereignete.

„Farold! Steh endlich auf!", hörte ich Mutter rufen. Schläfrig streckte ich mich auf dem Strohsack aus. Von hier konnte ich das Treiben in der Stube gut überblicken. Lediglich die Schlafstätten meiner Eltern und Großeltern waren durch Weidegeflechte allzu neugierigen Blicken entzogen. In der Mitte der Stube stand ein langer Eichentisch, an dem wir vergangene Nacht gefeiert hatten. Ein paar Frauen waren gerade damit beschäftigt ihn gründlich abzuwischen. Zwischen ihnen saß Marc und trank frische Kuhmilch. Dazu aß er Brot, Honig, Käse und ein Ei.

„Farold!", rief Mutter ein zweites Mal. Ich sprang auf und ging mit einem Stück Seife, der Wurzelbürste und einem Leintuch zur Haustür. Als ich hinaustrat, blendeten mich die Sonnenstrahlen. Schützend hielt ich eine Hand vor die Stirn und schaute hinab auf die beschaulich dahinfließende Oder. Mein Blick wanderte über die grünen Wiesen und Felder hinüber zum Wald. Über den Baumspitzen konnte ich weit entfernt die Berge der Vandalen ausmachen. Ich lief zum Brunnen, zog mit der Seilwinde einen Eimer Wasser aus dem Schacht, streifte mein Wollhemd ab und leerte das kalte Wasser über meinem Haupt aus. Die Erfrischung tat mir gehörig gut. Danach seifte ich mir das Gesicht und den Oberkörper ein, bevor ich mich mit der Bürste gründlich schrubbte. Zu guter Letzt schüttete ich einen zweiten Kübel Wasser über meinen Kopf, trocknete mich mit dem Leintuch ab, zog das Hemd wieder an und ging zurück ins Haus. Mutter hatte mir inzwischen die Morgenkost zubereitet und auf den Tisch gestellt. Gut gelaunt setzte ich mich neben meinen Bruder. Marc würdigte mich keines Blickes. Er war noch immer beleidigt, weil ich ihm gestern nicht den Namen meines neuen Pferdes verraten hatte.

„Nimm dir ein Beispiel an Farold, der hat keine Scheu vor dem Waschen!", ermahnte ihn Mutter. Worauf er missmutig aufstand und mit dem Waschzeug zur Tür hinauslief. Nachdem ich mich gestärkt hatte, trat ich erneut vor unser Anwesen. Die Sonne lachte von einem wolkenlosen Himmel herab. Vor seinem Haus stand Ottokar und unterhielt sich mit zwei Weibern. Die fuchtelten aufgeregt mit den Händen in der Luft umher. Was sie sich so lebhaft zu sagen hatten, konnte ich auf die Entfernung nicht hören.

„Möglicherweise haben die beiden in der vergangenen Nacht nicht all seine Wünsche erfüllt!", dachte ich. „Er hätte besser daran getan mit einer Vandalin einen Lebensbund zu schließen, als sich ständig mit irgendwelchen Weibsbildern herumzuplagen."

„Guten Morgen!", ertönte eine Männerstimme. Ich drehte mich um. Vor mir stand Drusus, einer unserer Unfreien. Freundlich erwiderte ich seinen Gruß.

„Euer Vater hat uns aufgetragen im Wald Holz zu schlagen, um daraus Stangen zu fertigen!", sagte er. „Wir sollen damit die Zäune auf der Weide ausbessern."

Schweigend nickte ich dem ehemaligen Legionär zu. Auf einem Raubzug in das römische Imperium wurde der Unglückliche von unseren Recken übermannt und nach Hirschberg verschleppt. Er ging in den Schuppen, wo wir das Rüstzeug aufbewahrten, während ich in den Stall lief. Kurz darauf führte ich die gute, alte Almut heraus und spannte die Stute vor dem Fuhrwerk ein. Nachdem Drusus das Werkzeug aufgeladen hatte, stiegen wir gemeinsam auf den Bock und fuhren los. Im Wald angekommen, fällten und entästeten wir junge Bäume. Die Sonne stand bereits hoch oben am Himmelszelt, als ich Vater auf Tore daherreiten sah. An einem langen Seil zog er Zottel hinter sich her.

„Ich habe den Bogen und die Pfeile des gefallenen Schlitzauges mitgebracht!" sprach er, als er vor mir stand. „Wir sollten mal ausprobieren, ob sie zu gebrauchen sind."

Ich schwang mich auf Zottel und wir ritten tiefer in den Wald hinein. Auf einer Lichtung hielten wir an und stillten erst einmal unseren Durst an einer Quelle. Mit der Streitaxt in der Hand, ging Vater anschließend auf eine Tanne zu und schlug damit eine tiefe Kerbe in den Stamm.

„Farold! Nimm den Bogen und den Köcher mit den Pfeilen!", rief er und zeigte mit der Axt auf die Lichtung. „Von dort versuchst du die Einkerbung zu treffen!"

Kurz darauf spannte ich die Sehne des Bogens mit einem Pfeil an, zielte und ließ los. Das Geschoss flog surrend durch die Luft und bohrte sich eine Elle über der Kerbe in den Stamm.

„Noch einmal!", hörte ich ihn rufen. „Diesmal aber tiefer!"

Der nächste Pfeil traf mitten ins Ziel. Ich wollte gerade noch einen weiteren hinterherschicken, als ich einen äsenden Rehbock wahrnahm. Wenig später beugte ich mich über das erlegte Tier, um das Waidwerk zu vollenden.

Als wir aus dem Wald ritten, sah ich mehrere Reiter und zwei römische Reisewagen, die den Weg nach Hirschberg heraufkamen. Auf die Entfernung konnte ich nicht erkennen, wer uns da einen Besuch abstatten wollte. Plötzlich rannte eine Frau den Hügel hinab. Ich kniff die Augen zusammen und erkannte Mutter.

„Das muß Marcellus sein!", rief ich aufgeregt, als ich sah, wie sie einem Mann in die Arme fiel. „Ihr Bruder war schon lange nicht mehr hier! Aber warum kommt er so spät? Der Herbst steht vor der Tür!"

„Das möchte ich auch gerne wissen!", lauteten die nachdenklich klingenden Worte von Vater.

Zottel bekam meine Fersen zu spüren. Es dauerte nicht allzu lange und ich befand mich mitten unter den Besuchern. Marcellus hielt seine Schwester freudestrahlend in den Armen. Die beiden unterhielten sich auf Latein und nahmen mich überhaupt nicht wahr. Neugierig schaute ich mich um. Auf den Wagen saßen Römer, welche man an ihren kurz geschnittenen Haaren und der Art und Weise wie sie sich kleideten, zweifelsfrei erkennen konnte. Ein paar von ihnen trugen Sklavenringe um ihren Hals. Die zahlreichen Begleiter hatten die Haare kunstvoll zu Knoten zusammengebunden.

„Eine Eigenart der *Sueben*[1]!", stellte ich sogleich fest.

Ich sah Marcellus an. Er war ein paar Winter älter als seine Schwester, von schlanker Gestalt, und die schwarzen Haare waren an einigen Stellen bereits ergraut. Über der *tunicae*[2] trug er einen braunen Kapuzenmantel. Als er mich endlich wahrnahm, ließ er seine Schwester los und musterte mich vom Kopf bis zu den Füßen.

„Wer seid ihr?", fragte er.

„Erkennst du mich denn nicht wieder, *Oheim*[3]?", entgegnete ich entrüstet. Im nächsten Augenblick fing er herzhaft an zu lachen, ging ein paar Schritte auf mich zu und drückte mich an seine Brust.

„Ganz schön groß geworden, der kleine Barbar!"

Verlegen senkte ich die Augen.

„Welch freudige Überraschung!", rief Vater in diesem Moment.

„Sei gegrüßt, Adalhard!", erwiderte sein Schwager.

Während der Älteste der Hirschberger vom Pferd stieg, um Marcellus und seine Begleiter willkommen zu heißen, fiel mir auf, dass einer der Sueben sehr erlesene Kleidung trug.

---

1 Germanischer Stamm
2 Römisches Kleidungsstück
3 Onkel

„Das ist Fürst Ermenrich!“, sagte Marcellus in diesem Augenblick und deutete auf den Mann. „Er ist auf dem Weg zu euren Königen nach Otterburg.“

Vater verbeugte sich vor ihm.

„Seid willkommen, Fürst!“, erklärte er. „Man ruft mich Adalhard! Ich bin der Älteste der Sippschaft!“

„Marcellus Aurelius hat mich bereits aufgeklärt!“, entgegnete der Suebe. „Ich wäre euch sehr dankbar, wenn ich mit meinen Recken heute Nacht eure Gastfreundschaft in Anspruch nehmen dürfte.“

„Sie sei euch gewährt!“

Danach forderte Vater die Sueben und römischen Händler auf, mit ihm ins Haus zu gehen. Am Eichentisch in der Stube fanden alle einen Platz. Mutter wies unsere Unfreien Margard und Runhild an, die Gäste zu bewirten. Während die Römer Wasser tranken, stillten die Sueben ihren Durst mit kühlem Honigmet. Immer wieder warfen sie den jungen Gotinnen vielverheißende Blicke zu.

„Bringt mehr Met!“, rief Vater den Weibern zu, nachdem er bemerkte, dass die Krüge leer waren.

Margard und Runhild waren damit beschäftigt den jungen Männern schöne Augen zu machen, so dass sie seine Aufforderung nicht wahrnahmen.

„Begafft nicht so dreist unsere Gäste und schafft mehr Met herbei!“, donnerte Vaters gewaltige Stimme durch die Stube.

Ein lang anhaltendes Gejohle und Gelächter begleitete die Gotinnen hinaus auf den Weg zum Vorratsspeicher, wo sie die Krüge am Fass füllten. Inzwischen hatte ich mich an den Tisch gesetzt und hörte aufmerksam den Gesprächen um mich herum zu. Mein Oheim musste sich von seiner Schwester einige Vorwürfe wegen der langen Abwesenheit gefallen lassen und viele Fragen beantworten. Fürst Ermenrich erzählte seinem Gastgeber, dass er sich in Otterburg mit den Königen der Silingen treffen wollte, um mit ihnen Angelegenheiten von großer Tragweite zu besprechen. Vater saß schweigend da und hörte ihm aufmerksam zu. An seiner Miene konnte ich deutlich ablesen, dass die Absichten des Sueben ihm nicht behagten und sehr nachdenklich stimmten. Die Gotinnen deckten derweil den Tisch und die Sueben begleiteten ihr Hantieren mit begehrlichen Blicken und schlüpfrigen Bemerkungen. Später wurde Rotkraut und Brot aufgetischt. Während wir uns stärkten, richteten Margard und Runhild ein Nachtlager aus Stroh her. Für Fürst Ermenrich, Marcellus und die römischen Händler stellten sie Holzpritschen in die Nähe der Feuerstelle. Als sich alle satt gegessen hatten, setzte eine mehrsprachig geführte Unterhaltung ein. Die Sueben plauderten miteinander in ihrer Mundart. Nicht alles konnte ich verstehen, aber dennoch ihrem Wortwechsel folgen. Dabei drehte es sich ausschließlich um die vermeintlichen Vorzüge von Margard und Runhild.

„Ganz offensichtlich haben die jungen Weiber den Recken den Kopf verdreht!", stellte ich gelangweilt fest und wandte mich dem Gespräch von Marcellus und den römischen Händlern zu. Die unterhielten sich in ihrer Muttersprache. Meine römische Mutter hatte mich Latein gelehrt. Der Anlass ihres Besuches wurde mir schnell bewusst. Sie wollten tatsächlich noch an das Mare Balticum[4] reisen, um bei den dort lebenden Balten wertvolle Bernsteine einzutauschen.

In diesem Augenblick fiel mir wieder ein, dass Vater versprochen hatte, mich an die See mitzunehmen, sobald sich hierzu eine Gelegenheit bietet und Mutter einwilligt. Schlagartig hatte ich die Landkarte vor Augen, welche Großvater Lorenz vor vielen Wintern von einem römischen Händler geschenkt bekommen hatte. Auf dem kostbaren Pergament war der genaue Verlauf der Bernsteinstaße abgebildet. Immer und immer wieder hatte ich sie studiert und tief in mein Gedächtnis eingeprägt.

Ausgehend von der Hafenstadt Aquileia[5] am Mare Adriaticum[6], führte die Bernsteinstraße nach Norden durch die römischen Provinzen Venetia, Noricum und Pannonia bis an die Donau. Der Strom bildete die Grenze zwischen dem römischen Imperium und den Gauen der Germanen. Von der Stadt Carnuntum[7] aus, fuhr man auf einer Fähre über die Donau. Anschließend verlief die Bernsteinstraße durch die Landstriche der Sueben, hinauf in die Berge der Vandalen. Entlang der Oder schlängelte sie sich hinab bis nach Otterburg, wo die Könige der Silingen herrschten. Durch

4 Ostsee
5 Ehemalige Stadt in der Nähe von Triest/Italien
6 Adria
7 Ehemalige Stadt in der Nähe von Wien/Österreich

eine Furt gelangte man an jenem Ort an das gegenüberliegende Ufer und kam ein paar Tage später an die Weichsel. Der Strom trennte die Gaue der Silingen von denen der Goten und konnte nur bei sehr niedrigem Wasserstand überwunden werden. Die Bernsteinstraße endete hoch oben im Norden, am Mare Balticum.

Großvater Lorenz hatte mir vieles über die Bedeutung der Bernsteinstraße erzählt. Von ihm wusste ich, dass sich die Menschen entlang dieses wichtigen Handelswegs auf die Beherbergung der durchreisenden Händler eingestellt hatten. Man ließ sich die geleisteten Hand- und Spanndienste gut entlohnen. Die Könige, durch deren Gaue die Straße verlief, stellten den Händlern Schutzbriefe aus und verlangten einen Wegemaut. Dafür schützten ihre Recken die Reisenden und die mitgeführten Waren vor Wegelagerern oder anderen Widrigkeiten. Die römischen Händler nahmen diese beschwerliche und keineswegs ungefährliche Reise vor allem deshalb auf sich, um den an der baltischen See häufig vorkommenden Bernstein zu erwerben. Sie nannten ihn wegen seines gläsernen Aussehens *glesum*[8], oder auch Gold des Nordens. Für diese honigfarbenen Steine boten sie den Balten hochwertige Waren, wie Dolche oder Schwerter an. Aber auch mit Glas, Geschirr, Amphoren, Pelzen oder Unfreien wurde gehandelt. Bernsteine erzielten beim Verkauf im Imperium enorme Gewinne und wurden dort vor allem zu Schmuck verarbeitet.

Marcellus reiste für gewöhnlich im Sommer an die See. Auf dem Hin- und Rückweg besuchte er immer seine Schwester in Hirschberg. Für die Strecke von Aquileia bis an das Mare Balticum benötigte man mit einem Wagen etwa vierzig Tage und Nächte. Den gleichen Zeitraum musste man für die Rückreise vorsehen, soweit nicht unvorhergesehene Ereignisse das Fortkommen erschwerten oder gar unmöglich machten. Nur sehr wenige vandalische Händler hingegen, betrieben Geschäfte im Imperium. Sobald man darauf im Beisein von Großvater Lorenz zu sprechen kam, spie er Gift und Galle. Er haderte sodann unablässig über die vermeintliche Frechheit der Römer, auf die Waren der germanischen Händler Schutzzölle zu erheben.

---

8 Bernstein (Gold des Nordens)

MARE BALTICUM
(Ostsee)
PRUZZENSIEDLUNG
BERNSTEINSTRASSE
HEIDENBURG
Oder
Weichsel
SILINGEN
GOTEN
OTTERBURG
HIRSCHBERG
CASTRA REGINA
(Regensburg)
VANDALENBERGE
SUEBEN
HASDINGEN
Danuvius
(Donau)
VINDOBONA
IUVAVUM
(Salzburg)
CARNUNTUM
POETOVIO
(Ptuj)
EMONA (Ljubljana)
AD PIRUM (Birnbaumpass)
Danuvius
(Donau)
AQUILEIA
MARE ADRIATICUM
(Adria)

Man konnte sich absolut sicher sein, dass er bei dieser Gelegenheit eine bestimmte Geschichte zum Besten gab. So war es auch an diesem Abend.

„Vor etlichen Wintern", begann Großvater zu erzählen, „erhielt ich vom königlichen Hof die Order einen römischen Händler aus Aquileia, vom Schneepass in den Bergen der Vandalen bis an die Weichsel zu begleiten."

Während sich die Hirschberger entspannt zurücklehnten, lauschten die Römer und Sueben gebannt seinen weiteren Worten.

„Auf dem Rückweg gerieten wir in einen Hinterhalt der Goten. Wir wehrten uns tapfer und schlugen sie in die Flucht. Während des Waffengangs rettete ich dem Händler das Leben!" Er hielt einen Augenblick lang inne und vergewisserte sich der Aufmerksamkeit seiner Zuhörer.

„Sein Name lautete Claudius Aurelius!"

Die Römer sahen Marcellus Aurelius erstaunt an, worauf dieser zustimmend nickte.

„Aus Dankbarkeit nahm er meinen ältesten Sohn Adalhard mit nach Aquileia!", fuhr Großvater fort. „Er behandelte ihn wie seinen eigenen Sohn. Als Adalhard wieder nach Hirschberg zurückkehrte, konnte er fließend Latein sprechen und schreiben. Außerdem wusste er sich wie ein vornehmer Römer zu benehmen!"

Während er den letzten Satz aussprach, glaubte ich in seiner Stimme einen leicht spöttischen Unterton herausgehört zu haben. Plötzlich fingen seine Augen bedenklich an zu funkeln.

„Das Beste aber, was mein Ältester aus Aquilea mitbrachte, war Aurelia, die Tochter von Aurelius!" Großvater hatte das letzte Wort noch nicht ganz ausgesprochen, als er mit der Faust kräftig auf den Tisch schlug. Triumphierend schaute er in die erschrockenen Gesichter seiner Zuhörer.

„Aus Liebe zu Adalhard", sagte in diesem Moment eine sanfte, weibliche Stimme, „hat Aurelia das sonnige und behagliche Aquileia verlassen und ist in das kalte, entbehrungsreiche Hirschberg gezogen."

Großmutter Merlinde stand hinter ihrem Mann und lächelte ihre Schwiegertochter liebevoll an.

„Marcellus! Warum seid ihr so lange nicht mehr in Hirschberg gewesen und weshalb kommt ihr in diesem Jahr erst zum Ende des Sommers?", erklang die Stimme von Vater.

„Das hat natürlich seine Gründe!“, antwortete der Römer. „Doch zuerst wollen wir den Wein kosten, den ich aus der Provinz Venetia mitgebracht habe. Der schmeichelt dem Gaumen wie kein Zweiter!“

Schon stand eine Amphore auf dem Tisch und ein römischer Sklave füllte die Becher halbvoll mit rotem Wein und verdünnte ihn sodann mit Wasser. Als er damit fertig war, stand mein Oheim auf und hielt ein Trinkgefäß in die Höhe.

„Auf meine Schwester Aurelia!“

„Auf Aurelia!“, ertönte es aus vielen durstigen Kehlen.

Großvater saß neben mir und rutschte immer unruhiger auf der Bank hin und her. Plötzlich platzte es regelrecht aus ihm heraus.

„Marcellus! Warum hast du uns so lange nicht mehr besucht?“

Alle Augenpaare waren auf meinen Oheim gerichtet.

„Vor vielen Jahren“, begann er stockend zu erzählen, „überfielen wilde Horden, die sich Hunnen nennen, aus den Steppen des Ostens das Reich der *Greutungen*[9] und besiegten sie in einer Schlacht. Ihr König wählte den Freitod, denn er wollte seinen Feinden nicht lebend in die Hände fallen. Als die Hunnen den toten Greutungenkönig fanden, schlugen sie ihm den Kopf ab und steckten ihn auf einen Spieß.“

Großvater klatschte sich vergnügt auf die Schenkel, worauf ihn Marcellus entrüstet ansah.

„Fahrt bitte fort!“, forderte Vater seinen Schwager auf.

„Die Greutungen mussten sich den Hunnen unterwerfen oder flüchteten zu ihren Brüdern, den *Terwingen.*[10]“

In diesem Moment sprang Großvater Lorenz auf.

„Hoffentlich ist es ihnen genauso ergangen wie diesen Schwächlingen von Greutungen!“

„Einen Winter später“, erzählte Marcellus unbeirrt weiter, „fielen die Hunnen und die mit ihnen verbündeten *Alanen*[11] auch über die Terwingen her. Viele von ihnen suchten und fanden Zuflucht im Imperium. Der Kaiser der Römer hatte es ihnen gestattet.“

---

9 Gotischer Stamm
10 Gotischer Stamm
11 Iranischer Stamm/die Göttlichen

„Das werden sie noch bereuen!“, merkte Großvater unüberhörbar an. Marcellus sah ihn nachdenklich an.

„Die Terwingen wurden von unseren Statthaltern ausgebeutet und fürchterlich schikaniert!“, fuhr er schließlich fort. „Die Goten lehnten sich dagegen auf und die herbeigerufenen Legionen wurden von den Barbaren in der Nähe der Stadt Adrianopel[12] vernichtend geschlagen. Kaiser Valens fiel mit über zehntausend Legionären auf dem Schlachtfeld. Die Terwingen schlossen später mit dem neuen römischen Kaiser einen Friedensvertrag. Sie bekamen von Rom die Provinzen Thracia und Moesia als Siedlungsgebiet zugewiesen und die mit ihnen versippten Greutungen wurden in der Provinz Pannonia sesshaft. Seither riefen sich die Terwingen Visigoten[13] und die Greutungen Ostrogoten[14]. Die gotischen Stämme hatten sich im Gegenzug dazu verpflichtet, als Förderaten Roms gegen die Feinde des Imperiums ins Feld zu ziehen.“

Marcellus griff nach seinem Becher und trank ihn hastig aus.

„Ein Priester namens Wulfila übersetzte in jenen Tagen die Heilige Schrift der Christen vom Lateinischen in die Sprache der Goten!“, berichtete er weiter. „Viele seiner Landsleute bekehrte er zum Christentum und überzeugte sie davon, mit den Römern gemeinsame Sache zu machen.“

„Ein Irrweg!“, lautete Großvaters Kommentar. „Mannus war, ist und bleibt der Urvater aller Germanen!“

„Unterbrich ihn nicht ständig!“, ermahnte ihn sein Ältester „Marcellus! Was hat sich danach zugetragen?“

Dessen Miene hellte sich merklich auf.

„Nach dem Tod von Kaiser Theodosius wurde das Imperium unter seinen beiden Söhnen aufgeteilt. Das Westreich mit Rom erhielt Honorius und das Ostreich mit Konstantinopel sein Bruder Arcadius. Damals haben die Visigoten einen gewissen Alarich auf das Schild gehoben. Der neue Gotenkönig hielt sich fortan nicht mehr an die Förderatenverträge seines Vorgängers. Brandschatzend zogen die gotischen Horden durch die rö-

---

12 *Edirne/Türkei*
13 *Terwingen/die Guten*
14 *Greutungen/die Leuchtenden*

mischen Provinzen zwischen der *Danuvius*[15] und dem *Mare Adriaticum*."

Marcellus stockte.

„In jenen Tagen wurde auch unsere *villa rustica*[16] in der Provinz Dalmatia von den Schergen Alarichs geplündert und niedergebrannt. Meinem Vetter haben sie die Zunge herausgerissen, bevor sie ihn mitsamt seiner Sippe in die Sklaverei verschleppten."

Mutter schrie entsetzt auf und fing an zu weinen.

„Der oberste Heermeister der Römer kesselte mit seinen Legionen die Barbaren ein", fuhr ihr Bruder unterdessen fort. „Gott allein weiß, warum er sie dennoch entkommen ließ. Die Goten zogen sich in das unzugängliche Epirusgebirge in der Provinz Macedonia zurück. Wie lange sie sich dort aufhalten, weiß wohl nur dieser verfluchte Alarich!"

Marcellus sah seine in Tränen aufgelöste Schwester mit traurigen Augen an.

„Warum bei Wodan", fragte sein Schwager, „willst du in diesen unsicheren Zeiten und zu so später Jahreszeit noch an das Mare Balticum reisen?"

„Nur wenige Händler haben wegen der Gotengefahr in den vergangenen Jahren zwischen der Danuvius und dem Mare Adriaticum Handel getrieben. Bestimmt ist kein Einziger mehr auf der Bernsteinstraße zu den Balten gereist, um kostbaren *glesum* einzutauschen. Es spricht vieles dafür, dass die Hunnen die Gaue der Goten verwüstet haben und sich womöglich dort noch aufhalten. Die Reise an das Mare Balticum ist ein großes Wagnis!"

„Du willst für ein paar Bernsteine dein Leben riskieren?", fragte Adalhard zweifelnd nach.

Marcellus nickte.

„*Glesum* erzielt im Imperium mittlerweile Preise wie pures Gold. Wenn es mir gelingen sollte, möglichst viel Gold des Nordens nach Aquileia zu schaffen, werde ich vom Erlös ein schönes *lätifundium*[17] in einer der wohlhabenden und sicheren Provinzen Afrikas erwerben und mit meiner Familie dort hinziehen."

Mutter sah ihren Bruder fassungslos an.

„Ich bin zu euch gekommen", fuhr er fort, „um dich und die deinigen zu

---

15 Donau
16 Landhaus
17 Landgut

bitten, mit mir die Reise an das Mare Balticum zu wagen. Der ständigen Bedrohung durch die Goten will und werde ich meine Familie nicht mehr länger aussetzen. Mir bleibt keine andere Wahl!“

Vater war aufgestanden.

„Farold!“, sagte er mit ernster Miene. „Lauf hinüber zu Walfried und teile ihm mit, dass er zu Ottokar kommen soll. Der Rat der Hirschberger wird noch heute Abend zusammenkommen!“

Ich rannte in die Dunkelheit hinaus. Als ich zurückkam, verließ Vater gerade das Haus, um zu seinen Brüdern zu eilen. Schluchzend unterhielt sich Mutter mit Marcellus über das schreckliche Schicksal ihres Vetters und seiner Sippe, während Fürst Ermenrich mit den römischen Händlern in ein Gespräch vertieft war und seine Recken ihre Späße mit den beiden Gotinnen trieben. Die Sippe hatte sich um Großvater Lorenz geschart, der ihnen eine seiner unglaublichen Geschichten auftischte. Es war mitten in der Nacht, als die Haustür aufgestoßen wurde. Vater, Ottokar und Walfried traten ein und schritten geradewegs auf Marcellus zu.

„Wir werden dich zu unseren Königen nach Otterburg begleiten!“, teilte ihm sein Schwager mit. „Wenn sie einwilligen, reisen wir mit dir an die See der Balten!“

Marcellus fiel sichtlich ein Stein vom Herzen.

„Mit Sonnenaufgang brechen wir auf!“, verkündete Vater. „Sucht eure Nachtlager auf und löscht die Fackeln!“

Ich lag mit offenen Augen auf meinem Strohsack. Schnarchnasige Laute waren zu hören, als mir unzählige Fragen durch den Kopf gingen. „Nimmt mich Vater morgen mit nach Otterburg? Wird es Mutter erlauben? Werden die Könige sein Vorhaben billigen?“

Unruhig drehte ich mich von einer Seite auf die andere. Meine Augen durchtasteten die dunkle Stube, welche gelegentlich vom Schein des ausgehenden Feuers erhellt wurde. Sie blieben beim Strohlager der Sueben hängen. Einen Moment lang sah ich dort Margard und Runhild entblößt zwischen den Männern liegen. Ein unaufhörliches Stöhnen und Keuchen ließ mich erahnen, dass die Gotinnen sich dort einem oder gar mehreren Sueben hingaben. Ich drehte mich um und fiel in einen tiefen Schlaf.

Kapitel III

Die baltische See

Die Sklaven der Römer waren am nächsten Morgen gerade damit beschäftigt die Pferde vor die Reisewagen einzuspannen, als ich zum Brunnen lief, um mich zu waschen. Vater saß ganz in der Nähe auf Tore und beobachtete alles, was sich um ihn herum tat. Nachdem ich damit fertig war, ging ich schleunigst zurück ins Haus und zog mich rasch an.

„Ob er mich wohl mitnimmt?", fragte ich mich fortwährend. Hastig trank ich meine Milch aus, verschlang ein Stück Brot und lief wieder nach draußen. Die Sueben versammelten sich dort um ihren Fürsten.

„Auf was wartest du eigentlich noch, Farold?", rief Vater mir zu. „Hol dein Pferd und vergiss die Waffen nicht. Alles andere habe ich schon zusammengepackt."

Überglücklich rannte ich in den Stall und führte Zottel hinaus. Danach nahm ich mein Schwert, Bogen und Köcher sowie Spieß und Schild, schwang mich auf die Stute und gesellte mich zu den Hirschbergern. Wir waren insgesamt zwölf Recken, welche der Rat als Geleitschutz für die römischen Händler bestimmt hatte. Marcellus kam aus dem Haus gelaufen, blieb kurz stehen und schaute sich suchend um. Als er mich entdeckte, schritt er geradewegs auf mich zu.

„Farold! Ich habe dir ein Geschenk mitgebracht!"

Mit diesen Worten reichte er mir ein Bündel. Neugierig wickelte ich es auf. Ein Dolch kam zum Vorschein. Ich zog ihn aus einer kunstvoll verarbeiteten Lederscheide und betrachtete ihn eingehend.

„Eigentlich wollte ich dir den *pugio*[18] erst nach der Rückkehr von der See schenken", meinte er. „Aber dann dachte ich mir, dass du ihn womöglich früher gebrauchen kannst."

---

18 Römischer Dolch

Freudestrahlend bedankte ich mich für das schöne und nützliche Geschenk.

„Kommt alle her!", ertönte seine Stimme, als er vor seinem Wagen stand. „Ich will euch zeigen, was wir aus Aquileia mitgebracht haben."

Er öffnete die Tür. Darin befanden sich viele Holzkisten sowie einige Amphoren. Einer seiner Sklaven trug eine Kiste heraus und hob den Deckel hoch. Wunderbare Spangen, bunte Glasperlen und silberne Gürtelschnallen kamen zum Vorschein. Marcellus deutete auf die Amphoren im Wagen.

„Darin befindet sich Wein aus Umbria und Olivenöl aus Afrika!"

Schlagartig wurde mir bei diesem Anblick klar, warum die Römer auf ihren Handelsreisen an die See beschützt werden mussten.

„Das sind ja unermessliche Reichtümer!", stellte Walfried unüberhörbar fest.

„Wenn wir all diese Waren gegen das Gold des Nordens eingetauscht haben und wohlbehalten nach Hirschberg zurückgekehrt sind, werde ich euch reichlich entlohnen!", versprach Marcellus einer sichtlich beeindruckten Schar.

In diesem Moment ertönte das Signal zum Sammeln. Mutter kam auf Vater zugelaufen.

„Gib gut auf dich acht!", ermahnte sie ihren Mann.

Nachdem sie sich von ihm verabschiedet hatte, sah sie mich beschwörend an.

„Hör immer auf den Rat deines Vaters und wäge stets gut ab, bevor du etwas tust!", gab sie mir mit auf den Weg.

Ich nickte stillschweigend. Der Fürst der Sueben und der Älteste der Hirschberger erteilten ein paar Anweisungen, worauf sich der Zug formierte. Als ein Hornsignal ertönte, gab ich Zottel meine Fersen zu spüren. Vater hatte mich der Vorhut zugeteilt, die von Walfried angeführt wurde. Wir eilten der Hauptschar mit den Packpferden und den Wagen voraus. Der Weg schlängelte sich an der Oder entlang. Ein paar Tage später erreichten wir eine größere Siedlung, die am Fluss lag und sich eine Anhöhe hinaufzog.

„Das ist Otterburg, das Herz des Vandalenreichs!", klärte mich Walfried auf.

Er zeigte auf ein herrschaftliches Anwesen.

„Von dort oben lenken unsere Könige die Geschicke des Stammes!"

Kurz darauf kamen wir an einen Wachturm. Zwei Recken in rot eingefärbten Leinenhemden standen davor.

„Das sind die Schildwachen der Könige!", ließ mich mein Oheim wissen. „Wir nennen sie nur die Roten!"

„Wohin des Weges?", fragte einer von ihnen.

Wir zügelten die Pferde.

„Mit einem Fürsten der Sueben, römischen Händlern und dem Ältesten der Hirschberger auf dem Weg zu unseren Königen!", entgegnete Walfried.

„Ihr könnt passieren!"

Als wir uns den ersten Häusern von Otterburg näherten, holte uns die Hauptschar ein. Hinter mir ertönten mehrere Hornsignale. Entlang des Weges, standen dicht aneinandergereiht, kleinere und größere Holzhäuser. Ein ekelhafter Gestank lag in der Luft. Neugierig schaute ich mich um und erkannte den Grund des Übels. Aus den Häusern flossen übelriechende Rinnsale. Je weiter wir in die Siedlung kamen, desto mehr Menschen, Pferde und Fuhrwerke drängten sich auf dem staubigen Schotterweg. Schließlich gelangten wir auf einen geräumigen Platz. Dort herrschte ein kunterbuntes Treiben.

„Heute ist Markttag!", stellte Walfried vergnügt fest. „Deshalb sind alle auf den Beinen!"

An den Ständen boten Marktschreier lauthals ihre Waren an und farbenfroh gekleidete Gaukler zeigten einer vergnügten Ansammlung von Menschen ihre erstaunlichen Fertigkeiten. Als wir um eine Hausecke ritten, standen wir plötzlich vor einer Palisadenwand. Ein paar Schildwachen hielten vor einem geschlossenen Tor Wache. Walfried hob seinen Arm, worauf der Zug stehen blieb. Vater schloss gerade zu uns auf, als eine Wache auf Walfried zuging und seine Hand auf die Stelle der Brust legte, unter der das Herz schlägt. Mein Oheim erwiderte den bei den Vandalen üblichen Gruß. Unterdessen hatte sich ein Roter breitbeinig vor Vater hingestellt.

„Der alte Fuchs aus Hirschberg wagt sich tatsächlich aus seinem Bau!", ertönte die Stimme der Schildwache.

Vater stieg vom Pferd.

„Widukind!“, sagte er lächelnd. „Du lebst?“
„Gut und gern!“, lautete dessen Antwort.
Freudestrahlend fielen sie sich in die Arme.
„Was treibt dich nach Otterburg?“, fragte der Rote.
Vater blinzelte mir zu.
„Mein Ältester wollte unbedingt einmal eure gute Luft einatmen.“
Worauf mich dieser Widukind eingehend musterte.
„Ist der junge Mann etwa dein Sohn?“
„Ja!“, antwortete Vater.
Der Rote fing an zu grinsen.
„Er sieht dir überhaupt nicht ähnlich!“
Vater verzog keine Miene als er sagte: „Ich danke Wodan jeden Tag dafür, dass er meine Bitten erhört hat!“
Widukind räusperte sich.
„Um was hast du ihn denn so inständig angefleht, Hirschberger?“
„Dass mein Sohn nicht so schrecklich ausschauen möge wie du, mein Freund!“
Der Rote fing herzhaft an zu lachen. Anschließend begrüßte er den Fürsten der Sueben und wechselte ein paar Worte mit ihm. Schließlich wies er die Schildwachen an, das Tor zu öffnen. Gemeinsam schritten wir auf ein herrschaftliches Anwesen zu.
„Die Kunde, dass ihr mit Fürst Ermenrich und einigen römischen Händlern auf dem Weg zu den Königen seid, ist euch vorausgeeilt!“, teilte Widukind seinem alten Gefährten mit. „Als ihr den Wachturm an der Oder passiert hattet, haben uns die Wachen euer Kommen mit Hornsignalen angekündigt!“
„Die Recken sind gut geschult!“, stellte der Hirschberger anerkennend fest.
„Sie stehen unter meinem Geheiß!“, lautete die selbstbewusste Antwort Widukinds. „Gestern Abend sind überraschend einige Hasdingen eingetroffen und haben sich bis spät in die Nacht mit den Königen beraten. Es liegt Ärger in der Luft. Das spüre ich in all meinen Knochen!“
Er wies uns gerade eine Lagerstatt neben einer Linde zu, als zwei Männer mit langen, blonden Haaren aus dem königlichen Anwesen traten.

„Das sind unsere Könige Tharwold und Gundolf!", flüsterte Vater mir zu. „Der Kleinere ist Tharwold!"

Mir fielen in diesem Augenblick die Worte Großvaters wieder ein. Der hatte mir einmal erzählt, dass die Sippschaftsältesten ihre Könige für fünf Winter unter einer Linde wählen und danach auf die Schilder heben. Gemeinsam führen sie das Heer in die Schlacht und falls einer von ihnen fallen sollte, übernimmt der Überlebende die alleinige Führung. In Friedenszeiten kümmern sie sich um alle möglichen Angelegenheiten des Stammes und sprechen öffentlich Recht.

Die Könige stiegen die Treppe herab und hießen zunächst Fürst Ermenrich und seine Begleiter willkommen. Danach wechselten sie ein paar Worte mit den Römern, bevor sie zu uns kamen. Ich glaubte meine Herzschläge zu hören, so aufgeregt war ich in diesem Moment.

„Schön Adalhard, dass ihr uns wieder einmal eure Aufwartung macht!", sprach Tharwold, während Gundolf uns eingehend musterte.

„Die Hirschberger grüßen unsere Könige und bitten um eine baldige Unterredung!", antwortete Vater.

„Richtet euer Nachtlager her! Später werden wir euch rufen lassen!", erwiderte Tharwold. Anschließend gingen die beiden mit dem Fürsten der Sueben in das königliche Anwesen und wir schlugen unsere Zelte auf. Als wir damit fertig waren, kam Widukind dahergelaufen. Außer Atem, sagte er zu seinem alten Weggefährten: „König Gundolf hat mich soeben angewiesen auf den Markt zu gehen, um Mundvorräte einzukaufen."

„Was hat er vor?", fragte Vater.

Der Rote zuckte ratlos mit den Achseln.

„Sie sollen für zwei Dutzend Recken und wenigstens zehn Tage ausreichen!"

Kurz darauf eilten wir mit ein paar Schildwachen zum Marktplatz. Kreischende Weiber und grölende Mannsbilder boten an diesem Ort alle möglichen Waren feil. Neben feudalen Recken und ansehnlich gekleideten Frauen, hielten sich dort auch schmutzige Hirten oder zerlumpte Bettler auf. Zu kaufen oder zu tauschen gab es da so ziemlich alles, was man zum Leben braucht oder das Herz erfreut. Die Händler, Handwerker und Schankwirte hatten die Holzläden an ihren Häusern zu nützlichen

Verkaufsständen aufgeklappt. Auf einmal befanden wir uns auf dem Viehmarkt von Otterburg. Widukind fing mit einem Sauhändler an zu feilschen. Neben Schweinen, Ochsen, Kühen, Ziegen und Hühnern konnte man dort auch Pferde, Schafe, Hunde, Gänse oder anderes Geflügel kaufen oder eintauschen. Für ein paar Kupfermünzen erstand der Rote ein Schwein und einige Hühner. Auf dem Rückweg deckte sich Widukind noch reichlich mit Fladenbrot, Käse und Rauchfleisch ein. Vater suchte derweil einen Gerber auf und schloss mit ihm einen Handel ab. Er tauschte einen bronzenen Armring gegen ein Dutzend gefütterter Kapuzenumhänge.

„Für was benötigst du die Umhänge?“, fragte ich ihn.

„Der Herbst steht vor der Tür!“, erwiderte er. „Wir werden sie noch gut gebrauchen können!“

Schließlich kehrten wir zum königlichen Anwesen zurück. Müde von der Reise und den vielen Eindrücken des Tages, hatte ich mich gerade auf meine Schlafstatt gelegt, als eine Schildwache erschien.

„Die Könige bitten euch beide“, er zeigte auf Vater und mich, „mit dem Einbruch der Dunkelheit zum Schmaus.“

„Wir werden rechtzeitig da sein!“, versprach der Hirschberger.

„Die Einladung gilt auch für euch, Hauptmann!“, fügte der Recke noch hinzu und schaute dabei Widukind an. Der nickte bedächtig mit dem Kopf. Danach ging der Mann zu Marcellus und den römischen Händlern hinüber. Deutlich hörte ich, wie er zu ihnen sagte: „Bis zum Tagesanbruch werdet ihr eure Lagerstatt nicht mehr verlassen!“

„Das gefällt mir überhaupt nicht!“, brummte Widukind. „Zuerst tauchen völlig unerwartet hasdingische Würdenträger auf und dann auch noch römische Händler mit einem Fürsten der Sueben.“

Er strich sich mit der Hand nachdenklich über das Kinn.

„Seit dem vergangenen Winter geht es am Hofe zu wie in einem Bienenstock. Ständig kommen und gehen irgendwelche Kundschafter. Sie berichten von Waffengängen im Imperium und brandschatzenden Horden in den östlichen Gauen.“

Er stand auf und machte sich auf den Weg zu seiner Unterkunft.

Vater rüttelte mich wach. „Die Fackeln brennen bereits! Wir sollten unsere Könige nicht warten lassen!"

Kurz darauf stieg ich mit ihm und Widukind die Treppe zum königlichen Anwesen hinauf. Eine Schildwache öffnete bereitwillig das Portal. Wir betraten einen großen Saal. Am Kopfende eines sehr langen Tisches saßen die Könige. Neben ihnen hatten die Hasdingen Platz genommen. Sie trugen ihre langen Haare offen, was ihre edle Abstammung erkennen ließ. Ihnen gegenüber saß der Fürst der Sueben und daneben ein Priester mit ergrautem Vollbart und kahl rasiertem Haupt. Um seinen Hals hing ein schlichtes Holzkreuz. Nach der Begrüßung wies uns König Gundolf an, uns neben den Mann Gottes zu setzen. Mein Herz schlug heftig, als ich zwischen Vater und Widukind an der königlichen Tafel Platz nahm. Die Hasdingen unterhielten sich lebhaft mit Tharwold. Ihre erlesene Kleidung ließ darauf schließen, dass es sich um wohlhabende Männer handelte. Als ich mich umschaute, stellte ich fest, dass sich außer den am Tisch Sitzenden, nur noch ein Recke im Saal befand. Der stand hinter den Königen, trug ein blaues Leinenhemd und hielt einen Tonkrug in den Händen.

„Wer ist der Mann im blauen Gewand?", flüsterte ich Widukind zu.

„Der Mundschenk der Könige!"

Auf einen Wink von Gundolf hin trat er an den Tisch und füllte die Trinkbecher randvoll mit Met.

„Die Silingen heißen ihre Gäste willkommen! Mögen die Weisheit Wodans und der Geist Gottes unsere Beratungen lenken!", verkündete Tharwold feierlich und hielt seinen Trinkbecher in die Höhe.

„Auf unser aller Wohl!"

Wir prosteten uns gegenseitig zu. Kaum hatte ich mein Gefäß auf den Tisch gestellt, schenkte der Mundschenk auch schon wieder nach. Tharwold hatte damit begonnen seine Gäste vorzustellen. Bei den Hasdingen handelte es sich um die Söhne ihres Königs Godegisel. Der Ältere hieß Guntherich und der Jüngere Geiserich. Sie waren in Begleitung von zwei Ältesten am Hof der silingischen Könige erschienen. Der Priester mit dem Holzkreuz war das Haupt der Christen in Otterburg und hörte auf den Namen Dankrad. Nachdem Tharwold den Suebenfürsten Ermenrich und den Hauptmann der königlichen Schildwachen Widukind begrüßt hatte, waren Vater und ich an der Reihe.

„Wir heißen Adalhard, den Ältesten der Hirschberger, unter uns willkommen. Er hat seinen Sohn mitgebracht. Der junge Recke hört auf den Namen Farold!“

Als der König meinen Namen aussprach, glaubte ich mein Herz zerspringe, so aufgeregt war ich in diesem Moment.

„Während eines Waffengangs mit den Goten hat Adalhard mir einst das Leben gerettet!“

Ich glaubte nicht richtig gehört zu haben.

„Darüber hatte Vater noch nie etwas verlauten lassen!“, stellte ich stillschweigend fest.

Gundolf ergriff das Wort.

„Aus den östlichen Gauen erhalten wir beunruhigende Nachrichten. Es wird berichtet, dass viele Terwingen und Greutungen vor etlichen Wintern ihre Heimat verlassen haben und in das Imperium gezogen sind. Nun sind ihnen ihre zurückgebliebenen Schwestern und Brüder nachgefolgt. Seitdem durchstreifen seltsam ausschauende Recken die entvölkerten Landstriche der Goten. Sie selbst nennen sich Hunnen, was soviel wie die Mutigen bedeuten soll. Sie sind ausgezeichnete Reiter und vortreffliche Bogenschützen. Mühelos durchschlagen ihre Pfeile die Schilder ihrer Gegner. Immer häufiger fallen sie brandschatzend über unsere Flecken in den Grenzgauen her. Ein paar Sippschaften haben bereits aus Furcht vor diesen wilden Horden ihre Siedlungen verlassen und sind in das Landesinnere geflohen.“

Er schwieg einen Moment und schaute sich um.

„Ich befürchte, dass wir Vandalen ihre nächsten Opfer sein könnten. Mein königlicher Bruder Godegisel hat uns seine Söhne Guntherich und Geiserich gesandt, um mit ihnen zu beraten, wie wir gemeinsam dieser Bedrohung begegnen.“

Guntherich war ein stattlicher, großer Mann und trug sein langes, blondes Haar offen bis über die Schulterblätter. Sein Bruder Geiserich war wesentlich kleiner, hatte pechschwarze Haare und war etwa so alt wie ich.

„Mein Vater lässt euch herzlich grüßen!“, verkündete Guntherich mit einer bemerkenswert tiefen Stimme. „Das Reich der gotischen Greutungen wurde von den Hunnen schon vor sehr vielen Wintern erobert. Wer sich ihnen nicht bedingungslos unterwarf, wurde entweder erschlagen, versklavt oder ist zu den Terwingen geflüchtet. Bereits einen Winter später sind die hunnischen Horden auch über jene hergefallen. Viele Goten sind mit ihrem Fürsten Fritigern daraufhin in das Imperium geflohen. Einige haben sich mit König Athanarich in die weißen Berge zurückgezogen und etliche sind unter dem Joch der Hunnen in ihrer Heimat geblieben. Den Goten Fritigerns haben die Römer das Mark aus den Knochen gesaugt. Eines Tages lehnten sie sich dagegen auf und besiegten in einer Schlacht die Legionen Roms."

Seine Miene verfinsterte sich.

„Vor dem letzten Winter sind die Hunnen in unsere Gaue eingefallen und hinterließen eine blutige Spur. Bevor der erste Schnee sich über die Berge der Vandalen legte, sind sie genauso schnell wieder verschwunden, wie sie gekommen waren. Zu unserer großen Erleichterung haben sie sich seither nicht mehr blicken lassen. Gott allein weiß, warum!"

Er sah sich um.

„Wir Hasdingen befürchten, dass es uns eines Tages genauso ergehen könnte wie den Goten. Unsere Recken werden die Heerscharen der Hunnen jedenfalls nicht lange aufhalten können. Diese Gewissheit, so hat es mir mein Vater und König mit auf den Weg gegeben, soll ich euch freimütig anvertrauen!"

Alle schwiegen betreten und dachten eine Weile darüber nach, was sie soeben hörten. Die unmissverständliche Sichtweise des Königs der Hasdingen hatte mich sehr nachdenklich gestimmt. Auf einmal stand der Mann Gottes auf und streckte seine Hände beschwörend in die Höhe.

„Fürchtet euch nicht, denn Gott ist mit uns!", ertönte die Stimme Dankrads. „Der Herr wird uns einen Weg aus der Finsternis weisen!"

Danach setzte er sich wieder hin.

„Merkwürdig!", dachte ich. „Er macht auf mich den Eindruck, als würde er tatsächlich an das glauben, was er soeben verkündete."

Jetzt ergriff Ermenrich, der Sohn des Suebenkönigs, das Wort.

„Im Namen meines Vaters danke ich den Herrschern der Silingen für die Wertschätzung, an dieser Unterredung teilnehmen zu dürfen!", sagte er in der unnachahmlichen Mundart seines Stammes. „An der unteren Donau ziehen die Goten plündernd durch die Provinzen des Imperiums und die Legionäre auf der Insel Britannia verweigern ihrem Kaiser den Gehorsam. Einige Truppen wurden daraufhin in die Krisengebiete geschickt. Die Römer befürchten, dass die Hunnen ihre widrige Lage ausnutzen könnten. Sie rechnen damit, dass jene entweder über das Imperium oder über euch Vandalen herfallen. Rom ist davon überzeugt, dass nur ein erfahrener Heerführer mit einer gewaltigen Streitmacht den hunnischen Reiterscharen die Stirn bieten kann."

Es war still geworden im Saal des königlichen Anwesens.

„Unsere Recken haben einen Späher der Hunnen übermannt!", teilte Gundolf nach einer Weile mit. „Unter der Marter hat er gestanden, dass ihr Großkhan tatsächlich Vorkehrungen trifft, um sich im Lenz über unseren Stamm herzumachen."

Er wandte sich an Guntherich.

„Gleichzeitig wollen sie euch Hasdingen heimsuchen und alles niedermetzeln, was sich ihnen dabei in den Weg stellt. Anschließend plant der Groß-khan die beiden Heere zu vereinen, um die Gaue der Sueben zu erobern!"

Entsetzt starrte ihn Ermenrich an, während er weiter sprach.

„Dieser mächtigen Streitmacht von wenigstens einhunderttausend Recken können wir Silingen allenfalls zwölftausend Schildträger entgegenstellen. Nicht ganz so hoch schätzen wir die Anzahl unserer hasdingischen Brüder ein."

Worauf Guntherich zustimmend nickte.

„Wir Sueben", ergänzte Ermenrich hastig, „verfügen bestenfalls über sechstausend Mann und von Rom oder Konstantinopel haben wir keinen Beistand zu erwarten. Die sind mit den Goten Alarichs und den rebellierenden Legionären in Britannia vollauf beschäftigt."

Ratlosigkeit machte sich unter den Anwesenden breit.

„Wir Hasdingen wollen von euch Silingen und Sueben erfahren, was ihr angesichts der Gefahr zu unternehmen gedenkt!", teilte Guntherich schließlich mit, worauf sich Gundolf zu Wort meldete.

„In den nördlichen Gauen leiden unsere Sippen nach einer erneuten Missernte an Hunger. Jetzt schickt uns der Fürst der Finsternis auch noch diese Dämonen. Zum nächsten vollen Mond werde ich die Sippschaftsältesten zum *Thing*[19] zusammenrufen, um darüber zu entscheiden, was wir dagegen unternehmen. Die Fürsten der Hasdingen und Sueben bitte ich, daran teilzunehmen."

Die begrüßten den Vorschlag des Silingen und versprachen zu kommen, worauf Gundolf in die Hände klatschte. Eine Tür wurde aufgestoßen und ein paar Frauen kamen in den Saal gelaufen, um den Tisch einzudecken. Anschließend gab es köstlich duftenden Hasenbraten mit Kraut und Brot. Nach dem üppigen Mahl führten Gundolf, Widukind und Vater eine länger anhaltende Unterredung. Später lösten die Könige die Tafelrunde auf und ich ging mit Vater zur Lagerstatt zurück. Unterwegs wollte ich unbedingt erfahren, wie und wo er König Tharwold einst das Leben gerettet hatte. Er wich mir zunächst aus, doch ich blieb hartnäckig.

„Bei einem Waffengang mit den Goten stürzte der König vom Pferd!", berichtete er. „Ein Recke sprang auf ihn zu und wollte ihn töten, als ich dem Goten mit meinem Speer das Tor in die Götterwelt weit aufstieß!"

Schwer beeindruckt von seiner kühnen Tat, legte ich mich neben Vater an die Feuerstelle und deckte mich mit ein paar Fellen zu. Ich war so aufgeregt, dass ich keinen Schlaf finden konnte. Zu sehr beschäftigte mich all das, was ich an diesem Tag gehört, gesehen und erlebt hatte. In Gedanken versunken, schaute ich hinauf in das Himmelszelt mit seinen unzähligen Lichtern. Der halbvolle Mond leuchtete hell und ein paar Wolkenfelder trieben, wie von einer unsichtbaren Hand gezogen, gemächlich unter ihm vorüber.

Auf einmal hörte ich Vater sagen: „Morgen früh brichst du mit Marcellus an die See der Balten auf. Widukind wird euch mit seinen Roten begleiten. Dort tauscht ihr möglichst viele Bernsteine ein und kehrt so schnell wie möglich hierher zurück!"

Er hielt einen Moment lang inne.

„Es war der ausdrückliche Wunsch Gundolfs, nachdem ich ihm von unserem Waffengang mit den Hunnen berichtet hatte, dass du mit an die See reist."

„Warum?", fragte ich verwundert.

---

19 Gerichts- oder Heeresversammlung der Germanen

„Er glaubt, dass du ein Berufener bist!"
Mein Herz schlug heftig.
„Ich werde nicht mitkommen!", teilte Vater mit. „Als Ältester muss ich am Thing teilnehmen. Die Könige legen großen Wert darauf, dass ich den versammelten Männern über unsere Begegnung mit den Schlitzaugen berichte. Du trittst morgen eine beschwerliche und gefährliche Reise an. Hör immer auf den Rat von Widukind. Ich habe ihn gebeten, auf dich zu achten. Sollte es zu einem Waffengang kommen, halte dich immer in seiner Nähe auf. Er ist ein erfahrener und geübter Recke. Möge Wodan mir die richtigen Worte in den Mund legen, wenn ich all das deiner Mutter offenbare!"
Ich wusste in diesem Augenblick nicht, ob ich mich darüber freuen oder davor fürchten sollte.
„Wodan wird dich beschützen! Versuch zu schlafen mein Sohn, damit du morgen früh ausgeruht die Reise antreten kannst."

Vor dem königlichen Anwesen herrschte am nächsten Tag lebhafte Aufbruchstimmung. Die Sueben und Hasdingen machten sich mit Vater nach Hirschberg auf, um von dort aus in ihre Gaue zu gelangen. Kaum waren sie fort, traf auch schon Widukind in Begleitung einiger Roten mit drei Wagen ein. Er erteilte lautstark einige Anweisungen. Kurz darauf verließen wir Otterburg. Nachdem wir durch eine Furt der Oder gezogen waren, reisten wir auf der Bernsteinstraße in den Norden. Nach ein paar Tagen und Nächten erreichte der Zug eine befestigte Siedlung. Sie lag an einem breiten Strom.
„Das ist Heidenburg!", rief Widukind mir zu. „Auf der anderen Seite der Weichsel liegen die Gaue der Terwingen, oder besser gesagt, das, was von ihnen noch übrig geblieben ist."
Die Heidenburger warnten uns eindringlich davor weiterzuziehen. Verängstigt berichteten sie von aufsteigenden Rauchsäulen, welche tagelang über den Landstrichen der Goten zu sehen waren. Seitdem habe sich kein Mensch mehr am gegenüberliegenden Weichselufer blicken lassen. Jedem Mann, der sich dazu entschließen konnte, mit uns an die See der Balten zu reisen, bot Marcellus die unglaubliche Summe von dreißig *denarii*[20] an.

20 *Römische Silbermünzen*

Lediglich zwei junge Recken waren dazu bereit. Sie hörten auf die Namen Adalbert und Alfred. Wir deckten uns noch einmal mit Mundvorräten ein und zogen am nächsten Tag durch eine tiefe Furt der Weichsel.

„Wenn der bevorstehende Herbst die Regenwolken in das Land treibt, werden wir auf dem Rückweg hier einen reißenden Strom vorfinden!", erklärte Adalbert und schaute dabei Widukind mit besorgter Miene an.

Die beiden Heidenburger waren schon etliche Male an der See gewesen und kannten daher den Weg. Gemeinsam bildeten sie die Vorhut. In Sichtweite folgte ihnen der Haupttross mit den Wagen nach. Dahinter schloss sich, in gebührendem Abstand, die Nachhut an. Widukind und ich ritten den ganzen Tag über zwischen ihnen hin und her. Am Nachmittag kamen wir durch einen zerstörten Flecken, dem noch einige folgen sollten. Kein einziges Lebewesen, nicht einmal ein verlauster Hund oder eine streunende Katze, war zwischen den Ruinen auszumachen. Mit dem Hauptmann der Roten befand ich mich bei der Vorhut, als ich plötzlich mehrere Reiter vor mir auf der Straße stehen sah. Sofort blies ich in das Horn.

„Farold! Reite zurück zum Tross!", rief mir Widukind zu und zeigte mit der ausgestreckten Hand auf eine baumlose Anhöhe. „Dort oben bildet ihr eine Wagenburg. Danach kommst du zu mir zurück!"

Die Wagen bogen vom Weg ab und fuhren in rasanter Fahrt den Hügel hinauf. Ich war ihnen vorausgeeilt und sah weit in das Land hinaus. Es bestand aus unzähligen Seen und Mooren, die von dichten Wäldern umgeben waren. Nachdem die Wagenburg gebildet war, eilte ich zurück.

„Ich will herausfinden, wer sie sind und was sie von uns wollen!", kündigte der Hauptmann der Roten an und gab seinem Pferd die Fersen zu spüren.

Auf halber Wegstrecke kam ihm einer der Fremden entgegen. Sie grüßten sich auf die vandalische Art und Weise und unterhielten sich miteinander. Kurze Zeit später kehrte jeder zu den Seinigen zurück.

„Es sind Balten vom Stamme der *Pruzzen*[21]!", verkündete Widukind spürbar erleichtert. „Sie streifen durch die Gebiete, welche ihren Gau von dem der Goten trennt und werden uns in ihre Siedlung mitnehmen."

---

21 *Baltischer Stamm*

Zur Entwarnung erklang ein Hornsignal. Die Wagenburg löste sich auf und wir setzten zusammen mit den Balten unsere Reise an die See fort. Unterwegs hatte ich genügend Gelegenheiten die Pruzzen näher in Augenschein zu nehmen. Sie hatten entweder blonde oder rote Haare und ihre Kleidung bestand aus Fellen, gegerbtem Leder und grober Wolle. Wenn sie miteinander sprachen, verstand ich kein einziges Wort. Am späten Nachmittag atmete ich zum ersten Mal in meinem Leben salzhaltige Luft ein und kurz darauf sah ich die See der Balten. Das Kreischen der Meeresvögel höre ich noch heute in meinen Ohren. Gemächlich ritt ich hinter den Wagen her und schaute immer wieder auf das Meer hinaus. Es war der Beginn einer großen Leidenschaft, die mich nie mehr wieder loslassen sollte.

Die Sonne ging gerade unter, als wir in der Siedlung der Pruzzen eintrafen. Alfred und Adalbert waren vorausgeeilt. Sie beherrschten die Sprache der Balten und unterhielten sich vor einer windschiefen Hütte mit ein paar Einheimischen. Auf einmal kamen die Kinder der Pruzzen dahergelaufen und beäugten uns neugierig. Ein Hüne von einem Mann zeigte mit einer Streitaxt auf ein Haus und rief einige unverständliche Worte in den Wind.

„Das ist Janish, ihr Häuptling! So nennen die Balten ihre Sippschaftsältesten!", klärte mich Adalbert auf. „Er deutet mit der Axt auf unsere Herberge."

Der Heidenburger sah Widukind und Marcellus auf einmal beschwörend an.

„Ihr müsst den Handel so schnell wie möglich abschließen, damit wir schleunigst zurückkehren können, bevor die regenreichen Herbststürme die Flüsse anschwellen lassen und womöglich unpassierbar machen."

Die beiden nickten ihm zu und verschwanden mit dem Häuptling der Pruzzen in der Herberge.

„Wie oft seid ihr schon hier gewesen?", fragte ich Adalbert beherzt.

„Die letzten zwei Jahre überhaupt nicht mehr!", entgegnete er mürrisch. „Die Goten haben es nicht gern gesehen, wenn wir durch ihren Gau zu den Balten gezogen sind. Auf dem Rückweg mussten wir diesen Blutsaugern den zwanzigsten Teil unserer Waren überlassen."

Er spuckte aus.

„Die Römer mussten nur ein Vierzigstel abgeben!"

Abwartend sah er mich an.

„Diese erbärmlichen Halunken!", wetterte ich los.

Adalberts Augen blitzten auf und Großvater hätte ganz bestimmt seine Freude an meinen Worten gehabt.

„Die Pruzzen sind entweder Händler, Fischer, Bauern oder Holzfäller!", begann er auf einmal leutselig an zu erzählen. „Sie sind uns Vandalen freundlich gesonnen. Das wird sie aber nicht davon abhalten, mit den Eurigen hartnäckig um den Wert der Bernsteine zu feilschen. Sie wissen ganz genau, was sie für ihr Gold verlangen können und erhalten werden."

Nachdem ich Zottel versorgt hatte, betrat ich die Herberge. In der Schänke brannte ein offenes Feuer und eine freundliche Pruzzin reichte mir zur Begrüßung einen Becher warme Stutenmilch, frisch gebackenes Brot und kostbares Meersalz. Dankbar trank ich die Milch, bestreute das Brot mit dem Salz und aß es genüsslich auf. Marcellus saß mit dem Häuptling der Pruzzen und ein paar Gefährten beisammen. Sie unterhielten sich lebhaft, als ich mich zu ihnen gesellte. Der Balte sprach und verstand ganz gut vandalisch.

„Das ist mein Neffe Farold!", stellte Marcellus mich vor. „Er ist zum ersten Mal an der See!"

„Sei gegrüßt, Farold!", ertönte die tiefe Stimme des Häuptlings. „Man ruft mich Janish!"

Er streckte mir eine Hand entgegen. Verwundert schaute ich sie an.

„Was um Wodans Willen bezweckt er damit?"

„Du musst deine Hand in die seinige legen und ihn dabei freundlich ansehen!", klärte mich Marcellus auf. „So grüßen sich die Balten untereinander!"

„Eigenartiger Brauch!", dachte ich noch und schlug unverzagt ein.

Der Hüne drückte meine Hand mit seiner Pranke so fest zusammen, dass mir schier die Luft zum Atmen weg blieb. Beim Anblick meiner verkrampften Gesichtszüge fingen alle an zu lachen. Zu allem Überfluss schlug mir der Häuptling auch noch seine andere Klaue auf die Schulter. Ich glaubte die Pratze eines Bären hätte mich getroffen. In der Herberge brach daraufhin ein Gejohle und Gegröle aus, das man weithin hören konnte. Endlich ließ Janish meine Hand wieder los und lachte mich vergnügt an. In diesem Augenblick begriff ich die Umstände und rang mir ein mühsames Lächeln ab.

„Da muss man durch! So ist es uns allen einmal ergangen!“, rief Marcellus vergnügt.

Danach fing der Häuptling an zu erzählen.

„Wir haben nicht mehr daran geglaubt, dass vor dem Winter noch Händler zu uns kommen!“

„Nun sind wir aber da!“, unterbrach ihn Widukind. „Doch sprich, wo sind die Goten abgeblieben?“

Janish stieß einen Seufzer aus.

„Sie haben sich dazu entschlossen, das unerträgliche Joch der Hunnen abzuschütteln. Im Lenz sind sie zu ihren Brüdern und Schwestern in das Imperium aufgebrochen. Ob sie dort jemals angekommen sind, wissen wir nicht. Auf jeden Fall haben sie ihren einstigen Peinigern nichts Brauchbares hinterlassen.“

„Haben euch die Hunnen noch nie heimgesucht?“, wollte Widukind wissen.

„Vermutlich haben uns die Seen, Moore und Wälder, welche unseren Gau umgeben, vor dem Schicksal der Terwingen bewahrt!“, antwortete der Pruzze und hielt kurz inne. „Vor ein paar Tagen haben wir fünf Hunnen in einen Hinterhalt gelockt. Am Rande eines Moors kam es zum Waffengang. Die Schlitzaugen kämpften tapfer und mit dem Mut der Verzweiflung. Doch sie hatten keine Chance zu entkommen. Drei haben wir erschlagen und zwei übermannt. Nach dem Kampf zählten wir zwölf gefallene Gefährten.“

Janish hatte die letzten Worte mit gedämpfter Stimme und gesenktem Haupt ausgesprochen.

„Ein Dutzend eurer Recken sind von fünf Hunnen getötet worden?“, fragte Widukind zweifelnd nach.

Der Pruzze nickte niedergeschlagen.

„Wir sind euch auf einem unserer Streifzüge begegnet, weil wir ihre Heimzahlung fürchten!“

Nur das Knistern des brennenden Holzes im Kamin war noch zu hören. Auf einmal stand der Häuptling auf und verabschiedete sich. Als er mir seine Hand entgegenstreckte und mir dabei vertrauensvoll in die Augen schaute, schlug ich bereitwillig ein.

„Meine Töchter werden mit dem Sonnenaufgang zum Fischen auf das Meer hinausfahren!", ließ er mich wissen. „Es wird noch einmal ein schöner Spätsommertag werden. Wenn ihr wollt, könnt ihr mitkommen. Die frische Seeluft ist auf jeden Fall bekömmlicher, als mit den vielen Händlern zu schachern, welche euch morgen hier aufsuchen werden."

„Ein guter Vorschlag!", meinte Marcellus.

Ich bedankte mich für die freundliche Einladung und nahm sie gerne an.

„Nach dem ersten Hahnenschrei holen wir euch ab!", rief er mir noch zu, bevor er die Tür zur Herberge aufstieß und in die Nacht hinaustrat.

„Morgen werden die Händler der Pruzzen eintreffen und uns das Gold des Nordens so günstig wie noch nie anbieten!", behauptete mein Oheim. „Schließlich sitzen sie schon zwei Jahre darauf fest. Fahr unbesorgt mit hinaus aufs Meer, Farold! Es wird dir bestimmt gefallen und viel Freude bereiten. Wir kommen hier schon alleine zurecht!"

Danach zog ich meinen Schafsfellumhang über und ging nach draußen. Der Weg führte mich durch den Fischerflecken an den nahegelegenen Strand, wo zwei Lagerfeuer brannten. Um das Erste saßen ein paar Pruzzen vergnügt zusammen und sangen fröhliche Weisen. Neugierig blieb ich stehen und hörte ihnen eine Weile zu. Später zog ich meine Stiefel aus und ging barfuß durch den weichen Sand auf die auslaufenden Wellen zu. Als ich das Wasser an meinen Füßen spürte, rannte ich los. Erst langsam und dann immer schneller. Außer Atem setzte ich mich an das Zweite, etwas abseits gelegene Strandfeuer. Niemand war zu sehen, nur das Rauschen des Meeres war zu hören. Schweigend blickte ich in die vom Wind getriebenen Flammen und legte mich in den warmen Sand. Über mir breitete sich das Himmelszelt mit seinen abertausenden Lichtern aus. Verwundert stellte ich fest, dass sie nicht da waren, wo sie eigentlich hingehörten.

„Eigenartig!", dachte ich.

Auf einmal hörte ich Stimmen. Ich setzte mich rasch hin und sah dabei zu, wie vier junge Frauen Brennholz in das ausgehende Feuer warfen. Anschließend hielten sie Stöcke mit aufgespießten Fischen in die Flammen.

„Versteht ihr mich?", sprach ich die Pruzzinnen auf vandalisch an.

Worauf sie mit den Achseln zuckten.

„Schade!", dachte ich.

„Sprichst du die Sprache der Römer?“, fragte mich eine auf Latein.

„Ja!“, antwortete ich überrascht.

Ohne Umschweife wollte sie von mir wissen, wie ich heiße und woher ich komme. Ihr Gesicht war übersät mit Sommersprossen und immer wenn sie mich anlächelte, bildeten sich auf ihren Wangen zwei kleine Grübchen. Die hübsche Baltin war um einiges kleiner als ich, von schlanker Gestalt und sehr wissbegierig. Schließlich ging ich dazu über, ihr auch ein paar Fragen zu stellen. Es stellte sich heraus, dass sie die jüngste Tochter von Janish war und Gunna hieß. Die Gefährtinnen waren ihre Schwestern Uta, Mala und Lisa. Die Pruzzin reichte mir ihren Beutel und forderte mich auf daraus zu trinken.

„Wir züchten Stuten und melken sie jeden Tag. Ihre frische Milch ist sehr gesund und schützt vor Krankheiten!“, behauptete Gunna.

Ich trank die süße Milch und rückte bei dieser Gelegenheit etwas näher an die junge Frau heran. Sie lächelte mich mit ihren Grübchen bezaubernd an. Mit einem Mal sprang sie auf und lief davon. Einen Augenblick lang zögerte ich noch, dann rannte ich Gunna hinterher. Als ich sie eingeholt hatte, stand sie mit den Füßen im Wasser und schaute auf die im Mondlicht glitzernde See hinaus. Mein Herz schlug heftig als ich mich dicht hinter sie stellte und meine Hände behutsam um ihre Taille legte. Wir standen schweigend da. Nach einer Weile streifte sie meine Hände sanft ab und lief auf die Sandberge zu. Neben einem Fischerboot blieb die Pruzzin stehen und winkte mich herbei. Als ich kurz darauf neben ihr stand, stieg Gunna in das Boot. Neben dem Mast stand eine Holzkiste. Sie hob den Deckel hoch und zog ein paar Schafsfelle heraus. Die breitete sie im Boot aus und legte sich rücklings darauf.

„Willst du mit mir die Sterne zählen?“, flüsterte sie.

Worauf ich sie verwirrt anschaute.

„Was bei Wodan sind Sterne?“, fragte ich mich.

Sie zeigte schweigend auf die unzähligen Lichter am Himmelszelt. Geradeso, als ob sie meine Gedanken erraten könnte. Ich stieg zu ihr in das Boot und legte mich dicht neben sie. Gunna deckte uns mit ein paar Fellen zu und ich fühlte augenblicklich ihre behagliche Körperwärme.

„Wie nennt ihr die Lichter dort oben?“

„Sterne!“, flüsterte sie. „Such dir einen aus, aber verrat mir nicht welchen. Er wird dich ein Leben lang an mich erinnern!“

Ein unbeschreibliches Glücksgefühl breitete sich in mir aus. Ich wählte einen besonders hell leuchtendes Gestirn und beschloss es Gunna zu nennen. Wir lagen da und schauten schweigend in das unermessliche Himmelszelt. Behutsam ertastete ich ihre Hand und hielt sie fest.

Nach einer Weile sagte sie: „Wir sollten zurückgehen, bevor sich meine Schwestern Sorgen machen!“

Hand in Hand gingen wir auf das Strandfeuer zu. Auf einmal blieb Gunna stehen, legte mir ihre Arme um den Hals und gab mir einen zärtlichen Kuss. Bevor ich wusste wie mir geschah, sprang sie wie ein junges Fohlen davon. Verwirrt stand ich da, schaute ihr ratlos hinterher und versuchte meine Gefühle zu ordnen.

„Ihre lebhafte Art gefällt mir!“, stellte ich fest und folgte ihr nach.

Als ich vor dem ausgehenden Strandfeuer ankam, war niemand mehr da. Durch die Sandberge ging ich in die Siedlung der Pruzzen zurück. Unterwegs schaute ich mich immer wieder nach Gunna um. Vergebens!

Jemand rüttelte mich wach. Verschlafen öffnete ich die Augen und sah in das Angesicht einer jungen Frau.

„Wer bist du?“, fragte ich schlaftrunken.

„Uta!“, antwortete sie. „Vater hat mir aufgetragen, dich zum Fischen abzuholen.“

In diesem Moment erkannte ich sie wieder. Es war eine Schwester von Gunna. Kurz darauf liefen wir auf das mit Reet eingedeckte Holzhaus ihrer Sippe zu. Mala öffnete die Haustür und wir traten ein. Am Herdfeuer stand eine mollige Frau.

„Da seid ihr ja endlich!“, sprach sie auf Latein, als sie uns kommen sah.

Artig reichte ich ihr die Hand. Es war Gunnas Mutter.

„Stärkt euch erst einmal!“, forderte sie mich auf.

Am gedeckten Tisch saß Janish mit seinen Töchtern. Nach den üblichen Handschlägen setzte ich mich zwischen Gunna und ihren Vater.

„Hast du gut geschlafen?“, fragte sie mich.

„Tief und fest!“

Ihre Mutter trug die Morgenkost auf. Hungrig langte ich zu.

„Beeilt euch!“, drängte Janish.

„Die Fische beißen am frühen Morgen am besten!“

Gunna nahm mich bei der Hand, lief mit mir aus dem Haus und führte mich in einen Schuppen. Dort befand sich so ziemlich alles, was man zum Fischen benötigt. Wir legten zwei Ruder, ein paar Fangleinen, einige Körbe und Stangen auf eine Handkarre. Als wir damit fertig waren, gesellten sich ihre Schwestern hinzu. Zusammen zogen wir die Karre aus dem Schuppen zum Strand und hielten dort neben einem Fischerboot an.

„Jemand hat heute Nacht unseren Kahn als Schlafstatt benutzt!“, erklang Lisas Stimme, als sie ein paar Schafsfelle verstreut im Boot herumliegen sah. Gunna und ich sahen uns verstohlen an, während ihre Schwester die Felle in die Holzkiste legte. Danach wuchteten wir die mitgebrachten Gegenstände in das Boot. Gemeinsam zogen wir es kurz darauf über den Strand zum Meer. Als ich im Wasser stand, drehte ich mich verwundert um und schaute abschätzend zu den Sandbergen zurück.

„Die See hat heute Nacht einen Teil des Strandes überflutet!“, stellte ich unüberhörbar fest und schaute dabei Gunna an.

Sie nickte.

„Das Meer kommt und geht in gleichmäßigen Abständen!“, lautete ihre Antwort. „Unsere Seher glauben, dass es mit dem Lauf des Mondes zu tun hat.“

Dann sprangen wir in das Boot. Mala und Uta ruderten auf der Stelle los. Geschickt lenkte Lisa das Fischerboot durch die heranrollenden Wellen. Nachdem wir sie hinter uns gelassen hatten, legten die Schwestern die Ruder beiseite und machten sich am Mast zu schaffen. Auf einmal löste sich das aufgerollte Segel vom Querbaum, fiel ratternd herunter und flatterte im Wind. Mala und Uta zogen kräftig an ein paar Seilen, worauf sich das Segel straffte, während Lisa das Boot in den Wind steuerte. Das Segel blähte sich mächtig auf und wir fuhren hinaus auf die offene See. Die Sonne stieg unterdessen an einem strahlend blauen Himmel empor. Mit einem Mal spritzte mir Salzwasser in das Gesicht, worauf die Schwestern anfingen herzhaft zu lachen. Der auffrischende Wind war mir zum Verhängnis geworden. Ich stand auf und setzte mich zu den Pruzzinnen hinüber. In vollen Zügen genoss ich nun dieses großartige Gefühl des Dahingleitens auf einer sanft wogenden See.

Die Schwestern richteten unterdessen die Leinen mit den Fanghaken her und spießten kleine Fischköder daran auf. Als sie damit fertig waren, steuerte Lisa das Segelboot aus dem Wind, worauf es rasch an Fahrt verlor. Nun spulten die Fischerinnen die Leinen ab und zogen gelegentlich daran. Später holten sie sie wieder ein. An fast jedem Haken zappelte ein Fisch. Geschickt lösten wir sie ab und warfen die großen in die Körbe und die kleinen wieder über Bord. Den ganzen Vormittag waren wir mit dem Fischen beschäftigt. Auf einmal tauchte Land vor mir auf. Alle Leinen wurden eingeholt und Lisa lenkte das Segelboot in eine flache Bucht.

„Wir werden hier unsere Reusen einsammeln!", sagte Gunna, während Mala sich mit einer langen Stange an den Bug stellte. Geschickt zog sie damit eine Reuse aus dem Wasser. Aale, Krebse und Fische fielen heraus, als sie die Reuse öffnete. Fasziniert betrachtete ich den üppigen Fang.

„Für heute ist es genug!", meinte Gunna. „Komm Farold, ich zeig dir die große Schwester der kleinen See!"

Gemeinsam sprangen wir über Bord und schwammen auf den Strand zu. Als ich Grund unter den Füßen verspürte, fasste ich ihre Hand und wir wateten durch das seichte Wasser. Auf einmal sah ich einen gelblichen Stein vor mir liegen. Ich bückte mich und hob ihn auf. Er war sehr leicht und so groß wie ein Hühnerei.

„Ein Bernstein!", rief Gunna begeistert.

Sie nahm ihn mir aus der Hand und hielt ihn zwischen Zeigefinger und Daumen gegen die Sonne, so dass man durch ihn hindurchsehen konnte.

„Was ist das?", fragte ich, als ich einen dunklen Fleck darin entdeckte.

„Eine Stechmücke!", antwortete sie. „So einen Bernstein findet man sehr selten. Du solltest ihn schleifen lassen und als Amulett tragen. Der Talisman wird dir Glück bringen!"

Ich sah sie an.

„Würdest du das für mich tun?"

Ein Lächeln huschte ihr über die Wangen, in die sich sofort zwei Grübchen bohrten.

Auf allen vieren krabbelten wir einen Sandberg hinauf, um auf der anderen Seite wieder herunterzulaufen. In einer windgeschützten Mulde blieben wir atemlos stehen und sahen uns voller Verlangen an. Ich nahm sie in meine Arme und wir küssten uns. Gunna löste sich aus der Umarmung, öffnete ihre Gürtelschnalle und zog ihre Kleider aus. Sprachlos sah ich der jungen Pruzzin dabei zu.

„Stell dich nicht so an!", fuhr sie mich an. „Zieh deine nassen Sachen aus! Oder willst du dich erkälten?"

Nachdem ich meine Kleider abgelegt hatte, schaute ich mich nach ihr um. Sie lag mit geschlossenen Augen nackt im Sand. Ohne etwas zu sagen, legte ich mich neben Gunna und wusste zunächst nicht, was ich tun oder besser lassen sollte. Nach einer Weile richtete ich mich auf und betrachtete ihr hübsches Gesicht und den wunderbaren Körper. Entschlossen beugte ich mich über die reizvolle Pruzzin und küsste sie sanft. Bereitwillig öffnete sie ihre weichen, sinnlichen Lippen. Erregt suchten und fanden sich unsere Zungen. Nur das Rauschen des Meeres war in der Ferne zu hören, als wir uns liebten.

Das Kreischen der Möwen hatte mich aufgeweckt. Gunna saß bereits angezogen neben mir und sah mich mit strahlenden Augen an.

„Wenn du willst, zeig ich dir jetzt das Meer!", sagte sie. „Es liegt auf der anderen Seite der Nehrung."

Ich stand auf, zog meine Kleider an und fragte: „Was ist eine Nehrung?"

„Eine Landzunge, welche weit in das Meer hinausragt!", klärte sie mich auf. „Wir sind vom Festland zur Nehrung gesegelt. Die See dazwischen nennen wir Bodden. Der wiederum ist mit dem offenen Meer durch eine schmale Öffnung verbunden."

Die sich anschließende Wanderung durch einen Kiefernwald dauerte nicht all zu lange. Als wir aus dem Forst kamen, lag ein sehr hoher Sandberg vor uns. Gunna stieg hinauf und ich folgte ihr nach. Oben angekommen, bot sich uns ein überwältigender Ausblick. Vor uns lag eine unendlich weite Wasserfläche. Die heranflutenden Wellen liefen an einem schneeweißen Sandstrand sachte aus. Ich legte meine Arme um die Pruzzin und zog sie an mich. Der blaue Himmel und die Sonnenstrahlen ließen die Landschaft um uns herum in einem prächtigen Licht erscheinen. Im nächsten Augenblick sprang sie den Sandberg hinab. Ich sah ihr dabei zu, wie sie über den weißen Strand auf das Meer zulief. Plötzlich blieb sie stehen und drehte sich zu mir um. Der Wind spielte mit ihren langen, blonden Haaren. Dieses betörend schöne Bild prägte sich tief in mein Gedächtnis ein.

Kurz darauf gingen wir Hand in Hand am Strand entlang und hatten unseren Spaß daran, mit den Ausläufern der Wellen um die Wette zu laufen. Als ich auf das Meer hinausschaute, sah ich weit draußen viele dunkle Wolken.

„Wir sollten umkehren", sprach ich zu Gunna. „Es zieht ein Unwetter auf!"

„Die Herbststürme stehen vor der Tür!", antwortete sie. „Lass uns zur Kate gehen. Dort warten meine Schwestern auf uns."

Wenig später kamen wir an ein kleines Häuschen. Davor saßen die Pruzzinnen an einem gedeckten Tisch.

„Da seid ihr ja endlich!", rief Mala, als sie uns kommen sah. „Habt ihr euch auf der Nehrung verlaufen?"

Die Schwestern fingen an zu kichern, worauf Gunna mir ihre Arme um den Hals legte und mich stürmisch küsste. Nachdem sie wieder losgelassen hatte, sah sie sich triumphierend um.

„Setzt euch an den Tisch!", forderte Lisa uns auf. „Ihr habt sicherlich Hunger und Durst!"

Es gab frischen Fisch, Fladenbrot und Stutenmilch. Nachdem wir uns gestärkt hatten, packten wir alles zusammen und gingen zum Boot. Das lag vertaut an einem Holzsteg in der Bucht. Während ich die Leinen löste, setzten die Frauen das Segel. Danach fuhren wir hinaus auf den Bodden. Als ich mich noch einmal zur Nehrung umschaute, sah ich dunkle Wolkenfelder auf uns zutreiben. Im gleichen Augenblick blähte ein böiger Wind das Segel auf. Das Fischerboot flog geradezu über eine zunehmend aufgewühlte See auf das Festland zu. Gemeinsam zogen wir es aus dem Wasser, über den flachen Strand an seinen Liegeplatz. Wir wuchteten gerade die vollen Körbe mit den Fischen, Aalen und Krebsen auf den Handkarren, als Marcellus erschien. Neugierig nahm er den üppigen Fang in Augenschein.

„Wie war der Tag?", fragte er beiläufig.

„Euer Neffe ist ein begnadeter Fischer!", lautete die Antwort von Lisa.

„Er hat heute den Fang seines Lebens gemacht!"

„Das wundert mich überhaupt nicht!", entgegnete mein Oheim.

„Farold verfügt über einige bemerkenswerte Fähigkeiten!"

Am liebsten wäre ich in diesem Moment im Erdreich verschwunden.

„Habt ihr den Handel mit den Pruzzen abgeschlossen?", fragte ich ihn, um von der peinlichen Situation abzulenken.

„All unsere Waren haben wir gegen das Gold des Nordens eingetauscht!", antwortete er. „Morgen früh treten wir die Heimreise an!"

Fassungslos stand ich da und sah ihn zweifelnd an.

„Morgen schon?"

„Ja!", erwiderte er. „Widukind drängt zum Aufbruch!"

„Aber....", ich wollte noch etwas hinzufügen, aber mir blieben die Worte im Hals stecken.

„Was wolltest du noch sagen?"

„Nichts, Oheim!"

Verzweifelt schaute ich zu Gunna hinüber. Ihr liefen Tränen über die Wangen. Im nächsten Augenblick rannte sie davon. Ich wollte ihr sofort hinterherlaufen, doch Uta hielt mich am Arm fest.

„Lass sie erst einmal allein!", sagte sie mitfühlend. „Sie muss damit fertig werden!"

Als ich mit Marcellus vor der Herberge ankam, deutete er auf die zur Abfahrt bereitstehenden Wagen.

„So günstig wie in diesem Jahr, habe ich den *glesum* noch nie erstanden!", frohlockte er.

In diesem Augenblick sah ich sie. Unter einem Wagen lagen zwei Hunnen.

„Wo kommen die Schlitzaugen her?", fragte ich entsetzt.

„Widukind hat sie den Pruzzen abgekauft!", klärte mich Marcellus auf. „Es sind die beiden Gefangenen, von denen Janish gestern Abend erzählte. Der Hauptmann der Roten war der Ansicht, dass sie euren Königen von Nutzen sein könnten."

Argwöhnisch betrachtete ich die Schlitzaugen. Man hatte sie an ein Wagenrad gekettet.

„Auf dem Sklavenmarkt in Aquileia würden sie einen guten Preis erzielen!", meinte Marcellus abschätzend und fügte noch hinzu: „Übrigens, wir sind heute Abend zum Essen eingeladen!"

„Von wem?"
„Von Janish!"
Worauf sich meine Miene merklich aufhellte.

Mein Oheim und ich machten uns in der Abenddämmerung auf den Weg zum Anwesen des Häuptlings der Pruzzen. Ich hatte mir einen der Kapuzenumhänge übergestreift, die Vater auf dem Markt in Otterburg eingetauscht hatte. Ein kalter, stürmischer Wind blies mir in das Gesicht. Auf einmal fing es an zu regnen, worauf ich mir die Kapuze über den Kopf zog. Wir kamen an dem Wagen vorbei, unter dem die Hunnen im aufgeweichten Schlamm lagen. Im Vorbeigehen schaute ich zu ihnen hinab. Der Jüngere sah mich in diesem Augenblick an.

„Seine Lage ist hoffnungslos!", dachte ich und war auf einmal mit meinen Gedanken im heimatlichen Hirschberg. „Mutter und Großmutter würden diesen bedauernswerten Menschen helfen." Einen Augenblick lang zögerte ich noch, dann stand mein Entschluss fest.

„Ich habe mein Gastgeschenk für die Frau von Janish in der Herberge liegen lassen!", vertraute ich Marcellus an. „Geh ruhig weiter! Ich komme gleich nach!"

Ohne eine Antwort abzuwarten, rannte ich durch den nasskalten Regen zurück. Aus meinem Gepäck holte ich eine verzierte Spange, griff mir zwei Kapuzenumhänge und ein Laib Brot. Danach trat ich wieder hinaus in die stürmische Nacht. Als ich vor den Hunnen stand, reichte ich dem Jüngeren wortlos die Umhänge und das Brot. Wir sahen uns einen Moment lang in die Augen. Er nickte mir dankbar zu. Warum auch immer, erwiderte ich seine Geste. Kurz darauf trat ich in das Haus von Janish ein und schenkte der Mutter von Gunna, mit ein paar netten Worten die hübsche Spange. Sie freute sich sehr darüber.

„Meine Töchter haben mir erzählt, dass euch der heutige Tag gefallen hat!", meinte sie und schaute mich dabei abwartend an.

„Ich werde ihn mein Leben lang nicht vergessen!", antwortete ich, ohne zu zögern.

Ein zufriedenes Lächeln huschte ihr daraufhin über das Gesicht. Die Schwestern von Gunna waren damit beschäftigt, das Abendessen zuzubereiten. Enttäuscht stellte ich fest, dass sie nicht da war.

„Farold, setz dich zu uns!", rief mir der Hausherr zu. Ausführlich musste ich ihm und Marcellus erzählen, wie es mir ergangen war. Nicht alles, was sich auf der Nehrung zutrug, bekamen sie von mir zu hören. Immer wieder sah ich unterdessen zur Haustür. Doch niemand öffnete sie und trat ein. Später wurde das Essen aufgetischt und während wir uns stärkten, fragte ich Mala, ob sie wüsste, wo sich ihre jüngste Schwester aufhält. Mitfühlend sah sie mich an. „Seit unserer Rückkehr vom Fischen habe ich Gunna nicht mehr gesehen!"

Nach dem Schmaus verabschiedeten wir uns von Janish und seiner gastfreundlichen Sippe. Schweren Herzens trat ich mit Marcellus den Rückweg an. Ein böiger Wind und kalter Regen begleiteten uns auf dem Weg zur Herberge. Unterwegs fragte ich mich immer wieder, warum Gunna nicht gekommen war. Als wir bei den Hunnen vorbeikamen, schaute ich noch einmal unter den Wagen. In Umhänge eingewickelt, lagen die beiden schlafend da. Nachdem wir die Herberge erreicht hatten, ging ich sofort auf meine Kammer. Dort zerbrach ich mir den Kopf über das eigenartige Verhalten von Gunna. Das unablässige Prasseln des Regens auf das Reetdach war zu hören, als ein knarrendes Geräusch mich aufhorchen ließ. Jemand hatte die Tür geöffnet. Ich griff nach meinem *pugio*, setzte mich aufrecht hin und spähte angespannt in die Dunkelheit.

„Ich bin es!", flüsterte eine weibliche Stimme.

Es war Gunna! Sie schlüpfte zu mir unter die Felle und kuschelte sich dicht an mich. Als ich sie fragen wollte, wo sie abgeblieben war, legte sie mir sachte einen Finger auf die Lippen und fing an, mich zu liebkosen. Bereitwillig erwiderte ich ihre Zärtlichkeiten.

Mit dem Anbruch des Tages stand Gunna auf und zog sich an. Wehmütig schaute ich ihr dabei zu.

„Sag jetzt bitte nichts!", flüsterte sie und küsste mich zum Abschied.

Nachdem ich mich gestärkt hatte, packte ich meine Sachen zusammen und verstaute sie auf dem Wagen von Marcellus. Janish und ein paar Pruzzen warteten auf uns. Sie wollten uns noch ein Stück des Wegs begleiten.

Von Gunna war weit und breit nichts zu sehen.

„Warum sagt sie mir nicht Lebewohl?", fragte ich mich enttäuscht.

Ein Hornsignal erklang, worauf sich der Zug in Bewegung setzte. Wir verließen die Siedlung der gastfreundlichen Balten auf dem gleichen Weg, wie wir zwei Tage zuvor gekommen waren. Immer wieder schaute ich mich vergebens nach ihr um. Auf einer Anhöhe über dem Flecken hielt ich Zottel an. Es stürmte und regnete in Strömen. Mein Blick wanderte noch einmal über die aufgepeitschte See, die sich fauchend und schäumend vor mir austobte.

„Werde ich das Meer der Balten und Gunna jemals wiedersehen?", rief ich verzweifelt in den heulenden Wind.

Missmutig stieß ich Zottel die Fersen in die Flanken, worauf die Stute sich aufbäumte und nach vorne preschte. Ich wollte nur noch fort von diesem Ort, an dem ich mich zum ersten Mal in meinem Leben verliebt hatte. Der Regen peitschte mir in das Gesicht und verwischte die Tränen. Auf einmal sah ich eine Gestalt am Wegesrand stehen.

„Das muss Gunna sein!", schoss es mir durch den Kopf. Ich zügelte Zottel und sprang ab. Sie stand da und lächelte mich mit ihren bezaubernden Grübchen an. Behutsam streifte ich ihr die Kapuze ab und drückte sie an meine Brust.

„Vergiss mich nicht!", sprach sie mit stockender Stimme.

Ich schüttelte den Kopf, unfähig zu antworten. Wir standen eine Weile schweigend da und ließen den Regen auf uns herniederprasseln. Plötzlich streckte Gunna mir ihre Faust entgegen und öffnete sie langsam. Auf der Handfläche lag mein Bernstein an einer silbernen Kette.

„Gestern Abend habe ich ihn geschliffen und so lange mit Wachs behandelt, bis er wie Gold glänzte!", erklärte die junge Pruzzin. „Das Amulett wird dich auf all deinen Wegen beschützen und an die schönen Tage und Nächte an der baltischen See erinnern."

Sie legte es mir um den Hals. Liebevoll strich ich ihr durch das nasse Haar. Aus der Tasche meines Umhangs zog ich ein Päckchen und reichte es ihr. Als sie es öffnete, kam eine runde Emailarbeit zum Vorschein.

„Es ist unser Schildzeichen!", klärte ich sie auf.

„Das blaue Band in der Mitte stellt die Oder dar, ein Fluss, an dem meine Sippe lebt und das Grün die Wälder, welche unseren Flecken umgeben."

Wir küssten uns ein letztes Mal und ich drückte die junge Pruzzin noch einmal fest an mich. Danach ließ ich sie schweren Herzens los und schwang mich auf Zottel.

„Dein Stern wird jede Nacht über mir leuchten!", rief ich ihr zum Abschied zu. „Leb wohl, liebste Gunna!"

Neben dem Hügel, auf dem wir noch vor wenigen Tagen die Wagenburg gebildet hatten, verabschiedeten sich die Pruzzen. Von nun an führte der Weg durch das verwaiste Land der Goten. Widukind bildete zusammen mit den Heidenburgern und ein paar Roten die Vorhut. Hinter den Wagen mit dem Tross folgte die Nachhut, welche von Walfried angeführt wurde. Am Nachmittag kamen wir durch einen niedergebrannten Flecken. Die Vorhut hatte den Ort bereits passiert. Marcellus saß auf dem Bock seines Wagens und ich ritt neben ihm her. Es regnete unablässig, weshalb ich mir die Kapuze meines Umhangs über den Kopf zog. Vor mir liefen die beiden Hunnen. Man hatte sie an einen Wagen gekettet und die Hände gefesselt. Wir befanden uns in der Mitte der Siedlung, als mehrmals der Schrei eines Habichts zu hören war. Ich schaute mich um, doch nirgendwo konnte ich den Raubvogel entdecken. In diesem Augenblick bemerkte ich, dass die Hunnen ihre Kapuzen abstreiften. Der Ältere schaute zu einer Ruine hinüber. Sein verdächtiges Verhalten hatte mich misstrauisch gemacht. Plötzlich sah ich einen Hunnen hinter einer Mauer hervorschauen. Auf der Stelle griff ich nach dem Horn und blies kräftig hinein. Danach ging alles rasend schnell!

Mit meinem Bogen und dem Köcher lief ich zwischen die beiden Schlitzaugen. Im nächsten Augenblick hörte ich das wohlbekannte surrende Geräusch von heranfliegenden Pfeilen und nahezu gleichzeitig mehrere Aufschreie. Unter dem Wagen, an dem die beiden Hunnen angekettet waren, suchte ich Deckung. In den Ruinen des Fleckens entdeckte ich einige Männer. Sofort spannte ich die Sehne meines Bogens mit einem Pfeil an, zielte und ließ los. Das Geschoss traf einen Hunnen in den Oberarm, worauf er und seine Gefährten hinter den Ruinen verschwanden. Ich schaute mich nach allen Seiten um. Ein Roter lag, von mehreren Pfeilen getroffen, auf der Straße und ein paar verletzte Vandalen schleppten sich hinter die schutzbietenden Wagen. Gleichzeitig hörte ich Hufschläge von herangaloppierenden Pferden. Widukind und Walfried kamen mit ihren Recken herbeigeeilt. Erneut durchsiebten zahlreiche Pfeile die Luft und prasselten auf sie nieder. Einige Tiere brachen unter dem Geschosshagel ängstlich wiehernd zusammen. Ein Pfeil hatte Walfrieds Hengst am Vorderlauf getroffen, worauf er strauchelte und seinen Reiter abwarf. Benommen stand mein Oheim auf und versuchte hinter einen Wagen zu gelangen, als abermals das folgenschwere Surren zu hören war. Gleich mehrere Pfeile trafen Walfried in den Rücken und die Beine. Er brach zusammen und blieb regungslos liegen. Ich konnte es nicht fassen, was sich da soeben vor meinen Augen abspielte. Im nächsten Augenblick bemerkte ich, wie ein Dolch vor den Hunnen in den Schlamm fiel. Der Ältere robbte sofort darauf zu. Als er die Waffe aufhob, durchbohrte ein Pfeil seine gefesselten Hände. Ohne einen Laut von sich zu geben, schaute er sich nach dem Schützen um. Er starrte mich mit hasserfüllten Augen an. Mit ganzer Kraft zog ich den Jüngeren an der Kette zu mir und hielt ihm meinen *pugio* an die Kehle.

„Sie sollen sofort damit aufhören!", forderte ich ihn auf. Offensichtlich hatte er mich verstanden. Er rief ein paar unverständliche Worte in die einsetzende Dämmerung, worauf keine Pfeile mehr angeflogen kamen.

„Bereit zu einem Handel?", fragte mich das Schlitzauge.

„Was für einen Handel?"

„Es macht keinen Sinn, wenn wir uns gegenseitig niedermetzeln!", erklärte er.

„Wie recht ihr habt!"

„Meine Männer kennen kein Erbarmen!", drohte der Hunne.

„Ich auch nicht!"

„Bringt mich zu euren Königen! Ihr werdet es nicht bereuen!", forderte er mich auf.

„Diese Frechheit bezahlt ihr mit eurem Leben!"

„Das ist nicht dreist, sondern der aufrichtige Wunsch eines Fürsten der Alanen!", entgegnete er.

Seine Worte klangen so überzeugend, dass ich ernsthaft darüber nachdachte.

„Seid ihr kein Hunne?", fragte ich verunsichert.

„Nein!", antwortete er.

„Wir nennen uns die Göttlichen und die Römer rufen uns Alanen!"

„Warum sollte ich euren Worten Glauben schenken?"

„Ich werde mich euch als Geisel zur Verfügung stellen!"

In diesem Moment fielen mir die mahnenden Worte von Mutter wieder ein.

„Wäge stets gut ab, bevor du etwas tust!"

Ich dachte nach und rief in die hereingebrochene Nacht: „Widukind! Ihr Anführer ist einer unserer Gefangenen. Er gibt vor mit den Königen sprechen zu wollen und bietet sich als Geisel an. Was soll ich tun?"

Angespannt lauschte ich auf eine Antwort.

„Kannst du ihm vertrauen, Farold?", hörte ich den Hauptmann der Roten rufen. „Du musst es selbst entscheiden!"

Mir fiel die stürmische Nacht in der Siedlung der Pruzzen wieder ein. Ich hatte den dankbaren Ausdruck in seinen Augen nicht vergessen, als ich ihm die Kapuzenumhänge und das Brot reichte.

„Wir sollten uns um unsere Verwundeten kümmern!", forderte ich den Alanen auf. Gemeinsam krochen wir unter dem Wagen hervor, standen auf und schauten uns in die Augen. Einen Moment lang glaubte ich ein Lächeln um seine Mundzüge erkannt zu haben. Danach lief ich zum Wagen, holte eine Streitaxt und schlug damit die Kette entzwei. Kaum war das geschehen, galoppierte eine wilde Horde auf uns zu.

„Wodan, steh mir bei!", murmelte ich beschwörend.

Der Alane lief mit erhobenen Händen der Meute entgegen.

„Er ist tatsächlich das Haupt der Schlitzaugen!", stellte ich fest, als sie die Pferde zügelten.

Während er sich mit den Seinigen unterhielt, ging ich rasch zu Walfried hinüber. Besorgt beugte ich mich über ihn und stellte erschüttert fest, dass er sein Leben ausgehaucht hatte. Verzweifelt sah ich meinen toten Oheim an. Auf einmal verspürte ich eine Hand auf meiner Schulter. Langsam drehte ich mich um. Vor mit stand der Alane.

„Ich kenne diesen stechenden Schmerz!", sprach er einfühlsam. „Es tut sehr weh!"

Seine tröstenden Worte taten mir gut.

„Wer seid ihr?", fragte ich diesen außergewöhnlichen Menschen.

„Man ruft mich Atax!", antwortete er.

„Ich bin der Sohn von Respendial, einem Khan der Alanen."

In diesem Augenblick durchbrach die Sonne die Wolkendecke und schien auf uns herab.

„Ein gutes Omen!", meinte er.

„Ein gutes Omen!", pflichtete ich ihm bei.

Zwei Alanen, ein römischer Sklave sowie fünf Vandalen hatten den Waffengang nicht überlebt. Darunter befand sich auch Walfried. Mein Oheim hinterließ ein Weib und vier Kinder. Mir war fürchterlich zumute. Unter einer Esche begruben wir die Unsrigen. Für die Reise nach Walhal legte man ihnen ihre Waffen und einige Mundvorräte in die Gräber. Widukind berichtete aus dem verflossenen Leben der Recken. Für Walfried fiel mir diese letzte Ehrerbietung zu.

Marcellus und die Seinigen begruben den Sklaven. Zuvor hatten sie Jesus Christus um sein Seelenheil angefleht. Danach stellten sie ein schlichtes Kreuz aus Birkenholz auf den Grabhügel.

Die Alanen fällten Bäume und stapelten die Stämme zu einem Turm. Darauf bahrten sie ihre Toten auf. Mit dem Einbruch der Nacht stellten sie sich im Kreis darum auf und stimmten schwermütige Weisen an. Währenddessen wurde das Holz in Brand gesetzt. Als die Flammen lichterloh in den nächtlichen Himmel emporloderten, schlug ihr eigenartiger Singsang in ein monotones Wehklagen um.

In dieser Nacht fand ich keinen Schlaf. Mein Weg führte mich zur letzten Ruhestätte von Walfried. Neben dem Grabhügel setzte ich mich ins feuchte Gras und dachte über viele gemeinsame Erlebnisse und Begegnungen nach. Einen solchen Kummer und Schmerz hatte ich noch nie zuvor in meinem Leben verspürt. Als der Morgen allmählich dämmerte, nahm ich eine Hand voll Erde von seinem Grab, wickelte sie in ein Leintuch und steckte das Bündel in meine Tasche.

Ein Roter blies zum Aufbruch. Als ich auf Zottel steigen wollte, fühlte ich mich beobachtet. Ich drehte mich rasch um und sah den Alanen mit den lädierten Händen. Feindselig starrte er mich an und verzog dabei keine Miene. Beharrlich hielt ich seinem unversöhnlichen Blick stand. Schließlich wandte er sich ab und verschwand zwischen seinen Gefährten.

Ohne weitere Zwischenfälle kamen wir ein paar Tage später an die Weichsel. Sie führte Hochwasser.

„Mit den Wagen kommen wir nicht über den Fluss!", stellte Alfred ernüchtert fest. „Die Furt ist erst wieder passierbar, wenn das Wasser gefallen ist!"

„Wie lange kann das dauern?", fragte ein ratlos wirkender Widukind.

Worauf der Hirschberger hilflos mit den Achseln zuckte. In diesem Augenblick gesellte sich Marcellus hinzu.

„Folgt mir!", forderte er uns auf. „Wir sollten das Gelände weiter flussabwärts erkunden!"

Verwundert schauten wir uns an und ritten ihm schließlich hinterher. In der Mitte des Stroms lag eine Insel. Marcellus hielt sein Pferd an und schaute auf das Eiland hinüber.

„Eigenartig!", dachte ich. „Was hat er vor?"

„Das könnte gelingen!", behauptete mein Oheim.

„Was könnte gelingen?", wollte Widukind von ihm wissen.

„Gelegentlich haben wir Römer ganz gute Einfälle!", entgegnete er lächelnd.

Ohne weitere Erklärung wendete Marcellus sein Pferd und ritt zurück. Der Hauptmann der Roten holte ihn unterwegs ein. Als wir den Tross erreichten, wies Widukind ein paar Recken an, sämtliche Taue und Schnüre einzusammeln. Nachdem das vollbracht war, ließ er sie zu einem langen Seil zusammenbinden. Unterdessen bauten seine Männer ein kleines Floss. Darauf legte Adalbert das zusammengerollte Seil, seinen Bogen, einen Köcher voller Pfeile und stieg damit in die Weichsel. Als ihn die Strömung erfasste, schwamm er auf die Insel zu. Ohne größere Schwierigkeiten erreichte er das Eiland. Dort band er das dicke Ende des Seils um einen Baumstamm, knotete das dünne Ende an einen Pfeil und schoß ihn über den Fluss zurück. Kurz darauf hing das Seil über der Weichsel. Atax hatte in der Zwischenzeit die Bernsteine in Säcke füllen lassen. Jeder Recke, der schwimmen konnte, band sich einen Sack auf den Rücken.

„Gut, dass der *glesum* so leicht ist!", dachte ich. Kurz darauf erreichten Zottel und ich schwimmend die Insel. Ein paar Männer und Pferde wurden von der starken Strömung abgetrieben. Die Recken hielten sich am Seil über den Fluten fest und hangelten sich daran an das rettende Ufer, während ihre Pferde weiter flussabwärts anlandeten. Einige Säcke mit dem Gold des Nordens gingen dabei unwiderbringlich verloren. Auf die gleiche Art und Weise gelangten wir von der Insel auf das gegenüberliegende Ufer, wo die Heidenburger uns erwarteten.

Ein paar Tage später zogen wir mit den Göttlichen und den römischen Händlern in Otterburg ein. Die Menschen standen dicht gedrängt am Wegesrand und bestaunten die exotischen Alanen. Vor dem königlichen Anwesen stieg Widukind vom Pferd und lief die Treppe hinauf.

Eine mir wohlbekannte Stimme sagte in diesem Augenblick: „Wodan sei Dank! Du bist gesund von den Balten zurückgekehrt!"

Als ich mich umdrehte, stand Vater vor mir. Wir fielen uns in die ausgebreiteten Arme. Anschließend musterte er mich vom Kopf bis zu den Füßen.

„Scheint ja noch alles dran zu sein!", scherzte er.

Freudestrahlend nickte ich ihm zu.

„Wir werden noch heute nach Hirschberg aufbrechen!", kündigte er an. „Es hat sich vieles während deiner Abwesenheit zugetragen. Unterwegs kannst du mir ja alles erzählen, was du auf der Reise an die See erlebt hast."

Betrübt senkte ich den Kopf.

„Was ist mit dir?", fragte er.

„Wir werden nicht alle zu den Unsrigen heimkehren!"

Vater sah mich bestürzt an.

„Dein Bruder Walfried ist gefallen!"

Kapitel IV

Die Alanen

Schön, dass ihr wohlbehalten von den Balten zurückgekehrt seid!", hieß Gundolf den Hauptmann der Roten willkommen. „Sprecht! Wen habt ihr von dort mitgebracht?"

„Sie nennen sich Alanen, was soviel wie die Göttlichen bedeutet!", antwortete Widukind. „Auf dem Rückweg haben sie uns aufgelauert und überfallen. Sie hätten uns allesamt töten können. Es war der Wunsch ihres Fürsten, mit euch zu reden. Er hört auf den Namen Atax und spricht fließend Latein."

Tharwold und Gundolf schritten auf den Alanen zu. Als sie ihm gegenüberstanden, grüßten sie sich auf die vandalische Art und Weise.

„Wie ich höre beherrscht ihr die Sprache der Römer!", begann Tharwold die Unterhaltung. „Wie mir desweiteren berichtet wurde, habt ihr das Leben meiner Recken verschont. Dafür danke ich euch!"

Der Alane nickte bedächtig mit dem Kopf.

„Was können wir für euch tun?", fragte Tharwold.

„Man ruft mich Atax!", antwortete er. „Mein Vater ist der Khan aller Wölflinge. Er hat mich zu euch gesandt. Die erste Begegnung unserer Stämme stand unter keinem guten Stern. Ich wünsche mir ehrlichen Herzens, dass sich so etwas niemals wieder zwischen den Unsrigen zuträgt!"

Die Könige musterten unterdessen seine eindrucksvolle Erscheinung. Das Haupt war kahl rasiert und die hakenförmige Nase verlieh ihm etwas Geheimnisvolles. Atax war groß und kräftig, trug eine verzierte Pelzjacke, eine Lederhose und braune Stiefel. An seinem Gürtel hing ein Dolch mit silbernem Schaft. Gemeinsam gingen sie auf das königliche Anwesen zu. Plötzlich blieb der Alane stehen, drehte sich um und winkte einen Recken herbei. Es war der Mann mit den lädierten Händen.

„Einer der Eurigen hat mein Leben verschont!", ließ der Fürst der Alanen die Könige wissen. „Es wäre mir eine Freude und Ehre zugleich, wenn er uns begleiten dürfte."

„Wie heißt der Mann?", fragte Gundolf.

„Farold!"

Sprachlos stand ich da.

„Adalhard!", rief der König. „Folge uns nach und bring deinen Ältesten mit!"

Vater nickte ihm zu.

„Was hat das zu bedeuten?", wollte er auf der Stelle von mir wissen.

„Wenn ich den Worten von Fürst Atax keinen Glauben geschenkt hätte, wäre ich heute nicht mehr am Leben!"

„Wir sind voll gespannter Erwartung, was ihr uns zu sagen habt!", sprach Tharwold zu Atax, nachdem wir an der königlichen Tafel Platz genommen hatten.

„Gestattet mir zuvor, euch meinen Gefährten vorzustellen!", entgegnete der Alane. „Fürst Goar, der Sohn von Bella, dem Khan der Falken!"

Der verzog keine Miene. Tharwold muss in diesem Moment seine verbundenen Hände wahrgenommen haben.

„Wenn Ihr es wünscht, Fürst, kann unser Heiler eure Verletzungen untersuchen und behandeln!", bot er diesem Goar mit freundlichen Worten an.

„Das ist nicht notwendig!", erwiderte der Alane barsch. „Unser Schamane hat das schon getan!"

Während er sprach, starrte er mich feindselig an. Mir lief es eiskalt den Rücken hinab. Atax hatte die angespannte Situation offensichtlich erfasst und fing auf einmal an zu erzählen.

„In den weiten Steppen des Ostens, zwischen dem Schwarzen und dem Kaspischen Meer, lebten einst meine Vorfahren. Im Norden markierte ein gewaltiger Strom die Grenze zu den gotischen Greutungen. Bevor mich die Sonnenstrahlen zum ersten Mal erwärmten, wurde mein Stamm von den Hunnen im Kampf besiegt. Der Khan aller Wölflinge musste sich ihnen auf Gedeih und Verderb unterwerfen. Andernfalls hätten sie meinen Großvater in Stücke gehackt und ihren verlausten Kötern zum Fraß vorgeworfen. Unter der Führung eines hunnischen Großkhans fiel das vereinte Reiterheer der Hunnen und Alanen später in das Gebiet der Greutungen ein. In einer gewaltigen Schlacht wurden die Goten niedergerungen. Ihr König wählte noch auf dem Schlachtfeld den Freitod. Die Greutungen erlitten das gleiche Schicksal wie zuvor mein Stamm, oder sie flohen zu ihren Brüdern, den Terwingen."

„Wir haben davon gehört!", merkte Gundolf an.

„Später fielen meine Ahnen mit den Hunnen auch über die Terwingen her!", fuhr er fort. „Ihr König Athanarich floh mit wenigen Getreuen in die weißen Berge. Viele Goten unterwarfen sich und sind in ihrer Heimat geblieben. Die Meisten aber flüchteten Hals über Kopf in das Imperium. Kaiser Valens hatte es dem Terwingenfürsten Fritigern erlaubt. Die Statthalter Roms waren aber weder willens noch in der Lage, so viele Menschen aufzunehmen und zu versorgen. Sie litten bald schon schrecklichen Hunger und wurden von den Römern fürchterlich schikaniert. Eines Tages begehrten die Terwingen dagegen auf und zogen raubend durch die Provinzen zwischen der Danuvius und dem Mare Adriaticum. Nachdem sie sich mit uns Alanen verbündet hatten, schickte Rom seine Legionen. In der Nähe der Stadt Adrianopel wurden sie vom Heer der Alanen und Terwingen besiegt. Vergeblich rannten die Legionäre gegen die Wagenburg der Goten an und unsere Reiterei schlug sie in eine heillose Flucht. Kaiser Valens fiel mit weit über zehntausend Männern auf dem mit Blut durchtränkten Schlachtfeld."

Der Vandale trank einen Schluck Wasser.

„Viele Winter später wurden die Goten Fritigerns an der Danuvius sesshaft. Sie hatten sich mit dem neuen Kaiser Theodosius verständigt und schützten fortan das Imperium vor seinen Feinden. In diesen Tagen erblickte ich das Licht der Welt. Nach dem Tod von Großvater wurde mein Vater Khan aller Wölflinge. Er versuchte das unerträgliche Joch der Hunnen abzuschütteln, doch sein Vorhaben wurde schändlich verraten. Zur Strafe und Abschreckung blendeten ihn die Hunnen auf einem Auge. Meine Schwester und ich mussten als Geiseln in das Jurtenlager ihres Großkhans ziehen, während der Stamm der Wölflinge aus den fruchtbaren Ebenen an der Danuvius in die kargen Steppen des Ostens verbannt wurde."

Die Miene von Atax verfinsterte sich zusehends.

„Vor dem letzten Winter wurde meine Schwester genötigt, mit einem Bastard des Großkhans einen Lebensbund zu schließen. Der Kerl war so ziemlich das widerwärtigste was der Samen eines Hunnen jemals zeugte. Am Tag nach der Vermählung suchte ich meine Schwester in der Jurte ihres Mannes auf. Das Scheusal war gerade dabei, sie mit der Reitpeitsche gefügig zu machen. Vom Bauchnabel bis zum Hals hinauf, habe ich ihn aufgeschlitzt. Er starb wie er lebte. Als grunzendes Schwein!"

Atax starrte in Gedanken versunken vor sich hin.

„Noch in derselben Nacht floh ich mit meiner Schwester zu den Wölflingen!", fuhr er fort. „Der Stamm brach sofort auf. Wir zogen in den unwirtlichen Norden, um der Rache des Großkhans zu entfliehen. Unterwegs haben sich uns zahlreiche Goten und Alanen anderer Stämme angeschlossen. Uns alle eint die Furcht und der Hass auf die Hunnen. Wir fristeten ein armseliges Dasein in den von den Terwingen verlassenen und verwüsteten Gebieten. Bei unseren Streifzügen kamen wir gelegentlich bis an die Weichsel. Vater hatte es aber untersagt, auf die andere Seite des Flusses zu wechseln. Er wollte unter allen Umständen vermeiden, dass es zu einem Waffengang mit euch Vandalen kommt."

An dieser Stelle unterbrach ihn Tharwold.

„Man berichtete uns von Reiterhorden, die plündernd und mordend durch unsere östlichen Gaue ziehen und euch sehr ähnlich sehen. Wollt ihr uns damit sagen, dass diese Eindringlinge keine Alanen waren?"

„Auf gar keinen Fall!", antwortete Atax, ohne zu zögern.

Die Könige der Silingen schauten sich unschlüssig an.

„Fahrt bitte fort!", forderte Gundolf den Alanen auf.

„Vor wenigen Wochen teilte uns ein Spitzel aus dem Lager des Großhans mit, dass die Hunnen euch Vandalen heimsuchen wollen. Um den Feldzug vorzubereiten, wurden eure Gaue erkundet, Ansiedlungen verwüstet und Menschen verschleppt. Von diesen Unglücklichen erfuhren sie all das, was sie hierzu wissen müssen. Als mein Vater davon Wind bekam, sandte er mich aus, um euch zu warnen. Unterwegs ging ich zusammen mit Fürst Goar und einigen Gefährten auf die Jagd. Während der Hatz haben uns die Pruzzen in einen Hinterhalt gelockt. Goar und ich wurden übermannt und unsere Begleiter allesamt getötet."

Er stockte.

„Ein paar Tage später hat mich euer Hauptmann den Balten abgekauft. Noch am gleichen Tag habe ich ihn angefleht, dass ich mit seinen Königen sprechen muss, worauf er mich verhöhnte und wie einen Hund an eine Kette legen ließ. Unsere Späher haben später den Tross der Römer und Vandalen auf dem Weg von der See an die Weichsel entdeckt. Beim Versuch, Goar und mich zu befreien, kam es zu jenem unglückseligen Waffengang."

Atax deutete mit dem ausgestreckten Arm auf mich.

„Dieser junge Vandale dort hat Schlimmeres verhindert!"

„Genauso hat es sich zugetragen!", pflichtete ich ihm bei. „Wenn Fürst Atax gewollt hätte, wären meine Gefährten und ich heute nicht mehr am Leben und das Gold des Nordens würde dafür sorgen, dass die Wölflinge sich sattessen könnten."

Schweigend dachten alle darüber nach, was sie soeben von Atax und mir erfahren hatten.

„Was erwartet ihr von uns?", wollte Gundolf nach einer Weile vom Fürst der Alanen erfahren.

„Das will ich euch gerne anvertrauen!", entgegnete er. „Die Hunnen sind davon überzeugt, dass auf den Lichtern am Himmelszelt ihre Ahnen hausen. Jene erwarten von ihren Nachfahren nichts anderes, als dass sie möglichst viele Stämme besiegen und ihnen ihren Willen aufzwingen."

Allmählich lockerten sich seine angespannten Gesichtszüge.

„Wir Alanen sind jedoch der Ansicht, dass jeder Stamm selbst bestimmen soll, mit wem und wo er leben will. Immer wieder lenken wir unsere gläubigen Blicke hinauf zum Himmelszelt. Dort oben befindet sich der Sitz des allwissenden Heilbringers. Unsere Schamanen stehen in enger Verbindung mit ihm. Bevor mein Stamm durch die Hunnen bezwungen und unterjocht wurde, sagte uns ein greiser Schamane die Bestimmung der Wölflinge voraus. Fast alles was er einst prophezeite, ist inzwischen eingetroffen. Zuerst die Unterwerfung durch die Hunnen, die sich anschließende Knechtschaft und schließlich die Flucht in ein unwirtliches Land."

Atax schloss die Augen und schwieg.

„Was hat das alles mit uns Vandalen zu tun?", fragte ein spürbar verunsicherter Gundolf.

Worauf der Alane ihn beschwörend ansah.

„Mein Vater ist fest davon überzeugt, dass es sehr viel mit euch zu tun hat!", lautete seine Antwort. „Der Schamane sagte nämlich desweiteren voraus, dass die Göttlichen eines Tages auf einen Stamm treffen, hinter dessen Landstrichen die Sonne untergeht und der von zwei Königen geführt wird."

Abwechselnd sah er Gundolf und Tharwold an.

„Lediglich zwei Weissagungen des Schamanen sind bisher noch nicht in Erfüllung gegangen!", beteuerte Atax. „Die Erste besagt, dass die Wölflinge mit jenem unbekannten Stamm in ein wohlhabendes und fruchtbares Land ziehen. Die Zweite lautet, daß sich zuvor ein Fürst der Alanen in eine Fürstin dieses Stammes verliebt. Bei ihrem ersten Zusammentreffen trägt sie ein blaues Gewand und ihr Haar glänzt wie Gold in der Sonne. Die beiden schließen einen Bund fürs Leben, aus dem ein neuer, mächtiger Stamm entstehen wird!"

Mir fielen augenblicklich die Weissagungen unserer Seherin Bertrada an jenem denkwürdigen Abend im heimatlichen Hirschberg wieder ein. Ich griff in meine Hosentasche und hielt den kleinen Lederbeutel mit den vier weißen Knochen fest.

„Mein Vater glaubt, dass ihr Vandalen diejenigen seid, mit denen wir diese weite und lange Wanderung antreten und bestehen werden!"

Fassungslos saß ich da und dachte darüber nach, was ich soeben gehört hatte.

„Wir danken euch für diesen überaus interessanten und aufschlußreichen Bericht, Fürst der Alanen!", erklang die Stimme Gundolfs. „Wir werden uns beraten, um danach zu entscheiden, was wir zu tun gedenken. Bis dahin bitten wir euch als unsere Gäste in Otterburg zu bleiben!"

Atax willigte sofort ein, worauf die Könige die Tafelrunde auflösten.

Auf dem Weg zu unseren Pferden fragte mich Vater: „Glaubst du diesem Alanen?"

„Jedes Wort!"

Prolog

Wenden wir uns dem Aufbruch und den Wanderzügen der Stämme zu, welche das römische Weltreich bis ins Mark erschüttern sollten. Aus den unterschiedlichsten Gründen waren immer mehr Germanen an die nördlichen Grenzen des Imperiums gezogen. An der Donau und am Rhein stauten sich die Menschenmassen. Als aus den Steppen des Ostens die Hunnen auftauchten und von dort sesshafte Stämme vertrieben, brachen die Dämme unter dem Ansturm der Barbaren zusammen. Auf der Suche nach Land, Reichtum und Abenteuer strömten sie in ein wankendes Imperium.

Diese Ereignisse erreichten zu Beginn des fünften Jahrhunderts ihren vorläufigen Höhepunkt. Es war der Zeitraum zwischen Spätantike und frühem Mittelalter. In diese Epoche fiel auch die Teilung des Imperiums in ein West- und Ostreich. Die daraus resultierenden Konflikte banden sowohl in Konstantinopel als auch in Rom gewaltige Ressourcen. Diese und andere Umstände begünstigten die Einfälle der Barbaren in beide Imperien. Rom war nicht mehr in der Lage, genügend Kräfte aufzubieten, um seinen politischen, kulturellen und militärischen Zerfall abzuwenden. Die Fundamente einer abendländischen Kultur wurden seinerzeit in Europa gelegt.

Es war und ist ein Wesenszug des Menschen, sich aufzumachen, um an einem anderen Ort ein besseres Leben zu führen. So gesehen waren die Wanderzüge der Germanen lediglich eine kurze Zeitspanne in der universalen Reise der Menschheit, die wohl niemals beendet sein wird.

Doch nun zurück zu den Vorboten eines gewaltigen Sturms, welcher das römische Imperium hinwegfegen sollte.

Kapitel V

Imperium Romanum

Hornsignale kündigten unsere Ankunft in Hirschberg an. Als wir den Hügel zur Siedlung hinaufritten, kamen uns die Kinder entgegengelaufen. Die Frauen und Männer standen vor den Häusern und hielten erwartungsvoll Ausschau nach den Heimkehrern. Niemand aus unserem Haufen winkte oder sprach nur ein Wort. Schlagartig breitete sich eine beklemmende Stimmung aus. Als das Weib von Walfried bemerkte, dass sich ihr Mann nicht unter uns befand und sah, wie Vater geradewegs auf sie zuritt, schlug sie entsetzt die Hände vor das Gesicht und fing an zu weinen. Ihr war in diesem Moment bewusst geworden, dass Walfried nicht mehr unter den Lebenden weilte. Neben Kunigunde standen meine Vettern und schauten ihre Mutter verstört an. Alle vier waren zwischen zwei und acht Winter alt. Sie wussten noch nicht, dass sie Halbwaisen waren. Vor der Witwe zügelte Vater das Pferd, stieg ab und nahm seine Schwägerin tröstend in die Arme. Gemeinsam gingen wir in das Haus. In der Wohnstube berichtete ich den Fassungslosen, was sich ereignet hatte. Danach reichte ich Kunigunde das Bündel Erde von Walfrieds Grab. In Tränen aufgelöst, nahm sie es an sich. Später verließen Vater und ich die trauernde Sippe meines gefallenen Oheims.

An diesem Abend kam in den Häusern von Hirschberg keine rechte Wiedersehensfreude auf. Als ich den Meinigen erzählte, was sich während der Reise zugetragen, war es mäuschenstill in der Stube. Es war für mich schlimm anzusehen, wie meine Großeltern um ihren Sohn trauerten. Vater saß trübselig da und starrte schweigend vor sich hin. Der Tod seines jüngsten Bruders machte ihm schwer zu schaffen.

Am nächsten Tag entlohnte Marcellus die Recken, welche ihn an die See der Balten begleitet hatten. Jeder erhielt von ihm zehn *aurei*[22]. Soviel hatte ich noch nie zuvor in meinem Leben besessen. Der Witwe von Walfried zahlte er fünfzig Goldstücke aus und stellte noch einen Sack voller Bernsteine dazu.

„Das war sehr großzügig von dir!“, lobte Mutter ihren Bruder, als sie davon hörte.

„Es wird deine Schwägerin nicht über den Tod ihres Mannes hinwegtrösten!“, lautete die ernüchternde Antwort.

Als die Nacht hereinbrach, fing es an zu schneien und am nächsten Morgen hatte sich eine weiße Decke über das Land gelegt. Den ganzen Tag über saßen Marcellus, Mutter und Vater an der Feuerstelle und unterhielten sich angeregt miteinander. Als ich mich zu ihnen gesellte, sprachen sie über völlig belanglose Dinge.

„Merkwürdig!“, dachte ich, stand gelangweilt auf und ging nach draußen. Der Schnee war am Nachmittag bereits wieder weggeschmolzen und in der Ferne konnte ich die weißen Gipfel der Vandalenberge sehen. Als es dunkel wurde, legte ich mich zum Schlafen hin und mit dem Sonnenaufgang weckte mich Vater auf.

„Steh auf, Farold!“, flüsterte er, um die Sippe nicht aufzuwecken. „Wir gehen auf die Pirsch!“

An seinen glänzenden Augen konnte ich ausmachen, dass er noch etwas anderes als das Jagen im Sinn hatte. Kurz darauf ritten wir in den Wald. Im Schatten der Bäume war der Schnee noch nicht ganz weggetaut. Dank dieses Umstandes fanden wir schnell frische Fährten. Als es anfing zu dämmern, hatten wir ein paar Schneehasen und eine ausgewachsene Bache zur Strecke gebracht. Im dichten Unterholz suchte ich nach trockenem Brennholz und trug es zur Lagerstatt. Vater entfachte mit seinen Feuersteinen eine Flamme. Kurz darauf hielt ich meine kalten Hände über das Lagerfeuer und wärmte sie auf. Er reichte mir einen Beutel und forderte mich auf, daraus zu trinken. Das Obstwasser weckte augenblicklich meine Lebensgeister. Anschließend stärkten wir uns mit Speck, Käse und Brot. In Gedanken versunken, schaute

---

22 *Römische Goldmünzen*

ich in die züngelnden Flammen. Die Stille wurde ab und zu durch das Knacken des brennenden Holzes unterbrochen.

„Ich will dir berichten, was sich am Thing zutrug!", kündigte Vater an. Er schilderte mir sodann in allen Einzelheiten, wie die Könige den Ältesten mitteilten, dass die Hunnen einen Gewaltstreich gegen die Silingen vorbereiten. Danach erteilte man Fürst Ermenrich das Wort. Der Suebe empfahl seinen aufmerksamen Zuhörern allen Ernstes, ihre Heimat zu verlassen, um sich im Imperium niederzulassen. Er glaubte, dass die Silingen an der Seite Roms gegen die Hunnen kämpfen sollten. Dieser Vorschlag wurde mit vielen empörten Zurufen bedacht. Als sich die Gemüter allmählich beruhigt hatten, stellte er einen Waffengang mit den Hunnen und die damit verbundenen Wagnisse in Aussicht. Im Falle einer Niederlage, so der Suebe, würde den Silingen das gleiche Schicksal widerfahren wie zuvor den Greutungen und Terwingen.

Etliche Männer meldeten sich daraufhin zu Wort. Ihnen war keineswegs verborgen geblieben, wie schlecht es den Goten im Imperium ergangen war. Manche äußerten die Befürchtung, dass die Silingen unter der Herrschaft der Römer ihre Unabhängigkeit verlieren könnten, während andere für einen Waffengang gegen die Hunnen eintraten und sich für ein Bündnis mit den Hasdingen sowie Sueben aussprachen. Ein Ende der lang anhaltenden Beratungen war nicht abzusehen, als Gundolf entschlossen das Wort ergriff. Alle Augenpaare waren erwartungsvoll auf ihn gerichtet. Er vertrat die Ansicht, dass es noch eine weitere Möglichkeit gäbe, wie man der Bedrohung durch die Hunnen begegnen könnte. Während er sprach, herrschte eine spürbare Anspannung unter den Vandalen. Der König schlug den erstaunten Recken vor, mit dem Stamm aufzubrechen und dem Lauf der Sonne zu folgen. Ein Raunen hallte durch die Reihen der Ältesten. Jeder wusste natürlich von der uralten Weissagung, dass den Vandalen noch eine lange Wanderung in ein weit entferntes Land bevorstehe.

Vater war aufgestanden und warf ein paar trockene Äste in das Feuer.

„Was ist danach geschehen?", fragte ich ungeduldig.

„Gundolf legte den Ältesten nahe, einen Weg zu erkunden, auf dem der Stamm sich davonmachen kann, falls die Schlitzaugen angreifen sollten."

Allein schon der Gedanke an Flucht bereitete mir großes Unbehagen.

„Gleichzeitig", fuhr Vater fort, „empfahl er den versammelten Recken mit den Hunnen zu verhandeln."

„Verhandeln?", rief ich empört.

„Ja mein Sohn! Verhandeln!", wiederholte er und sah mich dabei beschwörend an. „Sei niemals zu stolz, alles, aber auch wirklich alles in Betracht zu ziehen, um drohendes Unheil von den Deinigen fernzuhalten!"

Damals war mir keineswegs bewusst, wie oft mir dieser Ratschlag noch von Nutzen sein sollte.

„Solange man verhandelt", stellte er zutreffend fest, „gewinnt man zumindest Zeit!"

„Eine kluge Finte!", dachte ich.

„Zu guter Letzt", fuhr er fort, „bat Gundolf den Fürsten der Sueben, die Römer aufzusuchen. Ermenrich sollte herausfinden, unter welchen Bedingungen sie die Silingen im Imperium aufnehmen würden."

Die entspannten Gesichtszüge von Vater verrieten mir, dass er mit der Vorgehensweise des Königs einverstanden war.

„Haben die Ältesten seinen Vorschlägen zugestimmt?", fragte ich neugierig.

„Sie schlugen allesamt ihre Fäuste gegen die Schilder!", antwortete er. „Bereits am nächsten Tag brach eine Abordnung zum Großkhan der Hunnen auf und Ermenrich machte sich auf den Weg in die Provinz Pannonia, um den dort residierenden Statthalter Roms aufzusuchen. Die Könige haben Widukind und mich damit betraut, einen Weg zu erkunden, auf dem der Stamm dem Lauf der Sonne folgen kann. Irgendwo im Westen, so vermuten sie, liegt das verheißene Land der Vandalen. Ich werde mit dem Hauptmann der Roten in das Imperium aufbrechen und zu Beginn des Lenzes wieder zurückkehren."

„Wann macht ihr euch auf den Weg?"

„Morgen früh!", entgegnete er. „Marcellus wird uns begleiten. Mit ihm erwecken wir in den römischen Provinzen keinerlei Aufsehen. Nur unter dieser Bedingung haben es die Könige erlaubt, dass die Seinigen nach Aquileia zurückkehren dürfen. Die wiederum glauben, dass wir im Imperium unsere Bernsteine verkaufen wollen und hierzu die Hilfe meines Schwagers benötigen."

Er zögerte einen Augenblick.

„Farold! Du wirst dich mit den römischen Händlern nach Aquileia aufmachen. Das ist der ausdrückliche Wunsch der Könige. Im Hause von Marcellus werden dich Gelehrte unterrichten. Wenn du dir genügend Wissen angeeignet hast, kehrst du nach Hirschberg zurück!“

Mir war auf der Stelle klar, dass dieses Unterfangen von langer Hand vorbereitet war. Im nächsten Augenblick fiel mir die geheimnisvolle Unterredung zwischen Vater, Mutter und Marcellus vom gestrigen Tag wieder ein.

Beim Aufstieg zum Schneepass holte uns Widukind in den Bergen der Vandalen ein. Als wir durch ein Tal kamen, fiel mir auf, dass die Männer ihre Haare zu einem Knoten zusammengebunden trugen.

„Eine Eigenart der Sueben!“, stellte ich sogleich fest.

Immer mehr Reisende und alle möglichen Arten von Wagen sowie Fuhrwerken begegneten uns auf der Bernsteinstraße. Von einer Anhöhe herab, sah ich eines Tages auf einen mächtigen Strom. Am gegenüberliegenden Ufer lag eine größere Siedlung. Aus den Dächern stiegen viele dunkle Rauchfahnen empor.

„Weshalb brennen dort drüben so viele Herdfeuer?“, fragte ich meinen Oheim.

Marcellus sah mich erstaunt an.

„Das sind keine Rauchsäulen von Herdfeuern, sondern von Schmelz- und Brennöfen. Dort unten fließt die Danuvius und auf der anderen Seite des Flusses liegt die römische Stadt Carnuntum!“

Geschickt lenkte er den Wagen die Straße hinab und wir folgten ihm nach. Er fuhr auf einen Landungssteg zu, an dem eine Fähre festgemacht hatte. Am Bug stand ein beleibter, kleiner Mann.

Als Marcellus den Wagen anhielt, rief der Fährmann ihm zu: „Wenn ihr über die Danuvius wollt, bringt euch niemand sicherer und preiswerter hin-über als ich!“

Worauf mein Oheim vom Kutscherbock stieg und auf den Mann zuschlenderte.

„Was kostet die Überfahrt für drei Wagen, die Pferde und meine Begleiter?“, fragte er.

„Zwei *denarii*!“, antwortete der Dicke.

Marcellus blieb stehen.

„Ich will euren Kahn nicht kaufen!"

Der Fährmann fing herzhaft an zu lachen. Schließlich einigte man sich auf einen Preis für die Passage. Mein Oheim warf ihm ein Silberstück zu. Der Fettleibige fing es geschickt auf, steckte die Münze zwischen seine Zähne und biss zu. Zufrieden mit dem Befund, winkte er uns herbei. Danach ging alles sehr schnell. Die Wagen und Pferde wurden verladen, und nachdem alle an Bord waren, legten wir auch schon ab. In Lumpen gekleidete, abgemagerte Männer ruderten die Fähre gemächlich in die Mitte des Stroms. Der Fährmann knallte mit einer Peitsche in die Luft, worauf sie die Schlagzahl erhöhten.

„Bedauernswerte Kreaturen!", kam es mir über die Lippen, als ich die Sklavenbänder um ihre Hälse wahrnahm.

Widukind stand neben mir.

„So ergeht es den übermannten Feinden des Imperiums!", sagte er. „Bevor mir Derartiges widerfahren sollte, lege ich mir selbst Hand an!"

Mein Blick streifte über die Wasseroberfläche der beschaulich dahinfließenden Donau. Plötzlich ging ein Ruck durch das Schiff. Wir hatten auf der römischen Uferseite angelegt. Nachdem wir die Fähre verlassen hatten, gelangten wir auf einer gepflasterten Straße nach Carnuntum. Am Stadttor standen einige Männer in braun eingefärbten *tunicae* und ein paar Legionäre. Die hatten ihre Helme aufgesetzt und glänzende Schuppenpanzer aus Metallplättchen angelegt. An den Schultergurten hingen die Schwerter in messingbeschlagenen Scheiden. Allesamt trugen sie lange Hosen und festes Schuhwerk. Marcellus hielt an, stieg vom Wagen und ging geradewegs auf die Schar zu.

„Salve!", rief er und hob eine Hand zum römischen Gruß empor. Die Römer schauten ihn abschätzend an und unternahmen keinerlei Anstalten, seine Geste zu erwidern. Von der sich anschließenden Unterhaltung verstand ich nur soviel, dass mein Oheim einen *tributum*[23] entrichten sollte.

„Was ist das?", fragte ich mich.

Schließlich schritt ein Brauner auf den Wagen von Marcellus zu. Mein

---

23 *Steuer*

Oheim folgte ihm nach und wies einen Sklaven an, einen Bernsteinsack herauszuholen und aufzuschnüren. Nachdem das geschehen war, langte der Römer hinein und holte einen *glesum* heraus. Er sah sich den Stein an und steckte ihn ungefragt in seine Hosentasche. Marcellus stand daneben und schaute schweigend zu. Der Braune rief einen Legionär herbei. Beide stiegen mit meinem Oheim auf den Kutscherbock und fuhren durch das offenstehende Tor in die Stadt hinein. Entlang der mit Steinplatten ausgelegten Straße fielen mir einige Trümmergrundstücke auf.

„Ein Erdbeben hat Carnuntum vor einigen Jahren zerstört!", klärte mich Widukind auf, nachdem er meinen erstaunten Gesichtsausdruck bemerkte. „Die Römer bringen uns zur Zollstation!"

Durch einen Torbogen gelangten wir in einen geräumigen Innenhof. Dort wies Marcellus die Sklaven an, die Bernsteinsäcke aus den Wagen zu holen und zu einer recht eigenartigen Vorrichtung zu tragen.

„Was ist das?", erkundigte ich mich.

„Eine Schalenwaage!", antwortete Marcellus. „Damit wiegt der Zöllner das Gewicht der Bernsteine und bestimmt so die Höhe ihres Wertes und den darauf zu entrichtenden *tributum*. Den erhebt Rom auf alle Waren, welche in das Imperium eingeführt werden."

Die Sklaven schütteten die Bernsteine in eine Schale an der Waage, worauf sie sich absenkte. Der Zöllner legte daraufhin ein paar Gewichte in die leere Schale. Sofort stieg die Schüssel mit dem Gold des Nordens wieder hoch. Erst als beide Schüsseln sich die Waage hielten, gab er sich zufrieden. Der Mann rief einem Schreiber einige lateinische Worte wie *obolus*[24], *drachma*[24] oder *libra*[24] zu. Der schrieb mit einem zugespitzten Vogelknochen eifrig Notizen auf eine kleine Wachstafel. Als es dämmerte, waren sämtliche Bernsteine gewogen, wieder in die Säcke gefüllt und auf den Wagen verstaut. Den vierzigsten Teil des Wertes der Steine hatte Marcellus und seine Begleiter in goldenen *aurei*, silbernen *denarii* sowie aus Messing geprägten *sestertii*[25] als *tributum* zu entrichten.

---

24 *Römische Gewichtsmaße*
25 *Römische Messingmünzen*

Der Zöllner bestätigte den Empfang der Münzen auf einem Pergament. Danach ließ er flüssiges Wachs darauf tropfen und drückte seinen Siegelring hinein.

„Salve!", sagte er und reichte es meinem Oheim. Diesmal war es Marcellus, der ihm den Gruß schuldig blieb.

Wir suchten eine Schänke auf und stärkten uns. In dieser Nacht schliefen wir unter den Wagen. Mit den ersten Sonnenstrahlen machten wir uns auf den Weg in das Zentrum von Carnuntum. Die Häuser standen dicht aneinandergereiht an der Straße. Unter ihren Vordächern konnte man trockenen Fußes von einem Gebäude zum nächsten gelangen, soweit dazwischen nicht eine Ruine lag. Mir fiel auf, dass in der gesamten Stadt keine übelriechenden Rinnsäle auf die Straßen und Gassen liefen. Schließlich kamen wir auf einen weitläufigen Platz. Auf einer Säule stand dort die lebensgroße Skulptur eines stattlichen Römers.

„Die Statue stellt Kaiser Augustus dar!", klärte mich Marcellus auf. Daneben befand sich ein achteckiger Brunnen aus rotem Sandstein. Aus vier kunstvoll verzierten Rohren plätscherte klares Wasser heraus. In der Nachbarschaft hatten Händler ihre Stände aufgebaut und wir deckten uns bei ihnen noch einmal mit Mundvorräten ein.

„Hier trennen sich unsere Wege!", erklärte Vater. „Ich werde mit Widukind und Marcellus dem Lauf der Sonne folgen, während du mit den Händlern nach Aquileia weiterreist. Pass gut auf dich auf, mein Sohn!"

Er legte seine Hände auf meine Schultern.

„Wenn du dir genug Wissen im Imperium angeeignet hast, erwarte ich dich in Hirschberg zurück!"

Kapitel VI

Provinz Raetia

Während Widukind und Adalhard sich aufmachten, um römische Provinzen auszukundschaften, bestanden die Silingen mit den Alanen eine erste, gemeinsame Bewährungsprobe und Farold lernte den Lebensstil der Römer kennen und schätzen.

Nachdem Marcellus, Widukind und Adalhard Carnuntum hinter sich gelassen hatten, zogen sie auf gut ausgebauten römischen Fernstraßen durch die nördlichen Gebiete der Provinzen Noricum und Raetia nach Westen. Marcellus trat unterwegs stets als das auf, was er auch war: Ein Händler aus Aquileia!

Adalhard war in die Rolle seines Gehilfen geschlüpft und Widukind mimte einen Recken, der sie beschützte. Die drei hatten eine Übereinkunft getroffen. Eine Landkarte leistete ihnen dabei wertvolle Dienste. An den Rand der Karte schrieb Marcellus nützliche Informationen, während Widukind die keineswegs ungefährliche Aufgabe übernommen hatte, sämtliche militärische Einrichtungen unterwegs auszuspähen. Diese Aufzeichnungen und die daraus resultierenden Erkenntnisse ergaben ein aufschlussreiches Gesamtbild über das Gebiet zwischen dem Oberlauf der Donau und den Alpen. Eine unentbehrliche Grundlage und wichtige Voraussetzung, um den Zug der Stämme in oder durch diese Provinzen wagen zu können.

Marcellus erklärte seinen Weggefährten an einer Baustelle, wie die Römer ihre Straßen anlegten. Der Fahrbelag bestand aus flachen Steinplatten oder einem festen Sandgemisch. Auf beiden Seiten verliefen Straßengräben, welche das Oberflächenwasser abführten. Zwei staunende Vandalen hörten ihm dabei aufmerksam zu. Außerdem frischte mein Oheim ihr Wissen über die römischen Längenmaße auf. Diese reichten vom *digitus*[26] über den *pes*[26] bis zum *mille passus*[26].

„In bestimmten Abständen", erklärte Marcellus, „stehen an den Straßen Meilensteine. Jeder Reisende kann auf ihnen die Entfernungen zwischen den größeren Städten ablesen."

Breiten Raum seiner überaus lehrreichen Ausführungen nahm die Bedeutung der *mansiones*[27] entlang der Fernstraßen ein. In einem Abstand von etwa fünfundzwanzig Meilen boten sie jedem Reisenden ihre vielfältigen Dienste an. Man konnte dort übernachten, speisen oder sich in den angegliederten Thermen von den Strapazen der Reise erholen, während in den Werkstätten notwendige Reparaturen ausgeführt wurden. Marcellus behauptete, dass ein marschierender Legionär an einem Tag bis zu dreißig und ein Reiter über sechzig Meilen auf einer flachen Straße zurücklegen kann. Besonders eilige Nachrichten, so wusste er zu berichten, wurden durch Meldereiter befördert und gelangten sehr schnell an ihren Bestimmungsort.

Als der Mond allmählich am Himmel emporstieg, kamen sie in der Nähe von Vindobona[28] in eine *mansio*. Adalhard saß neben Marcellus auf dem Kutscherbock und lenkte den Wagen durch das offenstehende Tor in einen geräumigen Innenhof. Widukind folgte ihnen auf seinem Hengst nach. Auf der einen Seite befanden sich die Stallungen, ihnen gegenüber lagen die Werkstätten. Dazwischen stand ein zweistöckiges Haus. Auf der Veranda davor saß ein Römer in einer strahlend weißen *tunicae* und schaute zu ihnen herab.

---

26 *Römische Längenmaße*
27 *Raststationen*
28 *Ehemalige Stadt in der Nähe von Wien/Österreich*

„Das muss der Vorsteher sein!“, vermutete Marcellus und stieg zu ihm die Treppe hinauf. Er stellte sich als Händler aus Aquileia vor, der nach Augusta Vindelicum[29] unterwegs sei.

Der Römer war tatsächlich der Vorsteher der *mansio*. Marcellus bat um Kost und Unterkunft für sich und seine germanischen Gehilfen.

„Ihr bekommt eine Kammer zugewiesen und eure Pferde werden versorgt!“, gab ihm der Mann zur Antwort. „Die Barbaren aber übernachten im Freien! Wenn ihr es wünscht, könnt ihr mit ihnen die Thermen aufsuchen und in der Schänke einkehren!“

Nachdem man sich handelseinig war, rief der Vorsteher ein paar Anweisungen über den Hof. Ein Sklave spannte daraufhin die Pferde vor dem Wagen aus und führte sie in den Stall.

„Zuerst gehen wir baden und danach stärken wir uns!“, verkündete ein gut gelaunter Marcellus seinen Gefährten.

Er wollte gerade die Tür zur Herberge aufstoßen, als Adalhard ihn festhielt.

„Wer gibt während unserer Abwesenheit auf die Bernsteine acht?“, fragte er leise.

Mit der ausgestreckten Hand zeigte Marcellus auf zwei bewaffnete Männer.

„Während wir baden und speisen, achten die Wachen des Vorstehers darauf, dass nichts abhanden kommt. Heute Nacht schlaft ihr unter dem Wagen und bewacht euren *glesum* selbst. Ich ziehe einer derart unbequemen Stätte ein weiches, warmes Bett vor!“

Er lächelte und öffnete die Tür. Hinter dem Schanktisch stand der Wirt. Der Mann trug einen prächtigen Schnauzbart, so wie es bei den Kelten üblich ist. Er klatschte in die Hände, füllte drei Becher mit Wasser und reichte sie seinen Gästen. Während die Männer ihren Durst stillten, betrat eine junge Frau die Schänke. Um ihren hübschen Hals trug sie ein eisernes Band. Sie grüßte freundlich, worauf die Männer ihre Geste erwiderten.

„Wer sich den Schmutz der Straße von mir abwaschen lassen will, möge mir bitte folgen!“, sprach sie mit einem eigenartig klingenden Akzent.

Anmutig schritt die schlanke Frau durch die offenstehende Tür und die Männer liefen ihr bereitwillig hinterher. Die Sklavin führte sie in eine klei-

---

29 *Augsburg/Deutschland*

ne Kammer, deren Wände mit bunten Landschaftsmotiven bemalt waren. In der Mitte stand eine Holzbank, auf der weiße Leintücher lagen.

„Ihr könnt eure Kleider hier ablegen!", sagte sie beiläufig und ging in den benachbarten Raum.

Lediglich mit einem Leintuch bekleidet, folgten ihr die Badegäste. Die Fußböden waren mit bunten Mosaiken ausgelegt und durch kostbare Glasfenster fiel das Tageslicht herein. Mitten im Raum befand sich ein Wasserbecken. Davor stand die Sklavin und stellte sich vor. Sie hieß Laila und stammte von der iberischen Halbinsel. Danach forderte sie die Männer auf in das Becken hinabzusteigen. Nachdem das geschehen war, folgte ihnen Laila angekleidet nach. Mit einem Schwamm wusch sie ihre Gäste. Als sie damit fertig war, stieg sie wieder aus dem Wasser und Marcellus ging ihr hinterher. Die Haussklavin leerte einen Kübel warmes Wasser über seinem Haupt aus. Die gleiche Behandlung erfuhren kurz darauf Widukind und Adalhard.

Im Anschluss daran führte sie ihre Gäste in das *caldarium*[30], den wärmsten Ort in den Thermen. Der heiße Dampf erhitzte die aufgewärmten Körper. Mit einem sichelförmigen Schaber entfernte die Sklavin geschickt den Schweiß von der offenporigen Haut ihrer Badegäste. Zu guter Letzt spülte sie die Männer mit warmem Wasser ab, rieb sie mit Tüchern trocken und salbte sie mit einem duftenden Öl ein.

In frisch gewaschenen, weißen *tunicae* betraten sie die Schänke und setzten sich in der Nähe des Kaminfeuers an einen freien Tisch. Marcellus bestellte beim Wirt einen Krug *posca*[31] und die *cena*[32]. Das kühle Getränk stillte ihren Durst. Danach wurde das Essen aufgetischt. Man aß mit einem Löffel und den Händen aus buntem Tongeschirr. Als Vorspeise gab es Brei und als Hauptgericht wurde Huhn mit roter Beete gereicht. Eine Birne vollendete das üppige Mahl. Müde und gesättigt zog sich Marcellus in seine Kammer zurück, während Widukind und Adalhard nach draußen gingen. Die beiden legten sich unter den Wagen und deckten sich mit ein paar Fellen zu.

30 *Warmes Dampfbad*
31 *Essigwasser*
32 *Abendessen*

Ein krähender Hahn weckte Widukind am nächsten Tag auf.
„Es liegt Schnee in der Luft!", dachte er, nachdem er unter dem Wagen hervorgekrochen war und in den wolkenbehangenen Himmel hinaufschaute.
Später gingen die Vandalen über den Hof in die Thermen. Dort wuschen sie sich die Müdigkeit aus den Augen und betraten anschließend die Schänke. Marcellus wartete dort schon ungeduldig auf die Morgenkost. Es gab Fladenbrot, gekochte Eier und Käsepaste. Dazu tranken die drei Kundschafter einen roten Saft, der nach Kirsche schmeckte. Nachdem Marcellus den Wirt und den Vorsteher für ihre Dienste entlohnt hatte, gingen sie gemeinsam nach draußen. Ein Sklave spannte gerade die Pferde vor dem Wagen ein, als Adalhard eine folgenschwere Entdeckung machte. Jemand hatte die Tür am Reisewagen aufgebrochen. Widukind stieg sofort hinein und kam mit zwei leeren Säcken wieder heraus. Die zeigte er empört seinen Gefährten. Im nächsten Moment wollte er zum Vorsteher laufen, doch Marcellus hielt ihn zurück.
„Wir dürfen auf gar keinen Fall auffallen!", sagte er mit gedämpfter Stimme.
Sie taten daraufhin so, als würden sie sich gegenseitig Vorhaltungen machen. Die Wachen ließen sie dabei keinen Moment aus den Augen. Auf der Veranda erschien der Vorsteher und schaute zu ihnen herab.
„Das ist eine schamlose Gaunerei!", wetterte Widukind, kaum vernehmbar.
„Wir waren zu arglos!", flüsterte Adalhard. „Es macht keinen Sinn sich beim Vorsteher zu beschweren. Er und seine Leute werden alle Schuld von sich weisen und wir haben Wichtigeres zu tun."
Nachdem man die beschädigte Tür repariert hatte, nahm Marcellus neben seinem Schwager auf dem Kutschbock Platz. Widukind ritt bereits auf das geöffnete Tor zu, als sich der Wagen in Bewegung setzte. Adalhard sah sich noch einmal um. Der Vorsteher stand im Hof und winkte ihm freundlich zu, gerade so, als wäre überhaupt nichts vorgefallen.
„Man sieht sich im Leben immer zweimal!", murmelte der Hirschberger verärgert und ballte eine Hand zur Faust.

Alles was den Kundschaftern unterwegs bedeutsam vorkam, wurde aufgeschrieben oder auf der Karte vermerkt. An einem herrlichen Wintertag erreichten sie ein Legionslager. Es lag unweit der Einmündung der *Anisus*[33] in die Donau. Unterhalb des Lagers befand sich ein Hafen, in dem vier *lusoriae*[34] lagen. Ein Lastkahn legte gerade von dort ab und fuhr, mit vielen Legionären an Bord, flussabwärts.

„Im Hafen von *Lauriacum*[35] befindet sich eine wichtige Basis der römischen Flotte!", klärte Marcellus seine Weggefährten auf. „Von hier aus kontrolliert das Imperium den Oberlauf der Danuvius."

Nachdem die Kundschafter das Legionslager umrundet hatten, kamen sie in die gleichnamige Stadt. An einer Herberge hing ein Schild mit der Aufschrift: Zum Hirschen.

Marcellus hielt die Pferde an, sprang vom Bock und ging hinein. Beim Wirt erkundigte er sich, wer der wohlhabendste Kaufmann in der Stadt sei. Man wies ihm den Weg zu einem jüdischen Händler namens Ephraim Ben Nathan. Das Tor zu dessen Anwesen stand weit offen. Marcellus lenkte den Wagen hindurch, worauf die Kundschafter auf einen großen Innenhof gelangten, um den mehrere Lagerhallen angeordnet waren. Dort herrschte ein geschäftiges Treiben. Alle möglichen Arten von Waren wurden von zahlreichen Sklaven hin und her gekarrt oder getragen. Inmitten dieses vermeintlichen Durcheinanders stand ein bärtiger Mann und erteilte mit ruhiger Stimme seine Anweisungen. Marcellus schritt geradewegs auf ihn zu. Es stellte sich heraus, dass er ben Nathan war. Danach lief alles sehr zügig und wohlgeordnet ab. Die Hälfte der Bernsteine wurde gewogen und ihre Güte bestimmt. Der Römer und der Jude waren sich schnell handelseinig. Ben Nathan zahlte für jeden Bernsteinsack um die zweihundert *aurei*.

„Das ist mehr als das Doppelte, was ich noch vor wenigen Jahren hierfür erhalten habe!", frohlockte Marcellus, nachdem der Kaufvertrag unterschrieben, besiegelt und die Goldmünzen ausbezahlt waren. Danach verließen sie das Anwesen des geschäftstüchtigen Händlers.

---

33 *Enns, Fluss/Österreich*
34 *Kriegsschiffe*
35 *Enns/Österreich*

„Die verbliebenen Steine werden wir in einer von der Bernsteinstraße weiter entfernten Stadt verkaufen!", erklärte Marcellus. „Ich bin mir sicher, dass wir dort einen noch besseren Preis erzielen werden."

Gut gelaunt kehrten sie in die Herberge zurück. Marcellus hatte es sich auf der Veranda bequem gemacht. Von dort konnte er den Wagen mit der wertvollen Fracht im Auge behalten. Er bestellte sich etwas zu essen und zu trinken, während Widukind und Adalhard sich das Legionslager aus der Nähe anschauen wollten. Als sie aus der Stadt kamen, lag es vor ihnen. Die beiden gingen darauf zu und zählten sechzehn Wachtürme. Verwundert stellten sie fest, dass keine einzige Wache auf den Türmen oder den Wehrgängen zu sehen war. Lediglich vor einem offenstehenden Tor standen ein paar Legionäre. Die Kundschafter gelangten zu der übereinstimmenden Ansicht, dass sich im Lager nicht all zu viele Römer aufhielten. Schließlich kehrten sie wieder um und liefen in die Stadt zurück. Unter einladenden Arkaden konnte man trockenen Fußes von einem Haus zum nächsten gelangen. Kostbare Glasfenster gestatteten den Vorübergehenden einen Blick auf die Auslagen oder in die Schankstuben zu werfen. In den oberen Stockwerken wohnten die Besitzer der Häuser und im rückwärtigen Bereich die Domestiken sowie Sklaven. Überall boten Bäcker, Metzger, Töpfer oder Schreiner ihre Waren an. Daneben waren auch Bildhauer, Kammmacher, Bronzegießer und Waffenschmiede anzutreffen. Die Legionäre kauften bei ihnen ein oder nahmen ihre Dienste in Anspruch, was die Händler, Handwerker und Wirte von *Lauriacum* zu wohlhabenden Bürgern machte.

Am Abend suchten Adalhard und Marcellus die Schankstube der Herberge auf, während Widukind es vorzog, auf die Bernsteine und Goldmünzen acht zu geben. Die Schänke war voller zechender Gäste. Ein Musiker blies auf seiner Flöte fröhliche Weisen und es floss reichlich Wein und Met. Ohne weiter aufzufallen, kamen die Vandalen mit einigen Männern ins Gespräch. In dieser ausgelassenen Stimmung erfuhren sie so manches über den Auftrag und die Stärke der im Lager stationierten *auxilia*[36]. Die *cohors*[37] bestand nur noch aus einem Viertel des normalerweise vierhundertundachtzig Mann starken Ver-

---

36 *Hilfstruppe einer Legion*
37 *Militärische Truppe (480 Mann)*

bandes. Der Großteil kämpfte an der unteren Donau gegen die Goten. Ein angetrunkener Seemann erzählte ihnen arglos, dass sein Kommandant nur noch über vier einsatzfähige Schiffe verfügte. Alle anderen waren die *Danuvius* hinabgefahren. Es wurde schon hell, als die Vandalen die Schänke verließen.

Einige Tage später erreichten die Kundschafter die Stadt Castra Regina[38]. Die Bevölkerung bestand größtenteils aus einheimischen Vindelikern[39], einigen Römern sowie germanischen Markomannen. Widukind fand schnell heraus, dass sich im Legionslager nur noch eine *centuria*[40] aufhielt.

Am kürzesten Tag des Jahres kamen sie in die schöne und wohlhabende Hauptstadt der Provinz Raetia, Augusta Vindelicum. An diesem Ort verkauften sie die verbliebenen Bernsteine an einen keltischen Händler. Der Erlös lag tatsächlich noch einiges über dem, welchen Marcellus mit dem Juden in Lauriacum ausgehandelt hatte. Bei einem Wagner ließ er sich einen flachen Kasten unter dem Wagen einbauen und verbarg dort die Goldmünzen. Danach erwarb Marcellus in einer Töpferei minderwertiges Geschirr und verstaute es zwischen viel Stroh im Wagen. Als sein Schwager ihn danach fragte, was er damit vor hat, antwortete er dem verblüfften Vandalen: „Kein Wegelagerer überfällt einen Händler wegen ein paar armseliger Töpfe!"

Sie zogen weiter nach Süden. Am Horizont tauchten sehr hohe, schneebedeckte Berge auf.

„Vor uns liegen die *Alpi*[41]!", verkündete ein begeisterter Marcellus. „Sie sind das höchste Gebirge im römischen Imperium".

Unterwegs trieben die Kundschafter mit der einheimischen Bevölkerung regen Handel. Sie tauschten das Geschirr gegen allerlei nützliche Dinge und Nahrungsmittel ein. Der Stamm der Vindeliker hatte viele Gewohnheiten der Römer angenommen. Aber nur sehr wenige von ihnen sprachen Latein. Sie waren friedliebende Menschen und hatten große Furcht

38 *Regensburg/Deutschland*
39 *Keltischer Stamm*
40 *Militärische Truppe (80 Mann)*
41 *Alpen*

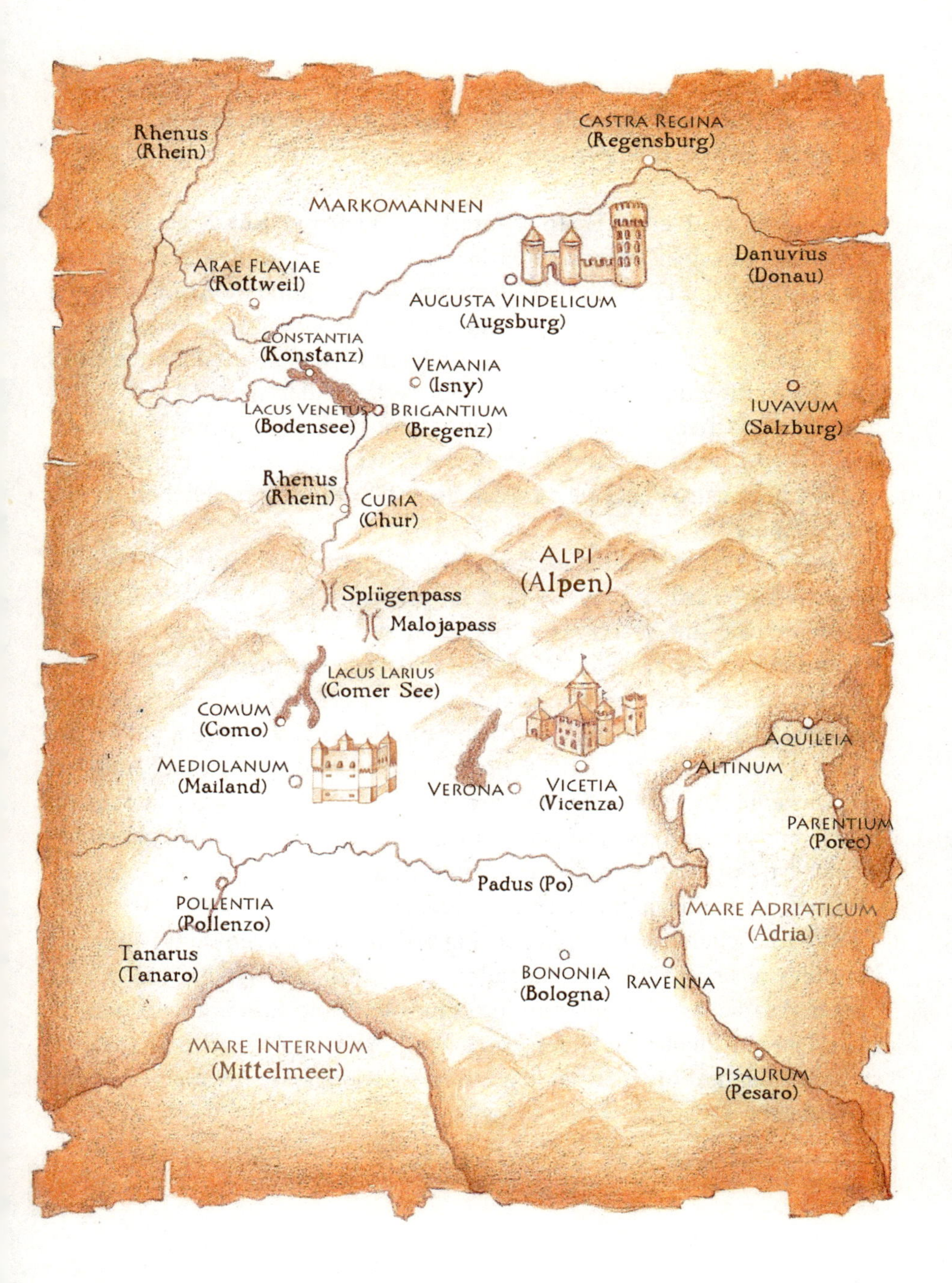

Rhenus
(Rhein)
Castra Regina
(Regensburg)
Markomannen
Danuvius
(Donau)
Arae Flaviae
(Rottweil)
Augusta Vindelicum
(Augsburg)
Constantia
(Konstanz)
Vemania
(Isny)
Lacus Venetus
(Bodensee)
Brigantium
(Bregenz)
Iuvavum
(Salzburg)
Rhenus
(Rhein)
Curia
(Chur)
Alpi
(Alpen)
Splügenpass
Malojapass
Lacus Larius
(Comer See)
Comum
(Como)
Aquileia
Altinum
Mediolanum
(Mailand)
Verona
Vicetia
(Vicenza)
Parentium
(Porec)
Padus (Po)
Pollentia
(Pollenzo)
Mare Adriaticum
(Adria)
Tanarus
(Tanaro)
Bononia
(Bologna)
Ravenna
Mare Internum
(Mittelmeer)
Pisaurum
(Pesaro)

vor ihren Nachbarn, den Alamannen. Die nahmen auf ihren gelegentlichen Raubzügen durch die Provinz Raetia so ziemlich alles mit, was ihnen in die Hände fiel und sie von dort wegschaffen konnten.

An einem strahlend blauen Wintertag kamen die Kundschafter nach Vemania[42]. Mit dem Vorwand hier Handel treiben zu wollen, schlugen sie das Lager ganz in der Nähe des dortigen Kastells auf. Niemand schöpfte Verdacht, als sie ihre Waren den Legionären zum Kauf oder Tausch anboten. Die Besatzung bestand aus einer Reitereinheit. Widukind fand heraus, dass ihr Auftrag darin bestand, den hier verlaufenden *limes*[43] zu den Alamannen zu sichern. Adalhard war auf einen Berg gestiegen und schaute über die eingeschneite Landschaft nach Westen.

„Dort liegen also die Gaue der Alamannen!", sinnierte er. „Hier endet die Macht Roms!"

Dabei fielen ihm die abendlichen Erzählungen seiner Mutter in Hirschberg wieder ein, die ihm vieles über ihren Stamm berichtet hatte. Von ihr wusste er, dass die Alamannen das Gebiet zwischen der Donau und dem Rhein schon vor sehr vielen Wintern in Besitz genommen hatten. Die Römer hatten sich aus dem Landstrich zurückgezogen, um einen besser zu bewachenden *limes* entlang des Rheins, des Bodensees, der Iller sowie der Donau zu errichten. In Vemania erfuhren die Kundschafter auch, dass es seither keine länger anhaltenden Friedensperioden zwischen Alamannen und Römern mehr gegeben hat. Immer wieder, so wurde ihnen glaubhaft versichert, durchbrachen die streitbaren Alamannen den *limes*, um in die römischen Provinzen plündernd einzufallen.

Die Kundschafter hatten in jenen Tagen den westlichsten Punkt ihrer Erkundungsreise erreicht. Als Marcellus am Abend eine Schänke aufsuchte, fassten Adalhard und Widukind ihre Eindrücke und Erkenntnisse zusammen. Die nördlichen Teile der Provinzen Raetia und Noricum, da waren sie sich einig, könnte man ohne größere Schwierigkeiten erobern und gut verteidigen.

---

42 *Isny/Deutschland*
43 *Grenze*

„Im Westen leben die Alamannen, welche keinen Römer in ihren Gauen dulden und im Norden markiert die Donau eine natürliche Grenze zu den Markomannen. Zahlreiche Flüsse und Seen erschweren im Osten den Zugang in die Provinzen und im Süden sichern die hohen Pässe in den Alpen das Gebiet vor ungebetenen Besuchern!", brachte es Widukind auf den Punkt.

Den Kundschaftern war keineswegs verborgen geblieben, dass die römischen Verwaltungen intakt, die Vorratskammern gut gefüllt, die Straßen in einem einwandfreien Zustand und die ansässigen Vindeliker friedliebende Menschen waren. Außerdem waren die Provinzen sehr fruchtbar und nicht allzu dicht besiedelt. Die wichtigste Erkenntnis aber war die Tatsache, dass sich verhältnismäßig wenig Legionäre und *auxilia* in den von ihnen erkundeten Landstrichen aufhielten.

„Falls die Goten und Hunnen den Römern weiterhin so zu schaffen machen, steht der Eroberung der Provinzen Raetia und Noricum nicht viel im Weg!", behauptete Adalhard.

Am nächsten Tag traten die Kundschafter die Heimreise an. Ein paar Tage später gelangten sie in die Stadt *Iuvavum*[44]. Es war der Ort und der Tag, an dem sich Widukind und Adalhard schweren Herzens von Marcellus verabschiedeten. Der römische Händler hatte sein gegebenes Versprechen gegenüber den Königen der Silingen eingehalten. Er fuhr auf dem Bock seines Wagens der aufgehenden Sonne entgegen und gelangte zu Beginn des Sommers über die schneefreien Pässe der Alpen wohlbehalten nach Aquileia.

Widukind verbarg die Landkarte mit den Aufzeichnungen unter seinen Sachen. Die Goldmünzen aus dem Verkauf der Bernsteine hatte Adalhard in zwei Säcke gefüllt. Auf dem schnellsten Weg ritten die Kundschafter der Donau entgegen. Die Wälder trugen bereits ihr frisches, grünes Kleid, als sie auf einer Fähre über den Strom setzten. Nachdem sie das Gebiet der Sueben hinter sich gelassen hatten, erreichten die beiden den Schneepass in den Bergen der Vandalen. Adalbert und ein paar Schildwachen hießen die

44 *Salzburg/Österreich*

Kundschafter auf dem Sattel willkommen. Sie geleiteten den Hauptmann der Roten und den Ältesten der Hirschberger auf dem schnellsten Weg zu ihren Königen.

Kapitel VII

Die Hunnen

Der Winter hatte in den Gauen der Vandalen Einzug gehalten. Es war sehr kalt und verschneite Wege erschwerten in jenen Tagen das Reisen. Die Festtage der Christen, welche sie anlässlich der Geburt von Jesus feierten, standen vor der Tür. Die Silingen waren gottesfürchtige *Arianer*[45]. Sie glaubten zwar, dass Jesus der Sohn Gottes ist, aber als Mensch geboren wurde und deshalb am Kreuze sterben mußte. Die Vandalen verehrten allein seinen Vater als Gott, weil sie sich ganz sicher waren, daß nur er sie von ihren Sünden erlösen kann. Das war ein wesentlicher Unterschied zum Bekenntnis der katholischen Christen, welche von der Dreieinigkeit Gott Vaters, seines Sohnes Jesus Christus und des Heiligen Geistes überzeugt waren.

Sämtliche Schildwachen hatten sich auf dem Platz vor dem königlichen Anwesen in Otterburg eingefunden. Ein Horn ertönte, worauf die Könige der Silingen mit Atax erschienen.

„Wir heißen unter uns“, rief Gundolf den Roten zu, „Fürst Atax vom Stamm der Wölflinge willkommen! Hört gut zu, was der Alane uns auf Latein zu sagen hat. Ich werde seine Worte übersetzen!“

Mit kräftiger Stimme berichtete Atax den versammelten Recken so manches über die Lebensweisen der Hunnen. Danach kam er auf eine Vorhersage eines Sehers zu sprechen, den die Alanen Schamanen rufen. Der hatte seinen Ahnen vor vielen Wintern prophezeit, dass die Wölflinge mit einem ihnen unbekannten Stamm eine Reise in ein weit entferntes Land unternehmen werden. Zuvor aber würde sich ein Fürst der Alanen in eine Fürstin dieses Stammes verlieben.

45 *Anhänger einer christlichen Lehre, nach Arius, einem Kirchenältesten (260 – 336 nach Christus)*

„Die beiden werden einen Bund fürs Leben schließen!“, führte er aus. „Bei ihrer allerersten Begegnung trägt sie ein blaues Gewand und ihr Haar glänzt golden in der Sonne.“

Nachdem Gundolf die Worte von Atax übersetzt hatte, breitete sich eine nachdenkliche Stille unter den Recken aus. Nach und nach setzte eine lebhafte Unterhaltung ein. Alle wussten natürlich von der Vohersage, daß den Vandalen noch eine lange Wanderung bevorstehe. In diesem Augenblick erklang ein Horn. Das Tor wurde geöffnet und ein paar Recken ritten auf ihren Pferden hindurch. Die Sonne stand sehr tief, so dass die Könige und Fürst Atax geblendet wurden. Schützend hielten sie sich ihre Handflächen vor die Stirn und nahmen die Ankömmlinge in Augenschein. Vor dem königlichen Anwesen zügelten die ihre Pferde und stiegen ab.

„Was für eine Überraschung!“, rief Gundolf, als er seine Schwester unter ihnen erkannte.

Er sprang die Treppe hinab und umarmte sie freudestrahlend. Die Fürstin trug einen blauen Umhang und als sie die Kapuze vom Haupt streifte, kam ihr langes, blondes Haar zum Vorschein. Es glänzte wie Gold in der Sonne.

„Die verheißene Frau!“, stammelte Atax fassungslos.

Tharwold stand neben ihm.

„Genauso, wie es euer Schamane einst vorhersagte!“

Der Alane nickte sprachlos.

„Wir heißen Hilde, die Schwester von König Gundolf in ihrer Heimat willkommen!“, verkündete Tharwold in diesem Moment.

Die Roten schlugen mit ihren Fäusten beifällig gegen die Schilder, während Gundolf seine Schwester die Treppe hinaufführte. Vor Tharwold blieben sie stehen. Die Fürstin verneigte sich vor dem König und schaute einen Augenblick lang Atax an. Der stand wie versteinert da. Geistesgegenwärtig erfasste Gundolf die Situation.

„Bei Wodan!“, dachte er. „Die Weissagung des Schamanen!“

Hilde wandte sich mit feuchten Augen ihrem Bruder zu.

„Ich habe schreckliche Nachrichten mitgebracht!“

„Was ist geschehen?“, fragte er besorgt.

„Mein Mann ist tot!“

Auf einmal liefen ihr Tränen die Wangen hinab, worauf Gundolf seine Schwester tröstend in die Arme nahm.

„Du zitterst ja am ganzen Leib!", stellte er erschüttert fest. „Lasst uns ins Haus gehen!"

Tharwold und Atax folgten den Geschwistern nach.

„Vor dem letzten Winter kam es zu einem Waffengang zwischen den Hunnen und den Recken meines Mannes!", begann Hilde zu erzählen. „Wilfried und seine Goten wurden von den zahlenmäßig überlegenen Schlitzaugen besiegt. Fortan mussten wir wie Tiere für sie schuften und litten bald schon schrecklichen Hunger. Als mein Mann sich bei ihrem Khan darüber beschwerte, musste meine Sippe als Geiseln in eines ihrer Lager ziehen. Dort erlebten wir unsägliches Leid. Wir wurden von diesen krummbeinigen Bestien fürchterlich gequält und abscheulich misshandelt. Als mich einer dieser grässlichen Kerle schänden wollte, erschlug ihn Wilfried. Der Khan ließ meinen Mann zur Strafe an ein Kreuz binden, schlitzte ihm eigenhändig den Bauch auf und sah dabei zu, wie er elendig zu Grunde ging. Unseren kleinen Sohn nahmen mir diese grausamen Kreaturen weg. Ich dachte, ich müsste vor Kummer sterben. Niemals wieder habe ich ihn vor mein Angesicht bekommen!"

Hilde wurde blass und fing plötzlich an zu schwanken. Ihr Bruder fing sie auf und trug seine Schwester in eine Kammer, während Tharwold ihre Begleiter zu sich kommen ließ.

„Was hat sich bei euch zugetragen?", fragte er ohne Umschweife.

Ein Gote trat einen Schritt auf den König zu.

„Man ruft mich Friedrich! Ich bin der Bruder von Hildes verstorbenem Mann und will euch gerne berichten, was sich bei uns ereignete. Als meine Schwägerin nach dem Tod ihres Mannes aus dem Hunnenlager fliehen konnte, eilte sie auf dem schnellsten Weg zu ihrer Sippschaft. Wir haben alles stehen und liegen gelassen, um uns vor der Rache des Großkhans in Sicherheit zu bringen. Auf Anraten von Hilde sind wir nach Otterburg aufgebrochen. Sie wollte ihren Bruder um Schutz und Hilfe bitten. Der Weg durch die tief verschneite Landschaft war sehr beschwerlich. Annähernd zweihundert völlig erschöpfte Kinder, Frauen und alte Männer mussten wir ein paar Tagesreisen von hier zurücklassen, weil sie nicht mehr weiter konnten."

Friedrich schaute Tharwold beschwörend an.

„Wir bitten um euren Beistand, König der Silingen!"

„Niemand kennt die Hunnen so gut wie wir Alanen!", warf Atax in diesem Augenblick ein. „Ich will mit den Meinigen zu den Flüchtlingen ziehen, um ihnen beizustehen!"

Tharwold war aufgestanden.

„Wir werden noch heute einen Wagenzug mit Mundvorräten zusammenstellen und zu den Goten aufbrechen!", erklärte er. „Es wird allerdings ein paar Tage dauern, bis wir sie erreichen. Deshalb will ich euer ehrbares Angebot gerne annehmen, Fürst der Alanen. Ihr reitet mit den Eurigen voraus, um die Flüchtlinge mit dem Notwendigsten zu versorgen. Die Gefährten Hildes zeigen euch den Weg!"

Der König ließ ein paar Schildwachen kommen und erteilte ihnen Befehle. Die Sonne hatte ihren höchsten Stand noch nicht ganz erreicht, als die Alanen sich mit den Goten auf den Weg machten.

Die Schwester von Gundolf schlief noch immer und ihr besorgter Bruder saß an ihrer Schlafstatt. Als sie aufwachte, rief er eine Heilerin herbei, um Hilde von ihr untersuchen zu lassen. Diese stellte erschüttert fest, dass der Körper der Fürstin vollkommen ausgemergelt und mit Narben übersät war. Nachdem Hilde ein heißes Bad genommen hatte, rieb die Heilerin ihre Wundmale mit einer Salbe behutsam ein. Anschließend reichte sie ihr eine Schale heißes Wasser mit Kamillegeschmack. Hilde trank sie aus, zog sich an und ging an der Seite ihres Bruders in den Saal zurück, wo sich Tharwold nach ihrem Befinden erkundigte. Danach fing sie erneut an zu erzählen.

„Vor fünf Wintern ging ich mit dem Gotenfürsten Wilfried einen Bund fürs Leben ein. Wir lebten glücklich und zufrieden in den weißen Bergen der Terwingen. In dieses unzugängliche Gebirge war König Athanarich mit wenigen Getreuen vor den Hunnen geflohen. Eines Tages fielen die Schlitzaugen über unsere Sippschaft her. Wilfried und seine Recken wehrten sich zwar tapfer, vermochten aber gegen die übermächtigen Hunnen nichts auszurichten. Nur sehr wenige gotische Recken überlebten das Gemetzel. Fortan waren wir diesen grässlichen Kreaturen auf Gedeih und Verderb ausgeliefert. Als die Sippe meines Mannes in eines ihrer Jurtenlager ziehen mußte, erlebten wir dort unvorstellbares Leid. Wir Frauen hatten die niedrigsten Arbeiten zu verrichten und mussten diesen Schlitzaugen jederzeit gefügig sein. Unsere Männer hüteten die Schweine und hausten in einem feuchten Erdloch. Am schlimmsten aber erging es den Kindern. Sie waren der Willkür und den Quälereien ihrer zahlreichen Peiniger schutzlos ausgesetzt."

Hilde hielt einen Augenblick lang inne und atmete tief durch.

„Die Weiber der Hunnen schneiden ihren männlichen Säuglingen tiefe Kerben in die Gesichter, damit den Knaben keine Barthaare wachsen und sich ihre Feinde vor ihnen fürchten. Mit Vorliebe verspeisen sie rohes Fleisch und sind es von klein an gewohnt, Durst und Hunger zu ertragen. Sie kleiden sich mit Fellen und gegerbten Tierhäuten. Da die Hunnen sich so gut wie nie waschen, riechen sie allesamt abscheulich. Diese Bestien auf zwei Beinen wachsen mit ihren Pferden auf und verrichten selbst die Notdurft vom Rücken der Tiere aus. Sie fürchten sich einzig und allein davor, dass ihnen eines Tages der Himmel auf den Kopf fallen könnte. Sehr oft streiten sie sich wegen irgendwelchen Belanglosigkeiten. Sobald es aber gegen ihre Feinde geht, sind sie sich stets einig. Gilt es doch möglichst viele von diesen Unwürdigen zu töten oder zu unterjochen. Zu Fuß sind sie es nicht gewohnt zu kämpfen, denn vom ständigen Reiten haben sie allesamt krumme Beine. Sie kommen dahergewackelt wie volltrunkene Männer. Wenn sie auf ihren wendigen Pferdchen angreifen, tun die Hunnen das meistens in mehreren Wellen, wobei sie die vorgetäuschte Flucht gerne als List anwenden. Im vollen Galopp schießen sie treffsicher ihre Pfeile ab."

Ihr Gesicht verfinsterte sich zusehends.

„Untereinander paaren sie sich wie läufige Hunde. Die Weiber der Hunnen wissen nicht immer, von welchem Kerl sie ihren Bastard empfangen haben. Sie leben von der Viehzucht, der Jagd, Lösegeldern, Tributzahlungen und Raubzügen. Kein einziges Schlitzauge habe ich jemals mit einem Pflug in der Hand einen Acker bestellen sehen. Die Hunnen sind die Geiseln der Menschheit!"

Mit diesen Worten beendete sie ihre eindrucksvollen und ernüchternden Schilderungen.

„Ich bin erschüttert, was euch widerfahren ist!", sprach Tharwold, spürbar bewegt. „Gleichzeitig danke ich euch für diesen aufschlussreichen Bericht, Fürstin!"

Hilde verabschiedete sich und ging in ihre Kammer. Sehr lange saßen die Könige der Silingen an diesem Abend noch zusammen und beratschlagten sich.

„Vandalen!", rief Tharwold am nächsten Tag den versammelten Schildwachen vom königlichen Anwesen herab zu. „Am Thing haben die Ältesten entschieden, was wir angesichts der Bedrohung durch die Hunnen unternehmen werden. Seit gestern wissen wir von Gundolfs Schwester, wie grausam sie wirklich sind."

Er hielt kurz inne.

„Wir werden die gotische Sippschaft von Fürstin Hilde bei uns aufnehmen. Mir ist durchaus bewusst, dass dies nicht jedem unter euch gefallen wird."

Worauf einige Vandalen lauthals zustimmten.

„Unsere Unterhändler sind nach dem Thing zum Großkhan der Hunnen aufgebrochen und vor wenigen Tagen von dort zurückgekehrt!", fuhr Tharwold unbeirrt fort. „Uldin hat die ihm angebotenen Tributzahlungen ausgeschlagen und die bedingungslose Unterwerfung der Silingen eingefordert. Gundolf und ich sind zu der Ansicht gelangt, dass wir den Hunnen einen Besuch abstatten sollten, den sie so schnell nicht wieder vergessen werden!"

Die Recken schlugen begeistert mit den Fäusten gegen ihre Schilder, während Gundolf die Treppe hinabstieg und sich vor die Männer stellte.

„Ich werde den Feldzug anführen!", verkündete er.

„Und ich werde euch begleiten!", ertönte die Stimme einer Frau.

Der König drehte sich um. Hildes stechender Blick erinnerte ihn sofort an die gemeinsame Kindheit. Er wusste nur zu genau, dass er gegen den unbändigen Willen seiner Schwester nicht das Geringste auszurichten vermochte.

„Wer wünscht das Wort?", fragte Tharwold.

Ein Recke trat nach vorn.

„Man ruft mich Friedrich!", stellte er sich vor. „Ich stamme aus dem Waldenburger Gau. Einige unserer Flecken wurden von den Hunnen überfallen, Menschen entführt und ermordet. Angesichts der Gefahr, die von den Schlitzaugen ausgeht, schlage ich die sofortige Umsiedlung aller in den östlichen Gauen lebenden Silingen in das Landesinnere vor."

Abermals hämmerten die Recken ihre Fäuste gegen die Schilder.

„Euer Ratschlag ist sehr weise!", antwortete Gundolf. „Mein königlicher Bruder und ich teilen eure Auffassung. Die notwendigen Vorbereitungen wird Tharwold treffen. Das haben wir bereits miteinander besprochen und so einvernehmlich festgelegt." Sichtlich zufrieden kehrte der Mann an seinen Platz zurück.

Als sich niemand mehr zu Wort meldete, verkündete Gundolf laut und deutlich: „Jede Sippschaft entlang des Weges an die Weichsel hat wenigstens fünf Recken für den Feldzug gegen die Hunnen zu stellen. Vorauseilende Boten werden dafür sorgen, dass diese Anordnung von jedem Ältesten befolgt wird!"

Danach stieg er die Treppe zum königlichen Anwesen wieder hinauf.

„Während eurer Abwesenheit", ertönte unterdessen Tharwolds Stimme, „werde ich alles Notwendige vorbereiten, damit wir uns vor den Hunnen in Sicherheit bringen können, falls es erforderlich sein sollte."

Die Vandalen traktierten abermals ihre Schilder. Noch am gleichen Tag verließen die Boten der Könige Otterburg. Tags darauf zog ein ständig anwachsendes Heer der aufgehenden Sonne entgegen.

Bei heftigem Schneefall erreichte Atax mit seinen Männern Waldenburg. Die Siedlung lag direkt an der Weichsel. Der Fluß bildete die natürliche Grenze zwischen den verlassenenen Gauen der Terwingen und denen der Silingen. Einem fassungslosen Sippschaftsältesten teilte der Alane mit, dass er sich mit den Seinigen unverzüglich nach Otterburg aufzumachen habe, wo er weitere Anweisungen von seinen Königen erhielt. Die Waldenburger packten einige Habseligkeiten zusammen und zogen am kommenden Tag mit der Sonne nach Westen. Viele waren heilfroh, sich vor den gefürchteten Übergriffen der Hunnen in Sicherheit bringen zu können.

Unterdessen war Atax mit seinen Recken und den Goten Hildes über die zugefrorene Weichsel geritten. Bei dichtem Schneegestöber kamen sie im Flüchtlingslager an. Die völlig entkräfteten Goten saßen stumpfsinnig um ein paar Feuerstellen. Das Wimmern von hungernden Säuglingen und Kindern war nicht zu überhören. Atax ließ sofort Brot an ihre Mütter verteilen. Erst danach erhielten alle anderen etwas zu essen, worauf sich eine unheimliche Ruhe im Lager ausbreitete.

Bereits am nächsten Morgen drängte der Alane zum Aufbruch. Nachdem die Flüchtlinge, unter Aufbietung ihrer letzten Kräfte, über die Weichsel gezogen waren, fanden sie in Waldenburg warme Unterkünfte vor.

Tags darauf traf Gundolf mit dem Hilfszug und eintausend Recken ein. Eine Zählung ergab, dass einhundertzweiundsechzig Goten die Flucht gelungen war. Einige Säuglinge und Greise waren unterwegs erfroren, verhungert oder an Erschöpfung gestorben.

Auf dem Marktplatz in Waldenburg standen viele Jurten beisammen. Die Alanen hatten sich geweigert in die leerstehenden Häuser der Vandalen zu ziehen, weil sie sich davor fürchteten, dass jene über ihren Köpfen einstürzen könnten. Am Abend betraten Gundolf und Hilde die Jurte von Atax, setzten sich um die Feuerstelle, tranken heißes Wasser mit Minze und besprachen das weitere Vorgehen.

„Würdet ihr uns zu den Hunnen begleiten?“, fragte Gundolf den Fürsten der Alanen.

„Ich werde euch zu ihrem Lager führen!“, warf Hilde ein. „Wir werden schon herausfinden, was sie im Schilde führen.“

„Wie willst du das bewerkstelligen?“, wollte ihr Bruder erfahren.

„Nichts leichter als das!“, lautete die Antwort. „Wir befreien die Geiseln und befragen sie danach!“

„Ich werde mitkommen!“, erklärte in diesem Moment Atax .

Über Hildes Gesicht huschte ein flüchtiges Lächeln.

„Wer soll das Lager der Hunnen ausspähen?“, fragte Gundolf.

„Atax und ich!“, entgegnete die Fürstin.

Worauf ihr Bruder einen Seufzer ausstieß.

„Ihr solltet Friedrich und ein paar kundige Goten mitnehmen!“, schlug er vor.

Auf gar keinen Fall!“, entrüstete sich seine Schwester.

Gundolf sah sie verwundert an.

„Was soll das heißen?“

„Friedrich ist ein Spitzel der Hunnen!“, behauptete Hilde. „Ihm allein habe ich es zu verdanken, dass ich bei den Hunnen ein Leben wie eine Hündin führen musste!“

„Bist du dir deiner Sache sicher?“, fragte ihr Bruder zweifelnd nach.

„Als ich eines Tages im Wald Brennholz sammeln musste, sah ich Friedrich zusammen mit dem Khan. Keinem Menschen habe ich davon etwas gesagt, damit sich dieser Verräter in Sicherheit wähnt!“, antwortete sie. „Ich habe ihn nur deshalb mitgenommen, damit er den Hunnen nicht den Aufenthaltsort der Sippschaft verraten kann.“

„Dennoch solltest du dir das Ganze noch einmal gut überlegen!“, riet Gundolf. „Es ist ein sehr gefährliches Unterfangen, und falls du den Schlitzaugen dabei in die Hände fällst, erwartet dich gewiss ein furchtbarer Tod!“

„Niemand außer mir weiß, wo sich ihr Lager befindet!“, lautete ihre unerschrockene Antwort.

„Sie ist nicht nur eine schöne und kluge, sondern auch eine sehr mutige Frau!“, stellte Atax beeindruckt fest und sah sie mit leuchtenden Augen an.

„Wir sollten schlafen gehen und mit dem Tagesanbruch aufbrechen!“, waren Hildes Worte, bevor sie aufstand und die Jurte verließ.

Ihr Bruder zuckte mit den Achseln und folgte ihr nach.

Am nächsten Morgen fand man einen toten Goten in seiner mit Blut verschmierten Schlafstatt. Man hatte ihm die Kehle durchgeschnitten. Es war Friedrich, der Schwager von Hilde.

Ein halbes Dutzend Alanen und eine Frau ritten der aufgehenden Sonne entgegen. Hilde und Atax unterhielten sich ständig miteinander. Ihre Begleiter stellten schnell fest, dass sie sich gegenseitig ihre Muttersprache beibrachten. Ein eiskalter Wind aus dem Norden begleitete die Schar auf dem Weg durch eine tief verschneite Landschaft. Sie ritten in die weißen Berge der Goten. Nur sehr mühsam und entsprechend langsam kamen sie voran. Nach ein paar Tagen erreichte die Schar eine verlassene Siedlung.

„Das war meine Heimat!“, vertraute Hilde den Männern an. Vor einem Holzhaus stieg sie vom Pferd, öffnete die Tür und trat ein. Atax folgte ihr auf den Fersen nach und ließ sie keinen Moment aus seinen wachsamen Augen.

„Hier habe ich meinen Sohn geboren!“, sagte die Fürstin schwermütig, als sie eine Kammer betrat.

Im Haus war alles wohl geordnet und man hatte den Eindruck, dass seine Bewohner jeden Augenblick zurückkehrten. Plötzlich wurde Hilde leichenblass, drehte sich auf der Stelle um, rannte nach draußen, stieg auf ihr Pferd und galoppierte davon. Später holten die Alanen sie wieder ein.

Am nächsten Tag fing es heftig an zu stürmen und zu schneien. An ein Weiterkommen war nicht mehr zu denken. Die Alanen schlugen ihre Jurte auf einer Lichtung auf. Ein Feuer wurde entfacht und in einem Kessel Schnee aufgetaut. Als das Wasser kochte, legte Hilde ein paar Kräuter hinein. Das heiße Getränk wärmte die Schar auf und nachdem man sich gestärkt hatte, suchte jeder seine Schlafstatt auf. Zwei Recken hielten draußen am Lagerfeuer Wache. Die Stille wurde ab und zu durch das unheimliche Heulen von Wölfen unterbrochen. Hilde konnte keinen Schlaf finden, stand auf, zog ihren Pelzumhang über und trat hinaus in die Nacht. Es schneite so stark, dass man keine zehn Schritte weit sehen konnte. Die Fürstin ging zum Feuer, wischte den Schnee von einem umgefallenen Baum und setzte sich auf den Stamm. In Gedanken verloren, schaute sie in die lodernden Flammen. Auf einmal vernahm sie Geräusche. Sie drehte sich rasch um und sah im dichten Schneegestöper eine Gestalt auf sie zukommen. Im nächsten Augenblick erkannte sie Atax. Der Alane fragte sie freundlich, ob er sich zu ihr setzen dürfe. Die Fürstin rückte etwas zur Seite. Gemeinsam sahen sie eine Weile zu, wie die herabfallenden Schneeflocken von den Flammen verschluckt wurden. Auf einmal heulte ganz in der Nähe ein Wolf. Hilde erschrak und hielt sich am Arm des Alanen fest.

„Sie haben es auf unsere Pferde abgesehen!“, sprach er einfühlsam. „Kein Grund sich zu fürchten, Fürstin! Ihr solltet aber mit mir in die Jurte zurückkehren, damit ich beruhigt einschlafen kann.“

Sie sahen sich in die Augen. Hilde nahm seine Hand und gemeinsam stapften sie durch den Schnee zurück.

Am kommenden Tag spannte sich ein strahlend blauer Himmel über eine schneeweiße Landschaft.

„Es sind allenfalls noch drei Tagesreisen bis zum Lager der Hunnen!", antwortete die Fürstin, nachdem Atax sie danach gefragt hatte.

Der Alane wies zwei seiner Männer an, das Jurtenlager ausfindig zu machen. Ein paar Tage später kamen sie zurück und berichteten, dass sie es in einer Mulde an einem zugefrorenen Fluss entdeckt hätten.

„Seit ich ihnen davongelaufen bin, haben sie sich nicht mehr von der Stelle gerührt!", stellte Hilde fest. „Der Stamm zählt etwa eintausend Männer, Frauen und Kinder. Ihren Khan rufen sie Rar. Dieses Scheusal hat meinen Mann auf dem Gewissen!"

Noch am selben Tag schickte Atax einen Boten nach Waldenburg zurück, um Gundolf ihre Entdeckung mitzuteilen. Am Abend fing es wieder an zu schneien. Außer den Wachen bei den Pferden hielten sich alle in der warmen Jurte auf.

„Hilde und ich haben von den Königen der Vandalen den Auftrag erhalten, das Lager der Hunnen auszuspähen!", weihte Atax seine Leute ein. „Ich habe den Boten zurückgesandt, damit Gundolf mit dem Heer alsbald aufbricht und zu uns stößt. Sobald sie hier sind, werden angreifen und alle Geiseln befreien!"

Er hielt einen Moment lang inne.

„Zuvor aber will ich das Lager auskundschaften!", fuhr er fort. „Ich werde den Hunnen weismachen, dass ich den Mörder des Sohns ihres Großkahns Uldin gefasst habe und auf dem Weg zu ihm bin. Nachdem ich mich umgeschaut habe, ziehe ich weiter und kehre hierher zurück."

Atax musterte nacheinander die Gefährten. Seine Augen blieben an einem jungen Recken haften, den man Etan rief. Dessen umsichtiges Verhalten war ihm wiederholt aufgefallen.

„Würdet ihr mich als mein Gefangener in das Lager der Hunnen begleiten?", fragte er ihn.

„Es wäre mir eine Ehre, Fürst!"

Vier Alanen ritten am nächsten Tag dem Hunnenlager entgegen. Man hatte Etan die Hände gefesselt und eine Schlinge um den Hals gelegt. Das Seilende hielt Atax fest. Als sie mehrere Rauchsäulen vor sich aufsteigen sahen, blies ein Recke in sein Horn. Das Lager der Hunnen lag hinter einem Hügel, so dass die Alanen es noch nicht sehen konnten. Plötzlich tauchten Reiter vor ihnen auf. Erneut ertönte das Horn, worauf ein Pfeil herangeflogen kam und sich vor ihnen in den Schnee bohrte. Kurz darauf waren sie von einem Dutzend Hunnen umstellt. Zwei ritten achtlos an ihnen vorbei und folgten den frischen Spuren im Schnee. Alle anderen musterten die Alanen misstrauisch. Einer sprach Atax barsch an, worauf der Alane im gleichen Tonfall antwortete. Die Horde schaute daraufhin zu Etan und fing auf einmal lauthals an zu johlen. Danach ritten sie auf ihren Pferden zurück und die Alanen folgten ihnen mit ihrem Gefangenen nach.

„Was wollte er von euch?", fragte Etan, der die Sprache der Hunnen nicht beherrschte.

Atax lächelte.

„Er wollte von mir wissen, warum ich euch ein Seil um den Hals gebunden habe."

„Was hat sie so erheitert?"

„Meine Antwort!"

„Was habt ihr ihm entgegnet?"

„Dass ein Alane sein Packpferd immer so führt!"

Als die Alanen auf dem Hügel ankamen, schauten sie auf das Lager der Hunnen herab. Viele Jurten standen dort in einer weitläufigen Mulde beisammen. Im Westen konnte man einige Koppeln ausmachen und im Osten lag der zugefrorene Fluss. Als die Hunnen mit den Alanen zwischen den ersten Jurten hindurchritten, verzogen die Weiber ihre Gesichter zu albernen Grimassen und streckten den Fremden ihre Zungen entgegen. Mitten in der Siedlung standen ein paar Holzkreuze, an denen steifgefrorene Leichen hingen. Aus den aufgeschlitzten Bäuchen hingen die Därme heraus.

„Wir müssen auf alles gefasst sein!", ermahnte Atax seine Getreuen. „Seid stolz, furchtlos und vor allem schlagfertig. Das sind Eigenschaften, welche die Hunnen beeindrucken!"

Vor einer Jurte hielten sie an und stiegen von den Pferden. Davor standen ein paar Männer mit seltsam verformten Schädeln.

Die herrschenden Sippen der Hunnen formten die weichen Köpfe ihrer Säuglinge in die Länge. An diesen Turmschädeln erkannte man die Sippenangehörigen der Kahns, denen jeder Hunne mit großem Respekt begegnete.

„Wer spricht für euch?", fragte einer von ihnen.

Worauf Atax eine paar Schritte auf ihn zuging.

„Wer seid ihr und was führt euch hierher?"

„Man ruft mich Bleda!", antwortete der Alane. „Wir sind auf dem Weg zu Uldin, dem Großkhan aller Hunnen!"

Der Hunne sah Atax abschätzend an.

„Was willst du vandalische Laus vom Khan aller Khane?"

„Ich bringe ihm den Mörder seines Sohnes!"

„Wenn das wahr ist, heiße ich dich willkommen!", entgegnete der Mann. „Sollte es sich aber herausstellen, dass du mich belogen hast, schlage ich dich an ein Kreuz, schlitze dir den Bauch auf und überlasse deine Innereien den Vögeln."

Atax verzog keine Miene.

„Ich sage die Wahrheit, du erbärmlicher Wurf einer kleinwüchsigen Hündin!"

Der Gesichtsausdruck des Hunnen verfinsterte sich schlagartig.

„Ich werde dich lehren, wie man mit einem Khan der Hunnen spricht!", wetterte er los.

„Ein Fürst der Alanen fürchtet keinen kläffenden Köter!", hielt Atax dagegen.

Rar fing auf einmal lauthals an zu lachen, worauf die Umherstehenden in sein Gelächter einstimmten.

„Du hast eine lose Zunge, Alane!", meinte er, nachdem er sich wieder beruhigt hatte. „Gib gut auf sie acht, damit sie dort bleibt, wo sie gerade steckt!

Danach forderte er Atax auf, mit ihm in die Jurte zu gehen. Eine junge, blonde Frau reichte ihnen mit gesenktem Blick zwei Trinkhörner und schenkte heiße Milch ein. Anschließend nahm sie einen Kessel von der Feuerstelle und stellte ihn vor die Füße des Kahns. Mit einem Dolch spießte Rar ein Stück Fleisch daraus auf und verschlang es schmatzend. Sodann forderte er Atax auf, sich zu bedienen.

„Wo habt ihr den Mörder übermannt?", wollte Rar wissen.

„Ich habe ihn den Pruzzen abgekauft!", lautete die Antwort. „Einer seiner Gefährten hat mir für ein paar Silbermünzen verraten, dass er der Sohn von Respendial, dem Khan der Wölflinge ist. Er hört auf den Namen Atax!"

Der Hunne riss seine Augen weit auf.

„Von diesem Respendial und seinem Bastard habe ich schon gehört. Er soll tatsächlich einem Spross Uldins den Bauch bis zum Hals hinauf aufgeschlitzt haben. Es wird dem Großkhan sicherlich große Freude bereiten, wenn ihr ihm den Mörder seines Sohnes ausliefert. Die eigene Mutter wird ihn nicht wiedererkennen, wenn der Khan aller Khane sich an ihm gerächt hat."

Rars Augen fingen auf einmal verdächtig an zu funkeln.

„Meine Männer werden euch zu Uldin führen!"

„Habt Dank, edler Kahn!", antwortete der Alane.

Worauf der Hunne verschlagen grinste.

„Diesem hinterlistigen Kerl ist nicht über den Weg zu trauen!", dachte Atax. „Wenn Rar dem Großkhan den Mörder seines Sohnes übergibt, wird der ihm ewig dankbar sein. Auf dem Weg zu Uldin haben seine Männer genügend Gelegenheiten, um meine Gefährten und mich aus dem Weg zu schaffen!"

Nach dem Essen wurde Atax zu seinen Recken in eine Jurte geführt. Später streifte er allein durch das Lager der Hunnen und nahm es in Augenschein. In der Nähe der Pferdekoppel fütterten ein paar völlig verwahrloste, blonde Männer die Schweine.

„Es sind vermutlich Goten!", mutmaßte Atax.

Danach ging er zum Fluss hinab und stellte fest, dass das Eis dick genug war, um mehrere Reiter zu tragen. Mit dem Einbruch der Dämmerung kehrte er zu den Seinigen zurück.

Nachdem die Alanen sich am nächsten Morgen mit Käse, Fladenbrot und warmer Ziegenmilch gestärkt hatten, trat Atax aus der Jurte und schaute sich um. Zwei Hunnen kamen den Hügel herabgeritten. Es waren die Männer, welche Tags zuvor den Spuren der Alanen gefolgt sind. Sie hielten vor der Jurte des Khans an, stiegen von den Pferden und verschwanden darin. Kurz darauf kam ein älterer Hunne auf Atax zugewackelt.

„Der Khan wünscht euch sofort zu sprechen!", sagte er atemlos, als er vor dem Alanen stand.

„Haben die Fährtensucher unsere Spuren zurückverfolgen können?", fragte sich Atax. „Unmöglich! Es hat immer wieder geschneit und der Neuschnee hat sie verwischt!"

Er schritt auf die Jurte des Khans zu und sah unterwegs ein paar verschmutzte, blauäugige Kinder, wie sie Kübel voller Kot und Urin aus dem Lager schleppten.

Der Hunne kam gleich zur Sache.

„Meine Männer werden diesen Atax und euch zum Großkhan begleiten. Bis zu eurer Rückkehr bleiben eure Begleiter als meine Gäste hier!"

Rar sah Atax abwartend an.

„Ein guter Vorschlag!", meinte der Alane, worauf sich die Miene des Khans aufhellte.

Am Nachmittag ritt Atax mit seinem Gefangenen und ein paar Hunnen aus dem Lager. Mit dem Einbruch der Dämmerung kamen sie in einen Wald und richteten dort ihr Nachtlager her. Als der Tag erwachte, lagen die Hunnen tot im blutroten Schnee. Atax und Etan zogen die Leichen ins Unterholz und verwischten mit Tannenzweigen die verräterischen Spuren. Danach ritten sie in einem großen Bogen um das Lager der Hunnen zurück und erreichten ein paar Tage später wieder den Wald, auf dessen Lichtung ihre Jurte stand.

„Halt! Wer da?", rief jemand mit unverkennbar vandalischen Akzent. „Fürst Atax und ein Gefährte auf dem Weg zu unserer Lagerstatt!", gab sich der Alane zu erkennen.

Ein paar Vandalen traten daraufhin hinter den Bäumen hervor und begleiteten sie zur Waldschneise. Dort standen die Jurten und Zelte des vandalisch-alanischen Heeres. Dazwischen herrschte emsiges Treiben. Als Atax und Etan in ihre Unterkunft eintraten, trafen sie auf Hilde und Gundolf. Die Fürstin der Vandalen sprang auf und fiel Atax freudestrahlend um den Hals. Ihr Bruder staunte nicht schlecht, als er Hilde in den Armen eines sichtlich überraschten Alanen sah. Die Kundschafter berichteten sodann ausführlich, was sie bei den Hunnen erlebt und gesehen hatten.

„Morgen früh werde ich noch einmal aufbrechen, um das Lager der Hunnen auszuspähen!", erklärte Atax. „Ich will die besten Voraussetzungen für den Handstreich erkunden. Der Hügel über dem Lager scheint mir der richtige Ort hierfür zu sein. Solange es schneit, ist die Gefahr gering, dass man mich dort oben entdeckt!"

Der König der Silingen nickte beifällig.

„Ich werde euch begleiten!", verkündete Hilde. „Niemand kennt den Stamm besser als ich!"

Herausfordernd sah sie ihren Bruder an.

„Es macht wohl keinen Sinn, dir das ausreden zu wollen!", meinte er.

„Nein!", lautete die Antwort.

Kapitel VIII

Wetterleuchten

Unter Schafsfellen verborgen, robbten Hilde und Atax den Hügel hinauf, hinter dem das Lager der Hunnen lag. Als sie mitten in der Nacht dort oben ankamen, gruben sie eine tiefe Kuhle in den Schnee und legten sich hinein. Am Morgen sahen sie aus ihrem Versteck auf die Siedlung herab.

„Sie müssen sich sehr sicher fühlen. Ich habe außer bei der Pferdekoppel nirgendwo eine Wache gesehen!", sprach Atax.

„Das war schon immer so!", entgegnete Hilde. „Die Hunnen bewachen nur ihre geliebten Pferde."

Kurz darauf schliefen die beiden Kundschafter nebeneinander ein. Als die Vandalin wieder aufwachte, war es bereits Nachmittag. Sie schaute aus dem Unterschlupf heraus. Ein paar Hunnen ritten, keinen Steinwurf weit von ihr entfernt, den Hügel hinab.

„Sie kommen von der Jagd zurück!", stellte sie erleichtert fest, als sie ein paar tote Schneehasen an den Pferden herabbaumeln sah.

Im Lager der Hunnen ging alles seinen gewohnten Gang. Nach einer Weile legte sich Hilde wieder neben den schlafenden Atax. Als der Alane aufwachte, schauten sie sich in die Augen. Zärtlich streichelte der Alane ihr über die Wangen.

„Ich bin sehr glücklich, dass du mich mitgenommen hast!", flüsterte sie ihm ins Ohr.

„Willst du mir anvertrauen, warum das so ist?"

„Der Khan wird meiner Rache nicht entkommen!", lautete die unversöhnliche Antwort.

„Es gibt sehr viele Hunnen!", gab Atax zu bedenken.

„Wenn wir das Jurtenlager heimgesucht und ihre Frauen sowie Kinder als Geiseln mitgenommen haben, werden sie uns verfolgen. Ihre Rache wird fürchterlicher sein, als du es dir in deinen schrecklichsten Träumen vorzustellen vermagst!"

„Kein Hunne wird uns jemals aufspüren!", behauptete Hilde trotzig.

„Was macht dich da so sicher?"

„Die Prophezeihungen eures Schamanen und unserer Seherin werden sehr bald schon in Erfüllung gehen!"

„Woher willst du das wissen?"

Ihr huschte ein Lächeln über die Wangen.

„Was glaubst du wohl, warum die Könige die Kundschafter und Unterhändler ausgesandt haben?"

Atax dachte einen Moment lang nach.

„Den Aufbruch und Wegzug des gesamten Stammes können sie nicht alleine bestimmen!"

„Richtig!", pflichtete sie ihm bei. „Aber sie bereiten es gerade vor!"

Bei Einbruch der Dunkelheit schlichen sie wieder den Hügel hinab. Hilde und Atax hatten sich dazu entschlossen, nach einem sicheren Ort Ausschau zu halten, um später noch einmal ihr Versteck über dem Hunnenlager aufzusuchen. Danach wollten sie dem König der Silingen ihre Beobachtungen mitteilen. Unter einer Tanne richteten sie ein Nachtlager her.

„Als ich dich zum ersten Mal in Otterburg sah", vertraute Atax ihr an, „wusste ich sofort, dass wir für einander bestimmt sind!"

Er nahm Hilde in die Arme und sie küssten sich voller Leidenschaft. Als er ihr aber unter das Hemd fassen wollte, stieß sie ihn unsanft zurück.

„Was glaubst du wohl, wen du vor dir hast?", rief sie empört. „Das braucht seine Zeit und muss zuvor verdient sein!"

„Wie?", fragte er.

„Ich will den Khan!"

Atax sah in ihre funkelnden Augen, drehte sich wortlos um und schlief bald darauf ein.

„Von dort oben können wir weit in das Land hinausschauen!", sagte er am nächsten Morgen zu Hilde und zeigte auf eine bewaldete Anhöhe, aus der ein Fels herausragte.

Der Alane ritt voraus und sie folgte ihm nach. An die Pferdeschweife hatte er Tannenzweige gebunden, um die Spuren im Schnee zu verwischen. Als sie auf dem Hügel ankamen, stieg er von seinem Hengst, um sich nach einem geeigneten Unterschlupf umzuschauen. Hilde sah in die weiße Landschaft hinaus. Kein einziges Lebewesen war weit und breit zu sehen. Nach einer Weile kam Atax zurück.

„Ich habe eine Höhle entdeckt!", teilte er freudestrahlend mit.

Der Fürst griff nach dem Zügel seines Pferdes und ging voran. Sie führten die Pferde in die Höhle und luden das Gepäck ab. Anschließend ging Atax in den Wald um trockenes Brennholz zu suchen, während Hilde das Nachtlager herrichtete. Nachdem er genügend Holz gesammelt hatte, kehrte der Alane zurück. Auf einem flachen Stein breitete er trockenes Moos aus und stellte ein Holzstäbchen hinein. Geschickt drehte er es zwischen seinen Händen hin und her. Plötzlich fing das Häufchen an zu glimmen. Sachte blies der Alane die Glut an und kurz darauf loderte eine kleine Flamme empor. Rasch legte er noch ein paar Äste hinzu und schon brannte ein wärmendes Feuer in ihrer Behausung. Draußen war es inzwischen dunkel geworden und der Himmel hing voller Wolken, so dass man den aus der Höhle aufsteigenden Rauch nicht sehen konnte. Hilde richtete über der Feuerstelle das Essen her, während er einen Trinkbeutel aus der Satteltasche holte. Der Alane öffnete den Verschluss und trank daraus. Das Obstwasser schmeckte nach Pflaume, kitzelte seinen Gaumen und wärmte ihn gehörig auf. Nachdem Hilde und Atax zusammen gegessen hatten, legten sie sich zum Schlafen auf die ausgebreiteten Felle.

Früh am Morgen stand Atax auf, streckte seine Glieder, trat aus der Höhle und wusch sich im Schnee. Anschließend kletterte er auf den Felsen und schaute über die eingeschneite Landschaft hinweg. Ein Adler zog einsam am Himmel seine Kreise. Der Wind hatte in der Nacht gedreht und blies von Süden. Es war spürbar wärmer geworden. Mit ein paar trockenen Ästen kehrte er in ihre Behausung zurück, wo Hilde schlafend neben dem erloschenen Feuer lag. Atax warf ein paar Äste in die Glut und legte sich neben die Vandalin. In diesem Moment wachte sie auf.

„Ich habe heute Nacht von den Weissagungen eures Schamanen geträumt!“, vertraute sie ihm an. „Sie sind allesamt in Erfüllung gegangen!“

„Alle?“, fragte er erwartungsvoll.

Hilde sah ihn forsch an.

„Wenn es jemals soweit kommen sollte, dass wir einen Bund fürs Leben schließen, wirst du es rechtzeitig von mir erfahren!“

„Dann bliebe nur noch die letzte Vorhersage übrig!“, frohlockte er „Die gemeinsame Wanderung unserer Stämme bis an das Ende der Welt!“

„Ich glaube“, sagte sie verhalten, „die hat bereits begonnen!“

Auf einmal setzte sie sich hin und zog das Hemd aus. Sprachlos schaute Atax ihr dabei zu.

„Du bist sehr schön!“, flüsterte er und fing damit an, Hilde zu liebkosen.

Die Vandalin erwiderte seine Zärtlichkeiten. Voller Verlangen gaben sie sich gegenseitig hin und in einem wogenden Miteinander fanden sie zugleich die Erfüllung.

Mitten in der Nacht wachte das verliebte Paar auf. Sie beschlossen, noch einmal das Versteck auf dem Hügel über dem Hunnenlager aufzusuchen. Als sie dort oben ankamen, stellten sie fest, dass die Kuhle mit Schmelzwasser vollgelaufen war. Da es bereits tagte, legten sie sich daneben in den aufgeweichten Schnee und verbargen sich unter einem Schafsfell. Den ganzen Tag über beobachteten sie das Treiben im Jurtenlager. Die Sonne hatte ihren höchsten Stand am Himmel bereits überschritten, als Hilde eine folgenschwere Entdeckung machte. Neben der Pferdekoppel hielten sich ständig ein paar Hunnen auf. Ab und zu urinierten sie immer an der gleichen Stelle.

„Dort wo der Hunne gerade hinpinkelt, befindet sich das Erdloch mit den männlichen Geiseln!“, behauptete sie.

„Woher willst du das wissen?“, fragte Atax verwundert. „Ich habe bei meinem Streifzug durch das Lager nichts dergleichen gesehen und kann auch von hier oben keine Grube entdecken!“

„Die Männer an der Koppel bewachen jedenfalls nicht nur die Pferde!“, erklärte die Fürstin. „Ich habe den ganzen Morgen über keinen einzigen Goten im Lager gesehen und irgendwo müssen sie ja stecken!“

Atax schaute noch einmal genauer hin. Ein Balken ragte an der besagten Stelle aus dem aufgetauten Schnee.

„Du hast vermutlich recht!", murmelte er und drehte sich zu Hilde um.

Der Vandalin liefen ein paar Tränen über die Wangen. Er wollte gerade danach fragen, was sie bedrückte, als Signale zu hören waren. Auf einmal war das ganze Lager auf den Beinen. Die Hunnen liefen aus den Jurten und schauten nach Süden. Von dort kamen ein paar Reiter daher. An den mitgeführten Packpferden baumelten leblose Körper herab. Die Schar hielt vor der Jurte des Khans an, wo Rar sie schon erwartete. Er hob nacheinander die Köpfe der Toten hoch und sah in ihre Gesichter. Danach verschwand er in seiner Behausung. Die Reiter stiegen zögerlich von den Pferden, legten die Leichen in den Schnee und folgten dem Khan nach.

„Das gefällt mir überhaupt nicht!", erklärte Atax. „Sie haben vermutlich die toten Recken gefunden, die Etan und mich zum Großkhan bringen sollten!"

Kurz darauf kamen die Hunnen wieder aus der Jurte gelaufen, sprangen auf ihre Pferde und galoppierten auf dem gleichen Weg zurück, wie sie gekommen waren.

„Sie reiten zu Uldin, um nachzusehen wo wir abgeblieben sind!", mutmaßte Atax. „Wenn sie zurückkommen, werden meine Gefährten nicht mehr lange leben!"

Bei hereinbrechender Dunkelheit schlichen Hilde und Atax wieder den Hügel hinab, holten ihre Pferde aus dem Wald, ritten die bewaldete Anhöhe hinauf und suchten noch einmal die Höhle auf.

Als sie von den Pferden stiegen, hörte der Alane deutlich wie die Vandalin sagte: „Ich werde den Khan den Wölfen überlassen!"

Am frühen Morgen sattelte Atax sein Pferd. Hilde sah ihm dabei schweigend zu.

„Ich werde zu deinem Bruder reiten!", kündigte der Alane an. „Er muss das Lager angreifen, bevor die Hunnen vom Großkhan zurückkehren."

Immer wieder kletterte Hilde in den kommenden Tagen auf den Felsen, um Ausschau zu halten. An einem herrlichen Wintertag entdeckte sie drei dunkle Flecken im Schnee, welche schnell näher kamen. Kurz darauf erkannte sie zwei Reiter, die einen Hirsch jagten. Von einem Pfeil getroffen, überschlug sich das Tier und blieb zuckend liegen. Die Jäger waren sofort zur Stelle und vollendeten ihr Waidwerk.

„Wahrscheinlich sind es Hunnen!", murmelte Hilde.

Sie drehte sich um und suchte den Horizont ab. Weit entfernt konnte sie viele, kleine Punkte erkennen. Beunruhigt wandte sie sich wieder den Jägern zu. Die waren damit beschäftigt, den erlegten Hirsch auf ein Pferd zu wuchten.

„Von dort können sie das nahende Heer der Silingen und Alanen noch nicht sehen!", stellte sie erleichtert fest.

Hilde sah dabei zu, wie sich die Hunnen davonmachten und in der eingeschneiten Landschaft verschwanden. Eine große Anspannung war von ihr gewichen. Erneut blickte sie nach Norden. Ständig blitzte dort etwas auf.

„Es sind die im Sonnenlicht reflektierenden Waffen der allmählich näher kommenden Recken!", vermutete sie.

Die Fürstin stieg in aller Eile vom Felsen und ritt dem Heer entgegen. Zuerst traf sie auf die Vorhut und kurz darauf auf den Tross. Neben ihrem Bruder reihte sie sich in den Zug ein. Die Geschwister unterhielten sich miteinander.

„Du hast es mir versprochen!", rief sie empört.

Hilde schaute Gundolf entrüstet an. Der schüttelte hilflos den Kopf.

„Ich weiß!", sagte er. „Ich habe dir mein Wort gegeben. Möge Gott der Allmächtige dafür sorgen, dass es eine weise Entscheidung war."

Als die Dunkelheit sich allmählich über das Land legte, kam der Heerzug der Silingen und Wölflinge unter dem Aussichtsfelsen an. Widukind und Atax wießen ihre Männer an, sich auszuruhen und weitere Anweisungen abzuwarten. Danach betraten sie zusammen mit Gundolf und Hilde die Höhle.

„Wir werden übermorgen das Lager der Hunnen angreifen und dem Erdboden gleich machen!", kündete Gundolf an. „Außer dem Khan und seiner Sippe wird kein Recke verschont. Ihre Frauen und Kinder nehmen wir als Geiseln mit nach Otterburg!"

Er kniete sich hin und ritzte mit seinem Dolch einen Plan in die Erde. Als die Besprechung zu Ende war, strahlte Hilde ihren Bruder sichtlich zufrieden an.

„Sie versteht es, dem König der Vandalen ihren Willen aufzubürden!", stellte Atax bewundernd fest und bat Gundolf um ein Gespräch unter vier Augen.

„Was habt ihr auf dem Herzen?", fragte der König der Silingen, nachdem sie die Höhle verlassen hatten.

„Ich werde morgen einen Boten zu meinem Vater schicken, um ihn über unsere Absichten zu unterrichten!", teilte der Alane mit. „Er würde liebend gern an der nächsten Heeresversammlung der Silingen teilnehmen. Vater ist fest davon überzeugt, dass unsere Stämme eine gemeinsame Zukunft haben!"

„Es wäre mir eine Freude und Ehre zugleich, den Khan der Wölflinge am Thing der Silingen begrüßen zu können!", entgegnete Gundolf.

Freundschaftlich legte er seine Hände auf die Schultern von Atax.

„Doch zuvor", sprach der Vandale, „werden wir diesem Rar unsere Aufwartung machen!"

Sie teilten das Heer in zwei gleiche starke Verbände auf. Unter der Führung von Atax ritten die Alanen und ein Teil der Silingen nach Osten. Der Fürst hatte die Aufgabe übernommen, die Jurtensiedlung weitläufig zu umgehen, um vom Süden her anzugreifen, während Widukind mit den verbliebenen Vandalen vom Norden in das Hunnenlager einfallen wollte.

Die Nacht vor dem Waffengang war hereingebrochen. Im Schutze der Dunkelheit formierten sich die Vandalen und Alanen. Hilde ritt mit ihrem Bruder und ein paar Roten den Hügel hinauf, von dem sie das Lager ausgespäht hatte. In der Siedlung herrschte völlige Ruhe. Nur in der Nähe der Pferdekoppel brannte ein Feuer. Als der Tag erwachte, waren die Hunnen eingekreist.

Ein paar Vandalen schlichen sich an die Wachen bei der Koppel heran. Die saßen ahnungslos am Lagerfeuer und unterhielten sich arglos. In der Morgendämmerung schnitt man ihnen die Kehlen durch und der Schnee färbte sich an diesem Tag zum ersten Mal blutrot. Kurz bevor die Sonne aufging, reichte ein Roter dem König der Silingen eine Lanze. Daran flatterte das Banner mit dem Schildzeichen seiner Sippe. Eine schwarze Adlerkralle auf gelben Grund. Gundolf stand weithin sichtbar auf der Anhöhe und schwenkte es in den ersten Sonnenstrahlen über seinem Haupt hin und her. Es war das vereinbarte Zeichen für den Angriff.

Die Pferde wurden daraufhin aus der Koppel getrieben und gleichzeitig flogen hunderte Brandpfeile zischend auf die Jurten hernieder. Die fingen sofort Feuer und die herauslaufenden Hunnen wurden von einem zweiten Pfeilhagel in Empfang genommen. Der Tod hatte damit begonnen, eine reiche Ernte einzufahren. Jetzt ertönten die Hörner der Vandalen und Alanen, welche von allen Seiten in die Siedlung eindrangen. Die um ihr nacktes Leben kämpfenden Hunnen hatten nicht den Hauch einer Chance. Südlich des Lagers bildeten die Bogenschützen der Vandalen eine lose Reihe, die jeder Flüchtende durchbrechen musste. Eine kluge Maßnahme, wie sich sehr bald schon herausstellen sollte. Während die Silingen die Weisungen ihres Königs befolgten und sogar Weiber, welche mit einer Waffe in der Hand Widerstand leisteten konnten, nicht töteten, machten die Alanen alles nieder, was sich ihnen in den Weg stellte.

Mitten im Kampfgetümmel entdeckte Atax den Khan. Um ihn herum hatten sich einige Hunnen geschart. Die schossen mit Reflexbögen zielsicher ihre Pfeile auf die angreifenden Vandalen und Alanen ab. Atax erfasste die kritische Situation, zügelte sein Pferd, griff nach dem Horn und blies hinein. Seine Recken hörten das Signal und schauten zu ihm. Ihr Fürst schoss in diesem Augenblick einen Pfeil auf die Bogenschützen um den Khan ab. Kurz darauf deckten hunderte Geschosse das vorgegebene Ziel ein. Die Wirkung war verheerend!

Rar wurde von einem Pfeil in den Unterarm getroffen. Viele seiner Recken lagen tot oder verletzt neben ihm im Schnee. Nur wenige Hunnen standen noch aufrecht da und kämpften verzweifelt weiter. Im vollen Galopp und mit gezogenem Schwert ritt Atax auf den Khan zu. Im letzten Moment hatte der Alane die Klinge gedreht, so dass der Hunne von der stumpfen Seite am Kopf getroffen wurde. Wie ein gefällter Baum fiel er um und blieb regungslos liegen. Der verzweifelte Widerstand der Hunnen hatte sich in eine heillose Flucht verwandelt. Sie versuchten aus der tödlichen Umklammerung zu entkommen. Die Meisten flüchteten nach Süden, wo sie von den Pfeilen der vandalischen Bogenschützen empfangen wurden. Gundolf und Hilde verfolgten das Gemetzel vom Hügel aus. Als der ungleiche Kampf sich allmählich dem Ende zuneigte, jagte die Fürstin auf ihrem Hengst die Anhöhe hinab. Ihr Bruder befahl sofort zwei Roten seiner Schwester zu folgen und auf sie acht zu geben. Die Fürstin hielt direkt auf die Grube an der Pferdekoppel zu. Atax sah sie herunterkommen, erkannte sogleich ihre Absicht und lenkte sein Pferd in dieselbe Richtung. Miteinander kamen sie an der Koppel an. Aus der Grube hörte man schwaches Rufen. Sie sprangen von den Pferden und wuchteten die schweren Balken über dem Erdloch zur Seite. Ein bestialischer Gestank schlug ihnen entgegen. Die Fürstin sah als Erste hinab. Aufgequollene Leichen lagen dort in einer stinkenden Brühe. Daneben standen, saßen oder lagen zerlumpte, völlig abgemagerte Goten und die beiden Gefährten von Atax. Die Fürstin schrie entsetzt auf und hielt sich schockiert die Hände vor das Gesicht. Ohne einen Moment zu zögern, sprang Atax in die Grube und hob mit seinen Männern die entkräfteten Goten und Toten aus dem Loch. Fassungslos stand Hilde da, als sie die Leiche ihres Mannes vor sich liegen sah. Tränen liefen ihr über das blasse Gesicht. Atax nahm sie am Arm und führte sie von diesem Ort des Schreckens fort.

Einige der befreiten Gotinnen hatten den Verstand verloren. Sie starrten schweigend vor sich hin oder lallten sinnlose Worte. Andere warfen sich vor die Füße ihrer Erlöser und küssten sie voller Dankbarkeit. Eine Frau konnte sich kaum noch auf den Füßen halten. Ihre Beine waren vom Schambereich abwärts mit Blut verschmiert. Die Weiber und Kinder der Hunnen wurden in der Pferdekoppel zusammengetrieben. Ein Horn ertönte, worauf sich die Vandalen und Alanen vor der abgebrannten Jurte des Khans versammelten. Der saß mit seinen Angehörigen davor im Schnee. Um sie herum hatte Widukind mit seinen Roten einen schützenden Kreis gebildet und die befreiten Gotinnen verlangten lautstark die Auslieferung ihrer Peiniger, als Hilde mit Atax erschien. Der Fürstin war das Entsetzen über das was sie am Erdloch erlebt und gesehen hatte, noch in das Gesicht geschrieben. Als die Gotinnen die Vandalin erkannten, verstummten ihre Rufe und die Leidgeprüften bildeten eine Gasse. Hilde und Atax schritten hindurch und gingen geradewegs auf den König der Silingen zu. Gundolf nahm seine Schwester tröstend in die Arme.

„Lasst die Fürstin zum Khan!", rief der König seinem Hauptmann zu.

Worauf Widukind zur Seite trat und Hilde auf Rar zuging. Der saß regungslos mit gesenktem Haupt da. Die Vandalin griff energisch unter sein Kinn und hob es ruckartig nach oben, so dass er sie anschauen musste. Ihre Augen blitzten bedrohlich auf.

„Steh auf! Du Hund! Wenn eine Fürstin der Vandalen mit dir spricht!"

Nachdem der Khan sich gemächlich erhoben hatte, versetzte sie ihm eine schallende Ohrfeige.

„Eine unerträgliche Kränkung für einen Hunnen, von einem Weib so gedemütigt zu werden.", dachte Atax.

Die Gotinnen stießen Freudenschreie aus, während Rar die Fürstin hasserfüllt ansah. Im nächsten Augenblick stürzte er sich auf die Vandalin. In der Vorwärtsbewegung verspürte er einen stechenden Schmerz an seinem Geschlechtsteil. Erschrocken hielt er inne und schaute an sich herab. Hilde hielt einen Dolch in der Hand und seine Hose färbte sich blutrot. Als Rar sie wieder ansah, spuckte Hilde ihm verächtlich in das Gesicht. Doch dieses Mal beherrschte er sich. Die Fürstin drehte sich auf der Stelle um und schritt auf ihren Bruder zu.

„König der Vandalen! Ich fordere Gerechtigkeit!", rief sie ihm entgegen. „Der Khan der Hunnen hat meinen Mann gekreuzigt und mir meinen Sohn weggenommen!"

Einen Augenblick lang war es totenstill.

„Was verlangst du?", fragte ihr Bruder.

„Ich will Rar und seine Brut geknebelt den Wölfen überlassen!"

„Eine unversöhnliche Frau!", stellte Atax sogleich fest.

Er wusste, dass die Hunnen daran glaubten, dass sie nicht in den himmlischen Wind reiten und eines Tages von dort wieder auf die Erde zurückkehren werden, wenn sie gefesselt sterben. Mit weit aufgerissenen Augen stand der Kahn da und starrte die Vandalin fassungslos an.

„Ich überlasse Rar und die Seinigen eurer Bestrafung!", lauteten die Worte von Gundolf. Hilde huschte ein triumphierendes Lächeln über das Gesicht. Danach ging sie zu den Gotinnen.

In diesem Augenblick rief eine Kinderstimme: „Mutter!"
Die Fürstin blieb wie versteinert stehen und drehte sich langsam um. Ein verwahrloster Knabe sah sie mit seinen großen, blauen Augen an. Beide liefen aufeinander zu und fielen sich überglücklich in die Arme. Eine strahlende Mutter hielt ihren kleinen Sohn hoch und drehte sich mit ihm, immer und immer wieder im Kreis.

Der König hatte Widukind angewiesen, alle überlebenden Hunnen, die befreiten Geiseln, Sklaven und Toten zu zählen. Wie sich herausstellen sollte, waren dreißig Silingen und fünf Wölflinge gefallen. Über zweihundert Hunnen lagen leblos im Schnee und dreiundsechzig Geiseln sowie fünfzig Sklaven wurden befreit. Insgesamt hatten die Vandalen und Alanen sechshundertundsiebzig hunnische Weiber und Kinder gefangen genommen. Man warf die toten Hunnen in die Grube bei der Pferdekoppel, während die gefallenen Alanen und Vandalen in Felle gewickelt wurden. Auf dem Rückweg erhielten sie eine Feuerbestattung oder wurden wegen des tief gefrorenen Bodens unter einem Steinhaufen begraben.

Als die Nacht hereinbrach, brannten viele Lagerfeuer in der völlig zerstörten Jurtensiedlung. Auf Weisung von Gundolf und Atax gab es keine Siegesfeier. Man wollte am nächsten Morgen sehr früh aufbrechen, um ausgeruht den beschwerlichen Heimweg antreten zu können. Die Gefahr war groß, dass Jäger oder Händler das abgebrannte Lager entdecken und die alarmierten Hunnen den Tross verfolgen und womöglich einholen könnten. Eine lange Kolonne zog mit dem Aufgang der Sonne nach Norden. Gundolf hatte Widukind mit einer Hundertschaft als Nachhut zurückgelassen. Er hatte Weisung, die Gegend nach versprengten Hunnen abzusuchen. Eine unnötige Vorsichtsmaßnahme, wie sich bald schon herausstellte. Außerdem sollten sie die Männer abfangen, welche Rar zum Großkhan aussandte. Zwei Tage nach dem Überfall kamen sie tatsächlich zurück. Keiner von ihnen überlebte das Aufeinandertreffen mit den Vandalen.

Hilde war mit Rar und seinen Versippten im Lager zurückgeblieben. Ein paar Gotinnen und die befreite Sklavin des Khans hatten sich ihr angeschlossen. Jene war die Tochter eines gotischen Ältesten, dessen Flecken von den Hunnen überfallen worden war. Der Khan hatte die junge Frau verschleppt und mit Gewalt gefügig gemacht.

„Steht auf und steigt auf eure Pferde!", forderte Hilde die an den Händen geknebelten Hunnen auf. Die unternahmen keinerlei Anstalten ihrer Aufforderung Folge zu leisten. Ein Turmschädel grinste die Vandalin unverschämt an und spuckte verächtlich vor ihr aus. Hilde zog blitzschnell ihren Dolch und stieß ihm die Klinge mitten ins Herz. Der Hunne fiel tot in den Schnee, wo sich eine rote Lache ausbreitete. Die anderen waren aufgesprungen und wackelten auf ihren krummen Beinen zu den Pferden.

Die Schar erreichte gegen Abend den Wald, auf dessen Lichtung das Heer der Silingen und Wölflinge noch vor wenigen Tagen gelagert hatte. Die Frauen banden die Hunnen an Bäume und schlachteten eines ihrer Pferde. Das Fleisch legten sie auf einer Waldschneise aus. Eine Witterung, die jedes Raubtier in der näheren und weiteren Umgebung aufnehmen musste. Danach sammelten sie Brennholz, entfachten ein Feuer, richteten das Lager für die Nacht her und stärkten sich erst einmal. Als der Mond über den Bäumen emporstieg, fingen ganz in der Nähe Wölfe an zu heulen. Kurz darauf konnte man ihre leuchtend gelben Augen in der Dunkelheit sehen. Einer der Hunnen fing an um sein Leben zu winseln, doch die Frauen schenkten seinen erbärmlichen Versprechungen keinerlei Beachtung. Mit dem Anbruch des Tages packten sie ihre Sachen zusammen. Ein Wolfsrudel ließ sie dabei keinen Augenblick aus den Augen. Sie stiegen auf die Pferde und ritten davon. Als die Schar aus dem Wald kam, hörten sie die Todesschreie der Hunnen. Am Abend holten sie den Tross ein. Schweigend ritt Hilde neben Atax her.

Nach einer Weile fragte der Alane: „Ist er tot?"

„So gewiss, wie ich lebe!"

In Waldenburg erwartete das zurückgekehrte Heer ein Bote von König Tharwold. Er überreichte Gundolf eine Botschaft. Nachdem man sich einen Tag und eine Nacht lang von der beschwerlichen Reise erholt hatte, zog der Tross weiter nach Otterburg. Der Lenz hatte in den Gauen der Silingen Einzug gehalten. Alle Flecken, durch die sie unterwegs kamen, waren verlassen und die Felder lagen brach. Gundolf wies seine Roten an, sämtliche Häuser, Hütten und Stallungen abzufackeln. Kein Hunne sollte ein festes Dach über dem Kopf oder etwas Essbares in den Gauen der Silingen vorfinden. So waren sie gezwungen sich selbst zu versorgen, was ihre Bewegungsfreiheit zwangsweise einschränkte. Eine berittene Hundertschaft ließ Gundolf in Waldenburg zurück. Sie hatte Weisung, die Nachhut von Widukind mit frischen Pferden zu versorgen, um danach zum Tross aufzuschließen.

Eine Woche nach dem Überfall kamen Jäger in das verlassene und zerstörte Lager der Hunnen. Der alarmierte Großkhan schickte sofort eine Reiterhorde hinter den Silingen und Wölflingen her, um die Geiseln zu befreien. Gleichzeitig rief er die Recken aus allen Jurtenlagern zum Feldzug zusammen. Die vorauseilenden Hunnen wurden in gut vorbereiteten Hinterhalten der vandalischen Nachhut vollständig aufgerieben.

Zu Beginn des Lenzes erreichte ein hunnisches Reiterheer das Ufer der Weichsel. Der Fluss führte Hochwasser, so dass man ihn erst Tage später überwinden konnte. Die Hunnen fielen in ein verlassenes und verwüstetes Land ein, immer auf der Suche nach etwas Essbarem und den wie vom Erdboden verschluckten Vandalen und Alanen.

Kapitel IX

Aquileia

Wenden wir uns wieder dem jungen Vandalen Farold zu, der auf seiner Reise durch das römische Imperium vieles zu sehen bekam und einiges erlebte.

Als ich mich von Marcellus, Widukind und Vater in Carnuntum verabschiedet hatte, reiste ich mit den römischen Händlern nach Süden. Ich ritt hinter dem Wagen her und nahm die Landschaften, durch die wir kamen, neugierig in Augenschein. Immer mehr Menschen waren auf der Bernsteinstraße unterwegs. Auf dem Weg an das Mare Adriaticum stiegen wir stets in einer der zahlreichen *mansiones* entlang der gut ausgebauten Fernstraßen ab. Vor *Poetovio*[46] schlängelte sich die Straße zwischen grünen Hügeln hindurch und im Westen erhob sich ein gewaltiges Bergmassiv. Schließlich kamen wir nach *Emona*[47]. Die Stadt war überfüllt mit Legionären. In dieser Nacht lagerten wir auf dem Marktplatz. Unter dem Reisewagen hatte ich es mir bequem gemacht und hörte interessiert der Unterhaltung eines Händlers mit einem Offizier zu. Es ging dabei um die Goten, ihren König Alarich sowie den Reichsverweser und obersten Heermeister der Römer, Flavius Stilicho. Die Rede war von Krieg, was mir die Anwesenheit der vielen Legionäre in der Stadt erklärte.

Die Tage waren kurz und die Nächte lang. Noch in der Dunkelheit brachen wir auf und mit dem Anbruch des Tages stieg die Straße steil bergan. Schließlich erreichten wir einen Pass, auf dem ein hoher Turm und mächtige Wehranlagen standen.

46 *Ptuj/Slowenien*
47 *Ljubljana/Slowenien*

Mehrere Legionäre versperrten uns den Weg und fragten meine Begleiter nach dem Zweck sowie dem Ziel unserer Reise. Ich schaute mich währenddessen um und entdeckte über dem Portal des Turms eine in Stein gemeißelte Inschrift. In großen Buchstaben stand dort geschrieben: *Ad pirum*[48].

Am Horizont konnte ich eine schimmernde Fläche ausmachen.

„Das muss das Mare Adriaticum sein!", vermutete ich.

Als wir den Bergsattel hinter uns gelassen hatten, kamen wir in ein fruchtbares Tal und bald darauf in eine Tiefebene. Es war spürbar wärmer geworden.

„Dort vorne seht ihr die Stadtmauern von Aquilea!", rief mir ein Sklave gut gelaunt zu und trieb die Pferde zu einer letzten Anstrengung an.

„Wo ist das Meer?", fragte ich ihn, nachdem ich es nirgendwo entdecken konnte.

„Hinter der Stadt!", lautete seine Antwort.

Eine kreischende Möwe flog in diesem Moment über mich hinweg. Schließlich kamen wir an ein mächtiges Stadttor, vor dem etliche Legionäre standen. Nachdem die Händler ein paar Worte mit ihnen gewechselt hatten, ließen sie uns anstandslos passieren. Unterwegs hatte ich schon einige römische Städte gesehen, doch keine hatte so eindrucksvolle Bollwerke wie Aquileia. Die Häuser aus Stein ragten bis zu drei Stockwerke schwindelerregend in die Höhe. Wir kamen an Palästen, spitz zulaufenden Türmen, ausladenden Plätzen sowie prächtigen Gebäuden vorbei. Einer meiner Begleiter nannte Worte, die ich noch nie zuvor gehört hatte: „Forum, Obelisk oder Amphitheater."

„Das alles haben die Römer erschaffen!", stellte ich tief beeindruckt fest.

Auf einmal stand ich vor einem verschlossenen Portal. Ein Sklave sprang vom Wagen und schlug mit der Faust kräftig dagegen, worauf ein Mann aus einer eingelassenen Pforte trat. Als er meine Reisegefährten erkannte, öffnete er das Portal. Der Wagen fuhr hindurch und ich folgte ihm auf Zottel nach. Kurz darauf befand ich mich in einem geräumigen Innenhof.

---

48 Zum Birnbaum/Pass in Slowenien

Auf beiden Seiten befanden sich Lagerhallen sowie Werkstätten und vor mir lag eine prächtige *villa*. Eine breite Treppe führte an ihr hinauf. Auf den Stufen standen zwei Römer, die unsere Ankunft beobachteten. Plötzlich rannten zwei Mädchen aus dem Anwesen. Auf der obersten Treppenstufe blieben sie stehen und schauten neugierig herab. Hinter ihnen tauchte eine elegant gekleidete Frau auf.

„Wer ist das?", fragte ich einen Händler.

„Gisella Aurelius, die Frau von Marcellus!", antwortete er. „Die beiden Mädchen sind eure Basen Ina und Susana. Auf der Treppe steht der erste Kaufmann eures Oheims, Servius Cordius und Titus Rufius, der oberste Buchhalter."

Ich stieg vom Pferd und schaute zu meinen römischen Versippten hinauf. In diesem Moment nahm ich wahr, dass die Frau von Marcellus mich musterte.

„Irgendetwas muss ihre Aufmerksamkeit für mich geweckt haben!", dachte ich. „Wahrscheinlich ist es mein ungewöhnliches Äußeres."

Sie stieg die Treppe herab und schritt geradewegs auf mich zu. Die Mädchen hüpften ihr hinterher.

„Seid willkommen, Germane!", sagte sie, als sie vor mir stand.

Verunsichert sah ich sie an.

„Mein Oheim lässt euch herzlich grüßen!"

„Wer ist euer Oheim?"

„Marcellus Aurelius!"

„Dann bist du sicherlich Farold, der Sohn von Adalhard und Aurelia!"

Ich nickte.

„Wie geht es deinen Eltern?"

„Es geht ihnen gut!"

„Heißt euren Vetter willkommen!", forderte Gisella ihre Töchter auf, die mich neugierig beäugten.

„Lass dich anschauen!", waren ihre nächsten Worte. „Die dunkelbraunen Augen und schwarzen Haare sind zweifelsohne römischer Herkunft, während die kräftige Statur deine germanische Abstammung verrät."

Die Frau meines Oheims war ein herzensguter Mensch. Das verspürte ich sogleich. Sie war von kleinem Wuchs und etwa dreißig Winter alt. Vom ersten Tag an, fühlte ich mich in der Sippe meines Oheims wie zu Hause. Gisella und ihre Töchter stiegen mit mir die Treppe zur *villa* hinauf. Vor Servius Cordius und Titus Rufius blieben wir stehen und sie stellte mich vor. Kurz darauf traten wir durch eine offenstehende Tür in das Wohnhaus. Der Fußboden bestand aus vielen, kleinen, bunten Steinchen und die Wände waren mit farbigen Landschaftsbildern bemalt. Sprachlos stand ich da und schaute mich staunend um. Ina und Susana zogen mich in einen noch prachtvolleren Raum. Dort befand sich ein Tisch aus rotem Stein und einige Liegen, auf denen bunte Kissen lagen. Durch große Glasfenster fiel das Tageslicht hell herein. Überall standen kostbare Vasen sowie formvollendete Marmorskulpturen und farbenfrohe Zierpflanzen verliehen dem Raum eine ganz besondere Atmosphäre. Vom Fußboden strahlte eine angenehme Wärme aus und im offenen Kamin brannte ein Feuer. Kaum hatte ich mich auf eine Liege gesetzt, saß auch schon Ina neben mir. Die kleine Susana sah mich forsch an und nahm an meiner freien Seite Platz. Ihre Mutter hatte es sich in der Zwischenzeit auf einer Liege bequem gemacht. Glücklich und zufrieden sah sie uns an, als eine dunkelhäutige, junge Sklavin den Raum betrat.

„Eine Afrikanerin!“, stellte ich verblüfft fest.

Mutter hatte mir schon des Öfteren von Menschen mit schwarzer Hautfarbe erzählt, aber so richtig vorstellen konnte ich mir das eigentlich nicht. Fasziniert betrachtete ich dieses wunderbare Geschöpf. Die geschmeidige Haut, die strahlend weißen Zähne und gekräuselten Haare wirkten auf mich äußerst reizvoll. Sie stellte ein Tablett auf den Tisch und reichte mir einen gefüllten Becher. Das Getränk schmeckte nach Milch und Erdbeere. Als sie wieder gegangen war, wollte Gisella von mir wissen, warum ihr Mann nicht mitgekommen sei und wo er sich derzeit aufhielte. In allen Einzelheiten erzählte ich seiner Frau und meinen Basen, was sich seit seiner Ankunft in Hirschberg zugetragen hatte. Gelegentlich stellte sie mir ein paar Fragen, während die Mädchen ab und zu kicherten.

„Vermutlich ist mein Latein nicht das Allerbeste!“, schloss ich daraus.

Nachdem ich alles berichtet und viele Fragen beantwortet hatte, sagte Gisella zu ihren Töchtern: „Euer Vater kommt erst im Frühjahr wieder nach Hause!“

Mit traurigen Augen sahen die Mädchen mich an.

„Bis dahin werden wir aus eurem Vetter einen richtigen Römer machen!", verkündete ihre Mutter gut gelaunt. „Wir fangen gleich damit an! Zuerst werden wir Farold den Schmutz von der Straße abwaschen!"

Sie klatschte in die Hände, worauf die Dunkelhäutige wieder erschien. Die Hausherrin flüsterte ihr ein paar Worte zu. Das bezaubernde Wesen ging auf mich zu und verbeugte sich vor mir. Ich wusste in diesem Augenblick nicht, wie ich mich verhalten sollte und sagte: „Salve!"

Ina und Susanna fingen an zu kichern und der Sklavin huschte ein flüchtiges Lächeln über die Wangen.

„Begleitet euren Vetter in die Thermen!", forderte Gisella ihre Töchter und die Afrikanerin amüsiert auf.

Wir gingen gemeinsam durch den Flur und betraten eine Kammer. Darin stand eine Bank, auf der ein paar Leintücher lagen. Ich schaute mich suchend um, doch nirgendwo konnte ich ein Waschbecken oder einen Kübel Wasser entdecken. Auf einmal liefen meine Basen davon. Abwartend setzte ich mich auf die Bank und betrachtete die Sklavin. Plötzlich kniete sie sich vor mich hin und öffnete geschickt meine Gürtelschnalle. Fassungslos ließ ich sie gewähren. Als die Dunkelhäutige mich vollständig ausgezogen hatte, reichte sie mir ein Leintuch und forderte mich auf, es um meine Taille zu binden. Danach streifte sie ungeniert ihr Hemd vor mir ab. Ihre Brüste waren fest und ihr Körper makellos. Völlig verwirrt, wusste ich in diesem Moment nicht, was ich tun oder besser lassen sollte. Allem Anschein nach, hatte sie meinen Gemütszustand bemerkt. Sie band sich ein Tuch um, nahm meine Hand und betrat mit mir den benachbarten Raum. Darin befand sich ein Badebecken. Mit einer Kelle schöpfte sie Wasser und goss es über meinem Haupt aus. Anschließend stiegen wir gemeinsam in das Becken. Nachdem sie mich mit einem Schwamm gewaschen hatte, ging die Sklavin die Stufen wieder hinauf und ich folgte ihr nach. Wir kamen in einen Baderaum, in dem sich ein größeres Becken befand. Sie forderte mich auf hineinzusteigen, setzte sich auf eine Bank und schaute mir beim Baden zu. Später leerte die Dunkelhäutige erneut einige Schöpflöffel Wasser über mir aus und trocknete mich anschließend mit einem Leintuch ab.

„Man ruft mich Mercedes!", stellte sie sich vor.

„Junger Herr! Legt euch bitte auf die Liege dort, denn ich will euch mit einem duftenden Öl einreiben."

Ihre Stimme hatte einen merkwürdigen Klang, der allerdings zu ihrer exotischen Erscheinung passte. Während der wohltuenden Behandlung schlief ich erschöpft von der langen Reise und müde von den Wechselbädern ein. Nachdem ich wieder aufgewacht war, zog ich mir eine *tunicae* über. Danach reichte mir Mercedes wortlos eine kleine Bürste und ein Keramiktöpfchen. Ich hatte keine blasse Ahnung, was ich damit anfangen sollte und schaute sie hilfesuchend an.

Sie lächelte verständnissvoll und zeigte mir, wie man damit die Zähne pflegt. Anschließend band sie sich ein Lederband um die Brüste und zog eine ärmellose *tunicae* an, die ihr bis zu den Fußknöcheln reichte. Zu guter Letzt legte sie sich einen reichlich verzierten Gürtel um die schlanke Taille und strählte sich mit einem Kamm ihre gekräuselten Haare. Vor mir stand eine betörend schöne Frau.

„Was schaut ihr mich so merkwürdig an?", fragte Mercedes, als sie meine bewundernden Blicke wahrnahm. „Habt ihr noch nie zugesehen, wie sich eine Frau ankleidet und zurechtmacht?"

„Gewiss!", kam es mir über die Lippen. „Aber die Unsrigen ziehen sich völlig anders an."

„Tragen die Vandalinnen denn keine *tunicae*?"

„Nein!"

„Was dann?"

„Hemden aus Wolle, lange Röcke und Felle!"

Sie sah mich mit großen Augen an und fing auf einmal an zu kichern.

„Was ist daran so komisch?"

„Eure Frauen kleiden sich tatsächlich mit Tierhäuten?"

„Gewiss!"

Worauf sie einen herrlichen Lachanfall bekam.

„Wo stammt ihr her?", fragte ich, nachdem sie sich wieder gefasst hatte.

„Meine Mutter wurde in einem Land geboren, das man Aksum[49] nennt. Als kleines Mädchen hatt man sie aus ihrer Heimat entführt und an das

---

49 *Königreich in Afrika*

Mare Internum[50] verschleppt. Auf einem Sklavenmarkt wurde Mutter von einem wohlhabenden Römer gekauft. Dieser schenkte sie seiner Tochter an deren Geburtstag. Die Mädchen wuchsen miteinander auf und wurden zusammen mit Julius, dem Sohn der Familie, von Hauslehrern erzogen!

Sie seufzte.

„Julius ging später zum Militär und brachte es bis zum *centurio*[51]. Als meine Mutter achtzehn Jahre alt war, starben seine Eltern und seine Schwester an Fieber. Der Offizier ließ Mutter nach Aquileia kommen, wo er stationiert war. Spätestens dort fanden sie gefallen aneinander und verliebten sich. Ein Jahr später erblickte ich das Licht der Welt. Als mein Vater vor ein paar Jahren in der Schlacht am Birnbaumpass fiel, hat uns euer Oheim in seinem Haus aufgenommen. Marcellus Aurelius und er waren gute Freunde. Seit diesem Tag lebe ich mit meiner Mutter hier. Sie assistiert Titus Rufius bei der Buchführung und mir wurde von der *matrona*[52] aufgetragen, die Thermen der Familie zu beaufsichtigen."

Die Augen von Mercedes fingen auf einmal an zu strahlen. Sie nahm mich bei der Hand und führte mich vor eine glänzende Scheibe, die an einer Wand hing. Ich schaute hinein und betrachtete mein Spiegelbild. Mercedes hatte in der Zwischenzeit einen Stuhl geholt und forderte mich auf, darauf Platz zu nehmen.

„Was habt Ihr vor?", fragte ich neugierig.

Plötzlich hielt sie eine Schere in der Hand.

„Frisch gewaschen und neu eingekleidet seht ihr aus wie ein halber Römer. Jetzt fehlt nur noch der passende Kurzhaarschnitt und ihr geht als Ganzer durch!"

Einen Augenblick lang überlegte ich noch, ob ich mir von ihr die Haare scheren lassen wollte. Geduldig ließ ich es kurz darauf über mich ergehen. Als sie damit fertig war, sah ich tatsächlich aus wie ein leibhaftiger Römer. Mercedes stand hinter mir und lächelte mich zufrieden an. Später führte sie mich in einen Park, der hinter der *villa* lag. Die Dämmerung hatte schon eingesetzt, als wir zwischen bunten Ziersträuchern auf ein

---

50 Mittelmeer
51 Offizier/Befehlshaber einer centuria
52 Ehefrau eines römischen Bürgers

kleines Gebäude zugingen. Schwungvoll öffnete sie die Tür und wir traten ein. Dort saßen Gisella und meine Basen an einem gedeckten Tisch.

„Da seid ihr ja endlich!", rief Ina, als sie uns kommen sah.

Susana schaute mich mit großen Augen an.

„Du hast dich aber verändert!", piebste sie in den höchsten Tönen. „Man erkennt dich ja kaum wieder!"

Die *matrona* klatschte in die Hände, worauf eine Haussklavin erschien und die *cena* servierte. Mit leerem Magen sah ich ihr dabei ungeduldig zu. Als Vorspeise gab es Brot und eine gewürzte Käsepaste. Dazu trank ich kühlen *posca* aus einem silbernen Becher. Als Hauptgang wurden warme Grießkugeln mit Fisch aufgetischt und als Nachtisch aß ich einen roten Apfel.

„Mein Mann hat mir geschrieben!", teilte Gisella nach dem Mahl mit. „Er bittet mich dafür zu sorgen, dass Farold wie ein Römer erzogen wird."

Neugierig sah ich sie an.

„Deine Lateinkenntnisse müssen wir unbedingt auffrischen!", meinte sie. „Außerdem werden wir dich mit unseren Sitten vertraut machen."

„Was sind Sitten?", wollte ich wissen.

„Umgangsformen wie Tischmanieren oder standesgemäßes Auftreten!"

Susana war auf den Stuhl gestiegen.

„Muß Farold auch zu Stathis?"

„Auf jeden Fall!", antwortete ihre Mutter mit gestrenger Miene. „Der Grieche wird ihn jeden Tag unterrichten!"

Worauf die Mädchen mich betrübt ansahen.

„Titus wird Farold in die Grundsätze der römischen Buchführung und Handelskunde einführen!", fuhr die *matrona* fort.

Plötzlich hielt sie inne.

„Dein Vater besteht bedauerlicherweise darauf, dass wir dich im Umgang mit unseren Waffen vertraut machen!"

Worauf sich meine Gesichtszüge merklich entspannten.

„Deshalb wirst du sehr bald schon Marius Valerius kennenlernen. Er hat dem Imperium zwanzig Jahre als Legionär treu gedient und brachte es bis zum *tribunus*[53]. Er ist ein guter, alter Freund der Familie und wird dich in die Handhabung verschiedener Waffen sowie in römischer Militärkunde unterweisen."

Ina räusperte sich und schaute ihre Mutter vorwurfsvoll an.

„Hoffentlich bleibt Farold dann noch genügend Zeit, um mit uns an den Strand oder in das Theater zu gehen."

Spät am Abend brachten mich die Mädchen in eine geräumige Kammer, die im Obergeschoss des herrschaftlichen Anwesens lag, und wünschten mir eine angenehme Nachtruhe. Als sie die Tür hinter sich zugezogen hatten, streifte ich meine Kleider ab und zog mir ein Nachthemd über. Nachdem ich mich gewaschen und die Zähne gepflegt hatte, legte ich mich in das weiche Bett und deckte mich mit einer wohlriechenden Wolldecke zu.

„Was für ein Unterschied zu meiner Schlafstatt in Hirschberg!", murmelte ich noch, bevor der Schlaf mich übermannte.

Am nächsten Morgen lernte ich kennen, was römische Disziplin bedeutet. Jemand klopfte so lange an meine Tür, bis ich aufwachte, aufstand und sie öffnete.

„Die siebte Stunde hat bereits begonnen!", fuhr Mercedes mich an. „Höchste Zeit, dass ihr euch anzieht und zu uns herunterkommt."

Sie drehte sich auf der Stelle um und eilte die Treppe wieder hinab. Kurz darauf folgte ich ihr nach. An einem reichlich gedeckten Tisch saßen meine Basen und ihre Mutter.

„Guten Morgen!", riefen die Mädchen mir fröhlich zu.

Freundlich erwiderte ich den netten Gruß. Zum *ientaculum*[54] trank ich frischen Apfelsaft. Auf einmal stand ein älterer Mann mit ergrautem Haar mitten im Raum. Er trug eine strahlend weiße *tunicae,* was ihm ein ehrwürdiges Aussehen verlieh. Höflich verneigte er sich vor Gisella und wandte sich sodann mir zu.

---

53 *Offizier/Befehlshaber einer cohors*
54 *Frühstück*

„Junger Herr! Gestattet mir bitte, dass ich mich vorstelle!", sprach er in einem sehr belesenen Latein. „Man nennt mich Stathis, den Griechen. Ich bin der Hauslehrer eurer Basen. Die *matrona* hat mir aufgetragen, auch euch zu unterrichten."

Er räusperte sich mehrmals.

„Jeden Morgen fangen wir damit pünktlich zur siebten *hora*[55] an und hören mit Ablauf der elften auf. Am Sonntag und an Feiertagen findet kein Unterricht statt. Um keine kostbare Zeit mit unnützen Reden zu verlieren, beginnen wir sogleich damit. Folgt mir bitte nach!"

Er drehte sich um und schritt zur Tür hinaus. Ratsuchend sah ich Gisella an.

„Geh ihm nach, wenn du wissen willst, was eine *hora* ist und wie man die Zeit bestimmt!"

Das allerdings interessierte mich sehr. Gemeinsam betraten wir eine Kammer, in der ein Tisch und ein paar Stühle standen. An einer Wand hing eine Schiefertafel und daneben befand sich ein Schrank.

„Setzt euch!", forderte er mich auf.

Der Grieche ging auf den Schrank zu, öffnete die Tür und holte zwei Tontöpfe heraus. Einen stellte er auf den Tisch und den anderen auf den Fußboden. Danach lief er aus der Kammer und kam bald darauf mit einem Eimer Wasser zurück. Den Inhalt leerte er in den oberen Topf. Aus einem kleinen Loch tropfte Wasser in das darunterstehende Gefäß.

„Was ihr hier seht, ist die Zeit!", behauptete er. „Davon steht uns im Leben eine bestimmte Menge zur Verfügung. Wenn der obere Behälter leer und der untere vollgelaufen ist, dann ist genau eine *hora* um. Die Sonnenuhr zeigt gerade die achte *hora* des Tages an!"

Ich schaute ratlos, worauf er mit dem Zeigefinger aus dem offenstehenden Fenster deutete.

Seht ihr den Turm dort?"

„Ja!"

„An seinem Mauerwerk ragt ein Stab heraus!"

Ich nickte.

---

55 Stunde

„Was könnt ihr noch erkennen?“

„Eine Skala mit römischen Ziffern, welche im Halbkreis um den Stab herum angeordnet sind!“

„Richtig!“, sagte er. „Was noch?“

Ich kniff die Augen zusammen.

„Der verlängerte Schatten des Stabes zeigt auf die acht!“

„Donnerwetter!“, merkte er beifällig an. „Der junge Barbar verfügt über die bemerkenswerte Gabe, scheinbare Belanglosigkeiten wahrzunehmen. Wisst ihr, wie man eine solche Vorrichtung nennt?“

„Nein! Aber so etwas habe ich schon einmal in Carnuntum gesehen!“

Er lächelte selbstgefällig.

„Das ist eine Sonnenuhr! Sie zeigt uns die *hora* an. Jetzt ist es kurz nach acht. Wenn das Wasser aus dem oberen Gefäß ausgelaufen ist, deutet die Kontur des Stabes auf die neun. Mit derartigen Hilfsmitteln bestimmt man präzise die Zeit.“

Stathis hielt auf einmal einen Holzstock in der Hand und schritt damit auf und ab.

„Merkt euch folgende Reime!“

Er begann den Stock im Takt zu schwingen.

„Wenn man an mir nicht rückt,
auf mich die Sonne freundlich blickt,
dann zeig ich jedem der mich liest,
wie Zeit und Stunde friedlich fließt!“

Der Grieche hatte mir mit wenigen Worten anschaulich erklärt, wie man die Zeit misst und bestimmt. Stahtis war ein begnadeter Lehrer.

In der sich anschließenden *hora* erläuterte er mir den Aufbau und die Funktion des Julianischen Kalenders. Demzufolge besteht das Jahr aus genau dreihundertundfünfundsechzig Tagen und ist in zwölf Monate aufgeteilt. Der erste hieß *Ianuarius*[56] und der letzte *December*[57]. Die Monate wiederum bestanden aus Wochen. Eine Woche hat sieben Tage, wovon jeder vierundzwanzig *horae* zählt. Stellenweise hatte ich erhebliche Mühe, seinen Ausführungen, in einem tadellosen Latein gehalten, zu folgen. Of-

56 *Januar*
57 *Dezember*

fensichtlich hatte der Grieche es bemerkt. Als nämlich die Sonnenuhr auf die zehn zeigte, kündete er eine Lateinstunde an. Nachdem auch diese *hora* unglaublich schnell vorübergegangen war, beschäftigten wir uns mit-der Rechtschreibung. In Hirschberg hatte mir Mutter diese Fertigkeit mit einem spitzen Griffel auf einer Schiefertafel beigebracht. Die Römer benutzten hierzu zugespitzte Vogelknochen und schrieben damit auf Wachstäfelchen. Außerdem zeigte er mir, wie man ein Pergament beschriftet. Eine angespitzte Rohrfeder wurde zu diesem Zweck in ein mit Tinte gefülltes Tonfässchen gesteckt. Damit beschrieb er das kostbare Pergament. Die letzte Unterrichtsstunde war angebrochen. Stathis der Grieche brachte mir die ersten Worte in seiner Muttersprache bei.

Als der Schatten der Sonnenuhr auf die zwölfte Stunde deutete, betraten wir den Speisesaal. Kurz darauf wurde das *prandium*[58] aufgetischt. Er erklärte mir, wie die Römer während eines Festmahls die Speisen zu sich nehmen. Dazu legte der Grieche sich anschaulich auf eine Liege und stützte sich mit einem Ellenbogen ab, während er mit der freien Hand tafelte.

„In den Häusern der begüterten Römer gibt es natürlich eine Küche!", verkündete mein Lehrer. „Viele Bürger Roms müssen sich aber mit einer winzigen Kochstelle begnügen, weshalb man liebend gern eine der unzähligen Garküchen in den Straßen und Gassen aufsucht."

Er rümpfte die Nase.

„Der *cena* schließt sich an solch einem Ort für gewöhnlich ein *comissatio*[59] an."

An diesem Tag zeigte er mir noch, wie man aus einem *rhyton*[60] trinkt. Der Grieche hielt das Horn über seinen offenen Mund. Aus einem kleinen Loch lief Traubensaft in seinen Schlund. Als er genug getrunken hatte, hielt er die Öffnung mit dem Daumen einfach wieder zu.

In jenen Tagen stellte ich fest, dass die Speisekarte der Römer nahezu unerschöpflich war. Die Wohlhabenden aßen mit Vorliebe exotische Tiere. Stahtis nannte mir Gerichte wie gegrillte Flamingos oder gebratene Papa-

---

58 *Mittagessen*
59 *Trinkgelage*
60 *Trinkhorn*

geien, von denen ich noch nie zuvor gehört, geschweige denn gekostet hatte. Ich wusste nicht einmal wie die Tiere aussahen. Zutaten wie Sellerie, Knoblauch, Petersilie, Kümmel oder Koriander ergänzten die reichhaltige und bekömmliche römische Küche.

„Ihr glaubt ja gar nicht wie einfallsreich Menschen sein können, wenn es ums Essen geht!", versicherte mir der Grieche. „Viele Nahrungsmittel kann man konservieren, damit sie nicht verderben. Getrocknete Datteln oder Feigen halten monatelang. Andere Köstlichkeiten legt man in Essig, Salz oder Honig und geräucherter Fisch verdirbt eigentlich nie."

Als er mir weismachen wollte, dass besonders betuchte Römer aus dem Hochgebirge Eisblöcke kommen lassen, um damit ihre Nahrungsmittel zu kühlen, schenkte ich seinen Worten keinen Glauben. Stathis beharrte jedoch mit Nachdruck auf seinen Schilderungen.

Einmal in der Woche brachte mir Titus Rufius Buchführung und Handelskunde bei. Anhand einer Karte erklärte er mir, wo die Provinzen um das Mare Internum liegen. Im Hause meines Oheims erfuhr ich, dass Gemüse und Obst aus Italien, Korn aus Afrika, Wild und Wolle aus Gallien, Datteln aus den arabischen Oasen, Marmor aus der Toskana, Gold von der iberischen Halbinsel, Papyrus aus dem Niltal, kostbarer Weihrauch aus Arabien, Gewürze und Edelsteine aus Indien und wertvolle Seide aus dem fernen Orient stammten und wer damit Handel trieb.

Ein paar Tage nach meiner Ankunft in Aquileia erschien ein etwa vierzig Jahre alter Römer. Seine Unterarme waren auffallend stark vernarbt. Er war von kräftiger Statur und sein Haupthaar hatte man kahl geschoren. Als Susana ihn kommen sah, rannte sie auf ihn zu. Er fing das Mädchen im Laufen auf und drehte sich mit ihr im Kreis. Meine Base kreischte vor Vergnügen. Nachdem der Mann sie wieder abgesetzt hatte, begrüßte er Gisella und Ina auffallend herzlich. Danach sah er mich abschätzend an.

„Salve!", sagte ich.

„Salve!", erwiderte der Römer. „Seid ihr der Sohn von Aurelia?"

„Ja, der bin ich!"

„Man ruft mich Marius Valerius!", stellte er sich vor.

„Wir werden uns von heute an, des Öfteren sehen. Die *matrona* hat mich nämlich gebeten, euch mit der Handhabe unserer Waffen vertraut zu machen und in römischer Militärkunde zu unterweisen."

Während er sprach, ließ er mich keinen Augenblick aus den Augen.

„Ich weiß", fuhr Valerius fort, „dass ihr Germanen für gewöhnlich gute *auxilia* seid. Das habe ich als Offizier in mehreren Einheiten feststellen dürfen. Ihr seid mutig, tapfer und kämpft um eure Ehre. Doch strategisches Denken und Handeln oder die Einhaltung einer disziplinierten Schlachtordnung entsprechen nicht eurem wilden, kühnen Wesen. Niemals habe ich davon gehört, dass ein germanisches Heer eine befestigte, römische Stadt eroberte."

Seine braunen Augen fingen auf einmal an zu glänzen.

„Zeige dich, Römer, bewusst der Pflicht, die Völker zu lenken! Mit diesen Worten hatte einst Vergil in einem Epos unsere Bestimmung über den Rest der Welt ausgedrückt!"

Ich hatte rein gar nichts verstanden. Später erzählte mir Valerius einmal, wie er als junger Mann zum Legionär ausgebildet wurde. Im Lauf der Jahre brachte er es bis zum *tribunus,* bevor er nach zwanzig Jahren seinen wohlverdienten Abschied nahm. Während der Dienstzeit war er in vielen Provinzen des Imperiums stationiert und kämpfte dort gegen die zahlreichen Feinde Roms.

„Wenn ihr tatsächlich glaubt, dass die Legionäre nur dazu da sind, um Kriege zu führen, so irrt ihr euch gewaltig!", versicherte er mir. „Die Aufrechterhaltung der Ordnung ist ihr wichtigster Auftrag. Außerdem treiben sie Steuern ein, erheben Zölle oder übernehmen andere wichtige Aufgaben."

Marius prägte mir ein, dass die Legion der Kern der mächtigsten Militärmaschinerie der Welt ist. Sie zählt über fünftausend Mann, wird von einem *legatus*[61] befehligt und ist in zehn *cohors* unterteilt, an deren Spitze ein *tribunus* steht. Eine *cohors* wiederum besteht aus sechs *centuriae* mit jeweils achtzig Mann, welche von *centuriones* kommandiert werden. Im Unterschied zur Legion dienen in den Auxiliareinheiten Barbaren, die nach ihrer Entlassung das römische Bürgerrecht erhalten. Außerdem gibt es in der

61 Hoher Offizier/Befehlshaber einer Legion (5.500 Mann)

römischen Armee Bogenschützen, Schleuderer, Feldmesser, Musikanten, Kuriere, leichte und schwere Reiterei sowie Artillerie.

Eines Tages gingen wir in den Militärhafen von Aquileia. Dort sahen wir uns eine *triremis*[62] und *liburna*[63] aus der Nähe an. Der ehemalige *tribunus* erläuterte mir deren Verwendungszwecke. Die Schiffe wurden auch zum Transport von Truppen oder zum Schutz von Handelsschiffen eingesetzt. Von ihm erfuhr ich, dass es Flottenverbände gibt, welche die Grenzen des Imperiums auf schiffbaren Flüssen sichern.

Außerordentlich stark beeindruckte mich die strenge Ordnung, welche in den Legionen und Auxiliareinheiten herrschte. Die Tatsache, dass sie ständig unter Waffen standen, wurde mir in jenen Tagen erstmals bewusst. In der Heimat führte der Älteste die Recken in einen Waffengang und vor einer Schlacht musste das Heer erst einmal zusammengerufen werden. Völlig anders war das bei den Römern. Ihre Armee bestand aus Männern, die mindestens zwanzig Jahre lang dienten. Sie wurden vom Imperium ausgerüstet, versorgt und erhielten einen monatlichen Sold. Ihr oberster Befehlshaber war der Kaiser, der in militärischen Fragen von einem Stab beraten wurde. In den Provinzen befahl ein von ihm ernannter Statthalter die Truppen. Die Legionäre und *auxilia* wurden von gut ausgebildeten Offizieren befehligt, welche im Laufe ihrer langjährigen Dienstzeit in verschiedenen Verbänden eingesetzt wurden. Zuvor aber mussten sie die Militärakademie in Rom besucht und erfolgreich abgeschlossen haben. Alle drei bis vier Jahre wurden die *centuriones* versetzt und waren aufgrund ihrer hervorragenden Ausbildung sowie reichhaltigen Erfahrung, der Rückhalt einer jeden Legion oder Auxiliareinheit. Neue Rekruten durchliefen eine vier Monate andauernde Grundausbildung. Danach legten sie das *sacramentum*[64] auf den Kaiser ab. Niemals zuvor und nie mehr wieder, erhielt ich in so kurzer Zeit derart aufschlussreiche Unterweisungen wie von Marius Valerius, Titus Rufius und Stathis dem Griechen.

---

62 *Schweres Ruderkriegsschiff*
63 *Kriegsschiff*
64 *Fahneneid*

Jeden Nachmittag ging ich nach dem Unterricht und den sich anschließenden körperlichen Ertüchtigungen in die Thermen, wo Mercedes auf mich wartete.

„Was hat sich Vater nur dabei gedacht, mich derartigen Plagereien auszusetzen?", fragte ich mich in jenen Tagen nicht nur einmal.

Mir wurde seinerzeit bewusst, dass militärische Strategien und Taktiken von den Römern geradezu perfekt beherrscht wurden. Hierzu gehörten auch die unterschiedlichsten Arten der Befehlsübermittlung. Dabei spielten akustische Signale mit der *tuba*[65], dem *cornu*[65] und der *bucina*[65] eine wichtige Rolle. Das Heiligtum einer jeden Legion war ihr Feldzeichen. Es bestand aus einem langen Stab, der mit verschiedenen Emblemen verziert war. Darunter befand sich stets der Adler, das Symbol des Imperiums. Ein Offizier trug es bei offiziellen Anlässen und im Gefecht. Die Legionäre hüteten es wie einen Schatz, denn es war eine große Schande, wenn es in die Hände des Feindes fiel. Valerius erklärte mir die Bedeutung einer Parole oder eines Tagesbefehls und verschwieg keineswegs, mit welch schwerwiegenden Folgen ein Legionär zu rechnen hat, wenn er ihn nicht befolgt. Der aus Rebholz angefertigte Stock eines *centurio* war unter den Legionären und *auxilia* gleichermaßen gefürchtet. Außerdem konnten sie bei Verfehlungen degradiert, ihr Sold gekürzt oder an einen anderen Standort versetzt werden. Herausragende Leistungen wurden indes honoriert. Etwa mit einer Beförderung oder der Verleihung einer silbernen Halskette, welche ein verdienter Legionär vor der angetretenen Truppe aus der Hand seines *tribunus* erhielt. Die theoretische Anleitung in den Bau und Sicherung eines Marschlagers war gleichermaßen Bestandteil der lehrreichen Unterweisungen von Valerius, wie der praktische Aufbau eines Zelts im Park hinter der *villa*.

„Achte stets darauf, dass die Truppe über genügend Vorräte verfügt!", ermahnte er mich. „Mit einem hungrigem Magen oder einer durstigen Kehle lässt sich nicht gut kämpfen!"

---

65 Römische Blasinstumente

Seine alles überragende Maxime aber lautete: „Ein Legionär geht nicht in die Schlacht des Kampfes wegen, sondern um zu siegen!“

Viele anstrengende und ermüdende Stunden nahmen die praktischen Unterweisungen in Anspruch.

„Das ist eine Defensivwaffe!“, erklärte er einem jungen Vandalen und streckte mir ein Schild entgegen. „Für die Offensive gebraucht der Soldat eine *hasta*[66] oder ein *pilum*[67]. Für den Nahkampf ist die *spatha*[68] bestens geeignet.“

Nachdem er mir irgendeine Waffe in die Hand gedrückt hatte, attackierte er mich meistens mit der *spatha*. Es fiel mir anfangs außerordenlich schwer seine stürmischen Attacken abzuwehren. Mehrfach machte ich dabei schmerzhafte Erfahrungen.

„Es ist nahezu unmöglich alle Namen der römischen Gottheiten aufzuzählen!“, beteuerte Stathis. „Außerdem sind die meisten Römer abergläubisch. Sie glauben tatsächlich an die Existenz von Zauberern und Hexen!“

Er schüttelte verständnislos den Kopf.

„Ihr Germanen und wir Griechen haben es da sehr viel einfacher!“, behauptete er. „Wir kennen unsere Götter alle beim Namen!“

„Ich bin getauft!“, gab ich zu bedenken.

Worauf er mich mit großen Augen ansah.

„Auch ich bin ein Christ! Dennoch glaube ich an unsere altehrwürdigen Götter!“

Aufmerksam lauschte ich seinen weiteren Ausführungen.

„Ihr müsst euch die Religion der Römer wie einen Vertrag zwischen vergänglichen Menschen und unsterblichen Wesen vorstellen!“

Er versicherte mir allen Ernstes, dass selbst getaufte Römer sich mit allen möglichen Anliegen an eine hierfür zuständige Göttergestalt wenden.

„Die Römer haben sich die griechischen Götter für ihre Zwecke zu eigen gemacht!“, behauptete ein merklich verstimmter Stathis. „Da wäre als erster Jupiter, den wir Griechen Zeus rufen. Er ist der Vater aller Götter,

66 *Lanze*
67 *Speer*
68 *Zweischneidiges Schwert*

Herrscher über Himmel und Erde. Seine Gemahlin Juno ist die Beschützerin der Frauen und Mars, der Gott des Krieges, wird noch heute von den Legionären verehrt. Genauso, wie Venus die Bitten der Liebenden erhört und die Seefahrer ihrem Gott Neptun opfern."

„Wo bringen die Gläubigen ihre Opfergaben dar?", fragte ich wissbegierig.

„Bis vor wenigen Jahren noch in den geweihten Tempeln!", antwortete der Grieche. „Seit jedoch der christliche Glaube römische Staatsreligion geworden ist, wird das nicht mehr überall geduldet. In jedem Tempel stand früher die Statue der dort verehrten Gottheit. Davor stand ein Altar, auf dem man ihr opferte."

Der Grieche lächelte gequält.

„In nahezu allen römischen Gebäuden gibt es einen kleinen Altar. An jenem Ort werden die Götter des Hauses angefleht. Viele Römer glauben an *penates*[69], welche auf die Vorräte achtgeben, oder an *lares*[70], die ihre Familien beschützen soll. So ein Kultschrein steht auch im Flur dieser *villa*!"

„Aber Marcellus und seine Familie sind getaufte Christen!", gab ich zu bedenken.

„Wie du siehst, verehrt die christliche Familie Aurelius auch ihre Hausgötter!" Spöttelnd fügte der Grieche noch hinzu: „Man kann ja nie wissen!"

Seine Miene verdunkelte sich.

„Kaiser Nero ließ sich einst als Sonnengott von seinen Untertanen verehren und Kaiser Domitian bestand auf der Anrede, Herr und Gott. Sie glaubten tatsächlich wesensgleich mit Göttern zu sein. Ein gekreuzigter Jude namens Jesus hat diesen Wahnvorstellungen ein Ende bereitet. Seine Anhänger wurden im Imperium viele Jahre grausam verfolgt, weil sie die römischen Kaiser nicht als Götter anbeten wollten. Das war zwar sehr mutig, aber auch ungemein gefährlich und kostete vielen Christen das Leben. Erst als Kaiser Konstantin ihnen die Ausübung ihrer friedlichen Religion gestattete, hörten diese Gräueltaten auf. Immer mehr Römer ließen sich zum Christentum bekehren."

---

69 Schutzgötter der Vorräte
70 Schutzgötter der Familien

Mit Beginn des Frühjahrs erwachte das gesellschaftliche Leben in der lebendigen Hafenstadt. Des Öfteren suchte ich in Begleitung meiner Basen und ihrer Mutter eines der vielen Theater in Aquileia auf. Meistens ging es bei den Aufführungen um lustige Komödien oder um tragische Helden aus der Mythologie. Absolute Höhepunkte aber waren die aufregenden Veranstaltungen im Amphitheater. Dort fanden mehrere tausend Zuschauer Platz. Dargeboten wurden blutige Hetzjagden auf wilde Tiere oder Gladiatorenkämpfe. Nach den Vorstellungen traf sich die gehobene Gesellschaft der Stadt, zu der die Familie Aurelius zweifelsohne gehörte, in den prachtvollen Villen der Händler, Gelehrten, Politiker oder Offiziere. Dort wurde musiziert und getafelt. Nebenbei fädelte man Geschäfte ein oder stiftete Ehen. Vor allem aber wurden Neuigkeiten ausgetauscht. In jenen Tagen unterhielt man sich allenthalben über die Gefahr einer Invasion durch die Goten. Als Sohn eines Barbaren beteiligte ich mich prinzipiell nicht an derartigen Gesprächen, zumal nicht jeder Römer zwischen Goten und Vandalen zu unterscheiden wusste.

Im Frühjahr des Jahres vierhundertundeins erschien ein Bote und übergab Gisella eine versiegelte Pergamentrolle. Im Siegel erkannte ich den Abdruck eines Fisches. Das Signum der Familie Aurelius. Sie brach es hastig auf und las die Botschaft. Danach rief sie aufgeregt nach einem Sklaven und schickte ihn zu Marius Valerius. Kurz darauf erschien der einstige *tribunus*. Nach der *cena* las Gisella das Schreiben vor, welches ihr Mann Iuvavum gesandt hatte. Darin teilte er seiner Frau mit, dass der oberste Heermeister nahezu alle nördlich der Alpi stationierten Truppen nach Süden abgezogen hatte, um einen Feldzug gegen die Goten zu unternehmen. Plötzlich wurde Gisella blass und rang sichtlich um Fassung. Das Pergament glitt ihr aus den Händen und fiel vor meine Füße. Ich hob es auf und reichte es ihr. Sie winkte entschieden ab.

„Was hat er noch geschrieben?“, fragte Valerius besorgt.

„Er bittet dich unser gesamtes Gold in Rom zu verkaufen!“, antwortete sie betrübt. „Mit dem Erlös beabsichtigt mein Mann ein *lätifundium* in Afrika zu erwerben. Marcellus möchte sobald wie möglich dort hinziehen, um uns vor den Goten in Sicherheit zu bringen. Er befürchtet nämlich, dass es den seinigen genauso ergehen könnte, wie seinem bedauernswerten Vetter und dessen unglückseliger Familie."

Sie sah Valerius beschwörend an.

„Steht noch etwas in der Botschaft?", fragte er nach.

„Es ist sein ausdrücklicher Wille", antwortete sie stockend, „dass Farold dich in die ewige Stadt begleitet!"

Schlagartig war ich hellwach. Meine Gedanken überschlugen sich.

„Hatte ich richtig gehört? Ich soll mit nach Rom reisen?"

„Was hat sich Marcellus nur dabei gedacht?", fragte ein nachdenklich wirkender Marius Valerius und sah mich dabei forschend an.

Ich konnte es noch immer nicht fassen. Stathis hatte mir erst vor wenigen Tagen erzählt, dass in der ewigen Stadt über eine Million Menschen leben. Das konnte ich mir beim besten Willen nicht vorstellen.

„Wir wollen auch mit nach Rom!", ertönte Inas Stimme.

Susana nickte dazu energisch mit dem Köpfchen.

„Das kommt überhaupt nicht in Frage!", lautete die resolute Antwort ihrer Mutter. „Ihr bleibt bei mir in Aquileia!"

Danach wandte sie sich wieder Valerius zu.

„Bereitet alles zur Abreise vor!"

Die beiden standen auf und gingen zur Tür hinaus.

„Eure Mutter hat sicherlich gute Gründe, weshalb sie euch nicht mitreisen lässt!", versuchte ich meine sichtlich enttäuschten Basen zu trösten. „Rom ist nämlich eine gefährliche Stadt!"

Entrüstet schauten sie mich an.

„Woher willst du das wissen?", fragte Ina und Susana fügte trotzig hinzu: „Du Barbar!"

Die Vorfreude auf die bevorstehende Reise in die Metropole des römischen Imperiums hatte mich erfasst und ließ mich fortan nicht mehr los. Als ich am Tag der Abreise aus dem Fenster in den Hof hinabschaute, sah ich einen römischen Reisewagen und ein paar Männer.

„Da ist er ja!", rief Valerius, als er mich kommen sah.

Zuerst verabschiedete ich mich von meinen Basen. Sie wünschten mir eine gute Reise. Danach wandte ich mich Gisella zu.

„Pass gut auf dich auf, Farold!", ermahnte sie mich. „Höre stets auf Marius und befolge seine Ratschläge!"

Ihre mahnenden Worte kamen mir bekannt vor.

„Hüte dich vor den Römern!", fuhr sie fort. „Sie sind allesamt skrupellos, korrupt und verlogen!"

Zum Abschied küsste Gisella mich auf die Stirn. Marius Valerius hob seine rechte Hand hoch, ballte die Finger zu einer Faust und ließ sie nach vorne fallen. Durch das geöffnete Portal zogen wir der ewigen Stadt entgegen.

Kapitel X

Rom

Den Weg in die Metropole des westlichen Imperiums legten wir auf gut ausgebauten Fernstraßen zurück. Unterwegs kamen wir durch die Stadt Ravenna. Am Mare Adriaticum entlang, gelangten wir schließlich nach Pisaurum[71]. Hinter dieser eindrucksvollen Stadt bog die Straße in das Landesinnere ab und stieg allmählich bergan. Auf einem Bergrücken schlängelte sie sich zwischen hoch aufragenden Felsen hindurch. Zum ersten Mal in meinem Leben ritt ich dort oben durch einen Tunnel. In der Provinz Umbria führte die Straße über einen Pass, auf dem ein Tempel stand. Danach ging es wieder bergab. Wir passierten unterwegs Steinbrücken, die sich in eleganten Bögen über kleinere und größere Flüsse spannten. Marius suchte jeden Abend eine der vielen *mansiones* auf. Er hatte es seinen Gefährten untersagt, während der Reise berauschende Getränke zu sich zu nehmen. Zwei bewaffnete Männer achteten Tag und Nacht auf die wertvolle Fracht.

Der herrliche Duft von Blumen und Gräsern vermischte sich zu einem einzigartigen Aroma, als ich an einem wunderbaren Sommerabend auf Rom herabschaute. Vor mir breitete sich ein unendliches Häusermeer aus.

„Die ewige Stadt!“, murmelte ich ehrfürchtig.

„Wach auf Farold!“, rief mir Marius Valerius in diesem Moment zu. „Träumern schneiden die da unten gelegentlich die Kehle durch. Rom ist ein Moloch, das alles verschlingt, was sich seinem Schlund arglos nähert!“

Ich sah ihn erschrocken an und dachte darüber nach, was er soeben gesagt hatte. Vor uns standen auf einmal viele Wagen und Fuhrwerke. Valerius wies den Kutscher an, die Straße zu verlasen. In einem Olivenhain hielten wir an.

---

71 *Pesaro/Italien*

Verwundert fragte ich ihn: „Warum fahren wir nicht in die Stadt?"

„Kein Gefährt darf vor Sonnenuntergang nach Rom hinein und nach Sonnenaufgang hinausfahren! Aber wir beide", er lächelte mich vielversprechend an, „werden noch heute der ewigen Stadt unsere Aufwartung machen."

Danach schritt Valerius auf Titus Rufius zu.

„Wir treffen uns heute Nacht im Anwesen von Sextus Memmius!", teilte er ihm mit. „Kennt ihr den Weg?"

„Ich war schon ein paar Mal mit Marcellus Aurelius bei diesem lasterhaften Sklavenhändler!", entgegnete er. „Dass der Römer auch mit Gold handelt, war mir allerdings nicht bekannt!"

Valerius und ich ritten kurz darauf durch ein prachtvolles Tor. In Stein gemeißelt stand dort zu lesen: *„Porta Flaminia*[72]"

Dahinter empfing uns Rom mit ohrenbetäubendem Lärm und widerwärtigem Gestank. Die Straßen waren überfüllt mit Menschen. So ein hektisches Gedränge hatte ich noch nie zuvor an einem Ort angetroffen. Wir kamen an einer runden, burgähnlichen Anlage vorbei.

„Das Mausoleum von Kaiser Augustus!", klärte mich Marius Valerius auf und zeigte auf die Spitze des imposanten Bauwerks. „Dort oben steht sein überlebensgroßes Standbild!"

Wir erreichten einen weitläufigen Platz, in dessen Mitte ein riesiger Obelisk stand.

„Er erfüllt die Funktion einer Sonnenuhr!", verkündete mein Begleiter. „Schaut auf den Schatten dort. Es ist ...

„Vier Uhr!", fiel ich ihm ins Wort.

Verblüfft sah er mich an.

„Seht ihr die wunderbare Säule dort drüben?", fragte er und zeigte darauf.

Ich nickte.

„Es ist die Ehrensäule für das Lebenswerk von Kaiser Marc Aurel!"

Auf dem Weg in das Zentrum der Metropole des Imperiums kamen wir an prachtvollen Gebäuden, protzigen Siegessäulen, ausladenden Plätzen, mehrstöckigen Wohnhäusern sowie herrschaftlichen Anwesen vorbei.

---

72 *Stadttor von Rom*

„Auf jenem Hügel dort, steht der Tempel des Jupiters!", ließ mich mein kundiger Führer im Vorbeireiten wissen. „Heute wird er nur noch als Versammlungsstätte genutzt."

„Warum?", fragte ich verwundert.

„Seit das Christentum öffentlich praktiziert werden darf, finden immer mehr Tempel für andere Zwecke Verwendung."

Er hielt sein Pferd an und zeigte auf einen Gebäudekomplex.

„Dort befindet sich der Mittelpunkt der Stadt und des gesamten römischen Imperiums. Das *Forum Romanum*[73], mit seinen eindrucksvollen Säulenhallen und prunkvollen Palästen!"

Schließlich kamen wir an einem besonders prächtigen Tempel vorbei.

„Welchem Gott ist er geweiht?", fragte ich neugierig.

„Eigentlich der Göttin Venus!", antwortete ein betrübt wirkender Valerius. „Seit ein paar Jahren jedoch wird dort Jesus Christus verehrt!"

Die Straße mündete in einen Platz von gewaltigen Ausmaßen. Vor mir ragte das gigantischste Bauwerk in die Höhe, welches ich jemals vor mein Angesicht bekam.

„Das müssen Götter erbaut haben!", dachte ich.

„Wir stehen vor dem größten Amphitheater der Welt!", verkündete Marius stolz. „Es fasst über fünfzigtausend Besucher!"

Geschickt bahnte er sich auf seinem Pferd einen Weg durch die Menge und ich folgte ihm auf Zottel nach. Immer wieder betrachtete ich dieses kolossale Wunder. Plötzlich bog er in eine schmale Straße ab. Wie in einer Schlucht ragten die Häuser auf beiden Seiten mit fünf, ja sogar sechs Stockwerken schwindelerregend in die Höhe. Staunend legte ich meinen Kopf in den Nacken und schaute an ihnen empor.

„Ihre Mietshäuser nennen die Römer *insula*![74]", ließ mich mein Begleiter wissen. „In der Stadt leben vermutlich über eine Millionen Menschen aus sämtlichen Provinzen des Imperiums. Man nimmt an, dass rund ein Drittel davon Sklaven sind."

---

73 *Mittelpunkt des politischen, wirtschaftlichen, kulturellen und religiösen Lebens in Rom*
74 *Häuserblock*

In den Erdgeschossen der Häuser befanden sich die Geschäfte, Werkstätten oder Garküchen und darüber wohnten die Bürger und Sklaven. In Stein gemeißelte Bilder schmückten die Fassaden der Gebäude, an denen sich bunte Kletterpflanzen emporrankten. Auf einmal lag der Trümmerhaufen einer eingestürzten *insula* vor mir. Daneben standen mehrere Ochsenkarren. Verschmutzte Sklaven waren damit beschäftigt, den Schutt abzutragen und auf die Karren zu laden.

„Was ist da passiert?", fragte ich meinen kundigen Begleiter.

„Nicht alle Häuser sind so stabil gebaut, wie es die Baukunst vorschreibt!", bekam ich zu hören. „Es kommt leider immer wieder einmal vor, dass eine *insula* in sich zusammenfällt und die unglücklichen Bewohner unter sich begräbt. Allein die städtischen Abbruchunternehmer haben die Erlaubnis, tagsüber mit Ochsenkarren ihrem staubigen Gewerbe nachzugehen."

Marius Valerius hielt plötzlich sein Pferd an, stieg ab und betrat das Geschäft eines Goldschmieds. Kurz darauf kam er lächelnd wieder heraus und wir setzten unseren Weg durch die ewige Stadt fort. Schließlich standen wir vor einem eindrucksvollen Portal. Der ehemalige *tribunus* zog sein Schwert aus der Scheide und klopfte mit dem Knauf kräftig dagegen. Ein Sklave öffnete das Portal und trat heraus auf die Straße.

„Wer begehrt Einlass in das Anwesen des ehrenwerten Sextus Memmius?", fragte er ziemlich borniert.

„Richte deinem Herrn aus, dass Marius Valerius aus Aquileia ihn sprechen möchte."

Der Mann verzog keine Miene und öffnete umständlich das Portal. Im Innenhof des Anwesens stand ein gut gekleideter, untersetzter Römer.

„Herzlich willkommen in meinem bescheidenen Domizil!", rief er uns entgegen. „Hattet ihr eine gute Anreise, Valerius?"

„Danke der Nachfage ehrwürdiger Memmius!", entgegnete der Angesprochene. „Sie verlief ohne nennenswerte Zwischenfälle!"

„Wer ist der reizvolle Intimus an eurer Seite?", wollte der Römer als nächstes wissen.

Dabei musterte er mich merkwürdig.

„Er ist weder reizvoll noch mein Intimus, sondern ein freier Vandale!", antwortete Valerius, worauf Sextus Memmius die Nase rümpfte.

„Meine Sklaven werden euch die Unterkünfte zeigen!", erklärte er. „Euer Besuch wurde mir schon vor einigen Tagen angekündigt. Doch wo habt ihr den Wagen mit der wertvollen Fracht gelassen?"

„Er wird heute Nacht hier eintreffen!", antwortete Valerius. „Wir haben ihn gut bewacht vor der Stadt zurückgelassen. In diesen unsicheren Zeiten kann man nicht vorsichtig genug sein, ehrbarer Memmius!"

„Der Marktpreis für Gold ist in letzter Zeit stark gefallen!", behauptete der Römer auf einmal.

Valerius sah ihn zweifelnd an.

„Wenn ihr an unserem Gold kein Interesse habt, suchen wir einen anderen Händler in der Stadt auf. Ich kenne da ganz in der Nähe einen Gold...

„Das wird nicht notwendig sein!", unterbrach ihn Memmius. „Marcellus Aurelius weiß nur zu genau, dass in ganz Rom niemand bessere Preise für Gold und gut aussehende Sklaven bezahlt, als Sextus Memmius!"

„Dann sind wir ja bei euch an der richtigen Stelle und brauchen nicht lange zu feilschen!", erwiderte Valerius mit ausdrucksloser Miene. „Was ist euch eine *uncia*[75] Gold denn wert?"

Der Römer überlegte.

„Wie gesagt, die Nachfrage nach Gold ist enorm zurückgegangen. Die ergiebigen Goldminen auf der iberischen Halbinsel fördern soviel davon, dass wir mehr als genug haben. Doch für zwei *aurei* pro *uncia,* kommen wir sicherlich ins Geschäft!"

„Ich fürchte wir werden einen anderen Händler in der Stadt aufsuchen müssen, erhabener Memmius!" erklärte Valerius enttäuscht. „Auf gar keinen Fall wollen wir euch übervorteilen!"

Er drehte sich um und ging auf sein Pferd zu.

„Nicht so eilig!", rief ihm der Römer hinterher. „Lasst mich doch erst einmal die Güte eures Goldes prüfen."

Worauf Marius Valerius stehen blieb und sich langsam umdrehte.

„Wie ihr sicherlich schon bemerkt habt, bin ich kein so erfahrener und rechtschaffener Händler wie ihr!", schmeichelte er. „Ich war ja nur ein ganz gewöhnlicher *tribunus*!"

---

75 *Unze (Gewichtsmaß)*

Er griff in die Tasche, holte eine *uncia* Gold heraus und hielt sie Sextus Memmius unter die Nase. Der verschlang das Goldstück geradezu mit seinen gierigen Augen.

„Wir sollten morgen in der hierfür gebotenen Sorgfalt die Qualität des Goldes prüfen!", schlug der Römer vor.

„Ganz wie ihr wünscht!", antwortete Valerius.

Worauf Memmius in seine wurstigen Hände klatschte. Aus der *villa* kamen dunkelhäutige Zwillinge gelaufen. Sie hatten weiter nichts als purpurfarbene Hosen an. Man konnte sie nur dadurch unterscheiden, dass der eine ein silbernes und der andere ein goldenes Sklavenband um den Hals trug. Die Köpfe der Afrikaner waren kahl rasiert. Der Haussklave mit dem goldenen Band streckte mir eine Wasserschüssel entgegen, während sein Bruder ein Leintuch in der Hand hielt. Marius und ich wuschen die Hände und trockneten sie anschließend ab. Danach forderte uns der Hausherr auf, ihm zu folgen. Die Zwillinge boten uns in einem luxuriös eingerichteten Wohnraum Obst sowie mit Wasser verdünnten Wein an. Anschließend gab es köstliches Huhn mit frisch gebackenem Fladenbrot. Memmius klagte unterdessen ständig darüber, dass seine Geschäfte nicht mehr so gut gingen, seitdem die Goten plündernd durch die römischen Provinzen ziehen. Später prahlte er damit, dass er eine florierende Handelsniederlassung in Basilea[76] betreibe. Dort erwerbe er junge, gutaussehende Sklaven aus Germanien, um sie an einschlägige Häuser in Rom zu veräußern. Was er mit einschlägig meinte, entzog sich meinem Wissen. Schließlich fragte er einen der Zwillinge, was morgen Nachmittag im Amphitheater dargeboten würde.

Worauf der junge Mann mit einer ungewöhnlich hellen Stimme antwortete: „Es finden Gladiatorenkämpfe statt!"

Niemals zuvor hatte ich so hohe Töne aus dem Mund eines erwachsenen Mannes gehört.

„Das müsst ihr euch unbedingt ansehen!", meinte sein Besitzer. „Heute Abend empfehle ich euch noch die Thermen des Trajan aufzusuchen. Sie liegen nur wenige Schritte von meinem Anwesen entfernt. Es sind die größten und sicherlich auch die schönsten von ganz Rom!"

---

76 Basel/Schweiz

Er fixierte mich abermals, was mir äußerst unangenehm war.
„Valerius hat euer Günstling einen Namen?"
„Verzeiht Sextus Memmius!", antwortete er. „Ich habe es tatsächlich versäumt euch den Neffen von Marcellus Aurelius vorzustellen. Er kommt aus Germanien und heißt Farold!"
Ich würdigte den affektierten Römer keines Blickes.
„Besitzt der schweigsame Jüngling auch einen Familiennamen?", fragte er spöttelnd.
„Er weiß nur zu genau", dachte ich, „dass es so etwas bei uns Germanen nicht gibt."
Memmius sah mich herausfordernd an.
„Aber gewiss doch!", antwortete ich trotzig. „Farold von Hirschberg!"
Verunsichert schaute der Römer zu Valerius hinüber. Der verzog keine Miene.
„Dass Marcellus Aurelius germanische Familienbande hat, war mir bis zum heutigen Tag nicht bekannt!", entgegnete Memmius gereizt. „Bedauerlicherweise kann man sich seine Verwandten nicht aussuchen. Nicht wahr, Valerius?"
Betont freundlich erwiderte der Angesprochene: „Es ist wie mit den Geschäftspartnern!"
Der Römer griff hastig nach seinem Becher und trank ihn überstürzt aus.
„Wenden wir uns den wichtigen Dingen des Lebens zu!", meinte er. anschließend.
„Die da wären?", fragte Valerius nach.
„Alpha und Beta sind Eunuchen, die mir unvorstellbare Freuden der Lust bereiten, welche auch euch entzücken könnten!"
„Was um Wodans Willen sind Eunuchen?", fragte ich mich.
„Ich brauche keine halben oder ganzen Kerle, um meine Leidenschaften auszuleben!", erwiderte Valerius entrüstet. „Im Palast der tausend Sinne werde ich sehr bald schon mit einer reizvollen Venus den Gipfel der Begierde besteigen."
Memmius musterte mich erneut.
„Wer oder was könnte eure Leidenschaften befriedigen, Vandale?"

Marius Valerius und ich befanden uns auf dem Weg zu den Thermen des Trajan. Jene waren in einem prachtvollen Gebäudekomplex untergebracht. In langen Säulenhallen spazierten dort die Römer umher, sahen sich die Auslagen der Geschäfte an oder kauften bei den zahllosen Händlern ein. Nachdem Valerius den Eintritt zu den Thermen entrichtet hatte, führte man uns in eine Kammer, wir legten die schmutzigen Kleider ab und überließen sie einem Sklaven. Lediglich mit einem Lendenschurz bekleidet, betraten wir die einzigartigen Baderäume. Allesamt waren sie mit prächtigen Bodenmosaiken, weißem und rotem Marmor, herrlichen Fresken sowie Skulpturen ausgestattet. Sie vermittelten dem Besucher durchaus den Eindruck in einem Palast zu verweilen. Dem Besuch des *tepidarium*[77] schloss sich der Aufenthalt im *caldarium* und *frigidarium*[78] an. Nach den wohltuenden Bädern wurde ich von einem Haussklaven mit einem duftenden Öl eingerieben. Danach zog ich meine frisch gewaschenen und getrockneten Kleider wieder an. Marius und ich verließen die Thermen des Trajan und kehrten in der hereingebrochenen Nacht in das Anwesen unseres Gastgebers zurück. Dort traf gerade Titus Rufius mit dem Wagen und der wertvollen Fracht ein.

Am nächsten Tag zeigte mir Marius Valerius, der in Rom seine Ausbildung zum Offizier absolviert hatte, die ewige Stadt. Wir stärkten uns erst einmal in einer der unzähligen Garküchen. An jenem Ort und Tag forderte er mich auf, ihn fortan Marius zu rufen. Ich freute mich sehr über diese vertrauensvolle Geste und tat es ihm gleich.

Später gingen wir gemeinsam auf ein Amphitheater zu. Vor den Torbögen dieses monumentalen Bauwerks standen die Römer in langen Schlangen an. Als wir endlich an der Reihe waren, verlangte Marius zwei Sitzplätze in der vordersten Reihe. Für vier *sestertii* erhielt er zwei Marken aus Rindsleder. Darauf waren die Ziffern XXII/I/III und XXII/I/IV eingestanzt.

„Was haben die Zahlen zu bedeuten?“, fragte ich.

---

77 *Wärmeraum*
78 *Abkühlraum*

„Zu unseren Sitzplätzen gelangen wir durch einen Torbogen über dem die Zahl zweiundzwanzig steht. Im Theater setzen wir uns in der ersten Reihe auf die Plätze drei und vier!", lautete seine verblüffend einfache und überaus einleuchtende Antwort.

Gemeinsam betraten wir das Gebäude durch eine Arkade, auf der die Ziffer XXII in den Stein gemeißelt war. Danach liefen wir durch lange Gänge und stiegen unzählige Treppenstufen hinauf. Ein ständig anschwellender Geräuschpegel begleitete uns auf dem Weg nach oben. Schließlich traten wir durch ein offenstehendes Portal in das grelle Tageslicht. Eine ovale Arena von gewaltigen Dimensionen lag vor mir. Die Aussicht war überwältigend!

Abertausende Menschen standen oder saßen dort auf steilen Rängen und verursachten einen unglaublichen Lärm. Staunend stand ich da und ließ dieses Spektakel auf mich wirken. Marius versetzte mir einen sanften Stoß und forderte mich auf, ihm zu folgen. Wir stiegen die Stufen hinab und setzten uns in der ersten Reihe auf die Ziffern III und IV. Zwischen den Zuschauern liefen bunt gekleidete Frauen und Männer umher und boten lauthals Erfrischungen, Gebäck oder andere Köstlichkeiten an. Hinter mir hatten sich elegant gekleidete Römerinnen hingesetzt.

Immer wieder skandierten sie in rythmischen Sprechchören: „Germanicus, *heros*[79] der Gladiatoren!"

Danach bliesen sie durch große Muscheln eigenartig klingende, dumpfe Töne in das weiträumige Oval der Arena.

„Was tun sie da?", fragte ich ratsuchend meinen Gefährten.

„Sie feuern ihren Günstling an!", entgegnete er augenzwinkernd. „Es würde mich keineswegs wundern, wenn sie diesen Germanicus bereits in ihren Betten angespornt haben."

Ein Mann kam auf mich zugelaufen.

„Kauft Lose, Bürger! Kauft Lose! Hauptgewinn ist eine blutjunge Germanin!", rief er in einem fort.

---

79 *Held*

„Was sind Lose und was ist ein Hauptgewinn?“, lautete meine nächste Frage.

„Ein Los kostet ein *sestertius*!“, entgegnete ein überaus geduldiger Marius. „Am Schluss der Vorstellung gewinnt derjenige die Sklavin, auf dessen Los die gleiche Nummer steht, wie auf der Tafel dort oben zu lesen sein wird. Soll ich dir ein Los kaufen?“

Er zeigte mit dem ausgestreckten Arm auf eine Tafel von beachtlichen Ausmaßen.

„Was soll ich mit einer Sklavin anfangen?“, fragte ich mich und schüttelte den Kopf.

An einer Brüstung über der Arena standen in regelmäßigen Abständen Männer in blauen *tunicae*. Ein jeder von ihnen hielt einen Bogen in der Hand.

„Wozu benötigt man in einem Amphitheater Bogenschützen?“, lautete meine nächste Frage.

„Es kommt schon einmal vor, dass ein wildes Tier in seiner Todesangst aus der Arena in die Zuschauerränge springt oder einen Kampfrichter anfällt!“, erklärte Marius. „Die Bogenschützen sorgen dann dafür, dass nichts Schlimmeres passiert!“

Plötzlich ertönten Signale und Trommelwirbel setzte von allen Seiten her ein, worauf die fliegenden Händler ihr unablässiges Rufen einstellten. Unter frenetischem Beifall wurde ein Tor aufgestoßen und die Gladiatoren traten in die Arena. Gleichzeitig erklangen schrille Töne, die ich noch nie zuvor gehört hatte.

„Was ist das?“, fragte ich verwundert und schaute mich suchend um.

„Die Klänge einer Wasserorgel!“, antwortete Marius.

Hinter mir waren die Römerinnen aufgesprungen und klatschten rhythmisch in die Hände. Dazu riefen sie immer wieder den Namen ihres Favoriten: „Germanicus! Germanicus!“

Die Gladiatoren hielten ihre Lanzen, Schwerter, Streitäxte, Dreispitze, Netze oder Schilder in die Höhe. Manche trugen einen schützenden Helm oder ein glänzendes Kettenhemd, während andere ihre muskulösen Oberkörper aufreizend zur Schau stellten. Staunend sah ich zu, wie sie durch die Arena liefen und bejubelt wurden.

„Jeder Gladiator erhält nach einem siegreichen Kampf einen Ölzweig und eine Prämie!", ließ mich mein Gefährte wissen. „Damit können sie sich eines Tages die Freiheit erkaufen. Einige unter ihnen sind angesehene Bürger Roms und die Besten werden wie Götter verehrt!"

Sie schritten geradewegs auf eine Loge zu. Dort saßen ganz in weiß gekleidete Würdenträger. Wie auf ein Zeichen hin, blieben die Gladiatoren davor stehen und streckten ihre Hände zum römischen Gruß empor. Gemeinsam riefen sie: *„Ave, Marcus, morituri te salutant!"*[80]

„Wer sind die vornehmen Herren in der Loge?", wollte ich als nächstes wissen.

„Senatoren Roms!"

Die Kampfrichter bliesen in ihre Hörner, worauf die Zweikämpfe begannen. Bald schon floss reichlich Blut. Die Gladiatoren wurden von einer johlenden, buhenden und immer wieder Beifall spendenden Masse angefeuert. Später betrat der blonde, germanische Hüne den Schauplatz des Geschehens. Erstaunlich viele Frauen waren aufgesprungen und applaudierten. Der Gladiator hielt ein Netz und einen Dreizack in den Händen. Erhobenen Hauptes schritt er durch die Arena. Gelegentlich warf er mit einer eleganten Kopfbewegung sein langes, blondes Haar über die Schultern. Jedes Mal kreischten die Römerinnen vor Entzücken. Sein Gegner war ein dunkelhäutiger Afrikaner mit Schild und Schwert. Vor meinen Augen entbrannte ein Kampf auf Leben und Tod. Der blonde Germane war, trotz seiner beachtlichen Körpergröße, erstaunlich flink und hielt seinen Gegner zunächst auf Abstand. Als der sein Schild einen Augenblick lang zu hoch hielt, warf Germanicus blitzschnell das Netz darüber und zog es kraftvoll an sich. Der Afrikaner taumelte auf den Hünen zu. Im nächsten Moment rammte der Germane ihm den Dreizack in den Unterleib. Der Gladiator fiel langsam nach vorne um und blieb regungslos im Sand liegen. Die Zuschauer applaudierten überschwänglich. Viele waren aufgesprungen und riefen immer wieder *iugulo*[81]. Dabei hielten sie ihre Daumen an die Kehle, während der Germanicus zur Loge hinaufschaute. Ein grauhaariger Senator war aufgestanden und hob theatralisch eine Hand empor. Schließlich hielt

80 *Heil dir, Marcus, die Todgeweihten grüßen dich*

81 *Abstechen*

auch er seinen Daumen an die Kehle, worauf das Publikum tosenden Beifall spendete. In diesem Augenblick sagte Marius: „Das ist sein Todesurteil!"

Der siegreiche Gladiator nahm das Schwert des Afrikaners und stieß es in sein Herz. Der Mann war auf der Stelle tot. Die ausgelassene Stimmung hatte ihren vorläufigen Höhepunkt erreicht.

Zwei Sklaven kamen mit einer Tragbahre dahergelaufen, warfen den Toten achtlos darauf und machten sich wieder davon. Germanicus schritt unterdessen in der Arena umher und ließ sich bejubeln. Einige Frauen warfen ihm Blumen zu. Ab und zu blieb der Hüne stehen, hob eine auf und winkte damit der begeisterten Menge zu. Nachdem er aus den Händen eines Senators einen Ölzweig und eine Silberschale erhalten hatte, verließ er erhobenen Hauptes den Ort seines Triumphs.

Die Massen hatten sich kaum beruhigt, als ein Rudel Wölfe in die Arena gelaufen kam. Das Publikum blickte gebannt auf das, was sich nunmehr vor ihren Augen abspielen sollte. Plötzlich hob sich ein Teil des Bodens und zwei Gladiatoren traten darunter hervor. Der eine hielt eine Lanze und der andere eine Streitaxt in der Hand. Die Zuschauer waren aufgesprungen und applaudierten begeistert. In diesem Augenblick sprang ein Wolf den Gladiator mit der Streitaxt rücklings an. Ein Aufschrei aus abertausenden von Kehlen begleitete die heimtückische Attacke. Mit viel Mühe und der Hilfe des Lanzenträgers, konnte der Gladiator das wilde Tier wieder abschütteln. Der Wolf hatte ihn in die Schulter gebissen. Blut lief dem Mann den Rücken hinab. Danach begann das gnadenlose Abschlachten der Wölfe. Bei jedem verzweifelten Angriff der auffallend abgemagerten Tiere, schrie das Publikum inbrünstig auf. Grölende Weiber und krakeelende Kerle riefen obszöne Bemerkungen durch das Oval des Amphitheaters, was die ausgelassene Stimmung noch mehr anheizte. Als der letzte Wolf leblos im blutrot eingefärbten Sand lag, verließen die siegreichen Gladiatoren, unter den überschwänglichen Zurufen der berauschten Zuschauer, die Schlachtbank.

Angewidert wandte ich mich an Marius.

„Ich habe genug gesehen!", sagte ich entschlossen und stand auf.

Er schaute mich ungläubig an. Schließlich nickte er mir verständnisvoll zu. Als wir den Ausgang fast erreicht hatten, verspürte ich ein allzu menschliches Bedürfnis.

„Die Latrinen befinden sich gleich um die Ecke!", gab er mir zur Antwort, nachdem ich ihn danach gefragt hatte. „Ich warte hier auf dich!"

Der Weg führte mich in einen Raum, den man schon von seinen Ausdünstungen her nicht verfehlen konnte. Ich trat ein und schaute mich erst einmal um. Einige Römer saßen dort auf einer langen Steinbank und unterhielten sich zwanglos miteinander, während sie ihre Notdurft verrichteten. Niemand fühlte sich gestört, als ich meine *tunicae* hochzog und mich auf ein Loch setzte. Ein Sklave stellte einen Eimer Wasser vor meine Füße und reichte mir wortlos einen Stock, an dem ein Schwamm befestigt war.

„Was soll ich damit?", fragte ich mich und sah mich noch einmal um.

Nachdem wir das Amphitheater verlassen hatten, gingen Marius und ich auf einen monumentalen Triumphbogen zu.

„Darauf ist das Lebenswerk von Kaiser Konstantin dargestellt!", verkündete er.

Anschließend erklärte er mir die in Stein gemeißelten Szenen aus dem Leben des verstorbenen Kaisers.

„Da ist er ja!", rief Marius auf einmal.

Alpha kam auf uns zugelaufen.

„Ich habe alles mitgebracht, so wie ihr mir es aufgetragen habt, Herr!", sprach er in den höchsten Tönen. „Es ist sehr vernünftig, wenn ihr in der Nacht eine Waffe bei euch tragt."

Mit diesen Worten reichte er Marius seinen *gladius*[82] und mir meinen *pugio*. Danach tauchte er in der Menschenmenge unter. Wir setzten unseren Spaziergang durch das Herz der ewigen Stadt fort. Plötzlich standen wir vor einer riesigen Konstruktion aus Backsteinbögen.

„Was ist das?", fragte ich.

„Ein Aquädukt!"

Ratlos zuckte ich mit den Schultern.

„Dort oben verläuft eine Wasserleitung. Sie führt frisches Trinkwasser in die Stadt!", erklärte der einstige *tribunus* einem unwissenden Vandalen.

---

82 *Kurzes, zweischneidiges Schwert*

Die Aquädukte waren charakteristische Bauwerke der Römer. In den darauf befindlichen Leitungen floss Wasser in die größeren Städte, wo es in Zisternen gesammelt wurde. Von dort gelangte das Wasser durch Leitungen aus Stein oder Gussmauerwerk an seinen Bestimmungsort. In kleineren Siedlungen verwendete man hierzu Rohrleitungen aus Ton, Blei oder durchbohrten Holzstämmen. Das Wasser stammte aus gefassten Quellen, Bächen, Flüssen oder Seen. Zur Überwachung der Qualität wurden Wassermeister ausgebildet. Alle öffentlichen Bäder waren an eine Leitung angeschlossen. Den gleichen Standard wiesen auch die Abwassersysteme auf. Niederschläge und Fäkalien wurden durch gemauerte Kanäle abgeführt und gelangten so in Flüsse, Seen oder das offene Meer. Manche waren so hoch, dass man aufrecht darin gehen konnte.

Als wir unter dem Aquädukt standen, schaute ich nach oben. Das imposante Bauwerk endete an einer hoch aufragenden Mauer. Darüber sah ich die obersten Stockwerke eines prächtigen Gebäudes.

„Was du da oben siehst", belehrte mich Marius, „ist der Hügel des Palatin mit den kaiserlichen Palästen."

In der einsetzenden Abenddämmerung kamen wir auf einen weitläufigen Platz. Ein schier unaufhörlicher Strom von Menschen ergoss sich aus einem sehr langen und hohen Bauwerk.

„Die Rennen im *Circus Maximus*[83] sind gerade zu Ende gegangen!", stellte Marius im Vorbeigehen fest.

Auf einmal standen wir vor einem geruhsam dahinfließenden Strom.

„Das ist der *Tiberis*[84]!", erklang die Stimme von Marius.

Ich stand da und ließ die eigenartige Aura am Fluss auf mich einwirken. Der Mond spiegelte sich auf der Wasseroberfläche. Marius ging unterdessen auf eine Brücke zu. Ich wunderte mich noch, warum er nicht abgebogen war, um zum Anwesen von Sextus Memmius zurückzukehren. Schließlich lief ich ihm nach. Er stand auf dem Viadukt und schaute auf den Tiberis hinab.

„Wo willst du hin?", wollte ich wissen. „Das Anwesen unseres Gastgebers liegt stadteinwärts!"

83 *Größter Zirkus im antiken Rom*
84 *Tiber/Fluss/Italien*

„Siehst du die *villa* mit den vielen Lichtern auf der anderen Seite des Flusses?“, fragte er und zeigte darauf.

Ich nickte stillschweigend.

„Dort werden wir hingehen!“

„Was befindet sich an jenem Ort?“

„Lass dich überraschen!“, antwortete Marius. „Es wird dir sicherlich gefallen!“

An der Uferböschung hatten ein paar Lastkähne festgemacht. Die Stimmen der Schiffer hallten über das Wasser, während wir über die Brücke liefen. Weiter flussaufwärts lag eine Insel, deren Spitze einem Schiffsbug glich. Dort stand ein kleiner Tempel, welcher im Schein des Mondes überaus geheimnisvoll auf mich wirkte.

„Der Tempel des Heilgottes Äskulap!“, sagte Marius im Vorübergehen.

Kaum waren wir auf der anderen Seite der Brücke angekommen, brach ein unglaublicher Lärm los. Wie auf ein verabredetes Zeichen hin, rumpelten auf einmal zahllose Wagen und Fuhrwerke an uns vorbei, um irgendwo in der Stadt ihre Fracht abzuliefern. Die Flüche der Kutscher, das Gebrüll der Zugtiere und das Gepolter der Räder hallten durch die Straßen, Gassen und über die Plätze Roms, während Marius und ich auf die *villa* zugingen. Eine hohe Mauer umschloss das Anwesen. Plötzlich standen wir vor einem schmiedeeisernen Tor. Ein paar kräftige Männer nahmen uns eingehend in Augenschein, bevor sie es öffneten. Anschließend begleitete man Marius und mich durch einen gepflegten Park zum herrschaftlichen Anwesen. Ein Portal wurde aufgestoßen und wir traten ein. Die luxuriöse Eingangshalle war mit prächtigen Bodenmosaiken und bunten Fresken ausgestattet. Ein dunkelhäutiger Riese musterte uns. Neugierig fragte ich mich fortwährend, wo wir uns befänden. Der Afrikaner hieß Marius und mich mit freundlichen Worten willkommen.

„Für jeden Gast verlangen wir drei *sestertii*!“, sagte er. „Alles Weitere vereinbart ihr mit den Domestiken.“

Worauf Marius ihm die geforderten Silbermünzen auf die ausgestreckte Hand zählte.

„Für was?“, grübelte ich noch nach, als plötzlich eine Tür aufgestoßen wurde und ein junger Mann auf uns zugelaufen kam.

„Herzlich willkommen im Palast der tausend Sinne!", grüßte er.
„Seid ihr die Gäste des ehrwürdigen Sextus Memmius?"
„Ja, die sind wir!", antwortete Marius zögernd.
Der Jüngling benahm sich so, als wären wir gute, alte Bekannte.
„Bei uns benötigt ihr keinen *pugio* oder *gladius* aus Stahl!", behauptete er.
Dabei sah er unsere Waffen an. Marius und ich hatten seine dezente Aufforderung verstanden und übergaben sie ihm. Anschließend folgten wir dem Jüngling nach. Er führte uns in einen prächtigen Raum, wo uns zwei gutaussehende Domestikinnen willkommen hießen. Verunsichert schaute ich zu meinem Gefährten. Doch der hatte nur noch Augen für die Schönheiten. Die Dunkelhaarige schritt auf mich zu und hängte sich vertrauensvoll unter meinem Arm ein. Danach gingen wir gemeinsam in eine luxuriös ausgestattete Kammer, wo sie uns auszogen. Peinlich berührt ließ ich es über mich ergehen, während Marius Gefallen daran fand. Als sie damit fertig waren, streiften sie ungeniert ihre *tunicae* ab. Erneut hängte sich meine Begleiterin bei mir ein und wir betraten einen Baderaum. Dort stiegen wir die Stufen in ein Wasserbecken hinab. Nachdem die beiden Marius und mich gewaschen hatten, salbten sie uns mit einem wohlriechenden Öl ein. Auf einmal klatschte die meinige in die Hände, worauf ein Zwerg erschien.
„Man erwartet euch bereits!", behauptete er. „Folgt mir bitte nach!"
Kurz darauf standen wir vor einer Tür. Schwungvoll stieß der kleine Mann sie auf. Gemeinsam betraten wir einen purpurfarbenen Saal. Wie angewurzelt blieb ich stehen und bestaunte fassungslos die unglaubliche Szene, welche sich dort abspielte. Ein splitternacktes Paar führte an jenem Ort akrobatische Kunststücke vor. Dazu spielten Musikanten auf ihren Instrumenten. Einige ältere Herren sowie ausnahmslos attraktive, junge Frauen und Jünglinge bestaunten die eindrucksvollen Darbietungen. Nachdem die Vorstellung zu Ende war, setzte eine dezente Unterhaltung ein. Unsere reizenden Begleiterinnen hatten es sich mittlerweile auf Liegen bequem gemacht.
„Wir sollten sie nicht alleine lassen!", meinte Marius und ging zu ihnen. Ich folgte ihm nach. Die Dunkelhaarige forderte mich freundlich auf, neben ihr Platz zu nehmen. Zögernd kam ich ihrer Aufforderung nach. Ein Knabe reichte mir einen silbernen Becher mit verdünntem Wein, als ein

Gong ertönte und die Gespräche verstummten. Drei dunkelhäutige Frauen und ein blonder Mann betraten den Saal. In der eng anliegenden Hose des Mannnes zeichneten sich deutlich die Konturen seines Geschlechtsteils ab. In diesem Augenblick setzte sich ein Jüngling zu mir und lächelte mich aufreizend an. Sein entblößter Oberkörper war enthaart und die Hose rot eingefärbt. Er hatte das Aussehen eines Orientalen. Ich wandte mich wieder der Orgie zu, welche sich vor meinen Augen abspielte. Die reizvollen Frauen streiften ihrem Partner die Hose ab und stimulierten mit den Händen sein Glied. Dazu erklang gedämpfte Musik. Auf einmal stand ein großer, schwarzer Hund mitten unter den Akteuren. Ein paar Gäste waren erregt aufgesprungen, um ja nichts zu verpassen. In diesem Moment streichelte jemand meinen Penis. Erschrocken sah ich an mir herab und entdeckte, an jener Stelle, die Hand des Orientalen. Entsetzt sprang ich auf und versetzte ihm eine schallende Ohrfeige. Der junge Mann schaute mich fassungslos an und ließ sich sodann theatralisch zu Boden fallen. Dort wälzte er sich wehklagend hin und her. Die Musiker hatten aufgehört zu spielen und der Hund bellte in einem fort, während die Anwesenden den Orientalen und mich abwechselnd anstarrten. In diesem Moment stieß der schwarze Riese die Tür auf, stürmte durch den Saal und baute sich bedrohlich vor mir auf. Marius fing auf einmal an zu lachen. Er konnte sich gar nicht mehr beruhigen, worauf die Umherstehenden in das ansteckende Gelächter einstimmten. Der Afrikaner schaute sich irritiert um, als eine korpulente Frau erschien und sich resolut einen Weg durch die lüsterne Gesellschaft bahnte. Sie trug eine bunte *tunicae* und ihr Gesicht war passend dazu angemalt. Vor mir blieb sie stehen und stemmte ihre fleischigen Arme in die beleibten Hüften. Mit einem alles durchdringenden Blick sah sie mich an.

„Ganz offensichtlich", sprach dieser Paradiesvogel, „gefällt euch etwas bei uns nicht!"

„In der Tat!", feixte Marius, worauf sie ihn musterte.

„Warum seid ihr dann hier?"

„Ich glaubte im ambitioniertesten Freudenhaus Roms zu verweilen", erwiderte er. „Zu meinem Entsetzen musste ich aber mitansehen, wie mein Gefährte von jenem Jüngling dort belästigt wurde!"

Mit der ausgestreckten Hand zeigte er auf den Orientalen.

„Ihr seid doch die Gäste von Sextus Memmius?", fragte sie verunsichert.
„Ich denke schon!", antwortete er.
„Wir sind gestern in Rom angekommen, um mit ihm ein Geschäft abzuschließen."
„Sextus ist ein gern gesehener Gast im Palast der tausend Sinne!", erklärte sie. „Er hat mir erst heute Morgen eine bezaubernde Sklavin aus Germanien verkauft und dabei euren Besuch angekündigt. Ausdrücklich hat er mir aufgetragen, euch in den roten Saal zu führen. Dort finden ausschließlich Orgien mit Tieren statt!"
Marius stieg die Zornesröte ins Gesicht.
„Dieser lüsterne Kerl!", rief er verärgert. „Ich geile mich nicht an Abnormalitäten auf!"
„Folgt mir nach!", forderte die Römerin uns auf.
Wir liefen durch einen langen, offenen Säulengang. Im Mondlicht konnte ich den Tiberis sehen.
„Wo bringt ihr uns hin?", fragte Marius.
„An einen Ort, wo ihr eure Gelüste mit den schönsten Frauen Roms ausleben könnt!"
Auf der Stelle blieb ich stehen.
„Junger Mann, auf was wartet ihr noch?", rief sie mir zu, als sie es bemerkte.
„Ich will nicht unhöflich sein, aber mich hat bisher niemand danach gefragt, ob es mir im Palast der tausend Sinne gefällt!"
Kurz darauf stand ich mit einem fassungslosen Marius auf der Straße.

Nach der Morgenkost ging ich hinab in den Innenhof. Sextus Memmius, Titus Rufius und Marius unterhielten sich miteinander. Ein paar Haussklaven waren damit beschäftigt das Gold von Marcellus zu wiegen. Alpha reichte Memmius einen Becher mit gestrecktem Wein und einen Teller voller Datteln, während Beta den speckigen Nacken seines Besitzers knetete. Ein schäbiges Lächeln huschte dem Hausherrn über das Gesicht, als er mich kommen sah.
„Wie hat es euch heute Nacht im Palast der tausend Sinne gefallen?", rief er mir schon von weitem zu.
„Großartig!", lautete meine geheuchelte Antwort.

„Man hat sich nach eurem Wohlbefinden erkundet!"
Er lächelte geschmeichelt.
„Sie haben mich tatsächlich vermisst?"
„Gewiss doch!", antwortete ich. „Man vertraute mir sogar euren Kosenamen an!"
„Wirklich?"
Erwartungsvoll sah er mich an.
„Nun sagt schon!", drängte er. „Wie nennen sie mich?"
„Wollt ihr es wirklich wissen?", fragte ich nach.
„Aber ja! Wie rufen mich meine Freunde."
„Sextus Perversus!"
Der Römer starrte mich ungläubig an, während sein Gesicht rot anlief.
„Wie rufen sie mich?", stammelte er.
Als ich ihm antworten wollte, verschluckte er sich an einer Dattel. Heftig fing er an zu husten und rang verzweifelt nach Luft. Beta schlug dem Römer mit der Hand kräftig auf den Rücken, worauf dieser sich übergab. Angewidert drehte ich mich um, stieg die Treppe zur Kammer hinauf und packte meine Habseligkeiten zusammen. Kurz darauf hörte ich wie Sextus Memmius durch die *villa* schrie: „Dieser vandalische Barbar verlässt auf der Stelle mein Haus!"
Ich beschloss erst einmal abzuwarten, bis er sich etwas beruhigt hatte. Danach wollte ich nur noch fort, von diesem entsetzlichen Ort. Kurz darauf kamenen meine Gefährten zu mir.
„Das hat gesessen!", meinte Rufius. „Das fette Schwein wäre an der Dattel fast erstickt!"
„Schade!", fügte Marius hinzu.
Sie teilten mir mit, dass ich noch eine Nacht bleiben könne. Mit dem Hinweis auf das noch abzuschließende Geschäft, hatten sie den gierigen Römer dazu bewegen können.

Später ging ich mit Marius aus dem Haus. In einer der unzähligen Garküchen löffelten wir eine gute Fischsuppe. Anschließend führte er mich in das Zentrum der ewigen Stadt.

„Das Forum Romanum war über Jahrhunderte hinweg der Mittelpunkt des römischen Imperiums, die Schaltstelle der Macht und Schauplatz vieler historischer Ereignisse!", klärte er mich auf.

Marius zeigte auf einen imposanten Tempel.

„Im Tempel des Saturns wurde einst der römische Staatsschatz aufbewahrt!", fuhr er fort. „Heute hat das Forum bei weitem nicht mehr die Bedeutung wie in den guten, alten Zeiten. Damals regierten berühmte Kaiser wie Caesar oder Augustus das Imperium von diesem Ort aus. Heute residiert der Kaiser in Mediolanum[85]."

Vom Forum Romanum stiegen wir durch enge Gassen einen Hügel hinauf. Als wir oben ankamen, bot sich uns ein großartiger Rundblick über die gesamte Stadt.

„Wir befinden uns auf dem Kapitolshügel vor dem Tempel des Jupiters, dem Schutzgott des Reiches!", verkündete Marius stolz.

Gemeinsam setzten wir den Spaziergang durch die Metropole des Imperiums fort.

„Jener Tempel dort drüben, war einst Janus geweiht!", ließ er mich wissen. „Die Gottheit hat zwei Gesichter und wacht gleichzeitig über die Vergangenheit und die Zukunft sowie die Pforten und Türen Roms."

Auf einmal blieb er stehen.

„Das gefällt mir überhaupt nicht!"

„Was?", fragte ich besorgt.

„Die Tore des Janustempels stehen weit offen!", stellte er zutreffend fest. „Das bedeutet nichts anderes, als dass sich das Imperium im Krieg befindet!"

Schweigend gingen wir nebeneinander her. Auf einmal standen wir vor einer gigantischen, bronzenen Säule. Die Namen vieler bedeutender Orte und die Entfernungen in Meilen waren darauf geschrieben.

„Wie du siehst", sagte er selbstbewusst, „führen alle Wege nach Rom!"

Ich staunte.

„Das Bauwerk dort drüben, nennen die Römer Curia Iulia. Es ist die Versammlungsstätte des Senats!", teilte er mir mit, während Männer in ele-

85 *Mailand/Italien*

ganten *togae*[86] mit purpurfarbenen Streifen aus dem Gebäude eilten und sich dabei lebhaft unterhielten. „Offensichtlich ist gerade eine Sitzung des Senats zu Ende gegangen."

Marius stieß einen Seufzer aus.

„Senatoren, Könige und Kaiser lenkten die Geschicke des Imperiums von dieser bedeutenden Stätte aus!", erklärte er niedergeschlagen und fügte schweren Herzens hinzu: „Seit den Tagen Hannibals, stand es nicht mehr so schlecht um Rom."

„Warum?", fragte ich.

„Ihr Germanen drängt mit aller Macht gegen den *limes* und seit der Teilung in ein Ost- und Westreich, herrscht Zwietracht zwischen Konstantinopel und Rom."

Plötzlich liefen die Menschen vor uns auseinander, um einer Truppe marschierender Legionäre Platz zu machen. Wir blieben hinter einer größeren Menschenansammlung stehen und hörten den temperamentvoll diskutierenden Bürgern zu. Zunächst verstand ich nur einzelne Worte wie Krieg, Stilicho, Goten und Alarich. Deshalb drängte ich mich weiter nach vorn. Ein greiser Senator teilte den aufgebrachten Römern mit, dass Goten plündernd und mordend durch die nordöstlichen Provinzen des Imperiums ziehen und man befürchtet, dass sie Mediolanum einnehmen wollen. Aus diesem Grund verhandle der Reichsverweser und oberste Heermeister des Imperiums, Flavius Stilicho, mit germanischen Stämmen, um sie als Förderaten Roms gegen die Eindringlinge zu gewinnen. Der Senator ließ die beunruhigten Bürger wissen, dass Stilicho mehrere Legionen aus dem gesamten Imperium zusammenzieht, um sie gegen die Scharen eines gewissen Alarich ins Feld zu führen.

„Das ist ein Lüge!", rief ein Römer empört.

„Ihr bezichtigt mich die Unwahrheit zu sagen?", entrüstete sich der Würdenträger.

„Ihr glaubt die Wahrheit zu kennen, doch ihr täuscht euch Senator!"

„Warum sollte ich mich irren?"

„Stilicho ist der Sohn eines Germanen!", behauptete der Mann.

---

86 Römisches Kleidungsstück

„Glaubt ihr wirklich, dass er gegen seine Blutsverwandten in den Kampf zieht, um uns vor diesen Barbaren zu beschützen?“

„Das ist Hochverrat!“, entgegnete der Senator, worauf der Römer schleunigst das Weite suchte.

Die Menschen fingen wieder lebhaft an zu debattieren.

Marius flüsterte mir zu: „Wir sollten von hier verschwinden. Die gereizte Stimmung kann sehr schnell in einen offenen Aufruhr umschlagen. Die Legionäre sind nicht zufällig vorbeigekommen!“

Er ging mit mir zu einem stattlichen Gebäude. An einer langen Wand hingen dort zahlreiche öffentliche Anschläge. Die Menschen standen dicht gedrängt davor und lasen die neuesten Nachrichten aus dem gesamten Imperium. Ich stellte schnell fest, dass der Senator die Wahrheit gesagt hatte.

„Wir werden noch heute Nacht nach Aquileia aufbrechen!“, kündigte Marius an. „Die Goten sind schon einmal in die Provinz Venetia eingefallen. Nur die hohen und starken Mauern haben die Stadt vor der Brandschatzung bewahrt.“

Seine Miene hellte sich auf.

„Zuvor aber besuchen wir noch den Circus Maximus. Sonst hast du Rom nicht wirklich gesehen,“ meinte er. „Das gigantische Bauwerk fasst bis zu zweihundertundfünfzigtausend Besucher. Dort finden Wagen- und Pferderennen statt. Die Reiter und Wagenlenker müssen die Rundstrecke sieben Mal zurücklegen. Ein überdimensionales Gestell, an dem sieben absenkbare Delphine hängen, zeigt dem Publikum die Anzahl der zurückgelegten Runden an. Der umjubelte Sieger erhält nach dem Rennen aus den Händen eines römischen Würdenträgers einen Lorbeerkranz und eine Prämie.“

Kurz darauf standen wir vor dem Circus Maxismus.

„Wir sitzen in der ersten Reihe, gegenüber der kaiserlichen Loge. Das hat mich zwar ein kleines Vermögen gekostet, aber wenn man die Rennen aus der Nähe verfolgen kann, ist das um einiges aufregender!“, erklärte mein Begleiter, nachdem er zwei Eintrittsmarken erstanden hatte.

Ich hatte mich gerade hingesetzt, als ein Mann in einer roten *tunicae* vor mir stehen blieb.

„Wollt ihr eine Wette abschließen?“, fragte er.

„Auf jeden Fall!“, antwortete Marius.

Der Römer nannte Herkunft und Namen der Wagenlenker des nächsten Rennens. Marius setzte einen *denarius* auf Sieg. Ein Araber namens Yussuf aus Damascus war sein Favorit. Im gleichen Rennen tippte ich auf einen Markomannen aus Castra Regina, nachdem man mich über die Wettbedingungen aufgeklärt hatte. Der Römer notierte alles fein säuberlich auf einer kleinen Wachstafel und kassierte anschließend die Einsätze. Der Spaß war mir ein *sestertius* wert. Dafür erhielt ich von ihm eine Kupfermünze auf der die Ziffern I / I / I eingestanzt waren.

„Erstes Rennen, erster Wagen, auf Sieg!", lautetete der Kommentar von Marius.

Kurz darauf ertönten Blasinstrumente, worauf die Zuschauer sich von den Plätzen erhoben. Mein Begleiter zeigte auf die kaiserliche Loge. Dort erschienen hochrangige Offiziere, gefolgt von einem jungen Knaben, einem Mädchen und einen ganz in weiß gekleideten Würdenträger. Der Junge trug auf seinem Haupt einen goldenen Lorbeerkranz. Nebeneinander blieben sie stehen und grüßten die Menge mit ausgestreckten Armen. Zehntausendfach wurde die Geste erwidert. Erneut erklangen die Instrumente, worauf sich alle hinsetzten. Ich stand noch immer da und sah zur Loge hinüber.

„Wer ist das?", fragte ich ratsuchend.

„Kaiser Honorius und der Bastard Stilicho mit seiner Tochter!", antwortete eine Römerin abfällig, welche neben mir saß.

Verächtlich spuckte sie aus.

„Hütet gefälligst eure gehässige Zunge, oder ich reiße sie euch heraus!", zischte Marius sie an. „Packt euch fort, bevor ich mich vergesse!"

Die Frau sah ihn verängstigt an, stand schweigend auf und lief schleunigst davon. Kaum hatte ich wieder Platz genommen, galoppierten Männer auf feurigen Rappen in die Arena und zeigten dem Publikum waghalsige Kunststücke auf den Rücken ihrer Pferde. Als sie den Schauplatz des Geschehens wieder verlassen hatten, ertönten erneut die Blasinstrumente. Sechs zweirädrige Rennwagen, gezogen von je vier Pferden, fuhren hintereinander in die Arena. Auf jedem Wagen stand ein Lenker in einer bunten *tunicae*. Ganze Reihen von Zuschauern mit den gleichen Farben, waren aufgesprungen und jubelten ihrem jeweiligen Günstling zu. Die Wagenlenker fuhren an der Loge vorbei und grüßten mit ausgestrecktem Arm den Kaiser.

„Dein Markomanne lenkt den blauen *currus*[87]!“, behauptete Marius.

„Woher willst du das wissen?“

„Auf seiner *tunicae* steht die Ziffer eins!“

Als die Gespanne in einer Reihe vor einer aufgespannten Kette standen, fiel diese plötzlich in den Sand. Das Rennen hatte begonnen! Abwechselnd schlugen die Fahrer mit ihren Peitschen auf die Pferde und Kontrahenten ein. Mein Markomanne war damit so erfolgreich, dass der von ihm traktierte grüne Wagenlenker die Kontrolle über sein Gespann verlor. Ein Rad seines Wagens krachte gegen die Längsachse der Rennbahn. Der Mann flog im hohen Bogen durch die Luft, fiel in den Sand, überschlug sich mehrfach und blieb regungslos liegen, während sein führungsloses Gespann den anderen hinterherjagte. Viele Zuschauer waren aufgesprungen und tausendfache Schreie der Begeisterung oder Enttäuschung hallten durch den Circus. Zwei Männer liefen mit einer Trage in die Arena und bargen den Verletzten, gerade noch rechtzeitig, bevor der erste Wagen wieder um die Ecke bog. Einem erneuten Knall, folgte abermals der Aufschrei der Massen. Mein gesetzter Favorit hatte den *currus* seines roten Rivalen so geschickt ausgebremst, dass jener gegen ein anderes Gefährt fuhr. Dessen Lenker fiel aus dem Wagen. Das nachfolgende Gespann konnte nicht mehr ausweichen und fuhr über den Unglücklichen hinweg. Blutüberströmt blieb er auf der Rennbahn liegen. Erneut kamen die Männer mit der Trage angerannt. Schließlich stand der Sieger des ersten Rennens fest. Es war tatsächlich der von mir gesetzte Markomanne.

Vor dem nächsten Rennen kam der Wettmacher wieder vorbei. Ich reichte ihm erwartungsvoll die Kupfermünze. Er verglich die Zahlen mit seinen Aufzeichnungen. Danach zahlte er mir anstandslos Einsatz und Gewinn aus. Nachdem wir ein weiteres Wagenrennen angesehen hatten, fragte mich Marius, ob ich noch eine Theatervorstellung besuchen wollte. Ich fand gefallen an seinem Vorschlag und wir verließen den Circus Maximus.

---

87 *Wagen*

Unmittelbar neben dem Tiberis lag das Marcellustheater. Auf den obersten Sitzplätzen nahmen wir in den steilen Zuschauerrängen Platz. Wie zuvor im Circus Maximus, wurden uns Leckereien und Erfrischungen angeboten. Zur Aufführung kam an diesem Abend ein Possenspiel. Erstaunt stellte ich fest, dass man jedes ausgesprochene Wort auf der Bühne verstehen konnte. Das Stück handelte von einem wohlhabenden Römer, seinen zahlreichen Liebschaften und den damit einhergehenden Verwicklungen. In phantasievollen Kostümen und bunt angemalten Gesichtern sprachen die Schauspieler wirres Zeug und schnitten dazu alberne Grimassen. Zu Beginn war das Ganze noch zu ertragen. Nach und nach verlor ich aber an dem dümmlichen Treiben auf der Bühne mein Interesse und schweifte mit den Gedanken ab.

„Wie es den meinigen wohl ergeht?", fragte ich mich und stieß einen Seufzer aus. Marius muss meine Gemütslage bemerkt haben.

„Ich habe genug von diesem Spektakel!", erklärte er und stand auf.

Wir verließen das Theater und machten uns auf den Rückweg. Die Straßen und Plätze waren voller Menschen. Die Römer saßen in den Garküchen und ließen sich ihre *cena* munden. Unterwegs begegneten wir zerlumpten Bettlern, aufdringlichen Freudenmädchen, streitsüchtigen Raufbolden, armseligen Invaliden oder vermögenden Bürgern, die sich von ihren Sklaven auf prunkvollen Sänften durch die ewige Stadt tragen ließen.

„Rom ist ein gigantischer Schmelztiegel!", stellte ich tief beeindruckt fest.

Im Anwesen von Sextus Memmius angekommen, stiegen wir die Treppe zur *villa* hinauf. Vor der Haustür stand Alpha und hielt einen Zeigefinger vor den geschlossenen Mund. Verwundert schaute ich zu Marius. Der zuckte ratlos mit den Achseln. Ohne etwas zu sagen, öffnete der Eunuche die Tür und begleitete uns hinauf in die Schlafkammer.

„Junger Herr!", sprach er leise, nachdem wir eingetreten waren und die Tür hinter uns zugezogen hatten. „Ihr dürft in diesem Haus keine Speisen oder Getränke mehr zu euch nehmen. Einzig das Wasser, der Käse und das Brot, welches ich euch dort drüben hingestellt habe, könnt ihr bedenkenlos trinken und essen!"

Erschrocken sah ich ihn an und bemerkte erst jetzt, dass er am ganzen Leib zitterte. Im gleichen Augenblick hatte ich seine unmissverständliche Warnung verstanden.

„Meidet heute Nacht, wenn ihr die Stadt verlassen werdet, die Porta Flaminia!", warnte er eindringlich.

„Warum?", wollte Marius wissen.

„Glaubt mir, es ist besser für euch!", lautete seine rätselhafte Antwort. „Verlasst Rom durch die Porta Cornelia[88]!"

Alpha war im Begriff die Tür zu öffnen, als ich ihn beherzt festhielt. Er drehte sich zu mir um. Dankbar umarmte ich den Eunuchen. Als ich ihn wieder losließ, hatte er feuchte Augen.

„Dieser geschundene Mensch muss eine tiefe Genugtuung empfunden haben", dachte ich, „als ich heute Morgen seinen Herrn zum Gespött der Leute machte!"

Marius und Titus wickelten das Geschäft mit dem ersten Kaufmann von Sextus Memmius ab. Der Hausherr hatte sich wegen einer angeblichen Unpässlichkeit entschuldigen lassen. Der Wagen stand zur Abfahrt bereit. Marius hatte ihn mit Amphoren beladen lassen, welche mit Getreidekörnern aus den Provinzen Afrikas aufgefüllt waren. Die Münzen aus dem Verkauf des Goldes, waren in irgendeinem Gefäß versteckt.

Nachdem wir ohne Zwischenfälle durch die Porta Cornelia gelangten, führte die Straße über eine Steinbrücke auf die andere Seite des Tiberis. Vor mir sah ich in der Morgendämmerung ein monumentales, zylinderförmiges Bauwerk.

„Was ist das?", fragte ich Marius.

„Es war einmal das Mausoleum von Kaiser Hadrian!", erklärte er. „Stilicho hat es zu einer Festung ausbauen lassen, weil es an einer strategisch bedeutsamen Stelle vor der Stadt liegt."

Plötzlich bog er von der Straße ab und ritt gemächlich auf die Stände einiger Straßenhändler zu. Dahinter floss der Tiberis träge dahin. Ein paar

88 *Stadttor von Rom*

Schiffe hatten an der Uferböschung angelegt. Weiter flussaufwärts standen einige Laubbäume. Darunter saßen oder lagen, dicht aneinandergedrängt, sehr viele Menschen.

„Seltsam!“, dachte ich.

„Dort vorne befindet sich einer der Sklavenmärkte von Rom!“, klärte mich Marius auf, als er meine neugierigen Blicke wahrnahm.

„Du kannst ihn dir ruhig einmal aus der Nähe ansehen, Farold! Ich will noch ein paar Einkäufe tätigen und komme dann nach.“

Niemals zuvor war ich auf einem Sklavenmarkt. Erwartungsvoll ging ich auf den belebten Platz zu. Damit die Ware nicht davonlaufen konnte, hatte man die Sklaven an den Fußgelenken aneinandergekettet. Dazwischen standen die Händler und schacherten mit ihren Kunden um den Wert der Unglücklichen. Das Feilschen um Menschen wirkte auf mich abstoßend. Ich war gerade im Begriff umzukehren, als Marius auf mich zugelaufen kam. Zu meinem Entsetzen begann er mit einem Sklavenhändler über den Wert zweier Jünglinge zu verhandeln. Der Händler behauptete, dass sie gebildete Haussklaven seien. Es stellte sich aber schnell heraus, dass sie weder schreiben noch lesen konnten. Entsprechend gering war ihr Preis. Nach einigem Hin und Her, zahlte Marius für die beiden achtzehn *aurei*.

„Ein guter Handel!“, versicherte er mir. „In Aquileia hätte ich doppelt soviel für sie ausgeben müssen.

„Was willst du mit ihnen anfangen?“, wollte ich wissen.

„Ich werde sie zu Hause verkaufen und dabei ein gutes Geschäft machen!“

In Gedanken versunken, schlenderte ich zur Uferböschung und schaute auf den in der Morgensonne träge dahinfließenden Tiberis. Auf einmal knallte es ganz in der Nähe. Aufgeschreckt schaute ich flussaufwärts und sah auf einer Laufplanke einen fettleibigen Mann stehen. Er hielt eine Peitsche in der Hand und schrie eine Frau an, die verängstigt an Bord eines Schiffes stand. Sie hielt einen quäkenden Säugling auf dem Arm und trug einen Sklavenring um den Hals.

„Ganz offensichtlich weigert sie sich aus irgendeinem Grund an Land zu gehen!", dachte ich.

Erneut knallte der Dicke mit der Peitsche.

„Wollt ihr die Sklavin verkaufen oder geißeln?", rief ich ihm zu.

Worauf er sich zu mir umdrehte.

„Die Berberin hat es nicht anders verdient!", behauptete er.

„Seit wir von Sicilia[89] abgelegt haben, bereitet sie mir nichts als Scherereien!"

Laut schimpfend kam er auf einer sich bedenklich durchbiegenden Planke auf mich zugelaufen.

„Verflucht sei der Händler, der mir diese Wildkatze angedreht hat!"

Als er vor mir stand, bemerkte ich, dass ihm ein Ohrläppchen fehlte.

„Das Weib will das Schiff nicht verlassen, weil sie glaubt, dass ich ihren Sprössling auf dem Sklavenmarkt verkaufe."

Wir musterten uns gegenseitig.

„Womöglich kann ich euch von dieser Sorge befreien!", sagte ich schließlich.

„Ein junger Germane, wenn ich mich nicht irre!", erwiderte er.

„Was sind euch die beiden Sklaven wert?"

Worauf ich den Kopf abwägend hin und her bewegte.

„Sie ist störrisch wie ein Esel und ihr Wurm schreit ohne Unterlass!"

„Nennt mir einen Preis, oder macht euch davon!", herrschte er mich an.

Auf der Stelle drehte ich mich um und ging die Böschung hinauf.

„Warum so ehrenkäsig!", rief er mir hinterher. „Was zahlt ihr für die Berberin und ihren Wurf?"

Mutter und Kind taten mir leid.

„Eine Goldmünze für den Quälgeist und fünf für seine widerborstige Mutter!" Worauf der Sklavenhändler sich theatralisch die Hände vor das Gesicht hielt.

„Das ist viel zu wenig!", antwortete er.

„Ich habe fünfzig *aurei* für die Berberin ausgegeben!"

„Man hat euch ganz offensichtlich hinters Licht geführt!"

---

89 Sizilien/Italien

„Mag schon sein!", stöhnte der Sklavenhändler. „Aber wenn es euch gelingt den Stolz dieser Wildkatze zu bändigen, wird sie euch in den kalten Nächten Germaniens das Bett warm halten!"

Ich winkte ab.

„Das scheint mir keineswegs gewiss!"

„Legt noch zehn *aurei* dazu und sie gehören euch!", schlug er vor.

„Den lästigen Balg könnt ihr ja gleich weiterverkaufen."

„Sie bleiben euer Eigentum!", sagte ich entschlossen. „Gebt gut auf die Wildkatze acht, damit sie euch nicht auch noch das andere Ohrläppchen abbeißt."

Worauf er mich mit großen Augen ansah. Erneut machte ich Anstalten zu gehen. Einige Schaulustige standen an der Böschung und hatten unserem Wortwechsel zughört.

„Für beide zehn *aurei* einschließlich ihrer Habseligkeiten, Germane!", bot er an.

Im gleichen Augenblick kam mir in den Sinn, dass die zehn Goldmünzen, welche ich von Marcellus nach der Reise an die baltische See bekommen hatte, unter meinem Strohsack in Hirschberg lagen.

„Zeigt mir ihr wertvolles Gepäck!", forderte ich ihn auf, um etwas Zeit zum Nachdenken zu gewinnen. „Wo haben eure Sklaven ihr Silber und den kostbaren Weihrauch versteckt?"

Die Umherstehenden fingen an zu lachen. Plötzlich stand Marius hinter mir.

„Schließ den Handel ab, Farold!", flüsterte er. „Du bist schon genug aufgefallen!"

Während er sprach, drückte er mir einen prall gefüllten Lederbeutel in die Hand.

„Der Handel gilt!", verkündete ich.

Mit ausgestreckter Hand ging ich auf den sichtlich überraschten Sklavenhändler zu.

„Schlagt schon ein!", forderte ich ihn auf. „So schließen wir Vandalen Geschäfte ab!"

Zögernd reichte er mir eine Hand. So fest ich nur konnte, drückte ich zu. Lauthals schrie er auf und verzog dabei sein Gesicht zu einer kläglichen Grimasse.

„Ihr müsst ein gutes Geschäft abgeschlossen haben, sonst würdet ihr vor Freude nicht so laut jubeln!", behauptete ich vergnügt.

Die Schaulustigen lachten noch immer, als ich seine Hand schon längst wieder losgelassen hatte. Ich folgte dem Sklavenhändler über die Laufplanke an Bord des Schiffes. In der Kajüte setzte er einen Kaufvertrag auf. An jenem Ort erfuhr ich, dass die Berberin auf den Namen Kahina hört und ihr Sohn Achmed heißt. Nachdem ich ihm die zehn Goldmünzen ausgehändigt hatte, erhielt ich ein gesiegeltes und unterschriebenes Testat sowie ein Pergament, welches den Sklavenhändler als Besitzer von Mutter und Sohn auswies. In diesem Augenblick war ich Eigentümer von zwei Menschen geworden. Die Berberin packte ihre wenigen Habseligkeiten zusammen, während ich den Säugling auf dem Arm hielt.

Kurz darauf verließ ich mit meinem Eigentum das Schiff des Sklavenhändlers.

„Hast du dir eine Familie zugelegt?", fragte Titus Rufius amüsiert, als er mich mit den beiden kommen sah. Ich schüttelte energisch den Kopf, während Kahina mit Achmed auf dem Kutschbock Platz nahm.

Ein paar Tage später erreichten wir, ohne weitere Zwischenfälle, die schöne und wohlhabende Stadt Bononia[90].

---

90 Bologna, Italien

Kapitel XI

Aufbruch

Wenden wir uns nun wieder dent Kundschaftern Adalhard und Widukind zu, die nach ihrer Rückkehr aus den römischen Provinzen von den Schildwachen der Könige in den Bergen der Vandalen erwartet wurden.

Adalbert und seine Männer ritten in Windeseile den Schneepass hinab. Widukind und Adalhard hatten große Mühe ihnen zu folgen. Als sie durch den ersten Flecken im Tal kamen, stellten die zurückgekehrten Kundschafter erschüttert fest, dass er in Schutt und Asche lag. Weit und breit war kein Lebewesen zu sehen. An einer Kreuzung schlug Adalbert nicht den gewohnten Weg nach Otterburg ein. Er wählte einen Pfad, welcher den Ausläufern der Vandalenberge folgte. Als Widukind und Adalhard das bemerkten, gaben sie ihren Pferden die Fersen zu spüren und schlossen bald darauf zu ihm auf.

„Wo reiten wir hin und wer hat die Siedlung niedergebrannt?", fragte ihn Widukind.

„Nicht nur die Könige erwarten voller Ungeduld eure Rückkehr, sondern der gesamte Stamm!", antwortete Adalbert und erzählte in der gebotenen Kürze, was sich während ihrer Abwesenheit zutrug.

Die Könige hatten die Ältesten zum Thing zusammengerufen, an dem auch die Abgesandten der Hasdingen, Sueben und Alanen teilnahmen. An diesem Abend beschlossen die Silingen ihre Heimat zu verlassen, um die prophezeite Reise in ein fernes, unbekanntes Land anzutreten.

„Erst vor wenigen Tagen war der Stamm mit den Alanen aufgebrochen und über die Pässe der Vandalenberge in die Gaue der Sueben gezogen", berichtete Adalbert den Heimkehrern. „Zurückgelassen haben wir zerstörte Siedlungen, verwüstete Felder und viele, viele Tränen."

Die Männer ritten in die Nacht hinein und erreichten eine Anhöhe, auf der ein Lagerfeuer brannte. Kurz darauf standen sie vor König Gundolf.

„Niemals zuvor habe ich so ungeduldig auf die Rückkehr meiner Kundschafter gewartet!“, sagte er, als er Adalhard und Widukind im Schein des Feuers erkannte. „Stärkt euch erst einmal!“

Zwei Schüsseln heiße Hühnerbrühe wurden ihnen gereicht. Man sah es Gundolf und seinen Roten an, dass sie gepannt auf den Bericht der Heimkehrer warteten. Schließlich rollte Adalhard die Landkarte mit den Aufzeichnungen aus und Widukind berichtete ausführlich, was sie in den römischen Provinzen gesehen und erlebt hatten. Ab und zu wurde er von Gundolf unterbrochen. Den König interessierte vor allem, wie zahlreich die Legionäre in den Kastellen und Lagern seien. Nachdem Widukind und Adalhard sehr viele Fragen beantwortet hatten, strahlte Gundolf sie zufrieden an.

„Heute Nacht werde ich seit langem wieder einmal geruhsam schlafen. Ihr habt dem Stamm wertvolle Dienste erwiesen!“ sagte er, stand auf und umarmte die beiden.

Verblüfft über diese außergewöhnliche Geste, standen die heimgekehrten Kundschafter da und sahen ihren König sprachlos an.

„Den Eurigen geht es gut!“, versicherte ihnen Gundolf. „Ihr werdet sie morgen in die Arme schließen. Doch zuvor will ich euch über den Verlauf und den Ausgang des Things berichten.“

Sodann begann er zu erzählen.

„Die Ältesten kamen beim letzten vollen Mond in Otterburg zusammen. Dort teilten ihnen die von den Hunnen zurückgekehrten Gesandten mit, dass sich der Großkhan auf die ihm angebotenen Tributzahlungen nicht einlassen wollte, sondern die bedingungslose Unterwerfung aller Silingen einforderte. Die Sippschaftsältesten wollten sich diesem Ultimatum auf gar keinen Fall unterwerfen, sahen aber ein, dass sie sich gegen die zahlenmäßig weit überlegenen Hunnen auf Dauer nicht erwehren können.“

Gundolfs Miene verdunkelte sich.

„Spätestens nachdem wir eines ihrer Jurtenlager dem Erdboden gleichgemacht und ihre Weiber sowie Kinder als Geiseln mitgenommen haben, war natürlich klar, dass wir von den Hunnen nichts Gutes mehr zu erwarten haben.“

Adalhard räusperte sich.
„Ihr habt ein Lager der Hunnen heimgesucht?"
„Ja!", erklärte der König. „Der Großkhan hat aber erst davon erfahren, als die unsrigen schon längst wieder in Otterburg weilten."
„Warum habt ihr das getan?", wollte der Hauptmann der Roten wissen.
„Meine Schwester Hilde bestand darauf!", entgegnete Gundolf. „Die Hunnen haben ihren Mann gekreuzigt!"
Widukind und Adalrich schauten sich bestürzt an.
„Die Römer", fuhr der König unterdessen fort, „wollten uns nicht im Imperium aufnehmen. Hinzu kam der Umstand, dass in den nördlichen Gauen die Ernte erneut schlecht ausgefallen war. Die dort lebenden Sippschaften litten großen Hunger. Als dann auch noch der König der Hasdingen auf dem Thing verkündete, dass sein Stamm aufbrechen und aus der alten Heimat fortziehen werde, um das verheißene Land zu suchen, war die Entscheidung gefallen. Eine überwältigende Mehrheit schloß sich unseren Brüdern an. Während der Khan der Wölflinge diesem Vorgehen zustimmte, konnte sich der König der Sueben nicht entscheiden."
Gundolfs Atem ging schwer.
„Damit die Reiterhorden der Hunnen die aufgebrochenen Stämme und Geiseln nicht so ohne weiteres verfolgen können, wurden die verwaisten Flecken niedergebrannt, Felder verwüstet und sämtliche Brunnen vergiftet. Nur wenige Sippen und Alte sind in den unwegsamen Bergen der Vandalen geblieben. Einen Weg zurück gibt es nicht mehr. Entweder wir gelangen in das gelobte Land, oder wir gehen alle miteinander unter!", behauptete er und fügte noch hinzu: „Das aber, wird nicht der Fall sein!"
„Was macht euch da so sicher, mein König?", fragte ein zweifelnder Adalhard.
„Die Prophezeiung!", lautete die Antwort. „Wir haben euch in das Imperium ausgesandt, um einen Weg in das verheißene Land zu erkunden!"
Der König zögerte einen Augenblick und sagte sodann: „Ein langer Weg beginnt immer mit dem ersten Schritt!"
Es war still geworden am Lagerfeuer. Alle dachten über seine Worte nach.
„Solange die Goten und Hunnen den Römern weiter so zusetzen, besteht durchaus die Möglichkeit, dass wir in die römischen Provinzen ein-

fallen können, ohne dabei auf größeren Widerstand zu stoßen!", erklärte schließlich Adalhard. „Auf längere Sicht jedoch, so befürchte ich, werden wir uns dort nur mit Billigung des Kaisers aufhalten können."

„Genauso schätzt auch Tharwold die Lage ein!", erklärte Gundolf. „Deshalb haben wir weitere Kundschafter ausgesandt!"

Er zeigte auf zwei Recken. Die waren schätzungsweise zwanzig Winter alt. Einer hatte das Aussehen eines *Adonis*[91] und der andere war ein Bär von einem Mann.

„Hagen und Volkher haben einen Gaukönig der Alamannen und einen Fürsten der Kelten aufgesucht, um mit ihnen über ein Bündnis gegen Rom zu sprechen!", teilte er seinen aufmerksamen Zuhörern mit. „Der Alamanne und der Kelte waren, unter bestimmten Voraussetzungen dazu bereit. Man vereinbarte das römische Imperium in der bevorstehenden Mittsommernacht anzugreifen. Zusammen mit den Alanen wollen wir Silingen über die Donau setzen und die Provinz Raetia bis zu den Pässen der Alpen erobern. Zur gleichen Zeit werden die Kelten sich gegen die Herrschaft der Römer auflehnen!"

Seine Miene hellte sich auf.

„Die Hasdingen fallen in derselben Nacht in die Provinz *Pannonia* und die Alamannen in den westlichen Teil der Provinz *Raetia* ein. Möglicherweise schließen sich die Sueben uns noch an. Gemeinsames Ziel ist die Eroberung der Landstriche zwischen den Alpen und der Donau."

Die Vandalen schauten ihren König voller Bewunderung an. Ihnen war in diesem Moment klar geworden, dass der bevorstehende Feldzug von langer Hand vorbereitet war.

„Wo und wie werden wir über die Donau gelangen?", wollte Widukind erfahren.

„Ihr könnt es wohl gar nicht mehr erwarten!", entgegnete ein lächelnder Gundolf. „Bis zur Mittsommerwende sind es noch zehn Monde. Unsere Kundschafter setzen bei der Stadt *Lauriacum* über die Donau. Ganz in der Nähe befindet sich ein Hafen der römischen Donauflotte, an dem Adalhard und Widukind auf ihrer Erkundungsreise vorbeigekommen sind.

91 Gott der Schönheit

Wir müssen unter allen Umständen ihre Schiffe in unseren Besitz bekommen. Der Fürst der Kelten hat Volkher und Hagen sein Wort darauf gegeben, dass er in dieser Nacht mit seinen Recken das nahe gelegene Legionslager erstürmt. Arminus hat zwar einen zweifelhaften Ruf, aber angesichts seiner maßlosen Habgier erscheinen mir seine vollmundigen Zusagen durchaus glaubhaft. Sobald wir über die Schiffe verfügen, wird die Reiterei der Alanen verladen, setzt über den Strom und erobert die Stadt. Danach stößt sie in das Landesinnere vor und sichert die Pässe in den Alpen, während die Stämme, auf die gleiche Art und Weise, über die Donau gelangen. Von *Lauriacum* aus, ziehen wir durch die Provinz Noricum in den nördlichen Teil der Provinz *Raetia*, wohin uns die Hasdingen nachfolgen werden."

Adalhard schüttelte den Kopf.

„Die Gebirgskämme im Süden werden durch die Alanen gesichert", merkte er an, „doch im Westen können die Römer über die ungeschützten Pässe in *Raetia* einfallen!"

„Darum kümmern sich die Alamannen!", entgegnete Gundolf. „Während des Feldzugs werden mein königlicher Bruder Tharwold und ich, zusammen mit Respendial, das vereinte Heer der Silingen und Alanen anführen!"

Er deutete auf Hagen und Volkher.

„Ihr kundigt die Gegend um *Lauriacum* aus, trefft euch mit den Kelten, beobachtet den Hafen und wartet ganz in der Nähe auf die unsrigen. Sie werden in der Nacht vor der Mittsommerwende über den Strom schwimmen. Doch darüber werden wir uns morgen früh unterhalten."

Adalhard lag mit offenen Augen auf seiner Schlafstatt. Immer wieder dachte er über die Worte Gundolfs nach.

Schließlich flüsterte er in die Dunkelheit: „Das Koloss Rom ist zwar angeschlagen, aber noch stark genug, um uns alle zu vernichten!"

„Fürwahr!", pflichtete ihm Widukind bei.

Am nächsten Tag erreichten sie das Lager der Silingen und Wölflinge. Hagen führte Adalhard sofort zu seiner Sippe. Die Freude war groß, als sie den Ältesten in ihrer Mitte willkommen hießen. Danach musste er der

Sippschaft einiges berichten. Großvater Lorenz ergänzte ab und zu seine eindrucksvollen Schilderungen. Es stellte sich heraus, dass er auf seinen Raubzügen in die Gaue der Alamannen, nahezu den gleichen Weg eingeschlagen hatte. Einmal mehr kam Großvater darauf zu sprechen, wie er damals ohne seinen Bruder Leo zurückkehrte.

Es war schon spät am Abend, als Adalhard und Aurelia auf den Wagen stiegen.

„Wie es Farold wohl in Aquileia ergeht?", fragte sie ihren Mann, als sie sich mit ein paar Fellen zudeckten.

„Es geht ihm ganz bestimmt gut!", antwortete er. „Deine Schwägerin ist eine herzensgute Frau!"

Zärtlich streichelte er ihr über den Bauch. In diesem Augenblick fühlte er es. Aurelia war schwanger.

„Wir bekommen Nachwuchs!", flüsterte sie in sein Ohr.

„Ein gutes Omen!", antwortete Adalhard, strahlte seine Frau überglücklich an und drückte sie behutsam an sich.

Der Älteste der Hirschberger wurde am nächsten Tag zu den Königen gerufen und in ihre Pläne eingeweiht. Zur selben Stunde erschien ein Kundschafter der Sueben und teilte mit, dass sein Stamm sich dem Zug der Vandalen und Alanen anschließe.

Ein paar Tage vor der Mittsommerwende erreichten Widukind, Adalhard, Volkher und Hagen eine bewaldete Anhöhe über der beschaulich dahinfließenden Donau. Von dort oben konnten sie das geschäftige Treiben am Strom ungestört beobachten. Ihnen gegenüber lag die Stadt *Lauriacum* und in unmittelbarer Nähe das gleichnamige Legionslager.

„Es hat sich überhaupt nichts verändert!", stellte Adalhard fest. „Als ich vor wenigen Monaten mit Widukind und Marcellus dort drüben vorbeikam, fuhr gerade ein Lastkahn, vollbeladen mit Legionären, den Strom hinab."

Weiter flussabwärts, an der Mündung der Enns in die wesentlich größere Donau, befand sich der mit Palisaden gesicherte Hafen der Donauflotte.

Vier *lusoriae* und zwei Lastkähne lagen dort an einem Steg vertaut. Die Vandalen blieben den ganzen Tag über in ihrem Versteck. Als der Mond langsam emporstieg, richteten sie ihre Schlafstätten her und teilten die Wachen für die Nacht ein.

„Wir müssen die Schiffe unbedingt in unseren Besitz bringen!", ermahnte Widukind seine Männer am nächsten Tag. „Es muss sehr schnell und lautlos geschehen, damit die Legionäre im benachbarten Lager nicht alarmiert werden."

Den ganzen Tag beobachteten sie die Vorgänge am Fluss. Als die Nacht hereinbrach, erklärte der Hauptmann der Roten: „Jetzt weiß ich, wie wir es angehen!"

Am frühen Morgen ritten Hagen und Volkher auf einen Landungssteg an der Donau zu, an dem gerade eine Fähre festgemacht hatte. Sie erkundigten sich beim Fährmann, was er für die Überfahrt verlangte. Der nannte seinen Preis und die Kundschafter willigten ein. Unterdessen nahm ein Zöllner die Ballen auf ihren Packpferden in Augenschein.

„Führt ihr Waren mit?", wollte er wissen.

„Pelze!", antwortete Volkher.

„Zeigt her!"

Die Vandalen wuchteten die Ballen von den Pferden und breiteten die Felle vor dem Zöllner aus. Der begutachtete und zählte sie. Nachdem die Silingen den geforderten *tributum* entrichtet und hierfür ein Testat erhalten hatten, setzten sie auf der Fähre über den Strom. Kurz darauf gelangten sie auf einer gut ausgebauten Straße nach *Lauriacum*. In der ansehnlichen Stadt herrschte überall geschäftiges Treiben. Vor der Herberge „Zum Hirschen" hielten sie an, stiegen von den Pferden und traten ein. Die Schänke war voll mit Legionären und heimischen Kelten, die um die Wette würfelten.

„Genauso, wie es uns Widukind und Adalhard schilderten!", flüsterte Volkher seinem Gefährten zu.

Sie setzten sich an einen freien Tisch. Plötzlich stand eine vollbusige Schankmagd vor ihnen.

„Was wünschen die Herren aus Germanien?", fragte sie freundlich.

Volkher betrachtete ungeniert ihre üppige Oberweite.

„Bringt uns einen Krug Met und zwei Becher!", antwortete er. „Was habt ihr sonst noch anzubieten?"

Die Kellnerin sah ihn mit großen Augen an. Der Vandale verzog keine Miene. „Wir haben heute Braten vom Schwein oder Rind."

„Wir nehmen den Rinderbraten!", entschied Hagen, während sein Gefährte die Magd nicht aus den Augen ließ.

„Das macht mit dem Met drei *sestertii*!"

„Hier habt ihr vier!", entgegnete Volkher und legte die Messingmünzen auf den Tisch.

Die junge Frau strahlte ihn an, beugte sich nach vorn und strich sie ein. Dabei rutschten ihr fast die molligen Brüste aus dem Hemd.

„Darf es sonst noch etwas sein?", fragte sie lächelnd.

„Kommt darauf an!", erwiderte Volkher.

Die beiden sahen sich in die Augen.

„Man ruft mich Keita und wie heißt du?", wollte die junge Keltin, ohne Umschweife wissen.

„Volkher!"

Vergnügt drehte Keita sich um und ging mit ausladenden Schritten durch die Schänke auf die Theke zu. Dieses Mal waren es ihre wogenden Gesäßbacken, die den Vandalen begeisterten.

„Bei Wodan!", stammelte er.

Immer mehr Gäste betraten die Schänke. Die Kellnerin hatte alle Hände voll zu tun. Das aufgetischte Essen mundete Volkher und Hagen ausgezeichnet. Pölötzlich trat ein Legionär auf sie zu.

„Salve!", grüßte er.

„Salve!", erwiderten die Silingen.

„Sind die Plätze hier am Tisch noch frei?"

„Ja!", antwortete Hagen, während Volkher es vorzog zu schweigen.

Der Mann winkte ein paar Kameraden herbei. Nachdem sie sich dazu gesellt hatten, gaben die Männer bei Keita ihre Bestellung auf. Währenddessen blinzelte die junge Keltin Volkher aufreizend zu. Ihr Günstling saß mit geschwellter Brust da und strahlte sie verliebt an, während die vermeintlichen Legionäre sich in einer germanischen Mundart unterhielten.

„Sie sind Angehörige einer *Auxiliareinheit* und verrichten ihren Dienst entweder in der Flotte oder im Legionslager!", vermutete Hagen und verwickelte die Männer in ein Gespräch. Er stellte Volkher und sich als vandalische Pelzhändler auf dem Weg nach *Iuvavum* vor. Nachdem er ihnen einen Krug Wein spendierte, lösten sich allmählich ihre Zungen. Sie fingen freimütig an zu erzählen, dass sie vom Unterlauf des Rheins kommen und dem Stamm der Franken angehören. Geschickt fragte Hagen sie aus, während sein Gefährte nicht ganz bei der Sache war. Volkher schaute sich immer wieder nach der strammen Keltin um und bestellte bei ihr einen zweiten Krug Wein. Danach plauderten die Franken munter drauflos. Fast die gesamte *Auxiliareinheit* hatte man von *Lauriacum* an die untere Donau verlegt, um sie gegen die Goten ins Feld zu führen.

„Im Gefecht schicken die römischen Offiziere immer zuerst uns in die vordersten Reihen, während die feinen Herren der Legion sich vornehm zurückhalten!", beklagte sich einer. „Letztes Jahr lagen noch zwanzig *lusoriae* und zehn Lastkähne im Hafen! Im Frühjahr fuhren fast alle Schiffe mit Truppen flussabwärts in die Provinz *Pannonia*!"

Worauf einer seiner Kameraden angeheitert die Meinung vertrat: „Da ist wenigstens was los!"

Spät am Abend waren die Franken betrunken. In diesem Zustand posaunten sie so ziemlich alles aus, was die Silingen von ihnen erfahren wollten. Im Legionslager befand sich nur noch eine einzige *centuria* und der Flottenverband bestand aus zwanzig Ruderern, ein paar Seeleuten sowie einem Dutzend *auxilia*. Arglos erzählten sie den Vandalen, dass jeden dritten Tag eine *lusoria* die Donau hinab und wieder hinauffährt, um den *limes* zu sichern.

„Flussabwärts zu fahren ist leicht, doch flussaufwärts müssen sich die Ruderer ganz schön in die Riemen werfen, um möglichst nahe am Ufer entlang, gegen die Strömung voranzukommen!", laberte ein *auxilia* im Delirium.

Einer seiner Kameraden fügte lauthals hinzu: „Wenn einer von ihnen ausfällt, müssen wir ihre schweißtreibende Arbeit verrichten!"

„Wo kommen die Ruderer her?", fragte Hagen.

„Verfluchte Alamannen!", antwortete einer ungehalten und schlug mit der Faust auf den Tisch. „Man sollte sie allesamt ertränken!"

„Unterschätz sie nicht!", ermahnte ihn ein Gefährte. „Sie haben den Römern schon des Öfteren das Laufen beigebracht!"

Mitten in der Nacht standen die volltrunkenen Franken schwankend auf und verließen torkelnd die Schänke. Die Vandalen blieben noch eine Weile und unterhielten sich miteinander. Später ging Hagen auf seine Kammer, während Volkher auf Keita wartete. Als der vorletzte Gast gegangen war, verschloss sie die Tür zur Schänke und setzte sich zu ihrem Verehrer.

„Ich habe gute Ohren!", sagte sie. „Solche Fragen stellen keine Pelzhändler!"

„Was du nicht sagst!", entgegnete er.

„Ich bin verpflichtet dem *tribunus* euer merkwürdiges Verhalten zu melden!"

Worauf er sie in die Arme nahm.

„Kann ich dich irgendwie davon abhalten?", fragte Volkher treuherzig.

Keita nahm ihn bei der Hand und stieg mit dem jungen Mann die Treppe hinauf.

Am Morgen war Hagen schon früh auf den Beinen. Der Wirt hatte ihm das Essen zubereitet und aufgetischt, als Volkher die Stufen herabgeschlichen kam. Er sah ziemlich mitgenommen aus.

„Ich habe die ganze Nacht kein Auge zugemacht!", verriet er seinem Gefährten. „Wir konnten einfach nicht genug voneinander bekommen. Keita ist ein unersättliches Weib!"

Nachdem sie Kost und Unterkunft beim Wirt beglichen hatten, kam die Keltin gut gelaunt in die Schänke gelaufen und fiel ihrem nächtlichen Liebhaber um den Hals.

„Vergiss mich nicht mein kleiner Bär!", flüsterte sie ihm ins Ohr.

Freudestrahlend bestieg Volkher kurz darauf sein Pferd und rief ihr zum Abschied zu: „Auf dem Rückweg komme ich wieder vorbei!"

Die Pelzhändler verließen die Stadt auf der Straße, welche nach *Iuvavum* führte. Nach ein paar Meilen gelangten sie an eine Kreuzung und kurz darauf in einen Wald. Als sie wieder herauskamen, sahen sie am Straßenrand eine alte Eiche.

„Das ist die Stelle, welche uns der Fürst der Kelten beschrieben hat!“, behauptete Volkher.

Sie ritten auf den Baum zu und schauten sich unterdessen um. Weit und breit war niemand zu sehen. Die Vandalen stiegen von den Pferden und legten sich unter die Eiche ins Gras.

Nach einer Weile fragte Hagen seinen Begleiter: „Bist du sicher, dass wir am rechten Ort sind?“

„Sie werden schon kommen!“, murmelte Volkher schlaftrunken.

Kurz darauf nickte er ein. Hagen blinzelte derweil in den grünen Blätterwald. Als er seine Augen wieder einmal aufschlug, schaute er in ein fremdes Gesicht. Er wollte aufspringen, doch ein Fuß auf seiner Brust hielt ihn davon ab.

„Wenn ihr mir nicht auf der Stelle verrät, wer ihr seid und woher ihr kommt, ergeht es euch schlecht!“, drohte eine männliche Stimme.

Volker war aufgewacht und schaute auf die Spitze einer Lanze.

„Wir sind silingische Händler auf dem Weg nach *Iuvavum*, um dort unsere Pelze zu verkaufen!“, antwortete Hagen.

„So, so! Pelzhändler seid ihr also!“, spöttelte der Lanzenträger. „Derart verschlafene Recken schicken uns also die Könige der Vandalen, um das römische Imperium in die Knie zu zwingen!“

Ein höhnisches Gelächter brach daraufhin aus. Erst jetzt bemerkten die Kundschafter, dass sie von einer Schar Kelten umstellt waren. Als sie Arminus unter ihnen erkannten, hellten sich ihre Gesichtszüge merklich auf.

„Was habt ihr mir mitgebracht?“, fragte der Fürst der Kelten frei heraus.
Hagen zeigte auf die Packpferde.

„Einhundert Zobelfelle, zweihundert Goldmünzen und einen Sack voller Bernsteine.“

Die Kelten wuchteten die Ballen von den Pferden und begutachteten die kostbaren Pelze.

„Wo sind die Münzen und das Gold des Nordens?“, fuhr Arminus die Vandalen an, als er sie nirgendwo entdecken konnte.

„Es war gar nicht so leicht sie vor dem Zöllner zu verbergen!“, beteuerte Hagen. „In den Därmen unserer Packpferde hat er aber nicht nachgesehen.

Meine Könige werden euch nach der Einnahme des Legionslagers von *Lauriacum* noch einmal so reichlich belohnen!“

„Woher weiß ich, daß ihr mir die Wahrheit sagt?“, entgegnete der Kelte argwöhnisch.

Die Vandalen schauten ihn entrüstet an.

„Und wer garantiert uns, dass ihr das Legionslager erobert?“, fragte Volkher.

Worauf Arminus ihm einen gehässigen Blick zuwarf.

„Niemand!“, lautete seine Antwort. „Richtet euren Königen aus, dass wir das erst Lager erstürmen, wenn sie uns zuvor fünfhundert Recken zur Verstärkung geschickt haben. Wir erwarten sie in der Mittsommernacht an der Straßenkreuzung, an der ihr vorbeigekommen seid. Falls nicht, könnt ihr euch alleine mit den *auxilia* in *Lauriacum* herumschlagen!“

„Das war so nicht ausgemacht!“, warf Hagen ein.

„Sei‘s drum!“, erwiderte der Kelte kaltschnäuzig.

Er rief seinen Recken ein paar Worte zu, worauf sie sich mit den Packpferden der Vandalen davonmachten.

Am späten Nachmittag erreichten Volkher und Hagen wieder die besagte Kreuzung und folgten der Straße, welche um *Lauriacum* herumführt. Es fing bereits an zu dämmern, als sie über der Mündung der Enns in die Donau einen Schlupfwinkel im Wald fanden.

Mitten in der Nacht schwamm Hagen durch den Strom, lief ein Stück flussaufwärts und stieg die Anhöhe empor, wo die seinigen auf ihn warteten. Er erstattete Widukind und Adalhard ausführlich Bericht über die merkwürdige Begegnung mit Arminus. Gemeinsam besprachen sie das weitere Vorgehen. Im Morgengrauen kehrte er zurück.

Erst als die Sonne am nächsten Tag hoch oben am Himmel stand, wachten die Kundschafter auf. Den ganzen Nachmittag über beobachteten sie die Vorgänge im Hafen. Dort befanden sich einige Werkstätten, Schuppen und Unterkünfte, welche von einer Palisadenwand geschützt wurden. Neben dem Tor stand ein Holzturm. Darauf hielt sich ständig eine Wache auf.

Gegen Abend fuhr eine *lusoria* in den Hafen und legte an einem Steg an. Eine große Anzahl Amphoren wurde ausgeladen und in einem Schuppen verstaut.

Die letzte Nacht vor dem längsten Tag des Jahres vierhundertundeins war hereingebrochen. In der Dunkelheit brachen die Kundschafter auf. Während Hagen an der Donau flussabwärts ging, verbarg sich Volkher am Straßenrand im Unterholz. Sein Gefährte kam an einen Felsen, der in den Fluss hinausragte. An dieser Stelle, so war es zwischen Widukind und ihm ausgemacht, sollten die Recken der Vandalen um Mitternacht aus der Donau steigen. Der halbvolle Mond blickte ab und zu hinter vorbeiziehenden Wolken hervor, während Hagen angespannt auf den Strom hinausspähte. Kein Laut war zu hören!

Auf einmal vernahm er gleichmäßige Geräusche. Erschrocken drehte sich der Vandale um und sah dabei zu, wie eine *lusoria* hinter dem Felsen auftauchte und geradewegs auf ihn zusteuerte. Geistesgegenwärtig ließ er sich auf die Erde fallen. Das Schiff fuhr dicht am Ufer vorbei.

„Bei Wodan!“, flehte er inbrünstig. „Hoffentlich sind die meinigen noch nicht auf die Donau hinausgeschwommen!“

Die *lusoria* verschwand genauso schnell, wie sie aufgetaucht war. Die wohltuende Stille am Strom breitete sich allmählich wieder aus. Hagen dachte über den Aufbruch und den Fortzug seiner Sippe aus den Bergen der Vandalen nach.

„Es ging alles so schnell!“, sinnierte er. „Die Großeltern wollten aus ihrer Heimat nicht mehr fortziehen und sind geblieben!“

In diesem Augenblick wurde ihm zum ersten Mal bewusst, dass er sie wohl niemals wieder sehen würde. Plötzlich hegten ihn Zweifel, ob das Wagnis gelingt oder womöglich in einer Tragödie endet. Schwermut hatte sich in seinem Herzen breit gemacht, als er auf den Strom hinausschaute und abermals aufschreckte. Ein sonderbares Bündel trieb direkt auf ihn zu. Beunruhigt sprang er auf und entdeckte zunächst Dutzende, dann Hunderte derartiger Bündel. Die Silingen hatten ihre Waffen und Kleider an aufgeblasene Tierdärme gebunden und schwammen damit durch die Donau. Als Erster stieg Adalhard und kurz darauf Widukind aus den Fluten.

Immer mehr Männer folgten ihnen nach. Eintausend Vandalen waren in dieser denkwürdigen Nacht durch den Strom geschwommen.

„Die Könige haben mir aufgetragen, mich mit meinen Männern unverzüglich auf den Weg zu diesem Arminus zu machen!", ließ Widukind Hagen wissen. „Ihr sollt mir den Weg zeigen. Mit seiner Hilfe werden wir das Legionslager von *Lauriacum* erstürmen!"

„Ich bin mir keineswegs sicher, ob dieser verschlagene Kerl sein gegebenes Wort hält!", antwortete ein zweifelnder Hagen.

Widukind zuckte mit den Achseln.

„Falls nicht, müssen wir es eben alleine schaffen!", erklärte er. „Zur gleichen Zeit greift Adalhard mit Volkher den Hafen an und kapert die Schiffe der Römer. Wir werden zuerst das Legionslager und danach die Stadt erobern. Noch irgendwelche Fragen?"

Adalhard und Hagen schüttelten die Köpfe.

„Teilt euren Recken mit, dass es die Könige bei Todesstrafe untersagt haben, Weiber zu schänden, wehrlose zu töten oder zu plündern!", rief der Hauptmann der Roten ihnen noch zu.

Hagen führte Widukind und seine Recken zur Straßenkreuzung. Den ganzen Tag über verbargen sie sich in einem nahegelegenen Wald, während Adalhard und Volkher die Vorgänge im Hafen beobachteten und darüber nachdachten, wie sie ihn einnehmen könnten. Am späten Nachmittag waren sie sich über die Vorgehensweise einig.

„Volkher, Adalbert und Alfred werden heute Nacht mit mir durch die Enns schwimmen und die Wachen im Hafen überwältigen!", wies Adalhard seine Recken an. „Wenn ihr drei Mal hintereinander den Ruf einer Eule hört, folgt ihr uns leise nach. Sobald der Kampflärm vom Legionslager her zu hören ist, werden wir die aus den Unterkünften laufenden *auxilia* in Empfang nehmen."

Er sah Volkher an.

„Du kaperst mit deinen Recken die Schiffe und setzt über die Donau. Dort nimmst du die Reiterei der Alanen an Bord und bringst sie über den Strom, während ich mit den meinigen, Widukind zu Hilfe eile."

Er überdachte noch einmal seine Worte.

„Mögen Gott und Wodan dafür sorgen, dass es gelingt!"

Die Mittsommernacht brach herein und an der Donau bereiteten sich zehntausende Vandalen, Alanen und Sueben darauf vor, in das römische Imperium einzudringen. Lautlos glitten vier Vandalen in die Enns. Sie schwammen durch den Fluss auf den Hafen zu. Ständig beobachteten sie dabei die Wachen an der Anlegestelle und auf dem Turm. Eine Wolkendecke verbarg den Mond. Es war eine stockfinstere Nacht!

Zur gleichen Zeit lag Widukind mit seinen Recken in einem Straßengraben neben der Kreuzung. Angespannt lauschte er in die Dunkelheit. Auf einmal fing die Erde an zu beben und kurz darauf hörte er Pferdegetrampel. Vor den Vandalen hielt die Horde an. Widukind und Hagen gingen sofort auf die Kelten zu und gaben sich zu erkennen. Man führte sie zu Arminus, der ein Schild mit einem aufgemalten Stierkopf in der Hand hielt. Die Begrüßung fiel denkbar knapp aus. Der Kelte kam gleich zur Sache.

„Wir werden die Stadt einnehmen!"

Widukind sah ihn entrüstet an.

„Zuerst erobern wir gemeinsam das Legionslager!"

„Das ist eure Angelegenheit!", antwortete Arminus.

Die Augen des Vandalen blitzten auf.

„Ihr greift die Stadt erst dann an, wenn ihr den Gefechtslärm vom Legionslager hört!"

Arminus zuckte mit den Achseln. Geradeso, als würde ihn das alles nichts angehen. Der Hauptmann der Roten schritt auf ihn zu und blieb vor ihm stehen. „Falls nicht, schlage ich euch den Kopf vom Hals!"

Der Kelte ballte wütend die Fäuste. Allein die Aussicht auf Beute, hielt ihn davon ab, das Schwert zu ziehen.

Die Vandalen schwammen gerade in den Hafen, als sie Stimmen hörten. Adalhard glitt lautlos zum Bug eines Schiffes. Zwei Wachen standen auf dem Steg und unterhielten sich arglos miteinander. Er winkte die Gefährten herbei und flüsterte ihnen einige Anweisungen zu. Danach tauchte er ab. Kurz darauf sah man ihn auf den Wachturm zuschleichen. Seinen Bogen und den Köcher mit den Pfeilen stellte er an die Bretterwand eines Schuppens und lauschte angespannt in die Nacht. Schließlich legte er eine Hand vor den Mund und ahmte drei Mal hintereinander den Ruf einer

Eule nach. Hunderte Vandalen stiegen daraufhin in die Enns. Am Steg vernahm man kurz darauf gurgelnde Laute und ein leises Plätschern.Im selben Augenblick flog ein Pfeil durch die Nacht. Die Wache auf dem Turm sackte tödlich getroffen zusammen, als ein *auxilia* aus seiner Unterkunft trat und auf den Schuppen zuging, hinter dem der Todesschütze stand. Adalhard hatte ihn nicht kommen sehen und lief ahnungslos um die Ecke, direkt in seine Arme. Die Männer sahen sich einen Moment lang verblüfft an.

„Alarm!", rief der *auxilia* in die Dunkelheit, bevor ihn gleich mehrere Pfeile niederstreckten.

Danach ging alles rasend schnell. Aus den Unterkünften kamen bewaffnete Männer gelaufen und auf der anderen Seite der Palisaden war auf einmal Kampflärm zu hören.

„Widukind und die Kelten greifen das Lager an!", schoß es Adalhard augenblicklich durch den Kopf.

Er stand da und sah zu, wie seine Recken die *auxilia* niedermetzelten. Als Volkher und seine Männer auf den erbeuteten Schiffen aus dem Hafen ruderten, machte sich Adalhard mit den seinigen auf, um Widukind beizustehen.

Der Hauptmann der Roten hatte von seinen Recken tagsüber im Wald ein paar Leitern zimmern lassen. Damit ausgerüstet, schlichen sich die Vandalen auf das befestigte Legionslager zu, als aus der nahe gelegenen Stadt Schreie zu hören waren.

„Die Kelten greifen die Stadt an!", murmelte Widukind verärgert.

Sofort blies er in sein Horn, worauf fünfhundert Vandalen auf das Lager zustürmten. Die Ersten hatten die Palisaden erreicht und stellten eine Leiter daran auf. Wieselflink stieg ein junger Recke die Sprossen hinauf. Auf halber Höhe stürzte er von einem Pfeil getroffen in die Tiefe. Die Silingen stellten derweil immer mehr Leitern an die Palisaden und die Legionäre auf dem Wehrgang versuchten sie mit Stangen umzuwerfen. Widukind überlegte fieberhaft.

„Wenn sich alle Legionäre erst einmal dort oben befinden, werden wir das Lager nicht mehr erobern können!"

Im nächsten Augenblick rannte er auf eine Leiter zu und kletterte in

Windeseile daran hoch. Schützend hielt er sich sein Schild über den Kopf. Oben angekommen, sprang er über die Palisaden auf den Wehrgang, geradewegs zwischen zwei Legionäre. Entschlossen schlug er einem das Schild ins Gesicht, zog blitzschnell sein Schwert und hieb damit auf den anderen ein. Die Römer waren so mit Widukind beschäftigt, dass die Roten ihrem Hauptmann ungehindert nachfolgen konnten. Gemeinsam kämpften sie sich bis zu einem Tor durch. Widukind streckte dort mit wuchtigen Hieben einen *centurio* nieder. Dabei wurde er am Oberarm verwundet. Die Gefährten schoben den schweren Eichenbalken zur Seite und öffneten das Tor, worauf Adalhard an der Spitze seiner Recken in das Lager stürmte. Die zahlenmäßig überlegenen Vandalen metzelten nun die sich verzweifelt wehrenden Legionäre nieder. Der Hirschberger war bei Widukind geblieben und rief einen Heiler herbei. Der behandelte und verband notdürftig die stark blutende Wunde des Hauptmanns.

„Besorgt mir ein Pferd!", forderte Widukind seine Recken auf.

Adalhard schaute ihn fassungslos an.

„Wo willst du in diesem Zustand hinreiten?"

„In die Stadt!", antwortete er. „Ich werde mir diesen Arminus vornehmen!"

Kurz darauf galoppierte er auf einem Hengst nach *Lauriacum* und seine Recken rannten ihm hinterher. Ein paar Gebäude standen lichterloh in Flammen und viele Tote lagen auf den Straßen und Gassen. Dazwischen liefen plündernde Kelten umher und aus den Häusern drangen die markerschütternden Schreie von geschändeten Frauen. Als Widukind um eine Hausecke bog, kam ihm die alanische Reiterei entgegen.

„Die Kelten haben ihr Wort gebrochen und brandschatzen die Stadt!", rief der Rote ihnen zu. „Wer ihren Fürsten ergreift und mir lebend übergibt, den werde ich reichlich belohnen. Den Kerl erkennt ihr an seinem Schild. Darauf ist ein Stierkopf abgebildet!"

Atax rief seinen Männern ein paar Worte zu, worauf sie sich in alle Richtungen davonmachten.

Volkher war inzwischen mit ein paar Recken zur Herberge „Zum Hirschen" gelaufen, um seine Keita zu suchen. Vor der Tür lag der Wirt tot in einer Blutlache.

„Man hat ihm den Schädel eingeschlagen!“, stellte der Vandale erschüttert fest und betrat mit dem Schwert in der Hand die Schänke.

An der Theke standen ein paar angetrunkene Kelten und ließen sich mit Met volllaufen. In diesem Moment hörte er aus dem oberen Stockwerk angsterfüllte Schreie. Volkher stürmte die Treppe hinauf. Was er dort zu sehen bekam, trieb ihm die Zornesröte in das Gesicht. Zwei Kelten vergewaltigten in einem Bett brutal eine junge Frau. Auf dem Fußboden lagen wimmernde Weiber. Man hatte sie an den Händen und Füßen gefesselt und ihnen die Kleider vom Leib gerissen. Als er Keita mit blutunterlaufenen Augen so vor sich liegen sah, sprang er entschlossen auf das Bett und stach die Kerle erbarmungslos ab.

Die Einwohner von Lauriacum haben sich in ihren Häusern verschanzt“, stellte Adalhard fest, als er durch die menschenleeren Straßen lief. Irgendwie kam ihm das prächtige Anwesen vor ihm bekannt vor. Im nächsten Augenblick fiel es dem Vandalen wieder ein. Es war das Haus des jüdischen Händlers Ephraim ben Nathan, der ihm einige Bernsteinsäcke abgekauft hatte. Das Tor stand weit offen und er lief hindurch. Seine Recken folgten ihm auf den Fersen nach. Ein paar Kelten standen im Hof und schauten die heranstürmenden Vandalen verwundert an. Man hatte ben Nathan und eine Frau an Säulen gebunden. In diesem Augenblick schlug ein Mann mit einer Reitpeitsche auf den wehrlosen Juden ein.

„Haltet ein! Was hat er euch getan?“, rief Adalhard.

Der Kelte drehte sich um.

„Wer will das wissen?“

„Ein Vandale!“

Worauf er den Hirschberger musterte.

„Der Jude will mir nicht verraten, wo er sein Gold versteckt hat!“

Ben Nathan sah Adalhard beschwörend an.

„Er hat mich erkannt!“, stellte der Hirschberger augenblicklich fest.

Auf einmal fing die Frau an zu schreien. Ein Kelte hatte ihr die zerfetzte *tunicae* vom Leib gerissen und seine Hand zwischen ihre Oberschenkel geschoben.

„Lasst das sofort sein!“, forderte ihn Adalhard energisch auf.

Worauf der Mann ihn entrüstet ansah.
„Kümmert euch gefälligst um eure eigenen Angelegenheiten!"
Die Miene von Adalhard verdunkelte sich schlagartig.
„Habt ihr mich nicht verstanden?", rief er dem Recken zu.
Wütend ließ der Kelte von seinem vermeintlichen Opfer ab, zog das Schwert und hieb damit ungestüm auf den Vandalen ein. Der Hirschberger wehrte die Hiebe mit dem Schild geschickt ab und stach mit seinem Schwert blitzschnell zu. Die Klinge drang tief in den Unterleib des Mannes. Fassungslos schaute er an sich herab und fiel langsam um, während seine Gefährten das Weite suchten. Adalhard band die schluchzende Frau los und bedeckte ihre Blöße mit einer Pferdedecke, während die Roten ben Nathan befreiten.
„Habt tausendfach Dank!", sagte der Jude mit zitternder Stimme.
Danach nahm er die Frau tröstend in seine Arme.
„Alfred: Du bleibst mit ein paar Recken hier!", rief der Hirschberger. „Du bürgst mir für das Wohlergehen dieses Mannes und seiner Sippe!"
Mit den verbliebenen Vandalen eilte Adalhard auf den Marktplatz. Dort stand eine Kirche, die von Kelten umstellt war. Ein paar hielten brennende Fackeln in den Händen. Adalhard schaute argwöhnisch zum Portal, wo sich eine größere Menschenmenge angesammelt hatte. Resolut bahnte er sich einen Weg hindurch. Seine Männer folgten ihm nach. Auf einmal stand er vor einem knieenden Mann Gottes, der ein schlichtes Holzkreuz beschwörend in die Höhe hielt.
„Was geht hier vor?", fragte ihn der Hirschberger.
„Wer will das wissen?", erwiderte ein Kelte, der daneben stand.
Der Mann hielt ein Schild mit einem Stierkopf in der Hand.
„Die Kirche ist voller Menschen!", sagte der Priester verängstigt. „Arminus droht damit sie anzuzünden, wenn wir ihm nicht fünftausend Goldmünzen geben. Soviel besitzen wir Christen allesamt nicht!"
Adalhard nahm in diesem Moment das mit Brettern vernagelte Portal der Kirche wahr.
„Tretet zur Seite, Vandale!", forderte ihn der Fürst der Kelten auf.
„Wir fackeln das Gotteshaus ab!"
„Das lasst ihr gefälligst bleiben!", entgegnete der Hirschberger furchtlos.

„Meine Könige werden heute Abend in dieser Kirche eine Andacht halten!"

Arminus musterte ihn abschätzend.

„Die Stadt gehört uns Kelten!", erwiderte er gereizt. „Wir haben sie erobert und wer es wagt das in Frage zu stellen, spielt mit seinem Leben!"

„Euch gehört hier überhaupt nichts!", antwortete Adalhard. „Wer sein Wort nicht hält, hat keinerlei Ansprüche!"

Der Fürst der Kelten zog blitzschnell sein Schwert und hieb damit auf Adalhard ein. Der fing die wuchtig und präzise geführten Schläge mit dem Schild ab. Um die beiden entbrannte ein gnadenlos geführter Kampf. Der Hirschberger löste sich von seinem Widersacher, rannte die Treppenstufen zum Kirchenportal hinauf und blies dabei unentwegt in das Horn. Danach lieferten sie sich einen erbitterten Zweikampf, während ein Vandale nach dem nächsten sein Leben aushauchte. Der ungleiche Kampf neigte sich allmählich dem Ende zu, als plötzlich die alanische Reiterei auf dem Platz erschien. Sie hatten die Signale von Adalhard gehört. Gleich reihenweise streckten nun die Alanen die Kelten nieder oder schlugen sie in eine wilde Flucht. Arminus erkannte die Aussichtslosigkeit der Lage, ließ von Adalhard ab, sprang die Treppe hinab, riss den Priester an sich und hielt ihm die Klinge seines Schwertes an die Kehle.

„Haltet ein!", rief er.

Der Hirschberger stand vor dem Portal der Kirche und hatte alles mit angesehen. Abermals blies er in sein Horn und hob danach die Hände beschwörend in die Höhe, worauf das Blutvergießen aufhörte. In diesem Augenblick ritt Widukind daher.

„Wir Kelten fordern freien Abzug!", verlangte Arminus lautstark.

Der Rote stieg vom Pferd und schritt auf den Fürsten zu.

„Lasst sofort den Mann Gottes los!", sagte der Rote, als er vor ihm stand.

Der Fürst zögerte.

„Ich sagte sofort!", wiederholte der Vandale.

Der Priester zitterte am ganzen Leib, während Arminus sich verzweifelt umschaute. Schließlich ließ er von ihm ab und steckte sein Schwert in die Scheide.

„Wir fordern freien Abzug!", wiederholte er kleinlaut.

„Ihr bekommt das, was alle Verräter verdienen!", gab ihm Widukind zur Antwort, zog das Schwert und schlug Arminus den Kopf vom Hals.

Abertausende standen an der Straße, als die Könige der Silingen und Sueben sowie der Khan der Alanen in *Lauriacum* einzogen. Die siegreichen Recken jubelten ihnen auf dem Platz vor dem Haus des Christengottes begeistert zu. Nacheinander lobten die Herrscher den Mut ihrer Männer, mahnten vor Überheblichkeit, appellierten an ihr Ehrgefühl und gedachten der Gefallenen.

„Rom ist noch lange nicht besiegt!", rief Respendial zu guter Letzt. „Das gemeinsame Schicksal der Vanadalen, Sueben und Alanen aber, hat mit dem heutigen Tag seinen Lauf genommen!"

Danach befahl er Atax mit der alanischen Reiterei aufzubrechen. Der Fürst sollte vorauseilen und die Stadt Iuvavum erobern, um anschließend die Gebirgspässe in den Alpen vor ungebetenen Besuchern aus dem Süden zu sichern.

Es dauerte sieben Tage und Nächte bis die Stämme auf den gekaperten Schiffen über die Donau gelangt waren. Eine schier endlose Kolonne zog ein paar Tage später auf einer römischen Fernstraße nach *Iuvavum*. Darunter befand sich auch die Familie von Ephraim ben Nathan, Keita, die Goten Hildes sowie die hunnischen Geiseln. Sehr viele Menschen hatten sich aus den unterschiedlichsten Beweggründen auf eine lange Reise begeben. Unterwegs überbrachten Boten der Hasdingen die gute Nachricht, dass sich der Stamm auf dem Weg in die Provinz *Raetia* befände. Von den Alamannen, welche die römischen Verbände in der Mittsommernacht angreifen wollten, gab es in jenen Tagen noch keine verlässliche Kunde.

Für die Versorgung waren Tharwold, Lothar und Respendial verantwortlich. Sie hatten ein paar Recken damit beauftragt, die Vorbeiziehenden zu zählen und nach ihrer Stammeszugehörigkeit zu befragen. Insgesamt 53.233 Silingen, 27.811 Sueben, 14.666 Alanen, 670 Hunnen, 162 Goten, 56 Kelten und zwölf römische Bürger folgten dem Lauf der Sonne. Mehrere Reiterverbände waren ständig auf der Suche nach Nahrungsmittel für die Menschen und Futter für die Tiere. Man nahm unterwegs alles mit, was man gebrauchen konnte. Es sollte eine geraume Zeit vergehen, bis sich die Bevölkerung von diesem Aderlass erholte.

Adalhard war mit ein paar Recken nach Osten aufgebrochen, um König Godegisel aufzusuchen. Er hatte den Auftrag ihm eine Botschaft seiner Könige zu überbringen. Als der Hirschberger an der *mansio* vorbeikam in der man ihm und seinen Gefährten die Bernsteine gestohlen hatte, ballte er zornig die Fäuste und beschloss auf dem Rückweg dem verschlagenen Vorsteher einen Besuch abzustatten. Vor der Stadt Carnuntum stießen sie auf den Treck der Hasdingen. Sofort wurde Adalhard zu Godegisel geführt und übergab ihm die versiegelte Nachricht. Bei dieser Gelegenheit erfuhr er, dass die Vandalen die Stadt nicht erobern, sondern so schnell wie möglich in die Provinz Raetia weiterziehen wollen. Am nächsten Tag machte er sich mit seinen Männern auf den Rückweg. Gegen Abend erreichten sie die *mansio* an der Fernstraße und ritten durch das offenstehende Tor in den Innenhof. Dort lief ihnen der Vorsteher entgegen und hieß sie unterwürfig willkommen. Hinter ihm standen die beiden Wachen. Misstrauisch beobachteten sie die Ankunft der neuen Gäste.

„Ganz offensichtlich weiß er Bescheid, was sich an der Donau zugetragen hat!", dachte der Hirschberger, als er den Römer vor sich buckeln sah.

Adalhard stieg vom Pferd und schritt achtlos an ihm vorbei. Mit ein paar Sätzen sprang er die Stufen zur Veranda hinauf, stieß die Tür zur Herberge auf, setzte sich an einen Tisch und verlangte lautstark nach Met. Der Wirt starrte den Hirschberger noch immer entgeistert an, als dessen Gefährten sich zu ihm gesellten. Der Kelte brachte schließlich einen Krug Met, ein paar Becher, schenkte ein und verbeugte sich dabei fortwährend.

„Was für ein erbärmlicher Kratzfuß!", dachte Adalhard und teilte ihm kurz und bündig mit: „Wir wollen zuerst baden und danach gut essen!"

Der Wirt nickte verängstigt. Später erschien Laila. Sie führte die Vandalen in die Thermen und musterte währenddessen Adalhard.

„Ihr kommt mir bekannt vor!", sagte sie.

Der Hirschberger lächelte.

„Jetzt fällt es mir wieder ein! Ihr wart schon einmal hier!"

„Fürwahr!“, antwortete er. „Am nächsten Tag musste ich feststellen, dass man mich bestohlen hatte!“

„Da seid ihr in guter Gesellschaft!“, entgegnete sie, ohne zu zögern. „Der Vorsteher und seine Wachen stellen sich bei solchen Gaunereien ganz geschickt an.“

Laila schilderte ihm sodann, wie ihr Herr und seine Gehilfen ahnungslose Reisende übervorteilen und bestehlen. Als die Vandalen nach den wohltuenden Bädern wieder in die Schänke einkehrten, stand der Vorsteher mit dem Wirt und den Wachen an der Theke. Beim Anblick der Gäste brachen sie ihre Unterhaltung ab. Der Schankwirt führte die Silingen an einen gedeckten Tisch und fragte nach ihren Wünschen. Kurz darauf schenkte er ihnen zitternd heißen Honigmet ein. Als Adalhard bemerkte, dass ihm der Angstschweiß über die Stirn lief, schaute er sich zu den Männern an der Theke um. Die grinsten hämisch. In diesem Augenblick griffen die Hasdingen durstig nach den Bechern.

„Halt!“, donnerte die Stimme Adalhards durch die Schänke.

Die Gesichtszüge des Wirts erstarrten zu einer Maske, während die Hasdingen den Hischberger entgeistert ansahen und der Vorsteher mit den beiden Wachen auf die geschlossene Tür zulief.

„Halt!“, rief Adalhard erneut, worauf die drei stehen blieben und sich umdrehten.

Einer der Wachen zog sein Schwert. Fast gleichzeitig bohrte sich der Dolch des Hirschbergers in dessen Brust. Er fiel um und blieb leblos auf dem Fußboden liegen.

Adalhard hielt dem Schankwirt einen Becher entgegen.

„Trink oder stirb!“, forderte er ihn auf.

Der Mann sah ihn verzweifelt an.

„Trink oder stirb!“, wiederholte der Vandale unerbittlich.

Daraufhin nahm der Kelte widerwillig den Becher und trank ihn mit einem Zug leer. Danach lief er auf den Vorsteher zu und blieb vor ihm stehen.

„Ihr seid mit eurer maßlosen Habgier an allem schuld!“, schrie er ihn wutentbrannt an.

Plötzlich lief dem Wirt gelber Speichel aus dem Mund. Er taumelte und fiel auf der Stelle tot um. Der Vorsteher stand wie versteinert da, während sein verbliebener Gefährte das Weite suchen wollte. Er hatte die Tür zur Schankstube gerade einen Spalt breit geöffnet, als ihm gleich zwei Dolche in den Rücken trafen. Adalhard hatte sich inzwischen vor den Vorsteher gestellt.

„Ihr könnt alles von mir haben, wenn ihr mich am Leben lasst!", flehte der Römer ihn an.

„Wo sind meine Bernsteine?", fragte der Vandale.

Der Mann zuckte ratlos mit den Achseln.

„Die Bernsteine, welche ihr mir gestohlen habt!"

Mit weit aufgerissenen Augen starrte er Adalhard auf einmal an. In diesem Moment hatte er ihn wiedererkannt.

„Er bewahrt das Diebesgut in seiner Kammer unter einer Steinplatte auf!", rief eine weibliche Stimme durch die Schänke.

Laila stand vor der Tür zu den Thermen.

„Verfluchtes Weib!", zischte der Römer.

Worauf sie geradewegs auf ihn zuging, blitzschnell einen *pugio* aus dem Ärmel ihrer *tunicae* zog und die Klinge in sein Herz stieß.

„Für all das, was du Scheusal mir angetan hast!"

Der Vorsteher taumelte zur Tür hinaus, fiel die Treppenstufen hinab und blieb tot im Hof liegen. Danach zeigte Laila den Vandalen das Versteck mit dem Diebesgut. Adalhard fand dort tatsächlich seine Bernsteine sowie einen Beutel voller Gold- und Silbermünzen.

Tags darauf suchte Laila ihn auf.

„Ich möchte mich euch anschließen!", erklärte sie einem überraschten Vandalen. „Wenn ich hier bleibe, werden mich die Kelten den Römern ausliefern. Ihr könnt euch vermutlich vorstellen, was die mit einer Sklavin anstellen, die ihren Herrn erstochen hat!"

Der Hirschberger nickte verständnisvoll.

„Ich denke, es ist an der Zeit, dass ihr in eure Heimat zurückkehrt!", meinte Adalhard und reichte ihr den Beutel mit den Münzen. Im nächsten Augenblick gab die Sklavin Adalhard einen Kuss auf die Wange.

„Danke!", flüsterte Laila. Später gingen sie zusammen in die Schmiede, wo er ihr das Sklavenband vom Hals entfernte und verächtlich in eine Ecke warf.

Als die Silingen, Sueben und Alanen in Iuvavum ankamen, wurden sie von römischen Würdenträgern sehr zurückhaltend empfangen. Nachdem man sämtliche Vorräte in der Stadt beschlagnahmt hatte, drängte Gundolf zum Aufbruch. Ein paar Tage später zog der Treck weiter nach Westen. Unterwegs kam es immmer wieder zu kleineren und größeren Waffengängen mit den Kelten, die den wandernden Stämmen nicht immer das Vieh oder die Vorräte aus freien Stücken überlassen wollten.

Die Vorhut erreichte eines Tages einen Fluss, den die Römer Aenus[92] nannten. Eine Schar Legionäre hatte sich dort in einem Wehrturm verschanzt und schoss mit Katapulten auf alles, was über die Brücke wollte. Atax bot ihnen freien Abzug an, doch ihr *centurio* lehnte hochmütig ab. Die Alanen legten im Schutze der Nacht halbtrockenes Stroh um das Bollwerk und zündeten es an. Der aufsteigende Qualm hüllte die Sicht der Verteidiger stark ein. Am nächsten Morgen war keiner mehr von ihnen am Leben. Als am Nachmittag der Treck eintraf, konnte er ungehindert über die Brücke nach Augusta Vindelicum weiterziehen. Gundolf und Atax stiegen auf den Turm. Die Aussicht, welche sich ihnen von dort oben bot, war großartig. Eine sanfte Hügellandschaft mit Feldern und Wäldern breitete sich vor ihnen aus.

„Die Aenus wird unsere östliche Grenze zum römischen Imperium markieren!", kündete der König an. „Wir werden den Turm mit einer wehrhaften Schar besetzen!"

„Ein guter Gedanke!", pflichtete ihm der Fürst der Alanen bei.

Gundolf ließ einen Hundertschaftsführer mit seinen Recken zurück. Er hatte Auftrag, den Turm instandzusetzen und neue Bollwerke an der Brücke zu errichten. Danach sollte er auf die Ankunft der Hasdingen warten und ihnen die funktionstüchtigen Wehranlagen übergeben.

Die Versorgungslage für die vielen Menschen und Tiere wurde von Tag zu Tag immer besorgniserregender. Aus diesem Grund wollten die Könige und der Khan die Stadt sowie das Legionslager von Castra Regina erobern,

---

92 *Inn/Fluss/Deutschland*

um in den Besitz der dort eingelagerten Vorräte zu gelangen. Die Stadt an der Donau wurde zwar eingenommen, aber das stark befestigte Lager blieb in den Händen der Römer. Die eingeschlossene *cohors* wurde durch die Donauflotte der Römer verstärkt und versorgt, während die Flüchtlinge, welche im Lager vor den heranrückenden Barbaren Zuflucht gesucht und gefunden hatten, auf Schiffen fortgeschafft wurden.

Alle Römer und Kelten, welche die neuen Herrscher nicht anerkennen wollten, mussten den Landstrich zwischen den Alpen, der Donau, der Inn und Iller umgehend verlassen. Die Silingen, Sueben und Alanen wälzten sich unaufhaltsam auf die Hauptstadt der Provinz Raetia, Augusta Vindelicum zu. Von dort aus wollte man die Besiedlung der eroberten Gebiete vornehmen. Die Stämme wurden von den Bürgern dieser schönen und wohlhabenden Stadt friedlich empfangen. Gleichzeitig verließen Tausende die Provinz und zogen über die Pässe in den Alpen nach Süden. Fast alle heimischen Kelten blieben und verständigten sich mit den neuen Herrschern.

Im Spätherbst kamen die Hasdingen in Raetia an. Ihnen war der Landstrich zwischen der Inn und Augusta Vindelicum als Siedlungsgebiet zugewiesen worden. Die Alanen ließen sich in den Tälern und Ausläufern der Alpen nieder, während die Sueben sich zwischen den Städten Castra Regina und Augusta Vindelicum ansiedelten. Als die Silingen in den westlichen Teil der Provinz zogen, um dort sesshaft zu werden, trafen sie auf die Alamannen. Jene hatten ihr gegebenes Versprechen eingehalten und waren in der Mittsommernacht in das Imperium eingefallen.

Zu Beginn des Winters empfingen die Könige der Vandalen und Sueben sowie der Khan der Alanen einen König der Alamannen. Der Linzgauer war ein kräftiger Mann, trug einen prächtigen Vollbart und hörte auf den Namen Ulrich. Gemeinsam legte man die Grenzverläufe zwischen den Stämmen fest. Der nördliche Teil der Provinz Raetia war erobert und befriedigt. Einzig und allein das wehrhafte Legionslager in Castra Regina blieb davon ausgenommen. Es wurde von dort berichtet, dass die eingeschlossenen Verbände keinerlei Anstalten unternähmen, um auszubrechen oder sich über die Donau abzusetzen. Die verstärkte römische Besatzung blieb eine ständige Bedrohung im Rücken der neuen Landesherren. In diese Zusammenkunft platzte die beunruhigende Botschaft, dass eine Legion den Reschenpass eingenommen habe und auf dem Weg nach Augusta Vindelicum sei. Die Könige und der Khan beschlossen umgehend die heranrückenden römischen Truppen auf dem nördlich davon gelegenen Fernpass zu stellen. Atax und Guntherich brachen noch am gleichen Tag mit einem vandalisch-alanischen Reiterverband auf. Als sie auf dem Bergsattel eintrafen, kamen sie gerade noch zur rechten Zeit. Die auf dem Rückzug befindlichen Alanen hatten sich dort oben verschanzt. Zusammen mit der Verstärkung gelang es ihnen, in überaus verlustreichen Kämpfen, die Legionäre davon abzuhalten, auch diesen Pass einzunehmen. Als es anfing zu schneien, stellten beide Seiten die Kampfhandlungen ein. Eine unüberwindbare Schneedecke hatte sich über die Alpen gelegt.

Kapitel XII

Flavius Stilicho

Kehren wir wieder zurück zu unserem jungen Vandalen. Farold befand sich mit seinen Begleitern auf dem Rückweg von Rom nach Aquileia.

Zu Beginn des Herbstes im Jahre vierhundertundeins erreichten wir die schöne Stadt Bononia. Unterwegs hatte Marius Reisende, welche aus dem Norden kamen, nach den neuesten Nachrichten befragt. Man berichtete ihm, dass der Reichsverweser in Mediolanum mehrere Legionen und Auxiliareinheiten zusammenziehe, um sie gegen die in die Provinz Venetia eingefallenen Goten ins Feld zu führen. Ein paar Kelten behaupteten sogar, dass ein vandalisch-alanischer Stammesverband in das Imperium eingedrungen sei und den nördlichen Teil der Provinz Raetia besetzt hält. Die Barbaren hätten von den dort lebenden Römern und heimischen Kelten einen Treueeid verlangt. Wer ihn nicht leisten wollte, musste die Provinz verlassen. Immer wenn Marius unterwegs mit jemandem sprach, hielt ich mich in seiner Nähe auf. Mir wurde in diesen Tagen bewusst, dass mein Stamm die ihm prophezeite Reise in das verheißene Land angetreten hatte.

In Bononia strömten die Bürger auf einem zentralen Platz zusammen. Marius und ich ließen uns von den Massen mitreißen. Menschentrauben bildeten sich an jenem Ort und man diskutierte aufgeregt miteinander.

„Jetzt auch noch diese fürchterlichen Goten!“, rief eine hysterische Frau und fasste sich mit den Händen an den Kopf.

Vor mir stand ein älterer Herr, in einer strahlend weißen *toga*.

„Warum sind die Bürger so aufgebracht?“, fragte ihn Marius.

„Einige Germanenstämme erobern im Norden eine Provinz nach der nächsten und jetzt fallen auch noch die Goten wie Heuschrecken über uns her!“, antwortete er erregt. „Sie stehen vor Verona und beschießen die Mauern von Aquileia!“

Marius wurde kreidebleich. Nachdem er sich wieder gefasst hatte, stellte er dem Greis eine ganze Reihe von Fragen, die jener geduldig und überaus kundig beantwortete. Es stellte sich heraus, dass er dem Rat der Stadt angehörte. Je länger Marius mit ihm sprach, desto mehr wurde mir bewusst, dass wir auf dem Landweg nicht mehr nach Aquileia zurückkehren können. Die Stadt war von den Goten vollständig eingeschlossen und nur noch über das Mare Adriaticum zu erreichen. Schließlich verabschiedeten wir uns von dem freundlichen Herrn und kehrten zu den Unsrigen zurück.

„Ich glaube nicht, dass Aquileia fällt!", behauptete Marius. „Das haben die Goten schon einmal versucht und sind kläglich daran gescheitert. Ihre Mauern sind zu mächtig und es gibt in der Stadt viele Legionäre sowie Seeleute, welche sie verteidigen werden. Außerdem wird der Reichsverweser die Eingeschlossenen über das Meer mit all dem versorgen, was sie dazu benötigen. Der Stachel sitzt tief im Rücken der Goten!"

Ein zufriedenes Lächeln huschte über sein Gesicht.

Marius beschloss Bononia den Rücken zuzukehren. In einer weiter südlich gelegenen *mansio,* fanden wir eine Bleibe. Nach dem Abendessen spazierte ich durch das Portal hinaus in die herbstliche Landschaft, um in aller Ruhe nachdenken zu können. Der Weg führte mich eine Anhöhe hinauf. Oben angekommen, setzte ich mich unter einen Apfelbaum. Ich genoss den großartigen Ausblick über das flache Land und sah mich an seiner Schönheit gründlich satt. Dabei dachte ich unentwegt an meine Sippe.

„Was soll ich nur tun?", fragte ich mich.

Auf einmal sah ich Marius den Hügel heraufkommen. Er setzte sich neben mich ins Gras.

„Wie es ihnen wohl ergeht?", fragte er beiläufig.

„Ich glaube nicht, dass sie noch in Hirschberg sind!", antwortete ich.

„Um ehrlich zu sein", entgegnete er, „habe ich dabei nicht an deine vandalische Sippe gedacht, sondern an die Familie von Marcellus."

Betrübt sah ich ihn an.

„Marius! Ich weiß nicht mehr, was ich tun oder lassen soll!"

„Möglicherweise kann ich dir helfen!", meinte er.

Ich stieß einen Seufzer aus.

„Seit ich weiß, dass mein Stamm die Heimat verlassen hat und westwärts zieht, muss ich ständig an die Prophezeiung denken."
„Was für eine Prophezeihung?"
Ausführlich erzählte ich ihm von der uralten Weissagung über das Schicksal der Vandalen. Aufmerksam hörte er mir zu und unterbrach mich gelegentlich, um das ein oder andere zu hinterfragen. Als ich ihm alles gesagt und seine Fragen beantwortet hatte, legte ich mich erschöpft hin.
„Euch Vandalen wurde also vorhergesagt, dass ihr bis an das Ende der Welt wandert?"
„Ja!", antwortete ich. „Genauso haben es uns die Alten immer und immer wieder erzählt. Keiner hegt daran den geringsten Zweifel!"
„Die Provinz Raetia liegt aber nicht am Ende der Welt!", stellte er zutreffend fest.
Ich dachte nach.
„Du hast recht!"
Er war aufgestanden.
„Ich will herausfinden, was da vor sich geht. Es ist an der Zeit, dass wir einem entfernten Verwandten von dir einen Besuch abstatten!"
Zweifelnd sah ich ihn an.
„Ich glaube nicht, dass man uns nach Aquileia reisen lässt!"
Er lächelte.
„Die Familie Aurelius habe ich damit nicht gemeint!"
„Wen dann?"
„Das wirst du sehr bald schon erfahren!"

Am darauffolgenden Tag machten wir uns auf den Weg in die Provinz Umbria. Dort besaß Marcellus Aurelius ein Weingut. Wir blieben ein paar Tage an diesem wunderbaren Ort und erholten uns von den Strapazen der Reise. An einem sonnenverwöhnten, spätherbstlichen Tag ging ich in den Weinbergen spazieren. Unterwegs traf ich auf Kahina und den kleinen Achmed. Sie spielten miteinander auf einer Wiese. Als die junge Berberin mich kommen sah, winkte sie mir fröhlich zu.
„Ihr gefällt es hier!", dachte ich und lief auf sie zu.
Kahina war nicht nur eine schöne und stolze, sondern auch eine sehr

kluge Frau. Sie teilte meine Einschätzung, dass wir auf dem Landweg nicht mehr nach Aquileia reisen können und empfahl es auf dem Seeweg zu versuchen. Achmed krabelte dabei ständig um uns herum. Vergnügt lachte er mich mit seinen großen, braunen Augen an. Als ich mich wieder Kahina zuwandte, liefen ihr Tränen die Wangen hinab. Erschrocken fragte ich sie nach dem Grund ihrer plötzlichen Traurigkeit. Die Berberin erzählte mir schluchzend, wie man sie aus ihrer Heimat verschleppt und in die Sklaverei verkaufte hatte. Ausführlich beschrieb sie mir den Ort ihrer Herkunft und berichtete in Tränen aufgelöst, dass ihr Vater Massinissa heißt und der Fürst eines Stammes ist, der sich Massylier[93] ruft. Jene leben in einem Hochtal in den Bergen Afrikas. Deutlich hörte ich aus ihren Worten heraus, dass sie die Römer nicht mochte. Ich versuchte sie zu trösten und versprach ihr, dass ich sie und ihren Sohn stets gut behandeln werde.

Einige Tage später teilte Marius unseren Weggefährten mit, dass er mit mir in Mediolanum einen alten Freund besuchen will und sie bis zu unserer Rückkehr im Weingut bleiben sollen. Wir verließen diesen herrlichen Ort der Ruhe und Erholung. Der Weg führte uns über Bononia auf einer pfeilgeraden Straße nach Nordwesten. Als wir in die Stadt Parma kamen, suchten wir die nächste Herberge auf, um das Neueste zu erfahren.

„Die Goten haben die Gegend um Vicetia[94] geplündert!“, berichtete ein völlig verängstigter Olivenhändler. „Einige Barbaren wurden bereits vor den Toren Veronas gesichtet!“

„Das sind keine fünfzig Meilen von hier!“, stellte Marius besorgt fest.

An diesem Abend schenkte er sich etwas zu viel Wein ein. Angeheitert begann der einstige *tribunus* zu erzählen, wo er schon überall im Imperium diente. Dabei kam er auch auf die Goten zu sprechen.

„Mehrfach habe ich gegen sie gekämpft!“, versicherte er mir. „Sie sind tapfer und ihr König Alarich ist ein kluger Kopf. Ich kenne nur einen einzigen Mann, der ihm die Stirn bieten kann!“

„Wer ist das?“, fragte ich.

„Flavius Stilicho!“

93 *Berberstamm/Algerien*
94 *Vicenza/Italien*

Unterwegs erzählte Marius einem aufmerksam zuhörenden Vandalen, dass sich in Mediolanum nicht nur der Reichsverweser und oberste Heermeister des Imperiums aufhält, sondern auch der römische Kaiser. Der ehemalige *tribunus* schloss daraus, dass dies womöglich der Grund sein könnte, warum Alarich mit seinen Recken auf die Stadt vorstoße.

Bereits am nächsten Tag sah ich Mediolanum in einer weiten Ebene vor mir liegen. Die Straße war mit Flüchtlingen verstopft. Sie strebten alle auf die befestigte Stadt zu, um hinter ihren mächtigen Mauern Schutz vor den heranrückenden Goten zu finden. Die Wachtürme und Wehrgänge waren mit Legionären besetzt. Vor dem Stadttor wurden wir von einem *tribunus* angehalten und nach dem Grund unserer Reise befragt.

„Wir sind hierhergekommen, um dem Reichsverweser unsere Dienste anzubieten!", erklärte Marius.

Ich glaubte nicht richtig gehört zu haben. Jedenfalls ließ uns der Offizier passieren und wir gelangten in die mit Menschen überfüllte Stadt. Mein Gefährte bahnte sich auf seinem Hengst einen Weg durch die Menge. Ich hatte große Mühe ihm nachzufolgen. Wir gelangten auf einen weitläufigen Platz. Dort standen sehr viele Zelte. Dazwischen hielten sich zahlreiche Legionäre auf. Ein *centurio* versperrte uns den Weg.

„Bürger haben hier nichts verloren!"

„Mein Name ist Marius Valerius!", stellte sich mein Begleiter vor. „Zuletzt diente ich als *tribunus* unter meinem Heermeister Flavius Stilicho."

Kaum hatte er den Namen ausgesprochen, nahm der Offizier Haltung an.

„*Centurio* führe mich zum Reichsverweser!", forderte Marius im Befehlston. „Ich habe wichtige Nachrichten mitgebracht!"

Worauf der Angesprochene seinen Helm mit dem rot eingefärbten Rosshaar aufsetzte und mitten durch das Heerlager auf ein herrschaftliches Anwesen zulief. Vor einer breiten Steintreppe blieb er stehen. Nachdem uns ein Legionär die Waffen abgenommen hatte, stiegen wir zum Palast hinauf. Wir schritten durch ein Portal und gelangten in eine Halle. An einer Marmorwand hing eine Landkarte von beachtlichen Ausmaßen. Davor standen hohe Offiziere und betrachteten sie eingehend. Einer von ihnen hielt einen Stab in der Hand. Während er sprach, zeigte der Römer damit auf eine bestimmte Stelle der Karte. Plötzlich drehte er sich um und schaute zu uns herüber. Sein Blick blieb an Marius haften. Lächelnd reichte er den Stab einem neben ihm stehenden *legatus* und schritt geradewegs auf uns zu.

„Salve Reichsverweser!", grüßte ihn mein Gefährte, als er vor uns stand.

Wir hatten die Hände zum römischen Gruß erhoben.

„Salve!", antwortete Stilicho und legte eine Hand vertrauensvoll auf die Schulter seines einstigen *tribunus*.

Ich konnte es nicht fassen, was sich da vor mir abspielte.

„Es ist schon lange her!"

„Mehr als drei Jahre!", antwortete Marius.

Der Reichsverweser seufzte.

„Was führt euch in diesen schweren Zeiten nach Mediolanum?"

„Der Verräter Alarich!"

Die Augen Stilichos blitzten auf.

„Warum so garstige Worte, mein Freund!", entgegnete er. „ Alarich hat uns schon vor vielen Jahren verlassen und bekämpft das Imperium bei jeder sich bietenden Gelegenheit."

Auf einmal sah er mich abschätzend an.

„Wen habt ihr da mitgebracht?"

Stilicho runzelte die Stirn.

„Einen Germanen, wenn ich mich nicht irre!"

Ich war sprachlos.

„Ein junger Vandale!", antwortete Marius. „Der Spross eines Silingen!"

Überall glaubte ich in diesem Augenblick feindselige Blicke zu verspüren.

„Seid willkommen, junger Mann!", sprach der Reichsverweser, zu meiner Verwunderung. „Wie lautet dein Name und der eures Vaters?"

Verblüfft sah ich ihm in die blauen Augen.

„Man ruft mich Farold und meinen Vater Adalhard!"

„Wo stammt ihr her?"

„Aus Hirschberg an der Oder!"

Ein vieldeutiges Lächeln huschte über sein Gesicht.

„Wie heißt euer Großvater?"

„Lorenz!"

Er musterte mich eingehend.
„Merkwürdig!", dachte ich.
In diesem Moment räusperte sich Marius.
„Wir würden gerne mit euch alleine sprechen, Reichsverweser!"
Stilicho nickte bedächtig.
„Ich will mir anhören, was ihr zu sagen habt!"
Kurz darauf betraten wir einen prachtvoll ausgestatteten Raum. Er klingelte mit einem goldenen Glöckchen, worauf ein Legionär erschien und Oliven, Brot sowie *posca* auftischte.
„Hier haben die Wände Ohren!", waren Stilichos Worte, nachdem der Mann die Tür hinter sich zugezogen hatte.
Die sich anschließende Unterredung musste sehr lange gedauert haben. Es war bereits dunkel, als Marius und ich von einem *tribunus* in ein geräumiges Zelt geführt wurden.
„Wir haben euch hier einquartiert!", sagte er. „Es ist der ausdrückliche Wunsch des obersten Heermeisters, dass ihr heute Nacht im Lager bleibt."

Marius weckte mich am nächsten Morgen auf.
„Wir müssen uns beeilen Farold. Der *tribunus* hat mir soeben mitgeteilt, dass wir mit Stilicho zur neunten *hora* aufbrechen. Wohin die Reise geht, hat er mir allerdings nicht verraten."
Kurz darauf ritten wir mit dem Reichsverweser und obersten Heermeister des römischen Imperiums sowie einem Dutzend Offizieren und Legionären durch das Nordtor der Stadt.
„Ich musste den Kaiser geradezu anflehen, in Mediolanum zu bleiben!", berichtete Stilicho seinem einstigen *tribunus*. „Er wäre am liebsten mitgekommen!"
Marius schüttelte sprachlos den Kopf.
„Rom hat schon mutigere Imperatoren gesehen!", fuhr der Reichsverweser fort. „Dabei ist die befestigte Stadt einer der sichersten Orte im gesamten Imperium. Die Anwesenheit des Kaisers in Mediolanum ist zwingend geboten, um die Moral der Legionäre und der Bevölkerung aufrecht zu erhalten."

Wir ritten geradewegs auf die Alpen zu. Gegen Abend kamen wir an einen See, der zwischen hoch aufragenden Bergen lag. Eine *lusoriae* wartete dort auf uns. Nachdem wir an Bord waren, legten wir auch schon ab. Mit hoher Schlagzahl und einem aufgeblähtem Segel glitt das Schiff auf dem Bergsee dahin, in dem sich der Mond spiegelte. Ich saß allein am Bug und bewunderte die eindrucksvolle Gebirgskulisse.

„Wohin wir wohl fahren?“, fragte ich mich in Gedanken versunken.

Mir kam Gunna und die schönen Tage und Nächte an der baltischen See in den Sinn. Plötzlich verspürte ich eine Hand auf meiner Schulter. Erschrocken drehte ich mich um. Vor mir stand kein anderer als der Reichsverweser und oberste Heermeister des römischen Imperiums, Flavius Stilicho.

„Wir müssen miteinander reden!“, sagte er.

Als wir in seine Kabine eintraten, saßen dort Marius und ein dunkelhäutiger *tribunus*. Was ich in jener Nacht auf dem Lacus Larius[95] zu hören bekam, sollte mein Leben verändern. Stilicho teilte uns zunächst mit, dass er mit den Königen der Vandalen und Sueben über einen Förderatenvertrag verhandeln möchte. Dafür wäre Rom bereit, die Provinz Raetia den verbündeten Stämmen als Siedlungsgebiet zu überlassen. Im Gegenzug erwartet er, dass sie auf der Seite des Imperiums gegen die Goten ins Feld ziehen. Nachdem er uns in seine Pläne eingeweiht hatte, sah er mich eindringlich an.

„Farold! Ich bitte euch um einen ganz persönlichen Gefallen!“

Ich glaubte meinen Ohren nicht trauen zu können.

„Der Reichsverweser des Imperiums bittet mich um eine Gefälligkeit?“

„Bringt mich mit euren Königen zusammen!“, fuhr er fort. „Ich muss sie unbedingt sprechen!“

Danach wandte er sich dem Offizier zu.

„Wir werden nicht den Weg über den Malojapass nehmen. Die dort stationierten Legionäre würden mich erkennen und es gibt viel zu viel geschwätzige Mäuler, die meinen Aufenthaltsort den Goten verraten könnten. Unser Weg in die Provinz Raetia führt über den abseits gelegenen

95 *Comer See/Italien*

Splügenpass an den Lacus Venetus[96]. Im Kastell von Vemania will ich mit den Königen der Silingen zusammenkommen. Ihr eilt mit Marius Valerius und Farold nach Augusta Vindelicum voraus und bereitet die Zusammenkunft, heute in einer Woche vor."

Er reichte dem *tribunus* ein Pergament mit dem kaiserlichen Siegel.

„Damit passiert ihr unterwegs sämtliche Kontrollen!"

Anschließend drückte er mir eine versiegelte Pergamentrolle in die Hand.

„Darauf ist meine Botschaft an eure Könige niedergeschrieben. Sie sollen selbst entscheiden, wen sie in ihr Vertrauen ziehen. Auf gar keinen Fall aber, darf sie in fremde Hände gelangen!"

Er schaute mich beschwörend an.

„Von der Ernsthaftigkeit meines Anliegens müsst ihr eure Könige unbedingt überzeugen, denn von diesem Treffen hängt das Leben sehr vieler Menschen ab. Lasst mich nun mit Farold allein!", forderte er die Männer auf.

Kaum hatten sie die Kajüte verlassen, sprach er in vandalischer Mundart mit mir. Sprachlos sah ich den Reichsverweser an.

„Was ich euch nun erzählen werde, wissen nur sehr wenige Menschen!", lauteten seine Worte. „Mein verstorbener Vater war ein Vandale vom Stamme der Silingen. Sein Name lautete Leo!"

Ich glaubte nicht richtig gehört zu haben.

„Er wurde vor vielen Jahren von einem römischen Spähtrupp in der Nähe der Stadt Constantia[97] gefangengenommen und nach Aquileia gebracht. Fortan fristete er ein jämmerliches Dasein als Rudersklave auf einer Galeere der kaiserlichen Marine. Vater hatte sich mit seinem Schicksal bereits abgefunden, als es bei der Insel Melita[98] zu einer Seeschlacht zwischen der römischen Flotte und Seeräubern kam. Das Flaggschiff, auf dem er angekettet war, wurde von den Piraten gerammt und geentert. Im allgemeinen Durcheinander gelang es ihm sich von der Fußkette zu befreien. Als er sah wie der Flottenkommandant der Römer verletzt ins Meer fiel und

96 *Bodensee*
97 *Konstanz/Deutschland*
98 *Malta/Mittelmeer*

in den Fluten unterzugehen drohte, sprang er hinterher und rettete ihm das Leben. Das Gefecht wurde von den Römern siegreich beendet. Der *legatus* schenkte seinem Lebensretter zur Belohnung die Freiheit und ließ ihn in Rom zum Offizier ausbilden. Zuvor aber hatte Vater seinem Mentor schwören müssen, dass er niemals wieder in die Heimat zurückkehrt oder mit den Seinigen in Verbindung tritt. Später heiratete er meine Mutter, nahm ihren Familiennamen an und diente viele Jahre im Heer. Dort brachte er es bis zum Befehlshaber eines Reiterverbandes. Nachdem ich das Licht der Welt erblickt hatte, wuchs ich in Auxiliarlagern auf. Meine Eltern ließen mich von gebildeten Hauslehrern erziehen. Später schlug ich die Offizierslaufbahn ein und stieg in all den Jahren bis zum obersten Heermeister des römischen Imperiums auf. Vor wenigen Jahren ist Vater im hohen Alter friedlich eingeschlafen. Seine vandalische Heimat hat er niemals wiedergesehen!"

Ich saß wie versteinert da, als er mir seine Hände auf die Schultern legte und vertrauensvoll in die Augen schaute.

„Marius hat mir berichtet, woher ihr kommt. Ihr habt mir selbst gesagt, daß man euren Großvater Lorenz ruft!"

Staunend hörte ich ihm zu.

„Der Name meines Vaters lautete Leo!"

„Leo!", wiederholte ich in Gedanken. „War das nicht der Name des verschollenen Bruders von Großvater?"

Stilichos Augen fingen an zu glänzen.

„Habt ihr den Namen schon einmal gehört?"

Ich nickte.

„Euer Vater ist mein Vetter!", behauptete er.

Es war so unfassbar, dass ich es weder begreifen, geschweige denn glauben konnte.

„Der Bruder meines Großvaters soll euer Vater sein?", fragte ich zweifelnd nach.

„Ja!", antwortete er. „Er hat mir seine Muttersprache beigebracht und oft von seinem Geburtsort Hirschberg erzählt. Vater schilderte mir anschaulich, dass man vom Haus seiner Sippe aus die Berge der Vandalen sieht und unterhalb des Fleckens ein Fluss vorbeifließt, den man Oder nennt. Außerdem vertraute er mir an, dass sein Bruder Lorenz ein begnadeter Erzähler sei."

„Vor mir saß tatsächlich der Sohn von Großvaters Bruder!", stellte ich zweifelsfrei fest. „Flavius Stilicho! Der Reichsverweser und oberste Heermeister des römischen Imperiums!"

Bei diesem Gedanken erschrak ich.

„Eigentlich sind wir ja Feinde!", sagte er in diesem Moment. „Das sollten wir gemeinsam ändern!"

Mit Tagesanbruch erreichten wir das nördliche Ende des Lacus Larius. An diesem Ort verabschiedeten wir uns von Stilicho. Der *tribunus*, Marius und ich ritten einen Bergsattel hinauf. Der Abgrund neben der schmalen Straße war furchterregend. Als wir endlich den Splügenpass erreichten, setzte dichter Schneefall ein. Wir stiegen von den Pferden und führten sie über den verschneiten Bergsattel. Der Abstieg war zu einem waghalsigen Unterfangen geworden. Mit viel Mühe und noch mehr Glück, erreichten wir unversehrt eine *mansio* und übernachteten an jenem Ort.

Am nächsten Tag standen wir vor den Toren der Stadt Curia[99]. Ein *auxilia* versperrte uns den Weg hinein. Als der *tribunus* ihm das Pergament mit dem kaiserlichen Siegel zeigte, führte er uns zu einer Herberge. Dort wurden wir verköstigt und die Pferde versorgt.

Tags darauf ritt ich mit meinen Begleitern an einem, wilden Gebirgsbach entlang.

„Wie heißt das Gewässer?", erkundigte ich mich beim *tribunus*.

„Wir Römer nennen es Rhenus und ihr Germanen Rhein. An der Stelle, wo der Fluss in das Mare Germanicum[100] mündet, ist er zu einem gewaltigen Strom angewachsen!", behauptete der Offizier. „Das habe ich mit meinen eigenen Augen gesehen!"

Das Wetter klarte zusehends auf und ich bewunderte die mächtigen Berge. Auf den Gipfeln lag Neuschnee, der in der Sonne tausendfach glitzerte. Später breitete sich ein großer See vor mir aus.

---

99 Chur (Schweiz)
100 Nordsee

„Das ist der Lacus Venetus!", verkündete der *tribunus* und zeigte nach vorn.

Mitten auf der Straße standen ein paar Legionäre. Hinter ihnen befand sich eine Brücke, die über den Rhein führte.

„Halt!", rief uns ein *centurio* entgegen.

Der *tribunus* zügelte sein Pferd und reichte ihm den Passierschein. Nachdem der Offizier ihn gelesen hatte, grüßte er und erteilte bereitwillig Auskunft.

„Hinter der Brücke halten sich die Alamannen auf!", berichtete er. „Ich rate euch, nicht hinüber zu reiten!"

„Ich habe meine Befehle!", lautete die Antwort des *tribunus*.

Worauf die Legionäre zur Seite traten.

„Es wäre ratsam, wenn wir Farold vorausreiten lassen!", schlug Marius dem Offizier vor. „Er kann sich den Alamannen als Vandale zu erkennen geben!"

„Vor ein paar Barbaren fürchte ich mich nicht!", entgegnete er und ritt davon.

Marius und ich schauten uns an und folgten ihm schließlich nach. Nachdem er über die Brücke gelangt war, zügelte er sein Pferd und winkte uns herbei. Plötzlich kamen ein paar Reiter aus einem nahegelegenen Wald herausgesprengt. Tatenlos mussten wir mitansehen, wie mehrere Pfeile den *tribunus* trafen und er vom Pferd stürzte. Regungslos blieb er auf der Straße liegen. Marius und ich stellten im nächsten Augenblick entsetzt fest, dass die wilde Horde auf uns zuhielt.

„Es ist zu spät! Wir können nicht mehr umkehren!", rief mein Begleiter verzweifelt.

Ich gab Zottel die Fersen zu spüren und ritt den Alamannen mit erhobenen Händen entgegen.

„Haltet ein!", rief ich lauthals. „Wir sind Vandalen!"

Worauf sie tatsächlich ihre Pferde zügelten und sich nach allen Seiten umschauten.

„Sie glauben, dass es ein Hinterhalt ist!", vermutete ich.

Ein Reiter löste sich von der Horde und kam langsam auf mich zu. Als wir auf gleicher Höhe waren, sah ich einen Hünen auf dem Pferd sitzen.

Seine Fußspitzen berührten fast den Boden. Ich grüßte ihn auf die vandalische Art und legte dazu meine Hand auf die Stelle der Brust, unter der das Herz schlägt. Der Alamanne unternahm keinerlei Anstalten meine Geste, wie auch immer, zu erwidern.

„Wir sind auf dem Weg zu meinen Königen nach Augusta Vindelicum!“, teilte ich ihm mit.

Der Riese spuckte verächtlich vor mir aus.

„Ein Vandale in Begleitung eines *tribunus* ist kein alltäglicher Anblick!“, sagte er in einer Mundart, die mir bekannt vorkam. „Wer steht dort an der Brücke und beobachtet uns?“

„Ein Gesandter des römischen Reichsverwesers!“, antwortete ich wahrheitsgemäß.

Der Alamanne sah mich zweifelnd an.

„Es ist nicht etwa der Reichsverweser selbst?“, fragte er spöttelnd.

„Nein! Du Sohn eines Esels!“

„Wenn du mich belogen hast, wird es dir noch leidtun!“, drohte er. „Wir bringen dich und den Römer nach Brigantium zu meinem König. Danach werden wir weitersehen!“

Gemeinsam ritten wir am Ufer des Lacus Venetus entlang, auf eine befestigte Stadt zu. An einigen Stellen war das Mauerwerk beschädigt und mehrere Türme zerstört.

„Ganz offensichtlich haben sich die Römer den Alamannen nicht kampflos ergeben!“, stellte ich bei diesem Anblick fest.

In der Stadt hielt der Hüne vor einem herrschaftlichen Gebäude an und führte uns hinein. In einem Saal standen zahlreiche Alamannen zusammen. Sie betrachteten Marius und mich argwöhnisch. Unser Führer verbeugte sich vor einem Mann mit einem prachtvollen Bart und sprach ihn mit König Ulrich an. Ausführlich berichtete er ihm, was sich an der Brücke zutrug. Als er damit fertig war, trat er zur Seite. Der König der Alamannen musterte Marius und mich.

„Wer seid ihr und was wollt ihr hier?“, fragte er, mit auffallend tiefer Stimme. Worauf ich ein paar Schritte auf ihn zuging und mich verbeugte.

„Man ruft mich Farold!“, antwortete ich. „Wir sind auf dem Weg zu meinen Königen Gundolf und Tharwold nach Augusta Vindelicum!“

Ich deutete auf Marius. „Mein Begleiter ist ein Gesandter des römischen Reichsverwesers, Flavius Stilicho!"
„Was will er von euren Königen?", wollte Ulrich wissen.
„Bei allem gebotenen Respekt", erwiderte ich, „das kann und darf ich euch nicht sagen!"
Der Alamanne fasste sich nachdenklich an das Kinn.
„Meine Recken werden euch nach Augusta Vindelicum begleiten!", erklärte er. „Wir wollen herausfinden, ob ihr uns die Wahrheit gesagt habt. Der Römer bleibt so lange hier, bis wir uns von der Redlichkeit eurer Absichten überzeugt haben. Sobald das geschehen ist, kann er euch nachfolgen!"

In Begleitung einiger alamannischer Recken, erreichte ich am nächsten Abend Augusta Vindelicum. Unverzüglich wurden wir zu den Königen geführt. Die staunten nicht schlecht, als sie mich sahen. Ich reichte Gundolf und Tharwold das versiegelte Pergament von Stilicho. Sie brachen das Siegel und lasen die Botschaft. Als die König damit fertig waren, baten sie die Alamannen zu gehen und entboten Ulrich ihre Grüße. Anschließend musste ich ihnen in allen Einzelheiten berichten, wie und wo ich den römischen Reichsverweser kennengelernt hatte. Zunächst wollten sie es mir nicht glauben, dass sein Vater der vermisste Bruder meines Großvaters ist. Es brauchte eine geraume Zeit, bis ich sie davon überzeugen konnte. Später erzählte ich den Königen, was ich im Imperium erlebt hatte. Es war schon weit nach Mitternacht, als ich ihre allerletzte Frage beantwortete.

Jemand rüttelte mich unsanft aus dem Schlaf. Als ich meine Augen aufschlug, sah ich in das Antlitz meines Vaters.
„Wodan sei Dank!", sagte er freudestrahlend.
„Du bist wohlbehalten von den Römern zurückgekehrt!"
„Ich habe dir so vieles zu erzählen!", sagte ich aufgeregt.
„Du wirst es nicht für möglich halten, was ….."
„Warte damit, bis dich deine Mutter in die Arme geschlossen hat!"
„Ist sie hier?"
„Wir besitzen in der Stadt ein Haus aus Stein!", antwortete er. „ Ein Bote hat mir heute Morgen mitgeteilt, dass du zurückgekehrt bist. Auf der Stelle

habe ich alles stehen und liegen gelassen und bin hierher geeilt."

Kurz darauf gingen wir durch die Straßen der eindrucksvollen Stadt und standen schließlich vor einer herrschaftlichen *villa*.

„Das ist unser neues Zuhause!", verkündete Vater stolz. „Die Könige haben mir das Anwesen für meine Kundschafterdienste zum Geschenk gemacht!"

„Was für ein Unterschied zum Holzhaus in Hirschberg!", kam es mir unwillkürlich in den Sinn.

Nachdem mich die Meinigen begrüßt hatten, musste ich ihnen eingehend berichten, wie es mir im Imperium ergangen war. Danach setzte ich mich zu Großvater Lorenz. Der freute sich ungemein über meine Rückkehr und strahlte mich glücklich und zufrieden an.

„Was ich dir nunmehr anvertraue, ist so unglaublich", sprach ich zu ihm, „dass selbst die Könige es nicht für möglich hielten!"

Er sah mich mit funkelnden Augen an.

„Würdest du mir bitte noch einmal berichten, wie und wo dein Bruder Leo verschollen ist?"

„Warum?"

„Das werde ich dir anschließend sagen!"

In seiner unnachahmlichen Art und Weise begann er zu erzählen. Sofort fühlte ich mich in meine Kindheit zurückversetzt und hörte ihm gebannt zu. Schließlich kam er zum Schluss.

„Wir traten den Rückweg aus den Gauen der Alamannen entlang des Rheins an. Als wir in der Nähe der Stadt Constantia unsere Lagerstatt aufschlugen, ging Leo allein auf die Jagd. Ich habe es mir bis zum heutigen Tag nicht verziehen, dass ich nicht mit ihm ging. Niemals wieder habe ich meinen Bruder danach vor mein Angesicht bekommen!"

Großvater hatte sichtlich Mühe seine Fassung zu bewahren.

„Es ist gut!", sagte ich mitfühlend und legte ihm sachte meine Hände auf die Schultern.

Erwartungsvoll sah er mir in die Augen.

Kapitel XIII

Förderaten Roms

Gundolf und Tharwold hatten zu einer Lagebesprechung nach Augusta Vindelicum geladen. Die Könige der Hasdingen, Sueben, des Linzgaus sowie der Khan der Wölflinge kamen der Einladung nach. Als die Silingen ihren Gästen eröffneten, dass der römische Reichsverweser ihnen einen Förderatenvertrag angeboten habe, herrschte zunächst ungläubiges Staunen. Großvater, Vater und ich warteten unterdessen geduldig vor dem Saal, in dem sie sich beratschlagten. Es dauerte eine geraume Zeit, bis wir hereingerufen wurden. Gundolf forderte mich sogleich auf, über meine Begegnung mit Flavius Stilicho zu berichten. Danach hatte ich eine ganze Reihe von Fragen zu beantworten. Der König der Hasdingen wollte von mir wissen, was ich von der Offerte des Römers halte. Ohne zu zögern antwortete ich, dass ich den Reichsverweser für einen rechtschaffenen Mann und sein Angebot für ehrenhaft erachte. Anschließend bat Tharwold meinen Großvater zu erzählen, was seinem Bruder Leo einst widerfahren war und was es in diesem Zusammenhang mit Stilicho auf sich hat. Gespannt und gelegentlich erheitert, hörten die Anwesenden seinen Schilderungen zu. Als er ihnen aber offenbarte, dass der Reichsverweser und oberste Heerführer des Imperiums sein Neffe ist, wollte das zunächst niemand glauben. Erst als Tharwold und Gundolf erklärten, dass die Schilderungen Großvaters der Wahrheit entsprechen, kehrte wieder Ruhe im Saal ein.

Respendial hatte sich als Erster gefasst. „Ich bin auf jeden Fall dafür, dass wir uns mit Stilicho treffen, um zu hören, was er uns zu sagen hat!"

„Ihr kennt ihn und die Römer nicht!", warf Ulrich ein. „Der Reichsverweser ist schlau wie ein Fuchs und glatt wie ein Aal. Wir Alamannen hatten schon des Öfteren mit ihm zu tun. Wenn Rom erst einmal mit den Goten fertig ist, wird sich das Imperium an keine Vereinbarung mehr mit euch halten."

„Er ist der Sohn eines Silingen!", ertönte die Stimme von Tharwold. „Immerhin hat er das Geheimnis seiner Herkunft einem von uns preisgegeben."
„Stilicho hat uns ein interessantes Angebot unterbreitet!", bestärkte ihn Gundolf. „Wir sollten es vorbehaltlos hinterfragen und sorgfältig prüfen!"
Dieser Auffassung schlossen sich alle an. Nur der Gaukönig der Alamannen blieb beharrlich bei seiner ablehnenden Haltung und verließ vorzeitig das Treffen, um in den Linzgau zurückzukehren.

Ein paar Tage später erreichte ich zusammen mit den Königen, dem Khan und ihrem Gefolge das Kastell von Vemania. Meine Freude war groß, als Alfred und Adalbert mich an jenem Ort willkommen hießen. Sie hatten das Kastell nach dem überhasteten Abzug der Römer von den Königen als Wohnstatt zugewiesen bekommen. Nach dem Abendessen kehrte alsbald Ruhe in den alten Gemäuern ein.

Um die Mittagszeit ertönte ein Hornsignal. Rasch stieg ich die Stufen zum Wehrgang hinauf und sah von dort oben ein paar Reiter näherkommen. Kurz darauf erkannte ich Stilicho in Begleitung von Marius und einigen Legionären. Ich sprang die Treppe hinab und lief auf den Hof, wo sich die Könige und der Khan versammelten, um den Reichsverweser des Imperiums willkommen zu heißen. Kurz darauf kamen die Römer durch das geöffnete Tor geritten. Stilicho stieg vom Pferd und schritt auf die Herrscher der Vandalen, Sueben und Alanen zu. In diesem Moment sah er mich.
„Salve!", grüßte ich mit erhobenem Arm.
„Schön, dass ihr da seid, Farold!", sagte er. „Ich habe gewusst, dass ich mich auf euch verlassen kann!"
Ich schaute zu Großvater Lorenz hinüber und nahm all meinen Schneid zusammen.
„Erlaubt mir bitte, dass ich euch den Bruder eures Vaters vorstelle!"
Ich hatte die Worte noch nicht ganz ausgesprochen, als Großvater auf Stilicho zuging und unmittelbar vor ihm stehen blieb. Eingehend musterte er den Römer vom Kopf bis zu den Füßen.

„Ich sehe in die Augen meines Bruders Leo!", hörte ich Großvater mit bebender Stimme sagen.
Niemals zuvor hatte ich ihn weinen sehen. Jetzt liefen ihm ein paar dicke Tränen die Wangen hinab. Im nächsten Augenblick schloss er seinen Neffen in die Arme. Als Großvater sich wieder gefasst hatte, machte er Flavius Stilicho mit seinem Vetter Adalhard bekannt.

Der Reichsverweser nahm an einem gedeckten Tisch zwischen den Königen der Silingen Platz. Ihm gegenüber saßen wir Hirschberger. Die Becher wurden mit Met gefüllt und nach den üblichen Trinksprüchen setzte eine lebhafte Unterhaltung ein. Dabei ging es ausschließlich um die Hunnen und Goten. Das Essen wurde aufgetischt und nachdem sich alle gestärkt hatten, stand Tharwold auf.
„Es war der Wunsch des römischen Reichsverwesers und obersten Heermeisters, Flavius Stilicho, dass wir uns hier und heute versammeln!", verkündete er. „Seine Vorschläge haben wir mit großem Interesse gelesen. Es ist vor allem der Fürsprache Farolds zu verdanken, dass wir uns heute im Kastell von Vemania eingefunden haben."
Stilicho sah mich an und lächelte zufrieden.
„Wir sind voller Erwartung, was ihr uns zu sagen habt!"
Worauf der Reichsverweser gemächlich aufstand und sich erst einmal nach allen Seiten umschaute. Eine merkwürdige Unruhe breitete sich unter den Anwesenden aus.
„Ich bin hierher gekommen", fing er bedächtig an zu reden, „um über die Zukunft eurer Stämme zu sprechen!"
Er hob seine Hände beschwörend in die Höhe.
„Gott der Herr ist mein Zeuge, dass meine Absichten redlich sind!"
Er legte seine Hand auf die Stelle der Brust, unter der das Herz schlägt.
„Die Goten sind mit dreißigtausend Recken aus dem Ostreich in unsere Provinzen Dalmatia, Pannonia und Venetia plündernd und mordend eingefallen. Sie stehen vor den Toren der Stadt Aquileia."
Er vergewisserte sich, ob ihm auch jeder zuhörte.
„Eure Stämme sind in der gleichen Nacht wie die Goten und Alamannen in das Imperium eingedrungen. Viele Bürger Roms flüchteten daraufhin

aus ihrer Heimat. Ihr tragt euch ganz offensichtlich mit dem Gedanken, zwischen der Danuvius und den Alpi sesshaft zu werden."

Während er weiter sprach, verhärteten sich seine Gesichtszüge zusehends.

„Dem Stamm meiner Vorfahren droht die Vernichtung durch das Imperium!"

Abwechselnd sah er Gundolf und Tharwold an.

„Als oberster Heermeister obliegt es mir, euch wieder aus den Provinzen hinauszuwerfen. Das verlangt mir mein Eid auf den Kaiser ab. Sobald sich meine Legionen und Auxiliareinheiten bei Mediolanum vereint haben, gedenke ich zuerst die Goten und danach euren Verband zum Kampf zu stellen. Jeder Vandale, Suebe oder Alane, der sein Leben nicht auf dem Schlachtfeld aushaucht, verliert es früher oder später auf den Ruderbänken unserer Galeeren oder als Gladiator in einem Amphitheater. Eure Kinder und Kindeskinder werden wir auf den Sklavenmärkten meistbietend versteigern und ihre Mütter erfüllen in den Freudenhäusern Roms die perversesten Wünsche ihrer zahlreichen Freier."

Mit einem Mal sprang Respendial auf. „Ich habe meinen Stamm nicht hierher geführt, um vor einem römischen Feldherrn vor Ehrfurcht zu erzittern oder gar in die Knie zu gehen. Kommt endlich zur Sache Reichsverweser oder schert euch wieder dorthin zurück, wo ihr hergekommen seid!"

Die Situation drohte zu eskalieren.

„Mein alanischer Freund hat nicht ganz Unrecht!", mischte sich Gundolf beschwichtigend ein. „Wir sollten uns darüber unterhalten, was Rom außer Vertreibung, Tod oder Versklavung anzubieten hat."

Stilicho lächelte gequält.

„Ich bin in der Tat gekommen, um euch ein Angebot zu unterbreiten. Das Imperium wäre unter gewissen Umständen bereit, euren Stammesverband den nördlichen Teil der Provinz Raetia als Siedlungsgebiet zu überlassen und umfangreiche Sonderrechte einzuräumen!"

„Was wollt ihr dafür?", fragte Godegisel argwöhnisch.

„Wir erwarten von den Stämmen der Vandalen, Sueben und Alanen, dass ihr als Förderaten an der Seite Roms kämpft, wenn es gegen unsere Feinde geht!"

„Gilt dieses Angebot auch für die Alamannen?“, wollte Tharwold wissen.
Stilichos Miene verdunkelte sich.

„Mit den Linzgauern bestand ein Förderatenvertrag. In der Mittsommernacht haben sie ihn ohne Vorankündigung gebrochen und sind mit euch in das Imperium eingefallen. Wir werden sie wieder hinauswerfen und eine Strafexpedition in ihren Gau unternehmen!“, lautete die unversöhnliche Antwort.

„Was geschieht mit den geflohenen Römern?“, wollte Gundolf erfahren.

„Sie werden entschädigt und in anderen Provinzen angesiedelt!“

Tharwold musterte den Reichsverweser.

„Was erwartet ihr von euren neuen Förderaten?“

„Wenn ich als oberster Heermeister den Beistand einfordere, habt ihr zehntausend wehrfähige Recken zu stellen. Wir werden sie ausbilden und als Auxiliareinheit in den Kampf schicken. Sie stehen unter meinem Oberbefehl und werden von diesem Mann dort geführt!“

Stilicho zeigte auf Respendial. Der sah ihn überrascht an.

„Als Förderaten Roms“, fuhr der Reichsverweser fort, „garantiert ihr uns die Unversehrtheit des raetischen *limes*!“

„Wann beabsichtigt ihr einen gleichlautenden Vertrag aufzusetzen und zu besiegeln?“, fragte der Khan der Alanen.

„Noch heute Nacht!“, bekam er zur Antwort. „Mein Angebot gilt solange, bis der Tag anbricht. Danach hat es seine Gültigkeit verloren!“

Stilicho drehte einer verwirrten Schar den Rücken zu und schritt erhobenen Hauptes zur offenstehenden Tür hinaus.

„Ein kluger Kopf, trickreicher Stratege und geübter Schauspieler!“, stellte ich dabei fest.

Respendial ergriff das Wort: „Er braucht unsere Recken im Kampf gegen die Goten. Ein schlauer Fuchs dieser Stilicho!“

„Etwas missfällt mir an der Sache!“, warf der König der Sueben ein. „Warum haben die Goten in der gleichen Nacht das Imperium angegriffen wie wir? Das kann doch kein Zufall gewesen sein!“

„Ihr habt recht!“, pflichtete ihm Tharwold bei. „Von uns Vandalen haben sie es jedenfalls nicht erfahren.“

„Wir Sueben sind keine Verräter!", entrüstete sich Lothar und Respendial fügte hinzu: „Das gilt auch für uns Alanen!"

„Es können nur die Alamannen gewesen sein!", mutmaßte Gundolf. „Vermutlich hat sich Ulrich deshalb so energisch gegen die Zusammenkunft mit Stilicho ausgesprochen."

Alle Anwesenden stimmten seiner Betrachtungsweise zu.

„Wir sollten uns künftig vor den Alamannen besser in Acht nehmen!", riet Tharwold. „Ihr heimliches Paktieren mit den Goten kann für uns zu einer tödlichen Bedrohung werden!"

„Stilicho weiß genau über unsere Situation Bescheid!", behauptete ein grübelnder Gundolf. „Sein Angebot ist sicherlich aus einer momentanen Notlage heraus geboren. Aber es scheint mir aufrichtig gemeint zu sein. Außerdem fließt in seinen Adern vandalisches Blut."

Es war still geworden im Saal des Kastells von Vemania.

„Uns bleibt keine andere Wahl!", verkündete, nach einer Weile, Respendial. „Förderatenvertrag und Waffenhilfe gegen Land und Schutz durch das Imperium!"

Er sah sich nach weiteren Fürsprechern um.

„Wir Silingen werden an der Seite der Römer gegen die Goten in den Kampf ziehen!", erklärte Gundolf und Godegisel fügte hinzu: „Die Hasdingen schließen sich euch an!"

Alle Augenpaare waren nun auf den König der Sueben gerichtet.

„Ich war schon immer der Ansicht, dass wir uns unter den Schutz der Römer stellen sollten!", teilte Lothar einer überraschten Schar mit.

Danach ging alles sehr schnell.

„Farold lauf los und hol den Reichsverweser zurück!", forderte mich Gundolf auf.

Kurz darauf strahlte ich Stilicho an.

„Eine weise Entscheidung!", lauteten seine Worte, bevor ich etwas sagen konnte.

Später setzte ein Mann Gottes die Förderatenverträge zwischen dem römischen Imperium und den Stämmen der Silingen, Hasdingen, Sueben und Wölflingen auf. Nachdem die Könige und der Khan sie unterschrieben und besiegelt hatten, war der Reichsverweser an der Reihe. Er blinzelte mir zu und setzte seinen Namen unter die Pergamente. Als der römische Adler die Dokumente zierte, füllte man die Becher mit Met. Die neuen Förderaten Roms stießen mit ihrem obersten Heermeister Flavius Stilicho auf eine gemeinsame Zukunft an.

Am nächsten Tag trat Stilicho mit Marius und ihren Begleitern den Rückweg an. Zur selben Stunde verließen Gundolf und Respendial das Kastell. Sie suchten den König der Linzgauer in Brigantium[101] auf. Nach einer lebhaft geführten Aussprache war Ulrich bereit, sich mit seinen Recken hinter den raetischen *limes* zurückzuziehen. Gundolf und Respendial hatten ihm zuvor schwören müssen, dass die Silingen und Wölflinge niemals gegen die Alamannen, an der Seite Roms, in den Kampf ziehen.

Vor dem Weihnachtsfest brachte Mutter einen gesunden Knaben auf die Welt. Sie ließ ihn auf den Namen Stefan taufen. Die Freude darüber war sehr groß und der kleine Schreihals nahm in diesen Tagen die gesamte Sippe für sich in Anspruch. Vor allem Großvater Lorenz hatte den jüngsten Hirschberger in sein Herz geschlossen. Er konnte meinen kleinen Bruder gar nicht oft genug auf dem Arm halten und seine Späße mit ihm treiben, was dem kleinen Erdenbürger ganz offensichtlich gefiel.

In jenen Tagen gaben sich Hilde und Atax das Jawort. Vater und ich waren zu den Feierlichlichkeiten eingeladen. Es war ein glanzvolles Fest, wobei mich die eigentümlichen Bräuche der Alanen schwer beeindruckten. Die beiden Stämme standen sich fortan sehr nahe.

Mit dem Winter kam ein *legatus* aus Mediolanum nach Augusta Vindelicum. Er überbrachte den Königen eine kaiserliche Botschaft. Stilicho forderte die Förderaten Roms auf, mit ihm gegen die Goten ins Feld zu ziehen.

Als ich mit dem Heer der Vandalen, Sueben und Alanen wenige Tage später am Lacus Larius eintraf, wurde ich von einem *tribunus* begrüßt, den ich

101 Bregenz/Österreich

sehr gut kannte. Der oberste Heermeister hatte Marius Valerius, angesichts der Gotengefahr, wieder in den aktiven Militärdienst gestellt. Nach der Einquartierung drillten uns altgediente *auxilia,* germanischer Herkunft. Die kommenden Wochen bestanden aus theoretischer und praktischer Gefechtsausbildung. Alle Rundschilder der Silingen wurden einheitlich mit dem Zeichen von König Gundolfs Sippe bemalt. Eine schwarze Adlerkralle auf gelbem Grund. So war die Truppe selbst auf große Entfernung hin, gut auszumachen.

Zu Beginn des Frühjahrs vierhundertundzwei wurden wir auf Schiffe verladen, die uns nach Comum[102] brachten. Auf einer Wiese vor der Stadt versammelten sich die Auxiliartruppen der Vandalen, Sueben und Alanen. Die Könige und der Khan standen auf der Stadtmauer und blickten auf zehntausend Recken herab.

„Wir sind hierher gekommen, um zusammen mit den Römern gegen die Goten in den Kampf zu ziehen!", rief Godegisel stimmgewaltig in die Menge. „Nur ein Sieg garantiert uns den Erhalt der neuen Heimat und schützt die Unsrigen vor der Rache Alarichs. Der Khan der Alanen wird euch führen. Ihm allein habt ihr während des Feldzuges zu gehorchen!"

Ein Raunen hallte durch die Reihen der angetretenen Recken. So etwas hatte es noch nie zuvor gegeben. Die Könige der Vandalen und Sueben hatten Respendial, den Khan der Alanen, zum alleinigen Feldherrn über eine gemeinsame Streitmacht bestimmt.

„Als meine Unterführer habe ich für die Silingen Hauptmann Widukind und für die Hasdingen Fürst Guntherich bestimmt!", ertönte die Stimme Respendials. „Die Sueben werden von Fürst Ermenrich geführt und die alanische Reiterei gehorcht meinem Sohn Saul!"

102 Como/Italien

Die Könige und der Khan schlugen ihre Schwerter gegen die Schilder. Zehntausendfach erhielten sie eine nicht zu überhörende Antwort.

Der Khan hatte die Unterführer und Marius zur Lagebesprechung in seine Jurte bestellt. Marius Valerius agierte als Verbindungsoffizier zwischen den Legionen Stilichos und der Auxiliartruppe von Respendial. Anhand einer Karte erklärte der Alane die Ausgangslage und besprach das weitere Vorgehen.

Stilicho war nach dem Vertragsabschluss in Vemania in die gallischen Provinzen Roms geeilt. Er sammelte die dort stationierten Legionen, um sie in die Provinz Liguria zu führen. Die Goten Alarichs hielten die Provinzen Venetia und Teile der Provinzen Gallia Transpadana sowie Liguria besetzt. Der oberste Heermeister hatte Respendial angewiesen den Belagerungsring der Goten um Mediolanum zu sprengen. Danach sollten sich die Förderaten Roms nach Süden aufmachen, um mit den aus Gallien kommenden Verbänden das Heer der Goten in die Zange zu nehmen.

Wir marschierten auf Mediolanum zu. Als die gotischen Kundschafter ihrem König meldeten, dass ein größerer Auxiliarverband aus dem Norden im Anmarsch sei, brach er die Belagerung der Stadt ab und zog sich nach Süden zurück.

Marius war ständig zwischen den Legionen Stilichos und den Truppen Respendials unterwegs, um deren Vorgehensweise zu koordinieren. Ein gefährliches Unterfangen, denn er kam dabei zwangsläufig durch Gebiete, welche von den Goten kontrolliert wurden.

Vor den Ostertagen gab Stilicho den Befehl, das Lager der Goten in der Nähe der Stadt Pollentia[103] anzugreifen. Wir hatten gerade unser Marschlager mit Erdwällen und Holzpalisaden gesichert, als mit dem Einbruch der

---

103 Pollenzo/Italien

Nacht Marius eintraf. Er wurde sofort zum Khan geführt. Vater kam kurz darauf auf mich zugelaufen und rief schon von weitem: „Respendial verlangt nach uns!"

Sämtliche Unterführer hatten sich in seiner Jurte eingefunden.

„Heute Nacht werden wir in die Nähe des Lagers der Goten marschieren, um es morgen früh anzugreifen!", teilte der Heerführer mit. „Stilicho wird zur selben Zeit mit seinen Legionen vom Süden her losschlagen. Aus dieser Umklammerung werden die Goten schwerlich entkommen können, so dass sie gezwungen sein werden, sich zum Kampf zu stellen!"

Der Alane hielt kurz inne.

„Die Arianer feiern morgen das Osterfest!", fuhr er fort. „Die Goten werden bei Tagesanbruch eine Andacht halten. Wir wollen uns diesen Umstand zunutze machen!"

Mitten in der Nacht ertönten Blasinstrumente. In wohl geordneten Formationen verließen wir das Feldlager und marschierten in der gebotenen Eile nach Süden. Das Heer der Goten schätzten unsere Kundschafter auf annähernd vierzigtausend, im Kampf erprobte Recken ein. Dem standen vier Legionen mit insgesamt zwanzigtausend Männern und zehntausend *auxilia* gegenüber. Von Marius wusste ich, dass Alarich das Kriegshandwerk bei den Römern erlernte und seit vielen Jahren erfolgreich beherrschte.

Diese Umstände und seine überragenden Fähigkeiten, machten ihn zu einem sehr gefährlichen Gegner.

Auf einmal hörte ich vereinzelte Rufe. Ein Legionär ritt an der Marschkolonne entlang. Als er näher kam, rief er deutlich den Namen meines Vaters. Der trat sofort aus der Reihe und ging auf ihn zu. Ich folgte ihm nach.

„Man nennt mich Adalhard!", gab sich Vater zu erkennen.

„Stammt ihr aus einem Ort, den man Hirschberg ruft?", fragte der Reiter.

„Ja!"

„Habt ihr einen Sohn namens Farold?"

„Er steht neben mir!"

„Der oberste Heermeister wünscht euch sofort zu sprechen!"

Querfeldein ritten wir kurz darauf mit dem Offizier durch die Nacht. Wir kamen an eine Straßensperre, hinter der ein Dutzend Legionäre standen. Unser Begleiter rief ihnen die Tageslosung zu, worauf die Schar anstandslos die Hindernisse zur Seite trugen und uns unbehelligt passieren ließen. Noch vor dem Sonnenaufgang erreichten wir das verlassene Feldlager von Stilichos Truppen. Vor einem großen Zelt hielten wir unsere Pferde an, stiegen ab und wurden von einem Legionär hineingeführt. Hinter einem Eichentisch saß ein in sich gekehrter Reichsverweser. Als er Vater und mich bemerkte, huschte ein flüchtiges Lächeln über sein Antlitz. Wir grüßten Stilicho mit dem römischen Gruß, den er andeutungsweise erwiderte. Anschließend erkundigte er sich nach dem Wohlbefinden von Großvater Lorenz.

„Der Angriff auf das gotische Heerlager steht unmittelbar bevor!", teilte er mit sorgenvoller Miene mit. „Vieles, wenn nicht sogar alles, wird davon abhängen, ob der Überraschungsmoment gelingt. Ein paar unserer Spitzel befinden sich im Lager und werden versuchen das Nordtor zu öffnen, während die Goten ihre österliche Morgenandacht halten. Die alanische Reiterei eilt währenddessen zum geöffneten Tor und hält es so lange besetzt, bis die Fußtruppen Widukinds dort eintreffen. Zur Ablenkung greifen meine Legionen das Lager vom Süden her an."

Stilicho stand auf.

„Ihr seid ein ehrlicher Mann Adalhard und euer Sohn steht euch in nichts nach!", sprach er kaum vernehmbar. „Mit was ich euch nunmehr betraue, ist nicht für fremde Ohren bestimmt. Ihr brecht noch in dieser *hora* mit einem Reiterverband auf und eilt an eine bestimmte Furt des *Tanarus*[104]. Ein Kundschafter wird euch an jene Stelle führen. Unsere Spione gehen davon aus, dass die Goten diese Furt benutzen werden, falls wir sie besiegen und in die Flucht schlagen. Sie glauben, dass ihr sagenhafter Goldschatz auf diesem Weg in Sicherheit gebracht wird. Falls das so ist, fangt ihr die Goten beim Durchqueren des Tanarus ab. Nachdem ihr ihnen den Schatz abgenommen habt, bringt ihr ihn hierher. Niemand darf davon etwas erfahren, denn es gibt viel zu viele habsüchtige Menschen, welche die Kostbarkeiten liebend gern besitzen würden."

---

104 Tanaro/Fluß, Italien

Als ich das Zelt des Reichsverwesers verließ, hörte ich aus der Ferne Gefechtslärm. Der Ansturm auf das Gotenlager hatte ganz offensichtlich begonnen, während die Sonne hinter den Bäumen emporstieg. Der Kundschafter Stilichos legte auf seinem Hengst ein rasantes Tempo vor. Mit einem römischen Reiterverband kamen wir an den Tanarus und wateten durch die von Stilicho beschriebene Furt. In einem Laubwald über der Uferböschung verbargen wir uns.

Unterdessen hatte Fürst Saul mit der alanischen Reiterei das Feldlager der Goten angegriffen. Es gelang ihnen tatsächlich, ohne auf größeren Widerstand zu stoßen, durch ein offenstehendes Tor in das Lager einzudringen. Die betenden Goten wurden völlig überrascht. Kopflos liefen sie zunächst umher, bis ihr König erschien und klare Befehle erteilte. So leicht wie die Reiterei der Wölflingen in das Lager gelangt war, so entschlossen wurde sie nun wieder hinausgedrängt. Zuletzt verteidigten nur noch ein paar Dutzend Alanen um Saul das geöffnete Tor. Widukind kam mit den Seinigen gerade noch rechtzeitig herangestürmt, um den stark dezimierten Alanen beizustehen. Immer mehr Goten warfen sich todesmutig gegen die zahlenmäßig unterlegenen Eindringlinge. Ein mörderischer Nahkampf wogte hin und her. Er wurde mit brutaler Härte und ohne Gnade geführt. Widukind gelang es mit seinen Roten eine dicht gestaffelte Reihe zu bilden, die den heftigen Attacken der Goten eine Zeit lang trotzte. Als Fürst Saul von einem Pfeil tödlich getroffen fiel, suchten die Alanen und mit ihnen die Vandalen, ihr Heil in der Flucht.

Im Süden rannten die Legionäre Stilichos erfolgreich gegen die Wälle der Goten an und drangen in ihr Lager ein. Als Alarich erkannte, dass er es nicht mehr räumen und somit halten konnte, gab er Befehl zum Rückzug. Mehrere Hundertschaften deckten um den Preis ihres Lebens die Absetzbewegungen der Hauptstreitmacht und des Trosses. Sehr viele Sklaven und Geiseln ließ man auf der überhasteten Flucht zurück. Respendial wollte den geschlagenen Goten nachsetzen, doch Stilicho hielt ihn, zu seiner großen Enttäuschung, davon ab.

Als ich aus meinem Schlupfwinkel die ersten Goten kommen sah, ahnte ich natürlich, dass der Angriff auf ihr Heerlager erfolgreich gewesen sein musste. Immer mehr Recken oder Reiter stürzten sich vor mir in den Tanarus und wateten hindurch. In wilder Fahrt näherte sich eine Wagenkolonne, die von einer Reiterhorde begleitet wurde. Am Fluss hielten sie an und ein Gote erteilte lautstark ein paar Anweisungen. Etwa die Hälfte der Recken stieg daraufhin von den Pferden, während die anderen sich davonmachten. Kurz darauf fuhren die ersten Wagen durch den Tanarus.

„Die Recken dort drüben haben ganz offensichtlich Order, mögliche Verfolger aufzuhalten!", mutmaßte Vater.

Auf den Wagen befanden sich ausnahmslos alte Männer, Frauen und Kinder. Die Goten schwangen sich schließlich auf ihre Pferde und eilten hinterher. In diesem Augenblick liefen wir aus dem Versteck und deckten sie mit einem Pfeilhagel ein. Viele Tote trieben an diesem Tag den Tanarus hinab. Auf den meisten Wagen befanden sich um Gnade flehende Menschen. In zweien aber, fanden wir unglaubliche Mengen an Gold, Silber und Juwelen.

„Wir haben ihn tatsächlich erbeutet!", rief Vater begeistert. „Der sagenhafte Schatz der Goten!"

Die Sonne schaute von einem wolkenverhangenen Himmel auf mich herab, als wir mit den Gefangenen das Feldlager des obersten Heermeisters erreichten. Signale kündigten unsere Ankunft an. Stilicho stand mit Respendial vor seinem Zelt und erwartete uns.

„Wir bringen euch das Weib von König Alarich und den Schatz der Goten!", verkündete Vater stolz und strahlte die Heerführer an.

Am Tag nach der Schlacht hielten die siegreichen Christen Dankgottesdienste ab und die Anhänger des alten Glaubens opferten ihren Göttern. Anschließend wurden die Gefallenen in allen Ehren begraben oder erhielten eine würdige Feuerbestattung. Erst danach feierte man ausgelassen den Sieg über die Goten Alarichs.

In der Schlacht bei Pollentia behielten die Römer und ihre Verbündeten zwar die Oberhand, doch konnte die Hauptstreitmacht der Goten entkommen, was man Stilicho zum Vorwurf machte. Der aber hatte Zeit gewonnen, um seine Truppen neu zu ordnen und zu verstärken. Die Frau von König Alarich wurde nach der Entrichtung einer hohen Lösesumme an ihren Mann unbeschadet zurückgegeben, während die gefangen genommenen Goten auf den Märkten des Imperiums verkauft wurden. In jenen Tagen fiel der Preis für Sklaven ins Uferlose.

Respendial führte das siegreiche Heer der Alanen, Sueben und Vandalen über die Alpen zurück, während Stilicho eine Strafexpedition in den Linzgau vorbereitete. Er wollte die Alamannen für den Bruch des Förderatenvertrages abstrafen. Auf energischen Einspruch der Könige der Vandalen und des Khans der Wölflinge, sah er jedoch davon ab.

Eigentlich wollte ich zu den Meinigen nach Augusta Vindelicum zurückkehren. Doch dann besann ich mich eines Besseren, sprach mit Vater und bat um eine Audienz bei Stilicho. Die wurde mir bereits am nächsten Tag gewährt. Nach einer überaus herzlichen Begrüßung, trug ich ihm mein Anliegen vor.

„Die Goten halten noch immer die Provinz Venetia besetzt und belagern Aquileia. Ich möchte in die Stadt gelangen, um meinen dort lebenden römischen Verwandten beizustehen. Das geht aber nur über das Mare .....“

„Marius will auch nach Aquileia!“, unterbrach er mich. „Ihr könnt ja zusammen reisen. Die Goten werden die Stadt jedenfalls nicht einnehmen. Sie verfügen über keine Schiffe und die Lage Aquileias, im Rücken von Alarichs Truppen, ist von unschätzbarem, strategischem Wert. Schifft euch getrost in Ancona ein. Die notwendigen Papiere hat der *tribunus* bereits erhalten. Ich wünsche euch eine gute Reise!“

Nachdem wir unsere Gefährten im Weingut von Marcellus abgeholt hatten, gelangten wir in die betriebsame Hafenstadt Ancona. Dort bestiegen wir ein Frachtschiff und legten am nächsten Tag in Aquileia an. Marcellus, Gisella und die Mädchen freuten sich ungemein, dass wir wohlbehalten zurück gekehrt waren. Sie wollten natürlich von mir erfahren, was ich in Rom alles erlebt hatte, wie es meiner Sippe ergangen war und was sich bei

Pollentia zugetragen hatte. Bereitwillig erfüllte ich ihnen den Gefallen. An diesem Tag erfuhr ich von der *matrona*, dass Mercedes mit einem römischen Händler einen Lebensbund geschloßen hatte und zusammen mit ihrer Mutter in die ewige Stadt gezogen war. Ich suchte meine Kammer auf und dachte wehmütig über die schöne Zeit nach, die wir miteinander verbringen durften.

„Werde ich Mercedes jemals wiedersehen?", fragte ich mich mit traurigem Herzen.

An einem wunderbaren Sommerabend besuchte uns Marius. Er berichtete aufgeregt, dass die Goten damit begonnen hätten, den Belagerungsring um die Stadt auszubauen, weil sie einen Ausfall der Verteidiger befürchten. Spitzel hatten erfahren, dass sie die Stadt gar nicht einnehmen, sondern ihre Kräfte für die bevorstehende Entscheidungsschlacht schonen wollen. Gisella fiel sichtlich ein Stein vom Herzen. Als sie sich mit ihren Töchtern verabschiedet hatte, saßen Marcellus, Marius und ich noch lange Zeit zusammen.

„Ich muss euch noch etwas anvertrauen!", kündigte Marius zu später Stunde an.

„Erzähl schon!", forderte mein Oheim ihn auf.

„Stilicho hat mir das Kommando über eine *cohors* anvertraut!", verkündete er stolz. „Ich habe Order mich unverzüglich nach Verona aufzumachen, um im Hafen die Truppe zu übernehmen. Anschließend werden wir über das Mare Internum in die afrikanische Provinz Byzacena verschifft. Aus der Sahara fallen immer wieder räuberische Mauren in diese wohlhabende Provinz ein und nehmen alles mit, was sie irgendwie gebrauchen und von dort fortschaffen können. Darunter leidet nicht nur die Bevölkerung, sondern auch die Versorgung der ewigen Stadt. Byzacena ist nämlich die ertragreichste Kornkammer des westlichen Imperiums. Ich habe Order, die Raubzüge mit allen mir zur Verfügung stehenden Mitteln zu unterbinden."

Marius schaute in sein halbvolles Weinglas.

„Marcellus", sagte er nachdenklich.
„Du hast mir einmal erzählt, dass du ein *lätifundium* in der Dioecesis Africae[105] erwerben willst!"
„Ja, das will ich!", antwortete mein Oheim.
Der *tribunus* lächelte.
„Heißt das etwa, dass du mich mitnimmst?", fragte Marcellus.
„Unter einer Bedingung!"
„Die da lautet!"
„Farold begleitet uns!"
„Warum?"
„Es ist der ausdrückliche Wunsch Stilichos", erklärte Marius, „dass der junge Vandale die wohlhabenden afrikanischen Provinzen kennenlernt."
„Warum?", fragte mein Oheim ein zweites Mal.
„Ich habe ihn auch danach gefragt, doch der Reichsverweser blieb mir eine Antwort schuldig!"
Beide sahen mich an.
„Afrika!", sagte ich. „Das unbekannte Land am Ende der Welt!"

---

105 Römischer Verwaltungsbezirk in Nordafrika

Kapitel XIV

Afrika

Marius hatte von Stilicho zwei Pergamente mit dem kaiserlichen Siegel erhalten, die ihn und mich als Angehörige der *curiosus*[106] auswiesen. Er übergab mir meinen Ausweis auf dem Weg zum Hafen und erklärte, dass ich damit überall im Imperium umherreisen könne und mir jedwede Unterstützung gewährt werden müsse.

„Ich weiß nicht warum dir der Reichsverweser so weitreichende Sonderrechte gewährt, aber es hat gewiss seinen Grund!", sprach ein sgrübelnder Marius. „Du kannst es ja gleich einmal ausprobieren!"

Als ich das Pergament dem wachhabenden *centurio* am Tor zum Hafen von Aquileia zeigte, salutierte er und wies mir den Weg zu einem Schiff, auf dessen Bug der Name Carthago geschrieben stand. Auf der Kommandobrücke standen ein paar Offiziere. Ein Legionär versperrte uns den Weg an Bord. Nachdem ich mich ausgewiesen hatte, trat er anstandslos zur Seite. Als Marius, Marcellus und ich über eine Laufplanke auf das Schiff gingen, ertönte ein lang anhaltendes Pfeifen. Die Männer stiegen die Brücke herab und kamen auf uns zu.

„*Nauarchus*[107]!", sprach Marius einen von ihnen an. „Darf ich euch meine Begleiter Marcellus Aurelius und Farold von Hirschberg vorstellen!"

Der Kapitän hieß Quintus Vespian und machte uns mit seinem Steuermann, dem Rudermeister und dem ersten Offizier bekannt. Der bat uns ihm nachzufolgen. Er sprach ein recht eigenartig klingendes Latein.

„Vermutlich ist er ein Kelte aus Gallien!", folgerte ich daraus.

Unter Deck öffnete er eine schmale Tür.

106 Geheimpolizei
107 Kapitän

„Das ist eure Kajüte während der Reise. Richtet euch so gut es geht ein, auf dem Meer wird es nicht immer so geruhsam zugehen, wie hier im Hafen von Aquileia. Falls ihr noch etwas benötigt, lasst es mich wissen!"

Er zeigte auf den Flur.

„Am Ende des Ganges befindet sich die Kantine der Offiziere. Immer wenn die Schiffsglocke am Tag sechs oder zwölf Mal erklingt, nehmen wir an jenem Ort die Mahlzeiten ein. Kapitän Quintus Vespian ist ein umgänglicher Mann. Er legt aber großen Wert auf Pünktlichkeit und gute Tischmanieren!"

In der beengten Kajüte hingen drei Hängematten und durch eine Luke wehte frische Seeluft herein.

„Hier werde ich also die Nächte während der Überfahrt verbringen!", dachte ich und begann sogleich damit meine Sachen auszupacken und in einem Regal zu verstauen.

Kaum war ich damit fertig, trat ein Seemann ein. Er stellte einen Krug Wasser, drei Becher und eine Schale Obst auf eine Holzkiste.

„Wünscht ihr sonst noch etwas?", fragte er.

„Ja!", antwortete ich. „Könnte mir jemand das Schiff zeigen!"

„Ich werde den *nauarchus* fragen!"

Kurz darauf kam er wieder zurück und führte mich zu Quintus Vespian. Der nahm sich selbst die Zeit, um mich mit der Carthago vertraut zu machen. Während unserem Rundgang erläuterte er mir so manches, was ich zu sehen bekam oder von ihm wissen wollte. Die in die Jahre gekommene Carthago war ein Frachtschiff und wurde zum Transport von Truppen eingesetzt.

„Ihr flacher Kiel ermöglicht das Anlanden in seichten Gewässern!", erklärte der *nauarchus* einem jungen Vandalen.

Er war ein Mann in den besten Jahren und freute sich ungemein über meinen schier nicht zu stillenden Wissensdurst. Von ihm erfuhr ich, dass vier Schiffe die Legionäre und ihre Ausrüstung von Ravena nach Hadrumetum[108] bringen sollten. Als wir wieder an Deck kamen, stellte ich verwundert fest, dass die Ruderbänke verwaist waren.

108 Sousse, Tunesien

Wo sind die Ruderer?", fragte ich.
„Sie haben Landgang!"
„Sklaven erhalten Landgang?"
Er schüttelte den Kopf.
„Meine Ruderer sind gut ausgebildete junge Männer, die jedes Seemanöver unter schwersten Bedingungen ausführen. Die meisten von ihnen haben sich für zwei Jahre verpflichtet und erhalten einen nicht unbeträchtlichen Sold. Mit dem dritten Glockenschlag erwarte ich sie an Bord zurück."

Wir warfen noch einen Blick in die Kabüse und stiegen anschließend eine Leiter empor. Auf einmal stand ich auf der Brücke, von wo man das Deck überblicken konnte. Später kam eine Schar ausgelassener Männer an Bord. Kurz darauf ertönte die Schiffsglocke drei Mal. Der *nauarchus* stand neben mir und rief den Seeleuten ein paar Anweisungen zu. Plötzlich ging ein sanfter Ruck durch das Schiff. Wir hatten abgelegt. Eine Trommel ertönte im Takt. Langsam fuhr das Schiff auf die Hafenausfahrt zu. Zwischen zwei Wachtürmen hing eine mächtige Kette, die rasselnd eingeholt wurde, als wir uns näherten. Ein paar Seeleute kletterten auf den Mast und ließen das Segel herabfallen.

„Der Wind bläst heute außergewöhnlich stark, weshalb wir morgen Abend Ravenna erreichen dürften!", erklärte der Kapitän. „Dort warten die anderen Schiffe auf uns. Sobald die Legionäre an Bord sind und ihre Ausrüstung verladen ist, wird die Flottille Kurs auf Hadrumetum nehmen."

Neugierig verfolgte ich alles, was sich an Bord tat. Ich stand neben Quintus Vespian auf der Brücke. Geduldig beantwortete er meine zahlreichen Fragen und erklärte mir den Sinn seiner Anweisungen. Der beständig wehende Nordostwind blähte das Segel auf und der Trommler gab die Schlagzahl für die Ruderer vor. Die zogen unermüdlich ihr schweres Arbeitsgerät durch das Salzwasser. Unterdessen stieg die Sonne langsam am Himmel empor und gewaltige Gewitterwolken zogen majestätisch über uns hinweg. Die schwerfällige Carthago machte ganz ordentlich Fahrt, als die Schiffsglocke sechs Mal erklang. Zusammen mit Quintus Vespian suchte ich die Kantine auf. Es gab Fischsuppe und Fladenbrot. Dazu wurde kühler *posca* gereicht.

Am nächsten Tag durchstreifte ich auf eigene Faust die Carthago. Zuerst stieg ich in den Laderaum hinab. Dort fiel mir auf, dass man sehr viel Obst gebunkert hatte und lebende Tauben, Fasane, Enten und Hühner sowie ein paar Schweine mit an Bord waren. Das Schiff schwankte immer stärker hin und her, weshalb ich es vorzog an Deck zu steigen. Der Wind trieb die Carthago gemächlich vor sich her. Mit dem Einbruch der Dämmerung erreichten wir tatsächlich den Hafen von Ravenna. Kaum hatten wir angelegt, kamen auch schon Legionäre mit ihrem Rüstzeug an Bord. Die ganze Zeit über stand ich auf der Brücke und beobachtete das geschäftige Treiben um mich herum. Eine eigenartige Vorrichtung hatte mein ganz besonderes Interesse geweckt. Mit Hilfe dieses Geräts wurden sämtliche schweren Gegenstände vom Kai hochgehoben und auf das Schiff verladen. Der Steuermann erklärte mir eingehend die Funktion des Krans. Alles lief zügig und dennoch wohl geordnet ab. Es wurde dunkel und der leuchtende Mond spiegelte sich auf der Wasseroberfläche. Der warme Seewind strich sanft über meine Haut. Ich fühlte mich sehr wohl und fand großen Gefallen an der Seefahrt.

„Wie gefällt es euch auf unserer dickbäuchigen Wachtel?", scherzte der Steuermann.

„Sie wird mit ihrem vollen Bauch wohl noch etwas behäbiger daherschwimmen, als das bisher schon der Fall war!", erwiderte ich.

„Worauf ihr wetten könnt!", entgegnete er vergnügt. „Sobald wir das Mare Adriaticum hinter uns gelassen haben, bläst uns vom Mare Ionicum[109] ein kräftiger Südwind entgegen. Dann beginnt der unaufhörliche Tanz auf den Wogen. Manch einem wird dabei speiübel."

Quintus Vespian schenkte mir an diesem Abend einen guten, roten Wein ein. Dazu aßen wir trockenes Brot und süße Trauben. Er war mir vom ersten Augenblick an sympathisch und mein Interesse an der Seefahrt gefiel ihm ganz offenkundig.

„Seid ihr schon einmal auf hoher See gewesen?", fragte er mich.

Meine Erinnerung an Gunna war mit einem Mal wieder da. „Ja!", gab ich zögernd zur Antwort. „Mit einem Fischerboot auf dem Meer der Balten!"

---

109 Ionisches Meer

AQUILEIA
RAVENNA
CORSICA
SARDINIA
MARE ADRIATICUM
(Adria)
MARE INTERNUM
(Mittelmeer)
SICILIA
SYRACUSAE
(Syrakus)
HADRUMETUM
(Sousse)
DIOECESIS AFRICAE
MELITA
(Malta)

„Eure Worte klingen nicht gerade begeistert!"

„Ihr habt recht!", erwiderte ich. „Sehnsucht hat sich in meinem Herzen ausgebreitet."

„Das Gefühl kenne ich nur allzu gut!", erwiderte er. „Meine Frau und die Kinder leben in Carthago Nova.[110] Vor einem Jahr habe ich sie zum letzten Mal gesehen."

„*Nauarchus,* würdet ihr mich bitte in die Kunst der Navigation einweisen?", fragte ich beherzt und schaute ihn dabei inständig an.

„Wir fangen gleich damit an!", lautete seine Antwort.

Er stand auf und holte eine Pergamentrolle aus dem Schrank. Die legte er auf den Tisch und rollte sie aus. Zum Vorschein kam eine Seekarte. Als die Schiffsglocke drei Mal ertönte, wusste ich bereits, wie groß die beiden Imperien um das Mare Internum sind und auf welchem Kurs wir nach Hadrumetum gelangen. Nach dem *prandium* gingen wir wieder in seine Kajüte und er erläuterte mir anhand der Karte, wo wir uns gerade befänden. Später stieg ich mit ihm an Deck. Dort zeigte mir der *nauarchus,* wie man das Schiff mit dem Seitenruder steuert. Beiläufig erzählte er mir, dass schon sein Vater und Großvater zur See gefahren waren und er eine zweijährige Ausbildung zum Offizier absolviert hatte. Nach ein paar Jahren als Steuermann und erster Offizier wurde ihm das Kommando auf einer *lusoria* anvertraut. Viele Jahre kämpfte er im westlichen Teil des Mare Internum gegen Seeräuber. Später ließ er sich auf die Carthago versetzen, weil der Dienst auf einem Frachtschiff weitaus weniger gefährlich für Leib und Leben ist.

Nach zwei Tagen und Nächten auf See, wechselte plötzlich der Wind und blies der Carthago die heranrollenden Wogen vor den Bug. Der Rudermeister erhöhte den Takt der Trommelschläge und seine Männer mussten sich ganz schön in die Riemen legen. Am späten Nachmittag schlug der Steuermann einen westlichen Kurs ein. Das Segel blähte sich wieder auf und das Frachtschiff fuhr behäbig an der Küste entlang.

---

110 Cartagene/Spanien

„Da vorne liegt die Meerenge von Fretum Siculum[111]!“, erklärte Vespian einem jungen Barbaren. „Die Strömung ist hier außerordentlich stark!“

Die Ruderer hatten mächtig viel zu tun, damit das Schiff nicht auf das offene Meer driftete. Nur sehr langsam kamen die Carthago und ihre Begleitschiffe jetzt noch voran.

Schließlich erreichte der Flottenverband die Stadt Syracusae[112] auf der Insel Sicilia[113]. Wir fuhren in den Hafen und legten am Kai an. Der Kapitän erteilte einem Teil der Besatzung Landgang und auf den Schiffen begannen die Handwerker damit, notwendige Reparaturen auszuführen. Außerdem bunkerte man Vorräte und frisches Trinkwasser. Marcellus und ich beschlossen, die von den Griechen gegründete Stadt auf eigene Faust zu erkunden. Von ihm erfuhr ich an diesem Tag einiges über die ereignisreiche Geschichte der Insel. Zum ersten Mal in meinem Leben hörte ich aus seinem Mund von den sagenhaften Erzählungen eines Griechen, den man Homer nannte. Gebannt lauschte ich den spannenden Schilderungen meines Oheims über den Verlauf des trojanischen Krieges und den Abenteuern des heldenhaften Odysseus. Seine Irrfahrt über das Mare Internum führte ihn auch nach Sicilia, wo er mit dem einäugigen Zyklopen Polyphen kämpfte und fast den Rufen der Sirenen verfallen wäre. Syracusae war der Schauplatz vieler historischer Ereignisse und erbittert geführter Kämpfe. Schreckliche Tyrannen und eingebildete Demokraten herrschten abwechselnd über Stadt und Eiland.

Als wir auf einem besonders reizvollen Platz über dem Hafen ankamen, setzten wir uns vor eine Schänke, bestellten kühles Wasser und etwas zum Essen. Nachdem wir uns erfrischt und gestärkt hatten, drängte ich meinen Oheim mir noch mehr über die Insel zu erzählen. Kurz darauf wusste ich bereits, was es mit den drei punischen Kriegen zwischen Rom und Carthago auf sich hatte. Dabei kam Marcellus auch auf den Karthager Hannibal zu sprechen, der mit seinen Elefanten über die Alpen gezogen war und die Römer in Furcht und Schrecken versetzte. Danach berichtete er einem aufmerksam zuhörenden Vandalen, dass während der Erobe-

---

111 Straße von Messina, Sizilien/Kalabrien
112 Syrakus, Italien
113 Sizilien, Italien

rung der Stadt durch die Römer, ein bedeutender griechischer Erfinder und Mathematiker namens Archimedes, von einem Legionär erschlagen wurde. Wir setzten unseren Spaziergang durch das schöne und faszinierende Syracusae fort. Währenddessen kam Marcellus auch auf die jüngere Geschichte zu sprechen. Die Insel verkam nach den punischen Kriegen zu einer unbedeutenden Provinz des römischen Imperiums. Gemeinsam gingen wir über einen Damm und standen plötzlich vor einem großartigen Amphitheater. Ganz in der Nähe verrichteten in einem riesigen Steinbruch unzählige Sklaven Knochenarbeit. Schließlich traten wir den Rückweg an. Schwer beeindruckt von Stadt und Insel, schlief ich in meiner Hängematte an Bord der Carthago ein.

Am nächsten Tag stachen wir wieder in See. Das Schiff fuhr dicht an der Küste entlang. Der Wind wehte beständig aus Nordost und nach dem *prandium* unterrichtete mich Quintus Vespian in Seemannskunde. Sehr bald schon konnte ich mit Begriffen wie Halse oder Wende etwas anfangen. Am Nachmittag nahmen wir Kurs auf die Insel Melita. Auf einmal verfinsterte sich der Himmel und der Wind frischte merklich auf. Blitze waren in der Ferne zu sehen und Donner zu hören. Mitten auf dem Meer holte uns das Unwetter ein. Das Mare Internum hatte sich in ein fauchendes und brüllendes Ungeheuer verwandelt. Haushohe Wellen fluteten über Deck und grelle Blitze schlugen ganz in der Nähe ein, während der Donner mitunter alles übertönte. Ich stand wie gelähmt auf der Brücke, als eine gewaltige Woge über das Schiff hereinbrach. Die Wucht der Wassermassen spülte mich über Bord und ich fiel in die tosende See. Verzweifelt versuchte ich mich über Wasser zu halten. In meiner Todesangst schaute ich zur Carthago, die sich langsam von mir entfernte, bis sie gänzlich verschwand. Danach war ich mit den entfesselten Elementen allein. Mir war fürchterlich zumute. Plötzlich glaubte ich meinen Namen gehört zu haben. Angespannt lauschte ich in das Getöse. Eine Woge hob mich hoch und ich sah Marius auf einem Rettungsfloß. Sofort schwamm ich auf ihn zu. Als ich ihn erreicht hatte, zog er mich völlig erschöpft zu sich hoch. Immer wieder hoben uns die Wogen empor, bevor wir in ein Wellental hinabglitten.

Marius beschwor mich inständig wach zu bleiben und rüttelte mich immer wieder unsanft hin und her. Als es nichts mehr nutzte, schlug er mir mit der flachen Hand mehrfach in das Gesicht, um mich vom todbringenden Schlaf abzuhalten. Nur mit seiner Hilfe gelang es mir, unter Aufbietung der allerletzten Kräfte, dem Sturm zu trotzen. Nachdem das Meer sich allmählich beruhigte, ließ er mich endlich einschlafen.

Als ich wieder aufwachte, hielt er meinen Kopf in seinen Händen. Den ganzen Tag über schauten wir uns nach allen Himmelsrichtungen um. Außer der unendlichen Wasserfläche und einem strahlend blauen Himmel, war weit und breit nichts zu sehen. Als es dunkel wurde, bekam ich entsetzlichen Durst. Mein Lebensretter ermahnte mich, auf gar keinen Fall das salzhaltige Meerwasser zu trinken. Die Nacht war sternenklar und ich suchte in meiner Verzweiflung vergeblich das Himmelszelt nach dem Stern von Gunna ab. Als die Sonne, in ihrer einzigartigen Schönheit, glühend rot aus dem Meer auftauchte, dankte ich dem Christengott, Wodan und Neptun zugleich, dass ich diese schreckliche Nacht auf dem Mare Internum überlebt hatte.

Plötzlich tauchte ein Segel am Horizont auf. Marius zog seine *tunicae* aus und winkte damit solange, bis das Schiff auf uns zusteuerte. Es war die vom Sturm arg lädierte Carthago, deren Kapitän und Besatzung uns verzweifelt gesucht hatten. An Bord trank ich sehr viel Wasser, legte mich übermüdet in eine Hängematte und fiel in einen langen und erholsamen Schlaf. Wir liefen gerade in den Hafen von Melita ein, als ich wieder aufwachte.

Am nächsten Morgen war es völlig windstill. Quintus Vespian erteilte einige Befehle und wir liefen aus. Er wollte die Überfahrt nach Afrika wagen. Die Ruderer legten sich gehörig in die Riemen und den ganzen Tag und die darauffolgende Nacht hindurch, ertönte die Trommel im gleichmäßigen Takt. Abwechselnd ruhten sich die kräftigen, jungen Männner von ihrer anstrengenden Tätigkeit aus. Als die Sonne hinter dem Heck aus dem Mare Internum emporstieg, verrichteten sie noch immer ihre stumpfsinnige Arbeit.

Auf einmal rief ein Seemann: „Land voraus!“

Zum ersten Mal in meinem Leben sah ich die Küste Afrikas. Die Schlagzahl wurde heruntergefahren, worauf die Carthago an Fahrt verlor. Es dämmerte bereits, als wir in den Hafen von Hadrumetum einliefen. Auf dem Kai standen sehr viele Menschen, die uns ganz offensichtlich erwartet hatten. Scharen von Sklaven kamen an Bord um die Ladung zu löschen, während ich darüber nachdachte, woher die Leute wussten, dass wir zu dieser Stunde und an jenem Ort anlegen würden. Ich konnte es mir nicht erklären, weshalb ich einmal mehr den Kapitän fragte.

Vespian lächelte.

„Unsere Schiffe wurden um die Mittagszeit von den Wachposten auf den Türmen entlang der Küste gesichtet. Mit Spiegelzeichen haben sie die Nachricht nach Hadrumetum weitergeleitet. Zuvor aber, haben wir uns zu erkennen gegeben."

Er zeigte auf eine glänzende Metallplatte, die neben ihm an der Reling hing. In diesem Moment ritt ein *centurio* daher, schaute sich suchend um, sprang vom Pferd und lief direkt auf Marius zu. Nachdem die Offiziere miteinander gesprochen hatten, ging alles rasend schnell. Das Signal zum Sammeln ertönte.

„Was ist geschehen?", rief ich Marius zu.

„Ein Kastell in der Nähe der Stadt Thiges[114] wird von Mauren belagert!", antwortete der *tribunus*. „Wir brechen sofort auf."

So schnell ich konnte, lief ich in die Kajüte und packte in aller Eile meine Sachen zusammen. Auf einmal stand Marcellus hinter mir.

„Es ist nicht unsere Aufgabe die Söhne der Wüste zu bekämpfen!", meinte er. „Dafür sind die Legionäre hierhergekommen. Wir wollen uns das Land anschauen und ich will in der Gegend ein *lätifundium* erwerben!"

Einen Augenblick lang dachte ich über seine Worte nach.

„Ich werde Marius fragen, ob er auf meine Hilfe zählt. Schließlich sind wir Silingen Förderaten Roms und er hat mir mein Leben gerettet!"

Kurz darauf stand ich vor dem *tribunus*.

„Da ich nicht weiß, wie zahlreich die Mauren sind", antwortete er, „benötige ich jeden Mann!"

---

114 Ehemalige Stadt/Tunesien

CORSICA
SARDINIA
MARE INTERNUM
(Mittelmeer)
HIPPO REGIUS
CARTHAGO
DIOECESIS AFRICAE
MASSYLIER
HADRUMETUM
(Sousse)
LAMBAESIS
(Lambaese)
THEVESTE
(Tebessa)
THELEPTE
CAPSA
(Gafsa)
THIGES

Marcellus hatte alles mit angehört. „Reite getrost mit Marius!", erklärte er. „Für derartige Abenteuer bin ich mittlerweile zu alt. Pass gut auf dich auf und bleib stets in seiner Nähe. Ich werde in der Stadt Theveste[115] auf dich warten!"

Nachdem ich mich von Quintus Vespian in der gebotenen Kürze verabschiedet hatte, führte mir ein Sklave ein Pferd zu. Ich beschloss den Hengst Afrika zu rufen. Achtzig berittene Legionäre und ein Vandale verließen noch in derselben Stunde den Hafen von Hadrumetum.

Ein ortskundiger *limitaneus*[116] führte uns auf einer gut ausgebauten Fernstraße nach Süden. Wir ritten die ganze Nacht hindurch, ohne eine Rast einzulegen. Als der Tag erwachte, stieg ein kreisrunder Feuerball hinter goldfarbenen Kornfeldern am Himmel empor. Palmen säumten zu beiden Seiten die Straße. Die Gegend war sehr fruchtbar und die Menschen, denen wir unterwegs begegneten, winkten uns freundlich zu. Am Nachmittag wurde es sehr heiß und die Landschaft veränderte sich allmählich. Wir kamen in eine karge Tiefebene. Der Staub, den die Pferde aufwirbelten, setzte sich in den Ohren, der Nase, den Augen und Haaren sowie Kleidern fest. Die durstigen Tiere mussten in immer kürzeren Abständen getränkt werden und mir fielen vor Müdigkeit wiederholt die Augen zu.

Am Abend erreichten wir die ärmliche und schmutzige Stadt Capsa[117]. Dort lebten heimische Mauren, welche man an ihren langen Gewändern und Kopfbedeckungen aus schwarzen oder weißen Tüchern erkennen konnte. Ihre Händler versorgten uns mit frischem Obst und kühlem *posca*. In dieser Nacht schliefen wir auf einem Marktplatz unter freiem Himmel. Es wurde sehr kalt und bevor der Tag erwachte, brachen wir auch schon wieder auf. Der Weg führte uns immer weiter in den unwirtlichen Süden der Provinz Byzacena. Am frühen Nachmittag glaubte ich weit entfernt die Umrisse eines Kastells auszumachen. Möglicherweise spielte mir aber die flimmernde Luft über dem sandigen Boden einen tückischen Streich. Marius sandte ein paar Kundschafter aus. Als es dämmerte, kamen sie wieder zurück. Keiner war auf marodierende Mauren gestoßen.

---

115 Tebessa/Algerien
116 Grenzer
117 Gafsa/Tunesien

Mit dem Einbruch der Dunkelheit trafen wir endlich im Kastell von Thiges ein. Ein paar *limitanei* öffneten das Tor. Erleichtert berichteten sie, dass die Mauren vor wenigen Stunden Hals über Kopf abgezogen seien. Fünfzehn Tage und Nächte hatten sie das Kastell belagert und die Gegend geplündert.

„Sie sind verschwunden!", stellte ein *centurio* verärgert fest. „Es ist immer dasselbe! Erst fallen die Mauren wie Heuschreckenschwärme über die Kolonisten und Grenzposten her. Sobald sich ein Militärverband nähert, ziehen sie sich hinter die südlich von hier gelegenen Salzseen in die Wüste Sahara zurück. Es ist so gut wie unmöglich, sie in diesem Meer aus Sand und Steinen aufzuspüren!"

„Hat man noch nie versucht mit ihnen Frieden zu schließen?", fragte Marius.

„Immer wenn Rom sich mit einem Stamm verständigte", beteuerte der *limitaneus*, „tauchte ein anderer auf. Die Mauren sind heillos untereinander verstritten!"

Marius lächelte.

„Wie am germanischen *limes*!"

Seine Bemerkung war mir keineswegs entgangen.

„Es gibt da aber einen entscheidenten Unterschied!", merkte ich an.

„Welchen?" fragte er nach.

„Einige germanische Stämme haben sich verbündet!"

Worauf er die Stirn runzelte.

„Wir werden die Mauren verfolgen!", verkündete der *tribunus* im nächsten Moment.

„Großartig!", stimmte ich begeistert zu.

„Du wirst mich dabei nicht begleiten, mein Freund!", erklärte er. „Ich habe dir schon einmal das Leben gerettet und ein zweites Mal möchte ich das unter allen Umständen vermeiden. Kehr getrost zu deinem Oheim nach Theveste zurück und schau dir mit ihm die Ländereien Afrikas an. Ganz bestimmt findet ihr dort ein schönes *lätifundium*, welches Marcellus gefällt und er erwerben kann. Außerdem bitte ich dich um einen persönlichen Gefallen."

Neugierig geworden, hörte ich ihm zu.

„Auf halber Strecke zwischen Thelepte[118] und Theveste liegt das *lätifundium* meines einstigen *centurio* Julius Silius. Ich bitte dich ihn aufzusuchen. Seinen Besitz nennen die Leute Sorgenlos. Richte Julius aus, dass ich ihn besuchen werde, sobald es die Umstände hier zulassen. Er ist nach dem Abschied aus dem Militärdienst in die Heimat zurückgekehrt und bewirtschaftet die Ländereien seiner Familie."

Am nächsten Morgen ritt ich auf Afrika wieder in den Norden. Mit dem Untergang der Sonne erreichte ich eine behagliche *mansio*, die in einem Olivenhain lag. Dort gönnte ich mir ein erfrischendes Bad und danach eine gut mundende *cena*. Müde von der Reise schlief ich in einem sauberen Bett ein und wachte am nächsten Tag erst wieder auf, als die Sonne bereits hoch oben am Himmel stand. Gut erholt und gestärkt setzte ich meinen Weg durch die Provinz Byzacena fort. Je weiter ich in den Norden kam, desto fruchtbarer wurde das Land. Die Bäume entlang der gut ausgebauten und instandgehaltenen Straße, spendeten in der Mittagssonne behaglichen Schatten. Goldgelbe Kornfelder breiteten sich um mich herum aus. Dazwischen lagen vereinzelt Olivenhaine und Weinberge. Als ich durch einen kühlen Wald ritt und in den Baumkronen Vögel zwitschern hörte, dachte ich unwillkürlich an die verlassene Heimat an der Oder. Unterwegs begegnete ich immer wieder fröhlichen Kindern und fleißigen Frauen sowie Männern bei der Feldarbeit.

„Marcellus hat recht!", dachte ich. „Afrika ist ein Paradies!"

Nachdem ich den bemerkenswert sauberen Marktflecken Thelepte hinter mir gelassen hatte, lag ein gewaltiger Gebirgszug vor mir. Die Straße führte in vielen Kehren auf einen Bergsattel hinauf. Von dort oben genoss ich die herrliche Aussicht über ein Hochtal, das mir zu Füßen lag. Später ritt ich an einer bunten Wiese vorbei, auf der eine Ziegenherde friedlich graste. Unter einem Apfelbaum stand ein Hirte und gab auf sie acht.

„Könnt ihr mir den Weg nach Sorgenlos beschreiben?", fragte ich ihn, nachdem ich freundlich gegrüßt hatte.

---

118 Thelepte/Tunesien

Der Alte reichte mir einen Ziegenbeutel und forderte mich auf daraus zu trinken. Mit vollen Zügen genoss ich die erfrischende Milch. Anschließend erklärte er mir, ohne jedwede Hast, den Weg nach Sorgenlos. Ich verabschiedete mich von dem hilfsbereiten Hirten und trabte auf Afrika davon. An der von ihm beschriebenen Stelle bog ich von der Fernstraße auf einen Schotterweg ab, den Kirschbäume säumten. Am Ende der Allee lag auf einem Hügel eine *villa rustica*.

„Das muss Sorgenlos sein!", dachte ich.

Eine Frau saß auf der Terrasse vor dem Anwesen. In diesem Augenblick mussten mich die Hunde bemerkt haben. Sie schlugen an und liefen auf mich zu. Eine weibliche Stimme rief sie energisch zurück, worauf ein Mann aus dem Haus gelaufen kam und neben der Frau stehen blieb. Als ich vor der Steintreppe ankam, die zur *villa* hinaufführte, hob ich den Arm zum Gruß.

„Salve!", rief ich den beiden zu.

Sie erwiderten wortlos meine Geste und musterten mich.

„Könnt ihr mir sagen, wo ich einen gewissen Julius Silius finde?

„Wer will das wissen?", entgegnete der Mann.

„Ein Gefährte von Marius Valerius!"

Worauf er die Treppe herabstieg.

„Ich bin Julius Silius!", sagte er, als er vor mir stand.

„Euer ehemaliger *tribunus* verfolgt in der Sahara eine Bande räuberischer Mauren!", teilte ich ihm mit. „Er hat mich gebeten euch aufzusuchen, um seinen baldigen Besuch anzukündigen."

„Wie steht ihr zu ihm?", wollte Silius wissen.

Ich erklärte ihm die Umstände und bei jedem ausgesprochenen Wort lockerten sich seine Gesichtszüge. Schließlich bat er mich vom Pferd zu steigen. Wir gingen die Treppe zur Terrasse hinauf, wo er mir seine Frau Alena vorstellte. Danach betraten wir gemeinsam das Anwesen. Der lichtdurchflutete Wohnraum war mit wunderschönen Wandmalereien, einem prächtigen Mosaikboden, herrlichen Mamorskulpturen und kostbaren Möbeln ausgestattet. Sämtliche Fenster waren aus buntem Glas angefertigt, in dem sich das Tageslicht in vielen Farben brach. Die *matrona* reichte mir zur Begrüßung Brot, Salz, eine Schale Oliven sowie einen kühlen Becher Wasser.

Nachdem ich ihnen einiges über die Gründe meiner Reise erzählt hatte, erfuhr ich von Silius allerhand über seine Familie. Er und seine Frau hatten drei Söhne und Töchter sowie zahlreiche Kindeskinder. Die Großfamilie lebte auf Sorgenlos zusammen. Nacheinander kamen die Angehörigen in den Wohnraum, um den unerwarteten Besuch aus der Nähe in Augenschein zu nehmen. Schließlich gesellte sich noch die jüngste Tochter hinzu, deren Alter ich auf achtzehn Jahre schätzte. Sie hieß Armenia, war groß gewachsen, hatte ein hübsches Gesicht, pechschwarze Haare und dunkelbraune Augen. Es entwickelte sich eine lebhafte und aufschlussreiche Unterhaltung. Die Familie von Julius Silius wollte von mir das Neueste aus dem Imperium erfahren. Gern erfüllte ich ihnen den Wunsch. Außerdem zeigten sie großes Interesse an meiner vandalisch-römischen Abstammung und der Lebensweise der Germanen. Später berichtete ich ihnen von meiner ersten Begegnung mit Marius in Aquileia, der Reise nach Rom sowie den Ereignissen bei Pollentia. Aufmerksam lauschten sie meinen Erzählungen und stellten ab und zu ein paar Fragen. Als ich wieder einmal zur offenstehenden Tür hinausschaute, stellte ich fest, dass die Sonne schon sehr tief stand.

„Es ist höchste Zeit, dass ich mich auf den Weg mache!“, teilte ich meinen freundlichen Gastgebern mit. „Vor dem Einbruch der Dunkelheit will ich noch Theveste erreichen, wo mein Oheim auf mich wartet!“

Ich war im Begriff aufzustehen, als die *matrona* zu mir sagte: „Wir würden uns sehr darüber freuen, wenn ihr heute Nacht bei uns bleibt!“

„Ein Freund von Valerius ist uns stets willkommen!“, pflichtete ihr Mann bei und fügte noch hinzu: „Was führt euer Oheim nach Theveste?“

„Er beabsichtigt in der Gegend ein *lätifundium* zu erwerben und mit seiner Familie zu bewirtschaften.“

„Ein sinnvolles Vorhaben!“, meinte der Hausherr. „Vielleicht kann ich ihm dabei behilflich sein!“

Später suchte ich die Thermen auf und wusch mir den Straßenstaub ab, bevor ich die *cena* mit der Familie Silius einnahm. Danach schlief ich in einem herrlich duftenden Bett ein.

Die aufgehende Sonne schien durch das verglaste Fenster in mein Gesicht. Ich wachte davon auf, streckte mich schläfrig aus, stieg aus dem Bett, öffnete das Fenster und schaute hinaus. An einem Brunnen stand Armenia und zog gerade einen Eimer Wasser heraus. Sie stellte ihn neben sich ab und sah zu mir hoch. Fröhlich winkte mir die junge Frau zu, worauf ich ihren Gruß erwiderte. Nachdem ich mir das Gesicht gewaschen, die Zähne gepflegt und angekleidet hatte, stieg ich die Treppe hinab. Im Flur traf ich auf die jüngste Tochter von Julius Silius. Sie trug zwei schwere Wassereimer daher. Ich nahm sie Armenia ab und folgte ihr in die Küche.

„Du hast sicherlich Hunger!“, meinte sie. „Setz dich hin und stärk dich!“

Die junge Frau stellte einen Krug Milch und einen Becher auf den Küchentisch. Danach reichte sie mir Brot, Käse und Quark. Während ich hungrig zulangte, bereitete sie mir zwei Rühreier zu.

Später führte Armenia mich durch die *villa*. In einem Raum hatte man viel Brennholz aufeinandergestapelt.

„Hier befindet sich der Heizraum!“, erklärte sie.

Danach kamen wir an geschlossenen Türen vorbei.

„In den Kammern schlafen unsere Domestiken!“

Kurz darauf liefen wir über den Hof in ein Nebengebäude, wo sich die Vorratsräume und Werkstätten befanden. Schließlich standen wir wieder in der *villa* vor einer Treppe.

„Dort oben befinden sich die Schlafräume meiner Familie!“, ließ sie mich wissen.

Armenia ging mit mir durch den Wohnraum auf die Terrasse hinaus. Unter einem aufgespannten Segeltuch saßen ihre Eltern und mehrere Kindeskinder zusammen.

„Habt ihr schon gefrühstückt?“, fragte mich die *matrona*, als sie uns kommen sah.

„Ja!“, antwortete ich. „Eure Tochter hat mir feundlicherweise das *ientaculum* in der Küche zubereitet!“

„Wie oft habe ich dir schon gesagt, dass unsere Gäste nicht bei den Domestiken speisen, Armenia!“, wetterte der Hausherr los und schaute seine Tochter dabei vorwurfsvoll an.

Der Tadel ihres Vaters zeigte keinerlei Wirkung.

„Ich werde mit Farold ausreiten!“, erklärte sie trotzig und nahm mich bei der Hand.

„Damit wartest du gefällig, bis ich mit dem *ientaculum* fertig bin!", forderte sie ihr Vater auf.

Beide sahen sich abwartend an.

„Schön, dass ihr unserem Gast Sorgenlos zeigen wollt!", erklang in diesem Augenblick die Stimme der *matrona*.

Wir nahmen am gedeckten Tisch Platz, während die Sonne von einem wolkenlosen Himmel herabschien. Es versprach ein sehr heißer Tag zu werden.

„Mein Ältester", fing Julius Silius an zu erzählen, „ist auf dem Weg nach Theveste, um euren Oheim aufzusuchen. Er will ihn nach Sorgenlos einladen. Vielleicht kann ich ihm beim Erwerb eines *lätifundium* behilflich sein."

Später ritt ich mit Vater und Tochter aus. Sie wollten mir den Besitz zeigen. Wir kamen an einem eingezäunten Garten, Stallungen sowie Schuppen vorbei und verließen das von einer hohen Mauer umschlossene Gelände um die *villa*. Direkt dahinter standen ein paar armselige Hütten. Ein paar Kinder spielten unter einem Baum.

„Hier leben unsere Sklaven!", teilte mir der einstige *centurio* im vorbeireiten mit.

Wir ritten durch ein Dinkelfeld und anschließend über eine saftige Wiese, bevor es steil bergauf ging. Auf der Anhöhe stand eine prächtige Windmühle, deren Flügel sich unablässig im Kreise drehten. Daneben befand sich ein Häuschen mit roten Ziegeln und davor saß ein in die Jahre gekommener Mann. Als er uns sah, winkte er ausgelassen. Kurz darauf standen wir vor dem Greis. Er bat uns von den Pferden zu steigen und auf der Veranda Platz zu nehmen. Wir kamen seiner gefälligen Aufforderung nach. Ich setzte mich auf einen Stuhl und stellte sogleich fest, dass er bei der geringsten Bewegung anfing zu schaukeln.

„Seltsame Vorrichtung!", dachte ich.

„Wir nennen eine solche Sitzgelegenheit Schaukelstuhl!", klärte Silius mich auf, als er meinen erstaunten Gesichtsausdruck bemerkte.

„Gestattet mir bitte, dass ich euch unseren altgedienten Wassermeister Flavius vorstelle."

In dem Moment kam eine betagte Frau aus dem Haus gelaufen und bot uns kühles Wasser mit Minzgeschmack an.

„Wie lange seid ihr schon für die Bewässerung der Ländereien zuständig?“, fragte ich den Wassermeister, während sie einschenkte.

„Seit ich auf Sorgenlos lebe!“, antwortete er und zeigte mit dem ausgestreckten Arm auf die Mühle. „Was ihr da seht .....“.

„Lasst uns erst einmal den Durst löschen!“, schnitt ihm Silius kurzerhand das Wort ab.

Anschließend fing der Alte wie ein Wasserfall an zu erzählen. Armenia verdrehte die Augen und schaute sich gelangweilt um, während ihr Vater sich auf dem Schaukelstuhl zurücklehnte.

„Das Quellwasser aus den Bergen fangen wir in Sisternen auf!“, erklärte Flavius. „Wir bedienen uns der Windkraft, um es auf die Felder zu befördern. Dafür habe ich sieben Windmühlen auf Sorgenlos bauen lassen. Wenn es windstill ist, werden die Schöpfbrunnen mit Eseln angetrieben. Alles ist .....“.

Ich schaute in das Tal hinab, während er pausenlos redete. Dort sah ich viele kleinere und größere Kanäle, welche die Felder und Wiesen bewässerten. Nachdem mir der Wassermeister langatmig erklärt hatte, wie das Bewässerungssystem auf Sorgenlos funktioniert, verließen wir den schwatzhaften Greis und die in die Jahre gekommene Frau. Unterwegs erzählte mir Silius, dass sie Geschwister sind und aus Nubien stammen. Sein Großvater hatte sie vor vielen Jahren auf dem Sklavenmarkt in Carthago gekauft. Ihren Lebensabend verbringen sie gemeinsam auf Sorgenlos.

„Wir sollten auf die Adlerkuppe hinaufreiten, damit ich euch meinen gesamten Besitz zeigen kann!“, schlug Silius vor.

Auf einmal gab Armenia ihrer Stute die Fersen zu spüren.

„Wer zuerst oben ist!“, rief sie mir zu.

Wir galoppierten in einen Wald hinein. Danach kamen wir an einem kleinen See vorbei. Das Wasser glitzerte verlockend in der heißen Mittagssonne. In Windeseile ritten wir über eine bunte Wiese und einen steilen Pfad hinauf. Plötzlich lag die Bergkuppe vor uns. Armenia kam als Erste dort oben an und hieß mich mit einem triumphierenden Lächeln willkommen.

„Dort unten verläuft die Fernstraße und hier drüben“, sie zeigte auf eine weit entfernte Siedlung, „liegt Theveste.“

Die Aussicht war phantastisch.

„Ein paradiesischer Garten!", dachte ich.

Nur das Schnauben der Pferde und das Rauschen des Windes waren zu hören, als ich ihren Vater den Berg heraufreiten sah. Erschöpft stieg er vom Pferd und setzte sich unter einen windschiefen Nadelbaum in den Schatten.

„Eine derartige Plagerei sollte man an einem so heißen Tag besser bleiben lassen!", meinte er.

Der einstige *centurio* wischte sich die Schweißperlen von der Stirn, bevor er mir zeigte, wie weit sich seine Ländereien erstrecken. Danach berichtete er ausführlich, was man auf Sorgenlos anbaut. Die Familie Silius pflanzte vor allem Dinkel und Hafer an. Außerdem betrieb man eine gut gehende Waldwirtschaft. Das Korn wurde nach Rom verkauft und das Holz fand in den Schiffswerften von Carthago seine Abnehmer. Nebenbei ging man dem Weinanbau nach. Der Wein diente vor allem der Selbstversorgung. Das schöne *lätifundium* hatte der Urgroßvater von Silius nach dem Abschied aus dem Militärdienst erworben. Seine Nachbarn waren allesamt Großgrundbesitzer und einige gehörten sogar dem Senatorenstand an. Die ließen ihre Besitztümer durch Verwalter bewirtschaften. Silius erhob sich und forderte mich auf, mit ihm zu gehen. Wir liefen um die Bergkuppe herum. Vor mir breitete sich ein liebliches Tal aus.

„Das Land dort unten steht zum Verkauf!", teilte er mit. „Das *lätifundium* ist doppelt so groß wie Sorgenlos. Ich werde eurem Oheim raten es zu erwerben, bevor einer dieser hochnäsigen Senatoren aus es Rom tut."

Ich ließ meinen Blick über das Tal schweifen. Es war von grünen Wäldern und hohen Bergen umgeben.

„Hat der Besitz einen Namen?"

„Ja!"antwortete Armenia. „Die Leute nennen es Rhodon!"

„Es ist das griechische Wort für Rose!", murmelte ich.

Erstaunt sah sie mich an.

„Du hast recht!", pflichtete die junge Frau mir bei. „Woher weißt du das?"

„Ich hatte einmal einen Griechen als Hauslehrer!", entgegnete ich einer sichtlich beeindruckten Armenia.

Gemeinsam gingen wir zu den Pferden zurück.

„Zeig Farold noch die Olivenhaine und Weingärten, bevor wir uns heute Abend in der Herberge von Lucius treffen!", forderte Silius seine

Tochter auf. „Mir ist es viel zu heiss und ich muß noch ein paar Briefe aufsetzen."

Wir ritten die Adlerkuppe wieder hinab. Julius Silius schlug den Weg zur *villa* ein, während seine Tochter und ich einem Pfad folgten. Als wir aus dem Forst kamen, ritt ich an ihrer Seite in der sengenden Sonne durch einen Olivenhain und kurz darauf an den Weinbergen vorbei. Ohne erkennbaren Grund gab Armenia plötzlich ihrer Stute die Fersen zu spüren und galoppierte davon. Ich hatte große Mühe ihr nachzufolgen. Auf einmal lag der See wieder vor uns. Unter einer uralten Eiche zügelten wir unsere Pferde und stiegen ab.

Armenia wuchtete einen Ledersack von ihrer Stute und setzte sich damit unter den Baum in den wohltuenden Schatten. Dort schnürte sie ihn auf und holte einen Trinkbeutel, zwei Becher und Messer sowie Brot und Käse heraus. Auf einer Wolldecke breitete sie alles fein säuberlich aus. Zuerst stillten wir den Durst und danach ließen wir es uns schmecken. Schläfrig legten wir uns hin und blinzelten in die Baumkrone. Ein leichter Wind streichelte sanft die Blätter. Ohne etwas zu sagen, suchten und fanden sich unsere Hände.

Das Schnauben von Afrika hatte mich aufgeweckt. Armenia schlief noch fest. Ihre eng anliegende *tunicae* betonte ihre bezaubernde Figur. Die Versuchung sie in diesem Moment zu küssen, war sehr groß. Mit einem Mal kam mir Gunna in den Sinn und im nächsten Augenblick wachte Armenia auf.

„Wir sollten uns eine Abkühlung verschaffen!", schlug sie vor, als sie mir in die Augen sah.

Entschlossen sprang die junge Frau hoch und lief über die Wiese auf den See zu. Als sie das Schilf verschluckt hatte, folgte ich ihr nach. Armenia stand entblößt im Wasser. Rasch entledigte ich mich meiner Kleider und watete auf sie zu. Als ich neben ihr stand, streckte sie mir ihre Hand entgegen. Ich hielt sie fest und wir liefen gemeinsam in den See hinaus. Vergnügt schwammen wir nebeneinander her. Auf einmal drehte sie sich auf den Rücken, so dass nur noch ihr hübsches Gesicht, die Brüste und Zehenspitzen aus dem Wasser ragten. Ich tat es ihr gleich und blinzelte in den Himmel, als ich ein leises Plätschern vernahm, Armenia schwamm auf das Ufer zu und verschwand im Schilf. Ich folgte ihr nach, zog mich an und ging zur Eiche zurück. Sie hatte bereits alles zusammengepackt.

„Ich brauche etwas Zeit um meine Gefühle zu ordnen!", sagte sie leise, als ich neben ihr stand.

„Das kann ich gut verstehen!", antwortete ich einfühlsam.

„Wir sollten nichts überstürzen!"

„Auf gar keinen Fall!"

Als die Sonne hinter den Bergen verschwand, erreichten wir eine *mansio*. Armenia hatte mir unterwegs erzählt, dass sie Lucius, dem jüngeren Bruder ihres Vaters gehört. Unter einer Pergola hatte an einer bunt geschmückten Tafel eine vergnügte Gesellschaft Platz genommen.

„Da seid ihr ja endlich!", rief Julius Silius, als er uns kommen sah.

Er stellte mich der Familie seines Bruders vor. Plötzlich stand Marcellus vor mir.

„Dir geht es ja ganz gut, wie ich sehe!"

Ich strahlte ihn an und nickte mit dem Kopf.

„Wir heißen heute Abend unsere Gäste aus Aquileia und dem fernen Germanien willkommen!", verkündete Lucius Silius. „Marcellus Aurelius und Farold von Hirschberg. Auf ihre Gesundheit erhebe ich meinen Becher und bitte euch es mir gleich zu tun!"

Er musste die Schar nicht zweimal darum bitten. Ein reichhaltiges Essen wurde von Armenia und ihren Basen aufgetischt. Immer wenn ich die junge Frau ansah, schlug mein Herz etwas heftiger. Als die Dämmerung hereinbrach wurden viele Öllämpchen angezündet. Lucius Silius ließ seine Zupfe erklingen und stimmte dazu fröhliche Weisen an. Die heitere Stimmung in dieser wunderbaren Sommernacht war überaus ansteckend.

„Ich fühle mich hier sehr wohl!", sagte ich zu Marcellus.

Worauf er antwortete: „Du sprichst mir aus dem Herzen!"

Am Himmel bahnte sich unterdessen ein leuchtender Halbmond seinen Weg. Abertausende Sterne funkelten in seiner Nachbarschaft. Einmal mehr suchte ich das Firmament nach dem Gestirn von Gunna ab. Vergeblich!

„Komm wir wollen tanzen!", forderte Armenia mich auf, nahm mich bei der Hand und zog mich auf den Tanzboden.

Wir stellten uns mit ein paar Frauen und Männern in einem Halbkreis auf und hielten uns an den Händen fest. Als die Zupfe von Lucius Silius erklang, bewegten wir uns in rascher Schrittfolge im Kreis. Das Tanzen bereitete mir sehr viel Vergnügen. Alle amüsierten sich prächtig und die Stunden vergingen viel zu schnell. Als wir aufbrachen, um nach Sorgenlos zurückzukehren, war der Mond bereits hinter den Bergen verschwunden und auf der anderen Seite des Tals fing es an zu tagen.

Ein paar Tage später ritt ich zusammen mit Armenia, ihrem Vater und Marcellus noch einmal nach Rhodon hinüber.

Als wir auf einem hohen Bergsattel ankamen, sagte Silius: „Hier oben verläuft der *limes* zwischen den Provinzen Byzacena und Africae Proconsularis. Gleichzeitig markiert der Pass die Scheide zwischen Rhodon und Sorgenlos."

Das Tal von Rhodon lag in seiner ganzen Schönheit zu meinen Füßen. Am Ausgang des Talkessels konnte ich einen größeren See erkennen.

„Die Ländereien von Rhodon sind mindestens zehn Meilen lang und wenigstens drei breit. Von den Bergen fließt das Wasser in den Silbersee am Talausgang!", erklärte Julius Silius einem aufmerksam zuhörenden Marcellus Aurelius.

„Wem gehört Rhodon?", wollte mein Oheim wissen.

„Ein paar Gläubigern und einer Familie aus Rom!"

„Warum steht das *lätifundium* zum Verkauf?"

„Ein ehrenwerter Senator hat es in wenigen Jahren tatsächlich fertiggebracht, diesen wunderbaren Besitz herunterzuwirtschaften!", spöttelte der ehemalige *centurio*.

Die Miene von Silius verdunkelte sich.

„Eine seiner zahllosen Gespielinnen hat ihn im vergangenen Jahr vergiftet!", erklärte er. „Die Familie des Senators war niemals hier und zeigte auch nach seinem Tod keinerlei Interesse an dem *lätifundium*. Seitdem verfällt der Besitz zusehends. Es ist eine Schande!"

Kurz darauf ritten wir in das grüne Tal hinab. Unterwegs kamen wir an verwilderten Olivenhainen und verwahrlosten Weinbergen vorbei. Sämtliche Felder lagen brach und auf den Wiesen stand das verdorrte Gras.

„Rhodon war noch vor wenigen Jahren das schönste und ertragreichste *lätifundium* in der ganzen Gegend!", behauptete Silius.

Als wir an einer Mühle vorbeikamen, betrachtete er sie wehmütig.

„Hier haben wir einst unser Korn mahlen lassen!"

Die Fernstraße schlängelte sich an einem klaren Bach entlang. Wir kamen an eine Straßenkreuzung, an der ein Meilenstein stand. Über zwei Richtungspfeilen hatte jemand in den Granit gemeißelt:

← THEVESTE 14 MEILEN – THELEPTE 33 MEILEN →

Wir bogen von der Straße ab und ritten unter einer herrlichen Zypressenallee auf eine *villa* zu. Erst als wir näher kamen, erkannte ich in welch trostlosem Zustand sie sich befand. Sämtliche Türen standen weit offen und alle Glasfenster waren zerbrochen. Mit gemischten Gefühlen betrat ich mit meinen Begleitern das heruntergekommene Anwesen. An den Fragmenten der Fresken und den herausgerissenen Fußbodenmosaiken konnte man noch die Pracht vergangener Tage erkennen. Der Innenhof war mit Gestrüpp überwuchert und auf dem Dach fehlten sämtliche Ziegel.

„Eine Sache müsst ihr euch unbedingt noch ansehen!", sprach Silius zu einem sehr nachdenklich wirkenden Marcellus. „Folgt mir bitte nach!"

An der Seite von Armenia ritt ich hinter Marcellus und Silius her. Auf einmal standen wir vor zwei mächtigen Felsen. Sie ragten wie gigantische Keile aus einem Meer von Steinen in den Himmel empor.

„Dort oben", Silius zeigte auf eine Spitze, „befindet sich das Schwalbennest von Rhodom!"

Zwischen den Felsenspitzen konnte ich einen Steg erkennen.

„Als Kind bin ich mit meiner Familie dort hinauf geflüchtet!", erklärte er. „Niemals wurde die Bastei von Rhodon erobert."

Er schritt entschlossen auf einen Felsen zu und schlug mit dem Schwert eine Bresche durch das Strauchwerk. Wir folgten ihm nach und standen auf einmal vor einem schmalen Stolleneingang. Unser Führer zwängte sich hinein und kam kurz darauf mit einer Fackel in der Hand heraus. Nachdem er sie mit seinen Feuersteinen entfacht hatte, ging er wieder hinein und wir folgten ihm nach. Eine Eisentür versperrte uns schon nach wenigen Schritten den Weg. Silius stemmte sich mit ganzer Kraft dagegen, worauf sie quietschend nachgab. Weiter ging es viele Treppenstufen hinauf. Als wir aus dem Stollen traten, lag der Steg vor uns. Vorsichtig gingen wir über das in die Jahre gekommene Bauwerk. Silius stieß ein massives Tor auf. In der eindrucksvollen Wehranlage stand ein Turm. Zielstrebig ging unser kundiger Führer auf ihn zu, öffnete die Tür und stieg eine schmale Treppe hinab. Wir folgten ihm nach und kamen in eine geräumige Grotte. Unmittelbar daneben befand sich eine mit Wasser gefüllte Sisterne.

„Das Schwalbennest hat schon so manch ein Leben vor dem Tod bewahrt!", versicherte Silius meinem sichtlich beeindruckten Oheim. „In den vergangenen Jahrzehnten herrschte in der Gegend stets Frieden. Doch ich erinnere mich noch an gefährliche Zeiten, in denen ich mit den Meinigen hier oben Zuflucht suchte und fand."

Er schaute sich um.

„Es ist jedenfalls völlig verantwortungslos die Bastei derart herunterkommen zu lassen!", empörte er sich und ich pflichtete ihm in Gedanken bei.

Nachdem wir wieder vom Schwalbennest herabgestiegen waren, suchten wir ein schattiges Plätzchen auf.

„Was ist Rhodon wohl wert?", wollte Marcellus von Silius erfahren.

„Das kommt ganz darauf an!", lautete seine rätselhafte Antwort.

Mein Oheim schaute ihn irritiert an.

„Wie muss ich eure Worte verstehen, Silius?"

„Wer es erwirbt und was der neue Besitzer daraus machen will!"

„Ich wüsste jedenfalls ganz genau, was ich mit so einem herrlichen Besitz anfangen würde!"

„Was?"

„Das Tal würde ich in ein wunderschönes Paradies verwandeln, aus dem mich niemand mehr vertreiben könnte!"

„Seid ihr eurer Worte sicher?", fragte Silius.

Worauf ihn Marcellus argwöhnisch ansah.

„Warum zweifelt ihr an meinen Worten und weshalb fragt ihr mich das alles?"

„Ich will mir meiner Sache absolut sicher sein!"
„Welcher Sache?"
„Wem wir diesen Besitz zum Kauf anbieten!"
Marcellus kniff die Augen zusammen.
„Stellt ihr etwa meine redlichen Absichten in Frage?"
„Keineswegs!"
„Dann nennt mir die Namen der Eigentümer und Gläubiger von Rhodon, damit ich mit ihnen über den Erwerb des *lätifundium* verhandeln kann!", forderte der Händler aus Aquileia den Großgrundbesitzer von Sorgenlos auf.
„Ein Gläubiger steht vor euch!"

Am späten Nachmittag begab ich mich in die Thermen und anschließend auf meine Kammer. Als ich aus dem Fenster schaute, sah ich wie zwei Männer die Zypressenallee heraufritten. Später betrat ich mit Marcellus den Wohnraum, wo wir auf den Hausherrn, seinen Bruder und die beiden Besucher trafen. Julius Silius stellte uns seine Nachbarn vor. Es stellte sich heraus, dass sie ehemalige *centuriones* waren. Augustus Vernius hatte sein Landgut nach dem Abschied aus dem Militärdienst erworben, während die Familie von Maximus Pesus ihren Großgrundbesitz schon in der sechsten Generation bewirtschaftete.

„Der verstorbene Eigentümer von Rhodon hatte jahrelang über seine Verhältnisse gelebt und sich bei uns hoch verschuldet!", berichtete Lucius Silius. „Nach seinem plötzlichen Tod zeigten die Kinder des Senators keinerlei Interesse an dem Besitz und waren auch nicht bereit die Schulden ihres Vaters zu begleichen. Wir vier vereinbarten seinerzeit unsere Gläubigertäfelchen an Rhodon nur an jemanden zu veräußern, der das *lätifundium* mit den eigenen Händen bewirtschaftet und die Wassermühle wieder instandsetzt, damit wir dort wieder unser Korn mahlen können. Außerdem wollen wir mit den Unsrigen im Schwalbennest Zuflucht finden, falls es einmal notwendig sein sollte. Unter diesen Bedingungen sind wir gerne bereit unsere Besitzansprüche an einen aufrichtigen und fleißigen Mann abzutreten, der uns hierfür geeignet erscheint!"

Die Gläubiger sahen Marcellus erwartungsvoll an.

„Meine Vorfahren leben schon seit vielen Generationen in Aquileia!", vertraute er seinen Zuhörern an. „Der Handel mit *glesum* hat mich und die Meinigen wohlhabend gemacht. Seit die Goten plündernd und mordend durch die nordöstlichen Provinzen des Imperiums ziehen, bin ich auf der Suche nach einem *lätifundium* in den sicheren Provinzen Afrikas."

„Wann würdet ihr mit eurer Familie hierherziehen?", wollte Pesus wissen.

„Sobald es die Umstände in Aquileia zulassen!", lautete die Antwort von Marcellus. „Die Stadt wird von den Goten belagert!"

„Versteht ihr überhaupt etwas von Landwirtschaft?", lautete die skeptische Frage von Vernius.

„Bis zum heutigen Tag habe ich im Imperium mit allen möglichen Waren Handel getrieben!", entgegnete mein Oheim. „Als ihr aus dem Militärdienst ausgeschieden seid, habt ihr da über die Bewirtschaftung eines *lätifundium* Bescheid gewusst?"

Vergnügt sah ich in das verblüffte Gesicht des ehemaligen *centurio*.

„Wenn ihr so ein erfahrener Händler seid, wie ihr den Anschein erweckt, so könnt ihr uns sicherlich den Wert von Rhodon beziffern!", meinte Lucius Silius.

„Wieviele Goldstücke habt ihr dem Senator geliehen?", fragte Marcellus.

Die Gläubiger sahen sich verunsichert an.

„Zusammen haben wir ihm zwanzigtausend *aurei* geborgt!", entgegnete Pesus zögerlich.

„Der Besitz ist mindestens das Doppelte wert!", lautetete die Antwort meines Oheims. „Ihr müsst den Erben des Senators also noch einmal soviel bezahlen, damit ihr Rhodon euer Eigentum nennen könnt."

Triumphierend sah er in die sprachlosen Gesichter der Gläubiger.

„Diese Summe übersteigt vermutlich eure finanziellen Möglichkeiten!", fuhr er unbeirrt fort. „Sonst hättet ihr es längst getan und Rhodon befände sich nicht in einem so verwahrlosten Zustand. Darüber hinaus verursacht die Instandsetzung der *villa*, der Mühle, der Felder und Wiesen sowie Olivenhaine und Weinberge zusätzliche Goldstücke. Ganz zu schweigen von den nicht vorhandenen Sklaven!"

„Ihr habt in allen Belangen recht!", gab Lucius Silius unumwunden zu. „Was sollten wir eurer Ansicht nach tun?"

„Wenn ihr bereit seid eure Ansprüche auf das *lätifundium* gegen fünfzehntausend *aurei* an mich abzutreten, werde ich die Erben des Senators in Rom aufsuchen, um mit ihnen über den Verkauf von Rhodon zu verhandeln!", schlug Marcellus vor. „Sollten wir uns einigen, werde ich die Mühle und das Schwalbennest wieder instandsetzen und ihr könnt beide jederzeit benutzen. Außerdem gebe ich euch mein Wort darauf, dass ich mit meiner Familie innerhalb eines Jahres nach Rhodon ziehen werde."

Die Gläubiger schauten sich unschlüssig an.

„Wir würden gern über euer Angebot nachdenken!", sagte Vernius schließlich.

Marcellus und ich gingen auf die Terrasse hinaus. Der Mond war bereits aufgegangen und die Sterne nahmen allmählich ihre Plätze am Himmelszelt ein, als die vier Großgrundbesitzer zu uns herauskamen.

„Wir brauchen hier einen tüchtigen Mann!", sagte Julius Silius entschlossen zu Marcellus. „Ihr habt unser Einverständnis!"

„Euren Oheim hat uns der Himmel geschickt!", flüsterte mir sein Bruder zu.

Bereits am nächsten Morgen machten sich die Gläubiger mit Marcellus auf den Weg nach Theveste. Dort suchten sie einen Notar auf, der einen Kontrakt aufsetzte. Darin wurde meinem Oheim zugestanden, dass er für fünfzehntausend *aurei* alle Gläubigertäfelchen von ihnen erhält, wenn er Rhodon von den Eigentümern erworben hat und den Kaufvertrag dem Notar in Theveste vorlegt. Als sie aus der Stadt zurückkehrten, wurde die Vereinbarung in der Herberge von Lucius Silius ausgiebig gefeiert.

Am darauffolgenden Tag ritt ich mit Marcellus nach Rhodon. Wir sahen uns auf dem weitläufigen Besitz noch einmal um. Als wir an die Mühle kamen, zügelten wir die Pferde, stiegen ab und ruhten uns unter einer Esche aus.

„Wir haben gestern beim Notar alles geregelt!“, berichtete Marcellus. „Morgen früh werde ich nach Carthago abreisen, um auf einem Schiff nach Ostia[119] zu gelangen. Danach geht es weiter nach Rom, wo ich die Erben des verstorbenen Senators aufsuche, um mit ihnen über den Erwerb von Rhodon zu verhandeln.“

Er schaute mich plötzlich mit weit aufgerissenen Augen an.

„Heute Nacht hatte ich einen schrecklichen Traum, der mich sehr beunruhigt! Ich sah dich als gereiften Mann mit vielen bewaffneten Vandalen unterhalb des Schwalbennestes stehen!“

Sein Gesicht wurde kreidebleich.

„Von der Bastei schauten Ina und Susana verängstigt auf dich herab!“, fuhr er mit zitternder Stimme fort. „Danach wachte ich schweißgebadet auf. Wenn ich nur daran denke, wird mir Angst und Bange!“

Wir dachten stillschweigend über den seltsamen Traum nach.

Schließlich sagte er zu mir: „Es ist mein Wunsch, dass du solange hier bleibst, bis ich aus Rom zurückkehre oder dir eine Nachricht zukommen lasse. Silius würde dich mit der Bewirtschaftung von Rhodon vertraut machen und ich kann mir gut vorstellen, dass du daran Gefallen findest!“

In diesem Augenblick glaubte ich mein Herz zerspringt vor Glück. Das bedeutete nämlich, dass ich bei Armenia bleiben kann. Eine wunderbare und überaus verlockende Vorstellung.

„Hörst du mir überhaupt zu?“

„Aber gewiss doch!“

„Was meinst du dazu?“

„Rom ist immer eine Reise wert, aber das Leben auf dem Lande hat auch so seine Reize!“, erklärte ich einem erstaunten Marcellus.

Dabei hatte ich große Mühe mir meine Begeisterung nicht anmerken zu lassen.

„Mach dir um mich mal keine Sorgen, Oheim!“, fuhr ich fort. „Ich möchte dich aber darum bitten den Meinigen in Augusta Vindelicum eine Nachricht zukommen zu lassen, damit sie wissen wie es mir geht und wo ich mich gerade aufhalte.“

---

119 Ehemalige Hafenstadt/Italien

Tags darauf verabschiedete sich Marcellus und trat seine Reise nach Rom an. Eine Woche später traf Marius Valerius auf Sorgenlos ein. Gespannt lauschte ich dessen eindrucksvollen Schilderungen über die ergebnislose Verfolgung der räuberischen Mauren in der Sahara. Nach seiner Rückkehr in das Kastell von Thiges fand der *tribunus* die kaiserliche Order vor, auf dem schnellsten Weg nach Ravenna zurückzukehren. Julius Silius und ich begleiteten ihn am nächsten Tag nach Carthago.

Als wir durch die imposante Stadt ritten, beschlich mich ein recht eigenartiges Gefühl. Sie erinnerte mich, warum auch immer, an Rom. Carthago war zwar nicht ganz so groß wie die ewige Stadt, aber das pulsierende Leben innerhalb der Mauern konnte es mit der Metropole des westlichen Imperiums durchaus aufnehmen. An jeder Straßenecke begegenete uns zügellose Unzucht, schamlose Völlerei, unvorstellbare Armut und verschwenderische Pracht. Wir stärkten uns in einer der zahllosen Schänken in der Nähe des Hafens. Marius handelte dort mit dem *nauarchus* eines Schiffes eine Passage nach Ostia aus. Von jenem Ort wollte er auf dem Landweg nach Ravenna weiterreisen. Die Überfahrt kostete fünf *denarii.* Am nächsten Morgen stach das Frachtschiff in See. Von der Hafenmauer schauten Julius und ich zu, wie das weiße Segel hinter dem Horizont verschwand.

Danach tätigte mein Begleiter noch ein paar Einkäufe. Gegen Nachmittag machten wir uns auf den Rückweg. Nach einer weiteren Nacht in einer der zahlreichen *mansiones* entlang der Fernstraße zwischen Carthago und Theveste, kamen wir wohlbehalten auf Sorgenlos an. An diesem Tag wurde mir zum ersten Mal bewusst, warum dieser herrliche Ort in den Bergen Afrikas so gerufen wurde.

Jeden Morgen begleitete ich Julius Silius bei seinen täglichen Inspektionen. Es gab immer und überall etwas auf dem *lätifundium* zu tun. Am Nachmittag widmete er sich in aller Regel der Buchführung und dem umfangreichen Schriftverkehr. Silius brachte mir bei, wie man einen Großgrundbesitz verwaltet. In jenen Wochen und Monaten eignete ich mir viele theoretische und praktische Kenntnisse in der Land- und Holzwirtschaft an. Desöfteren ritt ich nach der täglichen Arbeit mit Armenia aus und kehrte stets vor Einbruch der Dunkelheit zurück. Die Gespräche im Kreise der Familie Silius bleiben mir unvergessen. Auf diese harmonischen Stunden zum Ausklang des Tages freute ich mich ungemein. Das Leben auf Sorgenlos verlief völlig unbeschwert.

Eines Tages erzählte mir Armenia in Tränen aufgelöst, dass ihre Mutter es nicht gerne sieht, wenn sie mit mir alleine ausreitet. Das kränkte mich, zumal sich ihre Tochter fortan daran hielt. Nach diesem Vorfall kühlte sich unsere Beziehung merklich ab.

Damals erschien ein Bote auf Sorgenlos. Er übergab mir eine Nachricht von Marcellus. Neugierig brach ich das Siegel mit dem Signum der Familie Aurelius auf und begann aufgeregt zu lesen.

Mein lieber Farold!

Nach einer stürmischen Überfahrt bin ich wohlbehalten in Ostia angekommen und nach Rom weitergereist. Dort habe ich die Familie des verstorbenen Senators aufgesucht. Für zehntausend aurei haben mir diese blasierten Leute tatsächlich Rhodon verkauft. Du glaubst ja gar nicht, wie glücklich ich darüber bin.
Der Reichsverweser hat in der Nähe von Ravenna einige Legionen sowie Auxiliareinheiten zusammengezogen und Aquileia wird noch immer von den Goten belagert. Die Leute glauben, dass es sehr bald schon zu einer Entscheidungsschlacht zwischen den Goten Alarichs und den Legionen Stilichos kommt.
Morgen werde ich an das Mare Adriaticum aufbrechen, um auf einem Schiff in die Stadt meiner Väter zu gelangen. Ich bete jeden Tag zu Gott dem Allmächtigen, dass es mir gelingen möge. Falls das der Fall sein sollte, will ich mit meiner Familie und dem Hausstand so schnell wie möglich nach Rhodon aufbrechen. Sollte es mir aber nicht vergönnt sein, werde ich alsbald zu Dir zurückkehren.
Deiner Sippe in Augusta Vindelicum habe ich eine Botschaft zukommen lassen. Darin habe ich ihnen mitgeteilt, dass es Dir gut geht und Du dich in Afrika aufhälst.

Möge Gott der Herr seine schützende Hand über Dich halten!
Dein Marcellus

Am Abend teilte mir Julius Silius zu meiner Überraschung mit, dass Armenia nach Hippo Regius[120] zu seiner Schwester abgereist sei, um dort eine Zeit lang zu bleiben. Ich konnte mich des Eindrucks nicht erwehren, dass die überhastete Abreise etwas mit mir zu tun hatte. Von diesem Tag an stürzte ich mich vom frühen Morgen bis in die späten Abendstunden in die reichlich vorhandene Arbeit auf Sorgenlos. Ab und zu suchte ich den greisen Wassermeister und seine betagte Schwester in ihrem Haus neben der Windmühle auf und hörte seinen nicht enden wollenden Vorträgen geduldig zu.

Das Korn wuchs heran und als es im warmen Sommerwind hin- und herwogte, war der Zeitpunkt gekommen, um die Ernte einzubringen. Von vielen fleißigen Händen wurden die Halme mit Sicheln geschnitten, gebündelt und zum Trocknen auf das Feld gestellt. Auf Ochsenkarren verladen, fuhr man sie ein paar Tage später in die Scheune. Dort trennte man die Körner mit Dreschpflegeln von den Stielen und brachte sie nach Carthago. Im Hafen wurde das Korn verladen und nach Ostia verschifft, von wo es in die ewige Stadt gelangte.

Julius Silius vertrat eine Maxime, die sich unauslöschlich in mein Gedächtnis einprägte: „Ohne das Korn aus Afrika ist Rom nicht satt zu kriegen. Wer es besitzt, regiert nicht nur die Stadt, sondern das gesamte westliche Imperium!"

Im Garten der *villa* wuchsen verschiedene Gemüsearten und Kräutersorten. Diese Zutaten rundeten die gute, afrikanische Küche ab. Die Obstbäume hingen voll mit Birnen, Kirschen, Pfirsichen oder Zwetschgen und in den Palmkronen gedeihten saftige Datteln. Innerhalb der Mauer, welche die *villa* und die Wirtschaftsgebäude umschloss, lief eine große Anzahl von Hühnern, Gänsen und Enten umher. Sie lieferten neben Federn und Eiern auch frisches Fleisch.

Als der Sommer dem Herbst weichen musste, begann die Weinlese. Viele Stunden und Tage verbrachte ich in der Kelteranlage, wo man die Trauben zwischen zwei großen Mühlsteinen zermahlte. Dabei entstand ein dickflüssiges Gemisch, welches man Maische nannte. Die ließ der

---

120 Ehemalige Hafenstadt/Algerien

Kellermeister eine Zeit lang ruhen, bevor er sie auspresste. Heraus kam Trester, eine Mischung aus Schalen, Samen und Stielen sowie süßer Traubensaft. Dem Trester mengte man Wasser hinzu und quetschte die Masse ein zweites Mal aus. Der so gewonnene, minderwertige Wein wurde an die Domestiken verteilt und die übrig gebliebene Masse an die Tiere verfüttert. Den Traubensaft jedoch, der Kellermeister rief ihn Most, ließ er in Eichenfässern gären. Dabei verwandelte sich Zucker in Alkohol und in den folgenden Wochen und Monaten reifte ein bekömmlicher Wein heran.

Kurz vor Weihnachten kam Armenia aus Hippo Regius zurück. Zur Begrüßung hatte sich die Familie Silius im Wohnraum eingefunden. Die jüngste Tochter des Hauses ließ sich langatmig darüber aus, was sie bei der Schwester ihres Vaters mehr oder weniger Wichtiges erlebt und gesehen hatte.

„Was gibt es Neues aus dem Imperium zu berichten?", unterbrach sie ihr Vater.

Erwartungsoll sah ich Armenia an.

„Ich weiß gar nicht, womit ich anfangen soll", meinte sie. „Es gibt so vieles zu erzählen, wovon man in der Provinz keine Ahnung hat!"

„Sag uns endlich was sich im Imperium zugetragen hat und stell dich nicht so blasiert an!", donnerte die Stimme von Julius Silius durch den Wohnraum.

Betreten schaute Armenia ihre Mutter an. Die nickte ihr auffordernd zu.

„In der Nähe von Verona hat eine Schlacht stattgefunden!"

Mit meinen Augen hing ich regelrecht an ihren Lippen.

„Der Reichsverweser brachte den Goten eine empfindliche Niederlage bei. Ihr König ist mit den Überlebenden in das Ostreich geflohen. Als die Botschaft über den Sieg in Hippo Regius eintraf, fanden auf den Straßen spontane Freudenfeste statt und Bischof Augustinus hielt unter freiem Himmel einen Dankgottesdienst ab, an dem Tausende teilnahmen!"

Es platzte förmlich aus mir heraus.

„Haben die Goten die Belagerung von Aquileia aufgegeben?"

Armenia sah mich mitfühlend an.

„Ich habe einige Seeleute danach gefragt, doch keiner konnte mir eine verlässliche Antwort geben!"

Mir wurde schwer ums Herz. Ich stand auf und ging nach draußen.

„Leben meine Basen noch? Wo befindet sich Marcellus? Wer hat den Römern in der Schlacht bei Verona beigestanden?“ Viele, sehr viele Fragen gingen mir durch den Kopf. Verzweifelt sinnierte ich darüber nach. Auf einmal stand Julius Silius vor mir.

„Wir werden morgen nach *Lambaesis*[121] in die Provinz Numidia aufbrechen. Der *legatus* der dort stationierten Legion ist ein ehemaliger Kamerad von mir. Er weiß sicherlich über das Schicksal von Aquileia bescheid!“

Früh am morgen verließen Julius Silius und ich Sorgenlos. Wir ritten auf einer Fernstraße nach Westen. Als wir Theveste hinter uns gelassen hatten, holten uns zwei Reiter ein. Es waren Maximus Pesus und Augustus Vernius.

„Wo wollt ihr denn hin?“, fragte Silius seine Nachbarn erstaunt.

„Nach Lambaesis!“, antwortete Pesus und Vernius fügte hinzu: „Deine Frau hat uns darum gebeten. Außerdem sind wir sehr neugierig und wollen auch wissen, ob Aquileia gefallen ist. Wir sollten uns beeilen, damit wir die nächste *mansio* noch vor Einbruch der Dunkelheit erreichen!“

Tags darauf führte die Straße in ein Hochtal, in dem einheimische Berber lebten. Es fiel mir auf, dass sie uns aus dem Weg gingen. Niemand grüßte oder sprach ein Wort mit uns.

„Was bedrückt sie?“, fragte ich meine Begleiter.

„Es sind Berber vom Stamme der Massylier!“, antwortete Vernius. „Sie mögen uns Römer nicht. Für sie sind wir unerwünschte Eindringlinge und verhasste Besatzer!“

„Massylier?“, grübelte ich nach.

Der Name kam mir bekannt vor. Im nächsten Augenblick fiel es mir wieder ein. So heißt der Stamm meiner Sklavin Kahina. Ich erinnerte mich an das vertrauliche Gespräch auf dem Weingut von Marcellus, als sie mir ihre Lebensgeschichte anvertraute.

„War ihr Vater nicht ein Fürst?“

Auf der Stelle hielt ich Afrika an.

---

121 Lambaese/Algerien

„Was habt ihr?", rief Silius, als er es bemerkte.

„Ich muss unbedingt einem Massylier einen Besuch abstatten. Der Mann heißt Massinissa!"

„Warum?", fragte Vernius.

„Er hat eine Tochter und einen Enkel, die mein Eigentum sind!"

Meine Begleiter schauten mich geradeso an, als ob ich den Verstand verloren hätte. Von meinem Vorhaben ließ ich mich jedoch nicht mehr abbringen. Als wir durch den nächsten Flecken kamen, zügelte ich mein Pferd neben einem Hirten, der seine Schafherde an einem Brunnen tränkte. Ich grüßte freundlich und sprach ihn an. Der Berber ignorierte mich völlig. Als ich jedoch nicht locker ließ und mich als Vandale aus Germanien zu erkennen gab, wich allmählich sein Misstrauen und machte zunehmend der Neugierde Platz. Zu guter Letzt beschrieb er mir den Weg in eine Bergsiedlung, in der Massinissa leben solle. Für die Auskunft wollte ich ihm einen *sestertius* geben. Er lehnte entrüstet ab.

„Stolze Menschen, diese Berber!", stellte ich beeindruckt fest.

Der eingeschlagene Weg führte meine Gefährten und mich in ein abgelegenes Tal. Auf kargen Wiesen weideten Schafe und Ziegen. Als es anfing zu dämmern, erreichten wir den vom Schäfer beschriebenen Flecken.

„Offensichtlich haben sich die Berber in ihren Häusern verkrochen!", stellte Pesus lautstark fest, nachdem wir keine Menschenseele sahen.

In diesem Moment wurde die Tür eines Hauses aufgestoßen. Ein stattlicher Mann trat heraus und schritt geradewegs auf uns zu.

„Wer seid ihr und was wollt ihr hier?", fragte er brüsk.

Worauf ich vom Pferd stieg.

„Man ruft mich Farold! Ich komme aus Germanien und bin ein freier Vandale!"

Der Berber musterte mich und sah sodann meine Begleiter an.

„Gehe ich recht in der Annahme, dass eure Gefährten Römer sind?"

„So ist es!", antwortete ich. „Sie begleiten mich auf dem Weg nach Lambaesis."

„Ich verstehe!", sagte er. „Ihr seid vom rechten Weg abgekommen!"

„Das hoffe ich nicht!", lautete meine Antwort. „Ich bin auf der Suche nach einem Fürsten der Massylier, der sich Massinissa nennt."

„Was wollt ihr von ihm?“

„Das möchte ich ihm lieber selber sagen. Könnt ihr mir dabei behilflich sein?“

Er räusperte sich.

„Ihr macht auf mich den Eindruck eines aufrichtigen Mannes. Man ruft mich Massinissa!“

Da stand wahrhaftig der Vater von Kahina und Großvater von Achmed vor mir und ich wusste in diesem Moment nicht, was ich sagen sollte.

„Meine Sklaven sind aus seinem Fleisch und Blut!“, dachte ich. „Wie soll ich ihm die Umstände mit wenigen Worten erklären?“

Betreten sah ich ihn an.

„Mir fällt es schwer zu sprechen!“

Seine Miene verfinsterte sich.

„Wie geht es meiner Tochter?“, fragte er mit zitternder Stimme.

„Es geht ihr gut!“

Im nächsten Augenblick lief eine ältere Frau mit ein paar Recken aus dem Haus.

„Wo ist meine Herzblume?“, rief sie aufgeregt.

Die Situation drohte zu eskalieren.

„Haltet ein!“, ertönte die kräftige Stimme von Massinissa.

Es war die Mutter von Kahina und die Männer ihre zahlreichen Brüder. Als ich ihnen sagte, dass die junge Berberin meine Sklavin ist, blitzten ihre Augen feindselig auf. Nachdem ich sie aber über die Umstände aufgeklärt hatte, brachten die Sippe mir allmählich Vertrauen entgegen und als die Mutter von Kahina mir dankbar die Hand küsste, war das Misstrauen vollkommen verflogen. Massinissa bat uns in sein Anwesen, wo wir fürstlich bewirtet wurden. Er bestand darauf, dass wir die Nacht über bleiben. Spät am Abend begleitete uns der Hausherr in eine geräumige Kammer. Dort umarmte er mich und sagte mit bebender Stimme: „Habt tausendfach Dank: Vandale!“

„Hoffentlich lassen sie uns morgen wieder laufen!“, meinte Pesus, als die Tür hinter dem Berber zugefallen war. „Warum habt ihr ihnen verschwiegen, dass eure Sklavin einen Sohn hat?“ Verunsichert schaute ich ihn an.

„Bist du etwa der Vater?“, fragte er mich allen Ernstes.

„Nein!“, entgegnete ich empört.

Bevor wir am nächsten Tag aufbrachen, versprach ich Massinissa, dass ich seiner Tochter die Freiheit schenken werde, sobald ich nach Aquileia zurückgekehrt sei. Als er dann auch noch von mir erfuhr, dass mein Oheim Rhodon erworben hatte und alsbald dort hinziehen würde, strahlte er mich überglücklich an.

„Das werde ich euch niemals vergessen Farold!“ beteuerte er. „Ich stehe tief in eurer Schuld!“

Damals hatte ich nicht die geringste Ahnung, was dieses Versprechen des Fürsten der Massylier für viele Vandalen noch bedeuten sollte.

Zu beiden Seiten der Straße erhoben sich gewaltige Gebirgszüge. Mitten auf der Straße stand plötzlich ein Reisewagen. Ein Mann lag daneben im Straßengraben und um ihn herum standen zahlreiche Leute. Als sie uns bemerkten, rannten sie wild gestikulierend auf uns zu.

„Es sind Wegelagerer oder *circumcellionen*[122]!“, rief Pesus entsetzt.

Meine Begleiter zogen entschlossen ihre Schwerter, während ich die Sehne meines Bogens mit einem Pfeil anspannte, zielte und los ließ. Das Geschoss traf einen Mann in die Brust. Er brach zusammen und blieb leblos auf der Straße liegen. Das Gleiche wiederholte ich ein zweites Mal, worauf der Mob in den Wald flüchtete. Mit der gebotenen Vorsicht ritten wir näher an den Wagen heran. Eine Frau und ein Mann hatten sich über den Verletzten im Graben gebeugt.

Silius rief ihnen aus sicherer Entfernung zu: „Was ist geschehen?“

„Wir wurden von *circumcellionen* überfallen!“, antwortete eine männliche Stimme.

„Diese widerwärtigen Fanatiker!“, wetterte Pesus. „Haben sie ihn übel zugerichtet?“

„Ja!“, erschall es. „Sie wollten sich gerade an meiner Schwester vergreifen, als euch der Himmel schickte!“

Inzwischen hatten wir die Reisegesellschaft erreicht.

„Mit Knüppeln hätten sie uns zusammengeschlagen, mit Kalk geblendet

122 Herumtreiber (fanatische, religiöse Sekte)

und sterbend liegen lassen!", behauptete eine völlig verstörte Frau. „Unsere Sklaven haben sie gezwungen, meinen Vater zu verprügeln!"

Silius war vom Pferd gestiegen und ging auf den Lädierten zu. Er beugte sich über ihn und betrachtete seine blutenden Wunden und Blessuren.

„Farold! Hol meine Tasche!", rief er mir zu. „Ich will seine Verletzungen verbinden und danach bringen wir ihn auf dem schnellsten Weg zu einem *medicus*[123]."

Wir trugen den Mann behutsam in den Wagen, wo Silius ihn notdürftig behandelte, als der Pöbel wieder aus dem Wald gelaufen kam. Nachdem ein weiterer Hitzkopf von einem meiner Pfeile tödlich getroffen auf der Straße lag, machten sie schleunigst kehrt und suchten das Weite. Pesus schlug mir anerkennend auf die Schulter.

„Wenn ich es nicht mit meinen eigenen Augen gesehen hätte, ich würde es nicht glauben!"

Seine lobenden Worte kamen mir bekannt vor.

„Habt Dank!", erklang in diesem Momant eine weibliche Stimme.

Als ich mich umdrehte, sah ich in das Antlitz einer Römerin. Es dauerte danach nicht lange und der Wagen fuhr los. Pesus und ich ritten voraus. Neugierig fragte ich meinen Begleiter: „Was sind *circumcellionen*?"

Seine Miene verdunkelte sich schlagartig.

„Sie selbst bezeichnen sich als Soldaten Christi. Sie sind Angehörige einer christlichen Gemeinschaft, die sich *donatisten*[124] nennt. Die *circumcellionen* verdammen alle vermeintlichen Verräter aus der Zeit der Christenverfolgungen. Sie sind davon überzeugt, dass es in der Kirche nur makellose Menschen geben darf und verachten sämtliche Priester, deren Lebenswandel sie als verwerflich ansehen. Allem was sie für Gotteslästerung halten, begegnen sie mit blankem Terror. Oft blenden sie ihre Opfer, indem sie ihnen Kalk in die Augen schütten, mit Knüppeln zusammenschlagen und ihrem Schicksal überlassen."

Mit wachen Sinnen lauschte ich seinen ernüchternden Worten.

---

123 Arzt

124 Christliche Lehre

„Die *donatisten* haben hier in der Gegend viele Anhänger und ihre radikalen Handlanger, die Soldaten Christi, sind zu allen Greueltaten bereit und fähig. Sie sind davon überzeugt, dass sie als Märtyrer in das Himmelreich Gottes einziehen, wenn sie bei ihren gottgewollten Taten das Leben verlieren."

Er schaute mich kopfschüttelnd an.

„Wenn du mich fragst, gehörten sie allesamt gekreuzigt!"

Gegen Abend erreichten wir das Legionslager von Lambaesis. Wir folgten der Straße bis zur *principia*[125]. Dahinter befand sich das Lazarett. Der Sohn des Verletzten lief hinein und kam kurz darauf mit zwei Männern wieder heraus. Sie legten den Lädierten behutsam auf eine Bahre und trugen ihn ins Spital. Seine Kinder und ich folgten ihnen nach. Ich wollte unbedingt einmal zusehen, wie ein römischer *medicus* einen Verwundeten behandelt. Der Patient wurde auf einen Tisch gelegt und man zog ihn vorsichtig aus. Das bereitete ihm offensichtlich Schmerzen, denn er wimmerte und stöhnte dabei unablässig. Währenddessen betrat ein großer, hagerer Mann den Raum und untersuchte sorgfältig seine Wunden. Danach ging er an einen Schrank, öffnete die Tür und holte ein Bündel Heilkräuter heraus. Die reichte er einem Gehilfen und erteilte ihm ein paar Anweisungen. Der Mann legte die Kräuter in eine Schale und zerstampfte sie mit einem Mörser, während der *medicus* die Blessuren seines Patienten behandelte. Schließlich trank der Verletzte den zubereiteten Heilkräutertrank und schlief bald darauf ein. In diesem Zustand nähte der *medicus* die offenen Wunden mit Nadel und Zwirn zu. Mit einem Pinsel tupfte er anschließend eine Tinktur auf die Nähte, bevor man den Schlafenden davontrug.

Schwer beeindruckt von der Heilkunst der Römer, verließ ich das Lazarett. Silius und seine Gefährten saßen davor auf einer Bank und unterhielten sich angeregt miteinander.

„Es ist an der Zeit, dass wir dem *legatus* von Lambaesis unsere Aufwartung machen!", meinte der ehemalige *centurio,* als er mich kommen sah. „Sein Name lautet Cornelius Bonifatius!"

---

125 Stabsgebäude

Kurz darauf betraten wir ein großes Gebäude.

„Alle Legionslager im Imperium sind nach demselben Grundmuster angelegt!", klärte mich Vernius auf. „Um die *principia* formieren sich die Magazine, Stallungen, Latrinen, Werkstätten, Thermen, Unterkünfte und das Lazarett. Jeder Legionär oder *auxilia*, egal wo er zuvor gedient hat, kennt sich deshalb in jedem Lager sofort aus."

Auf einmal erschien ein erstaunlich junger *legatus* in Begleitung einiger Offiziere.

„Mir wurde berichtet, dass ihr eine unerfreuliche Begegnung mit *circumcellionen* hattet!", erklang seine Stimme. „Ich hoffe doch sehr, dass euch diese Hitzköpfe keine größeren Scherereien bereitet haben. Sie werden in jüngster Zeit immer dreister!"

„Wir kamen gerade noch zur rechten Zeit, um ein paar Reisende aus ihren Fängen zu befreien!", antwortete der einstige *centurio* Julius Silius. „Der junge Vandale an meiner Seite hat drei von ihnen zu Märtyrern gemacht!"

Worauf die Offiziere mich musterten.

„Drei?", fragte der *legatus* nach.

„Ja", erwiderte Silius. „Drei!"

„Respekt! Vandale!", sagte er anerkennend. „Aber deswegen seid ihr doch sicherlich nicht nach Lambaesis gekommen."

„Nein!", entgegnete Silius. „Wir möchten von euch erfahren, ob die Goten Aquileia noch belagern oder gar eingenommen haben."

Bonifatius nickte bedächtig mit dem Kopf.

„Die Stadt hat der Belagerung standgehalten!", lauteten seine erlösenden Worte. „Nach der Schlacht bei Verona brachen die Goten die Belagerung sofort ab und sind nach Osten geflohen. Der oberste Heermeister hatte es unterlassen ihnen nachzusetzen, um sie ein für alle Mal zu vernichten."

Mir fiel ein Stein vom Herzen.

„Stilichos Vater war ein Vandale!", fuhr Bonifatius fort und schaute mich dabei abschätzend an. „Wie gut verstehen sich eigentlich die Vandalen mit den Goten?"

„Der Reichsverweser und oberster Heermeister des Imperiums, Flavius Stilicho, hat mit unseren Königen einen Förderatenvertrag abgeschlossen!", antwortete ich, ohne zu zögern. „In der Schlacht bei Pollentia haben wir an der Seite Roms gegen die Goten gekämpft und sie gemeinsam besiegt. Ich war selbst dabei und habe mit meinen eigenen Augen gesehen, wie unsere Gegner Hals über Kopf davongelaufen sind. Wir Vandalen sind Verbündete Roms und seit ewigen Zeiten Feinde aller Goten."

Meine Antwort hatte offensichtlich Eindruck gemacht. Die finsteren Gesichtszüge von Bonifatius hellten sich zusehends auf.

„Vor unserem Feldzeichen werden wir auf die Waffenbrüderschaft zwischen den Vandalen und Römern anstoßen!", verkündete er gut gelaunt und forderte uns auf, ihm zu folgen.

Während wir über den Innenhof liefen, flüsterte mir Vernius zu: „Es ist eine große Ehre, dass der *legatus* euch zum Heiligtum der Legion führt."

Auf einmal stand ich vor dem mit Gold und Silber beschlagenen Stab. Ein grimmiger Adler schaute mich von der Spitze herab an, als mir ein Legionär einen silbernen Trinkbecher reichte und mit Wasser verdünnten Wein einschenkte. Danach stießen wir auf die Waffenbrüderschaft zwischen den Förderaten an. Im Anschluss daran stellte mir Cornelius Bonifatius eine ganze Reihe von Fragen. Ihn interessierten vor allem die Gründe, warum wir Vandalen unsere Heimat verlassen haben. Bereitwillig beantwortete ich sie, soweit ich das konnte. Nach einer Weile ging ich dazu über, ihm auch ein paar Fragen zu stellen. So erfuhr ich, dass sich im Lager von Lambaesis nur noch eine *cohors* aufhält. Stilicho hatte aus dem gesamten Imperium Truppen nach Ravenna abgezogen, um sie gegen die Goten ins Feld zu führen. Der junge Offizier beklagte sich darüber, dass sich seine Legionäre immer häufiger mit aufständischen Mauren und Berbern sowie fanatischen *donatisten* herumschlagen müssen.

„Der Frieden, welcher in Afrika über viele Jahre hinweg herrschte, beginnt offenkundig zu bröckeln!", stellte ich betroffen fest.

Meine Gedanken waren auf einmal bei Marcellus und seiner Familie.

„Mein Oheim hat Rhodon vor allem deshalb erworben, um die Seinigen in Sicherheit zu wägen. Allem Anschein nach, geraten sie aber von einer unsicheren Provinz Roms in die nächste."

Es war schon spät am Abend, als Maximus darauf zu sprechen kam, dass nur noch wenige Schiffe den schützenden Hafen von Hippo Regius verlassen. Die Winterstürme machten eine Schiffsreise über das Mare Internum zu einem gefährlichen Unterfangen. In diesem Augenblick wurde mir bewusst, dass es an der Zeit war Afrika Lebewohl zu sagen. Ich dachte noch einmal darüber nach. Dann stand mein Entschluss endgültig fest. „Nachdem die Goten vor Aquileia abgezogen sind, werde ich zu den Meinigen zurückkehren!", verkündete ich einer erstaunten Schar. „Der Reichsverweser und oberste Heermeister, Flavius Stilicho, hat mich hierher geschickt, um die Provinzen Afrikas kennenzulernen. Meine Mission ist erfüllt!"

Alle sahen mich gerade so an, als hätte ich den Verstand verloren.

„Ich bitte euch", sagte ich zu Cornelius Bonifatius gewandt, „mir eine Passage auf einem Schiff von Hippo Regius nach Ostia auszustellen!"

Der *legatus* starrte mich ungläugig an. Worauf ich ihm das Pergament zeigte, welches mich als *curiosus* in den Diensten des Reichsverwesers auswies. Er las es nicht nur einmal durch und murmelte unterdessen einige unverständliche Worte.

Schließlich reichte er es mir wieder.

„Heute in fünf Tagen fährt ein Schiff von Hippo Regius nach Ostia. Ich werde euch einen Passagierschein beim *nauarchus* hinterlegen lassen. Sein Name ist Quintus Vespian und das Schiff heißt ....

„Carthago!", unterbrach ich ihn.

Erstaunt zog er seine buschigen Augenbraunen hoch.

„Empfiehlt mich dem Reichsverweser!", meinte er noch, bevor er sich verabschiedete.

Ohne weitere Zwischenfälle kamen wir ein paar Tage später auf Sorgenlos an. Am nächsten Morgen lief ich hungrig und durstig in die Küche. Die *matrona* war gerade damit beschäftigt die *cena* zuzubereiten. Ich fragte sie, wo sich Armenia aufhält. Sie antwortete, dass ihre Tochter nach Carthago abgereist sei und frühestens in einer Woche wieder zurückkehre. Mir wurde in diesem Augenblick bewusst, dass ich Armenia niemals wiedersehen würde. Wehmütig packte ich meine wenigen Habseligkeiten zusammen und verabschiedete mich von all den lieben und fröhlichen Menschen auf Sorgenlos, die ich tief in mein Herz geschlossen hatte.

Bereits am nächsten Tag ritt ich durch das Tal von Rhodon dem Mare Internum entgegen. Unterwegs beschloss ich, noch einen Abstecher zum Schwalbennest zu unternehmen. Kurz darauf lief ich die Stufen zur Bastei hinauf. Wehmütig schaute ich über das liebliche Tal. Danach legte ich mich in den Schatten des Turms, um mich etwas auszuruhen. Dabei schlief ich ein. Als ich wieder aufwachte, erinnerte ich mich davon geträumt zu haben, dass ich eines Tages nach Rhodon zurückkehren würde.

Als mich Quintus Vespian von der Brücke seines Schiffes an Bord kommen sah, begrüßte er mich sehr herzlich. In allen Einzelheiten musste ich ihm erzählen, wie es mir in Afrika ergangen war. Bereits am nächsten Tag stachen wir mit der Carthago in eine aufgewühlte See. Die Kunde über den Lauf der Gestirne am nächtlichen Himmelszelt, war während der Überfahrt Gegenstand so manch einer *hora*. Sooft ich in jenen Nächten die Sterne betrachtete, den Fixstern von Gunna konnte ich nirgendwo entdecken. Nach fünf Tagen und Nächten auf See, segelten wir in den Hafen von Ostia. Schweren Herzens verabschiedete ich mich von Quintus Vespian und ging in eine *mansio*. Dort wies ich mich beim Vorsteher als *curiosus* aus. Ohne eine Frage zu stellen, sattelte man mir eine Stute. Noch am gleichen Tag befand ich mich auf dem Weg nach Norden. Schließlich erreichte ich Ravenna und ein paar Tage später Aquileia. Als ich vor dem Haus meines Oheims stand, pochte mein Herz heftig. Mit dem Türklopfer schlug ich kräftig gegen das Portal, worauf ein Sklave erschien. Als er mich erkannte, stieß er es weit auf. Ina stand im Hof und sah mich mit großen Augen an.

„Farold ist wieder da!", rief sie überschwenglich, rannte auf mich zu und sprang an mir hoch.

Als ich zur *villa* hinaufschaute, hüpfte ein Mädchen die Treppenstufen herab. Es war Susana! Im Laufen fing ich sie auf und drehte mich mit meinen Basen vergnügt im Kreis. Kurz darauf kamen Marcellus und Gisella hinzu.

„Kinder lasst ihn los!", forderte sie ihre Töchter auf. „Ihr erdrückt ihn ja!"

Worauf sie von mir abließen und die *matrona* mich umso heftiger umarmte.

„Gott sei Dank!", sagte Marcellus. „Du bist wohlbehalten zurückgekehrt!"
Auf einmal stand Titus Rufius vor mir. Herzlich fiel die gegenseitige Begrüßung aus. Hinter ihm nahm ich eine auffallend schöne Frau wahr. Sie hielt einen Knaben an der Hand. Der musterte mich neugierig mit seinen großen, braunen Augen. Es war Achmed und seine Mutter Kahina. Als ich der jungen Berberin ein paar Worte über meine Begegnung mit ihrer Sippe sagen wollte, zogen mich Ina und Susana an ihr vorbei. Es gab an diesem Tag sehr viel im vertrauten Kreis der Familie Aurelius zu erzählen. Todmüde aber unendlich glücklich, wohlbehalten zurückgekehrt zu sein, ging ich am späten Abend auf meine Kammer.

Kapitel XV

Verbündete

Das neue Jahr war gerade mal ein paar Tage alt, als ein Bote Marcellus aufsuchte und ihm eine versiegelte Pergamentrolle überreichte. Der betrachtete das unversehrte Siegel, brach es auf und rollte das Schriftstück aus. Als er die Nachricht gelesen hatte, reichte er mir die Rolle.

Lieber Marcellus,

wenn Du diese Zeilen liest, ist das Jahr 403 angebrochen. Nach den beeindruckenden Siegen Stilichos über die Goten Alarichs bei Pollentia und Verona, kommt es an der Danuvius und dem Rhenus verstärkt zu Plänkeleien mit den Alamannen. Was mir aber sehr viel mehr Sorgen bereitet, ist die Tatsache, dass einflussreiche Kreise den Kaiser drängen, euch Vandalen, Alanen und Sueben wieder aus dem Imperium hinauszuwerfen. Bevor das geschieht, bitte ich Dich mit Deinem Neffen Farold, so schnell wie möglich, nach Mediolanum zu kommen. Flavius Silicho und ich erwarten euch!

Dein Marius

„Noch in diesem Jahr werde ich mit meiner Familie nach Rohdon umziehen!", teilte mir Marcellus mit, als ich das Pergament gelesen hatte. „Ich werde das *lätifundium* wieder aufbauen und dort meinen Lebensabend verbringen. Meine Besitztümer in und um Aquileia beabsichtige ich sobald wie möglich zu veräußern. Zuvor aber werde ich mit dir nach Mediolanum reisen."

Er räusperte sich. „Der Kaiser residiert seit geraumer Zeit in Verona. Die stark befestigte Stadt liegt mitten in einem Sumpfgebiet und man sagt, dass sie uneinnehmbar sei. Wie man von dort hört, üben seine neuen Berater keinen guten Einfluss auf ihn aus. Das Ansehen von Stilicho, so befürchte ich, hat nach der Schlacht bei Verona seinen Zenit überschritten."

„Wieso?", fragte ich verwundert. „Er hat die Goten gleich zwei Mal besiegt!"

„Man sagt ihm nach, dass er die Barbaren absichtlich entkommen ließ. Einige Senatoren Roms sprechen sogar von Hochverrat. Außerdem unterstellt man Stilicho allen Ernstes, dass er mit euch Vandalen gemeinsame Sache macht."

„Glaubt ihr das?", fragte ich meinen Oheim.

„Ich bin fest davon überzeugt, dass Stilicho genau weiß, was er tut. Aquileia hat er jedenfalls nicht preisgegeben und die Stadt aus dem Würgegriff der Goten befreit. Das werde ich ihm niemals vergessen!"

Marcellus dachte kurz nach.

„Der Reichsverweser hat sich noch um andere Angelegenheiten zu kümmern, als um diesen Alarich und seine wilden Horden. Dabei steht im Marius gewiss treu zur Seite. Wir sollten sie nicht warten lassen!"

Als wir in Mediolanum ankamen, fragte uns der wachhabende centurio am Stadttor nach dem Zweck unserer Reise. Marcellus entgegnete, dass wir vom Reichsverweser erwartet wurden. Der Offizier wieß einen Legionär an, uns zu Flavius Stilicho zu führen. Vor dem Portal eines altehrwürdigen Patriziergebäudes wechselte er ein paar Worte mit einem legatus, worauf wir anstandslos hineingelassen wurden. Gemeinsam stiegen wir eine Steintreppe hinauf. In einer Halle standen zahlreiche Menschen in größeren und kleineren Gruppen zusammen. Darunter befanden sich auch ein paar Germanen. Ich hatte meine Augen schon wieder von ihnen abgewandt, als ich plötzlich stutzte.

„War das möglich?", fragte ich mich und schaute mir die germanischen Recken noch einmal genauer an.

Da standen wahrhaftig Widukind, Atax und Vater beisammen. In diesem Augenblick schaute der Hauptmann der Roten zu mir herüber.

„Bei Wodan!", hörte ich Widukind sagen. „Adalhard! Sieh wer dort steht!"
Mit dem ausgestreckten Arm zeigte er auf mich. Vater sah mich völlig überrascht an.

„Das ist doch nicht möglich!", sprach er als ich vor ihm stand.

Er musterte mich vom Kopf bis zu den Füßen.

„Wie ist es dir ergangen, mein Sohn?"

„Gut, Vater!"

Seine Miene verfinsterte sich schlagartig. „Wir sind mit Gundolf und Respendial gestern Abend hier angekommen!", sagte er mit gedämpfter Stimme. „Sie sprechen gerade mit ein paar Senatoren."

„Es muss etwas Ernsthaftes vorgefallen sein!", schloss ich augenblicklich daraus.

Mit wenigen Worten teilte ich ihm den Grund meiner Anwesenheit mit. Danach wandte er sich seinem Schwager zu. Während er mit Marcellus sprach, fragte ich Atax und Widukind: „Warum seid ihr hier?"

Beide schwiegen betreten.

„Ich habe euch etwas gefragt!"

Worauf Atax mir zuflüsterte: „Die Römer wollen uns aus dem Imperium hinauswerfen!"

„Es ist also tatsächlich so!", dachte ich. „Marius hat Marcellus die Wahrheit geschrieben!"

„Ich habe es selbst aus dem Mund eines Abgesandten des römischen Kaisers am Hof von König Ulrich gehört!", fuhr der Alane fort. „Der Alamanne hatte den Römern eine Falle gestellt, auf die sie blauäugig hereingefallen sind. Unser König und der Khan sind hier, um den Förderatenvertrag mit den Römern aufzukündigen!"

In diesem Augenblick wurde ein Portal aufgestoßen und mehrere Senatoren in Begleitung von Gundolf und Respendial traten in die Halle. König und Khan verzogen keine Miene.

„Das sieht nicht gut aus!", war mein erster Gedanke.

Sie ließen die römischen Würdenträger achtlos stehen und schritten auf uns zu. „Wir brechen sofort nach Verona auf!", ließ Gundolf mürrisch verlauten. „Dort hält sich Stilicho auf. Er muss von dieser schändlichen Intrige erfahren. Die Senatoren Roms sind allesamt erbärmliche Heuchler!"

Ein paar Tage später kamen wir in Verona an, während Marcellus nach Aquileia zurückkehrte. Gundolf und Respendial suchten unverzüglich den Reichsverweser auf. Unterwegs hatte ich mir sehr viele Gedanken gemacht.

„Ist es wirklich wahr, dass Rom seine Förderaten so schändlich hintergeht? Warum hat mich der Reichsverweser nach Afrika ausgesandt? Wieso hat er die Goten entkommen lassen und warum hört der Kaiser nicht mehr auf seinen Rat?"

Während König und Khan mit Stilicho sprachen, suchten Widukind, Atax, Vater und ich eine Schänke auf. Dort berichtete ich den Gefährten von meiner Reise nach Afrika, die ich einzig und allein dem Reichsverweser zu verdanken hatte. Während der Beschreibung von Sorgenlos und Rhodon geriet ich ins Schwärmen. Als ich ihnen die *lätifundia* überschwänglich beschrieb und den Lebensstandard der Menschen in den höchsten Tönen lobte, bemerkte ich an den skeptischen Mienen meiner Zuhörer, dass sie Zweifel daran hegten. Mit wenigen Worten beendete ich deshalb meine Schilderungen.

„Warum hat dich Stilicho nach Afrika geschickt?", wollte Vater von mir wissen.

„Das habe ich mich nicht nur einmal gefragt und keine schlüssige Antwort darauf gefunden!"

Am nächsten Morgen setzte er sich mit sorgenvoller Miene zu mir an den Tisch. Mir war sofort klar, dass ihn etwas sehr beschäftigt.

„Du bleibst vorläufig in Verona!", sprach Vater, kaum vernehmbar. „Stilicho wünscht es so. Stell jetzt bitte keine Fragen, denn an diesem Ort haben die Wände Ohren. Marius wird dich später hier aufsuchen und alles erklären!"

Schweigend hörte ich ihm zu.

„Ich reise noch heute mit den Unsrigen ab!"

Nach dieser unerwarteten Ankündigung, reichte er mir unter dem Tisch einen prall gefüllten Lederbeutel.

„Die Silbermünzen werden dir dabei behilflich sein, möglichst viel zu erfahren, was für uns Vandalen von Nutzen sein kann. Ich erwarte dich zu Beginn des Sommers in Augusta Vindelicum!"

Danach verabschiedeten wir uns voneinander. Kurz darauf trat Marius in die Schänke ein, schaute sich suchend um und setzte sich ganz in meiner Nähe an einen Tisch. Er tat so, als würde er mich nicht kennen. Ich beschloss erst einmal abzuwarten.

Nachdem er eine Bestellung aufgegeben hatte, flüsterte er mir zu: „Wir treffen uns zur elften *hora* vor dem Tempel des Jupiters!"

Als Marius die Stufen zum Tempel heraufstieg, gab er mir ein unscheinbares Zeichen ihm zu folgen. Wir betraten nacheinander das monumentale Gebäude und er blieb hinter einer weißen Marmorsäule stehen. Gemächlich ging ich darauf zu und tat so, als würde ich die Fresken an der Decke betrachten.

„Hör mir jetzt genau zu!", sprach er mit gedämpfter Stimme, als ich neben ihm stand. „Es ist wahr, dass Kaiser Honorius den Alamannen einen Pakt angeboten hat. Mit ihrer Hilfe wollte er euch Vandalen aus dem Imperium hinauswerfen. Flavius Stilicho hatte von dieser schändlichen Intrige keine blasse Ahnung."

„Warum tut der Kaiser so etwas?", flüsterte ich.

„Ihr seid dem Imperium in schweren Zeiten zur Seite gestanden und nun glauben einflussreiche Kreise auf euch verzichten zu können. Für viele Senatoren und Bürger Roms stellen die Germanen eine Bedrohung dar. Nicht wenige sind sogar davon überzeugt, daß der Reichsverweser euch Vandalen auf Grund seiner Herkunft schützt."

„Diesen Unsinn habe ich schon einmal gehört!", sinnierte ich.

„Der Kaiser und seine neuen Berater haben die Situation jedenfalls vollkommen falsch eingeschätzt und mit dem Förderatenangebot an die Alamannen einen folgenschweren, möglicherweise nicht wieder gut zu machenden Fehler begangen!"

„Was gedenkt Stilicho dagegen zu unternehmen?"fragte ich als nächstes.

„Als der Reichsverweser von Gundolf und Respendial über die Machenschaften hinter seinem Rücken erfuhr, schäumte er vor Wut. Noch in derselben Stunde ist er zum Palast geeilt und wollte Kaiser Honorius sprechen. Doch der war nach Rom abgereist. Stilicho lässt dir ausrichten, dass er ihm nacheilen wird. Der Reichsverweser hätte es dir gerne selber gesagt, doch er befürchtet, dass seine Widersacher ihn bespitzeln. Ein Treffen mit einem Vandalen in diesen schwierigen Zeiten würde man ihm als Verrat auslegen. Deshalb bin ich gekommen, damit ihm keine konspirativen Kontakte nachgesagt werden können. Er setzt nunmehr alles daran, das verloren gegangene Vertrauen des Kaisers wieder zurückzugewinnen. Nur so glaubt er zu erreichen, dass ihr und die Eurigen in Raetia bleiben könnt."

„Was aber, wenn … …"

„Dann wird es Krieg geben! Das haben ihm König Gundolf und der Khan der Alanen unmissverständlich angekündigt."

Es war still geworden im Tempel des Jupiters.

„Stilicho bittet dich in Aquileia zu bleiben!", fuhr Marius schließlich fort. „Er will dich so bald wie möglich über die Ergebnisse der Besprechung mit dem Kaiser unterrichten. Danach sollst du zu euren Königen eilen und ihnen Bericht erstatten. Der Reichsverweser ist der Ansicht, dass er zumindest diese Gefälligkeit dem Stamm seiner Väter schuldig ist."

„Ein Mann von Ehre!", waren meine Gedanken.

„Mich hat er beauftragt die Bollwerke auf dem Birnbaumpass auszubauen. Dort oben soll ich dafür sorgen, dass kein Gote mehr seinen Fuß in die südlich davon gelegenen Provinzen Roms setzt."

Marius drehte sich um und ging aus dem Tempel hinaus.

Die Wiedersehensfreude im Hause von Marcellus war groß, als ich ein paar Tage später in Aquileia eintraf. Am nächsten Morgen stand ich sehr früh auf und lief hinab in die Küche. Die Domestiken und Sklaven der Familie Aurelius hatten mich in ihre Herzen geschlossen und entsprechend großzügig fiel das *ientaculum* aus. Sie wussten bereits über den bevorstehenden Umzug nach Afrika Bescheid und wollten deshalb möglichst viel von mir über Rhodon erfahren. Sehr gern erfüllte ich ihnen den Gefallen. Während ich die Schönheit des *lätifundium* beschrieb, gesellte sich Gisella hinzu. Nachdem ich viele neugierige Fragen beantwortet hatte, gingen die Frauen und Männer wieder ihrer Arbeit nach. Das war die Gelegenheit die *matrona* zu fragen, wie es ihr während der Belagerung der Stadt ergangen war.

„Es war eine fürchterliche Zeit!", begann sie stockend zu erzählen. „Mehrere Steingeschosse schlugen im Dach unseres Hauses ein. Ich stand Todesängste aus!"

Ihr war der Schrecken noch in das Gesicht geschrieben. „In diesen Monaten bin ich um Jahre gealtert. Mir wurde übel bei dem Gedanken, dass die Goten die Stadt einnehmen. Ich spielte sogar mit dem Gedanken Ina und Susana zu vergiften, falls es soweit kommen sollte. Ich wollte ihnen die Massenschändungen und anschließende Sklaverei ersparen."

Ihr stiegen Tränen in die Augen und ihre Hände fingen an zu zittern.

„Beruhigt euch, Gisella!", sprach ich behutsam auf sie ein. „Es ist doch alles gut gegangen. Die Goten wurden bei Pollentia und Verona von Stilicho geschlagen und vertrieben. Viele von ihnen sind gefallen und die Überlebenden haben sich weit in den Osten zurückgezogen."

„Eines Tages kehren sie von dort zurück!", rief sie verängstigt. „Die Barbaren haben Blut geleckt. Allein aus diesem Grund habe ich eingewilligt, dass wir nach Afrika übersiedeln. Mittlerweile kann ich es kaum noch erwarten von hier wegzukommen. Ist es dort wirklich so schön, wie du soeben geschildert hast?

Sie sah mich flehentlich an.

„Rhodon ist ein kleines Paradies auf Erden!", versicherte ich ihr. „Es wird dir dort ganz bestimmt gefallen und eure Nachbarn sind hilfsbereite, ehrliche Menschen!"

Gisella stieß einen Seufzer aus.

„Marcellus freut sich schon sehr darauf!", teilte sie erleichtert mit. „Er wollte schon immer ein *lätifundium* besitzen und selbst bewirtschaften. Seine Geschäfte ließen es jedoch nie zu. Sobald wir unsere Besitztümer in der Stadt und auf dem Land verkauft haben, will er auf seinem neuen Schiff über das Mare Internum in die neue Heimat segeln."

Sie stockte.

„Möge Gott der Herr dafür sorgen, dass wir dort bessere Zeiten erleben als hier!"

„Ihr werdet euch auf Rhodon sicherlich wohl fühlen!", beteuerte ich nochmals.

Worauf sie mich erleichtert anstrahlte.

„Eine mutige Frau ist mir während der Belagerung unerschrocken zur Seite gestanden! Sie gab mir Halt und Zuversicht!"

„Wie heißt sie?"

„Sie ist dein Eigentum!"
„Mein Eigentum?"
„Weißt du denn nicht mehr, wen du aus Rom mitgebracht hast?"
Im gleichen Augenblick fiel es mir wieder ein.
„Du meinst die Berberin?"
„Ja!", antwortete die *matrona*. „Kahina ist nicht nur eine beherzte, sondern auch eine sehr kluge Frau. Während der Belagerung sind wir Freundinnen geworden. Unsägliches Leid wurde ihr angetan, bevor du sie und ihren Sohn auf dem Sklavenmarkt in Rom erworben hast. Sie stammt aus der Provinz Numidia und ihr Vater ist ein Fürst. Wenn du die beiden eines Tages nach Augusta Vindelicum mitnimmst, werden sie mir sehr fehlen!"
Ich hörte ihr verwundert zu.
„Für die Römer sind Sklaven nichts anderes als Gegenstände, mit denen man machen kann, was man will!", waren meine Gedanken. „Es muss schon etwas Außergewöhnliches vorgefallen sein, was diese Selbstverständlichkeit bei Gisella außer Kraft gesetzt hat."
In diesem Moment fiel mir wieder ein, dass ich noch keine Gelegenheit hatte, Kahina von meinem Besuch bei ihrer Sippe zu berichten. Ich beschloss es nachzuholen, sobald sich eine Möglichkeit hierzu böte.
„Es würde mich sehr freuen, wenn ihr Kahina und Achmed mit nach Afrika nehmt, nachdem ich ihnen die Freiheit geschenkt habe!", erklärte ich einer verblüfften *matrona*. „Ihr Stamm lebt ganz in der Nähe von Rhodon!"
Gisellas Augen fingen an zu glänzen.
„Das werde ich dir niemals vergessen!", erklärte sie und gab mir einen liebevollen Kuss auf die Stirn.
Ich hatte Mühe meine Fassung zu bewahren. Gisella musste mir versprechen, dass sie davon niemandem etwas sagen würde. Danach stand ich auf und verabschiedete mich.

„Morgen früh werde ich nach Altinum[126] segeln, um meine *villa rustica* an einen alten Freund zu verkaufen!", teilte mir Marcellus gut aufgelegt mit. „Wenn du willst, kannst du mitkommen!"

---

126 Ehemalige Stadt/Italien

Ohne zu zögern willigte ich ein. Am nächsten Tag ging er mit mir in den Hafen.

„Das ist die Freiheit!", sprach Marcellus stolz, als wir vor einem schnittigen Segelschiff standen. „Ich habe sie erst vor kurzem erworben, um damit nach Afrika zu segeln. Die Besatzung besteht aus dem *nauarchus*, einem Seemann und dem Koch. Ein Dutzend Passagiere haben an Bord Platz!"

Die Freiheit war etwa vierzig *pes* lang und zwölf breit.

„Ein schönes Schiff!", stellte ich auf den ersten Blick fest und ging über einen Laufsteg an Bord.

Ein grauhaariger Mann stieg gerade die Treppe vom Unterdeck hoch und pfiff dabei vergnügt vor sich hin.

„Cäsar! Du alter Seebär!", rief mein Oheim, als er ihn kommen sah.

„Landratten haben an Bord nichts verloren!", ließ der Alte uns wissen.

Marcellus stellte mich vor.

„Ich habe den Sohn meiner Schwester mitgebracht. Er hört auf den Namen Farold!"

Cäsar musterte mich eingehend.

„Nachdem alle an Bord sind, können wir ja in See stechen!", brummte er.

„Wo ist der Koch?", fragte Marcellus.

„In der Kombüse!"

Der Seebär machte kehrt und stieg die Treppe wieder hinab. Wir folgtem ihm nach. Unter Deck befand sich ein schmaler Gang. Plötzlich ging eine Tür auf und Kahina stand vor mir.

„Es freut mich, dass ihr wohlbehalten aus meiner Heimat zurückgekehrt seid, Herr!", sagte sie, nachdem wir uns gegrüßt hatten.

„Die Freude ist ganz auf meiner Seite!"

Danach ging sie zurück in die Kombüse.

„Wie ihr seht ist der Koch an Bord!", erklärte Cäsar. „Eure Kajüte befindet sich gegenüber der Kombüse!"

Ich zwängte mich mit meinem Seesack hinein. Während ich das Gepäck in einer großen Kiste verstaute, dachte ich ständig darüber nach, wie ich es Kahina sagen würde. Schließlich hatte ich ihrem Vater versprochen, seine Tochter frei zu lassen. Ich beschloss damit zu warten, bis sich eine passende Gelegenheit böte. Danach stieg ich wieder an Deck.

„Wir legen gleich ab!", rief Cäsar mir zu. „Der Wind frischt merklich auf und wir werden über die See hinwegfliegen!"

Als wir aus dem Hafen liefen, kam uns eine *triremis* entgegen. Schwer beeindruckt sah ich dabei zu, wie das riesige Schiff an mir vorüberfuhr.

„So einen Koloss würde ich liebend gern einmal steuern!", wünschte ich mir in diesem Moment.

Kurz darauf blähte der Wind die Segel mächtig auf und wir fuhren hinaus auf die offene See.

„Die Freiheit ist wesentlich schneller als das Segelschiff der Pruzzen!", stellte ich fest.

Auf einmal tauchte eine kleine Insel vor uns auf. Darauf stand ein hoher Steinturm. Ich konnte mir überhaupt keinen Reim darauf machen, was für eine Funktion er auf dem kargen Eiland erfüllt.

„Wenn es dunkel wird, lässt der Hafenmeister auf der Spitze des Turms ein Feuer entfachen!", klärte mich Cäsar auf, nachdem ich ihn danach gefragt hatte. „So findet jedes Schiff sicher die Hafeneinfahrt von Aquileia!"

Der Wind blies konstant aus Norden und wir nahmen Kurs Südost. Verwundert schaute ich mich zu Marcellus um. Der hielt das Steuerruder fest in den Händen und unternahm keinerlei Anstalten nach Südwest abzudrehen. Dort aber lag nun einmal Altinum."

„Oheim seid ihr sicher, dass ihr den richtigen Kurs eingeschlagen habt?", fragte ich vorsorglich.

„Nun hör sich mal einer diese plattfüßige Landratte an!", rief der alte Seebär, während der *nauarchus* mich überrascht ansah.

In diesem Moment stieg Kahina an Deck und warf Küchenabfälle über Bord.

„Sie ist nicht nur eine kluge und mutige, sondern auch eine sehr schöne Frau!", stellte ich bei diesem Anblick fest.

„Wer hat dir das Navigieren beigebracht?", wollte Marcellus wissen.

„Ein *nauarchus* der römischen Marine!"

Die Berberin war wieder unter Deck verschwunden.

„Wir segeln zuerst nach Parentium[127]!“, ließ mich mein Oheim wissen. „Ich will mit einem alten Freund ein Geschäft einfädeln, bevor wir Kurs auf Altinum nehmen.“

Später übernahm Cäsar das Steuerruder und ich ging mit Marcellus hinab in die Kombüse. Kahina war damit beschäftigt das *prandium* zuzubereiten. Mein Oheim ließ sich von ihr einen Becher Wasser reichen.

„Was gibt es zu essen?“, fragte er die Berberin.

„Huhn mit Beilagen!“

Kurz darauf saß die gesamte Besatzung unter einem aufgespannten Sonnensegel an Deck und ließ sich das zarte Fleisch mit den leckeren Zutaten schmecken. Dazu tranken wir gekühlten *posca*. Der Wind hatte merklich abgeflaut und wir befanden uns auf hoher See. Nachdem ich noch ein paar Erdbeeren gegessen hatte, wollte ich in meine Kajüte gehen, um mich in die Hängematte zu legen. Die Köchin stand mit dem Rücken zur offenstehenden Tür in der Kombüse und wusch das Geschirr ab. Im Flur blieb ich stehen und schaute Kahina bei der Arbeit zu.

„Jetzt ist der Augenblick gekommen, um ihr zu sagen, dass ich mit ihrem Vater gesprochen habe!“, dachte ich.

Entschlossen sprach ich die Berberin an. In diesem Moment kam Marcellus die Treppe herab und forderte mich auf, ihm in die Kajüte zu folgen. Dort weihte er mich in seine weiteren Pläne ein.

Mit Einbruch der Dunkelheit erreichten wir Parentium. Die Stadt lag auf einer Halbinsel. Ihr Naturhafen war durch ein vorgelagertes Eiland vor der offenen See geschützt. Nachdem die Freiheit angelegt hatte, reichte mir Marcellus eine kleine Holzkiste und wir gingen von Bord. Kurz darauf standen wir vor einem dreistöckigen Gebäude.

„Die Bauweise dieser Häuser ist sehr praktisch!“, klärte mich Marcellus auf. „Im Erdgeschoss befindet sich ein Laden, eine Werkstatt oder eine Schänke. Dahinter liegen die Magazine und Wohnstätten der Domestiken sowie Sklaven, während in den oberen Stockwerken die Familie des Besitzers wohnt.“

---

127 Porec/Kroatien

Er öffnete die Tür und wir traten ein. In diesem Augenblick klingelte es. Ich schaute nach oben. Eine kleine Glocke hing an der Tür.

„Originell und praktisch!“, dachte ich.

Wunderbare Aromen erfüllten den Raum. Überall standen offene Säcke sowie kleinere und größere Amphoren. Mein Oheim und ich befanden uns zweifelsohne im Laden eines Gewürzwarenhändlers.

„Haben dich die Goten tatsächlich laufen lassen?“, rief ein kleiner, untersetzter Mann mit einem ergrauten Oberlippenbart, als er Marcellus hereinkommen sah.

„Die mächtigen Mauern von Aquileia konnten die Barbaren nicht überwinden!“, entgegnete mein Oheim. „Ich danke Gott jeden Tag dafür!“

Sie gingen aufeinander zu und begrüßten sich wie gute, alte Bekannte. Der Händler hieß Luca Stromboli und war ein langjähriger Geschäftsfreund von Marcellus.

„Mein Weib hat Zitronensaft kühl gestellt!“, sagte er, als wir die Treppe hinaufstiegen. „Das Getränk wird euch erfrischen!“

Im ersten Stock begrüßte uns eine kugelrunde Frau. Der Saft schmeckte köstlich und das Aroma der Gewürze erfüllte das gesamte Haus. Stromboli und Marcellus hatten sich sehr viel zu sagen. Währenddessen bot die liebenswürdige *matrona* mir getrocknete Datteln, in Öl eingelegte Oliven und frisch gebackenes Brot an.

„Was führt dich nach Parentium?“, wollte Stomboli schließlich von Marcellus wissen.

„Meine Familie und ich werden im Laufe des Jahres von Aquileia nach Afrika umziehen!“, teilte er dem erstaunten Gewürzwarenhändler mit. „Ich habe dort ein *lätifundium* erworben und will es mit meinen Händen bewirtschaften.“

„Du willst aus Aquileia wegziehen, um in einer weit entfernten Provinz Ackerbau zu betreiben? Das kann ich mir beim besten Willen nicht vorstellen!“, entgegnete Stromboli.

„So ist es aber!“, erwiderte Marcellus. „Ich bin gekommen, um dir ein Geschäft vorzuschlagen!“

Aufmerksam lauschte ich seinen weiteren Worten. „Auf meinem *lätifundium* in Afrika beabsichtige ich im großen Stil Bitterorangen anzupflanzen.

Wenn die Früchte herangereift sind, brauche ich einen zuverlässigen Abnehmer. Dabei habe ich an dich gedacht!"

„Pomeranzen verkaufen sich sehr gut!", erklärte Stromboli. „Aus der Schale der Frucht gewinnt man ein Orangeat, was jede gute Küche im Imperium als Backzutat sehr zu schätzen weiß."

„Außerdem", ergänzte ihn Marcellus, „stellt man aus der Blüte kostbares Neroliöl und aus der Fruchtschale Bitterorangenöl her. Das sind sehr seltene und begehrte Bausteine für herrliche Duftrezepturen!"

„Man könnte glauben, dass du mit Gewürzen handelst und nicht etwa ich!", lauteten die lobenden Worte des kleinen Mannes.

„Es gibt da aber ein Problem und ich hoffe sehr", fuhr Marcellus fort, „dass ich es mit deiner Hilfe lösen kann."

„Welches?"

„Ich verfüge über keine Samen der seltenen Frucht!"

„Dem kann man möglicherweise abhelfen!", meinte der Gewürzwarenhändler. „Ich kenne da einen arabischen Händler in Damascus. Soviel ich weiß, gedeihen die Pomeranzen in den Oasen der Araber."

Er grübelte nach.

„Ich werde dir den Samen der Baumfrucht besorgen. Allerdings benötige ich dazu Zeit und vor allem viele Goldstücke!"

„Wieviele?"

„Ich denke einhundert *aurei* müssten genügen!"

„Farold reich mir bitte die Holzkiste!", forderte mich Marcellus auf.

Nachdem ich sie auf den Tisch gestellt hatte, öffnete er sie. Sie war randvoll gefüllt mit Bernsteinen. Fasziniert schaute Luca Stromboli die wertvollen Steine an.

„Heutzutage ist *glesum* ein Vermögen wert!", meinte er. „Ich bin mir sicher, dass das Gold des Nordens so manch eine verschlossene Tür in Arabien öffnen wird."

Sie vereinbarten miteinander, dass Luca den Samen des Pomeranzenbaums nach Rhodon bringt, sobald er ihn besitzt. Gut gelaunt ging Marcellus mit mir zum Hafen zurück. Kaum waren wir an Bord, legte die Freiheit auch schon ab. Die ganze Nacht hindurch kreuzten wir gegen den Nordwind an. Als die Sonne aus dem Meer auftauchte, steuerte Marcellus das

Schiff nach Westen. Am späten Nachmittag tauchte am Horizont Land auf. Die Küste bestand aus einem endlosen Sandstrand und dahinter konnte ich ausgedehnte Pinienwälder erkennen. Nachdem wir in eine flache Lagune gesegelt waren, lag auf einmal eine kleine Stadt vor uns.

„Das ist Altinum!", erklärte Marcellus und lenkte das Segelschiff an der Hafeneinfahrt vorbei.

Der Wind flaute merklich ab und die Freiheit verlor ständig an Fahrt. Plötzlich war es völlig windstill. Cäsar reichte mir ein Ruder und wir legten uns in die Riemen. Der alte Seebär hatte erhebliche Mühe mitzuhalten.

„Farold! Es genügt vollauf, wenn du nur halb so schnell ruderst!", rief er mir atemlos zu, worauf ich es langsamer angehen ließ.

Ein paar Fischer waren damit beschäftigt Netze auszuwerfen oder einzuholen. Die beschauliche Stimmung in der Lagune wurde gelegentlich vom Kreischen der Meeresvögel unterbrochen, als die Sonne hinter den Bäumen allmählich verschwand.

„Wir haben es gleich geschafft!", rief Marcellus. „Dort vorn liegt Bella! Das Eiland gehört meinem alten Freund Julius Hemerius. Wir werden ihm einen Besuch abstatten!"

Neben einem Fischerboot legten wir an und gingen an Land. Kurz darauf lief die Besatzung der Freiheit durch einen Pinienwald. Auf einmal standen wir vor einem Gemüsefeld, an dessen Ende eine *villa* lag. Daneben planschten ein paar Kinder vergnügt in einem Weiher. In diesem Augenblick schlugen die Hunde an, worauf die kleinen Inselbewohner sich nach uns umschauten. Auf dem Freisitz vor dem herrschaftlichen Anwesen erschien ein Mann. Auf einen Stock gestützt, beobachtete er uns.

„Wer seid ihr und was führt euch hierher?", rief er uns zu.

„Wir kommen aus Aquileia und wollen Julius Hemerius besuchen!", entgegnete mein Oheim.

„Seid ihr es Marcellus?"

„Ja!", lautete die Antwort. „Was glaubst du wohl, wen ich mitgebracht habe?"

Einen Moment lang war es still.

„Etwa Cäsar, diesen Fischdieb?", schallte es uns entgegen.

Als sich die drei Männer ausgelassen begrüßten, war die Freude groß. Auf einmal waren wir von zahlreichen Kindern umringt, die neugierig und triefend nass den unerwarteten Besuch aus der Nähe in Augenschein nahmen. Dazu gesellten sich ein paar Frauen und Männer. Wir wurden von Hemerius in seine *villa* gebeten und während der *cena* erzählte Marcellus unseren Gastgebern, woher wir kämen und wer wir seien. Dabei fiel mir auf, dass er es tunlichst vermied, die Berberin als meine Sklavin vorzustellen.

„Kahina ist unsere Köchin!", antwortete er, als er danach gefragt wurde.

Cäsar und ich verzogen keine Miene und die Berberin strahlte Marcellus dankbar an. Nachdem wir gespeist hatten, hörte ich den Erzählungen der Freunde interessiert zu. Sie hatten sich vor sehr vielen Jahren in Altinum kennengelernt. Die Eltern von Marcellus und Cäsar besaßen an der Lagune eine *villa rustica*. Beide Familien stammten aus Aquileia und verbrachten den Sommer auf ihren Landgütern. Hemerius war einige Jahre älter als mein Oheim. Der Sohn eines Fischers brachte den Städtern das Segeln und Fischen bei und im Laufe der Jahre entstand zwischen ihnen eine innige Freundschaft. Gelegentlich besuchten Marcellus und Cäsar ihren Jugendfreund aus vergangenen Tagen, um gemeinsame Erinnerungen aufleben zu lassen. Später ging ich mit Kahina auf die Terrasse hinaus. Am Himmelszelt leuchteten unzählige Sterne. Auf einmal hörte ich jemanden kommen. Als ich mich umdrehte, sah ich die beiden Söhne von Julius.

„Es war an der Zeit die drei alleine in ihren Erinnerungen schwelgen zu lassen!", meinte der Ältere.

„So ist es uns auch ergangen!", erwiderte ich. „Wie lange lebt ihr schon auf Bella?"

„Vor zwei Jahren sind wir von der Stadt auf die Insel gezogen!", antwortete er. „Vater wollte den Herbst seines Lebens hier verbringen."

„Das hat uns womöglich das Leben gerettet!", ergänzte sein jüngerer Bruder.

„Wieso?", fragte ich.

„Die Goten haben Altinum im Frühjahr heimgesucht!", lautete die Antwort. „Etliche Bürger haben sie erschlagen oder in die Sklaverei verschleppt. Die Meisten aber konnten sich rechtzeitig in Sicherheit bringen.

Die Söhne von Hemerius schauten mich betrübt an.

„Uns konnten sie jedenfalls nichts anhaben!", fuhr der Ältere fort.

„Die Lagune mit ihren vielen, kleinen Inseln ist ein riesiges Labyrinth. Wer sich hier nicht auskennt, verliert schnell die Orientierung. Wir haben alle Boote und Schiffe im Hafen von Altinum versenkt, während die Barbaren die Stadt plünderten."

„Sind die Einwohner nach dem Abzug der Goten wieder heimgekehrt?", lautete meine nächste Frage.

„Nicht alle haben den Weg zurückgefunden. Einige sind in der Lagune geblieben oder haben es vorgezogen ganz wegzuziehen!", antwortete der Jüngere. „Vater wünscht, dass ihr heute Nacht bei uns bleibt. Er und seine Freunde wollen morgen früh nach Altinum segeln, um einen Notar aufzusuchen. Euer Oheim beabsichtigt meinem Vater seine *villa rustica* zu verkaufen."

Entsetzt sah ich sie an.

„Wurde sie von den Goten zerstört?"

„Man hat sie zwar ausgeraubt, aber nicht niedergebrannt!", lautete die Antwort. „Aber warum, um Gottes willen, will Marcellus diesen wunderbaren Besitz veräußern?"

„Er beabsichtigt sobald wie möglich mit seiner Familie nach Afrika umzuziehen. Dort hat er ein wunderschönes *lätifundium* erworben!", gab ich bereitwillig Auskunft.

„Begleitet ihr ihn?", fragte der Jüngere.

Einen Augenblick lang zögerte ich.

„Nein!", lautete die Antwort.

Dabei sah ich Kahina an.

Am frühen Morgen verließen die Freunde die Insel und segelten auf einem Fischerboot nach Altinum. Als ich aufwachte, waren sie schon fort. Ich ging hinaus auf die Terrasse, wo die Frauen mit den Kindern zusammensaßen. Nach der Begrüßung reichte man mir Brot, Käse und etwas Obst. Dazu trank ich frisch gepressten Apfelsaft. Als ich genug gegessen und getrunken hatte, standen die Familienmitglieder nacheinander auf und gingen in die *villa*. Plötzlich war ich mit Kahina allein.

„Der Augenblick ist gekommen", dachte ich, „um der Berberin von meiner Begegnung mit ihrer Sippe zu berichten."

Ich schaute ihr in die Augen. „Was ich dir nun sagen werde, bedrückt und erfreut mich zugleich!", versicherte ich ihr. „Bald schon werde ich zu meinem Stamm zurückkehren. Wo ich in meinem Leben noch überall hinkomme, weiß nur Gott. Es wäre jedenfalls völlig unverantwortlich dich und deinen Sohn einem solch ungewissen Schicksal auszusetzen. Es ist daher mein Wille, euch die Freiheit zu schenken, sobald wir in Aquileia sind."

Kahina sah mich ungläubig an.

„Während meiner Reise nach Afrika", fuhr ich fort, „habe ich deine Sippe aufgesucht. Ich gab deinem Vater mein Wort, dass du zu ihm zurückkehren wirst. Allerdings habe ich dem Fürsten der Massylier verschwiegen, dass du einen Sohn hast. Ich dachte mir, es wäre vielleicht besser, wenn du es ihm selber sagst."

Sie fing an zu weinen.

Verunsichert fragte ich Kahina: „Hätte ich es ihm etwa anvertrauen sollen?"

Die Berberin schüttelte den Kopf.

„Gisella weiß als Einzige über meine Absichten Bescheid. Ich bitte dich, bis zu meiner Abreise aus Aquileia, mit niemandem darüber zu sprechen!"

„Danke!", hörte ich sie leise sagen.

Auf einmal fing sie aus freien Stücken an zu erzählen.

„Mein Vater ist ein Nachfahre des legendären Königs Massinissa, der den Römern in den punischen Kriegen gegen Carthago zur Seite stand. Meine Heimat sind die Berge und Täler im Süden der Provinz Numidia. Dort verbrachte ich eine glückliche Kindheit. Nach meinem fünfzehnten Geburtstag erschien eine *cohors* in unserem Flecken und suchte nach *circumcellionen*. Ein *centurio* drang mit seinen Legionären in unser Haus ein und beschuldigte Vater grundlos, er mache mit den Soldaten Christi gemeinsame Sache. Die Römer nahmen mich an diesem unglückseligen Tag als Geisel mit nach Lambaesis."

Sie stockte.

„Du musst nicht weiter erzählen!", sagte ich einfühlsam.

Kahina seufzte.

„Der *centurio* hat mich im Keller seines Hauses an eine Wand gekettet und mehrfach geschändet."

Ihr liefen Tränen die Wangen hinab. „Vater sprach bereits am nächsten Morgen bei seinem *legatus* vor, um meine Freilassung einzufordern. Mein Peiniger beteuerte seinem blauäugigen Vorgesetzten, dass ich ihm unterwegs entlaufen sei. Der kleingeistige Offizier glaubte ihm und schickte meinen verzweifelten Vater wieder fort. Am gleichen Abend machte sich der *centurio* über die Leichtgläubigkeit seines *legatus* vor mir lustig, bevor er mich brutal bestieg. Danach wollte ich nur noch sterben. Ich kam auf den Gedanken mir die Kette um den Hals zu wickeln, und mich selbst zu strangulieren. Doch dann besann ich mich eines Besseren. Als der Kerl wieder einmal betrunken mein Verlies aufsuchte, ließ ich ihn gewähren."

Auf einmal fingen die Augen von Kahina gefährlich an zu funkeln.

„Nachdem er mich missbraucht hatte und neben mir eingeschlafen war, nahm ich die Kette und wickelte sie in Windeseile um seinen Hals. Als er es in seinem Delirium bemerkte, saß ich bereits auf dem Römer und wollte ihn damit erdrosseln. In seiner Todesangst versuchte er sich von dem eisernen Halsband zu befreien. Er lief im Gesicht bereits blau an und fing an zu röcheln. In einem kurzen Augenblick der Unachtsamkeit, schlug er mir seine Faust gegen die Stirn. Mir wurde schwarz vor Augen und als ich wieder zu mir kam, starrte er mich hasserfüllt an."

Kahinas Atem ging schwer.

„Das nächste Mal werde ich dich töten!", versprach ich ihm. „Es war mir in diesem Moment vollkommen gleichgültig, was er danach mit mir anstellen würde. Ich hatte mit meinem Leben abgeschlossen."

„Es wird kein nächstes Mal geben!", krächzte das Scheusal. „In Hippo Regius werde ich dich an den ersten Sklavenhändler verkaufen, der mir über den Weg läuft!"

Sie schwieg.

„Wie ist es dir danach ergangen?", fragte ich schockiert.

„Er brachte mich im Schutze der Nacht tatsächlich nach Hippo Regius und verhökerte mich an einen schmierigen Griechen. Der verschleppte mich nach Syracusae. Dort verkaufte er mich mit gefälschten Papieren an den Händler, den du in Rom kennengelernt hast. Jede Nacht hatte ich diesem grässlichen Menschen gefügig zu sein. Ich wurde schwanger und brachte Achmed zur Welt. Seit diesem Tag ließ ich mich von ihm nicht mehr besteigen. Als er es dennoch einmal versuchte, biss ich ihm ein Ohrläppchen ab."

In diesem Augenblick fiel es mir wieder ein. Dem Sklavenhändler in Rom fehlte tatsächlich ein Stück seines Ohrs.

„Fortan wollte er mich und seinen Sohn nur noch loswerden. Was danach geschah, habt ihr ja selbst am Tiberis erlebt."

Ich nahm eine schluchzende Kahina in die Arme und versuchte die Unglückliche zu trösten.

Am nächsten Tag hieß es Lebewohl sagen. Das fiel den alten Freunden sichtlich schwer. Marcellus schenkte Luca Stromboli zum Abschied einen faustdicken *glesum*. Die gesamte Familie Hemerius begleitete uns an den Strand. Allein der Hausherr hatte es vorgezogen, in der *villa* zu bleiben. Marcellus, Kahina, Cäsar und ich standen an Deck und winkten unseren Gastgebern zum Abschied zu. Plötzlich sah ich Stromboli auf den Strand zulaufen. Er blieb stehen und warf einen Stein im hohen Bogen in die Lagune.

„Das Gold des Nordens liegt nun dort, wo wir Freunde wurden!", rief er über das Wasser. „In der Lagune von Altinum!"

Einen Augenblick lang hielt er inne.

„Wer ihn eines Tages findet, dem wünsche ich von ganzem Herzen, dass er in seinem Leben eine so wunderbare Freundschaft erleben darf, wie ich das Glück hatte. Lebt wohl Freunde! Möge Gott der Herr euch ein langes und erfülltes Leben schenken!"

Wir segelten hinaus auf die offene See. Nach zwei Tagen und einer Nacht auf dem Mare Adriaticum, liefen wir in den Hafen von Aquileia ein. Als wir das Haus von Marcellus betraten, war die Freude groß.

„Endlich bist du wieder da!", sagte Gisella erleichtert zu ihrem Mann. „Marius hat vor ein paar Tagen einen Boten geschickt. Du sollst mit Farold so schnell wie möglich zu ihm kommen!"

„Wo hält er sich auf?"

„Auf dem Birnbaumpass!", antwortete sie. „Beeilt euch! Es scheint sehr wichtig zu sein!"

Als wir die steile Straße zum Pass hinaufritten, sah ich schon von weitem, dass dort oben ein reges Treiben herrschte. Viele Legionäre und Handwerker waren damit beschäftigt die Bollwerke auf dem Bergsattel zu verstärken. Man führte uns sofort zu Marius, der sich gerade mit einem Baumeister unterhielt. Als er uns kommen sah, brach er die Besprechung ab und schickte den Mann fort. Danach kam er gleich zur Sache.

„Ich habe Anweisung vom Reichsverweser die Befestigungsanlagen auf dem Pass auszubauen!", erklärte er. „Die Goten sammeln sich zu einem erneuten Feldzug!"

Marcellus sah ihn bestürzt an.

„Das ist doch nicht möglich!", stammelte er. „Alarich und seine Schergen wurden von Stilicho gleich zweimal besiegt!"

„Dieses Mal sind es die Ostrogoten unter ihrem Heermeister Radagais, welche über den Pass in die südlich gelegenenen Provinzen einfallen wollen. Alarich hat sich irgendwo im Ostreich verkrochen und leckt dort seine Wunden!", erklärte ein angespannt wirkender *tribunus*. „Wir erwarten den Ansturm der Barbaren noch in diesem Jahr."

Man sah es Marcellus deutlich an, dass ihn die unerwartete Nachricht sehr beschäftigte.

„Stilicho zieht erneut alle verfügbaren Legionen in Mediolanum zusammen, um den Ostrogoten entgegenzutreten!", fuhr Marius fort.

Er sprach sehr hastig.

„Warum habt ihr uns rufen lassen?", unterbrach ihn Marcellus.

„Um dich zu warnen!", erklärte der *tribunus* mit ernster Miene. „Verlass mit deiner Familie unverzüglich Aquileia! Einer erneuten Belagerung wird die Stadt nicht mehr standhalten!"

Mit sorgenvoller Miene schaute er Marcellus dabei an.

„Ich werde deinen Rat befolgen!", antwortete mein Oheim, merklich niedergeschlagen.

Danach wandte sich Marius mir zu.

„Der Reichsverweser fordert den Beistand der förderierten Vandalen!", ließ er mich wissen. „Du sollst ihn umgehend in Mediolanum aufsuchen!"

Ich dachte kurz nach und wägte meine Worte sorgfältig ab.

„Hat Flavius Stilicho schon vergessen, dass sein Kaiser einen Pakt mit den Alamannen gegen die Meinigen schließen wollte?"

„Das trifft zwar zu“, entgegnete ein bedrückter wirkender Marius, „aber er wusste nichts davon und hat es letztendlich vereitelt.“

„Für wie lange?“, gab ich zu bedenken.

Wie ein gedemütigter Hund sah er mich an.

Als wir mitten in der Nacht wieder in Aquileia ankamen, war kein Mensch mehr auf den Plätzen, Straßen und Gassen anzutreffen.

„Ist das die Ruhe vor dem Sturm?“, fragte ich mich.

Am nächsten Morgen hieß es Abschied nehmen. Marcellus hatte mir versprechen müssen, dass er sobald wie möglich mit seiner Familie nach Afrika aufbricht. Sämtliche Angehörige der Familie Aurelius, die Domestiken und Sklaven fanden sich im Hof des Anwesens ein. Als ich meinen Basen Lebewohl gesagt hatte, wandte ich mich der Berberin zu. Sie hielt den kleinen Achmed auf dem Arm. Zärtlich küsste ich den Knaben auf die Stirn.

„In Rom habe ich Kahina und ihren Sohn auf dem Sklavenmarkt erworben!“, erklang meine Stimme. „Ihr wurde großes Unrecht angetan. Mit dem heutigen Tag schenke ich den beiden die Freiheit. Sie können fortan tun und lassen was sie wollen.“

Ich reichte einer strahlenden Berberin ein gesiegeltes und von einem Notar beglaubigtes Pergament, auf dem mein Wille geschrieben stand.

„Eine wunderbare Entscheidung!“, rief Gisella überschwänglich.

Der Abschied von der vertrauten Umgebung fiel mir außerordentlich schwer. Als ich durch das offenstehende Portal auf die Straße und kurz darauf aus der Stadt ritt, hatte ich große Mühe meine Gefühle zu beherrschen. Noch einmal schaute ich mich wehmütig um und betrachtete die Türme und Mauern von Aquileia, dessen Bürgern ich so vieles zu verdanken hatte. Es sollten sehr viele Sommer und Winter vergehen, bis ich als gealterter Mann noch einmal hierher zurückkehren sollte.

Ein paar Tage später traf ich in Mediolanum ein. Stilicho erläuterte mir die Lage.

„Kaiser Honorius bietet den Vandalen und den mit ihnen verbündeten Stämmen die nördliche Hälfte der Provinz Raetia als Siedlungsgebiet an.

Er ist bereit seine Offerte vertraglich zu garantieren und vom Senat billigen zu lassen. Außerdem erhalten die Vandalen, Sueben und Alanen in diesem Jahr noch einhundert Wagenladungen Korn, damit sie gut über den Winter kommen. Dafür erwartet er eure Waffenhilfe gegen die Feinde Roms."

Er sah mich an.

„Wenn wir Radagais und seine Ostrogoten besiegt haben, werde ich mich persönlich dafür einsetzen, dass die mit uns verbündeten Stämme das römische Bürgerrecht erhalten."

Ich hatte mich keineswegs verhört. Er wollte tatsächlich über einhunderttausend Barbaren mit einem Schlag zu Römern machen. Das bedeutete nichts anderes als aktives und passives Wahlrecht, heiraten zu können wen und wo man wollte, keine lokalen Steuern bezahlen zu müssen, vor allen Gerichten im Imperium klagen zu können und jederzeit beim Kaiser intervenieren zu dürfen.

„Richtet dies alles, zusammen mit meinen besten Grüßen, euren Königen aus!", erklärte er. „Ich erwarte ihre Antwort spätestens zum nächsten vollen Mond."

Anschließend wollte er wissen, wie es mir in Afrika ergangen war und ob ich Gefallen an dem Land und den Menschen gefunden habe. Aufmerksam hörte er meinen Schilderungen zu. Ab und zu huschte ein vieldeutiges Lächeln über sein Gesicht.

„Eigenartig!", dachte ich, als ich mich von ihm verabschiedete.

Als ich die Residenz des Reichsverwesers verlassen hatte, begab ich mich auf dem schnellsten Weg über die Alpen nach Augusta Vindelicum. Unterwegs sinnierte ich ständig darüber nach, was ich in den letzten Tagen, Wochen und Monaten gesehen, gehört und erlebt hatte.

„Da zieht ein gewaltiger Sturm auf, der das Imperium in seinen Grundfesten erschüttern wird!", fasste ich all meine Gedanken zusammen.

Gundolf und Tharwold empfingen mich in ihrer *villa* in Augusta Vindelicum. Ausführlich berichtete ich den Königen, was mir Stilicho mit auf den Weg gegeben hatte. Danach sahen sie mich zweifelnd an.

„Das römische Bürgerrecht für alle Vandalen?", fragte Gundolf ungläubig.

„Mitsamt den Sueben und Alanen!", ergänzte ich.

„Da muss den Römern aber das Wasser bis zum Hals stehen!", meinte ein sehr nachdenklich wirkender Tharwold.

Von ihm erfuhr ich, dass die Meinigen in das Kastell von Vemania umgezogen waren. Sie hatten mit den Sippschaften von Alfred und Adalbert die Aufgabe zugewiesen bekommen, die Grenze zu den Alamannen abzusichern.

„Haltet euch in Vemania bereit!", rief mir Gundolf zum Abschied zu.

Im Lenz des Jahres vierhundertundvier traf ich in Vemania bei meiner Sippschaft ein. Die Freude war groß, als wir uns nach so langer Zeit in die Arme fielen. Großmutter Merlinde küsste mich zur Begrüßung auf die Wangen. Auf einmal fing sie an zu weinen. Ich sah sie an und stellte erschrocken fest, dass es keine Tränen der Freude waren. Marc stand daneben und schaute mich mit traurigen Augen an.

„Die Walküren[128] haben Großvater nicht nach Walhal[129] begleitet!", sagte er schwermütig. „Die Seele hat seinen Körper im Schlaf verlassen!"

„Großvater Lorenz ist gestorben?", fragte ich zweifelnd nach, während mein Bruder unsere Großmutter tröstend in die Arme nahm.

„Vor einer Woche ist er friedlich eingeschlafen und nicht mehr aufgewacht!", antwortete er. „Er wurde siebzig Winter alt. Nach den althergebrachten Bräuchen unserer Ahnen haben wir einen Tag und eine Nacht lang an seiner Seite Totenwache gehalten und ihn anschließend unter einer alten Eiche begraben. In die letzte Ruhestatt legten wir seine Waffen, das Rüstzeug sowie ein paar nützliche Grabbeilagen. Genauso hat er es sich immer gewünscht!"

„Ich werde ihn sehr vermissen!", stellte ich betrübt fest.

Danach bat ich Großmutter und Vater mir sein Grab zu zeigen. Als wir andächtig davorstanden, hörte man aus dem nahegelegenen Wald einen Hirsch röhren.

---

128 Weibliche Geisterwesen aus dem Gefolge von Wodan (Germanische Götterwelt)
129 Aufenthaltsort der im Kampf gefallenen Recken (Germanische Götterwelt)

„Diesen Ruf hat er über alles geliebt!“, stellte Vater ergriffen fest. „Seine Seele ist ganz bestimmt in das Tier gefahren und lebt in ihm fort!“

Großmutter sah ihren ältesten Sohn fassungslos an. Sie war eine überzeugte Christin und glaubte schon lange nicht mehr an die Totenkulte der Germanen.

„Du bist jetzt eine freie Witwe, Mutter!“, verkündete ihr Sohn. „Ich denke es ist an der Zeit, dass du deine alamannische Sippe aufsuchst.“

Großmutter schüttelte den Kopf.

„Es ist viel zu spät und zu weit weg!“

Vater legte behutsam einen Arm auf ihre Schulter und drehte sich mit seiner Mutter um.

„Hinter diesen Wäldern und Hügeln“, er zeigte nach Westen, „liegt der Gau deiner Ahnen. Es ist nicht allzu weit und keinesfalls zu spät!“

Worauf sie einen Seufzer ausstieß.

Danach bat Großmutter uns zu gehen. Sie wollte mit ihrem Mann alleine sein.

Aufgeregt kam Vater in den Stall gelaufen.

„Was ist geschehen, Bruder?“, fragte Ottokar, der mit mir die Pferde fütterte.

Die Könige wollen Farold und mich sprechen!“, antwortete er. „Solange ich weg bin, wirst du die Sippschaft führen.“

Es war nicht das erste Mal, dass Vater seinem Bruder die Verantwortung für die Unsrigen übertrug. Aber an diesem Tag sagte er etwas, was ich noch nie zuvor aus seinem Mund vernommen hatte.

„Falls mir etwas zustoßen sollte, bitte ich dich für meine Sippe zu sorgen. Versprich mir das, Ottokar!“

Fassungslos schaute ich ihn an.

In der herrschaftlichen Residenz der Könige in Augusta Vindelicum mussten Vater und ich eine geraume Zeit lang warten. Plötzlich wurde ein Portal aufgestoßen. Widukind trat mit Hagen und Volkher ein. Im gleichen

Augenblick ertönte ein Signal. Gemeinsam liefen wir nach draußen und sahen zu, wie Respendial, Atax und Goar von den Pferden stiegen. Kurz darauf ritt Godegisel mit seinen Söhnen Guntherich und Geiserich durch ein offenstehendes Tor. Die gegenseitige Begrüßung fiel sehr herzlich aus, bis auf meine kurze Begegnung mit Goar.

„Seid willkommen!", verkündete Gundolf. „Wir erwarten noch König Lothar und seinen Sohn Ermenrich."

„Lasst uns derweil ins Haus gehen!", schlug Tharwold vor und schritt voran.

Kurz darauf trafen die Sueben ein und gesellten sich zu einer munteren Schar, welche an der königlichen Tafel Platz genommen hatte.

„Ihr habt unsere Botschaft erhalten und kennt das Angebot des Reichsverwesers!", mit diesen Worten Gundolfs begann eine lang anhaltende Unterredung.

Er berichtete ausführlich, was sich seit den Schlachten bei Pollentia und Verona ereignet hatte. Dabei ging er auch auf den vereitelten Verrat von Kaiser Honorius und das neuerliche Förderatenangebot Stilichos ein. Während er sprach, herrschte eine spürbare Anspannung unter den Anwesenden. Nachdem Gundolf alles gesagt und viele Fragen beantwortet hatte, bat Tharwold den Hauptmann der Roten um einen kurzen Bericht über die Versorgungslage.

„Die zugesagten Kornlieferungen der Römer sind noch vor dem ersten Schneefall in den Alpen eingetroffen, so dass wir ohne größere Schwierigkeiten über den Winter kommen!", lauteten seine abschließenden Worte.

Danach bat Gundolf den Khan der Alanen um seine Einschätzung der Lage. Respendial sprach mittlerweile ganz gut germanisch. Zuerst beschrieb er das keineswegs einfache Zusammenleben seines Stammes mit den einheimischen Kelten und ging anschließend auf die Lebensumstände der Alanen ein.

„Sie sind durchaus annehmbar!", stellte er fest.

Zu guter Letzt ließ er sich über das Verhalten des römischen Kaisers aus.

„Dieser Honorius und seine Berater wollten uns zweifelsohne hintergehen. Wir haben es einzig und allein dem Gaukönig der Linzgauer und dem Reichsverweser zu verdanken, dass es nicht soweit gekommen ist.

Deshalb betrachten wir Alanen das neuerliche Angebot aus Rom mit sehr gemischten Gefühlen, um nicht zu sagen argwöhnisch. Ich frage mich allen Ernstes und voller Sorge: Wie lange hört der Kaiser der Römer noch auf Flavius Stilicho?“

König Lothar räusperte sich.

„Wir Sueben sind hierhergekommen, um mit euch über das gemeinsame Schicksal unserer Stämme zu beratschlagen.“

Er sprach sehr hastig.

„Vor einigen Tagen erhielt ich einen überraschenden Besuch. Es handelte sich um einen Fürsten der Ostrogoten, der sich Radagais ruft. Der Gote offenbarte mir, dass er eine Streitmacht in der Provinz Pannonien um sich schart. Er forderte mich auf, mit ihm gegen die Römer ins Feld zu ziehen. Dafür bot er den Sueben die gesamte Provinz Raetia an.“

Atax sprang auf.

„Dieser intrigante Gote muss meinen Stamm von dort erst einmal vertreiben. Daran wird er sich die Zähne ausbeißen!“

Worauf die Alanen und Vandalen lautstark zustimmten.

„Was habt ihr ihm geantwortet?“, wollte Gundolf von Lothar wissen, nachdem sich die Recken wieder beruhigt hatten.

„Ich habe ihm gesagt, dass ich ohne Billigung der mit uns verbündeten Stämme keinen Pakt, mit wem auch immer, schließen werde!“

„Wie hat er darauf reagiert?“, fragte Tharwold.

Lothar zögerte.

„Er verlor vollkommen die Beherrschung und schrie mich entrüstet an!“

Was hat er gerufen?“, bohrte Gundolf nach.

„Er würde sich eher die Hand abschlagen lassen, bevor er mit einem vandalischen Hund römisches Fleisch teilt.“

Worauf die übelsten Beschimpfungen und Verwünschungen zu hören waren. Schließlich gelang es dem Khan die aufgebrachten Vandalen wieder zu beschwichtigen, so dass die Beratungen fortgesetzt werden konnten.

„Radagais und seine Ostrogoten werden die Römer sehr bald schon angreifen!“, das steht für mich außer Frage, erklärte ein besorgt wirkender Lothar. „Fraglich ist nur noch Tag und Ort.“

Auf einmal war mir alles klar.

„Sie werden auf dem Birnbaumpass losschlagen!“, hörte ich mich laut und deutlich sagen. „Der Bergsattel muss von ihnen erobert werden, um in die Ebene des Padus[130] zu gelangen.

„Woher willst du das wissen?“, fragte ein fassungsloser Gundolf.

„Von Flavius Stilicho, dem römischen Reichsverweser und obersten Heermeister!“

Daraufhin musste ich einiges erklären. Die Beratungen dauerten an und ein Ende war nicht absehbar.

„Es ist fast alles gesagt!“, ertönte mitten in der Nacht Godegisels gewaltige Stimme. „Nur eines noch nicht!“

Alle Augenpaare waren erwartungsvoll auf ihn gerichtet.

„Die Alamannen haben den Römern die kalte Schulter gezeigt und uns vor diesen Heuchlern gewarnt!“, erklärte er. „Wenn Stilicho eines Tages seine schützende Hand nicht mehr über uns hält, haben wir von Rom nichts Gutes mehr zu erwarten!“

Einen Augenblick lang hielt er inne.

„Wir sollten mit den Alamannen einen geheimen Beistandspakt abschließen!“, schlug der König der Hasdingen allen Ernstes vor. „Sie sind nicht nur sehr zahlreich, sondern verfügen über Tugenden, von denen die Römer schon lange keine Ahnung mehr haben.“

„Wahrlich!“, dachte ich. „Die Alamannen haben ein ausgeprägtes Ehrgefühl!“

An seinen Ansichten fand ich Gefallen.

„Ich teile eure Einschätzung und unterstütze den Vorschlag ohne Vorbehalte!“, lauteten die Worte von Respendial. „Wir bleiben offiziell Förderaten Roms und schließen ein heimliches Bündnis mit den Alamannen.“

Er sah sich nach weiteren Fürsprechern um.

„Wenn da nicht die Verheißungen wären!“, warf Gundolf ein.

„Was für Verheißungen?“, fragte Lothar.

Der König der Silingen erzählte daraufhin seinen aufmerksam lauschenden Zuhörern, welches Schicksal den Vandalen und Alanen prophe-

130 Po/Fluss/Italien

zeit wurde. Er schloss seine Ausführungen mit den Worten: „Die Wanderung der Alanen und Vandalen endet nicht in der römischen Provinz Raetia, sondern am Ende der Welt!"

„Gundolf hat Recht!", pflichtete ich ihm stillschweigend bei.

„Farold!", rief er mir zu. „Erzähl uns von deiner Reise nach Afrika. Berichte was du dort gesehen und erlebt hast."

Alle Augen waren schlagartig auf mich gerichtet und im gleichen Moment wurde mir klar, warum meine Könige so großen Wert darauf gelegt hatten, dass ich an der Unterredung teilnehme. Also begann ich zu erzählen, von meiner abenteuerlichen Reise über das Mare Internum in die wohlhabenden Provinzen Afrikas. Eindrucksvoll beschrieb ich die Schönheit der Landschaften und die natürliche Herzlichkeit der dort lebenden Menschen.

„Wer hat dich nach Afrika gesandt?", wollte Gundolf erfahren, nachdem ich das letzte Wort ausgesprochen hatte.

„Kein Geringerer als der oberste Heermeister und Reichsverweser des Imperiums, Flavius Stilicho!"

„Was hat das zu bedeuten?", fragte ein ratlos wirkender Godegisel und schlug mit der Faust energisch auf den Tisch.

Gundolf war aufgesprungen.

„Stilichos Vater war ein Vandale!", erklärte er. „Er kennt die uralte Prophezeihung, dass wir Vandalen zwei Wanderungen unternehmen und bestehen werden. Die Erste haben unsere Ahnen hinter sich gebracht. Sie führte die Silingen in das Land zwischen Oder und Weichsel und die Hasdingen über die Berge der Vandalen. Gegenwärtig befinden wir uns auf der zweiten, sehr viel weiteren Wanderung. Der Reichsverweser der Römer weiß genau, dass wir uns nicht allzu lange in Raetia aufhalten werden. Die Zukunft der Vandalen liegt an irgendeinem Ende dieser Welt!"

Ein Raunen hallte durch den Saal.

„Wollt ihr uns damit sagen", fragte Lothar, „dass die Silingen und Hasdingen eines Tages von hier fortziehen werden?"

„Davon könnt ihr mit Gewissheit ausgehen!", lautete die Antwort von Gundolf. „Die Provinz Raetia ist ganz bestimmt nicht das verheißene Land!"

Er räusperte sich und sah mich an.

„Stilicho hat das Land, wo Milch und Honig fließen, einem von uns gezeigt. Ich bin fest davon überzeugt, dass er alles unternehmen wird was in seiner Macht steht, damit der Stamm seiner Ahnen nach Afrika gelangt!"

„Bei Wodan!", rief ich. „Ihr habt Recht! Der Reichsverweser hat mich ausgesandt, damit ich die Provinzen Afrikas kennenlerne. Dort liegt die neue Heimat der Vandalen!"

Der Tumult der daraufhin ausbrach, war gewaltig und dauerte eine geraume Zeit lang an. Nachdem man sich allmählich wieder beruhigt hatte, ergriff Godegisel abermals das Wort.

„Ich frage mich fortwährend, was Flavius Stilicho mit uns vor hat. Denn wenn es sich so verhält, wie Gundolf und Farold glaubhaft schilderten, dann ist sein Angebot in Raetien zu siedeln eine Posse."

„Ihr liegt mit euren Überlegungen vermutlich richtig!", merkte Tharwold an. „Entweder wird uns Rom durch das westliche Imperium ziehen lassen oder wir kämpfen uns den Weg nach Afrika frei. Außerdem frage ich mich ständig, ob wir vor dem Joch der Hunnen geflohen sind, um als Waffenknechte der Römer zu enden?"

Er schaute sich um und sagte entschlossen: „Nein!"

„Mein König hat es auf den Punkt gebracht!", stimmte ich ihm in Gedanken zu.

„Es ist an der Zeit, dass wir uns darauf verständigen, was zu tun ist!", fuhr Tharwold fort. „Hört meinen Ratschlag!"

Die Spannung war förmlich mit den Händen zu greifen.

„Auf gar keinen Fall dürfen wir zwischen die Mühlsteine der Römer, Goten und Alamannen geraten. Sie würden unsere Stämme zermalmen. Wir müssen sehr klug und äußerst geschickt vorgehen!"

Tharwold hielt kurz inne.

„Wir werden nach Afrika aufbrechen!", verkündete er. „Unser Weg führt durch Gallia[131], über die Pässe der Pyrenäen nach Hispania[132]. Auf der iberischen Halbinsel schiffen wir uns ein und segeln über das Mare Internum nach Afrika. Dort liegt das gelobte Land, welches den Vandalen und Alanen vor sehr vielen Wintern verheißen wurde!"

---

131 Gebiet zwischen Rhein und Atlantik
132 Iberische Halbinsel

Es war still geworden an der königlichen Tafel.

„Das würde bedeuten, dass wir zuerst durch die Gebiete der Alamannen ziehen!", gab Gundolf zu bedenken.

„Entweder hindurch oder herum!", antwortete Tharwold. „Die Alamannen sind unsere natürlichen Verbündeten. Sie rennen schon seit vielen Jahren vergeblich gegen den *limes* am Rhein an. Wir könnten ihnen zum Durchbruch verhelfen, solange die Römer mit den Goten Radagais und den Hunnen Uldins beschäftigt sind."

„Ein verwegener und bestechender Plan!", merkte Atax lobend an.

Im nächsten Augenblick sprangen Tharwold, Gundolf, Godegisel und Respendial entschlossen auf. Alle Augenpaare waren auf den König der Sueben gerichtet. Der erhob sich und sagte: „So sei es!"

Man beschloss alsbald die Alamannen aufzusuchen, um von ihnen zu erfahren, ob sie die Stämme durch ihre Gaue an den Rhein ziehen lassen und bereit wären, einen geheimen Beistandspakt mit den Vandalen, Sueben und Alanen zu schließen.

Kapitel XVI

Bei den Alamannen

Widukind stand zu Beginn des Jahres vierhundertundfünf mit einem Stab in der Hand vor einer Landkarte im königlichen Anwesen in Augusta Vindelicum. Als der Hauptmann der Roten, Vater und mich kommen sah, rief er freudestrahlend: „Schön, dass ihr da seid!"

Er kam gleich zur Sache.

„Seit Monaten bin ich mit nichts anderem mehr beschäftigt. Die Aufgabe, mit der mich die Könige und der Kahn betraut haben, ist alles andere als leicht!"

„So, so!", brummte Vater und betrachtete unterdessen die Karte.

Darauf war das Gebiet zwischen dem Main im Norden, den Alpen im Süden, dem Rhein im Westen und Augusta Vindelicum im Osten zu erkennen. An den Rand hatte jemand ein paar Ziffern und Worte geschrieben.

„Was ihr hier seht, sind die Vorbereitungen für ein Vorhaben von gewaltigen Ausmaßen!", ließ der Hauptmann der Roten uns wissen.

„Du hast noch nie etwas dem Zufall überlassen!", lautete der Kommentar von Vater. „Komm endlich zur Sache, Widukind! Sag uns, was das hier zu bedeuten hat und was wir damit zu tun haben."

Worauf der Rote ihm freundschaftlich auf die Schulter schlug.

„Mein Plan hat sechs aufeinander abgestimmte Schwerpunkte!", erklärte er.

Neugierig traten wir näher an die Karte heran, während er mit dem Zeigestock auf die Ziffern deutete und die dahinter stehenden Stichworte erläuterte.

I. **Beratung mit den Alamannen**

II. **Erkundung von geeigneten Wegen**

III. **Sicherung der Versorgung**

IV. **Einberufung des Things**

V. **Aufbruch**

VI. **Durchbruch**

„Du planst den Zug der Stämme an den Rhein!", fasste der Älteste der Hirschberger zusammen, nachdem Widukind seinen Vortrag beendet hatte.

In diesem Moment entdeckte ich ein paar Pfeile auf der Karte, welche über den Strom zeigten.

„Sowie den Einfall in die gallischen Provinzen Roms!", fügte ich naseweis hinzu.

„Ein unglaubliches Unterfangen!", lauteten die Worte von Vater. „Für welche Aufgabe hast du uns vorgesehen?"

„Was glaubst du wohl?"

Vater lächelte.

„Ich wollte schon immer einmal die Heimat meiner Mutter kennenlernen!"

Danach wies uns der Hauptmann der Roten in die Einzelheiten ein. Er hatte von den Königen der Vandalen, Sueben und dem Khan der Alanen den Auftrag erhalten, mehrere Wege von Raetien an den Rhein zu erkunden. Widukind fuhr mit dem Stab auf der Karte am Main entlang und erklärte, dass diese Strecke um die Gaue der Alamannen herumführe. Danach zeigte er auf eine weiter südlich gelegenen Weg, der mitten durch das Gebiet der Alamannen verlief. Schließlich deutete er mit dem Stab noch auf den Bodensee und fuhr damit am Rhein entlang, bis zu einem Punkt

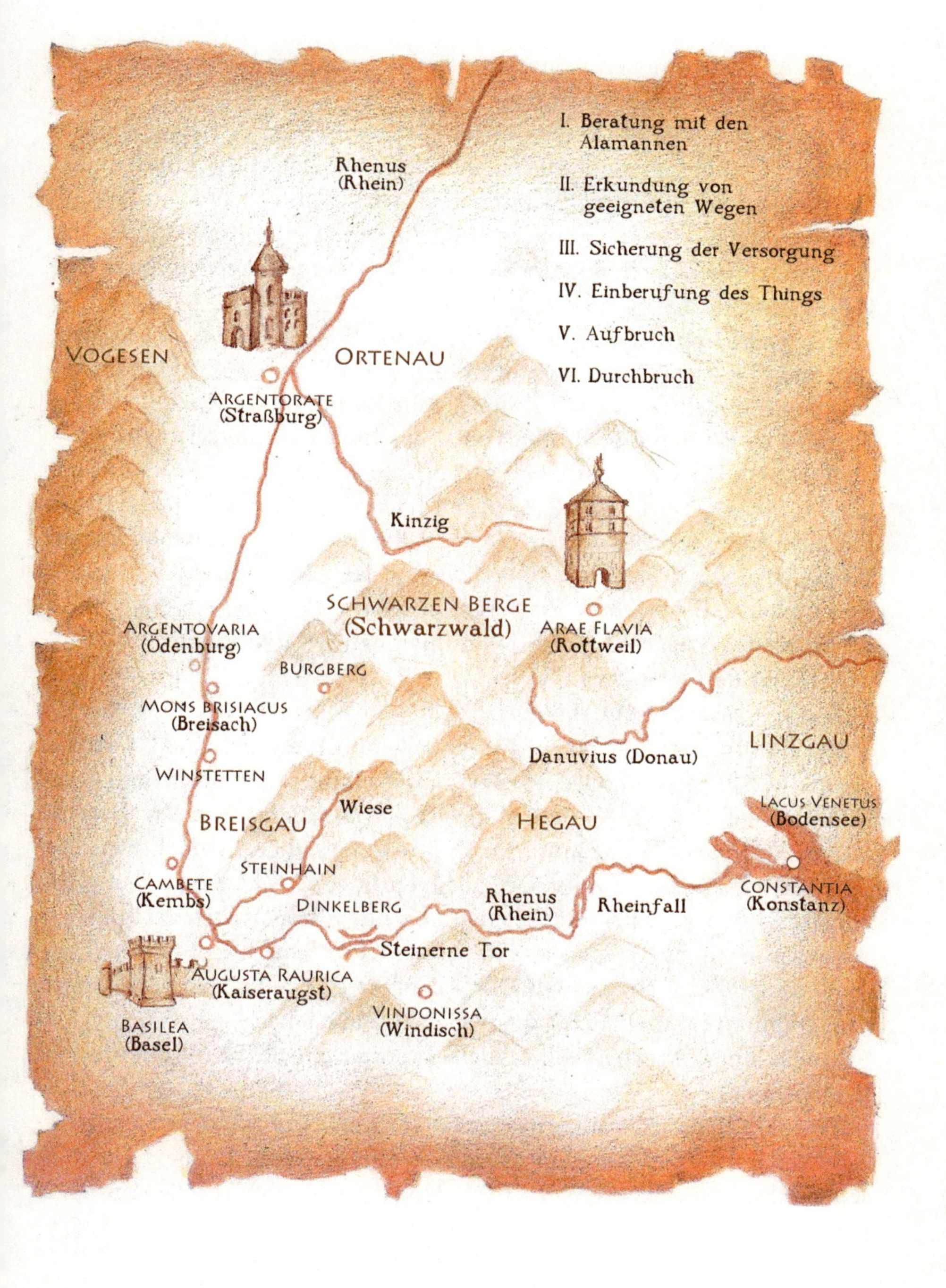
I. Beratung mit den Alamannen
II. Erkundung von geeigneten Wegen
III. Sicherung der Versorgung
IV. Einberufung des Things
V. Aufbruch
VI. Durchbruch
Rhenus
(Rhein)
VOGESEN
ORTENAU
ARGENTORATE
(Straßburg)
Kinzig
SCHWARZEN BERGE
(Schwarzwald)
ARAE FLAVIA
(Rottweil)
ARGENTOVARIA
(Ödenburg)
BURGBERG
MONS BRISIACUS
(Breisach)
Danuvius (Donau)
LINZGAU
WINSTETTEN
Wiese
BREISGAU
HEGAU
LACUS VENETUS
(Bodensee)
STEINHAIN
CAMBETE
(Kembs)
DINKELBERG
Rhenus
(Rhein)
Rheinfall
CONSTANTIA
(Konstanz)
Steinerne Tor
AUGUSTA RAURICA
(Kaiseraugst)
VINDONISSA
(Windisch)
BASILEA
(Basel)

auf der Landkarte, neben dem Basilea geschrieben stand. Dort machte der Strom einen Bogen nach Norden.

„Diesen Weg werdet ihr erkundigen!“, sagte er. „Er führt über den Bodensee in den Hegau und weiter in den Breisgau. Unterwegs kundschaftet ihr die Brücken, Furten und Fähren über den Rhein aus und vermerkt alles auf einer Karte. Außerdem erwarten die Könige von euch, dass ihr mit den Alamannnen die Bedingungen aushandelt, unter denen wir durch ihre Gaue ziehen dürfen!“

Vater fasste sich nachdenklich an das Kinn.

„Gundolf hat den Hegauern und Breisgauern bereits ausrichten lassen, dass sie demnächst Besuch erhalten!“, fuhr Widukind fort. „Heute in drei Tagen wird ein Schiff im Hafen von Brigantium einlaufen. Es wird euch über den Bodensee zu den Alamannen bringen, nachdem ihr dem Kapitän das Losungswort Walhal anvertraut habt. Falls ihr mit dem König der Hegauer eine Übereinkunft erzielt, reist ihr weiter zu den benachbarten Breisgauern. Ihr König hört auf den Namen Meinrad. Er und der Hegauer sind treue Gefährten von Ulrich dem Linzgauer.“

„Kann ich ein paar Weggefährten mitnehmen?“, fragte Vater.

„Ja!“, erwiderte der Rote.

„Bis wann erwartest du uns zurück?“

„Vor Einbruch des Winters müsst ihr den Auftrag erfüllt haben!“, erklärte Widukind. „Ihr bekommt eintausend Goldmünzen und zwölf Bernsteinsäcke mit auf den Weg. Sie sollen die Könige der Alamannen davon überzeugen, dass sie unsere Stämme durch ihre Gaue ziehen lassen. Es versteht sich von selbst, dass ihr mit niemandem darüber sprecht. Alle sollen glauben, dass ihr euren versippten Alamannen einen Besuch abstattet!“

Vater und ich gingen hinaus in die hereingebrochene Nacht und suchten die Schänke „Zum centurio“ auf. Dort saßen Hagen und Volkher beisammen.

„Wo kommt ihr denn her?“, fragte Hagen, leicht lallend.

Als ich ihm antworten wollte, stieß Vater mir einen Ellenbogen unsanft in die Rippen.

„Widukind erwartet euch morgen früh, wenn die Sonnenuhr auf die Acht zeigt, in seiner Unterkunft!“, antwortete der Hirschberger. „Ihr sollt seine Schwester nach Vemania begleiten. Ich rate euch rechtzeitig da zu sein, denn wenn es um sie geht, versteht der Hauptmann der Roten keinen Spaß!"

„Geht in Ordnung!", brummte Volkher. „Ich wusste gar nicht, dass Widukind eine Schwester hat!"

Vater ging an die Theke zum Wirt.

„Wenn ihr den Vandalen noch einen Tropfen Met ausschenkt", hörte ich ihn sagen, „dann komme ich morgen früh wieder vorbei und ihr lernt mich von meiner ungemütlichen Seite kennen. Habt ihr verstanden?"

Der Mann nickte eingeschüchtert.

Als am nächsten Tag der Schatten der Sonnenuhr den Beginn der achten Stunde anzeigte, kamen zwei verschlafene Vandalen auf ihren Pferden dahergeritten. Kurz darauf verließen vier Reiter Augusta Vindelicum. Am Abend trafen wir wohlbehalten im Kastell von Vemania ein.

Der Älteste der Hirschberger rief die Sippschaft zusammen und berichtete den Ahnungslosen, dass wir zu den Alamannen aufbrechen würden, um die Sippe von Großmutter Merlinde zu besuchen. Aus den Erzählungen meiner Großeltern wusste ich, dass es in den Gauen der Alamannen viele dunkle Wälder und hohe Berge gab. Vater beschloss an jenem denkwürdigen Tag, dass mein Bruder Marc uns begleiten solle. Er war mittlerweile sechzehn Jahre alt.

Am Tag vor dem Aufbruch zog es mich an das Grab meines Großvaters. Neben seiner letzten Ruhestatt nahm ich Platz. Dunkle Wolkenfelder zogen über mich hinweg. Auf einmal sah ich Großmutter Merlinde den Hügel heraufkommen. Nach Atem ringend, stand sie kurz darauf vor mir und lächelte mich liebevoll an.

„Sie freut sich, dass ich Großvater besuche!", waren meine Gedanken.

Sanft strich mir die leicht zerbrechlich wirkende, aber mit einer unglaublichen Lebenskraft ausgestattete Frau über das Haar. Es machte mich glücklich ihre Nähe zu spüren. Wir saßen eine Weile schweigend da und schauten auf den Grabhügel, unter dem Großvater Lorenz seine letzte Ruhestatt gefunden hatte. Als ihr erstgeborener Enkel zog mich Großmutter mit sehr viel Liebe auf. Wenn etwas vorgefallen war und ich Trost suchte, ging ich zu ihr. Sie fand immer die richtigen, einfühlsamen Worte, um mich wieder aufzuheitern. Großmutter hatte ein überaus gutes Gemüt, war sehr großzügig und dennoch genügsam. Niemals habe ich aus ihrem Mund ein böses Wort gehört. Als Großvater sie vor vielen Jahren von einem Raubzug aus den Gauen der Alamannen mitbrachte, war sie noch eine treue Anhängerin des germanischen Götterglaubens. Im Laufe der Zeit ließ sie sich von ihrer Schwiegertochter Aurelia, sehr zum Missfallen ihres Mannes, zum Christentum bekehren. Seit diesem Ereignis ließ sie nichts, aber auch rein gar nichts mehr über ihren Christengott kommen."

„Reitest du morgen mit deinem Vater nach Brigantium?", fragte sie mich.

„Ja, Großmutter!", erwiderte ich. „Von dort aus werden wir auf einem Schiff über den Bodensee zu einem Gaukönig der Alamannen segeln!"

„Wie heißt er?"

„Hermann!", antwortete ich. „Er ist der König der Hegauer!"

Einen Moment lang zögerte ich.

„Bist du in diesem Gau aufgewachsen?"

„Nein!", entgegnete sie. „Ich bin eine Breisgauerin! Mein Stamm lebt weiter westlich, zwischen den schwarzen Bergen und dem Rhein."

„Unser Weg führt uns auch an jenen Ort!"

„Ich weiß!", sagte sie. „Mein Ältester hat mich gestern Abend in sein Vertrauen gezogen!"

„Wie hieß doch gleich der Flecken in dem du geboren wurdest?"

„Steinhain!", entgegnete Großmutter. „Die Siedlung liegt an den südlichen Ausläufern der schwarzen Berge im Tal der Wiese."

Vater kam daher.

„Ich habe vermutet, dass ihr hier seid!", ließ er verlauten, als er vor uns stand.

„Du bist sicherlich gekommen", meinte seine Mutter, „um noch einiges über meine Sippe zu erfahren!"

Er nickte ihr zu.

„Ich bete jeden Tag zu Gott dem Herrn, dass ich meine Heimat noch einmal wiedersehen und meine Geschwister in die Arme schließen darf!", verriet uns eine spürbar bewegte Alamannin.

„Erzähl uns bitte alles, was du noch weißt!", forderte sie ihr ältester Sohn auf.

Großmutter lächelte.

„Im Tal der Wiese habe ich mit meiner Schwester Friedegunde und meinem Bruder Robert eine glückliche Kindheit verbracht. Hinter Steinhain erheben sich die schwarzen Berge und auf der anderen Talseite liegt ein Gebirgszug, den wir Dinkelberg rufen. Dahinter fließt der Rhein breit und mächtig dahin. Am gegenüberliegenden Ufer liegt die römische Stadt Augusta Raurica[133]. Entlang des Stroms zwischen Basilea und dem Bodensee verläuft auf beiden Seiten eine Straße. Als sich die Römer vor vielen Jahren über den Rhein zurückgezogen haben, verlor die nördliche Staße allmählich ihre Bedeutung. Sie könnte aber für euer Vorhaben von Nutzen sein."

Sie nahm ihr blaues Amulett ab, das sie stets um den Hals trug.

„Außer diesem Talismann mit dem Schildzeichen meiner Sippe besitze ich nichts, was mich an meine alamannische Heimat erinnert!"

Mit diesen Worten band sie ihn mir um den Hals.

Am nächsten Morgen brachen wir auf. Marc saß als Erster auf seinem Pferd und konnte es kaum noch abwarten, bis es endlich losging. Gegen Abend erreichten Vater, Hagen, Volkher, Marc und ich Brigantium, wo wir in einer Herberge am Hafen übernachteten. Tags darauf hielt ich mit meinem Bruder Ausschau nach dem Segelschiff, welches uns abholen sollte. Auf dem See entdeckte ich gegen Mittag einen weißen Punkt, der sich langsam näherte. Es war das Segel eines Schiffes, welches Kurs auf Brigantium nahm. Als es am Kai anlegte, schaute ich den Seeleuten interessiert bei der Arbeit zu. Der Kapitän stand an der Reling und erteilte in alamannischer Mundart ein paar Anweisungen, als Vater ihm beherzt das Losungswort Walhal zurief.

133 Kaiseraugst/Schweiz

Der Mann verzog keine Miene.

„Walhal!", wiederholte Vater.

Kurz darauf gingen wir an Bord. Die Alamannen gaben sich sehr zugeknöpft und sprachen kaum ein Wort.

„Kauzige Kerle!", dachte ich, als das Schiff aus dem Hafen lief.

Der Wind wehte konstant aus Süden und wir machten ordentlich Fahrt. Weit entfernt konnte ich die weißen Bergspitzen der Alpen sehen.

„Hinter der Landzunge liegt Constantia!", brummte der wunderliche Kapitän in seinen Bart und sah dabei Vater an. „Die Römer verlangen für die Durchfahrt in den Untersee fünf Silberlinge. Sie werden mich bestimmt danach fragen, wohin wir wollen, wer ihr seid und ob wir Waren mitführen."

Der Älteste der Hirschberger zeigte auf die Packpferde.

„In den Säcken befinden sich Bernsteine und Goldmünzen für euren König!"

„Am besten ihr überlasst das Reden mir!", erklärte der ansonsten wortkarge Alamanne und steuerte das Schiff an der Landzunge vorbei.

In einer glutrot untergehenden Sonne lag Constantia vor mir, als das Segel eingeholt und der Mast umgelegt wurde. Verwundert schaute ich den Seeleuten bei dieser ungewöhnlichen Arbeit zu. Eine Steinbrücke überspannte den aus dem See fließenden Rhein. Mit einem Mal erfasste ein kräftiger Sog das Schiff und zog es darunter hindurch. Anschließend richteten die Alamannen den Mast wieder auf und setzten das Segel. Kurz darauf versperrte uns ein *lusoria* die Weiterfahrt. Wir machten längsseits an ihr fest. Ein *centurio* kam an Bord. Wie ein guter, alter Bekannter wurde er vom Kapitän begrüßt. Gemeinsam stiegen sie unter Deck. Mit einem verschlagenen Grinsen kehrte der Römer wieder auf sein Schiff zurück.

„Habt ihr ihm die fünf Silberlinge für die Passage gegeben?", fragte Vater den Kapitän, nachdem wir abgelegt hatten.

„Nein!", antwortete er mürrisch. „Zehn!"

„Wieso zehn?"

„Fünf für die Durchfahrt in den Untersee und fünf dafür, dass der Römer keine weiteren Fragen stellte!"

Verächtlich spuckte der Alamanne über Bord.

Es war schon dunkel, als wir an einem Steg anlegten. Die Pferde wurden an Land gebracht und der Kapitän lief uns auf einem Pfad durch dichtes Schilfgras voraus. Wir folgtem ihm nach und kamen in einen kleinen Fischerflecken. Unser kundiger Führer klopfte an die Tür eines windschiefen Häuschens. Davor stand ein Stangengerüst, an dem Netze zum Trocknen hingen. Ein altes Weib öffnete die knarrende Tür. Die beiden unterhielten sich auf alamannisch. Ich konnte so gut wie nichts verstehen. Schließlich forderte sie uns auf einzutreten. Im Haus gab es einen ärmlichen Raum. Über der Feuerstelle hing ein Kessel und daneben stand ein Greis, der mit einem Holzlöffel bedächtig darin herumrührte.

„Hier bleiben wir über Nacht!“, teilte der Kapitän mit. „Der Hausvater bereitet uns eine Suppe zu und morgen früh reiten wir zu meinem König.“

Als ich mit dem Sonnenaufgang vor das Haus trat, lag der Bodensee in seiner ganzen Schönheit vor mir. Hinter einem Höhenrücken, auf der gegenüberliegenden Uferseite, ragten die weißen Bergspitzen der Alpen in den Himmel. Ich ließ meinen Blick nach Westen schweifen und entdeckte ein paar merkwürdige Bergkegel.

„Geradeso“, stellte ich verwundert fest, „als hätte man ihnen die Spitzen mit einem Schwert abgeschlagen.“

Am Nachmittag ritten wir auf diese eigenartig geformten Berge zu. Als wir näher kamen, entdeckte ich auf einem Kegel ein mächtiges Bollwerk. Wir stiegen ab und führten die Pferde auf einem Schotterweg hinauf. Ohne ein Wort des Abschieds, machte sich der merkwürdige Kapitän davon. Ein Hornsignal ertönte, als wir durch ein offenstehendes Tor in die Höhensiedlung kamen. Mehrere Alamannen standen vor einem größeren Holzhaus und musterten uns. Vater entbot ihnen den vandalischen Gruß, worauf keiner von ihnen Anstalten unternahm ihn zu erwidern.

„Wer führt euch an?“, fragte ein Recke barsch.

Verstimmt über den frostigen Empfang, antwortete Vater: „Wer will das wissen?“

Seine Respektlosigkeit zeigte augenblicklich Wirkung. Der Mann verzog zwar keine Miene, hielt aber plötzlich den Griff seines Schwertes fest.

„Wir sollten unsere Gäste willkommen heißen, so wie es bei den Hegauern guter Brauch ist!", verkündete eine männliche Stimme.
Ich drehte mich um.
„Steigt von euren Pferden!", forderte ein Mann uns auf. „Wir sind es nicht gewohnt, von oben herab gegrüßt zu werden!"
Nachdem wir abgesessen waren, verneigte Vater sein Haupt vor dem Alamannen, worauf die Umherstehenden es ihm gleich taten.
„Wir sind Vandalen vom Stamme der Silingen und wünschen König Hermann zu sprechen!", sagte der Hirschberger. „Könnt ihr mir sagen, wo wir ihn finden?"
„Er steht vor euch!"
Vater verneigte sich ein zweites Mal.
„Die Könige der Silingen lassen euch grüßen!"
„Seid willkommen, Vandalen!", entgegnete er. „Wie war die Anreise?"
Vater zögerte.
„Sie verlief ohne große Worte!", antwortete er schließlich. „Meine Könige haben mir aufgetragen, euch eine Botschaft zu übergeben!"
Worauf er Hermann eine versiegelte Pergamentrolle reichte.
„Wir haben euch schon erwartet!", waren seine Worte. „Folgt mir nach!"
Im Haus brach der Alamanne das Siegel, rollte das Pergament auf, las die Botschaft und forderte einen Recken auf, ein paar Becher mit Met zu füllen. Nachdem dies geschehen war, nahm er ein Gefäß, hob es hoch und alle anderen taten es ihm gleich. Ich hatte großen Durst und wollte gerade einen Schluck trinken, als ich bemerkte, daß die Hegauer uns abwartend beäugten. Im nächsten Augenblick versetzte ich Vater einen Tritt unterm Tisch. Er ließ sich nichts anmerken.
„Auf König Hermann!", rief er geistesgegenwärtig in die Tafelrunde.
Sichtlich zufrieden tranken die Alamannen aus den Bechern.
„Auf die Vandalen!", lautete der Trinkspruch Hermanns, als die Gefäße wieder gefüllt waren.
Worauf ich meinen Becher mit ein paar Zügen leerte.
„Der junge Vandale ist als nächster an der Reihe!", forderte mich der König auf und sah mich dabei mit einem gönnerhaften Lächeln an.

Der Mundschenk nahm mein Gefäß, füllte es abermals mit Met und reichte es mir. Ich sah mich in der Runde um und stellte fest, dass mich alle erwartungsvoll anschauten. Entschlossen stand ich auf und hielt den Becher in die Höhe.

„Auf das alamannische Blut, welches in meinen Adern fließt!", rief ich lautstark und trank ihn aus.

Als ich das Gefäß wieder auf den Tisch gestellt hatte, stellte ich fest, daß die Hegauer mich musterten.

„Ihr behauptet also, dass in euren Adern alamannisches Blut fließt!", erklang Hermanns Stimme. „Sagt ihr die Wahrheit oder verspottet ihr uns?"

Mir war auf der Stelle klar, dass es nun auf jedes weitere Wort ankam. In diesem Augenblick fielen mir die fröhlichen Abende in Hirschberg wieder ein, als Großvater unsere Götter in den höchsten Tönen pries.

„Bei Wodan!", rief ich entschlossen. „Meine Großmutter ist eine Alamannin!"

Alle sahen mich genauso an, als hätte ein Gott der Germanen zu ihnen gesprochen.

In diese andächtige Stille hinein, verkündete Vater: „Das Blut meiner Mutter macht mich zu einem halben Alamannen!"

Sämtliche Augenpaare waren nun auf den König gerichtet. Hermann betrachtete Vater und mich abwechselnd.

„Ich bitte euch um Verzeihung!", sagte er zu meiner Überraschung.

„Das konntet ihr ja nicht wissen!", kam es mir über die Lippen.

Er lächelte gütig und forderte den Mundschenk auf, die Becher erneut zu füllen.

„Seid willkommen in der Heimat eurer Vorfahren!", verkündete ein gut gelaunter alamannischer Gaukönig.

Das Trinkgelage dauerte bis zum Morgengrauen.

Wir blieben noch ein paar Tage bei den gastfreundlichen Hegauern. Ich hatte des Öfteren Gelegenheit mich mit ihrem König zu unterhalten. Hermann war ein bewanderter und kluger Mann. Als Vater ihn darauf ansprach, ob er die Vandalen und die mit ihnen verbündeten Stämme durch den Hegau ziehen lassen würde, überlegte er nur kurz und erwiderte sodann: „Das werde ich davon abhängig machen, wie sich mein königlicher Bruder Meinrad dazu stellt!"

Er schmunzelte.

„Schließlich seid ihr ein halber Breisgauer!"

Auf der alten Römerstraße zogen wir mit der Sonne nach Westen am Rhein entlang. Als Führer hatte uns Hermann einen kundigen Recken mit auf den Weg gegeben. Er hieß Gisbert und kannte die Gegend so gut wie seine Hosentasche. Ab und zu sah man auf dem Strom ein paar Fischerboote oder Handelsschiffe und einmal fuhr eine *lusoria* flussaufwärts. Zwischen den Ufern verkehrte nirgendwo eine Fähre und eine Furt konnte ich an keinem Ort ausmachen. Am nächsten Tag vernahm ich ein eigenartiges Grollen und kurz darauf stand ich vor einem gewaltigen Naturschauspiel. Der Rhein stürzte dröhnend und schäumend in die Tiefe. Schwer beeindruckt bestaunte ich dieses phantastische Spektakel, bevor wir weiterzogen. Auf der südlichen Seite des Stroms standen nun in regelmäßigen Abständen Wachtürme.

„Die Soldaten auf den Türmen melden Grenzverletzungen mittels Feuer-, Rauch-, Spiegel- oder Hornsignalen!", klärte mich Gisbert auf, nachdem ich ihn gefragt hatte. „Es dauert danach nicht sehr lange und die Gegend wimmelt nur so von Legionären aus dem nahegelegenen Lager von Vindonissa[134]."

Gisbert sprach ein sehr markantes Alamannisch. Stellenweise hatte ich erhebliche Mühe ihn zu verstehen.

„Die Römer verfügen über ein gut funktionierendes Nachrichtensystem!", behauptete er. „Ihre Wachtürme errichten sie an strategisch wichtigen Stellen, wie Brücken, Flussläufen, Pässen oder Straßenkreuzungen."

„Könnt ihr mir etwas über die Stärke der Verbände auf der anderen Seite des Rheins sagen?", fragte ich den gesprächigen Hegauer.

Es sprudelte förmlich aus ihm heraus.

„Dort drüben verrichten Legionäre ihren Dienst. Viele von ihnen wurden im Laufe des vergangenen Jahres abgezogen, um an der unteren Do-

---

134 Windisch/Schweiz

nau gegen die Goten ins Feld zu ziehen. Wie stark die Truppen derzeit noch sind, vermag ich jedoch nicht zu sagen."

Später kamen wir an eine Schlucht, durch die sich die Wassermassen des Rheins zwängten. Über dem tosenden Strom hatte man in den Fels einen schmalen Fahrweg geschlagen. Plötzlich standen ein paar Legionäre vor uns. Wir mussten ihnen für die Passage einen *denarius* Wegezoll entrichten. Danach traten sie zur Seite und ließen uns vorbeiziehen.

„Die Klamm nennen wir das steinerne Tor!", klärte mich Gisbert auf. „Sie bildet die Scheide zwischen dem Breisgau und dem Hegau."

Am Nachmittag tauchte auf der anderen Seite des Rheins eine Stadt auf. Vor mir befand sich eine mit Palisaden geschützte Anlegestelle, an der gerade eine Fähre festmachte. Ein paar Legionäre standen auf dem Steg und sahen dabei zu.

„Wie heißt der Ort dort drüben?", fragte ich den Hegauer.

„ Augusta Raurica!"

Kaum hatte Gisbert den Namen ausgesprochen, war ich hellwach. Großmutter hatte mir von dieser Stadt während unseres Besuchs an Großvaters letzter Ruhestatt erzählt.

„Ganz in der Nähe muss ihr Geburtsort Steinhain liegen!", fiel mir sofort wieder ein.

Nördlich der Straße ragten Kalksandsteinfelsen aus einem Wald.

„Das muss der Dinkelberg sein", mutmaßte ich, „und dahinter liegt das Tal der Wiese!"

Auf einmal verspürte ich einen unbändigen Drang über den Berg zu reiten, um meinen versippten Alamannen einen Besuch abzustatten. In diesem Moment hörte ich wie Gisbert zu Vater sagte: „In zwei Tagen erreichen wir Burgberg, eine bewehrte Höhensiedlung der Breisgauer. Dort treffen wir auf König Meinrad. Er hat es seinen Recken bei Todesstrafe untersagt in den Auxiliareinheiten des Imperiums zu dienen. Immer wieder kommt es zwischen den Römern und Breisgauern zu kleineren und größeren Waffengängen. Ab und zu setzen die Recken Meinrads über den Rhein und dringen tief in die römischen Provinzen Galliens ein. Von ihren gefürchteten Raubzügen bringen sie alles mit, was ihnen gefällt und sie fortschaffen können."

Gisbert grinste.
„Und das ist nicht gerade wenig!"

Der von Ost nach West fließende Rhein machte in der Stadt Basilea eine Schleife nach Norden. Wir kamen unmittelbar an der Stadtmauer vorbei und folgten dem Lauf der alten Römerstraße. Das Rheintal lag nun weitläufig vor mir. Im Osten erhoben sich die schwarzen Berge und im Westen konnte ich einen langgestreckten Höhenzug ausmachen.

„Wie heißt das Gebirge dort drüben?", erkundigte ich mich bei Gisbert.

„Vogesen!"

Am Nachmittag standen wir vor einem mächtigen Felsen, auf dem sich ein Kastell befand. Die Türme und Wehrgänge waren mit Legionären besetzt.

„Ich dachte, dass sich auf dieser Seite des Rheins keine größeren Bollwerke der Römer mehr befinden", wandte ich mich an unseren Führer.

„Auf dem Mons Brisiacus[135] verrichten Legionäre ihren Dienst!", entgegnete Gisbert. „Sie sichern die darunter liegende Brücke über den Rhein. Außerdem versuchen sie die Breisgauer davon abzuhalten, den Römern und Kelten gelegentlich einen Besuch abzustatten. Wenn wir schon einmal hier sind, will ich euch das Viadukt zeigen!"

Kurz darauf standen wir davor.

„Die Straße auf der wir uns befinden, führt direkt nach Argentovaria![136], erklärte Gisbert.

Aufmerksam lauschte ich seinen weiteren Worten.

„Die nächste, nördlich von hier gelegene Brücke liegt bei Argentorate![137], fuhr er fort. „Dort befindet sich auch ein Legionslager. Sicherlich kann euch der König der Breisgauer mehr darüber sagen, wieviele Legionäre sich an jenem Ort noch aufhalten!"

---

135 Breisach am Rhein/Deutschland
136 Ödenburg/Frankreich
137 Straßburg/Frankreich

Vater fertigte eine Skizze der Brücke sowie des Mons Brisiacus an. Danach ritten wir auf dem gleichen Weg zurück, auf dem wir gekommen waren. An einer Kreuzung bogen wir von der Straße ab und folgten einem Schotterweg. Der führte geradewegs auf die Höhenzüge der schwarzen Berge zu. Die Gegend war sehr fruchtbar, was ich an den bestellten Feldern und dunklen Böden ausmachen konnte. Als wir aus einem Laubwald herauskamen, lagen die Berge zum Greifen nahe vor mir. Plötzlich waren wir von Reitern umringt.

„Wohin des Weges?", rief uns ein Alamanne zu.

„Wir kommen aus dem Hegau!", antwortete Gisbert. „Man hat mir aufgetragen ein paar Vandalen zu König Meinrad zu führen!"

Misstrauisch beäugten sie uns.

„Ihr kommt auf einem Weg daher, welcher in das Imperium führt!", stellte der Recke zutreffend fest. „Was hattet ihr dort zu suchen?"

„Wir haben uns die Brücke über den Rhein und den Mons Brisiacus angesehen!", entgegnete unser Führer wahrheitsgemäß.

Ich hatte sofort den Eindruck, dass der Mann ihm kein Wort glaubte.

„Womöglich seid ihr aber römische Kundschafter!", behauptete der Alamanne.

Misstrauisch musterte er mich.

„Ihr schaut jedenfalls aus wie ein Römer!"

„Lasst eure Mutmaßungen gefälligst bleiben und führt uns zu eurem König!", rief ich ihm verärgert zu.

„So spricht kein Römer!"

„Ganz recht!", pflichtete ich dem Breisgauer bei, worauf er uns aufforderte ihm zu folgen.

Wir kamen an einen Bergkegel, von dem viele Rauchfahnen aufstiegen.

„Dort oben liegt Burgberg!", teilte mir Gisbert mit, nachdem ich ihn danach gefragt hatte.

Ein lang anhaltendes Signal ertönte, als wir in die bewehrte Höhensiedlung ritten. Ein paar Alamannen standen vor einem Holzhaus und beobachteten uns. Wir betraten das Anwesen und standen kurz darauf in einem Saal, wo sich einige Recken aufhielten. Abschätzend schauten sie uns an, traten zur Seite und bildeten eine Gasse. Unser Führer schritt hindurch und wir folgten ihm nach. Auf einmal blieb er stehen und verbeugte sich vor einem großen, kräftigen Mann mit rotem Haarschopf und prächtigen Bartwuchs.

„Der Alamanne schaut wahrhaftig so aus", dachte ich, „ wie ich mir einen Gott der Germanen vorstelle!"

„Heinrich! Wen bringt ihr da mit?", ertönte dessen gewaltige Stimme.

„Einen Hegauer und ein paar Vandalen! Mein König!"

„Was führt euch hierher?", fragte der Breisgauer.

Vater trat ein paar Schritte auf ihn zu und verbeugte sich.

„Die Könige der Vandalen haben meine Gefährten und mich ausgesandt, um euch eine Botschaft zu überbringen!", antwortete er. „König Hermann hat uns freundlicherweise einen kundigen Recken mit auf den Weg nach Burgberg gegeben."

Er zog unter seinem Mantel ein Pergament hervor und reichte es Meinrad. Der sah sich das unversehrte Siegel an, zerbrach es, faltete das Pergament auf und begann zu lesen. Als er damit fertig war, schaute er Vater an.

„Vandale! Nennt mir euren Namen!"

„Man ruft mich Adalhard!"

„Wer sind eure Begleiter?"

„Gisbert der Recke aus dem Hegau, die Gefährten Hagen und Volkher sowie meine Söhne Farold und Marc!"

„Seid willkommen! Wir werden uns heute Abend unterhalten. Ihr seid sicherlich hungrig und durstig von der Reise. Ruht euch aus, später werde ich euch rufen lassen."

Nachdem wir uns gestärkt hatten, legte ich mich auf einen Strohsack und schlief bald darauf ein. Am Abend wurden wir zum König der Breisgauer geführt.

„Das Anliegen eurer Herrscher ist nicht gerade alltäglich!", meinte Meinrad, nachdem wir uns eine geraume Zeit lang unterhalten hatten. „Die Silingen wollen durch unseren Gau ziehen, um über den Rhein in das römische Imperium einzufallen!"

Vater nickte.

„Das wird den Römern nicht gefallen!"

Er sah mich an.

„Habt ihr überhaupt eine Vorstellung von der Größe und Stärke des Imperiums, junger Mann?"

Ohne zu zögern antwortete ich: „Ja, das habe ich!"

Der Alamanne musterte mich eingehend.

„Auf den Mund seid ihr jedenfalls nicht gefallen!"

Vater erzählte dem Gaukönig sogleich, wo ich schon überall gewesen war. Meinrad hörte ihm aufmerksam zu. Als er vernahm, dass ich Flavius Stilicho kennengelernt hatte und auf seinen Wunsch hin in Afrika weilte, wich sein Argwohn und machte der Neugierde Platz. Sehr lange unterhielten wir uns an diesem Abend mit dem Breisgauer. Dabei gewann ich zunächst den Eindruck und später die Gewissheit, dass Meinrad ein gebildeter und besonnener Mann ist. Zu guter Letzt fragte Vater den König, ob er es den Silingen und den mit ihnen verbündeten Stämmen erlauben würde, durch den Breisgau an den Rhein zu ziehen. Dafür bot er ihm die mitgebrachten Bernsteine und Goldmünzen an. Der Alamanne wollte es überdenken. Als alles gesagt war, sprach ich König Meinrad beherzt an.

„Meine Großmutter ist eine Breisgauerin!"

Verwundert sah er mich an.

„Wo stammt sie her?"

„Ihr Geburtsort heißt Steinhain!"

Er dachte kurz nach.

„Ihr solltet eurer Sippschaft im Tal der Wiese einen Besuch abstatten!", schlug er vor. „Morgen früh werde ich in das Imperium reisen, um in der Stadt Argentorate ein paar Angelegenheiten zu regeln. Es käme mir sehr gelegen, wenn ihr mir dabei Gesellschaft leistet. Danach könnt ihr eure Versippten in Steinhain aufsuchen."

Vater willigte sofort ein.

Eine kleine Schar ritt am nächsten Tag ins Rheintal hinab. Volkher und Hagen hatten es vorgezogen in Burgberg zu bleiben. An einer Kreuzung bogen wir nach Norden ab. Im Osten erhoben sich die schwarzen Berge und im Westen konnte ich die Vogesen sehen. Dazwischen lagen unzählige Wälder, Felder und Wiesen. Der Rhein und seine zahlreichen Nebenarme glitzerten tausendfach im hellen Sonnenlicht. Vater, Marc und ich ritten neben dem König der Breisgauer her. Meinrad erzählte uns einiges über die Lebensweise seines Stammes. Mir fiel dabei wohltuend auf, dass er die Seinigen achtete und von den Römern nicht viel hielt. Zum ersten Mal in meinem Leben hörte ich aus seinem Mund von einer gewaltigen Schlacht, die sich zwischen Germanen und Römern vor vielen Jahren ereignet hatte. Armin, ein Fürst vom Stamme der Cherusker, hatte mit seinen Recken mehrere Legionen auf dem Rückmarsch aus Germanien an den Rhein aufgelauert, aus dem Hinterhalt angegriffen, vollständig aufgerieben und bis auf den letzten Mann niedergemetzelt. Der König der Breisgauer lobte in den höchsten Tönen die erfolgreich angewandte Taktik des Cheruskers.

„Seit der Schlacht im Teutoburger Wald haben die Römer wieder Respekt vor uns Germanen!", behauptete er mit geschwellter Brust.

Schwer beeindruckt, prägte ich mir seine aufschlussreichen Schilderungen ein.

„Seid ihr schon einmal in den Vogesen gewesen?", fragte ich den König.

„Ich war schon des Öfteren zur Jagd dort!", antwortete er zögernd. „In den Wäldern hausen verwunschene Geister und leben wilde Tiere. Man sollte sie besser meiden!"

Die durchaus ernst gemeinte Warnung des hünenhaften Breisgauers überraschte mich. Später kamen wir an eine Wegkreuzung. Meinrad zügelte sein Pferd und zeigte mit dem ausgestreckten Arm auf die schwarzen Berge.

„Eine alte Römerstraße führt durch das Tal der Kinzig hinauf in das Gebirge. Dahinter liegt Arae Flaviae[138], eine ehemalige römische Kolonie. Vor dort aus ist es nicht mehr allzu weit bis nach Augusta Vindelicum[139]. Ein wesentlich kürzerer Weg als jener, auf dem ihr in den Breisgau gekommen seid!"

Er schaute Vater an.

„Nach Norden führt die Straße auf der wir uns gerade befinden, bis an die Mündung des Mains in den Rhein!", fuhr er fort. „Auf einer Holzbrücke gelangt man über den Main und auf einem Viadukt aus Stein über den Rhein. Dort liegt Mogontiacum[140], die prächtigste Stadt der Römer nörd-

138 Rottweil/Deutschland
139 Augsburg/Deutschland
140 Mainz/Deuschland

lich der Alpen. Wir aber werden nach Westen reiten, um vor Einbruch der Dunkelheit nach Argentorate zu gelangen."

Schon von weitem sah ich einen Wehrturm.

„Die Römer halten fünf Brückenköpfe im Breisgau besetzt!", erklärte Meinrad. „Ihr kennt sie alle!"

Ich dachte nach und zählte sie im Gedächtnis auf.

„Am steinernen Tor, gegenüber der Städte Augusta Raurica und Basilea, auf dem Mons Brisiacus und hier vor Argentorate."

Am Turm standen ein paar Legionäre und kontrollierten die Menschen, welche über die Rheinbrücke ins Imperium wollten. Eine Warteschlange hatte sich gebildet. Als wir uns anstellten, hörte ich, dass sich die Zöllner in einer germanischen Mundart unterhielten. Sie sprachen einen fränkischen Dialekt.

„Die gekauften Spießgesellen der Römer erhalten ihren Sold direkt aus Mogontiacum!" lautete der verächtliche Kommentar von Meinrad, während er die Kapuze über sein rotes Haupt zog, um nicht erkannt zu werden.

Nachdem die Breisgauer einen *tributum* auf die mitgeführten Waren entrichtet hatten, ließen uns die Franken passieren.

„Im Sommer benützen wir die Brücke so gut wie nie!", behauptete Meinrad. „Dann schwimmen wir mit unseren Pferden durch den Rhein und statten den Römern gelegentlich einen Besuch ab.

„Und im Winter?", fragte mein Bruder.

Der Alamanne lächelte.

„Benutzen wir die Brücke auch nicht!"

Verunsichert kratzte sich Marc am Kopf.

„Ihr schwimmt bei Eiseskälte durch den Rhein?"

Meinrad fing herzhaft an zu lachen.

„In der kalten Jahreszeit gefriert der Fluss mitunter zu!", erklärte er einem naseweisen, jungen Vandalen. „Dann ist es ein Leichtes, in das Imperium zu gelangen!"

Fortan wich ich diesem faszinierenden Mann nicht mehr von der Seite.

„Mein Großvater ist mit dem König der Linzgauer vor etlichen Wintern in die Schlacht bei Argentovaria gezogen und gefallen!", fing er aus freien Stücken an zu erzählen, nachdem wir über die Brücke geritten waren. „Die

Franken sind den Römern damals zur Seite gestanden, was für den Ausgang des Kampfes von entscheidender Bedeutung war. Das schreckliche Blutbad, welches sie anschließend unter uns Alamannen anrichteten, war an Grausamkeit nicht mehr zu übertreffen. Mehr als eintausend Breisgauer haben sie an Holzkreuze geschlagen und zur Abschreckung entlang des Weges vom Mons Brisiacus bis nach Burgberg aufgestellt. Als Knabe habe ich die Gekreuzigten mit meinen eigenen Augen gesehen und mir dabei geschworen, dass ich mich eines Tages dafür an den Römern und ihren fränkischen Helfeshelfern rächen werde."

Er atmete tief durch.

„Der König der Linzgauer führte die Alamannen als oberster Heerführer in die Schlacht. Nach der Niederlage wurden die jungen Männer seines Stammes in die entlegensten Gebiete des Imperiums gebracht, um an jenen Orten in den Auxiliareinheiten der Römer zu dienen. Keiner von ihnen hat jemals wieder seine Heimat gesehen."

Meinrad starrte trübsinnig vor sich hin.

„Meinen Vater haben die Römer genötigt einen Friedensvertrag zu besiegeln, welcher uns über Jahrzehnte zu ihren Vasallen machte. Nach seinem Tod und meiner Wahl zum König der Breisgauer, habe ich ihn sofort aufgekündigt. Seit diesem Tag müssen wir ständig damit rechnen, dass die Römer in unseren Gau einfallen, die Siedlungen dem Erdboden gleichmachen, unsere Frauen schänden und die Kinder in die Sklaverei verschleppen. Deshalb sind euch meine Leute, vor ein paar Tagen, voller Misstrauen begegnet."

Er dachte kurz nach und sagte auf einmal: „Ich bin mir sicher, dass euch König Ulrich durch den Linzgau ziehen lässt."

Wir kamen nach Argentorate und stiegen in einer Herberge ab. Der König der Breisgauer blieb bis zur Abreise auf seiner Kammer, um nicht erkannt zu werden. Seine rote Haarpracht und der leuchtende Bart waren so auffallend, dass diese Sorge mehr als berechtigt war. An diesem Abend empfing er heimlich ein paar einheimische Kelten, während seine Männer mit fränkischen *auxilia* in der Schänke um die Wette würfelten. Die betrunkenen Franken erzählten bereitwillig, dass sich nur noch eine *cohors* im benachbarten Legionslager aufhalte. Alle anderen Truppen wurden schon vor Monaten abgezogen.

Früh am Morgen brachen wir auf und reisten nach Süden weiter. Als die Sonne hinter den Vogesen unterging, kamen wir in Argentovaria an. In dieser unvergleichbar schönen Stadt fanden die Alamannen schnell heraus, dass eine hier stationierte Truppe vor wenigen Tagen nach Mediolanum abmarschiert war.

Bei Mons Brisiacus gelangten wir wieder über die Rheinbrücke in den Breisgau. Als wir die Zollstation hinter uns gelassen hatten, atmete ich erleichtert auf. Mir war unterwegs bewusst geworden, dass der König der Breisgauer ein hohes Risiko eingegangen war. Wenn die Römer Meinrad erkannt und ergriffen hätten, wäre es ihm und vermutlich auch uns schlecht ergangen. Jedenfalls hatte ich großen Respekt vor seinem Wagemut.

„Unser Gau reicht vom Rhein im Westen, bis zu den höchsten Gipfeln der schwarzen Berge im Osten!", erklärte er mir auf dem Weg nach Burgberg. „Im Süden bildet der Fluss gleichermaßen die Grenze zum Imperium und im Norden leben unsere alamannischen Nachbarn, die Ortenauer. Die Römer haben schon vor sehr vielen Jahren ihren *limes* östlich der schwarzen Berge aufgegeben und sich hinter den Rhein zurückgezogen. Seit diesen Tagen lebt mein Stamm im Breisgau. Immer wieder kommt es zu Waffengängen zwischen den Römern und meinen Recken. Die Alten, welche die Schlacht bei Argentovaria und die sich anschließenden Greueltaten überlebten, haben resigniert und sich mit den Gegebenheiten abgefunden. Ihre Söhne und Enkel hingegen, brennen regelrecht darauf die Römer und ihre verhassten fränkischen Förderaten aus dem Rheintal hinauszuwerfen."

Er sah Vater eindringlich an.

„Während unserem Ausflug über den Rhein habe ich euch näher kennengelernt und mich von der Redlichkeit eurer Absichten überzeugt!", fuhr er fort. „Deshalb werde ich mich am Thing für die Anliegen eurer Könige einsetzen. Falls die Ältesten meine Ansichten teilen, könnt ihr durch den Breisgau ziehen, um in das Imperium einzufallen."

Er räusperte sich.

„Möglicherweise sind wir Alamannen sogar bereit, mit euch gegen die Römer ins Feld zu ziehen. Es wird aber Bedingungen geben!"

„Welche?", fragte der Hirschberger.

„Nach dem Thing überbringt ihr eine Botschaft an eure Könige, während eure Söhne als meine Gäste hierbleiben!", antwortete der Breisgauer. „Desweiteren erwäge ich nur die Silingen durch den Breisgau ziehen zu lassen. Die mit euch verbündeten Stämme müssen sich einen weiter nördlich gelegenen Weg an den Rhein suchen. Falls euer Vorhaben gelingt, erwarte ich, dass ihr das Gebiet zwischen dem Rhein und den Vogesen verlasst und nach Westen weiterzieht!"

„Das muss alles gut überlegt sein!", gab Vater zur Antwort. „Ich werde den Ausgang des Things abwarten und anschließend zu den meinigen eilen. Die Könige werden sicherlich die Ältesten zusammenrufen, um darüber zu beraten und zu entscheiden. Danach kehre ich hierher zurück!"

„Einverstanden!", erklärte der Breisgauer.

Als wir in die Unterkunft zurückgekehrt waren, unterrichtete Vater Volkher und Hagen über die Absichten Meinrads. Anschließend fragte er Marc und mich, ob wir im Breisgau bleiben würden. An den leuchtenden Augen meines Bruders konnte ich ablesen, dass er sich dieses Abenteuer nicht entgehen lassen wollte.

„Wir bleiben hier, bis du zurückkommst!", antwortete ich, ohne zu zögern. „Marc und ich werden die Zeit nutzen, um unsere Versippten in Steinhain aufzusuchen!"

Am Nachmittag machte ich mich mit meinem Bruder auf, um Burgberg zu erkunden. Wir schauten ein paar Alamannen zu, wie sie sich mit ihren Waffen ertüchtigten. Sie stellten sich sehr geschickt dabei an. Danach spazierten wir aus der Siedlung hinaus auf eine Wiese. Von hier hatte man einen großartigen Ausblick über das Rheintal. Einige junge Männer stapelten an jenem Ort Holzstämme zu einem Turm. Marc und ich sahen ihnen dabei verwundert zu. Als ein Alamanne an mir vorbeiging, sprach ich ihn an und fragte, was das werden sollte.

„Wir feiern übermorgen das Erntedankfest!", antwortete er.

„Diesen Brauch kennen wir Vandalen auch!", entgegnete ich.

„Man dankt an diesem Tag den Göttern für die eingebrachte Ernte. Aber warum baut ihr einen Turm aus Holz?"

„Am Tag vor dem Fest schlachten die ledigen Burschen ein paar Eber und die Männer brauen einen starken Met!", begann er zu erzählen. „Die verheirateten Frauen bereiten den Braten zu, während die Jungfrauen frisches Brot backen. Am Festtag wird hier auf der Wiese getafelt und ausgelassen gefeiert. Zuvor aber ziehen wir mit dem König, der obersten Priesterin und zwölf Festjungfrauen auf die Lichtung dort drüben und opfern den Göttern unsere Gaben."

Er zeigte auf eine Waldschneise.

„Wenn all das vollbracht ist, wird mit der hereinbrechenden Dämmerung der Fruchtbarkeitsturm angezündet. Nachdem er abgebrannt ist, springen die unverheirateten Jünglinge mit Holzstangen über die Glut und denken dabei an ihre Liebste."

Der König der Breisgauer hatte die Sippschaftsältesten einen Tag vor dem Erntedankfest zum Thing geladen. Den ganzen Tag über trafen die Ältesten mit ihrem Gefolge in Burgberg ein. Es war mitten in der Nacht, als jemand energisch an die Tür klopfte.

„Wer da?", rief Volkher schläfrig.

„Der König wünscht euch zu sprechen!"

Ich sprang auf und öffnete die Tür, worauf Meinrad und ein paar Gefährten eintraten. Er kam gleich zur Sache.

„Ich habe mich mit den Ältesten über die Anliegen eurer Könige beraten und wir sind zu einigen Entscheidungen gelangt!"

Erwartungsvoll lauschte ich seinen weiteren Worten.

„Die Silingen können durch unseren Gau ziehen!", verkündete er. „Unsere Sippen werden sie auf dem Weg zum Rhein versorgen, so dass kein Vandale zu hungern braucht!"

Meinrad ging ein paar Schritte auf Vater zu.

„Nach dem Erntedankfest brecht ihr unverzüglich zu den eurigen nach Augusta Vindelicum auf, um zu berichten. Ich erwarte euch im Lenz in Burgberg zurück. Wir Breisgauer haben uns entschlossen mit den Silingen in das Imperium einzudringen. Die Hasdingen, Alanen und Sueben aber, werden einen weiter nördlich gelegenen Weg zum Rhein suchen und finden müssen!"

Er räusperte sich.

„Nachdem wir gemeinsam das Gebiet zwischen den Vogesen und dem Rhein erobert haben, zieht ihr im kommenden Lenz weiter. Das gilt auch für eure Förderaten!"

Vater nickte.

„Ein letztes noch!", kündigte der Alamanne an. „Eure Söhne werden bis zu eurer Rückkehr hier bleiben. Seid aber ohne Sorge, es wird ihnen gut gehen!"

„Das weiß ich!", entgegnete Vater und fügte noch hinzu: „Wir Vandalen werden euch Breisgauer nicht enttäuschen!"

Am nächsten Morgen rüttelte Marc mich wach. „Komm mit nach draußen!", flüsterte er, um die anderen nicht aufzuwecken.

Als wir vor dem Haus standen, sah ich viele Menschen betriebsam hin- und herlaufen. Mein Bruder und ich gingen hinaus auf die Wiese. Am Fruchtbarkeitsturm waren viele fleißige Helfer damit beschäftigt, Tische und Bänke aufzustellen.

„Sie bereiten das Erntedankfest vor!", sagte Marc. „Das dürfen wir uns auf gar keinen Fall entgehen lassen."

„Das braucht ihr auch nicht!", ertönte eine Männerstimme.

Ich drehte mich um.

„Zuvor aber", sprach der Alamanne, „gibt es noch einiges zu tun!"

„Können wir euch dabei behilflich sein?", fragte ich gefällig.

„Geht dort hinüber und helft meinen Söhnen bei der Arbeit!"

Der Mann zeigte auf zwei Burschen, die ein Fass von einem Ochsenkarren wuchteten.

„Wenn ihr alle Fässer abgeladen und an die Schanktische gerollt habt, solltet ihr euch schleunigst zurechtmachen, denn das Erntedankfest beginnt, sobald die Sonne ihren höchsten Stand erreicht."

Nach getaner Arbeit lief ich mit meinem Bruder auf dem schnellsten Weg in die Unterkunft zurück, um mich zu waschen. Als ich damit fertig war, ertönte ein Hornsignal. Neugierig liefen Marc und ich nach draußen und sahen dabei zu, wie die Breisgauer auf die Wiese strömten. Die Frauen und Mädchen hatten ihre Haare zu Zöpfen geflochten und mit Ähren geschmückt. Marc und ich schlossen uns den fröhlichen Menschen an. Auf der Festwiese setzten wir uns zu einer Sippe an den Tisch. Die Sonne strahlte an diesem herrlichen Herbsttag von einem wolkenlosen Himmel herab. Gut gelaunt, beobachtete ich das rege Treiben auf dem Festplatz. Auf einmal ertönte ein Signal, worauf die Gespräche allmählich verstummten. Neugierig hob ich den Kopf und sah mich um. Ein Alamanne, mit strahlend blauen Augen, sagte in diesem Augenblick zu einem Knaben: „Jetzt betritt die oberste Priesterin mit Ida und den Festjungfrauen den heiligen Kreis!"

Der Junge stellte sich auf den Tisch und hielt Ausschau, während spielende Musikanten auf den Turm zuliefen. Dahinter schritt eine Frau in einem strahlend weißen Gewand daher. Auf ihrem Haupt trug sie einen aus Ähren geflochtenen Kranz. Zwölf festlich gekleidete, junge Frauen folgten ihr nach.

In diesem Augenblick sah ich sie zum ersten Mal.

Die junge Alamannin trug ihr langes, blondes Haar zu einem Zopf geflochten, den Kornblumen schmückten. In ihren Händen hielt sie einen Strauß aus Ähren. Feierlich schritt das bezaubernde Wesen an mir vorüber. Sie sah bezaubernd aus!

Als der festliche Zug vor dem Fruchtbarkeitsturm angekommen war, gesellte sich der König hinzu. Die Musikanten hörten auf zu spielen, worauf Meinrad seine Hände beschwörend gegen den Himmel streckte.

„Seid gegrüßt, ihr Töchter Freyas!", rief er über die Festwiese.

Die Priesterin sprach daraufhin ein paar unverständliche Worte. Währenddessen stellten sich die Jungfrauen hinter ihr in einer Reihe auf. Ich hatte nur noch Augen für die Eine. Schließlich schritt der König und die Priesterin durch die Menge, gefolgt von zwölf Alamanninen und den aufspielenden Musikanten. Alle waren aufgestanden und formierten sich zu einem langen Zug. Der Weg führte hinab in ein grünes Tal. Dort ging es auf einem Steg über einen Gebirgsbach. Auf der anderen Seite angelangt, stiegen wir durch einen Wald bergauf. Der Festzug kam auf die Lichtung, welche mir der Alamanne am Tag zuvor gezeigt hatte. Am Waldrand standen der König, die Priesterin, ihr Gefolge und meine schöne Unbekannte. Die Menschen schauten erwartungsvoll zu ihnen hinauf. Auf einmal hielt die Priesterin ihre Hände beschwörend in die Höhe, worauf die Breisgauer auf die Knie fielen. Verblüfft schaute ich Marc an. Der zuckte ratlos mit den Schultern und wir machten es ihnen nach.

„Wir haben uns an diesem heiligen Ort eingefunden, um die Fruchtbarkeitsgötter anzurufen!", rief die Priesterin in die aufziehende Dämmerung. „Die Breisgauer danken Frey und Freya von ganzem Herzen für eine gute Ernte!"

Ein Mann reichte ihr einen Stab, an dem ein Federbusch befestigt war. Den steckte die Priesterin in einen großen Kupferkessel.

„Das Leben spendende Wasser möge euch alle segnen!", rief sie laut. Währenddessen spritzte die Priesterin mit dem angenässten Federbusch um sich. Worauf sich die Menschen eine Hand an die Stirn hielten und danach auf die Stelle der Brust legten, unter der das Herz schlägt. Dazu murmelten sie ein paar Worte, bevor sie wieder aufstanden. Ein Bursche, der neben mir auf der Erde kniete, musterte mich argwöhnisch.

„Warum habt ihr das Zeichen des Heils nicht geschlagen?", fragte er vorwurfsvoll.

Unschlüssig sah ich ihn an.

„Ich wusste nicht, wie man es macht!"

Er runzelte die Stirn, während man der Priesterin einen Eber vor die Füße legte. Plötzlich hielt sie einen Dolch in der Hand.

„Wir opfern den Göttern dieses Tier, um mit seinem Blut Mutter Erde zu tränken!", hörte ich sie über die Lichtung rufen.

Im nächsten Augenblick schnitt sie dem Eber den Hals durch. Der zuckte noch im Todeskampf, als sein Blut die Wiese hinablief und versickerte. Unterdessen hatte sich der König vor die Priesterin gekniet. Die legte ihre Hände auf sein Haupt. Erneut schlugen die Alamannen das Zeichen des Heils. Marc und ich taten es ihnen gleich, worauf der Bursche mich zufrieden anstrahlte. Nachdem der König der Breisgauer sich wieder erhoben hatte, reichte man ihm einen Bogen und einen brennenden Pfeil. Kurz darauf flog das Geschoss zischend in den Himmel und senkte sich in einem weiten Bogen hinab ins Tal. Alle schauten gebannt nach Burgberg hinüber, wo man den Fruchtbarkeitsturm in Brand setzte. Ein ohrenbetäubender Lärm brach aus. Die Kinder und Halbwüchsigen rannten Hals über Kopf den Berg hinab und alle folgten ihnen nach. Immer wieder sah ich mich unterwegs nach der jungen Alamannin um. Vergebens!

Als wir den Festplatz erreichten, war es bereits dunkel und der Turm stand lichterloh in Flammen. Über den Vogesen schimmerte der Himmel rötlich und im Rheintal brannten viele Fruchtbarkeitsfeuer.

„Die Alamannen feiern das Erntedankfest im gesamten Gau!", stellte ich bewegt fest, als sich eine Hand auf meine Schulter legte. Erwartungsvoll drehte ich mich um. Vor mir stand König Meinrad.

„Farold!", sagte er. „Kommt mit, wir wollen heute Nacht feiern. Ihr Vandalen seid meine Ehrengäste!"

Die Becher wurden gefüllt und man prostete sich gegenseitig zu, als die Musikanten aufspielten und die Alamannen um das Feuer tanzten. Von tüchtigen Händen wurden dampfende Schüsseln aufgetischt. Es gab Wildschweinbraten mit Linsen und frisch gebackenes Brot. Als sich alle satt gegessen hatten, fingen die Alamanne inbrünstig an zu singen. Ihre Weisen handelten von der Natur, der Jagd, mutigen Helden und schönen Frauen. Später ging man dazu über, sich angeregt zu unterhalten oder drehte sich zu den Klängen der Instrumente im Kreis.

„Es ist bald Mitternacht!", sagte Meinrad zu Vater. „Höchste Zeit, die Lämmer zu opfern. Es wäre ein gutes Omen, wenn ihr daran teilnehmt, um die Götter milde zu stimmen."

Der Weg führte noch einmal in das Tal hinab und über den Steg zur Lichtung hinauf. Dort brannte ein Feuer, um das sich die Priesterin und die Festjungfrauen versammelt hatten.

„Bei Wodan!", dachte ich, als ich sie sah. „Sie ist wunderschön!"

Der König war vor der Priesterin auf die Knie gefallen. Eine Jungfrau reichte ihm einen Dolch, während man Meinrad drei Lämmer vor die Füße legte.

„Ihr Allmächtigen schaut herab auf unsere Opfergaben!", rief die Priesterin mit bebender Stimme über die Lichtung.

Im gleichen Augenblick schnitt der König einem Lamm die Kehle durch.

„Für unsere Ahnen!", schallte seine Stimme durch die Nacht.

Das nächste Tier war an der Reihe.

„Für eine gute Ernte!", lauteten diesmal seine Worte.

Beim letzten Opferlamm, rief er überschwänglich: „Für die Vandalen! Möge Wodan sie mit der Weisheit unserer Ahnen segnen!"

Die Priesterin und die jungen Frauen stimmten ein schwermütiges Lied an. Die Melodie kam mir bekannt vor. Im nächsten Augenblick fiel es mir wieder ein. Großmutter Merlinde hatte sie einst gesummt, wenn ich als Kind nicht einschlafen konnte. Ergriffen sah ich zu meinem Bruder hinüber. Der stand da und wischte sich ein paar Tränen aus den Augen.

„Ein gutes Omen!", dachte ich und stellte sogleich fest, dass die Nacht die junge Breisgauerin ein zweites Mal verschluckt hatte.

Als wir wieder auf der Festwiese ankamen, nahm ich all meinen Schneid zusammen.

„Wer sind die Frauen, welche der Priesterin zur Hand gehen und wo kommen sie her?", fragte ich den König.

Meinrad schaute mich geradewegs so an, als hätte er den tieferen Sinn meiner Frage verstanden.

„Es sind Töchter unserer Ältesten!", antwortete er. „Sie stehen der obersten Priesterin bei ihren heiligen Handlungen am Erntedankfest zur Seite. Morgen früh kehren sie in ihre Flecken zurück."

„Morgen schon!", dachte ich schwermütig.

Sooft ich mich auch noch umschaute, sie blieb zu meiner großen Enttäuschung verschwunden.

Der nächste Tag brachte mir die Gewissheit, dass der Met der Alamannen um einiges stärker war als der unsrige. Als die Sonne am Himmel ihren höchsten Stand erreicht hatte, ging es mir allmählich besser und ich stand auf. Marc lag noch immer auf einem Strohsack und schlief den ersten Rausch seines Lebens aus.

„Ich werde morgen früh mit Hagen und Volkher aufbrechen!", teilte Vater mit. „Auf der alten Römerstraße wollen wir über die schwarzen Berge nach Augusta Vindelicum gelangen. Möglicherweise bietet sich der Weg für unser Vorhaben an."

Er hielt mich fest und schaute mir beschwörend in die Augen.

„Farold! Du wirst auf deinen jüngeren Bruder acht geben, bis ich im Lenz zurückkehre. Sperrt eure Augen und Ohren auf und bereitet mir keine Schande!“

„Du kannst dich auf mich verlassen!“, versprach ich meinem besorgten Vater.

Ich dachte kurz nach.

„Auf dem Rückweg kommt ihr nicht mehr am Tal der Wiese vorbei. Falls du nichts dagegen hast, will ich mit Marc unsere Versippten in Steinhain aufsuchen.“

„Das ist ganz in meinem Sinn!“, erwiderte Vater. „Ich habe gestern Abend bereits mit dem König darüber gesprochen.“

Als Vater, Volkher und Hagen sich am nächsten Tag aufmachten, um nach Augusta Vindelicum zurückzukehren, stand ich mit Marc und dem König der Breisgauer auf dem Wehrgang. Schweren Herzens sah ich zu, wie sie den Berg hinabritten und im Rheintal verschwanden.

„Die Gelegenheit ist günstig!“, dachte ich.

„Herr!“, sprach ich Meinrad an. „Darf ich eine Bitte aussprechen?“

„Nur zu!“, forderte er mich auf.

„Wie ihr wisst, stammt meine Großmutter aus Steinhain. Mit meinem Bruder würde ich gerne unsere Versippten im Tal der Wiese aufsuchen.“

Er lächelte verständnisvoll.

„Ich habe mir schon Gedanken darüber gemacht, wo ihr beide euch über den Winter nützlich machen könnt!“, antwortete er. „Deshalb schicke ich euch morgen nach Steinhain. Dort sucht ihr den Sippschaftsältesten auf. Isfried war mit den seinigen am Erntedankfest in Burgberg und ich habe ihm bei dieser Gelegenheit angekündigt, dass er bald schon Besuch bekommt. Über die kalte Jahreszeit bleibt ihr bei ihm. Sobald ich im Lenz nach euch rufe, kommt ihr zurück.“

Zur selben Stunde packten Marc und ich die wenigen Habseligkeiten zusammen. Meinrad beschrieb uns zwei Wege, die nach Steinhain führen. Die Straße auf der wir gekommen waren und einen Wildpfad über die schwarzen Berge.

„Der ist zwar beträchtlich kürzer, aber auch weitaus gefährlicher!“, gab er zu bedenken. „Bei schlechtem Wetter sollte man ihn besser meiden und im Winter ist er nicht zu benutzen“.

Wir zogen es vor, auf der alten Römerstraße zu reisen und standen am späten Nachmittag vor der gemächlich dahinfließenden Wiese. Als ich mich einmal umschaute, sah ich zwei Reiter mit ein paar Packpferden, die uns in weitem Abstand folgten. Marc und ich ritten voll gespannter Erwartung in das grüne Tal der Wiese. Auf den saftigen Weiden grasten Schafe und Kühe. Ein Hirte stand neben seiner Herde. Wir winkten ihm zu und er erwiderte unseren Gruß. Die Sonnenstrahlen schienen an diesem spätherbstlichen Tag auf einen bunten Laubwald. Das Farbenspiel, welches sich meinem Bruder und mir darbot, war von einer unbeschreiblichen Schönheit.

„Großmutter Merlinde hat oft vom Liebreiz ihrer Heimat geschwärmt!“ Marc. „Heute kann ich sie nur zu gut verstehen!“

Mit meinen Gedanken war ich auf einmal in Hirschberg. Das Tal, der Fluss, die Wiesen und Wälder erinnerten mich an die verlassene Heimat an der Oder. Zum ersten Mal überkam mich so etwas wie Heimweh. Schweigend ritten wir in die Dämmerung hinein und plötzlich lag Steinhain vor uns. Hundegebell begleitete Marc und mich auf dem Weg in den Flecken, als lärmende Kinder auf uns zugelaufen kamen. Mein Bruder fragte sie nach dem Haus ihres Ältesten, worauf alle auf ein größeres Anwesen zeigten. Die vergnügte Schar lief voraus und wir folgten ihnen nach. Als ich mich umschaute, sah ich die beiden Reiter wieder.

„Merkwürdig!“, dachte ich.

Kurz darauf stand ich mit Marc vor einer Haustür und klopfte an. Ein Mann öffnete sie. Er hatte strahlend blaue Augen und kam mir bekannt vor.

„Wir kommen von König Meinrad und suchen den Ältesten!“, sprach ich ihn an. „Könnt ihr uns sagen, wo wir ihn finden?“

„Ihr braucht euch nicht weiter zu bemühen!“, antwortete er. „Man ruft mich Isfried!“

Eingehend musterte er meinen Bruder und mich. „Ihr seid sicherlich die jungen Vandalen, die mir der König angekündigt hat!“

Wir nickten ihm zu. Anschließend forderte der Alamanne uns auf einzutreten. In der Wohnstube saß seine Sippe beim Abendessen zusammen. Es gab reichlich Bohneneintopf. Später führte ein altes Weib meinen Bruder und mich in eine kleine Kammer, wo zwei Strohsäcke auf dem Lehmboden lagen. Daneben stand ein Eimer Wasser. Nachdem sie die Tür hinter sich zugezogen hatte, zogen wir die Kleider aus und wuschen uns. Danach legten wir uns müde von der Reise auf die Strohsäcke und schliefen ein.

Früh am Morgen stand ich mit dem ersten Hahnenschrei auf und trat vor das Haus. Die Sonne ging gerade über den Bergen auf. Neugierig lief ich auf einem Schotterweg durch den ansehnlichen Flecken im Tal der Wiese. Steinhain war wesentlich größer als Hirschberg. Vor den Häusern hatte man Gemüsegärten angelegt. Mitten im Ort befand sich ein Ziehbrunnen und am Ortsausgag floss die Wiese gemächlich vorbei. Ich machte kehrt und ging zurück. Alle Leute, denen ich unterwegs begegnete, musterten mich zwar neugierig, grüßten aber höflich. Als ich in die Stube meines Gastgebers eintrat, saß seine Sippe um einen reichlich gedeckten Tisch. Mitten unter ihnen entdeckte ich meinen Bruder, der sich mit Isfried unterhielt. Es gab eine Morgenkost, so wie ich es von Großmutter her gewohnt war. Die Kinder schauten Marc und mir beim Essen neugierig zu und tuschelten gelegentlich miteinander. Am Ende des Tisches saß der Hausherr. Mir fiel auf, dass er immer wieder einmal das blaue Amulett Großmutters und den goldgelben Bernstein von Gunna betrachtete.

„Eigenartig!", dachte ich.

Nach dem Essen forderte Isfried meinen Bruder und mich auf, mit ihm nach draußen zu gehen. Dort setzten wir uns auf eine Holzbank.

Auf einmal sagte er: „Ich habe euch schon einmal beim Erntedankfest in Burgberg gesehen!"

Schlagartig fiel es mir wieder ein. Er saß mit einem Knaben neben mir am Tisch, als ich zum ersten Mal meine schöne Unbekannte sah.

„Der König hat mich gebeten, euch in Steinhain aufzunehmen. Zwei seiner Recken haben gestern Abend ein paar Säcke Bohnen und Getreidekörner gebracht, damit ihr gut über den Winter kommt. Ständig frage ich mich, warum gerade mir diese Ehre zuteil wurde. Hat das womöglich etwas mit dem blauen Amulett zu tun, welches ihr um den Hals tragt?"

„Das mag schon sein!", erwiderte ich. „Es gehört meiner Großmutter!"

„Wie heißt eure Großmutter?"

„Merlinde!"

Der Alamanne wurde blass, erhob sich und forderte Marc und mich auf, mit ihm zu gehen. Isfried lief zielstrebig auf ein Anwesen zu. Energisch klopfte er mit der Faust gegen die Haustür, worauf eine stämmige, ältere Frau öffnete und uns misstrauisch beäugte.

„Wer ist da?", rief eine männliche Stimme aus dem Haus.

„Isfried und zwei junge Männer!", antwortete sie mürrisch.

„Was will er?"

„Ich habe Besuch mitgebracht!", erwiderte der Älteste.

Die Alamannin sah Marc und mich abwechselnd an, als sich jemand hinter ihr bemerkbar machte. Sie trat etwas zur Seite, worauf sich ein kleinwüchsiger Mann, auf einen Stock gestützt, an ihr vorbeidrückte. Vor uns blieb er stehen.

„Wer seid ihr und was wollt ihr?"

„Zwei junge Vandalen!", gab ihm Isfried zur Antwort.

In diesem Moment stieß sie einen markerschütternden Schrei aus und fing heftig an zu weinen. Ihre Sippe kam aus dem Haus gelaufen, alle fragten erregt, was vorgefallen sei. Isfried und ich zuckten hilflos mit den Achseln, während mein Bruder da stand und die schluchzende Alamannin fassungslos anstarrte. Die konnte sich gar nicht mehr beruhigen und der kleine Mann schaute Marc und mich immer bedrohlicher an. Ein kleines Mädchen hatte einen Schemel geholt und die beleibte Breisgauerin setzte sich darauf. Vorwurfsvolle, erboste Blicke trafen meinen Bruder und mich. Der Älteste der Steinhainer hatte sich schützend vor uns gestellt.

„Sie haben nichts bößartiges getan!", rief er beschwörend. „Wodan ist mein Zeuge! Robert halte deine Sippe zurück!"

Die Frau rang nach Luft, hielt eine Hand vor den Mund und zeigte mit der anderen immer wieder auf mich.

„Niemand wird euch ein Leid zufügen!", ertönte auf einmal die Stimme des kleinen Mannes.

Worauf ihn alle verwundert ansahen.

„Wo habt ihr das Amulett her?“, wollte Robert von mir wissen.

„Es gehört meiner Großmutter!“

Die stämmige Steinhainerin stieß einen herzzerreißenden Seufzer aus. Im nächsten Augenblick stand sie auf und kam auf mich zu. Mit liebevollen Augen sah sie mich an und drückte mich so fest an ihre üppigen Brüste, dass ich fast keine Luft zum Atmen bekam.

„Bist du wirklich der Enkel meiner Schwester Merlinde?“, fragte die Alamannin in einer mir wohlbekannten Mundart.

„Wenn ihr Friedegunde seid, dann bin ich es!“

„Ich habe es in dem Moment gewusst“, erklärte Robert, „als ich das Amulett um deinen Hals erkannte. Es gehörte meiner Mutter! Wie heißt du?“

„Farold!“

„Wer ist dein junger Freund?“

„Mein Bruder Marc!“

Jetzt musste er sich die herzhafte und kraftvolle Umarmung seiner Großtante über sich ergehen lassen.

„Eurer Schwester Merlinde geht es gut!“, lauteten meine Worte. „Sie wird euch im Frühjahr besuchen!“

Friedegunde liefen Tränen der Freude über ihre dicken, roten Wangen. Auf einmal nahm sie Marc und mich an der Hand und zog uns ins Haus hinein. Ihre Sippe folgte uns nach.

„Wo ist Merlinde?“, wollte sie wissen, als wir in der geräumigen Stube beisammensaßen.

Bereitwillig beantworteten Marc und ich zunächst diese und danach eine ganze Reihe weiterer Fragen. Ausführlich schilderten wir unseren versippten Alamannen, wie es Großmutter ergangen war und wo sie jetzt lebte.

Immer wieder rief Friedegunde dazwischen: „Freya, dass ich das noch erleben darf!“

Später aßen wir gemeinsam zu Abend. Währenddessen holte man unser Gepäck. Großtante Friedegunde und Großonkel Robert bestanden darauf, dass Marc und ich unter dem Dach ihres Hauses überwintern.

Im Anwesen meiner versippten Alamannen lebten insgesamt vierzehn Menschen zusammen. Die Eltern von Großmutter Merlinde waren schon vor vielen Jahren verstorben. Robert war zwar der an Jahren Älteste, aber sein Sohn Ernst führte die Sippe an. Das Sagen aber hatte Friedegunde, das fand ich sehr schnell heraus.

Marc und ich wurden zum Schafe hüten eingeteilt. Wir trieben die Tiere jeden Morgen aus dem Stall auf die Weide und gaben den Tag über auf sie acht. Mit dem Einbruch der Dämmerung kamen wir zurück und stärkten uns für gewöhnlich im Kreise der Sippe.

Eines Tages fuhr ich mit Ernst und Marc auf einem Ochsenkarren in den Wald. Ein eiskalter Wind wehte von den Höhen der Berge herab.

„Es liegt Schnee in der Luft!", meinte der Älteste. „Der Winter steht vor der Tür!"

Er schnalzte mit der Zunge, worauf die Ochsen es etwas schneller angehen ließen.

„In ein paar Tagen feiert die Sippschaft das Fest der Wintersonnenwende. Wir holen Holz aus dem Wald, bringen es nach Steinhain und stapeln es zu einem großen Haufen am Ufer der Wiese auf. Am kürzesten Tag des Jahres zünden wir es mit Einbruch der Dunkelheit an. Dazu wird heißer Honigmet getrunken und beim gemeinsamen Schmaus ordentlich zugelangt. Wenn die Instrumente der Spielleute erklingen, tanzen wir vergnügt um das Feuer."

Ein paar Tage später war es soweit. Auf ihren Flöten, Zupfen und Trommeln spielten die Musikanten auf. Zusammen mit Robert, Ernst und Marc ließ ich es mir gut gehen. Der heiße Met wärmte mich gehörig auf und das Suppenfleisch mundete ausgezeichnet. Auf einmal kam Friedegunde dahergelaufen. Sie blieb vor uns stehen, schaute erbost und stemmte ihre kräftigen Hände in die beleibten Hüften.

„Saufbolde! Alle miteinander!", rief sie unüberhörbar.

Nachdem sie sich schimpfend davongemacht hatte, fingen Robert und Ernst an zu lästern.

„Trinkt ja nicht zuviel Met, Vandalen!", feixte mein Großonkel.

„Sonst reißt sie euch noch die Köpfe ab!", fügte der Älteste hinzu.

Beide standen lachend auf und folgten ihr nach.

„Was für ein Unterschied!", dachte ich. „Großmutter Merlinde ist eine zierliche und einfühlsame Frau, ganz im Gegensatz zu ihrer kräftigen und derben Schwester. Dennoch haben sie eines gemeinsam: Ein gutes Herz!"

Ich unterhielt mich gerade mit meinem Bruder Marc, als sich zwei junge Frauen zu uns an den Tisch gesellten. Ich sah sie an und glaubte meinen Augen nicht trauen zu können. Vor mir saß die schöne junge Frau vom Erntedankfest in Burgberg.

„Das ist doch nicht möglich!", war mein erster Gedanke. „Wo hat Sie sich nur die ganze Zeit über verborgen?"

Lächelnd sah sie mich an, als die Musikanten aufspielten. Ich nahm all meinen Schneid zusammen.

„Wollen wir tanzen?", fragte ich sie.

„Ja!", lautete die erlösende Antwort.

„Dieses traumhafte Geschöpf hat soeben ja gesagt!", stellte ich erleichtert fest.

Wir standen auf und gingen zum Tanzplatz. Als ich meine Hände behutsam um ihre schlanke Taille legte und gleichzeitig ihre Handflächen auf meinen Schultern verspürte, glaubte ich eine Fee in den Händen zu halten. Wir drehten uns zum Takt der Musik im Kreis. Das klappte auf Anhieb ganz gut und ich hatte das Gefühl zu schweben.

„Wie heißt du?", fragte ich sie.

„Ida!"

„Das klingt nach einem griechischen Namen!"

„Woher weißt du das?"

„Ich hatte einmal einen Griechen als Hauslehrer!"

Fieberhaft grübelte ich nach.

„Ida bedeutet im Griechischen Gottesgeschenk!"

Wir sahen uns in die Augen.

„Du hast recht!", erklärte die Breisgauerin. „Meine Mutter hat ihn ausgewählt!"

„Wer ist deine Mutter!"

„Die Frau von Isfried."

„Dem Ältesten?“

„Ja! Er ist mein Vater!“

„Ich habe dich noch nie in seinem Haus gesehen!“

„Kein Wunder!“, entgegnete sie. „Ich war ein paar Wochen bei meiner Base in Burgberg zu Besuch und bin erst gestern Abend wieder heimgekehrt.“

Die Musik hatte aufgehört zu spielen und wir gingen vom Tanzplatz. Ganz in der Nähe des Feuers setzten wir uns an einen Tisch. Dort hatten wir uns sehr viel zu sagen. Die junge Alamannin war im Spätsommer siebzehn Jahre alt geworden und wollte von mir wissen, wie ich heiße, woher ich komme und was mich nach Steinhain verschlagen hat. Aufmerksam hörte sie mir zu und sah mich mit ihren großen, grünbraunen Augen hinreißend an. Die Zeit verging in dieser unvergesslichen Nacht viel zu schnell. Als es anfing zu tagen, brachte ich Ida nach Hause.

Das Weihnachtsfest des Jahres vierhundertundvier hatte für die Alamannen so gut wie keine Bedeutung. Unter ihnen gab es nur sehr wenige Christen. Es schneite in einem fort und niemand verließ ohne triftigen Grund das Haus. In diesen strengen Wintertagen sah ich Ida eine Zeit lang nicht mehr. Sehnsüchtig schmachtete ich von einem Tag zum anderen dahin, bis ich es nicht mehr aushielt. Kurz entschlossen zog ich mir meine Pelzjacke, die gefütterten Stiefel, Fäustlinge und Mütze an und stapfte durch den hohen Schnee auf das Anwesen von Isfried zu. Mit der Faust klopfte ich an die Tür. Der Hausherr öffnete und bat mich einzutreten.

„Wir haben Besuch!“, rief er in die behagliche Wohnstube.

Ida schaute mich überrascht an.

„Bring uns frische Milch!“, forderte der Älteste seine Tochter auf.

Worauf sie aus der Stube lief. Kurz darauf kam Ida mit einem vollen Krug zurück. Vergebens versuchte ich von ihr einen flüchtigen Blick zu erhaschen, als sie mir einschenkte.

„Wie gefällt es euch in Steinhain?“, fragte mich Isfried.

„Gut!“, erwiderte ich.

Danach stellte er mich seiner Frau Heidrun vor.

An diesem Tag blieb ich sehr lange im Hause des Ältesten. Idas Mutter lud mich zum Abendessen ein. Währenddessen erzählte ich der aufmerksamen Sippe, wo ich schon überall war, wie es mir dort ergangen ist, was für Menschen ich kennengelernt habe und welche Abenteuer ich erlebte. Sehr viele Fragen hatte ich danach zu beantworten. Nebenbei fand ich heraus, dass Ida zwei Schwestern hat. Die Ältere hieß Arnhild und die Jüngere Edeltraud. Am späten Abend verabschiedeten sich zuerst die Kinder und später die Frauen und Männer von mir, um ihre Schlafstätten aufzusuchen. Ich wollte gerade aufstehen, als Isfried mich aufforderte noch etwas zu bleiben. Auf einmal saß ich mit ihm und Ida alleine da. Leutselig begann er über sein Leben zu erzählen. Währenddessen suchten und fanden sich zwei junge Augenpaare. Ab und zu berichtigte oder ergänzte Ida seine überaus unterhaltsamen und interessanten Erzählungen.

„Vater und Tochter verstehen sich ganz gut!“, stellte ich fest.

Zunächst gewann ich den Eindruck und später die Gewissheit, dass er sie wie einen Sohn behandelte. Gemeinsam fällten sie Bäume, bestellten die Felder, gingen fischen oder besserten die Weidezäune aus. Vater und Tochter schwelgten in Erinnerungen und ich hörte ihnen dabei aufmerksam zu. Später kamen sie auf ihre große Leidenschaft, die Jagd, zu sprechen. Ein Wort ergab das andere und zu guter Letzt luden sie mich ein, mit ihnen auf die Pirsch zu gehen. Es war schon nach Mitternacht, als wir uns voneinander verabschiedeten. Isfried brachte mich zur Haustür. Gut gelaunt stapfte ich in einer eiskalten Winternacht durch den hohen Schnee zum Anwesen meiner Sippe zurück.

In der Scheune übte ich mit Marc fast jeden Tag den Umgang mit den Waffen. Dem schloss sich in aller Regel ein Ringkampf an. Robert und Ernst sahen uns gelegentlich dabei zu und machten sich über unsere Patzer lustig. Während meinen häufigen Besuchen bei Isfrieds Sippe hatte ich das Gefühl, dass Ida sich darüber freute, es sich aber nicht anmerken ließ. Als die Tage wieder länger wurden und der Winter sich allmählich dem Ende zuneigte, war es endlich soweit. Isfried und Ida wollten mit mir auf die Jagd gehen.

„Wir werden ein paar Tage und Nächte in den Bergen bleiben!“, ließ mich der Älteste wissen.

Einem Wildpfad folgend, ritten wir auf unseren Pferden steil bergauf. Unterwegs kamen wir an einer Lichtung vorbei, auf der drei mächtige Eschen standen.

„Das ist der heilige Rain der Steinhainer!", teilte mir Isfried ehrfürchtig mit. „In den Bäumen leben die Geister des Waldes. Niemand darf ihnen zu nahe treten!"

Er lenkte sein Pferd im großen Abstand um die Eschen herum. Währenddessen zeigte er auf einen Berggipfel.

„Wir reiten dort hinauf!"

Es fing bereits an zu dämmern, als wir auf der Kuppe ankamen. Wir stiegen von den Pferden und sammelten trockenes Brennholz. Als es dunkel wurde, brannte ein wärmendes Feuer. Isfried machte sich mit einer Axt an einer Brombeerhecke zu schaffen, währdend Ida und ich das Lager herrichteten. Er schlug die Hecke entzwei und verstreute die dornigen Äste um uns herum. Verwundert schaute ich ihm dabei zu.

„Warum tut ihr das?", fragte ich.

„Kein wildes Tier läuft gerne auf Dornen!", lautete seine einleuchtende Antwort.

Nach dem Essen legten wir uns hin. Gemeinsam schauten wir in einen sternenklaren Himmel hinauf.

„Habt ihr meine Großmutter gekannt?", fragte ich in die Nacht hinein.

„Nein!", antwortete Isfried. „Die Alten sagen, dass sie eine schöne, junge Frau war, als die Eurigen sie entführten."

„Wie hat sich das zugetragen?"

„Die Vandalen kamen wahrscheinlich von einem Raubzug aus dem Imperium zurück", fing er an zu erzählen.

„Merlinde hütete die Schafe ihrer Sippe. Als sie am Abend nicht heimkehrte, machte man sich Sorgen und fing an nach ihr zu suchen. Das Einzige was man in der Nähe der Herde fand, waren die Hufabdrücke vieler Pferde. Unsere Recken nahmen sofort die Verfolgung auf. Die Spuren führten nach Osten. Ein Hegauer hatte eine Horde Vandalen in der Nähe der Stadt Constantia gesehen. Hinter dem raetischen *limes* verloren sich die Fährten und der Suchtrupp kehrte schwer enttäuscht und völlig niedergeschlagen in das Tal der Wiese zurück. Die

Mutter von Merlinde wurde vor Kummer krank und starb im darauffolgenden Winter."

Isfried hatte aufgehört zu sprechen und ich lauschte in die Stille der Nacht. Weit entfernt hörte man Wölfe heulen.

„Sie beten den Mond an!", flüsterte Ida.

Nur das Knistern des brennenden Holzes war noch zu hören.

„Seit deiner Ankunft in Steinhain habe ich sehr viel nachgedacht!", unterbrach der Älteste die wohltuende Ruhe. „Es war sicherlich kein Zufall, dass ihr unseren König aufgesucht habt."

Er drehte sich zu mir um.

„Nein!", lautete meine Antwort.

„Darf man erfahren, was ihr mit Meinrad zu besprechen hattet?"

Ich wollte ihm gerade antworten, als ganz in der Nähe ein Wolf heulte. Rasch stand ich auf und warf Holz in das zur Neige gehende Feuer.

„Mein Stamm will durch den Breisgau an den Rhein ziehen!", vertraute ich Vater und Tochter an.

Plötzlich fingen die Pferde ängstlich an zu wiehern. Sofort lief ich zu ihnen hinüber und versuchte sie zu beruhigen. Als ich mich hilfesuchend zu Isfried und Ida umschaute, warf sie ein Jagdmesser dicht an meinem Kopf vorbei. Zu Tode erschrocken drehte ich mich erneut um und sah wenige Schritte vor mir einen leblosen Wolf auf dem Waldboden liegen. In seiner Brust steckte das Messer. Im gleichen Augenblick wurde mir bewusst, in welch großer Gefahr ich mich befunden hatte.

„Danke!", sagte ich erleichtert.

Die Pferde fingen wieder an zu wiehern, worauf ich meinen *pugio* aus der Scheide zog und zur Schlafstatt lief, um die Streitaxt zu holen. Plötzlich sprang ein Wolf Isfried aus der Dunkelheit an und biss ihn in die Schulter, bevor der Alamanne ihn abschütteln konnte. Er fiel direkt vor meine Füße. Im nächsten Augenblick stand er wieder auf allen Vieren und fletschte mir knurrend die Zähne entgegen. Ohne zu zögern schlug ich mit der Axt zu. Die Wucht des Schlages spaltete seinen Schädel. In diesem Moment rief Ida: „Pass auf! Farold!"

Ich drehte mich auf der Stelle um, gerade noch rechtzeitig, um einen weiteren Wolf mit dem *pugio* und der Axt abzuwehren. Er fiel in die ausgelegten Brombeeräste und zog es humpelnd vor im Unterholz zu verschwinden. Ida stand am Feuer und warf ihm ein brennendes Holzscheit hinterher. Ein gutes Dutzend leuchtend gelber Augenpaare konnte ich in der Dunkelheit ausmachen.

„Es ist ein Rudel!", rief Ida, nahm einen Spieß und schleuderte ihn in die Nacht, worauf ein klägliches Winseln zu hören war.

Auf alles gefasst, standen wir mit dem Rücken zum Feuer und spähten angespannt in die Dunkelheit. Doch nichts geschah!

Ida warf erneut einen brennenden Ast in den Wald. Schemenhaft konnte ich erkennen, wie sich gleich mehrere Wölfe über ihren aufgespießten Artgenossen hermachten. Sofort ließ ich Axt und Dolch fallen, nahm meinen Bogen und einen Pfeil, spannte damit die Sehne an, zielte zwischen zwei gelbe Punkte und ließ los. Ein Wolf brach tödlich getroffen zusammen. Im nächsten Augenblick war er die Beute seines Rudels. Ich wiederholte dies ein zweites Mal, worauf sich das Rudel endlich davonmachte.

„Bist du verletzt Farold?", fragte Ida besorgt.

„Nein!", antwortete ich. „Und du?"

Sie schüttelte den Kopf und lief zu ihrem Vater, untersuchte die Bisswunde, reinigte sie mit Tresterwasser und verband die Blessur mit Leinenstreifen.

Wir blieben die ganze Nacht über wach und hüteten gemeinsam das Feuer. Als der Tag erwachte, sahen wir uns erst einmal um. Das Rudel hatte ein Pferd gerissen. Zottel stand völlig verstört daneben. Alles in allem zählten wir sechs tote Wölfe. Zwei von ihnen hatten ihre Artgenossen zerfleischt. Den anderen zog Ida das Fell über die Ohren.

In den kommenden Tagen gingen wir dem Waidwerk nach und in den Nächten hielten wir abwechselnd Wache. Kein Wolf ließ sich mehr blicken. Als wir unser Lager auflösten und alles zusammenpackten, hatten wir sieben Schneehasen, zwei Wiesel, einen Marder, drei Rehe, einen Fuchs, zwei Auerhähne sowie ein Wildschwein erlegt. Früh am Morgen brachen wir auf und trafen am späten Nachmittag in Steinhain ein. Isfried lud mich am kommenden Abend zum Schmaus. Sehr gern nahm ich die Einladung an.

Stolz zeigte ich den Meinigen das Fell eines ausgewachsenen Wolfes. Danach musste ich ausführlich berichten, was sich während der Jagd in den Bergen zugetragen hatte. Als ich damit fertig war, schaute ich zu Friedegunde hinüber. Sie saß schweigend da und sah mich genauso liebevoll an wie ihre Schwester Merlinde.

Ich konnte es kaum noch abwarten, bis die Dämmerung hereinbrach und ich mich auf den Weg zum Anwesen des Ältesten aufmachte. Unterwegs stellte ich erfreut fest, dass die Bäume austrieben. Der Lenz hatte im Tal der Wiese Einzug gehalten. Ida öffnete die Tür, nahm mich bei der Hand und ging mit mir ins Haus. In der Wohnstube saß die gesamte Sippe zusammen und hieß mich willkommen. Neben Isfried setzte ich mich an den gedeckten Tisch, während Ida mit ihrer Mutter am Herdfeuer stand und das Essen zubereitete. Ab und zu schaute sie zu mir herüber. Während dem Schmaus begann Isfried zu erzählen, was wir auf der Jagd erlebt hatten. Alle hörten ihm mit wachen Sinnen zu. Als er die Taten von Ida und mir in allen Einzelheiten schilderte und in den höchsten Tönen lobte, wusste ich nicht so recht wie ich mich verhalten sollte. Betreten senkte ich mein Haupt. Es war schon um die Mitte der Nacht, als mich Ida an die Haustür brachte. Zusammen traten wir in die Dunkelheit hinaus. Über uns leuchteten abertausende Sterne am Himmelszelt.

„Ich bin sehr stolz auf dich!“, flüsterte sie.

Behutsam nahm ich sie in meine Arme. Zum ersten Mal küssten wir uns in dieser unvergleichbar schönen Nacht.

An einem herrlichen Frühjahrstag holte ich Ida von zu Hause ab. Wir ritten an der Wiese entlang flussaufwärts. Gemeinsam erfreuten wir uns an der schönen Landschaft. Schließlich kamen wir an eine Stelle, wo ein Bach plätschernd in die Wiese mündete. Ida und ich beschlossen seinem Lauf in die Berge zu folgen. Die Sonne stand schon hoch oben am Himmel, als wir auf eine Lichtung kamen. Eine bunte Blumenwiese breitete sich einladend vor uns aus.

„Lass uns hier rasten, Farold!“, rief mir Ida zu und hielt ihre Stute an.

„Ein schöner Flecken!“, dachte ich.

Kurz darauf lagen wir nebeneinander auf einer Wolldecke und schauten in die Blätter einer Linde. Über uns zwitscherten die Vögel und ich genoss die behagliche Nähe von Ida. Nach einer Weile drehte ich den Kopf zur Seite und sah in ihre großen, grünbraunen Augen. Ohne etwas zu sagen, beugte ich mich über die junge Alamannin und wollte sie gerade küssen, als auf einmal sagte: „Es ist an der Zeit, dass wir uns stärken!"

Während dem Essen erzählte die Breisgauerin mir einiges über ihre kleinen Sorgen und großen Sehnsüchte. Mit offenen Ohren hörte ich ihr schweigend zu. Der friedliche Ort, an dem wir uns befanden, strahlte eine wunderbare Stimmung aus. Entspannt schloss ich meine Augen.

Als ich wieder aufwachte, lag Ida schlafend neben mir. Eingehend sah ich mir ihre hohe Stirn, die Wimpern, die geschlossenen Lieder, die Nase und wohlgeformten Lippen, Wangen sowie Ohren an. Leise stand ich auf und ging über die Blumenwiese zum Gebirgsbach. Dort zog ich die Kleider aus und stieg in das kalte Wasser. Die Erfrischung tat mir gehörig gut. Nach dem Bad zog ich mich wieder an, lief zurück und legte mich zu Ida. Als sie aufwachte, nahm ich sie in meine Arme, drückte die junge Frau gefühlvoll an mich und begann damit sie liebevoll zu küssen. Zärtlich erwiderte sie die Liebkosungen, während meine Hände behutsam ihren geschmeidigen Körper streichelten. Sie ließ mich gewähren und atmete dabei spürbar ein und aus. Ihr Herz pochte heftig, als wir dem wechselseitigen Drängen und Verlangen nachgaben. Allein die Sonne, die Pferde und ein paar Vögel sahen dabei zu, wie wir uns an diesem unvergesslichen Frühlingstag unter einer Linde liebten.

Spät am Abend kehrten wir nach Steinhain zurück. Es sollte nicht das letzte Mal gewesen sein, dass wir unsere Blumenwiese in den Bergen aufsuchten. So vergingen allmählich die Tage, Wochen und Monate und eh ich mich versah, war der Sommer im Breisgau eingezogen. Ida und ich waren ein verliebtes, untrennbares Paar und freuten uns auf jeden Tag, den wir zusammen verbringen durften.

Damals kam ein Bote des Königs nach Steinhain. Sein Auftrag führte ihn in das Haus des Sippschaftsältesten. Isfried ließ mir ausrichten, dass er Marc und mich sprechen möchte. Wir machten uns sofort auf den Weg.

„Der König erwartet uns!", teilte er ohne Umschweife mit. „Morgen früh reiten wir nach Burgberg. Die Eurigen sind auf dem Weg in den Breisgau!"

„Sie kommen!", sagte ich überglücklich. „Endlich! Sie kommen!"

Im nächsten Augenblick stellte ich fest, dass seine Tochter nicht da war.

„Wo ist Ida?", fragte ich Isfried.

„Bei Versippten im Rheintal!"

„Wann erwartet ihr sie zurück?"

„Heute Abend!"

Marc und ich packten unsere Sachen zusammen. Nach dem Abendessen ging ich noch einmal hinüber zum Anwesen des Ältesten. Ida öffnete mir die Tür, sah mich mit traurigen Augen an und gab mir zur Begrüßung einen flüchtigen Kuss. Anschließend spazierten wir zur Wiese und setzten uns ins hohe Gras.

„Vater hat mir berichtet, dass die Eurigen auf dem Weg in den Breisgau sind!", sagte sie mit sorgenvoller Miene.

Ich nickte stillschweigend.

„Er glaubt, dass es zu einem Feldzug gegen die Römer kommt."

„Schon möglich!", stimmte ich verhalten zu.

„Will dein Stamm tatsächlich über den Rhein und weiter nach Westen ziehen, um dort eine neue Heimat zu suchen?"

Ida sah mir in die Augen.

„Eine Seherin hat meinen Ahnen vor sehr vielen Wintern prophezeit, dass wir Vandalen eine weite Wanderung bis an das Ende der Welt unternehmen und bestehen werden!"

Sie unterbrach mich.

„Hinter den Vogesen befinden sich die römischen Provinzen Galliens und noch lange nicht das Ende der Welt!"

„Sei nicht so missmutig, Ida!", erwiderte ich. „Noch ist nichts entschieden!"

Worauf sie mir eine Antwort schuldig blieb. Schweigend schauten wir auf die vorbeifließende Wiese. Meine Gedanken wanderten zu meiner Sippe, welche dabei war, die uralte Vorhersage zu erfüllen.

„Es ist an der Zeit nach Hause zu gehen!", erklang die Stimme von Ida. „Du hast morgen einen weiten Weg vor dir." Hand in Hand gingen wir den Weg zurück.

Am nächsten Tag verabschiedeten sich mein Bruder und ich von der Sippe Roberts. Wir mussten ihnen versprechen, dass wir mit Großmutter Merlinde, sobald wie möglich, zurückkommen würden.

„Farold!", sagte der Älteste, als Marc und ich ihn abholten. „Im Haus wartet jemand auf dich. Wir reiten inzwischen voraus!"

Ida lag auf ihrer Schlafstatt und weinte. Als sie mich bemerkte, setzte sie sich aufrecht hin und wischte sich die Tränen aus dem Gesicht.

„Ich bin gekommen, um mich von dir zu verabschieden"

„Werden wir uns jemals wiedersehen?"

„Aber gewiss doch!"

Behutsam band ich ihr das blaue Amulett um den Hals.

„Pass gut darauf auf!", ermahnte ich sie. „Es gehört meiner Großmutter! Sie will es eines Tages wieder haben."

Ihre Augen fingen an zu glänzen und wir küssten uns zum Abschied. Schweren Herzens ließ ich Ida los, lief rasch nach draußen, schwang mich auf Zottel und galoppierte davon.

Kapitel XVII

Zum Rhein

Die alte Römerstraße vom Rhein über die schwarzen Berge bis an den ehemaligen *limes,* befand sich in einem bemerkenswert guten Zustand. Am siebten Tag nach dem Aufbruch aus Burgberg, stand Adalhard vor Widukind in Augusta Vindelicum, um Bericht zu erstatten. Der Hauptmann der Roten wollte von dem zurückgekehrten Kundschafter alles über die römischen Brückenköpfe und militärischen Einrichtungen entlang des Rheins erfahren. In allen Einzelheiten beantwortete der Hirschberger seine vielen Fragen anhand einer selbst angefertigten Landkarte, umfangreichen Skizzen und Aufzeichnungen.

„Drei Fakten beunruhigen mich!", fasste Widukind zusammen, nachdem er sich einen ersten Überblick verschafft hatte. „Erstens wird man einen größeren Zug von westwärts ziehenden Vandalen vor den Römern nicht gänzlich verbergen können. Zweitens befindet sich auf dem Weg zum Rhein kein einziges Vorratslager und drittens wollen die Breisgauer nur unseren Stamm durch ihr Gebiet ziehen lassen. Die Hasdingen, Alanen und Sueben müssen sich einen weiter nördlich gelegenen Weg suchen."

Er grübelte nach und betrachtete unterdessen die Karte.

„Ausgezeichnete Arbeit!"

„Wie geht es weiter?", wollte Adalhard erfahren.

„Wir erwarten im Lenz die Unterhändler zurück, welche die Könige zu den Goten, Markomannen und Römern ausgesandt haben. Danach werden wir entscheiden."

Im Frühjahr des Jahres vierhundertundfünf war es soweit. Man hatte sich zur Lagebesprechung im königlichen Anwesen eingefunden. Atax berichtete den Königen der Vandalen und Sueben sowie dem Khan der Wölflinge, dass Flavius Stilicho bei Pavia ein Heer zusammenziehe.

„Der oberste Heermeister der Römer rechnet damit, dass die Goten sehr bald schon in die oberitalienischen Provinzen einfallen!", erklärte der Alane. „Stilicho hat alle Förderaten Roms aufgefordert, dem Imperium beizustehen."

Fürst Guntherich hatte im Winter den Gotenfürsten Radagais aufgesucht. Der Vandale berichtete, dass er auf den Vorschlag des Goten nicht einging, einen gemeinsamen Feldzug in das Imperium zu unternehmen, um nach einem Sieg über die Römer wieder getrennte Wege zu gehen.

Als Nächster war der Fürst der Sueben an der Reihe. Ermanerich schilderte den Verlauf seiner Begegnung mit einem König der Markomannen. Der war zwar gewillt die Stämme durch seinen Gau ziehen zu lassen, verlangte dafür aber die unglaubliche Summe von sage und schreibe zehntausend Goldmünzen. Der Suebe schlug dennoch vor darauf einzugehen, um auf der alten Römerstraße unbehelligt nach Norden ziehen zu können.

„Die Straße führt von Augusta Vindelicum an den Main!", erklärte er. „Der Fluss mündet weiter westlich, in der Nähe der Stadt Mogoniacum, in den Rhein!"

Anschließend legte Adalhard die Gründe der Breisgauer dar, warum sie lediglich die Silingen durch ihre Landstriche ziehen lassen wollen und teilte einer überraschten Schar mit, dass der Stamm sich ernsthaft mit dem Gedanken trägt, zusammen mit den verbündeten Stämmen, in das Imperium einzudringen.

Widukind erstattete als letzter Bericht.

„Die Versorgung von mehreren zehntausend Menschen ist ein gigantisches Unterfangen und eine logistische Herausforderung, die seinesgleichen sucht!", waren seine einleitenden Worte.

Den Anwesenden wurde während seines Vortrages bewusst, dass dies das größte Problem der bevorstehenden Wanderung darstellt. Eine lang anhaltende Aussprache schloss sich seinen Ausführungen an.

„Die Gelegenheit ist günstig! Wir sollten es wagen!", erklärte Gundolf entschlossen, nachdem man vieles besprochen und sorgfältig abgewägt hatte. „Die Goten Radagais werden in die oberitalienischen Provinzen Roms eindringen. Der *limes* am Rhein ist von den wenigen dort stationierten römischen Truppen, gegen die vereinte Streitmacht der Alamannen,

Sueben, Alanen und Vandalen, nicht zu halten. Wir brauchen die Tür in das westliche Imperium nur noch aufzustoßen."

„Ihr habt vermutlich recht!", pflichtete ihm König Lothar bei. „Doch wie sollen so viele Menschen über den Rhein gelangen? Wenn die Römer von unserem Vorhaben erfahren, werden sie die Brücken über den Strom zerstören und die Fähren in den Fluten versenken."

„Erst einmal müssen wir den Rhein erreichen!", warf Godegisel ein. „Danach werden wir weitersehen!"

„Richtig!", pflichtete ihm der Khan der Alanen bei.

Alle denkbaren Möglichkeiten eines Einfalls in das Imperium wurden durchgesprochen und immer wieder verworfen. Als der Morgen anbrach, meldete sich der Khan zu Wort.

„Wir haben uns gemeinsam auf den Weg gemacht, um unsere Stämme in eine verheißungsvolle Zukunft zu führen. Habt ihr das schon vergessen?"

Mit finsterer Miene schaute er sich um.

„Mein Stamm erwartet von mir, dass ich eine Entscheidung treffe!"

Die Anwesenden sahen ihn betreten an.

„Es ist alles gesagt!", fuhr er fort. „Wir Alanen brechen auf und ziehen in ein Land, das vor vielen Wintern einmal Gallien hieß. Bei Mogontiacum werden wir zuerst die Brücke über den Rhein und danach die Stadt erobern!"

Godegisel war aufgestanden.

„Ich werde am Thing dafür eintreten, dass wir Hasdingen uns den Alanen anschließen!"

„Eure Worte haben auch mich überzeugt!", erklärte Gundolf und Tharwold fügte hinzu: „Die Silingen ziehen durch die Gaue der Alamannen und fallen zusammen mit den Breisgauern in das römische Imperium ein!"

Alle Augenpaare waren auf den König der Sueben gerichtet.

„In meinem Stamm gibt es zwei Betrachtungsweisen!", erklärte Lothar. „Die einen wollen bleiben und sich mit Stilicho vereinbaren, während die anderen eure Ansichten teilen. Ich werde die Ältesten zusammenrufen, um darüber zu beraten und zu entscheiden."

Bei den Silingen und Hasdingen führten die einberufenen Heeresversammlungen zu klaren Ergebnissen. Sie sprachen sich mit überwältigender Mehrheit dafür aus in das Imperium zu ziehen, um dort das verheißene Land der Vandalen zu suchen. Die Sueben konnten sich einmal mehr nicht entscheiden. Man wollte abwarten, wie das bevorstehende Kräftemessen zwischen Stilicho und Radagais ausgeht, während die Alanen sich vorbehaltlos den Vandalen anschlossen. Nachdem auch noch die herbeigerufenen Schamanen und Seher einen guten Ausgang der gefällten Entscheidungen vorhersagten, ließen die Vandalenkönige und der Khan der Wölflinge die Pässe in den Alpen besetzen. Kein Legionär oder *auxilia* sollte den im Aufbruch befindlichen Stämmen in den Rücken fallen. Widukind hatte alles wohl bedacht und gut vorbereitet. Die Hundertschaftsführer wurden in ihre Aufgaben eingewiesen und erste Anweisungen erteilt. Das Hauptquartier in Augusta Vindelicum glich in jenen Tagen und Nächten einem Bienenhaus.

Im Sommer setzten sich drei Kolonnen in Bewegung. Über fünfundvierzigtausend Hasdingen zogen durch die Donau dem Main entgegen. Ihnen folgten, wenige Tage später, fünfzehntausend Alanen nach. Entlang der Wegstrecke hatte man Proviantlager angelegt. Die zusätzliche Verpflegung durch die heimischen Markomannen ließen keine Versorgungsengpässe aufkommen. Die Silingen brachen mit fünfundfünfzigtausend Menschen nach Westen auf. Sie folgten dem Lauf der Donau flussaufwärts. Die Menschen standen staunend an den Straßen und sahen den Vorbeiziehenden zu. So etwas hatte es noch nie zuvor gegeben. Als die kalte Jahreszeit mit aller Wucht über das Land hereinbrach, bezogen die wandernden Stämme ihre vorbereiteten Winterlager.

Im Frühjahr des Jahres vierhundertundsechs brachen sie wieder auf. Unaufhaltsam strömten die Massen dem Rhein entgegen. Zum Ausklang des Sommers erreichte sie die Kunde, dass Stilichos Truppen die Horden des Radageis geschlagen hätten.

König Lothar rief unmittelbar nach der Niederlage der Goten eine Heeresversammlung der Sueben ein. Dieses Mal schloss sich eine große Mehrheit seinem Vorschlag an, den Alanen und Vandalen auf dem Weg zum Rhein zu folgen. Man fürchtete die Vergeltung der Römer, weil der Stamm seinen Verpflichtungen als Förderaten des Imperiums nicht nachgekommen war. Als der Letzte von etwa dreißigtausend Sueben durch eine tiefe Furt der Donau zog, standen dort abertausende Alamannen und Markomannen, um in die Provinz Raetia einzufallen.

Nachdem man das Winterlager in der ehemaligen Römerstadt Arae Flaviae verlassen hatte, strebten die Silingen unaufhaltsam dem Rhein entgegen. Der Hauptmann der Roten hatte alles gut bedacht und die Gaukönige der Alamannen hielten die gemachten Zusagen ein. An manchen Tagen konnte man bis zu zehn Meilen zurücklegen. Als die schwarzen Berge in Sicht kamen, eilte Gundolf mit einer Hundertschaft voraus. Widukind und Adalhard begleiteten ihn. Im Rheintal angelangt, kamen sie an eine Straßenkreuzung. Der Hauptmann der Roten schlug mit ein paar Recken den Weg nach Norden ein, um die Verbindung zwischen den Silingen und den Zügen der Wölflinge, Hasdingen sowie Sueben nicht abreißen zu lassen, während sich Gundolf und Adalhard mit den verbliebenen Männern in den Breisgau aufmachten. Bereits am nächsten Tag trafen sie wohlbehalten in Burgberg ein. Vater erkundigte sich sofort bei Meinrad nach dem Wohlergehen seiner Söhne, worauf der Gaukönig antwortete: „Sie sind auf dem Weg hierher und haben euch alle Ehre gemacht!“

Am Abend zogen sich Gundolf und Meinrad zurück, um alleine miteinander zu sprechen. Als am kommenden Morgen Adalhard seinen König aufsuchen wollte, stellte er verwundert fest, dass die Schlafstatt nicht benutzt war. Besorgt eilte er zum Anwesen von Meinrad. Dort erfuhr er vom Mundschenk, dass die Könige die ganze Nacht über gezecht hatten. Leise öffnete er die Tür zur königlichen Kammer. Dort lagen sie auf dem Fußboden und schliefen ihre Räusche aus.

Als ich mit Isfried und Marc in Burgberg angekommen war, gingen wir geradewegs zum Haus von Meinrad.

„Wie ist es euch ergangen?“, wollte Vater wissen, nachdem wir uns überschwänglich begrüßt hatten.

Marc und ich berichteten ausführlich, wie warmherzig wir von der Sippe Großmutters im Tal der Wiese aufgenommen wurden und dass ihre Geschwister sich bester Gesundheit erfreuen. Als ich Vater freudestrahlend erzählte, dass ich mich in eine junge Alamannin verliebt habe, sah er mich nachdenklich an.

Bereits am nächsten Tag machten wir uns mit Isfried auf den Weg in den Gau der Ortenauer. Im Kinzigtal stießen wir auf den Treck der Silingen. Was war das für eine Freude! Vor lauter Aufregung hatte ich Großmutter Merlinde zunächst gar nicht bemerkt. Als ich sie sah, sagte ich zu Marc: „Dort drüben steht Großmutter!“

Kaum hatte ich die Worte ausgesprochen, liefen wir auch schon auf sie zu. Überschwänglich hob ich die zierliche Frau hoch und drehte mich mit ihr übermütig im Kreis. Sie wollte etwas sagen, brachte aber kein einziges Wort heraus. Tränen der Freude liefen ihr über die Wangen, als ich sie wieder absetzte.

„Wir sollen dir von deiner Schwester Friedegunde und deinem Bruder Robert schöne Grüße bestellen!“, teilte Marc mit.

Das war zuviel für Sie! Großmutter verdrehte die Augen und fing an zu schwanken. Ich fing sie auf und legte die zierliche Frau behutsam auf die Erde. Besorgt beugte sich Mutter über die Ohnmächtige und tätschelte ihre Wangen. Allmählich kam sie wieder zu sich.

„Sie leben?“, sagte sie, kaum vernehmbar.

„Ja, Großmutter!“, antwortete ich. „Deine Geschwister leben und warten im Tal der Wiese auf dich!“

„Mein Gott, dass ich das noch erleben darf!“

Niemals werde ich ihre strahlenden Augen vergessen, als sie diese Worte aussprach.

„Ein schöner Flecken dieses Steinhain!“, erklärte Marc der Sippschaft. „Worauf wartet ihr eigentlich noch. Packt alles zusammen, wir machen uns auf den Weg in die Heimat von Großmutter Merlinde!“

Die Hirschberger zogen noch am gleichen Tag entlang der Kinzig hinaus in das Rheintal. Vater und Isfried ritten der Schar voraus. Die Ältesten verstanden sich ausgezeichnet. Ein paar Tage später kamen wir im Tal der Wiese an. Isfried war vorausgeeilt und hieß uns mit den Seinigen in Steinhain willkommen. Ida winkte mir freudestrahlend zu. Im nächsten Moment lagen wir uns überglücklich in den Armen. Kurz darauf kam Großonkel Robert, auf einen Gehstock gestützt, auf mich zugelaufen. Seine Schwester Merlinde saß auf dem Bock eines Ochsenfuhrwerks. Ich reichte Großmutter die Hand. Sie stieg herab und ich führte die Alamannin zu ihrem Bruder.

„Robert?“, fragte sie zögerlich.

Der stand wie versteinert da, außerstande zu antworten. Ergriffen sah ich dabei zu, wie sie sich herzhaft drückten.

„Wo ist Friedegunde?“, wollte seine Schwester in alamannischer Mundart erfahren.

„Sie wartet zu Hause auf dich!“, antwortete Robert, spürbar bewegt.

Er nahm Merlinde an der Hand und ging mit ihr auf das Anwesen der Sippe zu. Alle folgten ihnen erwartungsvoll nach. Als wir davor standen, trat Friedegunde heraus. Merlinde ließ ihren Bruder los und lief auf ihre Schwester zu.

„Friedegunde!“, rief Großmutter.

„Merlinde!“

„Endlich habe ich dich wieder!“, lauteten die rührigen Worte von Großmutter, als sie sich in die Arme fielen.

Danach hängten sich die Schwestern wie zwei junge Mädchen ein und gingen gemeinsam in das Haus ihrer Ahnen. Robert folgte ihnen als Einzigster nach.

Die Hirschberger bekamen von Isfried ihre Unterkünfte zugewiesen. Meine Sippe zog in das Haus von Robert, während die Leibeigenen im Stall untergebracht wurden. Nachdem man sich, so gut es eben ging, eingerichtet hatte, fanden sich alle in der geräumigen Stube ein. Es gab reichlich Haferbrei, trockenes Brot und frische Milch. Großtante Friedegunde hielt meinen kleinen Bruder Stefan liebevoll in den Armen und Marit hatte sich zu Großonkel Robert gesetzt. Munter plapperte das kleine Mädchen auf ihn ein. Der Alamanne hatte seine wahre Freude an der lebhaften Vandalin. Später hörte ich den drei Geschwistern interessiert zu, wie sie sich über ihre Kindheit unterhielten und dabei auf vieles zu sprechen kamen, was sich vor sehr vielen Jahren im Tal der Wiese zutrug. Als ich um Mitternacht meine Schlafstatt aufsuchte, saßen sie noch immer da.

Früh am Morgen wachte ich auf. Neben mir lagen meine Geschwister. Sie schliefen noch fest. Als ich mich gewaschen und angezogen hatte, ging ich in die Wohnstube. Es gab Käse, Brot und Kuhmilch.

„Der König hat angeordnet, dass jeder Flecken im Gau eine vandalische Sippe aufnimmt!", berichtete Robert. „Man erzählt sich, dass er hierfür sehr viele Bernsteine von den Königen der Vandalen erhalten hat. Besitzt ihr tatsächlich soviel Gold des Nordens?"

Vater lächelte.

„Das müsst ihr Farold fragen, der war schon an der baltischen See, wo man die Steine in großen Mengen findet."

Später unterhielten sich Vater und Isfried über die Einteilung der anstehenden Arbeiten. Es gab sehr viele hungrige Mäuler in Steinhain zu stopfen, weshalb wir jeden Tag auf die Pirsch gingen. Nachdem die Ernte gut ausgefallen war und in der Wiese sehr viele Forellen umherschwammen, musste niemand an Hunger leiden. Die größte Sorge von Großonkel Robert indes, war eine ganz andere. Er befürchtete, dass der Met über den Winter ausgehen könnte.

Damit unter den jungen Männern keine Langeweile aufkam, übten wir jeden Vormittag den Umgang mit den Waffen und ertüchtigten uns im Faustkampf. Manch eine kluge Finte konnte ich den Breisgauern dabei abschauen. An den täglichen Übungen nahm auch Ida teil. Sie stand den Recken in nichts nach und war eine begnadete Lanzenwerferin. Immer wenn sie mich bei dieser Fertigkeit übertraf, freute sie sich ungemein. Vater hatte darauf bestanden, dass ich die Recken der Sippschaften mit den Grundregeln der römischen Kriegsführung vertraut mache. Vieles was mir Marius Valerius einst in Aquileia beibrachte, gab ich in diesen Tagen und Wochen an meine aufmerksamen Schüler in Steinhain weiter.

Am Nachmittag gingen Ida und ich spazieren oder ritten aus. Bei schlechter Witterung suchten wir für gewöhnlich die Jagdhütte ihres Vaters auf, wo wir unvergesslich schöne Stunden verbrachten.

Es war ein denkwürdiger Tag, als ich die junge Alamannin meiner Großmutter vorstellte. Merlinde saß auf der Bank, vor dem Haus ihrer Sippe.

„Großmutter!", sagte ich. „Das ist Ida, die Tochter von Isfried!"

Sie sah meiner Liebsten in die Augen.

„Des isch ä rächt's Maidli!", antwortete sie im schönsten alamannisch.

Dabei streichelte sie Ida liebevoll über die erröteten Wangen.

Der Winter brach über Nacht mit eisiger Kälte und heftigem Schneefall in das Tal der Wiese ein. Ein strenger Nordostwind fegte über das Land und der Fluss fror allmählich zu. Die Kinder freuten sich riesig darüber und rutschten vergnügt über das Eis. Ab und zu hatte ich auch meinen Spaß daran. So vergingen die Tage und Nächte vor der Wintersonnenwende.

Wir saßen gerade beim Abendessen zusammen, als es an die Tür klopfte. Der Älteste trat mit einem Fremden ein.

„Was führt euch hierher?", fragte Robert, nachdem sie Platz genommen hatten. Isfried rutschte unruhig auf der Bank hin und her.

„So sag schon!", herrschte ihn Friedegunde an.

„Meinrad und die Könige der Vandalen rufen alle Ältesten zum gemeinsamen Thing nach Burgberg!", kam es ihm über die Lippen.

„Das bedeutet Krieg!", behauptete Vater.

„Das befürchte ich auch!", stimmte ihm Isfried zu. „Der König hat uns einen Boten gesandt." Er deutete auf den Mann an seiner Seite.

„Die Ältesten der Steinhainer und Hirschberger haben sich unverzüglich auf den Weg nach Burgberg zu machen!", erklärte der Alamanne.

Ich hatte mich auf der Sitzbank zurückgelehnt und hörte aufmerksam zu.

„König Meinrad will", fuhr der Bote fort, „dass ihr einen der Eurigen mitbringt. Er hört auf den Namen Farold!"

Ein kalter Nordwind blies mir auf dem Weg nach Burgberg entgegen. Unterhalb des Fleckens befand sich ein Zeltlager, in dem wir untergebracht wurden. Am nächsten Tag fanden sich die Ältesten auf der Wiese vor der Höhensiedlung der Breisgauer ein. Mit einem eigenartigen Gefühl begleitete ich Vater und Isfried an jenen Ort. Hunderte Recken der Breisgauer und Silingen hatten sich eingefunden, als ein Signal ertönte. Meinrad, Gundolf und Tharwold schritten durch die Menge und stiegen die Stufen zu einer Holzbühne hinauf.

„Wir Breisgauer heißen den Stamm der Silingen in unserem Gau willkommen!", erklang Meinrads Stimme. „Ein ganz besonderer Willkommensgruß gilt ihren Königen, Gundolf und Tharwold!"

Die Alamannen klopften mit den Fäusten beifällig gegen ihre Schilder.

„Wir haben zum gemeinsamen Thing gerufen, um miteinander zu beraten und zu entscheiden!"

Gundolf ergriff das Wort.

„Die mit uns verbündeten Stämme der Hasdingen, Wölflinge sowie Sueben berichten aus dem Tal des Mains, dass sie zusammen mit dem Stamm der Burgunder in das Imperium eindringen wollen. Sie beabsichtigen in der bevorstehenden Silvesternacht über den zugefrorenen Rhein zu ziehen, um die Stadt Mogontiacum zu erobern!"

Danach sprach Tharwold zu den Ältesten.

„Wir Silingen sind aus der Heimat aufgebrochen, um die Zukunft unseres Stammes in einem weit entfernten Land zu suchen. Wir danken allen Breisgauern für die freundliche Aufnahme in ihren Flecken und Sippen. Im kommenden Lenz werden wir weiterziehen. Zuvor aber wollen wir gemeinsam das Gebiet zwischen dem Rhein und den Vogesen erobern und die Römer sowie ihre Helfershelfer von dort vertreiben!"

Erneut hallte ein beifälliges Klopfen durch die Reihen.

„Wir Breisgauer werden mit den Silingen die Brücken über den Rhein beim Mons Brisiacus und vor Argentorate in der Silvesternacht einnehmen!", kündigte Meinrad an. „Alle Legionäre und *auxilia,* welche sich uns dabei in den Weg stellen, haben keine Gnade zu erwarten!"

Seine Ankündigungen ernteten lautstarken Zuspruch. Nachdem wieder Ruhe unter den Recken eingekehrt war, rief der König der Breisgauer in die Menge: „Wünscht jemand zu sprechen?"

Niemand meldete sich zu Wort.

„Wer für meinen Vorschlag stimmt, der hebe sein Schwert in die Höhe!", erschallte die Stimme Meinrads.

Sämtliche Schwerter der Breisgauer wurden gegen den Himmel gestreckt. Kurz darauf taten es ihnen die Silingen gleich.

Am Abend kam ein Mann in unser Zelt gelaufen und teilte aufgeregt mit, dass die Könige, Vater und mich sprechen möchten. Er führte uns in einen Saal. Dort standen Meinrad, Tharwold, Gundolf und Widukind mit ein paar Vandalen und Alamannen zusammen.

Als Gundolf uns kommen sah, lief er sofort auf uns zu.

„Widukind wird euch über alles Weitere aufklären!"

Der Hauptmann der Roten ging mit uns in einen Raum nebenan, wo Landkarten an der Wänden hingen. Widukind zog uns an jenem Ort in sein Vertrauen. Er teilte Vater und mir mit, wann und wo die Stämme über den Rhein in das römische Imperium eindringen werden. Danach kehrten wir wieder in unser Zelt zurück. Eine merkwürdige Unruhe hatte mich erfasst. Viele, sehr viele Fragen gingen mir durch den Kopf.

„Werden wir die Brücke beim Mons Brisiacus einnehmen? Gelingt es den Unsrigen Argentovaria zu erobern? Auf welchen Widerstand werden sie dabei stoßen?"

Ruhelos drehte ich mich auf dem Strohsack hin und her.

„Wohin werden wir Silingen nach der Eroberung des Rheintals ziehen? Was erwartet uns dort? Wird Rom seine Legionen hinter uns herschicken?"

Auf einmal geriet ich in Panik.

„Was geschieht mit Ida und mir?"

Kapitel XVIII

Durchbruch

Auf der Wiese vor Burgberg hielt Dankward, der Mann Gottes, eine Andacht unter freiem Himmel. Vater hatte zu meiner Überraschung darauf bestanden, dass ich mit ihm daran teilnehme. Er war von dem neuen Glauben, wie er das Christentum abschätzig nannte, keineswegs überzeugt. Angesichts des bevorstehenden Waffengangs jedoch zur Ansicht gelangt, dass die Anrufung ihres Gottes niemandem schaden könne. Auf der Bühne, wo noch vor wenigen Tagen die Könige zu den Ältesten sprachen, stand nun der Priester vor den gläubigen, arianischen Christen. Er flehte um Beistand für die Recken und rief zu guter Letzt: „Gott mit uns!"

In diesem Augenblick öffnete sich der wolkenverhangene Himmel und die Sonne schien auf die Menschen herab. Die Arianer fielen augenblicklich auf die Knie und fingen inständig an zu beten. Sie glaubten ganz offensichtlich, dass ihr Gott die Bitten des Priesters erhört habe und ihnen ein göttliches Zeichen sende. Danach standen sie wieder auf und suchten ihre Unterkünfte auf.

Als ich am nächsten Tag vor das Zelt trat, fing es an zu schneien. Ein Signal ertönte. Ich sah mich um, konnte aber im dichten Schneetreiben nichts erkennen.

„Wir werden heute auf unsere Übungen verzichten!", teilte Vater mit. „Ruh dich aus, Farold! Bald schon brechen wir in das Imperium auf!"

Ich legte mich auf den Strohsack und deckte mich mit ein paar Schafsfellen zu.

„Wie es Ida wohl geht?", fragte ich mich, als ein Mann in das Zelt eintrat. „Wo finde ich Adalhard und Farold?"

Wir gaben uns zu erkennen, worauf er uns aufforderte mit ihm zu gehen. Als wir in den Saal des königlichen Anwesens eintraten, standen dort etliche Alamannen und Vandalen zusammen. Der Recke führte uns geradewegs zu Meinrad, Gundolf und Tharwold. Vor ihnen stand Atax und redete lebhaft auf sie ein. Seine Kleider waren zerrissen, verschmutzt und mit Blut beschmiert. Widukind stand etwas abseits und hörte dem Alanen aufmerksam zu. Vater und ich gingen auf den Hauptmann zu.

„Was ist geschehen?", flüsterte der Hirschberger seinem alten Gefährten zu.

Die Miene des Roten verdunkelte sich.

„Die Franken haben die Hasdingen in einen heimtückischen Hinterhalt gelockt und sehr viele von ihnen getötet!", antwortete er. „Die Alanen konnten unsere Schwestern und Brüder im letzten Moment vor der vollständigen Vernichtung bewahren."

Unterdessen stieg Meinrad mit Atax die Stufen auf die Empore hinauf, wo der Eichenstuhl des Königs der Breisgauer stand. Als ich bemerkte, dass der Alane sein Bein hinter sich herzog und Meinrad ihn stützen musste, erschrak ich.

„Neben mir steht Atax, ein Fürst der Alanen!", verkündete der Breisgauer. „Den Meinigen sei gesagt, dass die Alanen und Vandalen Waffenbrüder sind. Hört gut zu, was er uns zu sagen hat!"

„Die Hasdingen sind am Main in eine hinterhältige Falle der Franken geraten!", ertönte die schwache Stimme des Füsten der Alanen. „Ihr König ist tot!"

Im Saal wurde es unruhig.

„Ich habe machtlos mit ansehen müssen, wie Godegisel tapfer kämpfend fiel!", fuhr der Alane fort. „Die Franken hatten ihn zuvor von seinen Recken abgeschnitten!"

Er schwieg und schloss einen Augenblick lang die Augen.

„Wir Alanen kamen zu spät, um sein Leben und das von tausenden Männern, Frauen und Kindern zu retten. Die Spießgesellen der Römer haben unter den Vandalen furchtbar gewütet und ein schreckliches Blutbad angerichtet!"

Atax rang mit sich und seinen Worten.

„Doppelzüngig haben die Franken dem König der Hasdingen versichert, dass sein Stamm unbehelligt durch den Main ziehen könne. Die Furt wurde indes für sehr viele Vandalen zum nassen Grab. Nachdem die ersten

Wagen auf der anderen Uferseite eine steile Böschung hinauffuhren, griffen die Franken von den Höhen herab an. Ein Pfeilhagel streckte die völlig überraschten Hasdingen gleich reihenweise nieder. Als König Godegisel die Anhöhe über dem Main frei kämpfen wollte, geschah das Unglück. Wir Alanen kamen gerade noch zur rechten Zeit, um den Stamm vor der vollständigen Vernichtung zu bewahren."

Er starrte vor sich hin.

„Ich werde in der bevorstehenden Silvesternacht mit meinen Recken über den Rhein in das Imperium eindringen. Jeden Franken, der sich mir dabei in den Weg stellt, erschlage ich auf der Stelle!"

Sichtlich erschöpft setzte Atax sich auf den Stuhl des Königs der Breisgauer. Worauf Meinrad sich den Männern zuwandte.

„Meine Hundertschaftsführer weise ich unverzüglich an, sämtliche Vorbereitungen zu treffen, um in das Imperium einzufallen. Wir werden das Gebiet zwischen den Vogesen und dem Rhein erobern und niemals wieder preisgeben!"

Gundolf sprang unter tosendem Beifall die Treppe hinauf und stellte sich neben den Gaukönig der Alamannen.

„Wir Silingen schließen uns euch an!", rief er überschwänglich. „Alle Legionäre, *auxilia* und vor allem die Franken, haben von uns keine Gnade zu erwarten!"

Unter den begeisterten Zurufen der Recken stiegen sie mit dem verletzten Atax wieder die Stufen herab und begaben sich mit den Hundertschaftsführern in einen benachbarten Saal. Später rief man Vater und mich hinzu. Die Könige und der Fürst der Alanen standen vor einer Landkarte. Neugierig warf ich einen flüchtigen Blick darauf und erkannte sofort die Konturen des Rheintals. Atax humpelte auf mich zu und drückte mich stillschweigend an seine Brust. Wir sahen uns in die Augen und ich fragte ihn nach seinem Befinden.

„In der Silvesternacht wird eine Hundertschaft an dieser Stelle", ertönte in diesem Moment Widukinds Stimme, „den zugefrorenen Rhein überqueren und nach Süden reiten. Adalhard wird sie anführen!"

Dabei zeigte er auf einen Punkt der Karte. Vater beugte sich darüber, um sich die Stelle einzuprägen.

„Ihr begebt euch auf dem schnellsten Weg nach Cambete[141]!", fuhr der König fort. „Von dort kontrolliert ihr die Gegend nördlich der Stadt Basilia bis an die südlichen Ausläufer der Vogesen. Lasst euch auf gar keinen Fall von den Römern zu größeren Waffengängen verleiten. Beschlagnahmt ihre Proviantlager und den fünften Teil aller Vorräte der einheimischen Kelten. Alles andere lasst ihr ihnen, damit sie über den Winter kommen und im Lenz ihre Felder bestellen können. Irgendwelche Fragen?"

„Keine!", antwortete Vater.

Worauf sich Widukind mir zuwandte.

„Und nun zu dir, Farold! Auch dir vertraue ich eine Hundertschaft an!"

Ich glaubte nicht richtig gehört zu haben.

„Noch heute Nacht wirst du beim Mons Brisiacus die Brücke über den Rhein einnehmen und so lange besetzt halten, bis ich morgen früh mit dem Heer dort eintreffe. Begib dich mit deinem Vater und den Recken nach Winstetten. Von diesem Fischerflecken am Rhein gelangt Adalhard über den zugefrorenen Strom nach Cambete und du zum Viadukt. Es muss uns unversehrt in die Hände fallen, damit wir zu jeder Jahreszeit über den Rhein ziehen können. Im Morgengrauen werde ich das Legionslager auf dem Mons Brisiacus angreifen und versuchen einzunehmen. Anschließend beabsichtige ich mit den Breisgauern und Silingen über die Brücke in das Imperium zu ziehen. Hast du alles verstanden?"

„Ja!"

Tharwold drehte sich um und sagte zu seinen Recken: „Alle Hundertschaftsführer werden vor dem Feldzug ihre Männer anweisen, daß ausschließlich Legionäre und *auxilia* getötet werden. Die einheimische Bevölkerung ist unter allen Umständen zu schonen und es wird weder geschändet noch geplündert. Jeder, der diese Order missachtet, hat sein Leben verwirkt."

Ich ritt mit Vater und zweihundert Recken auf der alten Römerstraße nach Süden. Mit dem Einbruch der Dunkelheit erreichten wir Winstetten. Die Siedlung lag unmittelbar am Rhein. Widukind hatte meiner Hundert-

---

141 Kembs/Frankreich

schaft Hagen und Volkher zugeteilt. Es war stockdunkel und sehr kalt. Während Vater mit seinen Männern über den zugefrorenen Strom zogen, lief ich mit Hagen und einem kundigen Fischer über das Eis zur Brücke. Als wir unter dem Viadukt standen, hörte ich plötzlich Stimmen. Es waren zwei Männer, die sich auf Latein unterhielten und gemächlich über das Viadukt liefen.

„Das müssen die Wachen sein!", vermutete ich.

Nachdem sie sich entfernt hatten, kletterten wir an einem Pfeiler hoch und folgten ihnen lautlos nach. Kurz darauf fielen zwei leblose Körper von der Brücke auf das Eis. Unser Führer lief nach Winstetten zurück um die Hundertschaft zu holen, während Hagen und ich auf dem Viadukt nach Westen gingen. Unterwegs begegneten uns zwei weitere Legionäre. Ihnen widerfuhr das gleiche Schicksal wie zuvor ihren Kameraden. Am Ende der Brücke befand sich ein Wachturm, vor dem ein Feuer brannte und eine Wache stand. Nachdem wir uns davon überzeugt hatten, dass sich keine Legionäre mehr auf dem Viadukt befanden, warteten wir auf die Hundertschaft. Wir mussten uns nicht all zu lange gedulden.

In der gebotenen Kürze wiess ich die Recken in meine weiteren Pläne ein. Vor dem Turm stand der wachhabende Legionär noch immer am wärmenden Feuer. Hagen und Volkher gingen auf ihn zu und verwickelten den Ahnungslosen in ein Gespräch. Kurz darauf lag er leblos im Straßengraben. Im Handstreich nahmen meine Männer den Turm ein. Danach stand wieder eine Wache vor dem Turm und vier Legionäre liefen auf der Rheinbrücke auf und ab. Geradeso, als wäre überhaupt nichts geschehen, während ich mit den verbliebenen Recken nach Winstetten eilte.

In einer eiskalten und pechschwarzen Nacht ritt ich mit meiner Schar auf den Mons Brisiacus zu. Von weitem schon sah ich den Schein eines Feuers, worauf ich die Recken anwies zu warten. Hagen und ich hielten auf das Viadukt zu. Zwei Legionäre standen vor der Zollstation am Rhein und hielten ihre Hände über ein Feuer. Als sie die Hufschläge unserer Pferde hörten, lief einer von ihnen mit einer brennenden Fackel auf die Straße.

„Halt! Wohin des Weges, zu so früher Stunde?"

„Zwei Breisgauer auf dem Weg nach Argentovaria!", antwortete ich in der Mundart meiner Großmutter.

Worauf er mir die Fackel vor das Gesicht hielt. Im gleichen Augenblick machte er die Bekanntschaft meines Schwertes und die Streitaxt Hagens spaltete den Schädel seines Kameraden. Vom Mons Brisiacus her war auf einmal Kampflärm zu hören.

„Widukind greift das Legionslager an!", rief ich Hagen zu.

Mit der Fackel gab er ein verabredetes Zeichen, worauf die Hundertschaft auf ihren Pferden herangesprengt kam. Ich befahl ihnen sich aufzuteilen und die Brückenköpfe zu sichern.

Als der Tag erwachte, zog das Heer der Silingen und Breisgauer an mir vorüber. Erhobenen Hauptes sah ich dabei zu, wie sie über die Brücke in das Imperium fluteten. Als ich die Könige und Widukind kommen sah, fing mein Herz heftig an zu pochen.

„Gut gemacht, Farold!", rief mir der Hauptmann der Roten zu. „Du sicherst mit deinen Recken die Brücke, bis ich dich ablösen lasse!"

Gundolf war vom Pferd gestiegen und schritt auf mich zu. Vertrauensvoll legte er seine Hände auf meine Schultern.

„An dir werden wir noch sehr viel Freude haben, Farold von Hirschberg! Ich habe es schon immer gewusst, dass du ein Berufener bist!"

Der erste Tag des Jahres vierhundertundsieben war angebrochen. Hinter den schwarzen Bergen stieg die Sonne allmählich empor. Im ersten Tageslicht konnte ich erkennen, dass der Mons Brisiacus von den Unsrigen nicht eingenommen wurde. Die zahlreichen Legionäre auf den Wehrgängen und Wachtürmen waren nicht zu übersehen. Kurz entschlossen schwang ich mich auf Zottel, um nach dem Rechten zu sehen.

„Keine Maus kommt dort oben heraus!", versicherte mir Adalbert, der mit einigen Hundertschaften das Kastell belagerte. „Wir hungern die Besatzung aus!"

„Das kann sehr lange dauern!", gab ich zu bedenken.

„Wenn wir im Lenz weiterziehen, können sich die Breisgauer mit den Legionären auf dem Mons Brisiacus herumschlagen!", nörgelte er. „Ich werde jedenfalls keinen einzigen Mann mehr hinaufschicken!"

„Das würde ich an deiner Stelle auch nicht tun!", stimmte ich zu. „Möglicherweise erkennen die Römer ihre aussichtslose Lage und ziehen freiwillig ab."

Er sah mich ungläubig an.

„Man müsste ihnen ein ehrbares Angebot unterbreiten!"

„Was du nicht sagst!", meinte Adalhard.

„Biete ihnen freien Abzug an und lass sie schwören, dass sie sich weit hinter die Vogesen zurückziehen."

„Das soll sie zur Preisgabe des Kastells bewegen?"

„Ich würde ein solches Angebot jedenfalls annehmen!"

Am nächsten Tag stand tatsächlich eine *centuria* vor den Toren des Kastells zum Abmarsch bereit. Als der *centurio* auf Adalbert zuging und ihm seine *spatha* als Symbol der Übergabe reichte, stand ich direkt daneben.

„Ich danke euch, Vandale!", sprach der Römer. „Mein gegebenes Versprechen werde ich einhalten und mich mit meinen Legionären nach Gallien absetzen!"

„*Centurio*!", entgegnete Adalbert. „Danke nicht mir, sondern ihm!"

Dabei zeigte er auf mich.

„Mein Name ist Faustus Flavius!", stellte sich der Römer vor. „Ich komme aus Iulia Traducta[142]. Die Stadt liegt in der Provinz Baetica. Wie ruft man euch, Vandale?"

„Farold von Hirschberg!"

„Man sieht sich im Leben immer zweimal, lautet eine alte Weisheit in meiner Heimat!", erklärte er.

„Eine Lebensklugheit, die auch wir Vandalen kennen!" Wir verabschiedeten uns auf die römische Art und Weise. Danach streckte ich ihm eine Hand entgegen. Er schaute sie zunächst an und schlug sodann unverzagt ein.

„*Centurio*! Ich wünsche euch alles Gute!", lauteten meine aufrichtig gemeinten Worte. „Meine Männer werden euch ein Stück des Wegs begleiten!"

---

142 Algeciras/Spanien

Kurz darauf marschierten die Legionäre in Reih und Glied über die Rheinbrücke. Vorneweg ritt ihr *centurio*, Faustus Flavius.

Am Abend kam eine Horde Alamannen über die Brücke galoppiert. Ihr Anführer berichtete, dass Argentovaria kampflos eingenommen wurde. Tags darauf sprengte eine größere Schar Alanen daher. Ich ließ sie anhalten, um zu erfahren, woher sie kämen und wohin sie wollten. Es stellte sich heraus, dass sie bei König Tharwold und Gundolf waren. Sie berichteten übereinstimmend, dass die Hasdingen, Sueben und Wölflinge, zusammen mit dem Stamm der Burgunder, in der Silvesternacht über die Brücke bei Mogontiacum in das Imperium eingefallen waren. Die Stadt wurde nach heftigen Kämpfen erobert und zur Plünderung frei gegeben. Dabei kam es zu schrecklichen Greueltaten. Die Christen waren in eine Kirche geflüchtet, um dort Schutz von den Eroberern zu finden, worauf die Burgunder die Portale verschlossen und das Gebäude in Brand setzten. Hunderte verbrannten bei lebendigem Leib.

„Wer nicht aus der Stadt geflohen war", versicherte mir ein Alane, „überlebte das Blutbad nicht. Mein Khan und die Wölflinge sind mit den Hasdingen nach Gallien weitergezogen, während die Sueben und Burgunder sich in und um Mogontiacum niederließen."

Der Mann behauptete, dass Fürst Goar zuvor mit dem Stamm der Falken zu den Römern übergelaufen sei und den Hasdingen die tödliche Falle am Main gestellt hatte.

„Ich habe diesem verschlagenen Goar nie über den Weg getraut!", waren meine Gedanken. „Mögen Gott und Wodan den Verräter für seine schändliche Tat bestrafen!"

Das Land zwischen dem Rhein und den Höhenzügen der Vogesen wurde von den Breisgauern und Silingen erobert, ohne auf größeren Widerstand zu stoßen. In den verlassenen Legionslagern fand man genügend Vorräte. Die Römer hatten alles stehen und liegen gelassen und waren vor den heranrückenden Barbaren, Hals über Kopf geflohen. Die Könige der Silingen teilten den Ältesten in jenen Tagen mit, dass sich der Stamm im Lenz aufmachen wird, um in das verheißene Land zu ziehen. Widukind forderte mich auf, nach Burgberg zurückzukehren.

Aus einer Schüssel löffelte ich gerade Haferbrei, als Isfried in das Zelt eintrat.

„Wodan sei Dank, dass du wieder da bist!“, sagte er, als er mich sah. „Wie ist es dir ergangen, Farold?“

Ausführlich erzählte ich ihm, was sich am Rhein ereignet hatte. Als ich alles gesagt hatte, berichtete er, wie die Breisgauer zusammen mit den Ortenauern die Brücke bei Argentorate einnahmen und danach die Stadt besetzten.

„Es war viel einfacher, als wir es uns vorgestellt hatten!“, versicherte mir ein betrübt wirkender Isfried.

„Was bedrückt euch?“, fragte ich ihn.

Er seufzte.

„Wir haben uns dabei genauso gewalttätig und schäbig benommen wie die Römer!“

Mit traurigen Augen sah er mich an.

„Ein Hundertschaftsführer“, kam es ihm stockend über die Lippen, „ließ Löcher in das Eis des zugefrorenen Rheins schlagen und warf die übermannten Legionäre und *auxilia* hinein. Sie ertranken unter der Eisdecke in den kalten Fluten.“

Der Schrecken war Isfried noch in das Gesicht geschrieben.

„Alle römischen Frauen und Kinder, welche uns in die Hände fielen, wurden über den Strom in die Leibeigenschaft verschleppt. Einige haben sich aus Verzweiflung selbst gerichtet. Allein die Kelten blieben von derartigen Greueltaten verschont.“

Die Könige der Silingen riefen ihre Sippschaftsältesten und Hundertschaftführer in Burgberg zusammen. Nachdem sie die Recken über die Ereignisse am Rhein unterrichtet hatten, wies sie Gundolf an, in ihre Winterlager zurückzukehren und alles vorzubereiten, um mit dem Einzug des Lenzes nach Gallien aufzubrechen. Als Sammelpunkt wurde von ihm die Stadt Argentovaria bestimmt. Drei Tage nach dem Feuerfest, hatten sich die Silingen dort einzufinden.

Später ging ich mit Isfried zur Unterkunft zurück. Aufmerksam hörte mir der Steinhainer dabei zu, als ich ihm erzählte, dass das Fest für die Meinigen eine ganz besondere Bedeutung hat. „In dieser Vollmondnacht feiern wir Silingen die Ankunft der warmen Jahreszeit. Dann ist der Zeitpunkt gekommen, euch Lebewohl zu sagen."

Auf dem Weg ins Wiesental begann es zu schneien. Als ich Steinhain so eingeschneit vor mir liegen sah, erfasste mich ein unbeschreibliches Glücksgefühl. Es war schon dunkel, als mich die Meinigen im Hause Roberts überschwänglich begrüßten. Nachdem ich ihnen vieles über meine Erlebnisse und Ereignisse am Rhein erzählt hatte, legte ich mich müde auf meine Schlafstatt.

Die Sippen saßen am nächsten Morgen in der Stube beisammen. Während der Morgenkost erzählte mir Mutter, dass Vater sich noch immer in Cambete aufhalte, um die eroberten Gebiete vor den Römern zu sichern. Die heitere Stimmung schlug schlagartig um, als ich meinen Versippten mitteilte, dass die Silingen sich drei Tage nach dem Feuerfest in Argentovaria einzufinden hatten, um von jenem Ort aus, in das verheißene Land zu ziehen. Ottokar, der Vater während seiner Abwesenheit als Sippschaftsältester vertrat, ergriff das Wort.

„Ich habe Bertrada gebeten, unserer Sippe die Zukunft zu deuten! Wir sollten uns anhören, was sie zu sagen hat!"

Alle Augenpaare waren auf die Seherin gerichtet. Selbst Mutter und Großmutter blieben, um zu erfahren, was sie prophezeien würde. Bertrada stand gemächlich auf, hielt einen prall gefüllten Lederbeutel über den Tisch und öffnete ihn mit einer Handbewegung. Weiße und schwarze Knochen mit eingeritzten Runenzeichen fielen auf den Tisch. Gebannt sah ich auf das Orakel, welches sich vor mir ausbreitete.

„Die Wanderung der Vandalen führt unsere Sippe bis an das Ende der Welt!", ertönte die Stimme der Seherin. „Nur sehr wenige unter uns werden in das Land, wo Milch und Honig fließen, gelangen. Viele sind den Mühen und Gefahren unterwegs nicht gewachsen."

Eine unheimliche Stille hatte sich im Raum ausgebreitet.

„Ein Hirschberger wird noch zweimal nach Steinhain zurückkehren!"

Sie deutete auf vier weiße Knochen, die in der Mitte des Orakels lagen.

„Beim ersten Mal schließt er mit einer Alamannin einen Bund fürs Leben. Danach wird sich das Paar aufmachen und in das verheißene Land der Vandalen ziehen. Unterwegs gebärt ihm seine Frau zwei gesunde Töchter. Mit ihren Kindern und Kindeskindern lebt die Sippe viele Sommer und Winter glücklich in der neuen Heimat zusammen. Ein weiser, mächtiger König herrscht über die Vandalen und der Hirschberger steht ihm dabei treu zur Seite."

Sie stockte.

„Seinen Lebensabend aber, wird er im Breisgau verbringen

Nachdem Bertrada das letzte Wort ausgesprochen hatte, sammelte sie die Knochen wieder ein. In diesem Moment erklang die Stimme von Großmutter Merlinde.

„Ich werde Steinhain nicht noch einmal verlassen!", verkündete sie. „Es ist mein freier Wille, dass ich bei meinen Geschwistern im Wiesental bleibe. Außerdem will ich mit meinen Augen sehen, wer zurückkehrt, um einen Lebensbund mit einer Alamannin zu schließen."

Danach ging ich zum Haus des Ältesten. Unterwegs gingen mir ständig die Worte von Bertrada und Großmutter durch den Kopf. Auf einmal blieb ich stehen.

„Was wird aus Ida und mir?"

Als ich in das Haus von Isfried eintrat, war die Freude groß. Ida gab mir einen zärtlichen Kuss zur Begrüßung. Alle wollten natürlich wissen, wie es mir während dem Feldzug ergangen war. Also fing ich an zu erzählen, was sich am Rhein zugetragen hatte. Nachdem ich auch die allerletzte Frage beantwortet hatte, nahm mich Ida an der Hand und wir gingen hinaus in die hereingebrochene Nacht. Tänzelnde Schneeflocken begleiteten uns auf dem Weg in die Jagdhütte ihres Vaters. Sie öffnete die Tür und wir traten ein.

„Jemand muss noch vor kurzem hier gewesen sein!", stellte ich lautstark fest, nachdem ich die Glut in der Feuerstelle bemerkte.

„Ich weiß!", antwortete Ida lächelnd.

Am nächsten Tag lag sie dicht an meiner Seite und schlief noch fest.

„Was für eine wunderbare Frau!", dachte ich, stand auf und zog mich leise an, um sie nicht aufzuwecken. In einem fort grübelte ich darüber nach, was aus uns werden würde. Ida wachte auf und sah mich mit ihren großen, grün-braunen Augen an.

„Denkst du über unsere Zukunft nach?", fragte sie mich geradeso, als ob sie meine Gedanken erraten könnte.

Ich nickte.

„Du wirst mich zu deinem Weib nehmen und wir werden in das verheißene Land der Vandalen ziehen!", verkündete sie mit einer Selbstverständlichkeit, die keine Widerrede zuließ.

Mir wurde es warm ums Herz und meine Gedanken überschlugen sich.

„Ida hat mir gerade gesagt, dass sie meine Frau werden will!", fing ich an zu begreifen.

Überglücklich strahlte ich sie an.

„Wir werden den Bund fürs Leben schließen!", erklärte ich entschlossen und nahm sie in die Arme.

Die Sippe meiner Braut hatte sich in der Wohnstube eingefunden. Ihr Vater schaute mich eigenartig an. Im gleichen Augenblick war mir klar, dass er ahnte, was ich ihn nunmehr fragen würde.

„Isfried!", sagte ich laut und deutlich, worauf es in der Stube still wurde. „Eure Tochter Ida und ich haben uns ineinander verliebt. Wir wollen einen Lebensbund schließen und ich möchte euch um euren Segen hierfür bitten!"

Der kurze Augenblick, welcher zwischen meinen Worten und seiner Antwort lag, kam mir wie eine Ewigkeit vor.

„Farold!", erklang seine Stimme. „Du bist ein kluger, tapferer und aufrichtiger junger Mann. Wenn Ida einwilligt, so ist es mir eine Freude und Ehre zugleich, euch meine Zustimmung zu erteilen."

Anschließend wurden wir von Glück- und Segenswünschen geradezu überhäuft. Bevor ich mich mit Ida zu den Meinigen aufmachte, um sie an unserem Glück teilhaben zu lassen, bat ich Isfried noch um einen Gefallen.

„Wie ihr wisst", sprach ich zu ihm, „hält sich mein Vater in Cambete auf. Ich würde ihm gern seine künftige Schwiegertochter vorstellen. Wenn ihr erlaubt, will ich mit eurer Tochter zu ihm reisen. Ich denke, dass wir in ein paar Tagen wieder zurück sein werden."

Bei strahlendem Sonnenschein ritten Ida und ich dem Rhein entgegen. Unterwegs hatten wir uns viel zu sagen. Als wir vor dem zugefrorenen Strom standen, suchte ich mit meinen Augen das gegenüberliegende Ufer ab. Kein Mensch war weit und breit zu sehen. Ich stieg von Zottel und prüfte die Stärke des Eises. Ohne Bedenken führten wir unsere Pferde hinüber. Als wir die Straße nach Cambete erreichten, fing es an zu dämmern. Ganz in der Nähe lag eine *mansio*.

„Wir sollten hier übernachten!", schlug ich vor.

Ein freundlicher, älterer Mann begrüßte uns im Hof der Raststation. Es stellte sich heraus, dass er der Vorsteher war. Nachdem wir uns über den Preis für Kost und Unterkunft geeinigt hatten, ging ich mit Ida auf eine Kammer. Später betraten wir die einladende Schänke, in der zwei Männer saßen und sich auf Latein unterhielten. Wir setzten uns ganz in die Nähe des Kaminfeuers und bestellten beim Wirt etwas zu essen und zu trinken. Während wir uns ausgiebigst stärkten, schwelgten Ida und ich in gemeinsamen Erinnerungen und schmiedeten Pläne für die Zukunft. Wir waren so in das Gespräch vertieft, dass weder Ida noch ich bemerkte, dass einer der Gäste aufgestanden war. Auf einmal verspürte ich einen Schlag auf den Hinterkopf und hörte noch wie sie entsetzt aufschrie, bevor ich die Besinnung verlor.

Als ich wieder zu mir kam, lag ich in einem Bett. Neben mir saß der Vorsteher.

„Wo ist meine Braut?"

Er schaute mich betrübt an.

„Habt ihr mich nicht verstanden?"

„Sie wurde entführt!"

Fassungslos setzte ich mich hin und verspürte im gleichen Augenblick einen stechenden Schmerz. Erst jetzt bemerkte ich, dass man mir den Kopf verbunden hatte.

„Ihr seid verletzt, junger Mann!", sagte der Vorsteher. „Ich fürchte, dass ihr in den nächsten Tagen das Bett hüten müsst!"

In allen Einzelheiten berichtete er mir sodann, was sich in der Schänke zugetragen hatte. Nachdem man mich niedergeschlagen hatte, raubten die Männer den Wirt und Vorsteher aus, knebelten die sich heftig wehrende Ida und machten sich mit ihr davon. Verzweifelt sah ich den verängstigten Kelten an.

„Vermutlich sind sie nach Basilea geritten!", meinte er. „Auf dem Sklavenmarkt zahlt man für eine so schöne, junge Frau einen guten Preis!"

Ich stand auf, zog meine Kleider an, lief die Treppe hinab, holte Zottel aus dem Stall und ritt in Windeseile nach Süden. Am Nachmittag stand ich vor dem Stadttor von Basilea. Ein paar Legionäre verrichteten dort ihren Wachdienst. In fließendem Latein erklärte ich ihnen, dass ich auf dem Weg nach Aquileia sei, um meine dort lebenden Verwandten zu besuchen. Nachdem ich ihnen einige Einzelheiten über die Hafenstadt zum Besten gegeben hatte, ließen sie mich endlich passieren. An der ersten Herberge hielt ich Zottel an, stieg ab und trat ein. Der Schankwirt wies mir den Weg zum Sklavenmarkt.

„Ihr habt Glück!", meinte er. „Heute ist Markttag!"

Kurz darauf befand ich mich auf einem weitläufigen Platz. Auf einer Holzbühne standen ein paar Dutzend Kinder, Frauen und Männer beisammen. Ein Sklavenhändler riss gerade einem Mann den Mund auf, um einer älteren Frau seine Zähne zu zeigen. In diesem Moment entdeckte ich Ida. Man hatte ihr das Hemd vom Oberkörper gerissen, weshalb sie mit verschränkten Armen da stand. Mit einem Mal packten sie zwei kräftige, dunkelhäutige Afrikaner und zerrten sie von der Bühne. Sie wehrte sich verzweifelt, riss sich los und zerkratzte mit ihren Fingernägeln einem der Männer das Gesicht, worauf dieser ihr einen Faustschlag versetzte. Sie taumelte benommen und fiel in die Arme seines Gefährten. Wütend ballte ich die Hände zu Fäusten.

„Was machen die Männer mit der Sklavin?", fragte ich einen Kelten, der neben mir stand und dabei zusah.

„Die Germanin wurde gerade von einem Römer ersteigert!", antwortete er und zeigte auf einen kleinen, fettleibigen Mann.

Ich glaubte meinen Augen nicht trauen zu können. Er deutete auf Sextus Memmius, den Sklaven- und Goldhändler aus Rom. Im gleichen Augenblick fiel mir wieder ein, wie er sich einmal vor mir brüstete, dass er in Basilea gut aussehende, germanische Sklaven für die Freudenhäuser Roms erwirbt. Geradewegs schritt ich auf ihn zu. Als ich ihn fast schon erreicht hatte, sah ich in seiner Nähe die beiden Männer, welche mich niedergeschlagen und Ida entführt hatten. Sextus Memius reichte einem der Menschenräuber einen kleinen Lederbeutel und tätschelte mit der anderen Hand vertraulich dessen Schulter.

„Auf euch kann ich mich stets verlassen!“, hörte ich ihn sagen.

Rasch stellte ich mich hinter ein Fuhrwerk und sah dabei zu, wie die Schurken sich von Memmius verabschiedeten und in einer Schänke am Marktplatz verschwanden. Anschließend schaute ich mich nach Ida um. Ein Afrikaner stieß sie gerade in einen Reisewagen und schloss die Tür hinter ihr. Ich hörte noch, wie Sextus Memmius dem Kutscher zurief: „Wir brechen sofort nach Vindonissa auf!“

Danach stieg er zu ihm auf den Bock. Dort oben saß kein anderer als Alpha, der Eunuche aus Rom. Der Wagen setzte sich in Bewegung und die Afrikaner folgten ihm auf ihren Pferden nach.

Geduldig stand ich vor der Schänke, bis die Menschenräuber nach Mitternacht betrunken heraustaumelten. In einer dunklen Gasse beendete ich ihr armseliges Leben. Anschließend machte ich mich auf den Weg nach Vindonissa.

Am nächsten Tag holte ich den Wagen mit den Reitern ein und folgte ihnen, in gebührendem Abstand, nach. Die ganze Zeit über bot sich keine Gelegenheit, Ida aus den Fängen ihrer Entführer zu befreien. Ich beschloss, die Schar weitläufig zu umgehen, um ihnen an einer geeigneten Stelle aufzulauern. Zwischen einem hoch aufragenden Felsen und einem Bergsee in den Ausläufern der Alpen, glaubte ich den richtigen Ort gefunden zu haben. Ganz in der Nähe versteckte ich Zottel in einem Tannenwald, nahm meinen Bogen und den Köcher mit den Pfeilen, kletterte auf den Felsen über der Straße und übte mich erst einmal in Geduld.

Nachdem ein paar Bauern mit ihren Ochsenkarren vorbeigezogen waren, sah ich sie kommen. Der Reisewagen fuhr vorne weg. Auf dem Bock saßen Sextus Memmius und Alpha. Dahinter ritten die beiden Afrikaner daher. Mit einem Pfeil spannte ich den Bogen, während der Wagen unter mir vorbeifuhr. Sorgfältig legte ich an und ließ die Sehne los. Das Geschoss traf einen der Afrikaner mitten in die Brust. Noch bevor er vom Pferd gefallen war, fand ein zweiter Pfeil sein Ziel.

Es dauerte danach nicht allzu lange und ich holte den Wagen ein. Memmius und Alpha hatten von all dem nichts mitbekommen. Als ich auf gleicher Höhe neben ihnen herritt, sahen sie mich überrascht an.

„Das ist doch nicht möglich!", rief Sextus Memmius. „Farold! Was macht ihr denn hier?"

„Das wollte ich euch auch gerade fragen, erhabener Memmius!", lautete meine Antwort. „Wohin des Wegs?"

„Auf dem Weg nach Rom!", teilte er arglos mit.

„Hattet ihr in der Gegend Geschäfte zu erledigen?"

Ida sah aus dem vergitterten Wagenfenster und strahlte mich überglücklich an.

„In Basilea habe ich vier wunderschöne Täubchen erworben, die im Haus der tausend Sinne schon sehnsüchtig erwartet werden. Ihr erinnert euch doch noch?"

Mir fiel augenblicklich die desaströse Nacht in diesem luxuriösen Freudenhaus wieder ein.

„Ich fürchte", sagte ich, „daraus wird nichts werden!"

„Was soll das heißen?"

„Die Frauen bleiben hier!"

„Schaut euch einmal um!", rief Memmius entrüstet. „Dann seht ihr, wer hier das Sagen hat!"

Er griff Alpha in die Zügel und hielt die Pferde an. Lautstark wetternd stieg er vom Bock und lief hinter den Wagen. Doch da war niemand, den er um Hilfe rufen konnte.

„Gebt mir den Schlüssel für die Wagentür und macht euch davon!", forderte ich den irritierten Römer auf.

Sextus Memmius kam gemächlich auf mich zu und schaute dabei verschlagen zu Alpha hinauf. Der schüttelte energisch den Kopf. Widerwillig streckte mir der Römer den Schlüssel entgegen. Ich stieg von Zottel, nahm ihn an mich und schloss damit die Wagentür auf. Ida sprang heraus und warf sich mir um den Hals. In diesem Moment der Unachtsamkeit, griff der Römer blitzschnell nach seinem *pugio*. Meine Liebste schrie entsetzt auf, als sie die Waffe in seiner Hand aufblitzen sah. Sofort ließ ich Ida los und drehte mich rasch um. Im selben Augenblick spaltete eine Wurfaxt den Brustkorb des Römers. Mit weit aufgerissenen Augen starrte Sextus Memmius an mir vorbei und fiel langsam nach vorne um. Alpha stand hinter mir und nickte zufrieden.

„Danke!“, sagte ich erleichtert.

„Es war mir eine Freude und Genugtuung zugleich!“, antwortete der Eunuche, in den höchsten Tönen.

Ein paar Tage später kamen wir in Steinhain an. Die Alamannen und Vandalen staunten nicht schlecht, als ich mit einem Afrikaner auf dem Bock eines römischen Reisewagens in den Flecken fuhr. Sie hatten uns bereits vermisst und einen Suchtrupp losgeschickt. Die Begrüßung fiel sehr herzlich aus. Die drei Alamanninen, welche Memmius auf dem Sklavenmarkt in Basilea erworben hatte, wurden von den Recken Isfrieds noch am gleichen Tag in ihre Flecken zurückgebracht. Dort spielten sich ähnliche Szenen der Wiedersehensfreude ab, wie zuvor in Steinhain.

Als die Sonne hinter den schwarzen Bergen aufstieg, fingen die Vögel an zu zwitschern. Das Feuerfest zu Beginn der hellen Jahreszeit fand an diesem herrlichen Tag statt. Ida und ich waren so mit den Vorbereitungen beschäftigt, dass wir alles andere um uns herum vergaßen. An das Ufer der Wiese hatte man Bänke und Tische gestellt und einen Holzhaufen aufgestapelt. Mit dem Einbruch der Dunkelheit begannen die Feierlichkeiten. Man zündete das Holz an und als die Flammen in die Höhe züngelten, wurde ausgelassen gefeiert, gegessen, getrunken, gelacht und getanzt. Ida und ich verließen vorzeitig die vergnügte Festgesellschaft, um die Nacht in der Jagdhütte zu verbringen. Hand in Hand gingen wir am Ufer der Wiese entlang. Der volle Mond leuchtete hell auf uns herab.

„Bist du glücklich?“, flüsterte sie.
„Sehr!“, antwortete ich. „Und du?“
Sie strahlte mich an.
„Überglücklich!“

Es war bereits Nachmittag, als wir uns auf den Heimweg machten. Viele fleißige Hände waren auf der Festwiese damit beschäftigt aufzuräumen. Alle wussten natürlich darüber Bescheid, dass die Silingen bereits am nächsten Tag nach Argentovaria aufbrechen würden, doch niemand sprach darüber.

Die letzte Nacht im Tal der Wiese war hereingebrochen. Ida und ich vereinbarten miteinander, dass ich in einem Jahr zurückkehren werde, um mit ihr den Bund fürs Leben zu schließen. Es war uns wichtig zu wissen, was die Vandalen in der Fremde erwartet und wo die Silingen sich niederlassen würden. Ein letztes Mal suchten wir die Jagdhütte an der Wiese auf.

Mitten in Steinhain standen die beladenen Ochsenkarren zur Abfahrt bereit. Der Abschied fiel uns allen schwer. Viele Freundschaften waren im vergangenen Winter zwischen den Steinhainern und Hirschbergern enstanden und manch eine Träne wurde an diesem denkwürdigen Tag vergossen. Als ich Großmutter Merlinde Lebewohl sagte, drückte ich diese herzensgute Frau noch einmal fest an meine Brust.
„Werde ich sie jemals wiedersehen?“, fragte ich mich.
Danach ging ich zu Ida hinüber. Sie stand mit ihrer Sippe vor dem Haus. Tapfer sah sie mich mit traurigen Augen an. Wir küssten uns zum Abschied. Als ein Signal ertönte, ließ ich sie schweren Herzens los, stieg auf Zottel und ritt in eine ungewisse Zukunft.

KAPITEL XIX

Ausblick

Farold zog mit seiner Sippe und dem Stamm der Silingen über den Rhein, an den südlichen Ausläufern der Vogesen vorbei, in das Tal des Rhodanus[143]. Sehr oft war er mit seinen Gedanken bei Ida im Breisgau. Immer wieder kam es unterwegs zu Waffengängen mit den Römern und den einheimischen Galliern. Die Könige der Silingen führten den Stamm mit dem Lauf der Sonne nach Westen und beschlossen in den Ausläufern eines Bergmassivs zu überwintern.

Die Hasdingen und Wölflinge waren in den Norden Galliens gewandert, während die Sueben sich in und um Mogontiacum niedergelassen hatten.

Noch vor dem Einzug des Lenzes machte sich Farold, zusammen mit König Gundolf und einer Hundertschaft, auf den Rückweg an den Rhein. In Argentovaria, so war es zwischen den Königen der Vandalen und Sueben sowie dem Khan der Wölflinge ausgemacht, wollte man sich zu Beginn der hellen Jahreszeit treffen, um über alles Weitere zu sprechen.

Farold ritt auf der Brücke beim Mons Brisiacus allein über den Rhein. Eine glühend rote Abendsonne begleitete ihn auf dem Weg in das Tal der Wiese. Als er in Steinhain ankam, ging er auf das Anwesen des Sippschaftsältesten zu und klopfte erwartungsvoll an die Tür. Zwei verliebte, junge Menschen fielen sich überglücklich in die Arme.

---

143 Rhone/Fluss/Schweiz/Frankreich

Danke für deine Geduld,
Ideen, nicht immer liebevolle Kritik
und die vielen Kommas.

In Liebe

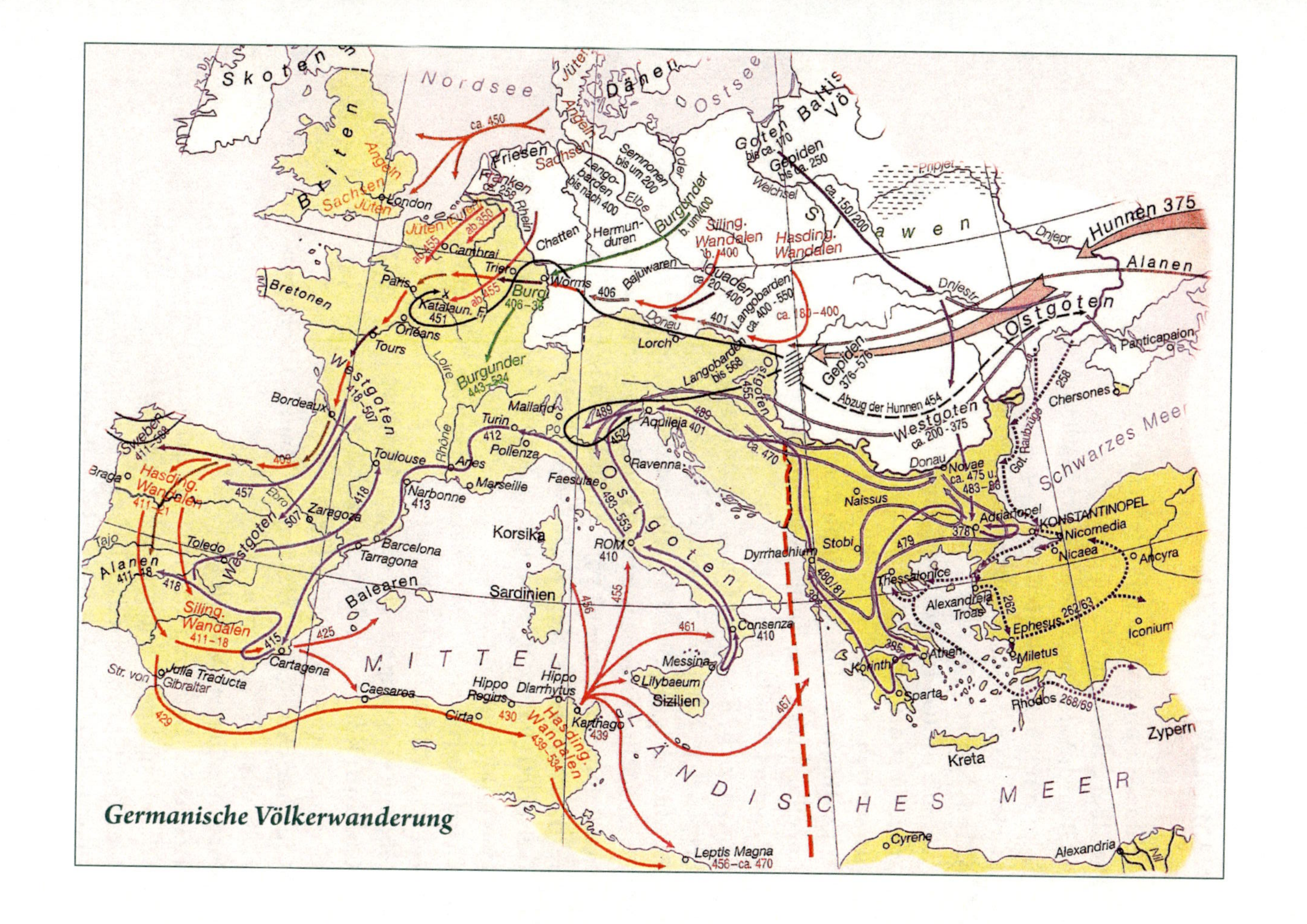

Germanische Völkerwanderung

NAMEN (WICHTIGSTE)

Achmed: Sohn von Kahina (Berberin)
Adalbert: Silingen (Vandale)
Adalhard: Vater von Farold, Marc, Marit und Stefan. Sohn von Lorenz und Merlinde
Alarich: König der Visigoten (vormals Terwingen)
Alfred: Silingen (Vandale)
Armenia Silius: Tochter von Julius Silius
Atax: Fürst der Alanen (Wölfling)
Athanarich: König der Terwingen (später Visigoten)
Augustinus: Bischof von Hippo Regius
Aurelia: Mutter von Farold, Marc, Marit und Stefan
Cornelius Bonifatius: Legatus
Ermanerich: König der Greutungen (später Ostrogoten)
Ermenrich: Fürst der Sueben, Sohn von König Lothar
Farold: Silingen (Vandale), Sohn von Adalhard und Aurelia
Flavius Stilicho: Reichsverweser und oberster Heermeister Roms
Friedegunde: Schwester von Merlinde und Robert (Alamannin)
Fritigern: Fürst der Terwingen (später Visigoten)
Geiserich: Fürst der Hasdingen (Vandale), Sohn von Godegisel, Halbbruder von Guntherich
Gisella Aurelius: Frau von Marcellus Aurelius, Mutter von Ina und Susanna
Goar: Fürst der Alanen (Falke)
Godegisel: König der Hasdingen (Vandale)
Gundolf: König der Silingen (Vandale)
Gunna: Tochter von Janish (Pruzzin)
Guntherich: Fürst der Hasdingen (Vandale), Sohn von Godegisel, Halbruder von Geiserich
Hagen: Silingen (Vandale)
Hermann: Gaukönig der Hegauer (Alamanne)
Hilde: Fürstin der Silingen, Schwester von König Gundolf
Ida: Tochter von Isfried und Mina (Alamannin)
Ina: Tochter von Marcellus und Gisella Aurelius, Base von Farold

Isfried: Sippschaftsältester der Steinhainer (Alamanne), Vater von Ida
Janish: Häuptling der Pruzzen, Vater von Gunna
Julius Silius: Ehemaliger *centurio*, Vater von Armenia
Kahina: Berberin, Mutter von Achmed, Tochter von Massinissa
Kunigunde: Frau von Walfried (Heilerin)
Leo: Bruder von Lorenz
Lorenz: Großvater von Farold, Vater von Adalhard, Ottokar und Walfried
Lothar: König der Sueben, Vater von Ermenrich
Marc: Bruder von Farold
Marcellus Aurelius: Bruder von Aurelia, Mann von Gisella,
Vater von Ina und Susanna
Marit: Schwester von Farold
Marius Valerius: Ehemaliger *tribunus*
Massinissa: Vater von Kahina, Großvater von Achmed (Berber)
Meinrad: Gaukönig der Breisgauer (Alamanne)
Merlinde: Frau von Lorenz, Großmutter von Farold,
Mutter von Adalhard, Ottokar und Walfried
Ottokar: Sohn von Lorenz und Merlinde
Quintus Vespian: Kapitän
Radagais: Fürst des Ostrogoten (vormals Greutungen)
Rar: Khan der Hunnen
Respendial: Khan der Alanen (Wölfling)
Robert: Bruder von Merlinde und Friedegunde (Alamanne)
Sextus Memmius: Römischer Sklaven- und Goldhändler
Stathis der Grieche: Hauslehrer
Stefan: Bruder von Farold
Susanna: Tochter von Marcellus und Gisella Aurelius, Base von Farold
Tharwold: König der Silingen (Vandale)
Uldin: Großkhan der Hunnen
Ulrich: Gaukönig der Linzgauer (Alamanne)
Volkher: Silingen (Vandale)
Walfried: Sohn von Lorenz und Merlinde, Mann von Kunigunde
Widukind: Silingen (Vandale), Hauptmann der Roten
Wulfila: Mönch der Goten

Zuordnung von lateinischen und deutschen Wörtern
Erklärung der Fußnoten:

1 Sueben: Germanischer Stamm
2 tunica (tunicae, Mz.): römisches Kleidungsstück
3 Oheim: Onkel
4 Mare Balticum: Ostsee
5 Aquileia: Ehemalige Stadt/Nähe Triest/Italien
6 Mare Adriaticum: Adria
7 Carnuntum: Ehemalige Stadt/Nähe Wien/Österreich
8 glesum (glesa, Mz.): Bernstein (Gold des Nordens)
9 Greutungen: Gotischer Stamm
10 Terwingen:Gotischer Stamm
11 Alanen: Iranischer Stamm/die Göttlichen
12 Adrianopel: Edirne/Türkei
13 Visigoten: Terwingen/die Guten
14 Ostrogoten: Greutungen/die Leuchtenden
15 Danuvius: Donau
16 Villa rustica; (Villae rusticae, Mz.): Landhaus
17 lätifundium (lätifundia, Mz.): Landgut
18 pugio: Römischer Dolch
19 Thing: Gerichts- oder Heeresversammlung der Germanen
20 denarii (denarius, Ez.): Römische Silbermünzen
21 Pruzzen: Baltischer Stamm
22 aurei (aureus, Ez.): Römische Goldmünze
23 tributum: Steuer
24 obolus, drachma, libra: Römische Gewichtsmaße
25 sestertii (sesterzius, Ez.): Römische Messingmünzen
26 digitus, pes, mille passus: Römische Längenmaße
27 mansiones (mansio, Ez.): Raststationen
28 Vindobona: Ehemalige Stadt in der Nähe von Wien/Österreich
29 Augusta Vindelicum: Augsburg/Deutschland
30 caldarium: Warmes Dampfbad
31 posca: Essigwasser

32 cena: Abendessen
33 Anisus: Enns/Fluss/Österreich
34 lusoriae (lusoria, Ez.): Kriegsschiffe
35 Lauriacum: Enns/Österreich
36 auxilia: Hilfstruppe einer Legion
37 cohors: Militärische Truppe (480 Mann)
38 Castra Regina: Regensburg/Deutschland
39 Vindelikern: Keltischer Stamm
40 centuria (centuriae, Mz.): Militärische Truppe (80 Mann)
41 Alpi: Alpen
42 Vemania: Isny/Deutschland
43 limes: Grenze
44 Iuvavum: Salzburg/Österreich
45 Arianer: Anhänger einer christlichen Lehre,
nach Arius einem Kirchenältesten (260 – 336 nach Christus)
46 Poetovio: Ptuj/Slowenien
47 Emona: Ljubljana/Slowenien
48 ad pirum: Zum Birnbaum/Pass/Slowenien
49 Aksum: Königreich in Afrika
50 Mare Internum: Mittelmeer
51 centurio (centuriones, Mz.): Offizier/Befehlshaber einer *centuria*
52 matrona: Ehefrau eines römischen Bürgers
53 tribunus: Offizier/Befehlshaber einer *cohors*
54 ientaculum: Frühstück
55 hora (horae, Mz.): Stunde
56 Januarius: Januar
57 December: Dezember
58 prandium: Mittagessen
59 comissatio: Trinkgelage
60 rhyton: Trinkhorn
61 legatus: Hoher Offizier/Befehlshaber einer Legion (5.500 Mann)
62 triremis: Schweres Ruderkriegsschiff
63 liburna: Kriegsschiff
64 sacramentum: Fahneneid

65 tuba, cornu, bucina: römische Blechblasinstrumente
66 hasta: Lanze
67 pilum: Speer
68 spatha: Zweischneidiges Schwert
69 dii penates: Schutzgötter der Vorräte
70 lares: Schutzgötter der Familien
71 Pisaurum: Pesaro/Italien
72 Porta Flaminia: Stadttor von Rom
73 Forum Romanum: Mittelpunkt des politischen, wirtschaftlichen, kulturellen und religiösen Lebens in Rom
74 insula: Häuserblock
75 uncia: Unze (Gewichtsmaß)
76 Basilea: Basel/Schweiz
77 tepidarium: Wärmeraum
78 frigidarium: Abkühlraum
79 heros: Halbgott
80 Ave Marcus, morituri te salutant: Heil dir Marcus, die Todgeweihten grüßen dich
81 iugulo: Abstechen
82 gladius: Kurzes, zweischneidiges Schwert
83 Circus Maximus: Größter Zirkus im antiken Rom
84 Tiberis: Tiber/Fluss/Italien
85 Mediolanum: Mailand/Italien
86 toga: Römisches Kleidungsstück
87 currus: Wagen
88 Porta Cornelia: Stadttor von Rom
89 Sicilia: Sizilien/Italien
90 Bononia: Bologna/Italien
91 Adonis: Gott der Schönheit
92 Aenus: Inn/Fluss/Deutschland
93 Massylier: Berberstamm/Algerien
94 Vicetia: Vicenza/Italien
95 Lacus Larius: Comer See/Italien
96 Lacus Venetus: Bodensee

97 Constantia: Konstanz/Deutschland
98 Melita: Malta/Mittelmeer
99 Curia: Chur/Schweiz
100 Mare Germanicum: Nordsee
101 Brigantium: Bregenz/Österreich
102 Comum: Como/Italien
103 Pollentia: Pollenzo/Italien
104 Tanarus: Tanaro/Fluss/Italien
105 Dioecesis Africae: Römischer Verwaltungsbezirk in Nordafrika
106 curiosus: Geheimpolizei
107 nauarchus: Kapitän
108 Hadrumetum: Sousse/Tunesien
109 Mare Ionicum: Ionisches Meer
110 Carthago Nova: Cartagena/Spanien
111 Fretum Siculum: Straße von Messina (Sizilien/Kalabrien)
112 Syracusae: Syrakus/Italien
113 Sicilia: Sizilien/Italien
114 Thiges: Ehemalige Stadt/Tunesien
115 Theveste: Tebessa/Algerien
116 limitaneus (limitanei, Mz.): Grenzer
117 Capsa: Gafsa/Tunesien
118 Thelepte: Thelepte/Tunesien
119 Ostia: ehemalige Hafenstadt/Italien
120 Hippo Regius: Ehemalige Hafenstadt/Algerien
121 Lambaesis: Lambaese/Algerien
122 Circumcellionen: Herumtreiber (fanatische, religiöse Sekte)
123 medicus: Arzt
124 Donatisten: Christliche Lehre
125 principia: Stabsgebäude
126 Altinum: Ehemalige Stadt/Italien
127 Parentium:Porec (Kroatien)
128 Walküren: weibliche Geisterwesen aus dem Gefolge
von Wodan (Germanische Götterwelt)
129 Walhal: Aufenthaltsort der im Kampf gefallenen Recken (germ. Götterwelt)

130 Padus: Po/Fluss/Italien
131 Gallia: Gebiet zwischen Rhein und Atlantik
132 Hispania: Iberische Halbinsel
133 Augusta Raurica: Kaiseraugst/Schweiz
134 Vindonissa: Windisch/Schweiz
135 Mons Brisiacus: Breisach am Rhein/Deutschland
136 Argentovaria: Ödenburg/Frankreich
137 Argentorate: Straßburg/Frankreich
138 Arae Flaviae: Rottweil/Deutschland
139 Augusta Vindelicum: Mainz/Deutschland
140 Mogontiacum: Mainz (Deutschland)
141 Cambete: Kembs/Frankreich
142 Iulio Traducta: Algeciras/Spanien
143 Rhodanus: Rhone/Fluss/Frankreich